国家社科基金
GUOJIA SHEKE JIJIN HOUQI ZIZHU XIANGMU
后期资助项目

巴赫金学派马克思主义语言哲学研究

A Study of the Bakhtin Circle's Marxist Philosophy of Language

张 冰 著

北京师范大学出版集团
BEIJING NORMAL UNIVERSITY PUBLISHING GROUP
北京师范大学出版社

图书在版编目（CIP）数据

巴赫金学派马克思主义语言哲学研究 / 张冰著 . —北京：
北京师范大学出版社，2017.5
国家社科基金后期资助项目
ISBN 978-7-303-21523-2

Ⅰ. ①巴… Ⅱ. ①张… Ⅲ. ①马克思主义哲学－语言
哲学－研究 Ⅳ. ①H0

中国版本图书馆 CIP 数据核字（2016）第 265336 号

营 销 中 心 电 话　010-58805072　58807651
北师大出版社学术著作与大众读物分社　http://xueda.bnup.com

BAHEJIN XUEPAI MAKESI ZHUYI YUYAN ZHEXUE YANJIU

出版发行：北京师范大学出版社　www.bnup.com
　　　　　北京市海淀区新街口外大街 19 号
　　　　　邮政编码：100875
印　　刷：保定市中画美凯印刷有限公司
经　　销：全国新华书店
开　　本：787 mm×1092 mm　1/16
印　　张：40.50
字　　数：706 千字
版　　次：2017 年 5 月第 1 版
印　　次：2017 年 5 月第 1 次印刷
定　　价：100.00 元

策划编辑：刘东明　　　　责任编辑：刘东明
美术编辑：王齐云　　　　装帧设计：毛　淳　王齐云
责任校对：陈　民　　　　责任印制：马　洁

国家社科基金后期资助项目
出 版 说 明

后期资助项目是国家社科基金设立的一类重要项目，旨在鼓励广大社科研究者潜心治学，支持基础研究多出优秀成果。它是经过严格评审，从接近完成的科研成果中遴选立项的。为扩大后期资助项目的影响，更好地推动学术发展，促进成果转化，全国哲学社会科学规划办公室按照"统一设计、统一标识、统一版式、形成系列"的总体要求，组织出版国家社科基金后期资助项目成果。

全国哲学社会科学规划办公室

目　录

上　编

下　编

前　言

一

　　我和俄国形式主义是在一种十分特殊的情境下结缘的，那是在读研究生期间。住我对门的方珊兄请我帮他翻译一篇文章，作者叫维克多·什克洛夫斯基（Виктор Шкловский）。文章题目很别扭绕口，叫什么《情节布局手法与一般风格手法的关联》。我记得自己用很短时间就把文章译完交稿。其之所以如此，一是因为文章本身并不很长，二是文章写得颇有意思。多年以来，在和维克多·什克洛夫斯基接触之前，苏联文学批评给我的印象极其糟糕。泛政治化和泛意识形态化已经使得苏联文艺批评家除了政治话语外，就基本处于"失语"状态，而维克多·什克洛夫斯基的这篇文章却不然，可以说它从一开始就把我深深地吸引了。所以我几乎是一口气把这篇东西译完的，并且久久难以从文章的意境中超脱出来。

　　维克多·什克洛夫斯基不像苏联文艺批评家普遍喜爱的那样那么教条，从头到尾讲原则原理什么的，而是一上来就劈头盖脑地给读者提了一连串一般人从未想到过的问题：

　　　　为什么要在绳子上走动，而且每走四五步还要蹲一蹲？——萨尔蒂科夫-谢德林关于诗歌这样问道。……佶屈聱牙、说来别扭的诗歌话语让诗人变得语言隐晦、话语奇特、词法古怪，语序颠倒——这一切究竟是由什么引起的呢？为什么李尔王认不出肯特？为什么肯特和李尔王认不出爱德华？——对莎士比亚戏剧法则备感惊奇的托尔斯泰如此追问道——而对作品极其富于深刻洞察力的托尔斯泰尚且对此感到惊奇。……为什么我们在舞蹈中看到的却是应诺先于请求？是什么让加姆森《潘》中的格拉纳和爱德华流落天涯海角，虽然他们俩真诚相爱？为什么用爱情创造着"爱的艺术"的奥维德要劝告人们不要急于获得快感？

　　也许今天的人们已经很难从这段话里感到振奋的力量，但在我阅读和翻译这段文字时，我的心口却始终在怦怦跳动——那种感觉我至今难以忘怀。我知道在我的意识生命中，一个前所未有的事件终于发生了：它终将改变我的命运。我知道我已经和一个人们常说的"命"的东西，发生了第一次亲密接触。如果说有的东西你是可遇而不可求的话，那么，和俄国形式主义的"邂逅"，便是一次如此不可多得的幸运。这情形正如一本论述俄国形式主义的西方名著的作者所说："今天，当苏联批评界笼罩在一片萎靡不振、平庸乏味、缺乏幽默的教条主义之下时，重新回顾和体验形式主义著作的汪洋恣肆、活泼空灵、敏锐犀利，当能令人头脑清醒。"①

　　然而，这一切还只是开始。如果说翻译这篇文章使我得以有机会接触俄国形式主义代表人物充满灵性的文字并且给我以兴奋的话，那么，接下来和维克多·厄利希（Victor Erlich）的相会，则奠定了我和俄国形式主义之间的"跨世纪之约"。前者是直觉和灵感的，而后者则更多的是理性的、历史的和哲学的。

　　的确，在我的意识中什么事终于发生了。变化显而易见。首先，以前我的思维是一种无指向思维，衍射性思维：我的个性没有任何抵抗力。现在，茫茫大海漂泊无主的我，心中开始有了目标，思维有了指向。俄国形式主义就是在远方向我频频招手的"云中仙子"、"绝世佳人"和"永恒的女性"。

　　我起航了。

　　我被俘虏了。

　　在我开始最初探索之时，我幸运地遇到了我平生从未谋面而"私淑"的"恩师"——维克多·厄利希。当俄国形式主义运动在苏联遭到压制而在国际上籍籍无名的时候，维克多·厄利希这位耶鲁大学的教授，却以其资料翔实、客观如实地介绍俄国形式主义的专著，使这一运动不致消失在历史的地平线上，而使其影响力横跨"铁幕"的两端。在我刚刚上路却茫然不知该从何起步的关头，维克多·厄利希的这部翔实丰赡的著作，成了引领我入门的向导：一个个鲜活的人物渐渐开始栩栩如生地活跃于纸上，我随着这位老人开始走进一部尘封的历史……记得读过一篇苏联人"批判"俄国形式主义的文章。文中称厄利希的这部著作是"西方文艺学

---

　　① Victor Erlich：*Russian Formalism*：*History Doctrine*，Fourth edition，The Hague，Paris，New York：Mouton Publisher，1980，p.231.

里的'圣经'",虽出之于苏联文坛习用的贬义,但这部著作在 20 世纪西方文艺学中的历史地位如何,也就不劳我这样的门外汉絮叨了。最近读到乔治·克尔基斯新著《鲍里斯·艾亨鲍姆:他的家庭、国家和俄罗斯文学》,作者称厄利希的这部著作赋予俄国形式主义以"第二次生命",并因此而令自己和这部著作从此走入科学的历史之中。① 事实上,学术界对这本著作价值的认识,如今刚刚还只是个开头:随着时间的迁移,我国学术界也会和国际学术界一样,发现它对于未来时代的重要历史意义和现实价值的。

厄利希之所以能写就这样一部厚重的书,如其所述,是因为他受到了罗曼·雅各布逊(Роман Якобсон)——俄国形式主义运动的领袖人物之一、国际著名语言学家、莫斯科语言学小组及布拉格语言学小组的发起人和主要成员——的"亲炙"。一句话,没有罗曼·雅各布逊的指导,这部书是根本不可能想象的。而且,这部书的价值究竟如何,最好还是用这一运动的参加者们自己的话来证实吧! 鲍里斯·艾亨鲍姆(Борис Михайлович Эйхенбаум)——奥波亚兹(Общество по изучению стихотворного языка,"诗歌语言研究会"名称的俄文缩写)——俄国形式主义的另外一个别称——"三巨头"之一,幸运地在他行将就木之际读到过这本书。他说:"浏览了一下维克多·厄利希的《俄国形式主义:历史与学说》——关于这部著作的存在我早就耳闻。……书写得很博学,对事实的了解很周详。许多文字谈到我——字里行间充满敬意。(……)这本书值得以后仔细阅读——一个重大事件!"②

而对于我来说,如果没有厄利希的这部书,我有关俄国形式主义的那部专著也同样是不可想象的。③

如今,俄国形式主义已经成为学术界的"显学",谈文论者不知道它的,往往会被视为"落伍"的标志。然而,遗憾的是,现在充斥于学术期刊上有关俄国形式主义的文章中,也充斥着各种各样大大小小的误解和误读。几年前我曾在一个小小的场合呼吁出版界出版这部著作,但无人响应与喝彩。我的老师程正民先生邀我翻译此书。我欣然允诺,并立即动笔。2009 年大年初三,我终于译完了最后一个字。我觉得向学术界奉

① Дж. Кертис: *Борис Эйхенбаум: его семья, страна и русская литература*, Санкт-Петербург: Академический проект, 2004, C. 19.

② Дж. Кертис: *Борис Эйхенбаум: его семья, страна и русская литература*, Санкт-Петербург: Академический проект, 2004, C. 205.

③ 张冰:《陌生化诗学——俄国形式主义研究》,北京,北京师范大学出版社,2000。

献原汁原味的维克多·厄利希，无疑有助于我们深化对俄国形式主义的认识和理解，也对我们文艺学研究有很大帮助。翻译维克多·厄利希是我对我国学术界承担的一个责任和义务——因此我责无旁贷。

二

事实上我们对俄国形式主义还是很缺乏了解的。在我们的日常用语中，一说"形式主义"，总难免会带有一定的贬义。这种贬义是每个人在无意识的情况下非出自自觉意图而带有的：这大概就是所谓语言的暴力吧！而实际上一个人可以在对俄国形式主义一无所知的情况下，单凭"形式主义"一个词，就对它摒弃不顾，或对它义愤填膺，仿佛不共戴天的仇敌。一句话，"形式主义"一词在现代汉语语境下仍然带有明显贬义。而我们几乎是在缺乏必要内省的情况下，无意识或半意识地使用着诸如"形式主义"这一类语词而不以为然或不以为不然。

这不是哪个人的错——实情如此。

在我们伟大的汉语文化语境下，如"形式主义"这样的语词还有比方说"托洛茨基"（Троцкий）——人们同样是在几乎毫不知情的情况下一提到它就义愤填膺。

其一，我们所研究的这个俄国形式主义却并非泛泛的和一般的"形式主义"，而是发生在俄国的一个实体性运动，它持续了约 15 年之久，虽时运不济，终于销声匿迹，但却在 20 世纪世界文学理论研究领域产生了持续、广泛而又深远的影响，以至被各国学术界一致认为是 20 世纪西方文艺理论的开端，20 世纪相继崛起的几乎所有文艺学流派，都以俄国形式主义为标志的语言学转向和后期的社会学转向为圭臬。此其一也。

其二，俄国形式主义的理论和学说，并没有我们想当然以为的那种"形式主义"作风，相反，当年不可遏制地把我吸引向俄国形式主义的，恰恰是它的代表人物那不可掩抑、不择地而出的"才气"——他们的理论话语不是纯形式，也不是纯内容，而是内容与形式的统一体，是维克多·什克洛夫斯基那文彩斐然、灵气飞扬的文字。姑举几例：

大学生列夫·伦茨和尼古拉·尼基金前来向维克多·什克洛夫斯基请教文学。什克洛夫斯基竟然开口便讲起了一个来自印度的故事：从前有个农民每逢收获季节便会一边打谷一边对天骂骂咧咧。此时，恰好一个神的侍者——一个老头儿——从此经过，便问他为什么老是诅咒天气。农民回答说：那个掌管天气的神的侍者尼古拉不会管天气，该刮风时偏下雨，而该艳阳高照时它偏偏寒冷异常。老头听了很不高兴——因为他就是掌管天气的神的侍者尼古拉。于是，老头便说既然你说我不会管天气，那好吧，我把权力移交给你：这是证书，从今以后，你的天气由你自己来管。农夫听了很高兴。但遗憾的是，到了秋后一看，他的收成依然不好。最后，农夫只好认输，又乖乖地把掌管天气的权力还给了神的侍者尼古拉。原来，农夫想当然地以为刮风不好，所以一年没让刮风；想当然地以为雷雨不好，所以，一年没让下雷雨，殊不知对于庄稼的生长来说，刮风下雨都是必不可少的。接着，神的侍者又给农夫讲述了一些由于不吃谷糠而最终变成白痴的意大利人，他们的错误就在于逆天而行，自以为是。接下来，后一个故事中的医生又讲了一个故事。说的是一只千足虫，能够快步如飞，令乌龟很羡慕。乌龟把千足虫大大地夸奖了一番，随后给它提了个问题：当你向前移动你的第5只腿时，你能记得你的第978只腿在什么位置吗？千足虫起初没怎么在意，后来却果真思考起乌龟给它提的这个问题来，结果这样一来，它反倒再也不会走路了。于是，千足虫说道：

> 当维克多·什克洛夫斯基说：我们时代的最大不幸在于我们在根本不懂得艺术的情况下在为艺术制定规则。这话说得多么对呀。而俄国艺术的最大不幸倒在于被它所鄙视并且被它所摒弃的东西。实际上艺术根本就不仅仅是一种宣传的手段，就像维他命一样它包含在食物中，可以说食物中除了蛋白质和脂肪外就是它了，但它本身却既非蛋白质也非脂肪，但机体一旦没有它便会失去生命。
>
> 俄国艺术的最大不幸在于人们不让它有机地运行，像人的心脏那样：人们把它像列车的运行一样为其制定着各种各样的规则和运行时刻表。

“同志和公民们”，千足虫说道，“请你们仔细瞧瞧我你们就会看到它们把我折腾得有多惨！革命的同志们和战争中的伙伴儿们呀，让我们给艺术以自由吧，这不是为了艺术，而是因为我们不能为自己原本不懂得的东西制定规则呀！”

这样一种从具体入微的故事出发然后直接上升到抽象的哲理领域里的论说风格，在同时代人中，几乎可以说只有维克多·什克洛夫斯基是这样的。

什克洛夫斯基的用意可以说昭然若揭。

　　对文学批评有所了解的人，当然能理解这段话里埋藏着多么深沉的惋惜之情。我们不能把文艺简单地等同于宣传。宣传可以采用艺术，但艺术却并不等于宣传。

　　从艺术与宣传的分界线切入，以把二者区分开来立论，这在当时也是作者不得不选择的语言策略。在当时的语境下直截了当攻击宣传是极不明智的。什克洛夫斯基指出，艺术自有其超越于特定时代的意义，而宣传则纯粹以现时代的需要为指归，甘愿充当特定政党的工具和手段。在特定历史时期中把文艺当作宣传是可以的，但这只应是一种权宜之计，正如茶炊的用途是喝茶用，但在国内战争那种特殊困难的处境下，人们把钢琴劈了当柴烧，把书本撕了用于引火，而把茶炊当榔头用来钉钉子。但在正常情况下却不宜把权宜之计与事物原本的用途混淆起来。他说艺术和宣传本质上是两码事。当时，甚至有人将音乐也强行划分为资产阶级和无产阶级两种，什克洛夫斯基对此十分反感。他说音乐是一种纯形式的艺术，根本就不会有什么意识形态音乐。他号召"为了宣传，从艺术中摒弃宣传"①。

　　值得注意的是，受到马克思主义文艺思想影响的鲁迅，对于当时无产阶级文化派夸大文艺的社会作用并把文学等同于宣传的做法，也作出过严厉的批评。他指出那种把文学说成是"阶级意欲和经验的组织"，是"宣传工具"的观点，是"踏了""文学是宣传的梯子爬进唯心主义的城堡里去了"。②"但我以为一切文艺固是宣传，而一切宣传却并非全是文艺，这正如一切花皆有色（我将白也算作色），而凡颜色未必都是花一样。革命之所以于口号、标语、布告、电报、教科书……之外，要用文艺者，就因为它是文艺"③。鲁迅对于无产阶级文化派把艺术等同于宣传的做法所做的批评，对于我们理解这一问题很有启发意义。

　　今天人们对这个问题的理解也是有许多共识的。北大孔庆东先生一贯给人以"文坛大侠"的印象，似乎对于纯理论有自己的看法。他的某些议论实在说很能发人深省：

　　　　我先前说过，一切文艺都是"宣传"——这是鲁迅先生的观点，但是为了宣传而创作的文艺未必是好的文艺，也未必就能够达到宣

---

① Виктор Шкловский: *Ход коня. Сборник статей*，Москва，Берлин：Книгоиздательство Геликон，1923，C. 25.

② 鲁迅：《鲁迅全集》第 10 卷，北京，人民文学出版社，1981，第 280 页。

③ 鲁迅：《鲁迅全集》第 4 卷，北京，人民文学出版社，1981，第 84 页。

传的效果。事实上，任何一种有价值的文字、著作、论述，都宣传这样或者那样的观点：技术观点、人生观点、哲学观点，等等。但是为了宣传某种观点，有意地制作某种文艺形式，却往往是失败的。这也就是我们许多所谓"主旋律作品"不受欢迎的原因。因为是为了宣传而制作，为了获奖，为了拿"五个一工程"奖，所以耗费了国家很多的资金，制造出来却大部分是垃圾。而很多很多的作品在它创作的时候并没有想到宣传，但是由于它的创作适应了时代的需求，表达了人们的呼声，结果这些作品真正成为"主旋律作品"。①

我们认识这样一个粗浅的真理用了将近半个多世纪，而什克洛夫斯基早在 20 世纪 20 年代就能有如此卓越的见解，读到此处真令人感叹唏嘘：类似的真理我们还需要多少次与之在历史中相见呢？

在 20 世纪 20 年代早期能说出这样振聋发聩的话，可以设想说话人的思想是如何地超前于他所生活的那个时代，然而，"木秀于林，风必摧之"，因而，他会受到怎样的待遇，也就不言而喻了。

三

然而，说俄国形式主义是被压服的，绝不意味着他们自己正确或没有错误。因为按照俄国形式主义领袖人物们的理念，所谓科学就是自由探索的同义词，人不是"上帝"所以人要探索真理追求真理，但也正因为人不是"上帝"，所以，人的探索和人对真理的追求也就绝对难以避免犯错。一部科学发展史告诉人们，人类追求真理的道路是一个追求真理的过程，这个过程无始无终，并且仍将永远伴随人类直到人类的末日。科学对于真理的追求常常表现为对错误的排除：我们人类是在错误中学习的。

而且，人类探索真理的过程还充满了苦难和荆棘。

其实，俄国形式主义并非是寿终正寝，而是"非正常死亡"——是迫于行政命令的威力，被迫改弦易辙的。正如此书所述，1921～1926 年间，正是俄国形式主义"狂飙突进"的年代，那时，据说在两大京城的高校和研究机构里，俄国形式主义者们拥有的信徒人数最多，其中多数是

---

①　孔庆东：《当年海上惊雷雨：曹禺的"雷雨"》，《温柔的嘹亮》，武汉，长江文艺出版社，2007，第 3～4 页。

他们的学生。在当时举行的数次辩论会上，他们明显占有优势和上风。然而，时隔不久，他们竟然在凯歌高唱之际突然偃旗息鼓。这里究竟有什么蹊跷之处吗？

如前所述，在20世纪20年代早期的苏联文坛上，最活跃的就是俄国形式主义，其巨大影响力甚至波及了将近百年后的20世纪和21世纪之交的今天。在整个20世纪俄苏文艺学史上，共有3个流派长期主导着它的基本流向，那就是俄国象征主义文艺美学、马克思主义社会学（早期为波捷勃尼亚的心理美学）和俄国形式主义。这3大流派的对立消长决定着文艺美学在今天的面貌，而今天它们的状况都需要在当年的语境下寻找其远因。

事实上历史上的俄国形式主义（姑且暂时还用这个名称，这是不得已而为之——因为早在当时，奥波亚兹几位代表人物就已公开表示对别人强加在他们头上的这一名称十分不满了，但语言的"约定俗成"性是不以人的意志为转移的，它毋宁说也是一种无形的"暴力"），仅仅只是一个持续了约15年的文艺批评运动而已。

实际上在20世纪20年代苏联文坛旷日持久的关于形式主义的论战中，俄国形式主义的主体部分——奥波亚兹——多数情况下是胜利的一方。然而，就在一次次辩论会取胜的同时，就在报刊出版物连篇累牍报道俄国形式主义近况的同时，奥波亚兹成员却渐渐自甘寂寞，退居林下，这又是怎么回事呢？难道自称马克思主义社会学代表人物的那帮人，有什么神机妙算吗？

四

1959年11月24日。列宁格勒作协上演剧作家阿纳托利·马里延戈夫的新剧，鲍里斯·艾亨鲍姆（Борис Эйхенбаум）被邀请致开场白。老学者身体略感不适，本想拒绝，可剧作家对批评家可能会有的拒绝担心害怕到了神经质的地步，所以，他只好勉为其难。在结束演讲时，老学者说道："对于报告人来说最重要的是要及时结束演讲，所以，我的发言也便就此打住。"说完，老人走下讲台，坐在与外孙女紧挨着的第一排座位上，把头倚靠在外孙女的肩头，可还没等满堂掌声止息，他就默默地去世了。

艾亨鲍姆的名字，是和俄国形式主义密不可分地联系在一起的。可以说追溯他的经历，就是在追溯一部俄国形式主义发展史。

无论如何，这是一个在历史的沟回里留下了永恒记忆的人物。

在圣彼得堡大学语文系里，至今在一面高大的墙上，悬挂着为语文系的发展作出突出贡献的名人肖像。艾亨鲍姆和普罗普等都位列其中。

艾亨鲍姆一生的经历，和俄国形式主义奇特地扭结在一起，不可分割。

奥波亚兹形成于1916年前后。刚成立时，艾亨鲍姆虽然和维克多·什克洛夫斯基是同学，但却对和未来派过从甚密的什克洛夫斯基们不大感兴趣，甚至还多少有些反感。幸运的是，在奥波亚兹成员中，艾亨鲍姆是唯一一位留有详尽日记和书信的人，这对于追溯这位学者一生的思想轨迹，具有十分重要的史料价值。也正是这些材料，为我们描述了一位勤勤恳恳为学不倦的老学者的一生；也正是根据日记，我们知道，当时曾经观看过有未来派表演晚会的艾亨鲍姆，对和奥波亚兹扭结在一起的未来派的种种作为，不但不理解，反而还斥之为"痴人说梦"，是谵语和昏话。

事情的转机发生在1918年。促使艾亨鲍姆对奥波亚兹改变看法的，是奥波亚兹的灵魂人物——维克多·什克洛夫斯基。维克多·什克洛夫斯基对于俄国形式主义的重要性是不言而喻的。正如厄利希所说：如果说整个俄国形式主义运动就是维克多·什克洛夫斯基个人脑力劳动的产物，那未免有些夸张的话，但庶几也去事实不远。而吸引艾亨鲍姆发生"形式主义转向"的，几乎可以说全凭维克多·什克洛夫斯基的个人魅力。在此之前，艾亨鲍姆本系一位采用哲学方法研究文学学和文学史的学者，并且也在业界享有一定名气。但在结识什克洛夫斯基之后，他一夜之间改变了信仰，并且在这次"华丽的转身"之后，立刻写出了他皈依奥波亚兹的名文《果戈理的"外套"是如何写成的？》，因而成为1918年后奥波亚兹"三巨头"之一。1923年，在什克洛夫斯基因故流亡国外期间，艾亨鲍姆受命代表奥波亚兹发言，对蜂拥而来的批判浪潮进行反驳和辩解，俨然成为晚期奥波亚兹的重要代表人物之一。

众所周知，对俄国形式主义的批判主要来自当时一些号称马克思主义社会学的批评家群体。而其中最主要的，恐怕得算拉普分子。当时的社会风气都趋向于"左"（马雅可夫斯基的《左翼进行曲》堪为时代写照），而拉普则是其中的"引领时尚者"和"弄潮儿"。尽管在公开举行的辩论会上，取胜的大多是奥波亚兹及其门徒，但所谓的马克思主义社会学一派，并不指望在学理层面赢得胜利，而是借助于行政手段，对学术进行干预。读过艾亨鲍姆日记就会知道，尽管这位学者的文章到处发表，演讲获致成功，但仍然有人处心积虑地要取消列宁格勒大学的文学专业，而专教语言；仍然有人取缔艺术史研究院的文学史研究所，取消艾亨鲍姆的教授职称；尽管先生的文章人们公然在剽窃，但先生自己却连心爱的专业岗位也保不住……

　　而最令人痛心的，是在学术纷争中，混杂着对犹太人的歧视和虐待。这也是令人不堪卒读的一部信史。值得注意的是，奥波亚兹的"三巨头"——什克洛夫斯基、艾亨鲍姆、特尼亚诺夫（Юрий Тынянов）——都是"犹太人"。但他们不是普通的犹太人，而是世居俄国、已经俄罗斯化并且仍在努力使自己进一步俄罗斯化的犹太人。正如每个这样的犹太人那样，他们生怕自己还不够俄罗斯化，而总是竭力比一般俄罗斯人更俄罗斯化。然而，即便你再小心翼翼，即便你再如履薄冰、战战兢兢，也难免动辄得咎，成为靶子。事实上，在整个 20 世纪 30、40 年代直到 50 年代，当年的俄国形式主义者们尽管早已痛改前非、早已为自己树立了一座"科学错误的纪念碑"（什克洛夫斯基一篇认错文章的题目），但还是难免在历次运动中被拉出来陪绑。而当年那些攻击他们不够"左"的所谓社会学家们，其命运也丝毫不值得羡慕：他们大多数在 30、40 年代的大清洗和大肃反中被镇压。

　　在苏联时期历次进行的批判运动中，形式主义都充当陪绑的"众矢之的"：这种批判早已逸出了学术讨论的范畴，而成为泛政治化的牺牲品。然而，在苏联文化圈之外，形式主义却获得了意外的复活和新生：在布拉格语言学学派，在法国及欧洲结构主义符号学以及美国新批评、符号学，以及在后来苏联以尤里·洛特曼（Юрий Лотман）为代表的塔尔图-莫斯科结构主义符号学学派中，它们获得了新的生命，在文艺学话语中延续着勃勃生机。

五

　　现在回想，我居然想不起米·米·巴赫金（М. М. Бахтин）究竟在什么时候，通过什么方式和途径，走进我的内心的了。由俄国形式主义顺次进入巴赫金，这在俄国文化语境下是自然而然的——似乎不需要多作解释的。在我的意识里，长期以来，有一个理念拂之不去，那就是巴赫金原本就属于俄国形式主义学派。二者之间本就没有必要作出什么分别。当然，在国内学术界，最先介绍巴赫金的，自有人在，与我无关。那场有关巴赫金的争论，据说很轰动，可我居然连一篇文章也没读过。

我最早被巴赫金吸引，是他那本《弗朗索瓦·拉伯雷的创作与中世纪及文艺复兴时期民间诙谐文化》。20世纪90年代初，我在《读书》杂志发表了一篇评述此书的文章。此后陆续发表了几篇论文。2006年我的这个国家项目获得批准。现在回头再看，连我自己也暗暗吃惊：自己写的关于巴赫金的东西，居然也已有了10篇之多。其实，如与当代文坛如日中天的大家大师们比，我这点东西不过是萤光烛火，只不过因为自己写东西付出了辛苦和劳动，因而有些敝帚自珍罢了。

关于巴赫金，我首先想说的近乎于一句套话：百读不厌，常读常新。每次拜读，都能从中获得宝贵的启示和思想的启迪，从某种意义上讲和什克洛夫斯基给我的感悟不分伯仲。

在漫长的研究过程中，我曾不止一次暗暗把巴赫金与曾在我笔下出现过的人物，如什克洛夫斯基、特尼亚诺夫、艾亨鲍姆等相比较，作为俄罗斯天才，他们都曾经给过我许多灵感和快乐，很难区分高下先后。若要谈特点，则巴赫金显得比所有其他人都更复杂。一方面，作为复调小说理论的始创者，他的思想在被初次介绍到国内后，便引起了各界的震动，尤其是文艺学界。在俄国形式主义热以后，巴赫金很快在国内掀起热潮，而他所开创的文艺学术语体系，也很快就融入中国文坛，成为学者们笔下重复率极高的词汇。而我与巴赫金最初结缘却开始于一本他后来出版的书——《弗朗索瓦·拉伯雷的创作与中世纪及文艺复兴时期民间诙谐文化》。初次阅读此书原文本就给了我以无比丰富的灵感，我整理读书时的印象写过一篇短文发在《读书》[①]上。后来，钱中文先生主持翻译《巴赫金全集》，我所在的北京师范大学外语系分到的任务恰巧是翻译这本书。[②] 我虽然只翻译了这本书中的一章，但通过字斟句酌的翻译，我对巴赫金行文的艰涩和命意的隐晦，对充斥此书的所谓"伊索式的语言"有了切身感受，这为我以后的研究提供了不可多得的经验储备。也可以说，这么多年以来，正是当初阅读巴赫金留下的深刻印象，在朦胧中引导我一而再再而三地走向这位渐行渐远的思想大师，他和他身后的那个巨大的 X 吸引着我这个学子亦步亦趋地追随着大师思维的轨迹，拂去历史的尘埃，让思想的璀璨明珠重放光芒。

当然，如果我说我对巴赫金的思考始终都沿着一条直线运行的话，那肯定不是实话。文坛有一个不好的风气，那就是跟风。一个时期以来，

---

① 参见《艺术与生活的双重变奏——"拉伯雷和他的世界"读后》，《读书》1991年第8期。

② 〔苏〕巴赫金著，钱中文主编：《巴赫金全集》第6卷，李兆林、夏忠宪等译，石家庄，河北教育出版社，1998。

汉语语境里形成了一个时髦的风气，那就是"言必称巴赫金"，不谈巴赫金似乎成了"落伍"的标志。于是乎，一时间"一树鲜花"，"尽是刘郎去后栽"，出现了许多脱离历史语境的空洞议论，巴赫金成了"敲门砖"，成了进入学术殿堂的"入场券"和"通行证"。然后，出现了另外一种现象，它可能和网络或网络思维有关，即平面化和共时态化，一方面巴赫金成了学术界的"新神"，文化界"逢人便说巴赫金"；另一方面人们遵从一种惯例，习惯于从后往前逆推的反向思维：非历史主义地把问题简单化，把所有思想，不加区分地、一股脑地归入巴赫金名下。作为俄罗斯文论研究者的笔者，心中对此颇不以为然。

　　也是在 20 世纪 90 年代，笔者从当时苏联文学研究所的资料室里，找出一本英文版的巴赫金《文艺学中的形式主义方法》。遗憾的是，这本书后来莫名其妙地失踪了，不知下落。笔者对此书印象最深的，是此书前面的译者序。序里不仅指出此书俄文原版在最初出版时，作者署名为帕·梅德韦杰夫（П. Медведев），而且，还在当时所能掌握的资料的条件下，对此书真实作者问题进行了初步探讨。作者认为这个问题是一个一时半会儿不会有确凿证据的答案，为解决旷日持久的争端，出版者决定以巴赫金和梅德韦杰夫联署的方式解决这一问题。

　　著作权问题在巴赫金研究中绝不是一个小问题，而是关系到怎样解读巴赫金思想的大问题。笔者那时就认为，在巴赫金和他的同道者们之间，无疑存在着一种深刻的"对话"关系——巴赫金思想的核心是"对话"，其产生方式也是"对话"，从某种意义上说，我们所说的"巴赫金思想"，在多数语境下，确切的说法，应是"巴赫金小组的思想"。因此，在我们笔下重复出现的"巴赫金"，在多数情况下，应当理解为不是一个表人的"专有名词"，而是一个表人的集合名词——是"巴赫金小组"的代名词。不但如此，不仅巴赫金与其小组成员间的关系是一种对话关系，而且，巴赫金与其同时代人之间的关系，同样也是一种实质上的对话关系，这种对话关系更具有本质特征，更深沉，但其存在是无可置疑的。笔者的第一篇英文论文"Dialogue：Russian Formalism and Bakhtin Circle"①就是在这种思想的指导下写成的。其后，笔者还写过一篇较长的论文，对著作权问题在国外的研究现状向国内作了介绍。②

　　笔者认为，尽管这个问题是一个暂时"无解"的问题，但梳理巴赫金

---

① 载《语言·教学·文学·文化论文集》，北京，中国文联出版公司，1999。

② 张冰：《国外巴赫金研究现状一瞥》，《文艺理论与批评》1999 年第 4 期。

与其小组、与其同时代人在思想上的联系，确是我们的研究迫切需要解决的大问题。

六

记得当年我把拙作《陌生化诗学——俄国形式主义研究》稿子提交给一位编辑时，她提出了这样一个问题：你的专著能否在未来 10 年内不被别人超越？换句话说，也就是你的专著能否在学术界领先未来的 10 年？

10 年，差不多就是一代人的距离了。10 年足以让一个青年变为老年。那时的我真不好意思说自己如何如何，记得当时是含糊过去了。屈指算来，那事到今天也有 10 多年了。当年那位老编辑怕是早已不再返聘了；当年那位组稿人倒是还在，但人也似乎早已退隐林下，虽系文坛人不问文坛事了。近来，发现在陈建华主编的《中国俄苏文学研究史论》①中，称我的那本拙著和其他一些专著，"标志着我国俄国形式主义研究开始走向成熟"，而我的专著"最值得重视，这是我国第一部以俄国形式主义为选题的博士论文"，标志着我国对于俄国形式主义研究的"新阶段"②，云云。白云苍狗，往事如烟，10 年不是很短，事物在变，人也在变。今天的我已然不是昨天之我了：今我对昨我，能不令人感叹欷歔吗？

今天，重新阅读当年写下的文字，我只能抚摸着当年留下的脚印而叹息岁月之易逝，人事之凋零。10 年标志的不仅是距离，而且更多的是速度。我们愿意与否都坐在一辆时代的快车上，它以一日千里、一瞬万里的速度疾驰，把叹惋的目光丢在脑后。但 10 年也标志着距离，它把我们远远地抛在了千里之外，让我们无从寻觅当年的始发地和出发点。10 年不仅让我们难以找回往日的"旧船票"，而且，甚至都找不回了自己：长恨此身非我有，何时忘却蝇营。时移世易，人非昨日。10 年多来，国际学术界的前沿和热点也在时时变动中。在书海巡航的漫漫长日里，一个朦胧的问题渐渐浮上我的脑际：那就是如何看待巴赫金在 20 世纪中叶的"走红"？如何看待巴赫金与俄罗斯思想文化传统的关系？巴赫金与俄国形式主义究竟是一种什么关系？巴赫金究竟是不是一个形式主义者或泛形式主义者呢？

事实上，在国内学术界，人们往往会不自觉地把巴赫金与俄国形式

---

① 陈建华主编：《中国俄苏文学研究史论》第 2 卷，重庆，重庆出版社，2007。
② 陈建华主编：《中国俄苏文学研究史论》第 2 卷，重庆，重庆出版社，2007，第 222～223 页。

主义混为一谈，这种印象也许来源于在国内一度曾引起轰动，并且直至今天都是一本学术畅销书的卡特林娜·克拉克(Katerina Clark)和迈克尔·霍奎斯特(Michael Holquist)合著的《米哈伊尔·巴赫金》评传。我的那本书最初在出版社时，编辑们便想当然把我的书和另一本关于巴赫金的研究专著合为一本——大概在他们看来，俄国形式主义和巴赫金原本就是一回事儿吧？否则诸如此类的误会为什么会层出不穷呢？

大约也是在 20 世纪 50 年代，那时的阿赫玛托娃(Анна，Андреевна Ахматова)如地下工作者一般不仅活动受限制，而且连思想也受到禁锢。在一次私下谈话中，她和丘科芙斯卡娅聊起了当时正名震天下的巴赫金的一本关于"狂欢化"的书。阿赫玛托娃对人们这种"跟风"现象很不以为然，她说巴赫金的思想在"白银时代"(Серебряный век)太寻常了。还说关于狂欢化，关于狄奥尼索斯，她早在维亚·伊万诺夫那儿就听说过——后者有一篇博士学位论文就是讨论狄奥尼索斯现象的。

如今的巴赫金业已成为国际学术界的重大现象。仅就笔者所搜集到的资料而言，国际上在俄罗斯以外出版的有关巴赫金的专著和论文数量，一直远远高于俄罗斯国内。更有甚者的是，似乎俄罗斯学术界非但并未在巴赫金研究领域处于领先地位，相反，倒是俄罗斯人跟在英美人后面亦步亦趋、步步紧跟。这可真是学术界的咄咄怪事！然而，仔细想想，倒也不怪：经济强大文化也跟着能成为强势文化，经济弱小文化界也就很难听到你的声音。

阿赫玛托娃的话在我心中萦绕了 10 多年：它给我的一个重大启示，就是巴赫金思想与俄罗斯"白银时代"思想文化有着密切联系，巴赫金绝非孤高傲世的一座孤零零的高山——这样的高山也不可能产生——在他周围和旁边，必然有着群峰耸立，万壑奔流，云蒸霞蔚，无限风光。今人眼里这座高山何等巍峨险峻，但历史地看，它不过是历史的造山运动的产物，是时代的产物，也是历史的产物。把他放在历史文化的语境下，你会发现他最终属于他们，而不是一个历史和文化的特例。

带着这种眼光观看 20 世纪俄罗斯文化史，便会感到许多问题似乎都迎刃而解了，正是"白银时代"这眼泉水，滋养了后来的许多流派，其中也包括奥波亚兹(俄国形式主义)，而后是巴赫金，而后是洛特曼，再而后是米哈伊尔·纳乌莫维奇·爱泼斯坦(М. Н. Эпштейн)……这是一条有待发掘的思想流脉。

然而，一切的一切都有待于实证：思想、构思是最容易产生的——一个人一晚上失眠该会产生多少本书的精彩构思呀！——但要把精妙的构思付诸纸面，变成书本，却需要多么繁重的劳动呀！一个人产生一种"妙想"可能只需要一秒钟，而实现这一妙想，把它变成实物——书本、绘画、音乐——却需要一生的时间！

谓予不信，谨以此书为证！

上 编

第一章　巴赫金与俄罗斯文化传统

第一节　"白银时代"——俄国的"文艺复兴"

经过数年苦思一个想法越来越成熟：讲述我笔下的这位思想家，最好是从"白银时代"开始。20世纪漫长的百年在走到终点跨入21世纪的今天我们才发现：有多少思想的线头是从这里导出。"白银时代"俄国思想与今日人们的思考发生的跨越百年的奇妙呼应，给人的感触该会是多么复杂多么奇特呀！也许，要叙述我们将要对之付出笔墨的这位思想家，没有比这样的开头更贴切更恰当的了。

一般而言，所谓"白银时代"是指19世纪末20世纪初的俄国文化，具体说来是指1890年到1930年的俄苏文化。自19世纪90年代以来发动的俄国现代主义思潮，在第一次世界大战前后结出了丰硕的果实。俄国思想界迎来了空前未有的繁荣期，并向世界思想界贡献出了堪为之骄傲的"第四件礼物"。俄国"白银时代"文化的第一位揭幕人是弗·索洛维约夫（Владимир Соловьёв，1853～1900），他是俄国19世纪末最杰出的宗教哲学家和思想家，他的哲学思想体系是联系19世纪和20世纪俄罗斯思想的一个重要环节。索洛维约夫一生致力于把科学、哲学与神学统一起来。他的思想体系有三大支柱，即"万物统一论"、"神权政治论"和"索非亚学"。在俄国思想史上，索洛维约夫堪称有史以来最具有思辨性、最理性、最实证的俄国思想家，但同时又是最神秘、最直觉、最超验的俄国思想家，这样两种截然相反的特征居然能够融合在同一个人身上，这本身就是一个奇特的现象。一方面，他是西方思辨哲学传统的继承者和集大成者，能够在相当程度上与西欧思想史上的大哲人对话而毫无愧色；另一方面，他的思想又带有鲜明的东方特征，那就是崇尚直觉、超验、悟性，善于从具体事物直接上升到抽象的哲思领域。索洛维约夫多元共存的思想特征对于后代学人产生了不可磨灭的巨大深远的影响。

弗·索洛维约夫逝世（1900）以后，俄国先后两次掀起热潮的俄国宗教哲学"新宗教意识"运动［指第一个以德·梅列日科夫斯基为代表的"宗教哲学学会"（1901～1903）和以尼·别尔嘉耶夫为首的"宗教哲学协会"］

初次向世界展示了俄国思想的风采。作为"白银时代"精神之父的弗·索洛维约夫，以其万物统一学说、索非亚说，试图把宗教、哲学和科学结合起来，实现人文学科的大一统化，虽然并未完成体系的建构，但却鼓舞了无数后继的学子们。继其之后，俄国掀起了"寻神论"和"造神论"热潮，在此热潮的推动下，宗教哲学的各个领域都迎来了空前伟大的繁荣期，在第一次世界大战爆发前后形成了一次出版高潮期。俄国思想界一时风云际会，人文荟萃，涌现出一大批宗教哲学家、思想家、文艺批评家和文学史家，德·梅列日科夫斯基、瓦·瓦·罗赞诺夫、列夫·舍斯托夫、尼·别尔嘉耶夫、巴·亚·弗洛连斯基、谢·弗兰克、伊·伊里因、瓦·津科夫斯基、尼·奥洛斯基、阿·费·洛谢夫等不胜枚举。

这一时期，除了俄国本土思想外，世界文化史也到了一个世纪转折的关头。一种强烈的方法论危机在各个学科领域里开始显现，统治欧洲理性舞台数百年之久的世界观的缺陷明显显现，迫切需要对之进行"价值的重估"。实证主义决定论的基本假设开始动摇，修正各门学科逻辑基础的任务被提上日程。随着象征主义在艺术界的走红，反实证主义的非理性主义思潮开始蔓延，在思辨哲学领域柏格森提出"创造进化论"，在人文学科中则有以主张移情作用的新康德主义认识论开始起主导作用。胡塞尔的现象学、柏格森的直觉主义、新康德主义的认识论开始刷新着旧的人文学科的整体面貌。美学领域里取代传统自上而下美学的，是非理性主义的自下而上的美学。在自然科学和人文科学合流的巨大潮流中，一种影响广泛的"语言学转向"开始试图把诗学与语言学结合起来。谈及这一点，维·厄利希写道："而对于俄国诗歌研究的确万分幸运的是，在此重大关头，语言学家们也和文艺学家们一样，恰巧也对这两个学科的'相互阐释'问题萌发了强烈的兴趣。诗歌语言问题以及文学研究与语言学的边界问题，成为具有方法论意识的文学研究者们和青年语言学家们相会的场地，而后者同样也拥有足以令人信服的理由来涉足一个长期被人漠视的领域。"①

众所周知，这段时期中间横亘着一个1917年十月革命，这一伟大历史事件的存在成为许多人划分文学时代的一个最重要的理由和根据。但根据我们的观察，十月社会主义革命并未成为文化发展的分水岭和界标，相反，这一时期的俄苏文化有不止一种血脉，是不会因为革命和战争的

---

① Victor Erlich：*Russian Formalism*：*History Doctrine*，Fourth edition，The Hague，Paris，New York：Mouton Publisher，1980，p. 31.

烈火硝烟而被割断的。相反，十月革命前的俄国先锋派艺术与文艺学与十月革命后从 1921 年到 1929 年新经济政策时期苏联的 20 年代文化发展的多元主义景观是一脉相承和不可割断的。这一短暂历史时期的确是文化发展史上罕见的奇迹：在短短的数十年间，俄国文化为世界文明贡献了那么多星光闪耀、彪炳史册的名字，贡献了那么多思想家、宗教哲学家、伟大的诗人、艺术家、画家、小说家……以至让俄国史上所有其他的时代与之相比都黯然失色相形见绌。如今，"白银时代"业已成为国际学术界通用的术语①，而且，和这一术语最初产生时的原义相比，它的内涵和外延都有不同程度的扩大。在许多斯拉夫学者笔下，"白银时代"不仅指那个时代的诗歌，更是指那个时代的俄国文化——包括其宗教哲学、文艺美学、音乐绘画、建筑芭蕾等各个领域。

20 世纪初的 10 年在俄国文化史上是一个绝无仅有的现象：系统开始具有急剧的动态性，最终丧失了同一方向性，发展的直线性，并在面对多重选择的时候呈现出僵化状态。许多同时代人对这个时代留有深刻的印象。别尔嘉耶夫写道："当代人类正体验着一次深刻的危机：所有矛盾都激化到了极致关头，对世界性社会危机的期待与对宗教灾难的期待，仅有毫发之隔。社会主义与无政府主义、颓废派与神秘论，对科学的绝望与新哲学的虚无，对个性的从未有过的感受和新社会必然性的意识，性问题的令人痛苦万分的激化——所有这一切都导致某种极端，导致一个神秘的解决之途……什么事注定必然会发生。"②1917 年 2 月以前，由于各个民主党派和民主势力所施加的压力，迫使罗曼诺夫王朝的末代君主尼古拉二世放松了对舆论的钳制和监督，从而导致人文主义思想的思潮波涌。与此相仿，十月革命后一直到 20 世纪 20 年代末，新生的苏维埃政府为了对付外国武装干涉势力的挑战，为了从战火与硝烟中拯救一个新生的国家，被迫施行"新经济政策"（1921～1929），在使国民经济有所恢复的同时，文化也经历了一个短暂的繁荣时期，一个众声喧哗、百舸争流、百花齐放、百家争鸣的时期。

姑且让我们粗略列举一下在这个短暂的 10 年里涌现出来的俄国人文学科论著，俾使读者能对那个文化繁荣时代有个印象：

1914 年：巴维尔·弗洛连斯基：《真理的柱石与证实》。

---

① 例如，笔者翻译的美国学者沃尔特·G. 莫斯所著《俄国史》（海口：海南出版社，2007）中，就列有"白银时代文学"专节（第 155～164 页）。——笔者

② И. Ю. Иванюшина：*Русский футуризм：идеология，поэтика，прагматика*，Саратов：Издательство Сарат. ун-та，2003，С. 8.

1915 年：谢苗·弗兰克：《认识的对象》。

1916 年：尼古拉·别尔嘉耶夫：《创造的意义》。

1917 年：谢尔盖·布尔加科夫：《亘古不灭之光》。

1918 年：叶甫盖尼·特鲁别茨科依：《生活的意义》；巴维尔·诺夫哥罗德采夫：《论社会理想》；瓦西里·罗赞诺夫：《我们时代的末日论》。①

而在此期间先后崛起于俄国诗坛的现代主义诸流派，也向世界展现了它们的理论风采。让我们浏览一下它们运行的轨迹：

1893 年：梅列日科夫斯基：《论当代俄国文学衰落的原因及其新流派》。

1910 年：维亚·伊万诺夫：《犁沟与田界》；安德烈·别雷：《象征主义》。

1914 年：维·什克洛夫斯基：《未来主义在语言学史中的意义》(演讲)、《给社会趣味的一记耳光》。

1915 年：莫斯科语言学小组成立。

1916 年：奥波亚兹成立。

1921 年：特尼亚诺夫：《陀思妥耶夫斯基与果戈理——兼论讽刺性模拟理论》(彼得格勒)。

1923 年：什克洛夫斯基：《马步》(莫斯科—柏林)。

1924 年：艾亨鲍姆：《透视文学》(列宁格勒)。

1925 年：托马舍夫斯基：《文学理论》(莫斯科—列宁格勒)。

1927 年：鲍·恩格哈特：《文学史中的形式主义方法》(列宁格勒)。

1927 年：沃洛希诺夫：《弗洛伊德主义：批判纲要》(莫斯科—列宁格勒)。

1928 年：什克洛夫斯基：《汉堡账单》(莫斯科)；日尔蒙斯基：《诗学的任务》(《文学理论问题》，列宁格勒)。

1928 年：梅德韦杰夫：《文艺学中的形式主义方法》(列宁格勒)。

1929 年：沃洛希诺夫(Валентин Волошинов)：《马克思主义与语言哲学》(列宁格勒)；巴赫金：《陀思妥耶夫斯基创作问题》(列宁格勒)。

今天的历史学家往往更愿意把这个时代比作"第三次文艺复兴"(Third Renaissance)，提出这一说法的主要是泽林斯基、维亚切斯拉

---

① James P. Scanlan：*Russian Thought after Communism：The Recovery Of A Philosophical Heritage*，Armonk：M. E. Sharpe Inc，1994，p. 13.

夫·伊万诺夫、因诺肯季·安年斯基等古典语文学家。这一理念的持有者们大多认为罗曼语和德语的文艺复兴都过去了，现在该是俄语（即斯拉夫语）文艺复兴的时候了。俄国历史上与掀起于欧洲各国的文艺复兴运动失之交臂，这令许多俄国知识分子痛心疾首、心有未甘。曾经是巴赫金学派早期成员之一的蓬皮扬斯基，生前便在其为数不多的著述中，宣扬过"第三次文艺复兴"的理念。"对于蓬皮扬斯基和巴赫金兄弟来说，第三次文艺复兴的理念是其哲学、美学以及文学史著作的基础，是评价俄国与欧洲过去、现在及未来的历史编撰学原则。有些证据表明这一理念乃是这帮朋友们在 20 世纪初的前几年中从维尔纽斯到圣彼得堡期间讨论的主要议题之一。"蓬皮扬斯基一个值得关注的观点，是认为彼得大帝改革的动力，就来自席卷欧洲的文艺复兴运动。①

　　今天国际学术界往往习惯于把苏联从 1921 年到 1929 年施行新经济政策的这段时期称之为"苏联的黄金时期"②。这是后来的苏联已经绝难想象的多元文化时期：团体林立，流派众多，多元共生，百家争鸣。一方面，取得政权的布尔什维克为了政权的稳固暂时还顾不上对文化进行整顿；另一方面，1921 年到 1929 年新经济政策时期，为非马克思主义理论的存在提供了经济上的支点。所以，苏联早期的 20 世纪 20 年代，并非我们今天所想象的那么贫瘠，而是丰富繁盛得很。用米·列·加斯帕洛夫的话说，"俄国文化的 20 年代，是社会革命、文化革命、感觉自己是文化之载体的新阶级的年代；是'我们要建设我们自己的新世界'纲领的时代——我们要建设如此繁盛的世界文化，在这样的文化面前，以前所有的文化都将黯然失色，……'而我也能够创造，而并非只有从下往上仰慕创造者的份儿！'——这是巴赫金（以其对行动中的争论中的思想的崇拜）；'而我也能够影响他人，而非仅仅被别人所影响！'——这则是形式主义者们（以其对建构中的语言技巧的崇拜）"③。

　　"白银时代"固然是一种辉煌的历史存在，但却不幸的是长期遭受到

---

①　Nikolai Nikolaev: "Lev Pumpianskii and the Nevel School of philosophy", Craig Brandist, David Shepherd and Galin Tikhanov (eds.): *The Bakhtin Circle: In the Master's Absence*, Manchester and New York: Manchester University Press, 2004, p. 136.

②　Nikolai Nikolaev: "Lev Pumpianskii and the Nevel School of philosophy", Craig Brandist, David Shepherd and Galin Tikhanov (eds.): *The Bakhtin Circle: In the Master's Absence*, Manchester and New York: Manchester University Press, 2004, p. 156.

③　М. М. Бахтин: *Pro et contra. Личность и творчество М. М. Бахтина в оценке русской и мировой гуманитарной мысли*, Антология, Том 2, Санкт-Петербург: Издательство Русского Христианского гуманитарного института, 2001, C. 33.

被埋没的命运。苏联时期一代又一代苏联人，根本就不知道他们国家的历史上，还曾经有过一些名标史册，并且也为西欧思想界所一致认可的俄罗斯的大思想家和大哲学家——弗·索洛维约夫、德·梅列日科夫斯基、尼·别尔嘉耶夫、瓦·罗赞诺夫、列·舍斯托夫、谢·弗兰克、尼·特鲁别茨科依等人。在苏联时期，"白银时代"俄国宗教哲学家和思想家，长期以来（约半个世纪之久）只能为圈内少数专家所问津。要想在公共图书馆阅读比方说尼·别尔嘉耶夫的著作，必须凭单位介绍信才能借阅，而且不许拿出馆，只能在馆里阅读，不许复印。当时的苏联人只能在《列宁全集》的某一条注释中，得知尼·别尔嘉耶夫是十月革命后逃亡国外的所谓旧俄反动哲学家和思想家。

导致这些思想家的名字在苏联被埋没的一个很重要的原因，在于宗教。众所周知，早在19世纪，从40年代以来一直到20世纪初，在俄国知识分子史上占据主流地位的民主派知识分子（即革命民主派）别林斯基、车尔尼雪夫斯基、杜勃罗留波夫、皮萨列夫等人，出于其鼓动人民起来革命推翻沙皇专制统治的目的，而竭力否认宗教对于俄罗斯传统文化形成的重要意义，否认在塑造俄罗斯人心性方面曾经甚至直到如今仍然在起重大作用的宗教意识。十月革命胜利后，宗教更是被当作毒害人民精神的鸦片而遭到严厉禁止和取缔，20世纪20年代拆毁教堂、取缔宗教教会一度成风。而我们知道：俄国"白银时代"思想界的空前繁荣兴盛，在很大程度上与俄国历史上第一个"宗教哲学学会"、"宗教哲学协会"的活动有着密不可分的联系。主要由这两个先后存在的协会推动的"新宗教意识"运动为"白银时代"思想界的解放提供了不竭的动力。打破横亘在宗教与社会之间的壁垒进而形成为那个时代所特有的一种艺术综合化运动，从而导致文化的一体化观念的盛行。

十月革命后东正教和其他宗教越来越与新生的意识形态呈现出格格不入的对立态势。马克思、恩格斯关于宗教是毒害人民精神的鸦片的观点，被当时的人们片面地理解和解读了。在早期苏联的高等学校里，官方要求讲授的马克思主义的辩证唯物主义与历史唯物主义，也与长期统治学校讲台的神学课呈对立态势。正是在这样的历史背景下，发生了苏联历史上著名的"哲学船"事件。1922年，由于不愿接受马克思主义的领导，不愿意放弃固有的宗教世界观立场，全俄以尼·别尔嘉耶夫为首的100多名知识分子，被集体流放西方，并被判决有生之年，不得返国，一旦发现，格杀勿论。"哲学船"事件成为20世纪苏俄历史上第一次侨民浪潮中最重大的标志性事件之一，而被流放的这些知识界精英，也成为侨民知识分子的主流。

"哲学船"事件可能是导致"白银时代"俄国思想家名字在苏联时期被长期埋没的原因之一。斯·谢苗诺娃（Светлана Семенова）沉痛地写道："弹指间杀死民族思想界的精英，就像一刀斩掉其大脑里的额窦一样，——当局的这一行动，就其所具有的规模而言绝对可以称得上史无前例，而它所刻下的，就是这样的意义和这样的烙印。"[1]

然而，"白银时代"既然在长达 74 年漫长的苏联时期曾被埋没，那么，为什么又会在今天"死而复活"——重新被人们记起了呢？我们当然可以用巴赫金喜欢说的一句话来简单概括地说：任何思想都有其复活的一天。只要机缘适合，任何死去的思想都能找到自己的复活之路。但历史和社会的发展，又为"白银时代"思想家们的复活创造了怎样的历史机缘呢？

在苏联解体前后，伴随着原来意识形态的解体，宗教和宗教意识开始在苏联全面复归。苏联时期长期宣传的无神论信仰开始受到激烈的挑战。苏联解体引发的信仰危机信仰真空迫切需要被填充。物质世界无论富足也罢贫乏也罢都无助于解决精神的饥渴，人民缺乏一种足以取代旧的信仰体系的实体性思想。在过去，毕竟全国人民还有一个近乎于统一的思想基础，而在苏联解体后，就连这一统一的思想基础也不复存在了：信仰无所寄托、价值被悬在空中，共产党一度甚至成为地下党和在野党。在这样的思想背景下，和任何一个政权倒台后的情形一样，潘多拉的盒子被打了开来，各种社会腐败丑陋现象纷纷出笼，俄罗斯出现了信仰危机、价值真空、理性缺失的阶段，时代要求某种东西能迅速填补空白。

在这种背景下，宗教以及宗教意识就开始悄然地、默默无声地，但却又是坚定不移地、稳扎稳打地开始复归。各地几乎不约而同地在恢复教堂。东正教悄无声息地在扩张，信徒在急剧增加，俄国人对于旧俄宗教思想表现出浓厚的兴趣。而俄国思想历来就不是纯世俗的，而是宗教哲学性的。早在 1988 年，当时的苏共中央政治局作出《关于出版十月革命前俄国思想家著作的决议》，在那之后，"白银时代"俄国宗教哲学家、思想家的著作开始全面回归，充斥书籍市场。到苏联解体后，这一趋势并未稍稍减弱，反而变本加厉。犹如潘多拉的盒子被打开一般，如今的俄罗斯各种社会丑恶现象层出不穷，公然横行无忌。过去曾经自以为受

---

① Анастасия Гачева, Ольга Кавнина, Светлана Семенова: *Философский контекст русской литературы* 1920-1930 *х годов*, Москва: ИМЛИ РАН, 2003, C. 61.

一元论之苦的俄罗斯人，如今受到的非但不是多元论之苦，而是"六神无主"之苦：人们的行为失据，道德失范，理想无依，价值多元甚至零位。在现实生活中倍感困惑疑难的人们开始乞灵于宗教的彼岸信仰，以便在"上帝"的怀抱里寻找精神的慰藉，在天主的荫庇下抚慰受伤的心灵。伴随着宗教和宗教意识的复苏，"白银时代"思想开始来到了历史的现场，从而激发着人们的历史意识和现实意识。

从某种意义上可以说，"白银时代"思想家的复归是历史发展所召唤出来的，是现实需要使然。当今俄罗斯到处弥漫着民族身份认同危机、民族性格再认识的危机，而俄国文化在苏联解体前后出现了普遍的认同危机即信仰危机。在这种历史情境下，人们开始把目光投向十月革命前的旧俄思想遗产，企图寻找"白银时代"俄国思想与今天的继承性联系。"白银时代"思想家的思想遗产就是这样被召唤到历史的现场来的。

而在十月革命前诞生，生存持续到整个 20 世纪 20 年代的俄国形式主义运动即奥波亚兹，同样也是"白银时代"美学探索的产物。①

迈克尔·F. 伯纳德-多纳尔斯（Michael F. Bernard-Donals）在其所著《在现象学与马克思主义之间的巴赫金》中劈头向我们提出了两个相互关联的问题：其一，我们为什么要研究审美产品，这种研究会产生什么样的知识？其二，米哈伊尔·巴赫金的著作能为这种研究提供什么帮助？换言之，"美学知识如何才能具有社会意义；如果文学分析可以影响或改变人类社会关系的话，那么这种改变的性质是什么？巴赫金的构思——即其所谓的'社会学诗学'（sociological poetics）——既是对语言如何构成社会体制所做的分析，也是对审美对象如何以独特方式形成着社会体制并因此也会以独特方式介入被这些问题所决定的空间中来"②。

事实上，很早以来，就有不止一个两个学者注意到奥波亚兹和巴赫金学派与胡塞尔现象学的关系问题。在俄苏语境下，第一个向俄国输入现象学鼻祖胡塞尔思想的，是"白银时代"思想家之一的施佩特。在"白银时代"思想界，施佩特是唯一一个非但不属于宗教哲学家阵营，反而与之论战不休的独立思想家。

古斯塔夫·古斯塔沃维奇·施佩特（1879～1937），是胡塞尔的弟子，是现象学在俄国最大的代表人物。著有：《阐释学及其面临的问题》

---

① А. П. Казаркин：*Русская литературная критика XX века*，Томск：Издательство Томского университета，2004，С. 4.

② Michael F. Bernard-Donals：*Mikhail Bakhtin between Phenomenology and Marxism*，Cambridge，New York：Cambridge University Press，1994，preface.

(1918)、《话语的内在形式》(莫斯科，1927)、《语言与思维》(手稿)。他
还是俄国阐释学与符号学的奠基人。施佩特是哲学系精密科学，而非道
德和世界观学说的主张者。在他看来，俄罗斯思想无法成为哲学真正的
基础。他曾担任隶属于俄国社会科学协会下属的科学哲学所(存在到
1930 年)的所长(1921～1923)，并曾吸引许多著名学者参与其研究工作，
如谢·列·弗兰克、伊·亚·伊利因、格·伊·切尔帕诺夫、瓦·瓦·
维诺格拉多夫以及许多当时的马克思主义者，如亚·亚·勃格丹诺夫、
亚·米·德波林、列·伊·阿克雪里罗得及一些青年才俊。施佩特在 20
世纪 20 年代以研究俄国哲学史著称，写有：《赫尔岑的哲学观》(1921)、
《历史哲学视野中的拉夫罗夫人类学》(1922)、《美学断想》(3 卷本，布拉
格，1922～1923)。除此之外，他还研究人种心理学和语言哲学。施佩特
关于作为文化代码的话语是一种"语言意识"以及他的阐释学方法，都被
与奥波亚兹关系密切的莫斯科语言学小组所继承和发扬，其言论常常被
俄国形式主义者们所引用。嗣后，布拉格语言学小组也继承和发扬了他
的思想。而在布拉格学派发育过程中，施佩特的弟子尼·谢·特鲁别茨
科依和罗曼·雅各布逊起过十分重大的作用。

在俄国，经由施佩特介绍进来的胡塞尔现象学思想，首先影响的是
俄国形式主义者即奥波亚兹，因此，讨论这个问题，我们又一次不得不
从俄国形式主义开始。的确，诚如加里·莫尔·莫森认为的那样，"把巴
赫金撇开来叙述俄国形式主义就会大大地误解这一运动的本质与目
标……"①

就是在与形式主义的斗争中，马克思主义尚未取得决定性胜利(不太
成功)。主要原因在于缺乏马克思主义解决语言理论和语言史的方法。这
妨碍对形式主义所提具体问题的解决，争论中只停留在重复马克思主义
的一般论点层面。马克思主义文艺学只有在全面和专门研究语言问题的
基础上建立。因此，必须要：在理论上树立方法论上的一元论，而在实
践中，则实施方法的二元论：把一般社会学论断与具体的形式分析结合
起来。巴赫金认为俄国形式主义的主要错误之一，是把"审美对象从其他
话语中分离了出来而对之进行单独研究"②。"相反，梅德维杰夫坚持认
为文学与社会之间的联系由于其在意识形态上层建筑中所处的共同地位

---

① Michael F. Bernard-Donals：*Mikhail Bakhtin between Phenomenology and Marxism*，
Cambridge，New York：Cambridge University Press，1994，p. 1.

② Michael F. Bernard Donals：*Mikhail Bakhtin between Phenomenology and Marxism*，
Cambridge，New York：Cambridge University Press，1994，p. 9.

而提供了保障，而且，更其重要的是，它们之间的关系还得到了这样一个事实的保障，即文学受制于支配着整个意识形态环境的同样一个符号学进程"①。

布莱恩·普尔在其论文《从现象学到对话》中指出："1923 年奥斯卡·瓦尔策尔(此人对于沃洛希诺夫、梅德韦杰夫和巴赫金而言是一位重要作者)说'现象学'这个词在与艺术有关的文献中到处回响。可不幸的是，胡塞尔和谢勒根本就没有向我们展示过艺术如何能够被人采用现象学方法予以考察。而这恰巧就是巴赫金早期著作所要探讨的主题。"②经由施佩特介绍进来的胡塞尔现象学对奥波亚兹与巴赫金学派的影响，恐怕主要在于其关于语言的意义取决于其用法即语境的观点。施佩特把他的研究方法命名为"科学概念的辩证法"，而此种方法的精髓就在于高度重视语境问题："我们只能在整体的文本、目标和历史条件的语境下才能理解符号，历史的逻辑就是辩证法和成长。只有历史发展的语境和特点才能对语词的意义和内涵施加影响，意义取决于语境和历史环境，因此，意识是辩证的。一成不变的既定概念是没有的，而意项亦是如此。意项取决于历史现实的具体条件，因此，意项中同样隐藏着一种伟大的辩证法。"③

艾亨鲍姆的下述言论，可以使我们断定：支配奥波亚兹的，是现象学的理念。"对于'形式主义者'来说，重要的问题不是关于研究文学的方法，而是作为研究对象的文学问题。我们实质上并未讨论也未争论任何方法论问题。我们讨论也只能讨论某些理论原则，这些原则并非某种现成的方法论或美学体系，而是对具有其特殊特点的具体材料的研究为我们提示的。"④

1913 年翻译成俄文的胡塞尔的《逻辑研究》对于俄国文坛产生了巨大的影响。在圣彼得堡和莫斯科两大学术中心，在崇尚新批评观念的青年语言学家和文艺学家群中，这部著作不啻为他们的"圣经"。俄国本土学

---

① Michael F. Bernard Donals：*Mikhail Bakhtin between Phenomenology and Marxism*，Cambridge，New York：Cambridge University Press，1994，p. 20.

② Michael F. Bernard Donals：*Mikhail Bakhtin between Phenomenology and Marxism*，Cambridge，New York：Cambridge University Press，1994，p. 128.

③ Е. А. Счастливцева：*Феноменологический анализ Густава Шпета*，Киров：2010，С. 174.

④ М. М. Бахтин：*Pro etcontra. Личность и творчество М. М. Бахтина в оценке русской и мировой гуманитарной мысли*，Антология. Том 2，Санкт-Петербург：Издательство Русского Христианского гуманитарного института，2001，С. 10.

者波捷勃尼亚关于文学是语言艺术的核心论点为青年学者们所信奉，同时他们也意识到文艺学和语言学迫切需要从对方身上获得创新发展的思想资源。恰在此时，来自瑞士的语言学新观念为俄国输入了思想的活水：语言不仅可以采用传统历史比较方法研究，也可以把它当作一个系统对其功能展开研究。圣彼得堡大学的谢尔巴对传统方法历史主义的片面性提出批判，号召学术界要研究活的语言。此时在莫斯科，青年学者们开始从胡塞尔的著作中汲取营养，寻找学术创新的机缘。厄利希就此写道：

> 而如果没有其俄国弟子古斯塔夫·施佩特的辛苦努力，则胡塞尔那些深奥的理论未见得能在莫斯科学者群中赢得那么多热情的追随者。施佩特引起很大争议的著作①和演讲，使莫斯科语文学家们对于如"意义"与"形式"、"符号"与"所指"（对象、客体）这样一些"形而上学"观念，渐渐熟悉起来"。②

受胡塞尔间接影响的俄国青年学子们开始打起反对"心理学主义"的旗帜，一窝蜂似的对"意义"与"形式"、"符号"与"所指"（对象、客体）进行研究。施佩特坚持认为交际是一条双行道，是一种社会交往事实。语言研究者的主要任务就是弄清话语（utterance）与其各种成分的客观问题，或更确切地说，即"主体间"③的意义，就是确定各种语言"表达"类型的特殊意图。这样一来，青年学者们自然而然地把目光锁定在了诗歌语言问题上来。这也就说明了何以在"白银时代"诗歌语言会成为奥波亚兹们的"新宠"的原因。

1920 年，罗曼·雅各布逊移居布拉格后，莫斯科语言学小组发生分裂，出现了两派，一派是"马克思主义派"，一派是"胡塞尔派"。

---

① Густав Шпет：*Предмет и задачи этнической психологии*，Психологическое обозрение，1917，Ⅰ，58；История как предмет логики，*Научные известия*，1922.
② Victor Erlich：*Russian Formalism：History Doctrine*，Fourth edition，The Hague，Paris，New York：Mouton Publisher，1980，p. 44.
③ 这是胡塞尔的关键概念之一。显然胡塞尔在"客观的"（objective）这一术语的使用上是十分谨慎的，因为这个词似乎指一种独立于观察力敏锐之主体的实体。对胡塞尔来说，如同对康德一样，这种实体是不可接受的、孤立自在的和不可讨论的。因此，选择"主体间的"（intersubjective）仅仅意味着所讨论的现象是"给定的"（given），或面向许多"主体"而存在的。

　　也许我们可以以插话的方式指出一点，即经由古斯塔夫·施佩特①的中介而在俄国对形式主义思潮有过一定影响的胡塞尔的现象学，为波兰人想要建构文学创作"本体论"的重大意图，提供了观念架构。利沃夫大学教授罗曼·英伽登在深奥而又值得嘉奖的著作《文学艺术作品》(Das literarische Kunstwerk)中，试图把胡塞尔的范畴应用于文学理论最艰难的问题之一——即文学作品的存在方式问题。② 正如下文将要提及的那样，英伽登的某些思想，尤其是他有关在想象性文学中所发现的"伪陈述"(pseudo-statement)与形式主义—结构主义的表述法如出一辙。但我们没理由把诸如此类的契合一致之处，都归因于形式主义对这位波兰—德国哲学家的实际影响。③

　　爱德蒙·胡塞尔——一个对某些形式主义理论家具有相当大影响的哲学家——作了一个成效显著的重大区分，他把"客体"(Geqenstand，或对象)即语词所指称的非语言现象和"意义"(Bedeufung)，亦即"客体"被再现的方式区别了开来。换句话说，按照胡塞尔的观点，意义并不是语言外现实生活的一个成分，而是语言符号的一个部分和一个重要部分。但如果这是对的，则未来派的口号便荒谬绝伦或至少是用词不当。④

第二节　巴赫金思想可能具有的信仰维度

　　虽然巴赫金在其理论著作中没有明确地就信仰问题发表看法，而且似乎还有意回避此类问题，但巴赫金与俄国宗教哲学的历史渊源和深刻关联却是毋庸置疑的。巴赫金刻意回避宗教问题与自身的牵扯，其原因自是不言自明：20 世纪 20 年代早期苏联政府大规模取缔宗教、消灭宗教、拆毁教堂等运动，这一切都不可能不对巴赫金生存策略的选择产生重要的影响。巴赫金当年在列宁格勒期间，便以"隐士"闻名于他那个小

①　参阅该书第 3 章。

②　〔美〕在勒内·韦勒克和奥斯汀·沃伦所著《文学理论》中，对英伽登的观点有一个简短而又信息量丰富的介绍。见该书第 152 页。

③　Victor Erlich：*Russian Formalism*：*History Doctrine*，Fourth edition，The Hague，Paris，New York：Mouton Publisher，1980，p. 132.

④　Victor Erlich：*Russian Formalism*：*History Doctrine*，Fourth edition，The Hague，Paris，New York：Mouton Publisher，1980，p. 146.

圈子，是一个"虔诚的基督徒"。早年巴赫金在十月革命前曾积极参与带有宗教哲学色彩的各类学会组织的活动，但在 1928 年被捕之际，却也不得不因有染于宗教问题之嫌而受难。所以，鲍恰罗夫在《关于一次谈话和有关这次谈话的若干问题》解释了巴赫金何以会在其著述中对宗教问题有意回避和保持沉默的原因，在于早在 20 世纪 20 年代他就开始担心会由于宗教问题而受到迫害。①

当前国际学术界在追溯巴赫金学术思想的源流时，与西方思想家的比较往往做得很多也很详尽，但对巴赫金所接受的俄罗斯思想传统，似乎更应该予以优先关注才是。这里的问题在于：虽然巴赫金可能也比其他人更有条件接受西方的影响，但归根结底他是一位出身于俄国、生长在俄国的思想家，俄国文化才是其思想的母体和土壤，这个主从关系是不容颠倒的。巴赫金与俄国宗教哲学思想的最基本的共同点，在于他们都认为精神和意识是社会以及整个存在的发展的动力因，但他的知性著作却是建立在内在的宗教体验和启示之上的。如巴赫金的复调小说理论原本与陀思妥耶夫斯基的宗教理念毫无关系。但在陀思妥耶夫斯基那里，复调小说理论从内在方面来说与作家对于"聚议性"（communality，соборность，一种相互同情、共同负担，集体负罪负责的精神）的理解有关。

"聚议性"是俄罗斯文化的核心概念之一。其首倡者是俄国斯拉夫派奠基人霍米亚科夫。"聚议性"（соборность）原本是一个宗教术语，俄语中动词"собрать（ся）"（采集、聚集）、名词"собор"（聚集起来）和"соборня"（小教堂）中，都有"брать"（拿、取）这个词根。也许霍米亚科夫独创的"聚议性"（соборность）这个词，是受到了表示信徒聚会集会的"小教堂"（соборня）的影响。"聚议性"是俄国哲学中特有的一个概念，它表示对"统一、神圣和普世"的东正教会的一种理解。聚议性指"东正教会是主耶稣的身体，是基督徒的统一体，但不是简单的集合体，而是生命的有机的躯体。在教会这个'有机躯体'里，耶稣为头，而热爱上帝真理，沿着耶稣指引的道路追寻天国的众信徒为躯干。头和躯干的和谐运动，共同成长，一起构成有机的、血脉相连的信仰的'生命共同体'。教会之外没有生命，教会这一精神'生命共同体'不泯灭信徒个性，相反会使得每个人充分享受爱的喜乐与自由，个体生命因上帝的祝福和期盼变得更加丰

① Ruth Coates：*Christianity in Bakhtin：God and the Exiled Author*，London：Cambridge University Press，1998，p. 9.

盛。"①这个概念又常常被他称之为村社主义原则。

此外，巴赫金还曾借用了马丁·布伯(Martin Buber)的思想，即把对话当作人和"上帝"之间最初的交往方式，因为只有"上帝"是最初和最本真的"你"(Thou)，而只有在面对"上帝"时人才可以把自己命名为"我"(I)。而鉴于当时苏联的政治状况，我们可以设想和推断巴赫金不敢于公开在苏联出版物上宣称其理念的潜台词是宗教这一真相。②而且，巴赫金"和俄国存在主义的关系似乎更密切；如果说在《论行为哲学》这篇论文中对'普遍真理'的激烈否定中我们有时简直可以听得出列夫·舍斯托夫的语调的话，那么，别尔嘉耶夫20世纪30年代的著作《我与客体世界》中的某些段落则似乎出自巴赫金的手笔。然而，巴赫金却并非什么宗教思想家，而且又把自己的哲学命运与康德最新的思想路线联系在一起，所以，巴赫金在世纪之初的俄国哲学界，占据着一个十分特殊和独一无二的地位"③。

玛丽亚·卢基年科在其论文(《巴赫金与俄国正教：一座装满镜子的宫殿》)中，试图把巴赫金置于其著作的理论语境下从而揭示其"镜像"之一："揭示俄国正教对巴赫金观点影响的复杂性"，因为这对于全面理解其著作具有非凡的意义。"一般说在20世纪初俄国正教对俄国文化和知识分子思想产生了十分重大的影响，而巴赫金肯定也曾受到过此种影响。"这位西方的研究者认为巴赫金所受知性影响问题之所以如此令她痴迷，主要有如下两个原因："首先，我有这样一个坚定信念，即巴赫金那种直觉式的修辞技巧及其思想的发展很大程度上取决于他的宗教观点。其次，在我看来，西方修辞学研究常常忽略了一个非常重要的事实，即这一影响证实神学在巴赫金观点中的存在乃是一种俄国文化而非纯粹的宗教现象。"④

1995年，埃默森(Caryl Emeron)首次尝试把巴赫金置于世纪初俄国宗教哲学家群中予以定位。他的结论是：巴赫金既非索洛维约夫那样的

①　季明举：《艺术生命与根基——格里高里耶夫"有机批评"理论研究》，北京，中国文联出版社，2005，第55页。

②　Michael N. Epstein, Alexander A. Genis, Slobodanka M. Vladiv-Glover：*Russian Post-modernism：New Perspectives on Post-Soviet Culture*, Berghahn Books, Incorporated, 1998, p. 359.

③　М. М. Бахтин：*Pro et contra. Личность и творчество М. М. Бахтина в оценке русской и мировой гуманитарной мысли*, Антология. Том 2, Санкт-Петербург：Издательство Русского Христианского гуманитарного института, 2001, С. 142.

④　http://www. public. iastate. edu/~mashahom/Bakhtin_theology. pdf. p. 4.

神秘论者，也非舍斯托夫那样的存在主义者和非理性主义者，更非托尔斯泰那样的基督教无政府主义者和理性主义者。巴赫金代表着人们对宗教思想家和受神学影响的美学家的集体镜像。埃默森指出："与 20 世纪初大多数杰出的俄国知识分子一样，宗教观点使巴赫金成为一个文化界的代表人物，他得以把其神学架构融入到其修辞学、美学和话语哲学中来。"巴赫金本人也曾在一处地方讲到：生为一个俄罗斯人，一个人不可能不信奉东正教："一个人出生在俄国就不可能不是一个东正教徒……这里有一种必然性……如其不然，说一个人生在东正教国家里却不是一个东正教徒，这反倒显得十分反常了。"①俄国东正教可以塑造俄国人的世界观，但却并非必然要求人们遵守其并不严厉的教规、履行其仪式这一点，早已成为俄国宗教文化和宗教哲学的一个特点。"白银时代"那些思想家们身上，大多可以看到这一特点。而巴赫金就是一个重视东正教世界观而轻视其教会体制一面的思想家之一，但他却不属于任何一种宗教思想家。鲍恰罗夫则认为巴赫金与俄国宗教哲学的密切关系决定着他作为一个思想家的独特性，同时强调巴赫金思想的宗教来源。巴赫金著作中的描写语言及其美学到处渗透着神学概念。其美学是一个人对另一个人（如作者对主人公）所实施的"美学拯救"（aesthetic salvation）。鲍恰罗夫认为："巴赫金的美学虽然还不是一种宗教哲学，但却来源于宗教哲学，并采用神学术语进行运作。这是一种处于宗教哲学边缘但却并未跨越这一边缘的美学。而这种关联之所以可能则得益于俄国东正教是一种边缘可以渗透的宗教，因而它允许俄国文化和哲学对其的渗透。"卡特琳娜·克拉克与迈克尔·霍奎斯特首次指出：巴赫金、蓬皮扬斯基和卡尔萨文都曾是（彼得格勒）圣索菲亚协会的成员。②

　　按照卡特琳娜·克拉克与迈克尔·霍奎斯特的说法，巴赫金在大学时代和与其同时的形式主义者及其他艺术或政治团体关系疏远，但却与激进的神学组织关系密切。1916 年，由于安东·卡尔塔舍夫的推荐，巴赫金进入了彼得堡宗教-哲学协会（1907～1917），成为该组织活动的积极参与者之一。巴赫金与之关系密切的是宗教-哲学协会的一个叫作"复活"（Воскресение）的组织。该组织在当时拥有极大影响力，持续存在时间也最长，从 1917 年到 1929 年。该组织由亚历山大·亚历山大洛维奇·梅

　　① http://www.public.iastate.edu/~mashahom/Bakhtin_theology.pdf，pp.1-20.
　　② Craig Brandist, David Shepherd and Galin Tihanov（eds.）：*The Bakhtin Circle：In the Master's Absence*，Manchester and New York：Manchester University Press，2004，p.49.

耶尔(1875～1933)领导。梅耶尔年轻时代曾是个马克思主义者，后来成为马克思主义批评家，先是宗教-哲学协会的积极参加者，后来又成为自由哲学协会的成员。利哈乔夫称他是一个"个性十分伟大的人"，在青年人中具有很大吸引力，善于引导人们走向宗教和"上帝"。而此时的巴赫金也是受他影响的年轻人之一。巴赫金小组的许多成员，也是受到他吸引的人，如蓬皮扬斯基、尤金娜。梅耶尔小组起先每逢周二聚会。小组的口号是"基督与自由"。后来从中又分离出一个核心小组，并改为每周日聚会。1918年4月，小组出版了后来成为唯一一份的杂志《自由之声》。该杂志的宗旨是"用精神的真理拯救社会主义真理，用社会主义真理拯救世界"。与自由哲学协会不同，梅耶尔小组并未拥有广大听众，而是一个名副其实的"小组"。该小组不具有反新政权性质，而寄希望于政府自身的改革。小组内部实行一种"家庭教会"礼仪：有自己的宗教节日、礼仪、祈祷词、圣餐礼、握手礼。小组经常讨论的话题来自于上次例会，往往是"按照基督教精神探讨当代事件"。"小组真的洋溢着一种聚议性交往的精神"，"实现了一种对话式的精神氛围"。这也可以说是实现了该小组领袖梅耶尔"交往哲学"的理念。成员相互之间有一种"充满爱意的聚议性关系：我-你，我-他"在"完整统一"的基础上是一体的（你身上的我，我身上的你，我和你是一体，我就是你）。这样一种"多"与"一"、"多寓于一"、"一寓于多"的关系有助于人们虔诚面向上帝。

梅耶尔早在20世纪30年代最后写定其"交往哲学"以前，就已在小组的聚会上口头传播了他的思想：独立自足的、价值自足的、作为最高价值的个性之"我"会在最高的神性之"我"中找到其支柱，并为了自我价值的实现而要求和其他价值自足的"我"一起参与世上的创造活动，而这也就是梅耶尔关于牺牲弥赛亚的观念，而人类的精神文化就是从此中酝酿而生的。"恐怕除了梅耶尔没有人堪称一位深刻的交往哲学家和诗人"。生命的共性，如"共同的爱"、"存在的最高形式"会把一切独立自闭特殊自足排除掉，而使人走向植根于上帝和超我(Сверх-Я)的有机统一。人类只有克服自身的低级存在法则才会走向完美的存在和最高的存在。梅耶尔是20世纪俄国思想的源头和鼻祖之一，也是对话和对话意识、"我"和"你"在"上帝"的基础上结为一体理念的首倡者。作为交往哲学的第一位传播者，他即使是在服苦役和流放中也不忘"提着灯笼"去寻找人。

"复活"不幸被当局解读为是"想要复活旧制度"的反苏组织，因而使100人受到牵连。多数人被判5～10年苦役。列宁格勒独立知识分子受到了官方的惩罚：1928年12月24日，米哈伊尔·米哈伊洛维奇·巴赫金被捕,罪名是"从事反革命活动"和"参加反苏组织'复活'",并在该组织中做过"反苏性质的报告"。晚年巴赫金曾在与杜瓦金的谈话中说梅耶尔是个"优秀的人物","很优秀"、"非常善良"、"非常正直"。虽然巴赫金在政治观点上与梅耶尔有所不同,但他的对话主义理论无疑与其有着广泛的契合和一致之处。①

亚历山大·米哈伊洛维奇(Alexandar Mihailovic)指出:"巴赫金与如索洛维约夫和梅耶尔这样的宗教哲学家之间的相似性和契合点在此显露无遗,这使我们认识到巴赫金的基督逻各斯中心主义的隐喻或许至少是通过后者的渠道引入进来的,而且还涂抹了一层非常态神学的油漆,做出好像是专门从教会神父那眼井里取来的样子。"写作过论述俄罗斯东正教语言哲学思想的娜塔丽娅·普拉特也指出:沃洛希诺夫对待语言社会学维度的观点与巴·亚·弗洛伦斯基、谢尔盖·布尔加科夫以及亚·费·洛谢夫的语词本体论思想非常之相似。②

第三节 置身时代氛围里的巴赫金

卡特琳娜·克拉克与迈克尔·霍奎斯特指出:"符号拥有身体这一观点契合了巴赫金的本体论神学立场:圣灵拥有基督。上帝抛弃形相的事件再次体现在语言中,这一事件是上帝向人类呈现的方式。"③

L. 朱莉安娜和 M. 克拉森斯在《作为对话的圣经神学:关于米哈伊尔·巴赫金与圣经神学的系列谈话》中指出:语言文学的对话本质是巴赫金理论的基础,同时也是其关于真理以及关于生活的理论基础。对话模式不仅适用于文学,而且也适用于真理和生活。真理是神学命题,但却与生活有着密不可分的联系。"上帝可以不靠人,但人离不了上帝。"④

"生活就其本质说是对话的。生活意味着参与对话:提问、聆听、应答、赞同等等。"⑤每个言语或话语都是对前此话语的应答或反应。"实际

---

① Анастасия Гачева, Ольга Казнина, Светлана Семенова: *Философский контекст русской литературы* 1920-1930 *х годов*, Москва: ИМЛИ РАН, 2003, C. 64-68.

② Alexander Mihailovic: *Corporeal*, *Words*: *Mikhail Bakhtin's Theology of Discourse*, Evanston, Illinois: Northwestern University Press, 1997, p. 45.

③ Виктор Шкловский: *О теории прозы*, Москва: Советский писатель, 1983, C. 297.

④ 〔苏〕巴赫金著,钱中文主编:《巴赫金全集》第 5 卷,白春仁、顾亚玲译,石家庄,河北教育出版社,1998,第 375 页。

⑤ 〔苏〕巴赫金著,钱中文主编:《巴赫金全集》第 5 卷,白春仁、顾亚玲译,石家庄,河北教育出版社,1998,第 387 页。

上任何表述，除了自己的对象之外，总是以某种形式回答（广义的理解）此前的他人表述。说者不是亚当，所以，他那言语的对象本身，不可避免地要成为与直接交谈者的意见（在谈论或争论某个日常事件时）或者与各种观点、世界观、流派、理论等（在文化交际领域里）交锋的思想是不存在的。"①"不同语言对话式地相互对应，并开始互为对方而生存（正像一个对话里的双方对语似的）。"②在同一本书中，巴赫金还对他把话语比作亚当的意义作了申说："只有神话中的亚当……才真正做到了始终避免在对象身上同他人话语发生对话的呼应。"③

　　巴赫金曾经对生活立场与语言之间的关系进行过描述，而他与宗教哲学的关系则非常酷似于他笔下的描述。巴赫金关于作者与主人公的思想，诚然来源于对话这一范畴。然而，古代关于上帝-艺术家和世界即上帝之作品的传统观念，也构成了其来源之一。这两种来源都在以弗·索洛维约夫为代表的俄国宗教哲学，尤其是索洛维约夫之"万物统一哲学"中相互交织。按照索洛维约夫等人的哲学，人也参与了完善"上帝"所创造的这一世界的事业。人力就是为了补救天工的不足。但人和"上帝"是如何在"共同创造"中合作的呢？这就是对话。如巴赫金所认为的那样，文学形式是作者与主人公相互作用的形式。在创造活动中，作者和主人公这两个主体虽然分属于两个不同的存在价值层面，但却相互需要。一方面，形式需要非审美的内容，无之，则无形式可言；另一方面，生活问题不走出自己的界限也就不会产生审美形式。这也就是说，必须使伦理和审美的相关概念成为必要的前提。索洛维约夫把上帝与世界的关系比作艺术家与其作品的关系。或更确切地说，是比作艺术家与其创作中的理念的关系。

　　巴赫金显然从索洛维约夫等人的哲学中获得过启示。例如，在《生活的意义》中，特鲁别茨科依说道：上帝与人的关系是对话关系。"假如人与上帝隔着一道不容他们结合的深渊的话，那么宗教关系一般说是根本不可能建立的；而如果在与上帝结合的同时，人以此融化在上帝身上从而失去了自己的面目的话，这种结合同样也是不可能建立的，因为在这种情况下，已经不再有两个相互对待者，因此也就没有关系本身了。"此

---

①　〔苏〕巴赫金著，钱中文主编：《巴赫金全集》第 4 卷，白春仁、晓河、周启超等译，石家庄，河北教育出版社，1998，第 180 页。

②　〔苏〕巴赫金著，钱中文主编：《巴赫金全集》第 3 卷，白春仁、晓河译，石家庄，河北教育出版社，1998，第 190 页。

③　〔苏〕巴赫金著，钱中文主编：《巴赫金全集》第 3 卷，白春仁、晓河译，石家庄，河北教育出版社，1998，第 58 页。

外还有："启示不是独白，而是对话，是上帝与人的生动的谈话，在这种对话中，带有神性思维的人的意识达到了最紧张最活跃的程度。"①

巴赫金无疑染有同时代人身上都难以避免的"宗教无意识"，它们往往会不经意间自觉不自觉地流露出来。例如，在讨论别雷的《尼古拉·卡塔耶夫》时，巴赫金却突然谈到了陀思妥耶夫斯基《卡拉玛佐夫兄弟》来，说陀思妥耶夫斯基的作品往往写得像圣徒行传，"这一点，尤其明显地见之于《卡拉马佐夫兄弟》中对那些小男孩的描写。伊留沙被钉在十字架上：在一个生命之缩微的形态上建构了一座教堂式的宏伟建筑。这里可见出那种把生命的每一脉动置于宇宙层面加以理解的尝试，即置于殉身受难之中。"②巴赫金对小说的这些篇章情有独钟应该说情有可原：许多文艺学家也都不约而同指出：在陀思妥耶夫斯基笔下的这些篇章里，散发着一种浓郁的东正教"聚议性"的精神，和果戈理《塔拉斯·布尔巴》里扎波罗什人的营地一样，成为对俄罗斯文化中聚议精神的形象化诠释。

加林·蒂哈诺夫（Galin Tihanov）指出："在此，有关巴赫金的宗教生活问题也具有十分重要的意义。不宣称自己是无神论者是不能被革命所接受的，这简直意味着逆历史真理而犯罪一样——犹如既同情马克思主义，与此同时却又保持着宗教上的自由思想或坚定的基督教信仰一样。"20世纪20年代俄国知性生活的结构十分复杂，各种各样的宗教和社会乌托邦相互密切交织在一起。值得注意的是，1928年12月，巴赫金在其所提供的证词中这样写道："具有宗教信仰"，"是马克思主义者和革命者"。这一对自我的界定不像是偶然为之的任性之举，也不像是一个策略步骤，它表明这位哲学家对新政权的忠诚（如若不然，巴赫金究竟有什么必要承认自己是信教者呢？），这是他在20世纪20年代后半期当他和瓦·尼·沃洛希诺夫和帕·尼·梅德韦杰夫接近后开始公开接受马克思主义话语的一种反映。而且，更其重要的是，"马克思主义-宗教"的自我界定表明巴赫金真诚地承认当时的既成局势。他和那个年代许多知识分子一样，相信苏维埃政权的巩固不会对20世纪20年代早期对于世界观的容忍度和意识形态的多样性产生恶劣影响。被捕和被流放打碎了他的这一善良的幻想。

巴赫金在20世纪20年代初究竟是不是一个严格意义上的马克思主

---

① Н. Д. Тамарченко：*Эстетика словесного творчества Бахтина и русская религиозная философия：пособие по спецкурсу*，Москва：Изд-во Кулагиной，2001，С. 111-112.

② 〔苏〕巴赫金著，钱中文主编：《巴赫金全集》第4卷，白春仁、晓河、周启超等译，石家庄，河北教育出版社，1998，第468页。

义者是无法回答的，但有一点显而易见：那就是在 20 世纪 20 年代初他已经断定接受革命这是最明智也最合理的选择。① 加林·蒂哈诺夫的判断，无疑是正确的。的确，20 世纪 20 年代初的巴赫金和与其同时代的奥波亚兹，和已经成为列夫派的未来派们等先锋派一样，不但接受了革命，而且还怀着满腔热情积极参与了革命后初年的文化建设热潮。俄国浪漫派"建设新生活"的理念在这个火红的年代里焕发出了革命的光辉。不但巴赫金、沃洛希诺夫和梅德韦杰夫，而且就连安·别雷、曼德尔施塔姆……这样的前象征派诗人，也都怀着满腔热情，投身于社会主义的文化建设高潮中来。他们甚至饿着肚子为了建设新的文化事业而奋力拼搏，充满了宗教信徒般的狂热。在这种近乎于狂热的精神氛围中，这种忘我牺牲的精神和热情难免不带有些许宗教的色彩。

卡特琳娜·克拉克与迈克尔·霍奎斯特认为应当把巴赫金的著作视作为一种"用密码编写的神学"。"无论巴赫金是否信教，但即使不把其全部著作都看作是一种封闭的神学，其作者也完全有可能信教。"②事实上，由于苏联早期对包括东正教在内的一切宗教采取坚决取缔的态度，历史上一直以信奉东正教为国家信仰的俄罗斯人，被迫使自己的信仰由地上转为地下，被迫公开宣称自己是无神论者，而同时在心灵深处保持其东正教信徒的虔诚之心。按照一些权威人士表述，苏联时期这类明里不信教，但暗地里笃信宗教的知识分子，所在多有，其中就包括阿克梅派著名女诗人安娜·阿赫玛托娃。

巴赫金的情形即有类于此。爱泼斯坦也指出："宗教无意识远非仅限于先锋派作家，它最强烈地决定着下述作家，如安德烈·普拉东诺夫和奥西普·曼德尔施塔姆，甚至如米哈伊尔·巴赫金和阿列克谢·洛谢夫这样的理论家创作意识的结构，他们全都并未就宗教问题发表过言论，而且明显避免发表言论，但却按照'被删除的'和'被排挤掉的'宗教体验和启示的方式结构其艺术和思维世界。"爱泼斯坦继而写道："例如，巴赫金的复调小说理论显然无论如何也与陀思妥耶夫斯基的宗教理念无关，虽然有一点显而易见，即陀思妥耶夫斯基的'多声部'（многоголосие）与其基督教聚议性、同情和赎罪问题、普遍罪孽和责任问题的观点（'相互担

---

① Galin Tihanov："Bakhtin's West World", *New Literature Review*，2002(5)，pp. 56-57.

② Gary Saul Morson, Caryl Emerson：*Mikhail Bakhtin：Creation of a Prosaics*，California：Stanford University Press，1990，p. 114.

负＇）有着内在关联。而巴赫金受启示于他那个时代尽人皆知的布伯①的著作同样也是众所周知的。后者把对话当作是人与上帝相互关系的最初方式，因为只有上帝是最初的和永恒的'你'，人在他面前将自己定义为'我'。我们可以推断巴赫金在其著作的苏联版里不可能公开宣布其思想的宗教语境。但其为数众多的晚年笔记及其与友人和学生们的谈话同样也未能提供任何有关巴赫金宗教信仰问题的直接证据。我认为问题的实质在于深刻地渗透20世纪文化的否定神学，而其精神只有在苏联无神论中，才找到了最野蛮的体现形式。"②

当然，巴赫金在继承俄国宗教哲学学术遗产的同时，对之也不乏扬弃。巴赫金坚持认为我们的自我无法了解自己，因为人类的心理注定只能从一个外在于个人心理的他者角度出发，才能认识自我的真相。移情似的角色换位非但不足以认识自我，反而可能会失去自我。加里尔·埃默森指出："巴赫金在坚持这一点的同时，把自己的'哲学人类学'与俄国东正教哲学家们（索洛维约夫、洛斯基、弗兰克、弗洛伦斯基）的教导——他们的学术还说不上是敌视个性人格，但却倾向于把终极的青睐给予集体社团或和谐社团，给予万物统一学说和聚议性——分隔开来。而对巴赫金来说则相反，他更加青睐于他者（другость）和异者（инакость），理想的综合总是在后来的分离和强烈的差异中被预告的。"③

陀思妥耶夫斯基的名言：假如基督在真理之外，而真理也的确在基督之外，则我宁愿跟从基督，而非真理。

巴赫金如何展开这种对位式的对立呢？我想他肯定会以为对于陀思妥耶夫斯基来说基督可能会显得"更真实"，这大概是因为在那个时代陀思妥耶夫斯基的生活中，陀思妥耶夫斯基不得不浪费如许多的力量好去理解基督，得到过如许多的各种各样的"答案"在其内心，他不得不一再回到同样一些他喜爱的寓言如此深刻地衡量它们的价值，以至于这些问题到底是怎么解决的或被想象或基督以自身为例加以"证实"的，对他来说已经并不重要了。因为对于人类生存

① 布伯（Martin Buber，1878～1965），德国犹太宗教哲学家和作家，接近辩证神学和存在主义。曾居住德国（1933年前）和以色列。布伯哲学的中心思想为生存就是"对话"（神与人，人和世界之间的对话）。

② М. Н. Эпштейн：*Слово и молчание：метафизика русской литературы*，Москва：Высшая школа，2006，С. 277.

③ Caryl Emerson：*The First Hundred Years of Mikhail Bakhtin*，New Jersey：Princeton University Press，1997，p. 212.

来说最终的问题以及使我们的生活产生价值的问题，取决于两个因素：第一，我们向谁去求助，以及第二，需要多长时间。例如，我大概不会问"我究竟是谁"这样的问题，——这实质上是一个不要求有回答的悖论——而是会问"我要成为一个人物得需要多少时间"？你选择怎样一个他者来和你一起度过这段时间并且采用一种什么态度对待这个世界？老实说，这本身就是个严肃的问题，也是真理的实质所在。

由此可见，巴赫金是在以自己特有的完全是对话式的方式来对待真理和宗教信仰问题的。可以确信，在地下俄国东正教会的活动中，他是一个积极的信徒。20 世纪 20 年代他曾在讲座中讲授康德和宗教，他的思想从来就不是无神论的。但如果我们把他的全集当作一个整体的话，则巴赫金似乎在说：我所需要的是在精神上活下来，而其他所有人所需要的，却是上帝的信仰是未必需要的。……"不是上帝，而是任何一个人的邻居"，这才是他强调的重点："在两者（指对话——加切夫）都以我的名义聚集起来时，我就在你身上"：爱你的邻人，你就会认出上帝……在巴赫金对聚议性的理解中，每个人都不是往上看，往天上看，也不是往前看，或往祭司身上或诵经台上看，而是会相互瞩望，认出上帝的神性放弃……①

第四节　多元——一个可能不可或缺的哲学背景

本书研究的对象——米·巴赫金——是"白银时代"俄国思想界硕果仅存的伟大思想家之一，是"白银时代"俄国文化复兴运动的最后一位集大成者，也是连接 20 世纪末 21 世纪初俄国和世界思想界的一位代表人物。当然，作为一位眼界开阔、具有世界规模思维视野的大思想家，巴赫金在其成长的过程中，不可能不接受来自各方面的直接或间接影响。诚如孔金、孔金娜所说："米·巴赫金创作个性的特点即其观点体系基本上是在 20 年代形成的。是在两个伟大的世纪——19 世纪和 20 世纪——之交在与俄国和西方文化发展中最重要最具有决定性意义的倾向的对话中形成的。"②作为一位 20 世纪俄国思想家，巴赫金受到的影响是多方面

---

① Caryl Emerson：*The First Hundred Years of Mikhail Bakhtin*，New Jersey：Princeton University Press，1997，p. 158.

② С. С. Ҟонкин，Л. С. Ҟонкина：*Михаил Бахтин. Страницы жизни и творчества*，Саранск：Мордовское книжное издательство，1993，С. 331.

的。迈克尔·加德纳(Michael E. Gardiner)指出:"除了马克思主义,还包括新康德主义、形式主义及其他早期苏联的先锋派运动,以及进化生物学、爱因斯坦物理学及古典思想。"①这里作者所列举的文化现象,可以说都是在俄罗斯文化复兴时期的"白银时代"呈现的。以上所说的那些特征和方面,确实都是作为思想家的巴赫金所具有的,他的确和上述各种思想潮流有着这样那样的密切联系。

巴赫金是倡导对话思维并且也是身体力行对话思维的典范。他自己的思想,就是在与同时代一系列思潮流派的学术对话中,形成和发育成熟的。要想给予巴赫金思想以准确的定位,仅仅把其自身思想锁定在单一思潮的视野里是远远不够的,因为在巴赫金思想的形成过程中,由于对话式语境使然,使其思想从一开始就与其对话者们的思想交织缠绕在一起,以至于我们很难把巴赫金的思想不带任何损失地从整个纠结在一起的一团中离析出来。所以,尽管作为一位多元主义者巴赫金所受到的影响自身也可能是多元的、舶来的,或外源性居多的,但他的思想归根结底要归源于他的历史文化语境而不可能是"天降甘霖",要归源于他和他同时代人的学术对话而非与西方哲人的"凌空寄语",要归源于渊源深长博大深邃的俄国历史文化传统而非巴赫金从未涉足的异国他乡。思想的旅行不等于思想的共时态性,而只有被接受主体接纳并继而加以创造性改造的思想,才是文学影响和借用领域里的有效思想。

而巴赫金最重要的对话者,是俄国形式主义即奥波亚兹,或不如说,俄国形式主义或奥波亚兹,是巴赫金"可敬的对手"。他们是"相互形成的",在长期对话过程中,他们既相互对立,又互为依靠,双方都离不开对方,既对立又统一,他们的关系,恰好成为对辩证法对立统一规律的最好演绎。巴赫金学派与俄国形式主义互为"他者",并且相互"激发着思想的火花"。② 巴赫金与俄国形式主义都是我们现在所讲的"白银时代"的文化产物,因此,二者之间不可能不存在某种关联,而这种关联是历史注定的和宿命的。在这两种空前绝后的文化现象身上,都打上了历史的深刻的烙印和胎记,刻录着历史的年轮。时代的风风雨雨不可能不在它们身上留下自己的痕迹。

① Michael Gardiner: *The Dialogics of Critique*: *M. M. Bakhtin and the Theory of Ideology*, London and New York: Routledge Press, 1992, p. 2.

② Katerina Clark, Michael Holquist: *Mikhail Bakhtin*, Cambridge, Massachusettsand London, England: The Belknap Press of Harvard University Press, 1984, p. 38, p. 252.

那是一个思想相对自由、言论相对自由的时代，因此，他们或多或少都是一种自由的科学探索的产物。"艺术的精确和科学的激情"成为他们试图去把握的时代精神。巴赫金与奥波亚兹——俄国形式主义者们——都是"白银时代"俄国文艺学美学探索的产物，他们身上带有鲜明的时代烙印。尼·康·鲍涅夫斯卡娅指出："巴赫金有权被当作'白银时代'俄国哲学家圈中的一员，他属于这一完全独特的文化现象。"①

米·列·加斯帕罗夫关于 20 世纪 20 年代曾经这样写道："俄罗斯文化中的 20 年代，是社会革命的年代，是文化革命的年代，是感觉到自己是文化之载体的新阶级的年代，是'我们是自己人，我们正在创造一个新世界'的纲领的年代——我们正在创造世界文化的鼎盛繁荣时代，在其面前，人类以前所有的文化都将黯然失色，而我们却将从头开始建设这个世界，并对过去的一切尝试都不屑一顾。20 世纪 20 年代是马雅可夫斯基、梅耶荷德，是爱森斯坦，是马尔的时代。而体验'而我也是一个文化的载体！'这样一种感觉可以具有双重含义：一是'瞧我也会从事创造，绝不是只会仰望那些创造者们！'——这是巴赫金（以其对争论中的行动中的思想的崇拜）；'而我也会影响别人，绝非只会受别人的影响！'——这是形式主义者们（以其对建设中的语言文学工艺学的崇拜）。巴赫金与形式主义者们之间的仇恨是一个充满争议的问题，因为这原本只是同样文化色系中人们之间的争斗罢了：最热烈的争论永远不是关于色彩的，而是关于色调的。"②

此后，俄国知识分子的生活在此期间经历了最剧烈的转型期。旧的出版社和报刊社被关闭了，其财产国有化了。文化领域由马克思主义意识形态、无产阶级和左翼艺术主宰着天下。创作界知识分子组织了各种与政权作对的团体和组织。新经济政策刚开始的一年半里，各种小组和团体、出版物和刊物甚至书店纷纷涌现。如《文学信使报》、《思想》（只出了 3 期，由 1921 年 2 月刚刚恢复工作的彼得格勒哲学协会主办）。新团体中最五光十色的有"自由哲学学会"（Вольфилы）、"艺术之家"到梅耶尔的"复活"。宗教哲学复兴运动的许多一流人物都是其参加者，如别尔嘉耶夫、布尔加科夫、弗兰克、洛斯基、弗洛连斯基、维舍斯拉夫采夫、

---

① М. М. Бахтин：*Pro et contra. Личность и творчество М. М. Бахтина в оценке русской и мировой гуманитарной мысли*，*Антология*. Том 2，Санкт-Петербург：Издательство Русского Христианского гуманитарного института，2001，С. 141.

② М. М. Бахтин：*Pro et contra. Личность и творчество М. М. Бахтина в оценке русской и мировой гуманитарной мысли*，*Антология*. Том 2，Санкт-Петербург：Издательство Русского Христианского гуманитарного института，2001，С. 32.

卡尔萨文、巴赫金……参加者最多的是"自由哲学协会"。它 1919 年成立于彼得格勒，一直存在到 1924 年。它在各地还设有分会，如莫斯科、基辅、沃罗涅日、赤塔、柏林。除以上所说的 9 位创始人外，还有许多作家、哲学家、艺术家、艺术理论家，如勃洛克、别雷、伊万诺夫-拉祖姆尼克、列夫·舍斯托夫、彼得洛夫-沃特金、阿·济·斯坦别格……这些成员中有许多来自此前的另外一个艺术家团体"斯基福人"（Скифы，1917~1918）。该团体的全称叫"斯基福人学院"，是在人民教育委员会剧院里想出来的。"斯基福人"出版两本同名文集，叫《彼得格勒》（1917、1918）。"斯基福人"以鼓吹"农夫的天堂"和马克思主义著称，带有崇拜农民，诗化农村的倾向和情绪。

　　和巴赫金一样，奥波亚兹"三巨头"包括莫斯科语言学小组主席罗曼·雅各布逊，也都是在苏联 20 世纪 20 年代文坛才开始崭露头角的新人，是轰轰烈烈的"白银时代"后期应运而生的一代人。"白银时代"老太太丽·雅·金斯堡（Лидия Яковлевна Гинзбург）当年曾是受俄国形式主义深刻影响的诗歌爱好者和初学写诗者。晚年在回忆中说道："形式主义方法非常广阔。和任何广阔现象一样，它也把许多曾经与其发生争论的人吸纳了进来。巴赫金身上所发生的事情就是这样。巴赫金关于陀思妥耶夫斯基的理念成了文本的血肉和艺术形式的成分的思想，是与形式主义学派的观念相吻合的。"[1]

　　首先，奥波亚兹几位代表人物和巴赫金，都曾在同一时间在彼得格勒大学语文系学习——他们的人生轨迹在一段时期内是交合在一起的。这一点十分重要，因为它意味着：他们是呼吸着同一种空气成长起来的。据本书后面所附的"巴赫金小组年表"，1916 年，巴赫金移居彼得格勒，在大学的古典语文和古典哲学系听课。虽然后人无法找到能够证明其学生身份的正式文件，但他在此期间在彼得格勒大学语文系学习却是确切无疑的。此时，后来巴赫金小组的雏形已经存在，即巴赫金和他的哥哥尼古拉以及蓬皮扬斯基一起不时参加的中枢（Omphalos）小组的聚会。除此之外，巴赫金和他的小组成员还参加过彼得格勒宗教哲学学会的聚会。而他和亚历山大·梅耶尔的相识，也发生在这一年。

　　这是一个非常值得注意的事实。它告诉我们巴赫金和奥波亚兹都是同一个时代风潮的产物。根据巴赫金自述：他在彼得格勒大学学习了 4

---

① К. Г. Исупов: *Бахтинология. Исследования. Переводы*，Санкт-Петербург：Публикации Алетейя，1995，C. 12.

年之久（1916～1920）——这也正是奥波亚兹们开始在俄苏文艺学界呼风唤雨、引领潮流的那些年。① 但按照卡特琳娜·克拉克和迈克尔·霍奎斯特的说法，巴赫金在彼得堡逗留的时间虽然也是 4 年，但起止日期与年谱不同。"从 1914 年到 1918 年，巴赫金是在彼得格勒大学度过的"②。以上两种说法中我们以为第一种比较准确。格于写作时的条件和环境，卡特琳娜·克拉克和迈克尔·霍奎斯特也许是把时间搞错了。按照卡特林娜·克拉克和迈克尔·霍奎斯特的说法，在大学期间的巴赫金虽然认识形式主义者们，但却不愿与之直接交锋，而宁愿采取间接的方式。巴赫金以价值论为主攻方向，按照这一取向，形式主义所提问题必然只能占据一个不十分重要的地位。巴赫金学派则把建立一套意识形态科学当作自己的理论追求和学术宏愿。③

关于此期的巴赫金为什么不愿意与俄国形式主义者进行正面辩论和交锋，埃默森有一个解释，他把原因归诸于巴赫金本人的性格。他写道：

> ……巴赫金就其气质最不适合于争论。他是不愿意被谴责被排斥的。所有关于巴赫金的回忆录都强调他成熟期个性的这些方面：无论是善于忍耐、倦怠、贵族式的鄙视、对对话的承诺、狂欢节式的乐观主义、基督式的恭顺，还是简单地因为疲劳，慢性病和疼痛——正如一位周年纪念回忆录的作者所说，一种"睿智的气质"(lightness)使巴赫金这个人从来绝对不会在某个问题上站在坚定的和最终的立场之上，或提出一种严格的限制性条件，或采用任何暴力形式的手段。这种"睿智的气质"被证明是一种对于将其思想政治化的一种障碍。它也帮助他理解陀思妥耶夫斯基身上的对话性。④

关于 20 世纪 20 年代国际学术界略有些争议。对这个时代学术界有各种各样的描述。我们认为在整个"白银时代"末期（即整个 20 世纪 20 年代），苏联文坛的景象是活跃的，甚至可以说是十分繁荣的。从构成这个年代文化驱动力的架构角度看，20 世纪 20 年代理应属于"白银时代"末

---

① М. М. Бахтин：*Беседы с В. Д. Дувакиным*，Москва：Согласие，2002，С. 125.

② Katerina Clark，Michael Holquist：*Mikhail Bakhtin*，Cambridge，Massachusetts and London，England：The Belknap Press of Harvard University Press，1984，p. 41.

③ Katerina Clark，Michael Holquist：*Mikhail Bakhtin*，Cambridge，Massachusetts and London，England：The Belknap Press of Harvard University Press，1984，p. 261.

④ Caryl Emerson：*The First Hundred Years of Mikhail Bakhtin*，New Jersey：Princeton University Press，1997，p. 159.

期。总之，一场轰轰烈烈的十月社会主义革命，并未使得俄罗斯文化的发展也形成同样的一条裂沟。相反，文化与社会呈现出不同步恐怕才是这个年代的真相。我们之所以认为 20 世纪 20 年代是"白银时代"末期，还因为构成这个时期主导文化思潮的一些文艺现象，并未被十月革命一分为二，而是在革命前后一脉相承。如文艺学中的俄国形式主义运动（它的两个发祥地之一的莫斯科语言学小组成立于 1915 年，而在彼得格勒的"诗歌语言研究会"则成立于 1916 年）。此外，和这一运动紧密相连甚至在许多方面难分彼此的俄国未来派（革命后易名为"列夫派"和"新列夫"派），同样也是一个横跨两个政治时代的文艺现象。以上两种在俄罗斯文学艺术中起过巨大作用，有过巨大影响的流派，都没有因为一场革命而被生生割裂为彼此互不相关的两段。关于这个"火红"的年代，还有的学者是这样描述的：

> 在革命后第一个激烈动荡的十年中，俄国艺术家与作家们得以以相对较少受到官方干扰（尤其是与后来的斯大林时期相比）的方式投身创作，这个时代到处充满了激进的变革精神，就好像在艺术和文学变革方面犹如爆炸的一场革命，与诸如现代主义和先锋派这样的当代西方文化现象十分相似的一场艺术革命。诗人像马雅可夫斯基、勃洛克和叶赛宁，戏剧家和导演如特列季亚科夫、哈尔姆斯、维杰斯基、梅耶荷德，讽刺作家左琴科、布尔加科夫，小说家扎米亚金、皮里尼亚克、奥列沙、普拉东诺夫，画家马列维奇、塔特林，电影艺术家爱森斯坦、普罗塔察罗夫，全都参加了俄国这场其意义可以与政治革命的意义相媲美的艺术革命，而且这场革命并未被行政日益加重的压制和行将到来的斯大林对所有艺术实验的厌恶所挤压到粉碎的地步。①

由于苏联共产党在整个 20 世纪 20 年代，先是忙于对付外国武装干涉势力的侵略，后又忙于恢复被战火毁掉的国民经济以及实行新经济政策，因而一段时期以来尚未来得及过问文艺问题，从而导致文艺界在一段时期内知识分子享有一定的思想和言论自由，充当"白银时代"俄国文化之驱动力的自由仍然在一定范围内可以为知识分子所共享。当然，此

---

① Booker, M. Keith: *Bakhtin, Stalin and Modern Russian Fiction: Carnival, Dialogism and History*, Westport, CT: Greenwood Press, 1995, p. 3.

期开始存在的一些主要文艺学派别,如俄国形式主义、马克思主义社会学、无产阶级文化派等,相互之间已经开始产生摩擦和争论,但总的说来争论还是正常的,即是双行道的——既可以予以批评,被批评者也可以并且有权进行反驳或反批评。这一时期文学界团体林立、派别众多,百花齐放,百家争鸣。仅就其中荦荦大者而论,就有"岗位派"、"十月派"、"熔铁炉派"、"谢拉皮翁兄弟"(Серопионовые братья,1921～1926)、"无产阶级文化派"甚至"无所谓派",等等,不一而足。这些文学团体的共同特点是都是"左派",他们之间的争论是"左派"和"极左派"之间的争论,甚至就连以倡导文学自主独立性见长的奥波亚兹和未来派,在政治上也属于积极拥护新政权的左派。这一充满动态和活力的文坛景观一直持续到20世纪20年代末,直到号称"布尔什维克党内唯一的唯美派代表"、教育人民委员卢纳察尔斯基于1929年被免职,俄苏未来派和列夫派首脑人物、杰出诗人马雅可夫斯基于1930年自杀后,轰轰烈烈的"白银时代"俄国文艺复兴才开始偃旗息鼓、落下帷幕。

正是在这样的大背景下,20世纪20年代对于俄国诗歌和诗学的存在而言,形成了一个短暂而又辉煌的"黄金时期"。这是战争与革命频仍,血火与硝烟交织的年代。但令所有人至今感到奇特的是,偏偏是那样一个血与火的岁月里,工人、水兵们对于诗歌有着疯狂的爱好。关于这个年代,维克多·厄利希有过经典的评述:

> 国内战争时期对形式的迷恋主要集中在诗歌中,而诗歌一直到1922年都是一种最主要的文学文体。这一次一句古老的拉丁谚语还是应验了,即枪炮的哒哒轰鸣也无法淹没缪斯的歌声。从上个世纪末启程的俄国诗歌的复兴正方兴未艾,而在完全不同的因素影响下,在革命后最初的五年中一直持续进行。一系列重大事件以其狂热的节奏和惊人的速度演变,阻碍着史诗类恢宏壮丽画卷的生产。纸张的严重匮乏迫使长篇小说家停笔。
>
> 诗人与小说作家不同,只要他愿意听从马雅可夫斯基的忠告"走向大街"面对听众的话,那么,即使没有印刷机,一段时间内也会过得很好。在大都市的咖啡馆或工人集会上发表口头演讲和朗诵诗歌,成为诗作者们对外传播其"产品"的唯一途径。许多著名诗人都献身于这一媒体就丝毫不奇怪了。但或许更值得指出的一点,是公众几乎从未令诗人失望,甚至在被围困和几乎要被饿死的最艰难困苦的条件下也是如此。在被围困的彼得格勒或坚强不屈的莫斯科的文学

咖啡馆里，半饥半饱、睡眠不足但仍然兴趣盎然的听众，仍然贪婪地聆听着无须经过通常的"冷却期"而传达给消费者的诗歌。

　　有一点兴许会显得十分奇特，即不但从事诗歌创作的人自己或大声朗诵或浅吟低诵其诗歌，而且就连那些理论家们也不厌其烦地详尽阐释着"诗歌是如何写成的"的问题，而且在一个一切都不可预料的时代里居然也能找到真切关心和盼望聆听的听众。[①]

　　这段话描述的时期大约截至 1922 年，但实际上，对于整个 20 世纪 20 年代也是十分适用的。革命后初年对于诗歌和诗歌创作理论的大众化诉求，的确是一个非常值得关注的文化现象。和以前俄国象征派领袖文坛时期最大的不同，在于读者群体构成的变化。以前，能够欣赏象征派那种玄虚、典雅而又高深莫测的诗歌的，主要为贵族知识分子，所以，象征派诗歌带有鲜明的贵族沙龙文化的特征，它们主要流行于贵族沙龙和狭小的封闭的小圈子里。所以，到 1910 年前后，如艾亨鲍姆所说，象征派作品陈列在书店和图书馆的书架上，尘封土埋，无人问津，其根本原因在于读者的成分变了：正在随着形势的发展渐渐走上历史舞台的工人、水兵和士兵们，他们的欣赏趣味与贵族格格不入。俄国未来派和阿克梅派就是在这样的背景下应运而生的。伴随着这两个诗歌运动，一个以倡导文艺的自主性为特点，力图把语言学与诗学结合起来，从而创造出一套科学诗学体系的文艺美学运动，也应运而生，并且在整个 20 世纪 20 年代，成为在苏联文坛呼风唤雨、领袖群伦的文艺批评潮流。奥波亚兹和莫斯科语言学小组所构成的俄国形式主义运动，就成为此时文艺学界三大流派之一，成为这个时代不可小视的美学思潮。在俄国形式主义风行文坛之际，可以说，俄国凡有港口的城市，都至少会有一个奥波亚兹分子；几乎在那个时代与诗歌有染的人，都无一不受其深刻影响。可以说某种意义上奥波亚兹塑造了那个时代的时尚和风气，能够自立于风尚之外而独立存在的文人，还几乎没有过。甚至就连早在 1919 年就去国的弗·纳博科夫，也深深染有其印记。

　　但是，为什么在奥波亚兹领袖文坛，呼风唤雨之际，巴赫金却始终甘于沉默，不愿从幕后走到台前，与其直接交流呢？况且他们原本就在同一个大学，甚至就在同一个系，听的是同样的课程，甚至读的都是同

---

① Victor Erlich：*Russian Formalism*：*History Doctrine*，Fourth edition，The Hague，Paris，New York：Mouton Publisher，1980，pp. 83-84.

一些书呢？针对这一点，乔治·克尔基斯（Дж. Кертис）写道："艾亨鲍姆、什克洛夫斯基、特尼亚诺夫和巴赫金大约在同一时间在彼得格勒大学历史语言学系就学。他们全都对哲学和文学感兴趣，并且显然都听过同一些课。"这位研究者没有就此进一步推论，但结论似乎已经不言自明了：两者之间共性大于个性，不可能不发生交流。① 而卡特琳娜·克拉克和迈克尔·霍奎斯特则推断：（在彼得格勒大学期间）"巴赫金有许多机会直接面对形式主义者。如他日后所述，纵使'很不熟悉'，但他认识他们。"②此外，在由日尔蒙斯基领导下的国立艺术史研究所所属的语言艺术史分部（成立于 1920 年，什克洛夫斯基被聘为该分部教授）这个奥波亚兹活动的中心之一，据说巴赫金曾经在此讲过课（虽然找不到有关记载，而其他人的记载则很完备）。考虑到应聘在此讲学的包括当时许多更有名的人物，甚至包括巴赫金自己的恩师齐林斯基、扎米亚京、特尼亚诺夫、艾亨鲍姆等，所以，可以认为巴赫金可能曾与俄国形式主义者们面对面交锋。③

　　巴赫金腼腆，内向，比较沉闷，喜欢在孤独中默默思考问题，而不愿在大庭广众间抛头露面，这大概是原因之一吧！其次，是奥波亚兹和巴赫金所从事的学科的性质，部分地决定了他们各自的不同个性：学习文艺学的奥波亚兹成员大都多才多艺，并像什克洛夫斯基一样外向；而以研究哲学为职志的巴赫金，则性格内向，思考深邃，喜欢静处而不愿抛头露面。显然，巴赫金固然不反对与奥波亚兹对话，但却宁愿采取一种间接的方法与之对话——而命运似乎并未为他们的直接交流提供条件。巴赫金似乎终身都未能稍稍改变其固有的个性：与抛头露面相比，他似乎更愿意隐身于幕后，让戴着自己面具的人走上前台。如果说 1928 年以前主要因为个性使然，那么，1928 年被捕前后骨髓炎的病情，更加加重了巴赫金这种不愿抛头露面的个性特征。鲍恰罗夫在论及这一点时指出："形式主义完全属于这个时代，这是他们的时代。他们的活动同样被中途打断，但他们毕竟得以操纵这一过程。在和杜瓦金的谈话中，巴赫金强调指出自己属于另外一个完全不同的圈子，说自己当时甚至没有主动去和形式主义者们联系。……总之，'是作为宿命一般出现的理论原则'，

---

① Дж. Кертис: *Борис Эйхенбаум: его семья, страна и русская литература*, Санкт-Петербург: Академический проект, 2004, С. 105.
② 〔美〕卡特琳娜·克拉克、迈克尔·霍奎斯特：《米哈伊尔·巴赫金》，语冰译，北京，中国人民大学出版社，2000，第 260 页。
③ 〔美〕卡特琳娜·克拉克、迈克尔·霍奎斯特：《米哈伊尔·巴赫金》，语冰译，北京，中国人民大学出版社，2000，第 131 页。

使这些年中的巴赫金和奥波亚兹们'天各一方'。"①这也就是说，虽然他
们都生活在同一所大学，在同一个系里听着几乎相同的一些课程，但这
两派人的理论旨趣却截然有别，从而导致他们"失之交臂"。

也是在 1928 年，一本署名为梅德韦杰夫著的理论专著《文艺学中的
形式主义方法》正式出版。这本书确切的署名似乎应当是"巴赫金学派"，
但在当时，这本书并未引起应有的关注。时间的迁徙揭开了蒙在这部著
作头上的面具，如今我们可以对于隐在这部著作之后的那个"个人"说三
道四了，可以本着科学的精神寻找隐在巴赫金全部著作之后的"统一的思
想"了。然而，在这个问题上，令我们感到困惑的，仍然是这部著作的
"作者"的"身份"问题：作者似乎站在俄国形式主义和当时的马克思主义
社会学批评之外的第三者立场上，以一种超然的目光审视着在他眼前展
开的这场争论，并且俨然以"马克思主义的立场"来发言。例如，全文中
不乏"马克思主义文学史家不必害怕折中主义和用文化史替换文学史的做
法"②。关于这本书署名作者梅德韦杰夫，国际学术界除普遍认为他是巴
赫金所署的笔名外，甚至还认为梅德韦杰夫 1938 年去世，也与此事（即
冒名出书）有关。③ 关于这个问题，本书下面的章节里将进行讨论。

关于巴赫金在整个 20 世纪 20 年代的情况，尼·康·鲍涅茨卡娅写
道："20 年代初对于形成中的巴赫金思想而言，是前对话阶段；而 20 年
代中期，即写作论述陀思妥耶夫斯基的著作的 20 年代中期，则可以视作
是巴赫金开始发现对话范畴的时期。"④我们可以补充的一点是，20 世纪
20 年代末巴赫金不但以其论述陀思妥耶夫斯基的著作，而且实际上也以
其论述俄国形式主义和马克思主义语言哲学的著作，参与了这场有关文
艺美学的大论战，尽管他是一个顶着别人面具的斗士。但关于这一点，
我们下文将详细论述。

鲍涅茨卡娅指出，巴赫金与俄国存在主义的关系更为密切："如果说
在《论行为哲学》这篇论文里对'普遍真理'的激烈否定中，有时我们可以

① Caryl Emeron：*Critical Essays on Mikhail Bakhtin*，New York：G. K. Hall and Co.，1999，p. 33.
② 〔苏〕巴赫金著，钱中文主编：《巴赫金全集》第 2 卷，李辉凡、张捷、张杰等译，石家庄，河北教育出版社，1998，第 143 页。
③ 罗伯特·杨断言，梅德韦杰夫死于 1938 年，而其死因可能是因为冒名出版了巴赫金的著作的缘故。见罗伯特·杨：《回到巴赫金》，《文化批评》第 2 期（1985～1986 年冬季号），第 74～75 页。
④ М. М. Бахтин：*Pro et contra. Личность и творчество М. М. Бахтина в оценке русской и мировой гуманитарной мысли*，Антология. Том 2，Санкт-Петербург：Издательство Русского Христианского гуманитарного института，2001，C. 139.

听得出列夫·舍斯托夫的语音语调的话，那么，别尔嘉耶夫写于 20 世纪 30 年代的《我与客体世界》一书中的某些段落简直就像是出于巴赫金之手。"①与此同时，作为一位心理学家和中学里的康德分子的韦坚斯基，虽然在巴赫金的传记里不过是昙花一现式的人物，但却在巴赫金的意识里植入了直觉这一宝贝，成为嗣后其全部哲学体系的一个核心基础。②

　　由于 20 世纪 20 年代末巴赫金猝然被捕，他的学术生涯就此发生突然断裂。所以，在苏联时期，和始终在台上或者名闻天下，或者被捆绑批判的形式主义者们不同，巴赫金始终被摒除于文坛，而在边缘默默无闻地苟延残喘、了此残生。据说他对自己能否生存下去都不抱信心，对于发表论文和出版专著更是心灰意懒。抽烟没纸卷烟，他便拿写有誊清稿的稿纸卷烟抽。直到 20 世纪 60 年代初以前，苏联国内外实际上没有多少人知道巴赫金何许人也。1928 年，当有人（布伯）向一直在国外流亡的"白银时代"思想家列夫·舍斯托夫说起一个叫巴赫金的年轻人时，列夫·舍斯托夫说："我不得不承认我不知道他，他在俄国一点儿名气也没有……甚至就连别尔嘉耶夫这样一个无书不读的人也不知道他。"③

　　事情的转变发生在 1963 年。那一年"一切犹如魔术一般发生了变化"。高尔基世界文学研究所的几位年轻的研究员，偶尔在所里的库房里发现了巴赫金早年的博士学位论文，拜读之下感到万分惊奇：在一向以教条沉闷著称的苏联文艺学界，居然会有如此灵气勃发、意兴湍飞之杰作，真乃奇迹。本以为这本书的作者早已作古，忽然意外打听到此人还在人世，更加感到缘分难得。于是，几位年轻的研究员们很快与远在摩尔达瓦的巴赫金取得联系，并在最快时间内前往那里参拜这位隐居的圣人。巴赫金就是这样走出地下和隐居地，走向苏联走向世界的。

　　巴赫金的被发现距离其写作专著的时间长达 40 年之久，尽管他曾竭力退隐，以求被人所遗忘，但还是被命运之手拯救了出来，让这位天才人物不被埋没。40 年的风尘无法掩盖这样一个事实：即这位俄国思想家的思想基本上是在"白银时代"形成的，从某种意义上可以说巴赫金是"白

① М. М. Бахтин：*Pro et contra. Личность и творчество М. М. Бахтина в оценке русской и мировой гуманитарной мысли*，Антология. Том 2，Санкт-Петербург：Издательство Русского Христианского гуманитарного института，2001，С. 142.

② М. М. Бахтин：*Pro et contra. Личность и творчество М. М. Бахтина в оценке русской и мировой гуманитарной мысли*，Антология. Том 2，Санкт-Петербург：Издательство Русского Христианского гуманитарного института，2001，С. 143.

③ Caryl Emeron：*Critical Essays on Mikhail Bakhtin*，New York：G. K. Hall and Co.，1999，p. 32.

银时代"思想家中最后也是最大一位集大成者。他的思想的根基在俄国,他的思想与俄国"白银时代"宗教哲学思想库有着千丝万缕的联系。从根本上说,巴赫金是本土俄国的产物,而非从外面进口的舶来品。

首先,奥波亚兹和巴赫金小组,他们都是应付危机的产物。关于人文学科的危机,维克多·厄利希写道:"到 20 世纪初一种剧烈的方法论危机开始在各种学术领域里显现。在世纪初的数十年间,人们发现在欧洲理性舞台占据主导地位的世界观有严重缺陷,因而开始对其进行价值的重估。随着实证主义决定论的基本假设被动摇,急剧修正所有科学的逻辑基础开始被提上日程。"[1]成长于同一个时代这一点,决定了巴赫金和俄国形式主义之间的深刻共性。尼古拉·尼古拉耶夫写道:20 世纪初年人文学科经历着一场深刻的方法论危机,而俄国形式主义即奥波亚兹与巴赫金小组都曾致力于这一危机的解决。但就结果而言,巴赫金小组的影响力却似乎远不如奥波亚兹大,原因究竟何在呢?他认为原因在于:奥波亚兹从一开始就把自己和俄国先锋派艺术,其中主要是未来派捆绑在一起,而以蓬皮扬斯基为首(在文学史领域里他是当时代表巴赫金小组出场的一个主要代表人物)却甘愿把自己当作当时占据文坛主流地位的象征主义美学的一个分支或部分。[2] 俄国形式主义者与巴赫金既有区别也有共性,而且,共性大于区别。如果说形式主义者们竭力利用哲学在文艺学中掀起一场观念革命的话,那么,巴赫金小组则是为了哲学而对哲学感兴趣。如果说形式主义者们研究诗歌语言和文学演变问题的话,那么巴赫金小组成员则研究叙事体散文和个别作家(陀思妥耶夫斯基和拉伯雷)的历史意义。但在学术原因之外,首都与外省,中心与边缘,也是造成这两个派别一系列差异的深刻社会文化原因。

二者之间既有相似之处,也有深刻的差异,而且唯其有差异,才使得它们一旦被放在一起,便显得分外和谐、协调、完整、统一。诚如一句名言所说:真正的和谐只能产生于相异者之间。卡特琳娜·克拉克和迈克尔·霍奎斯特早就指出:"巴赫金与形式主义者们彼此互补",并说二者之间完全对立但放在一起却又完美对称,这一点实在是世所罕见。

---

[1] Victor Erlich: *Russian Formalism*: *History Doctrine*, Fourth edition, The Hague, Paris, New York: Mouton Publisher, 1980, p. 25.

[2] Craig Brandist, David Shepherd and Galin Tihanov(eds.): *The Bakhtin Circle*: *In the Master's Absence*, Manchester and New York: Manchester University Press, 2004, p. 135.

"巴赫金与形式主义者彼此成了对对方大有裨益的'他人'"。① 维克多·厄利希则在其《俄国形式主义：理论与学说》的前言中指出：假如他得以在今天来重新写作这本书的话，他毫无疑问会在米哈伊尔·巴赫金的成就面前顶礼膜拜，因为巴赫金的著作被证明"与成熟阶段的俄国形式主义的理论学说有着深刻的契合"。迈克尔·加德纳认为从某种意义上可以说巴赫金还是一个"非正统的"俄国形式主义分子。②

　　加里·索尔·莫森则在其《元的异教》(*The Heresiarch of the Meta*)中指出：如果把巴赫金撇在关于俄国形式主义的叙事过程之外，那就会极大地误解这一运动的目标和本质。按照巴赫金自己的理论，他者、外位性是发生认识的充足必要条件。没有他者的参与甚至连自我是否存在能否存在都成其为问题。所以，我们认为，要想真正理解和认识巴赫金，就必须把他放在和奥波亚兹的对话关系、对话过程中来加以认识，这样，我们才能多少获得一些比较真确的认识。正如迈克尔·F.伯纳德-多纳尔斯所说："我在这里强调米哈伊尔·巴赫金与俄国形式主义之间关联的重要性不是想要引起争论。相反，我认为还有许许多多其他证据证明二者之间存在的关联，证明在某种意义上巴赫金和形式主义是'相互形成的'。这指的是他们都把握了有关文学本质的相似问题，而且他们都是在俄国和苏联历史上一个被称作俄国文学和文学理论的文艺复兴时期成名的。"③

　　在俄国形式主义和巴赫金之间，无疑存在着一种对话关系。这种对话关系肇始于 20 世纪 20 年代并延续到后来，并且成为一种相互影响的模式。他们始终在彼此"激发思想的火花"。这一对话还有显在和潜在两种，并且，在参与对话的每个个别理论家彼此之间，也略有不同和差异。但对于这场旷日持久的对话所蕴含的内容，还需要我们在这一总的观点指导下一步步发掘整理。

第五节　一场关于生活与艺术之间关系的对话

　　有幸生活在一个多元文化时代的形式主义者们和巴赫金们，其所能接受到的思想，也必然带有这个时代的思想特色而呈现为一种多元化景

---

① 〔美〕卡特琳娜·克拉克、迈克尔·霍奎斯特：《米哈伊尔·巴赫金》，语冰译，北京，中国人民大学出版社，2000，第 250、262 页。

② Michael Gardiner：*The Dialogics of Critique：M. M. Bakhtin and the Theory of Ideology*，London and New York：Routledge Press，1992，p. 2.

③ Michael F. Bernard-Donals：*Mikhail Bakhtin between Phenomenology and Marxism*，Cambridge，New York：Cambridge University Press，1994，p. 27.

观。在这方面，奥波亚兹们和巴赫金们并无任何不同之处。所以，与上文所述旨趣略有不同的是，要想追溯巴赫金和奥波亚兹的思想来源，不仅需探讨弗兰克对艾亨鲍姆的意义，而且也应该从当时他们——弗兰克、艾亨鲍姆、特尼亚诺夫、什克洛夫斯基——都阅读的柏格森开始。当时他们全都阅读柏格森并在其著作中引用柏格森的思想。在艾亨鲍姆、特尼亚诺夫、什克洛夫斯基和巴赫金等人的文章中，屡屡出现柏格森的哲学术语，如"длинтельность"（延绵），"гетерогенность"（异源性、多相性）"непрерывность"（不间断性)(《艺术即手法》)，而这 3 个术语决定了俄国接受柏格森思想的历史风貌。艾亨鲍姆早在 1909 年就曾表示，俄国文学研究的进步如果只局限于文学自身之内的话，那是绝对不可能的，而用弗兰克的术语说，这就是一种一元论程序。当时，即使是在什克洛夫斯基的观点里，有时也难免流露出机械论的痕迹：即把艺术手法与内容完全割裂开来。例如在什克洛夫斯基眼里，艺术风格就等于各种艺术手法的组合。在这方面，倒是艾亨鲍姆往往能避免这种机械论偏差。他指出："风格不光是技术：只有那些具有完整知识或对于完整存在具有直觉的人才会拥有风格。"①

艾亨鲍姆的这种哲学上的先入之见与奥波亚兹成员的犹太人身份有着十分密切的关系。某种意义上可以说在俄国历史上遭受 200 年压迫的犹太人，最终选择多元本体论作为其文化策略这是十分自然而然的。在俄国，犹太人及其他边缘人群之所以会如此不遗余力地拥护多元主义，是因为只有多元主义能给他们以真正的文化平等。而被同化的犹太人在研究社会问题时，也都会从否认一元论肯定多元论起步。有人认为多元主义的本体论是犹太人思维的特征，也许导致犹太人大量产生思想家的因素之一就在于此。而艾亨鲍姆之所以奋勇捍卫文学的独立性和文艺学的自主性地位，也是因为有多元本体论为其哲学基础，而多元本体论同时也是其逻辑结果。

在 20 世纪 20 年代的文坛论争中，不止一人以为俄国形式主义缺乏整一的哲学基础，这成为导致其整体理论缺乏的一个重要原因。维克多·厄利希在其名著中指出：

> 正如韦勒克所说，文学史"如果没有某种价值判断则完全是不可思议的"，也正如穆卡洛夫斯基（Мукаржовский）懂得而艾亨鲍姆却

---

① Дж. Кертис：*Борис Эйхенбаум：его семья，страна и русская литература*，Санкт-Петербург：Академический проект，2004，C. 97.

不懂得的那样，没有一种理论可以不需要哲学前提。在对根本原则缺乏清晰认识的情况下，哲学依旧会介入，但却是通过后门进来的——即以一种"含蓄的"、未经整理的形式进来。出于同样理由，当一个批评运动缺乏明确的评价标准时，则批评家个人的趣味或其偶尔喜欢的一种特殊的"诗学"的投射，会成为一种必然的价值判断。①

　　所有这一切似乎都在暗示形式主义似乎并无明确的美学，它未能解决，或确切地说是未能直接面对如文学作品或批评标准的存在方式这样重大的问题。②

　　显然，尽管我们丝毫不怀疑维克多·厄利希这部著作在俄国形式主义研究史上的奠基意义，但断然判定俄国形式主义缺乏哲学基础却仍然未免失之于孟浪。因为"没有一种理论可以不需要哲学前提"。"在对根本原则缺乏清晰认识的情况下，哲学依旧会介入，但却是通过后门进来的——即以一种'含蓄的'、未经整理的形式进来"。艾亨鲍姆等奥波亚兹成员并非没有哲学基础，而是其哲学基础一时难以被人们所认识，而他们自己也由于某种显而易见的原因不宜自行宣称罢了。在苏联文坛日益走向高度整合，国家意识形态对于舆论的钳制日益紧密时，带有犹太人色彩的多元本体论越来越成为不合时宜的话题。奥波亚兹代表人物在公开论战中是断然不敢公开宣扬其与马克思主义截然有别的哲学立场的。

　　其次，说某某没有哲学基础这本身就是一种哲学预设。我们不要忘了：胡塞尔现象学最初之所以对喜欢哲学的人们有那么大的吸引力，其中一个很重要的原因，就在于它力图在新的基础上讨论传统哲学中的范畴，而这所谓"新的基础"即所谓"原现实"——即在人的意识产生之前所存在的现实。当然，这也同样是人的一种理论预设。

　　以艾亨鲍姆为代表的奥波亚兹们，究其实，实际上是力图以多元本体论为自己的哲学预设或出发点。而谁能否认多元本体论也是一种在特定条件下可以被允许的哲学预设呢？而且，在科学真理的探索征程上，在探索方法上的多元主义乃是求得真理的唯一正确的途径：因为我们事先并不知道究竟哪条道路通往真理。因此，在出发寻求真理之际，最明智的选择，是不事先拟定规则或方向，而倡导自由竞争和探索，因为我

① Victor Erlich：*Russian Formalism：History Doctrine*，Fourth edition，The Hague，Paris，New York：Mouton Publisher，1980，p. 163.
② Victor Erlich：*Russian Formalism：History Doctrine*，Fourth edition，The Hague，Paris，New York：Mouton Publisher，1980，p. 164.

们不知道天上哪片云会下雨，真正的迦南又在何方？发现美洲的哥伦布一直都以为他找到的是印度呢。在科学探索的道路上，人们自以为是在探索真理，实际上却常常表现为是在排除谬误，然而，在科学探索的道路上，错误与真理具有同等价值，甚至其价值更在真理之上，因为它能告诉我们此路不通，从而使后人不致重蹈覆辙。在为纪念奥波亚兹 5 周年纪念日所写的文章《5＝100》中，艾亨鲍姆这样写道：

> 不，一元论我们已经受够了！我们是多元论者。生活是多样的——绝不可以将其归结为单一的因素。让那些盲人去研究它吧——可现在连盲人也睁开眼了。生活像河一样流淌——这是一条不间断的水流，其中裹挟着数不胜数的暗流，其中每条暗流都保持着自己的特性。可艺术却连这条河流中的暗流也不是，而是跨越它的一座桥梁……科学是一个创造的事业，而创造是一个有机的过程……是各种过去在为未来而进行的一场斗争。①

多元对于犹太人来说就意味着生存空间。就艾亨鲍姆的成长而言，其多元本体论的形成则曾深受俄国"白银时代"哲学家谢·柳·弗兰克的影响，这在艾亨鲍姆留给父亲的书信以及后来的日记中有着清晰的记载。那么，在艾亨鲍姆和弗兰克之间又有哪些值得关注的思想联系呢？

谢苗·柳德维果维奇·弗兰克是"白银时代"俄国宗教哲学思想界一位名声显赫的思想家。他 1877 年出生于莫斯科。曾就读于莫斯科大学法律系，是大名鼎鼎的教授阿·伊·丘普罗夫的弟子。1899 年曾被捕继而被除名，于是到柏林和海德堡深造哲学、社会学和政治经济学。他是医生之子，曾先后担任萨拉托夫大学和莫斯科大学的哲学教授。早在古典文科中学学习时就曾参加过"马克思主义小组"，后转入唯心主义阵营，继而又转入基督教唯心主义。1922 年与许多学者一起被流放出苏联，因而可以说也是"哲学船"事件中牵涉到的学界名流之一。出国后他起先流落到柏林，参与尼·亚·别尔嘉耶夫组建的宗教哲学学会工作。此前，曾与别尔嘉耶夫一起在莫斯科神学文化书院共事。从 1930 年到 1937 年，在柏林大学讲授俄国思想史和文学史课程。1937 年移居法国，1945 年移居伦敦。此后一直定居英国。1950 年逝世于伦敦。

---

① Дж. Кертис：*Борис Эйхенбаум：его семья，страна и русская литература*，Санкт-Петербург：Академический проект，2004，C. 116.

弗兰克著作等身。其论文处女作叫《论马克思的价值观》(1900)是批判马克思主义的。1902年在论文集《唯心主义问题》中发表哲学论文处女作《尼采与爱远人》。从此以后，开始专攻哲学。1912年通过硕士论文《认识的对象——论抽象认识的原理和外延》(*Предмет знания*，彼得格勒，1915)答辩，担任彼得格勒大学编外副教授。发表《人的灵魂——哲学心理学导论》(*Душа человека*，莫斯科，1917)、《社会科学方法论概论》(莫斯科，1922)、《社会的精神基础》(1930)、《不可知物》(*Непостижимое*，巴黎，1939)、《上帝与我们在一起》(英文版，伦敦，1946)。此外还有：《哲学导论》(*Введение в философию*)、《活的知识》(*Живое знание*)、《哲学与生活》(*Философия и жизнь*，报刊论文集)、《生活的意义》(*Смысл жизни*)、《社会的精神基础》(*Духовные основы общества*)、《俄国人的世界观》(*Russische Weltanchauung*)、《黑暗中的光明》(*Свет во тьме*)、《上帝和我们同在》(*С нами Бог*)、《现实性与人》(*Реальность и человек*)等。

弗兰克的著作同样也可以作为理解俄国形式主义观念发展史的一本字典。

弗兰克对艾亨鲍姆的影响，最初大约发生在1916年。这年的4月26日，艾亨鲍姆在给其父亲的信中写道：

> 我本人现在正在被一本哲学新著所完全吸引——谢·柳·弗兰克的《认识的对象》。这本书给我正在进行的工作提供了极其丰富的营养，它在我的论说和工作史上是划阶段性的著作之一。好在我和这本书的作者认识，他是《俄罗斯思想》文学栏目的主持人。这本书极大地丰富了我的著作的思想。

早在1909年7月3日，艾亨鲍姆就在给父亲的信中写到，他刚写了一篇有关认识论的文章，目的是能够借此进入哲学领域。当时的艾亨鲍姆非常向往采用哲学方法研究文学，并且很早就意识到文学批评需要哲学的指导。1915年3月25日在给一位朋友的信中，他说："我现在确信，我们必须创建一种类似艺术'认识论'的学科，并且按照认识论的方法工作……"[①]1916年7月28日，他在给维克多·日尔蒙斯基的信中写道：

---

① 　Дж. Кертис: *Борис Эйхенбаум: его семья, страна и русская литература*, Санкт-Петербург: Академический проект, 2004, С. 88, 89.

"现在我对美学中一切与认识论有关的问题都很感兴趣。……我的思考原理你是知道的——和弗兰克的理论十分接近。"同年,艾亨鲍姆在《俄罗斯思想》上发表了一篇文章——《论丘特切夫的书信》。此时的艾亨鲍姆尚未加入奥波亚兹。文章认为文艺学研究的对象应当是决定诗人艺术感受力的诗歌本体论和世界图像,而且,受弗兰克影响,艾亨鲍姆还提出了创建以"本体论"为基础的美学的任务。

弗兰克 20 世纪初曾参与《解放》杂志的编辑工作。该杂志主编为彼得·斯特鲁威,原本是弗兰克在莫斯科的熟人。两人随后共同参与当时俄国知识分子的主要杂志《俄罗斯思想》的编辑工作。1906 年,弗兰克迁居彼得堡。1912 年皈依东正教。彼得格勒大学历史语言学系主任费多尔·布劳恩于 1915 年 6 月 29 日,曾就弗兰克著作《认识的对象——论抽象认识的原理和外延》能否出版的问题,投了赞成票。

艾亨鲍姆曾与弗兰克在《俄罗斯思想》编辑部共事。弗兰克发表于 1913 年的论文《论丘特切夫的宇宙感觉》也是艾亨鲍姆十分熟悉的。这篇文章的第二个句子便足以揭示两人在思想上的一致性:"诗歌中不存在着与形式分离的内容。"艾亨鲍姆在给古列维奇的信中评论这句话"非常深刻、非常重要、非常耐人回味"。弗兰克的多元本体论以及俄国形式主义者们对它的接受,启动了一场轰轰烈烈的观念革命。早在第一次世界大战前,弗兰克就曾为柏格森哲学所展现的前景而兴奋。他致力于把柏格森的多元主义应用于当代问题领域。针对俄国形式主义与弗兰克的思想渊源问题,维诺格拉多夫指出:"形式主义者们是在主观唯心主义土壤上生长起来的。只要略为浏览一下 19 世纪 90 年代和 20 世纪初的资产阶级报刊就会看出,滋养着形式主义者们的精神营养究竟是什么了。"这段话虽然出之于贬斥的口气,这是时代的风气使然,但其精神实质却是我们在这里需要分外加以注意的。

艾亨鲍姆从弗兰克身上找到了用以回答别林斯基公民派的方法,从而使文艺学成为一门独立的学科。弗兰克的多元本体论可以为文学的自主独立性论证,可以使文艺学摆脱自由派知识分子史,而别林斯基和文格洛夫则反之。"为此他(艾亨鲍姆)保留了别林斯基传统的演化方面,但为了在具体历史时段将文学和作为动力的历史的相互关系观念实体化,他在文学史中应用了弗兰克的多元主义。他以此提出,创作在作者的意识中是在一种相互关联的形式中进行的。"在对阿赫玛托娃的研究中,他把阿赫玛托娃不是看作自我表现或抒情体自传,而是看作在诗意感受和 19 世纪浪漫主义传统的相互影响的一种结果。

　　柏格森断言：在人的意识中，过去、现在和未来是在一种共时态状态下相互影响的。弗兰克将这一观念应用在形式逻辑和形而上学中。艾亨鲍姆则从弗兰克那里借用了这一历史演变之轴，将其用于文学。艾亨鲍姆的历史意识也与弗兰克密切相关。弗兰克认为现在是过去和未来的边界，而艾亨鲍姆则说现在是一段时间间隔。在关于莱蒙托夫论著的前言中艾亨鲍姆写道："创造新的艺术形式不是一种发明，而是一种发现行为，因为这一形式早已暗中潜藏在前此时期中的形式中了。"在《文学的日常生活》一文的开端部分，艾亨鲍姆就阐述了他的历史观："历史实质上是一种关于复杂相似性的科学，是一种需要具有双重视力的科学：过去的事实被我们当作意义重大的事实而分辨出来，继而被纳入一种必然而且总是以当代问题为标志的体系中来。就这样一些问题被另一些问题所取代，一些事实被另一些事实所遮蔽。历史在这个意义上是借助于过去事实的帮助来研究现在的特殊方法。"①这里所说的"双重视力"意味着研究者要同时既观照过去也观照现在。

　　有关艾亨鲍姆知性演变的过程，可以说有下列特点：他忠实的多元本体论非常符合他的才能——文学史家和文学作品分析家的才华——的特点。格奥尔基·维诺库尔早在 1924 年就在对艾亨鲍姆 20 世纪 20 年代的评论集《透视文学》(Сквозь литературу)的书评中这样说："我们面前有两个艾亨鲍姆：时而是航海家艾亨鲍姆，时而是木匠艾亨鲍姆……当他是个批评家时他会大刀阔斧地奔驰在俄罗斯诗歌的海洋里；而一旦成为文学史家和学者时他便会专心致志地作木匠活儿。"②这也就是说他身上集合了共时态和历时态这样两种极性思维的特征。

　　艾亨鲍姆认为意识到问题的外延和内涵是正确进行科研工作的前提条件。历史与文学中的每一个都具有一些对方所不具备的特点。但无论是艾亨鲍姆还是特尼亚诺夫都并不真地相信文学可以完全独立于历史。德米特里·米尔斯基对艾亨鲍姆运用弗兰克思想的结果作了如下评论："这一与传统有别的历史主义使艾亨鲍姆十分接近马克思主义，使其与马克思主义接近的还有不可征服的和蜕化的教条主义。"理论应当先于认识。彼得·斯坦纳(Peter Steiner)推断道："在方法多样化的标志下，或许存在着一套形式主义文学观建基于其上的统一的方法论原则。"

---

　　① Дж. Кертис：*Борис Эйхенбаум：его семья，страна и русская литература*，Санкт-Петербург：Академический проект，2004，С. 97.

　　② Дж. Кертис：*Борис Эйхенбаум：его семья，страна и русская литература*，Санкт-Петербург：Академический проект，2004，С. 98.

"……在历史动力学之外研究历史事件，并且将其作为个别的、'永不重复的'、封闭在自身内部的体系来研究是不可能的，因为这与这些事件本身的性质相矛盾。"(艾亨鲍姆：《莱蒙托夫》)

比较这几个片段可以明显看出来，特尼亚诺夫和艾亨鲍姆都来源于弗兰克。而理解弗兰克的重大作用，会改写迄今我们有关俄国形式主义发展演变的全部历史画面。当然，特尼亚诺夫不用弗兰克的启发也可以直接求教于柏格森，但弗兰克笔下有关这一具体动态过程的观念却更加明确清晰。

艾亨鲍姆否认有所谓"形式主义方法"(формальный метод)的存在，他和特尼亚诺夫一样始终不承认形式主义把艺术和历史与社会(或按苏联批评界的说法即现实性)分开过。然而他们的信念其实来自弗兰克。

在谈到理性历史时，弗兰克指出："科学史充满了各种极不相同的知识领域发生出乎意料的影响的事例。"特尼亚诺夫和艾亨鲍姆从他那里取来了"不同成分之间相互影响这一思想"并将其与"系列"这个概念联系起来，以便描述社会的各个不同方面，如文学、历史、政治等。艾亨鲍姆在其理论奠基之作《莱蒙托夫》的前言中说，科学面前有两种选择："其中之一或是研究系列的二元对立性本身——其相互适应性和相互关联性等(整个文化)；二是或是研究现象的个别系列——但要让每个这样的系列都能过着自己独立的生活。"他反对历史和文学之间直接的因果关系说。而特尼亚诺夫把系列这一观念带入文学，但其理论基础和艾亨鲍姆是一样的。在《论文学演变》中他写道："文学系列系统首先是一个文学系列的功能系统，是一个与其他系列有着不间断的相互关联的系统。"

艾亨鲍姆很早就意识到批评需要哲学的指导。尽管没有证据表明什克洛夫斯基读过弗兰克的著作，但从其名文《艺术即手法》看得出来，他显然看过弗兰克的著作。文章通篇充满了柏格森式的术语。什克洛夫斯基关于感受能够创造艺术的思想大约就来源于弗兰克。什克洛夫斯基断言艺术只有当接受意识在其身上逗留，并达到最大强度和时值时，艺术才成其为艺术。什克洛夫斯基另外一个观念，就认知和观察而言同样也和弗兰克引入个人意识流与绝对存在接受间二元对立的思想若合符节。

艾亨鲍姆反对在历史和文学这两个系列之间画等号，而把它们之间的关系确定为直接的因果关系。在这个问题上，他和特尼亚诺夫的观点是一致的。艾亨鲍姆认为作为一位批评家的文艺学家，他的任务是帮助

作家"解读历史的意志","发现或不如说发明(那一必将被创造出来的)形式".①

巴赫金和俄国形式主义者们也是在同一时期就学于彼得格勒大学,也对哲学有浓厚兴趣。其著作也有弗兰克影响的痕迹。巴赫金在写作《陀思妥耶夫斯基诗学问题》期间,读过弗兰克的书:"人永远也不等同于他自身。同一律 $A=A$ 不适用于人本身。"包括巴赫金在内的俄国形式主义者们把人、人物、作家如陀思妥耶夫斯基和托尔斯泰,都视为一个系统。但各个系统不是单独分立的,而是相互关联的。巴赫金的"复调说"就来源于此。这是在弗兰克影响下的一个突破性发现。在巴赫金笔下出现的来自弗兰克的术语因素,表明重新阐释巴赫金小组与俄国形式主义的相互关系是可能的。这两派都是 20 世纪 20 年代苏联和犹太文艺学中的重大流派。艾亨鲍姆和巴赫金在俄国文艺学史上的历史地位决定它们是历史相关现象。十月革命以后已经不可能再像之前那样如舍斯托夫和梅列日科夫斯基那样把托尔斯泰和陀思妥耶夫斯基的关系问题提出来加以研究了,所以,艾亨鲍姆选择了托尔斯泰,而巴赫金则选择了陀思妥耶夫斯基。巴赫金的《陀思妥耶夫斯基诗学问题》和艾亨鲍姆的《文学的日常生活》、《托尔斯泰在 50 年代》这两种著作可以互补。它们克服了社会学和传记学研究倾向,而根据作家本人也认可的法则来证实其伟大。"二人都通过多元论美学把作者和他笔下的人物的观点分而论之而达到了各自的目的。"如金斯堡所说:"和形式主义敌对的巴赫金,在广阔的历史转折关头,在把文学当作一种特殊活动领域的观点方面,与形式主义者们是完全一致的。"巴赫金的"复调"即此明证。虽然他本人并非犹太人。例如,巴赫金对"我-你"在对话中的关系的观点,借用自马丁·布伯,显然,巴赫金系在犹太人城市敖德萨时遇到其老师(或许是个犹太人)讲授马丁·布伯的。此外,巴赫金的传记研究者也说,巴赫金的"我-你"之分说并非独创。18 世纪古典哲学中就有这种划分,它经由马堡的新康德主义者们传给了巴赫金。卡甘断言,神圣性是把人和上帝联为一体的力量。②1913 年帕斯捷尔纳克曾在柯亨那里受过哲学教育,这也证明在欧洲各国同化了的犹太人是相互吸引的。而巴赫金也承认:柯亨对他有着巨大的

---

① Victor Erlich: *Russian Formalism*: *History Doctrine*, Fourth edition, The Hague, Paris, New York: Mouton Publisher, 1980, p.85.

② Дж. Кертис: *Борис Эйхенбаум*: *его семья*, *страна и русская литература*, Санкт-Петербург: Адемический проект, 2004, С. 104-110.

影响。"他是个杰出的哲学家,对我有巨大影响,十分十分巨大的影响。"①

而在特尼亚诺夫笔下,也同样可以发现弗兰克影响的痕迹。和后者一样,特尼亚诺夫十分看重文学的历史和演变问题。例如,特尼亚诺夫写作于1924年的当代诗坛评论集就起名为《间隔》(Промежуток)——这名称有可能来自弗兰克关于间隔是延时性的一个特征的观点:"在这些过去和现在之间的间隔。"特尼亚诺夫和艾亨鲍姆都采用了弗兰克关于系统是个别单位但又相互作用的单位的总和的观点:"……在万物统一中没有绝对封闭的领域:存在的各个部分都或多或少相互关联……离开与其他人类知识领域的联系,要想对某种复杂繁复的知识领域有确切的知识是绝对不可能的。"②

附丽于俄国现代主义运动的俄国形式主义,就其精神实质而言,是多元主义的。现代主义的内在精神是多元主义的。犹太人的世纪即20世纪是完完全全笼罩在多元主义氛围中的。哈桑甚至把"现代主义"称为一场"犹太人的革命"。③ 在此,无论弗兰克还是奥波亚兹诸同人,也都是犹太人,当然,他们也都是一种特殊的,即努力皈化于俄罗斯文化的犹太人。

带有犹太文化背景的奥波亚兹运动,以及带有边缘文化背景的巴赫金小组在"白银时代"俄苏的存在,是一个富于时代特征和征象的事件。前者以其独领风骚、占尽风光的主流地位,后者则以其厚积薄发、大器晚成的后发效果告诉我们,俄苏"白银时代"文化正是一个多元共存、百花齐放、百家争鸣的时代!

第六节 什克洛夫斯基和他的"成名日"

众所周知,奥波亚兹在其诞生之初,首先作为其宗旨而宣扬的,就是文艺的自主独立性问题。这在其代表人物维·什克洛夫斯基身上表现得尤为明显。什克洛夫斯基们喜欢采用象棋打比方:象棋比赛只与象棋本身的规则有关,而与棋赛在哪里——是在船上还是在沙龙里——举行

① М. М. Бахтин: *Беседы с В. Д. Дувакиным*, Москва: Согласие, 2002, С. 40.
② Дж. Кертис: *Борис Эйхенбаум: его семья, страна и русская литература*, Санкт-Петербург: Академический проект, 2004, С. 290.
③ Дж. Кертис: *Борис Эйхенбаум: его семья, страна и русская литература*, Санкт-Петербург: Академический проект, 2004, С. 33.

无关。文学是自律系统，是一个自我调节、自我证明的结构。

特伦斯·霍克斯指出：正是这种将文学视为自我调节、自我证明的结构的观点，是"形式主义批评最有活力的地方"。而在结构自身内部，一种结构原则的实施，"是文学艺术永葆青春的原则"。"象棋中的马应该如何走动，这和棋赛之外的'现实'无关，而是和具体棋赛有关"。难怪什克洛夫斯基写于 1923 年的一本文集就题为《马步》，而艾亨鲍姆的祖父就是一个精通象棋技艺的睿智的犹太人。

应当指出，奥波亚兹对于科学的文学学的执着追求与以前文艺学的状况比具有一定的合理性。19 世纪文艺学大多停留在"作家本体论"范畴上，对文艺的研究多数沦落为其他社会和历史学科的附庸。而俄国形式主义则是文艺学最早开始对其自身本体论进行探求的流派之一，它把文学性当作自己的主人公，力图摒弃前此文艺学那种言不及义、"顾左右而言他"的状态。在这个问题上，它和国外一些产生于同一时代的文艺学流派，有如响斯应的一面。文艺学研究对象的最终确定结束了其长期以来漂泊无主的地位，为科学诗学的建立奠定了坚实的基础。这一在文艺学史上类似于哥白尼式的壮举，在今天看来似乎变得更加明显了。

但奥波亚兹在宣扬其主张时，往往夸大其辞，为了吸引公众关注而不惜放大音量，求得最大的市场效应，这在早期尤其明显。因而，他们的言论往往难免有失周密，而为对手留下攻击的口实。早期什克洛夫斯基等人明确主张艺术独立于生活说，公然声称艺术与生活无关，而和生活一样分属于不同的"系列"。在什克洛夫斯基等人看来，与人们一般的见解相反，不是生活决定艺术，艺术反映生活，生活第一位而艺术第二位；而是相反，艺术决定生活，艺术能创造新的生活。什克洛夫斯基曾决绝断言："艺术永远独立于生活，在它的色彩中永远也不会反映城堡上空飘扬的旗帜的颜色。"[①]这句话成为俄国形式主义者们的口头禅和身份证。在后来的研究著作中，这句话被人们一再引用，成为奥波亚兹成员最易被人抨击和讨伐的"软肋"。

其实，对这句话的"言过其实"，说话人自己也是很早就意识到了的。什克洛夫斯基本人有一次在跟雅各布逊的私下谈话中曾这样交底说：他那句关于"旗帜颜色"（即上面那句引文）的话，的确夸张得有些过分。但他强调"矫枉"就必须"过正"，而且只有"过正"才能"矫枉"。他承认他的

①　Виктор Шкловский: *Ход коня. Сборник статей*，Москва，Берлин：Книгоиздательство Геликон，1923，С. 39.

这种说法其实是一种不错的策略。他半开玩笑地说："言过其实没坏处，因为一个人无论如何永远也'得'不到他想'要'的东西。"① 应该认为这段叙述是可信的：俄罗斯人向来好走极端好夸大其词，似乎不如此不足以表现其对真理的真诚和赤诚。在俄罗斯人眼中，真理的价值不在于其本身的对错，而在于追求者对它是否真挚热情，是否以身与之以命与之。在这方面，什克洛夫斯基绝非一个特例或例外。其次，在奥波亚兹三巨头中，什克洛夫斯基是一位以提出新思想新观念提供创新的"酵母"而著称的"主席"，但在系统阐述其思想体系，把这些思想体系化、理论化和逻辑化方面，他显然远不如他的另外两位同道，即特尼亚诺夫尼亚诺夫和艾亨鲍姆。

实际上早期什克洛夫斯基等人诸如此类的说法，有许多是为了提高其"市场价值"而故作惊人之语，含有夸张和宣传的成分，不值得严肃对待。这和他们在文坛上的同道——未来派的行为方式也如出一辙。在"商业行为"占主导地位的地方，真理必然会被有所遮蔽。如果我们把它们与学术论文等量齐观，也"就意味着蔑视历史"。② 实际上按照维克多·厄利希的说法，这是一代人身上的特征，因为"在那个思想激烈论争的大市场上，一个人要想使自己的声音能被人听到，就必须大声疾呼"③。

但什克洛夫斯基们的这句话以及类似言论之成为招致人们抨击的口实这一点却无可否认，而且，人们抨击此类言论的主要立足点，在于它们触怒了俄罗斯人的道德感。断言文学与社会、与道德无关肯定会招致人们的愤怒，这在俄国文化中乃是冒天下之大不韪之举。关于俄罗斯思想的特点，瓦·津科夫斯基指出："如果非得给俄国哲学一个一般性评价而且这评价本身也从不期求准确性和完整性的话，那么我会把俄国哲学探索的人类中心论放在首位。俄国哲学是非理论中心主义的（尽管其代表人物绝大多数都是深刻的和本质上具有宗教倾向），也非宇宙中心主义的（尽管自然哲学问题很早就开始吸引俄国哲学家关注了），——俄国哲学更多研究有关人、有关人的命运和道路、有关历史的意义和目的问题。这首先表现在道德定向究竟在多大程度上时时处处占据主导地位：这是俄国哲学思考最具有创造性的来源和最有效的来源之一。在其哲学著作

---

① Victor Erlich：*Russian Formalism*：*History Doctrine*，Fourth edition，The Hague，Paris，New York：Mouton Publisher，1980，p. 77

② Б. Эйхенбаум：*О литературе*：*Работы разных лет*，Москва：Советский писатель，1987，p. 132.

③ Victor Erlich：*Russian Formalism*：*History Doctrine*，Fourth edition，The Hague，Paris，New York：Mouton Publisher，1980，p. 42.

中给以特别强烈表现的列夫·托尔斯泰的泛道德主义以其固有的权利和固有的局限性，我们可以在几乎所有俄国思想家身上，甚至在那些干脆根本就没有写作什么著作，而是直接探讨伦理问题的思想家（如基列耶夫斯基）那里找到。"①纵观俄国文学批评史，似乎还不曾有哪位批评家，敢于向俄国宗教哲学中的人类中心主义和泛道德主义发出挑战。

　　如今，随着时代的迁移和语境的转换，我们已经能够在不受当时文坛风气影响的情况下公正地看待什克洛夫斯基等人的立场。按照什克洛夫斯基等人的艺术观，生活和艺术是两种各个不同的经验系列。生活是前审美材料，它有待于艺术的升华和提炼。总之，什克洛夫斯基其实并不否认生活的存在，而只是认为生活和艺术一样，是另外一个经验系列。艺术不是在真空中产生的。它把生活当作自己的原材料，以之为基础构造精美的艺术大厦。只有经由艺术的"点金术"，生活才能变成艺术。但艺术中的生活并非生活本身，而是生活的升华形式。什克洛夫斯基写道："生活一旦进入诗，便已不复是生活本身了。"②什克洛夫斯基在此所说的道理，似乎我们也能多少有所体验：常常有作家抱怨：当他们自以为恭恭敬敬地模仿生活再现生活中的真实事件时，却往往被人当作虚构；相反，当他们满以为自己这是在运用艺术家的合法权利进行艺术的虚构时，却往往被人当作比真实还要真实。艺术中究竟隐藏着怎样的"点金术"，为什么以同样的生活经验为基础，优秀作家能写出传世名作，而拙劣的写家却只能写出垃圾读物呢？这里面隐藏着一些值得人们予以深思的问题。

　　由此可见：艺术有其不为生活所左右的内在规律和法则。一方面，艺术要接受生活的规范，她必须忠实于生活的趋势和真实；另一方面艺术自身也有其不可让渡的自身法则，不尊重这些法则，也就等于不承认艺术有其相对自主性。什克洛夫斯基等人的主张无疑有其合理的一面和一定的道理。艺术与生活相比，具有相对的自主性。艺术一方面要反映现实生活，要忠于时代精神服从社会指令，因而其价值在于它的反映现实性和指涉客体性；另一方面艺术中艺术性的大小，又和作品的题材无关，题材的大小并不能决定作品艺术性的大小和有无。写"猫"的川端康成和写农民起义的姚雪垠并无高下之别。

①　В. В. Зеньковский: *История русской философии*，Ростов на Дону：феникс，Том 1，2004，С. 18.

②　Виктор Шкловский: *Гамбургский счет：Статьи-Воспоминания-Эссе*（1914-1933），Москва：Советский писатель，1990，С. 143.

　　然而，就在奥波亚兹们在文艺学舞台上狂飙突进、引领潮流之际，他们的同时代人和同学之一的巴赫金，却在风云际会的 1918 年年底，神色黯然地离开了彼得格勒，来到了涅维尔这座名不见经传的小城。也是从此时起，一个后来同样在 20 世纪文艺学史上名标青史的思想小组，像一棵小树一般自然而然地长大成长起来。与对文学和文学史分外入迷的奥波亚兹以及对语言及其奥秘如醉如痴的莫斯科语言学小组不同，涅维尔小组成员似乎更偏向于纯理论，而在其中的作用日益显著并成为小组自然的核心的巴赫金，更是以具有深邃的哲思而见长。巴赫金好学深思的特点既有来自祖上的遗传因子，也有后天的环境因子，更是由巴赫金本人的气质秉性所决定的。什克洛夫斯基是外向的、好动的、富于鼓动力和煽情力的，张扬的、激进的、热情洋溢的、无论为文还是打仗都肯于拼命和勇往直前的；与其相反，巴赫金却是内向的、好静的、谦抑的、理智的和中庸的。由此可见，这两个人物的性格使其注定无法在彼得格勒大学缔结因缘。

　　但所有这一切并不妨碍他们在意识层面发生对话与应答。1919 年 9 月 13 日涅维尔的《艺术日》杂志刊登了一篇署名巴赫金的小文章《艺术与责任》。这篇文章小得和一篇小品文或随笔相当，但它的分量却随着岁月的迁徙而日益沉重。与什克洛夫斯基们洋洋洒洒动辄万言相反，巴赫金却四两拨千斤地以一位哲人的从容和优雅，轻轻从诸多问题里信手拈来一个问题，却不期然正好命中了奥波亚兹们的"命门"。和什克洛夫斯基们为了突出艺术的特殊性而急于把其与其他客体分而论之相反，巴赫金却一针见血、开门见山地直奔核心命题："艺术与生活不是一回事，但应在我身上统一起来，统一于我的统一的责任中。"艺术与生活不是一个范畴，但却都是人的一种活动：艺术也是一种人的生活或人的活动。因此艺术与生活都以人作为其主体。虽然"艺术与生活想要相互地减轻自己的任务，取消自己的责任，因为对生活不承担责任时较为容易创作，而不必考虑艺术时则较为容易生活"。但作为艺术与生活这两个范畴之主体的人却不能忽视自己对生活所承担的责任，应对自己的艺术对于生活所承担的责任而负责。但什克洛夫斯基信誓旦旦地宣称："艺术永远独立于生活，在它的色彩中永远也不会反映城堡上空飘扬的旗帜的颜色"时，他是那么坚信：艺术和生活是两个范畴，艺术不必对生活承担任何许诺；而巴赫金却告诫他：不，老同学，艺术与生活都具有属人的性质，它们都是以人为主体的活动，因此，作为主体的人时刻不能忘记自己对艺术与生活所承担的责任，那就是"应分"（должествование）。

　　应当指出的一点是，当巴赫金代表哲学向奥波亚兹们提出应战之时，他其实也是在代表整个俄国宗教哲学界发言。巴赫金身后自有一种深厚的传统，那是眼睛只关注于艺术形式特征的什克洛夫斯基们所看不到的。俄国宗教哲学从其最初产生起，就具备一些西方哲学所不具备的特征。在俄国不仅文学与哲学相融被视为一种必然，而且，文学与宗教、文学与伦理学交融也被视为一种常态。要想像西方人那样对各类学科条分缕析，把不同学科划分得清清爽爽、明明白白是不可能的。在俄国所有的一切都是混成整一的。俄国宗教哲学的突出特点之一在于哲学与伦理学的统一。在这个意义上甚至可以说它是一种泛道德主义或人类中心主义哲学。在俄国离开和脱离人、人的存在、人的世界观、人的命运和历史道路来侈谈哲学不啻为一种虚幻的奢望。"白银时代"俄国宗教哲学在19世纪的最后一位集大成者和新时代第一位揭幕人弗·索洛维约夫，毕生致力于他的万物统一论哲学体系的建构，而他的这一体系（差不多是俄国有史以来第一个唯心主义哲学体系和系统的理论学说）的一个最突出的特征之一，就是力图把哲学、宗教、文学与伦理学统一在一个庞大的、无所不包的体系内。

　　从这个意义上我们可以说，巴赫金其实是在代表"白银时代"思想文化界对奥波亚兹们发言。此时的巴赫金的立场，既不同于形式主义者即奥波亚兹们的立场，也不同于当时盛行其道的庸俗社会学代表人物那种忽视作品的审美价值而过分关注作品的阶层、阶级和党派特点的倾向。[①]此期以梅德韦杰夫名义出版的《文艺学中的形式主义方法》可以认为即代表了以巴赫金为首的涅维尔小组的学术立场和基本观点。巴赫金们认为，庸俗社会学代表人物们漠视在上层建筑和经济基础之间横亘的中间环节，而"一下子跳过两个环节，企图直接在社会经济环境中去了解作品，把它假设为意识形态创作的唯一的东西，而不是去确定它在社会经济环境中首先是与整个文学和整个意识形态视野在一起的，是它们的不可分割的成分"[②]。巴赫金指出：庸俗社会学家们"常常对意识形态环境的具体一致性、独特性和重要性估计不足，过于匆忙地和直接地从个别的意识形态现象转到生产的社会经济环境条件上去。……认为某些从意识形态世界截取出来的作品在其孤立情况下直接决定于经济因素，就像认为在一

---

① С. С. Конкин，Л. С. Конкина：*Михаил Бахтин. Страницы жизни и творчества*，Саранск：Мордовское книжное издательство，1993，С. 109.

② 〔苏〕巴赫金著，钱中文主编：《巴赫金全集》第2卷，李辉凡、张捷、张杰等译，石家庄，河北教育出版社，1998，第143页。

首诗的范围内韵脚与韵脚的配置、诗节与诗节的配置是由于经济的因果
关系直接起作用一样幼稚"。

　　在俄国文学和俄国社会思想史上，一个奇特的现象是：人们普遍把
一些曾经介入思想文化大论战中的经典文学作品中的人物（如屠格涅夫笔
下的巴扎罗夫），也当作俄国社会思想史上某种思潮的实体性代表人物来
加以论述。这大概是独一无二的俄罗斯特有的文化现象。针对这一点，
巴赫金-梅德韦杰夫指出："对马克思主义者来说，决不能把那些直接从
某种意识形态在文学中的第二次反映得出的结论应用于相应时代的社会
现象。"这也就告诉我们，文学形象作为生活的反映，它来自生活，反映
生活，但我们却绝不可以根据文学形象的模式去套现实生活，因为"长篇
小说的主人公，例如取自小说结构之外的屠格涅夫的巴扎罗夫，绝对不
是社会的典型（就这个词的严格意义上说），而只是这个社会典型的意识
形态的折射。根据科学的社会经济史对他的界定，巴扎罗夫在他的实际
存在中根本不是一个平民知识分子，巴扎罗夫是平民知识分子在一定社
会集团（在屠格涅夫笔下是自由派贵族集团）的社会意识形态中的意识形
态的折射。平民知识分子的这种意识形态要素，基本上是伦理学兼心理
学的，在某种程度上也是哲学的"①。巴赫金的这段表述对于俄国文学史
家具有极其重大的意义，因为长期以来围绕屠格涅夫笔下的巴扎罗夫一
直进行着激烈的论战，相当一部分人把他当作当时平民知识分子形象的
典型代表，从而犯了把艺术与生活混为一谈，以"艺术"（一重反映）为依
据来证实现实（反映对象），也就是以"诗"证"史"的错误。这可以视为是
对 19 世纪 60 年代的一种反思。

　　俄国形式主义者们虽然并不否认艺术与生活的联系，但却认为有必
要建立一种一定程度上排除生活要素的本体论文艺学，而且只有这样的
文艺学（或诗学）才是真正意义上的文艺学诗学。在这个问题上，巴赫金
和梅德韦杰夫对他们是足够公道的。巴赫金们写道："其实，形式主义者
从未否定这些因素（即指外在的社会因素——笔者）的作用，如果说有时
也曾否定过的话，那也只是在激烈论战时才这样做。"接下来，巴赫金-梅
德韦杰夫列举了可能对文学发生干预作用的外在因素："丹特士的子弹过
早地终止了普希金的文学活动，否定这一点是可笑的。不考虑尼古拉一
世的书刊检查和宪兵第三厅在我国文学中的意义，那是幼稚的。谁也没

---

①　〔苏〕巴赫金著，钱中文主编：《巴赫金全集》第 2 卷，李辉凡、张捷、张杰等译，石家
　　庄，河北教育出版社，1998，第 133 页。

有否定外在的经济条件对文学发展的影响。"

形式主义就其实质而言完全不否定外在因素对文学的实际发生的影响，但是，形式主义否定而且也应该否定外在因素是文学的本质意义及其直接影响文学的内部本性的能力……

总而言之，形式主义不能承认对文学起作用的外在的社会因素可以成为文学本身的内在因素，成为其内在发展的因素。[①] 在这样做的时候，什克洛夫斯基们竭力排除文艺的意识形态属性，而这在其活动的早期尤为明显。巴赫金-梅德韦杰夫却认为，文艺不但与意识形态有联系，而且这种联系具有双重属性，文学史家一刻也不应忘记："文学作品与意识形态环境具有双重联系。以自己的内容反映这一环境而建立的联系，以及作为一个具有艺术特点的整体和作为这一环境的一个独特部分而与它直接发生的联系。"[②]

在这里，巴赫金们在谴责庸俗社会学的同时，其与形式主义的分野也约略可见：什克洛夫斯基们作为文艺学家，[③] 更多的时候是以一个机械师的眼光来看待文学作品及其组成结构的，而作品所承载的意识形态内容往往却被他们所忽略了，至少在早期和中期如此。而涅维尔学派却从一开始起就旗帜鲜明地肯定文学艺术的意识形态属性。这是奥波亚兹与涅维尔小组之间最重要的分界线。

艺术作品中所表现的生活是经过作家心理折射过的生活，因此，已经不可与原生态的生活同日而语。既然是经过作家心理洗礼后的产物，其样态必然带有作家心理的扭曲。针对这一点，艾亨鲍姆在《论文学》中指出："以语言形式出现的，对精神生活的任何定形，都已是精神生活本身，其内容与直接体验有着显著差别。在此，精神生活已经被置于有关其表现形式的若干一般观念之下了，而这些观念必须服从某种经常与传统形式相关的构思，以此而必然采取一种假定性的、与其外语言的真实的直接内容不符的形态。所记录下来的仅仅是在自我观察过程中被意识到被分化出来的某些方面，其结果必然使精神生活受到歪曲和风格化。这就是为什么对于书信和日记这类文件进行纯心理分析来说，需要采用特殊方法的原因。这种特殊方法应能穿透自我观察，而在语言形式之外，

---

① 〔苏〕巴赫金著，钱中文主编：《巴赫金全集》第 2 卷，李辉凡、张捷、张杰等译，石家庄，河北教育出版社，1998，第 197～198 页。
② 〔苏〕巴赫金著，钱中文主编：《巴赫金全集》第 2 卷，李辉凡、张捷、张杰等译，石家庄，河北教育出版社，1998，第 144 页。
③ 〔苏〕巴赫金著，钱中文主编：《巴赫金全集》第 2 卷，李辉凡、张捷、张杰等译，石家庄，河北教育出版社，1998，第 125 页。

在永远是假定性的风格外壳之外，来观察精神现象本身。"①

　　这里，艾亨鲍姆是以书信和日记甚至进而以传记为例来讨论这个对于文艺学十分重大的问题的。书信和日记尚且如此，那么，作家关于自己的自传，按理说应该是"信史"了吧？非也。即使是作家自传，其实也不可以作为严格的科学材料来加以引用。这是因为对精神生活的任何回顾或反思，都是在业已"流动过的"精神生活的某一阶段对前此另外一个阶段的回顾。而由于这种回顾是在"今天"的心境直接支配下进行的，所以，无论作家本人愿意承认与否，这种回顾都必然会在一定程度上"歪曲"精神生活在彼时彼地的本来形态。这一点也已为文艺学的现代发展所证实。钱钟书先生在《谈艺录》中指出："热中人做冰雪语"，这在作家来说是极为普遍的。钱先生无疑也主张研究作家要以作品文本为依据，而不要过分相信传记或自传一类的文字，并且认为前者在可信度上远胜于后者。钱先生甚至俏皮地回答一位来访的外国记者说：你吃了一个鸡蛋，觉得好吃就是了，何必问这只蛋是哪只母鸡所下的呢？钱先生列举了好多例子，其中就有培根在为文和为人方面的深层差异。当然，这里没有一个适用于所有作家的普遍准则：有的作家文如其人，有的作家则文不如其人甚或与其人格截然相反。巴赫金也在其著作中，称作家在作品中所表现的人格，其实是戴着面具的，是不可与其真实为人等同视之的。无论怎么说，把作家作品与其本人的生活等量齐观，无疑包含着很大的"不确定性"。

　　奥波亚兹对于这一问题的探讨，的确似乎触到了现代艺术的核心理念：即如何看待艺术的创造性和写实性问题。在这个问题上，支持他们的，也许更多的是实际从事创作的作家诗人，而非那些不懂文艺而却妄论文艺的学者或文学史家。例如，米兰·昆德拉就曾信笔写道："莫泊桑不让自己的肖像出现在一系列著名作家的肖像中：'一个人的私生活与他的脸不属于公众。'赫尔曼·布洛赫在谈到他自己、穆奇尔和卡夫卡时说：'我们三个，没有一个人有什么真正的生平。'这并不是说在他们的生活中乏事可陈，而是说他们的生活不是要被区别开来，不是要公众化，成为供人书写的生平。有人问卡雷尔·恰佩克为什么不写诗。他的回答是：'因为我厌恶说自己。'一个真正的小说家的特征：不喜欢谈自己。纳博科夫说过：'我厌恶去打听那些伟大作家的珍贵生活，永远没有一个传记作

① Б. Эйхенбаум：*О литературе：Работы разных лет*，Москва：Советский писатель，1987，С. 132.

者可以揭起我私生活的一角。'伊塔洛·卡尔维诺事先告诉人家：他向任何人都不会说一句关于他自己生活的真话。福克纳希望'成为被历史取消、删除的人，在历史上不留痕迹，除了印出的书'（需要强调的是：是印出的书，所以不是什么没有完成的手稿，不是信件，不是日记）。照一个著名比喻的说法，小说家毁掉他生活的房子，然后用拆下来的砖头建起另一座房子：即他小说的房子。所以一个小说家的传记作者是将小说家建立起来的重新拆除，重新建立小说家已经拆除的。传记作者的工作从艺术角度来说纯粹是消极的，既不能阐明一部小说的价值，也不能阐明它的意义。一旦卡夫卡本人开始比约瑟夫·K吸引更多的关注，那么，卡夫卡去世后再一次死亡的过程就开始了。"①

雅各布逊则从现代语言学角度，阐述了大致相似的观点。在《论最新俄国诗歌》中，他指出："指控诗人有某种思想，某种感觉，这种行为法之荒谬，恰如中世纪的公众狠揍扮演犹大的演员一样；这种行为之愚蠢，恰如指控普希金杀死了连斯基一样。"②他认为，在欣赏艺术作品时，我们要时时记住："我们在艺术中大多采用的不是思想，而是语言事实。"雅各布逊甚至认为，就连他自己的个人生活，也是外在于他的著作的。对于反映他的人生本质来说，作品本身远较外在生活更具有实质性的意义。雅各布逊的这一立场可以代表整个奥波亚兹的观点。与关于诗人传记学问题的观点的新变化同时发生的，是奥波亚兹对现实生活与艺术的关系问题的看法，后期也有了新的转变。雅各布逊在布拉格时期，开始强调在探讨文学的内部规律的同时，不应忽视文学外部因素的影响。"在艺术同社会结构其他部位的关系上始终可以看到辩证法，我们所强调的东西不是艺术的独立主义，而是审美功能的自主性"③。这等于承认作为一种人类活动方式的艺术，与其他经验系列不是漠不相关，而是紧密相联。

与此相应，在诗（亦即艺术）与生活的关系问题上，雅各布逊的立场也有了显著转变。诗歌中的任何一种现象，都在一定程度上对所陈述的事件进行着修饰和限定。修饰和限定取决于作者的意图、读者、规避审查甚至作家的词汇储藏等多种因素。在所有这些因素的作用下，诗中所陈述的实际体验，可以被表现得与作者的意图完全相反。一方面，经由

---

① 〔捷克〕米兰·昆德拉：《小说的艺术》，董强译，上海，上海译文出版社，2004，第184～185页。

② P. O. Якобсон: *Работы по поэтике*, Москва: Прогресс, 1987, С. 275.

③ "马克思主义文艺理论研究"编辑部编选：《美学文艺学方法论》下卷，北京，文化艺术出版社，1985，第530页。

惯例滤过的生活事实，在诗中可能会被改变得面目全非；另一方面，诗歌也可能太贴近生活，以致产生一种危险。当诗人信誓旦旦向我们保证，这一次他要跟我们讲真话时，切勿相信。反之，当诗人声称他的故事纯属虚构时，也未可轻信。因为我们本不指望诗人只说真话，因为诗人在诗中的面目，仅仅是个面具。因此，在文学中，对作家的内在审查机制，大可以松弛一下。

托马舍夫斯基则指出："诗歌作品与心理现实之间的关系，并非单通道的因果制约关系。诗往往遵循一时代的流行惯例来神化诗人的生活，而每一文学流派都有他们自己关于诗人的理想化了的形象。自传体诗所写的，往往不是实际发生的事，而是应该发生的事。自传体诗尽管不实，但也可能转变为生活事实。"

在对待文学所反映的生活方面，也同样如此。民间文学永远不是对生活方式的直接反映。什克洛夫斯基指出："切勿将古希腊通俗小说中的抢婚情节误认为是当时的日常生活现象。当习俗已经不再成其为习俗时，才能成为构成动机的基础。"[①]众所周知，塞万提斯写作《堂吉诃德》时，骑士制度和骑士风俗早已成为明日黄花，风光不再了。这种制度和风俗在作家笔下本来是备受嘲弄的对象，但却不期然而然使这部作品成为为骑士制度举行葬礼的加冕之作。

因此，如果人物行为和情节要素是为统一的审美结构所必需的，那么，试图寻求人物行为、情节要素的解释和根据便是无益的。因为"文学作品中所表现的情感……乃是情感的观念"。在尚未对文学作品的结构作审慎考察之前，便从作品中引出社会学或心理学的结论，是极不适当的。因为从作品表层所见到的现实表现，可能实际上仅仅是附加于现实之上的审美公式。因为艺术中所表现的任何生活片断，都已经过"惯例"或"标准"的扭曲。文学批评家的首要任务，仅仅在于确定这种扭曲的角度。

由此可见，审美功能的自主性存在于虚构性文学和文学创作的各种类型和级次中。俄国形式主义的文艺自主性观点，经历了从个别诗歌用语与其他客体的对应，转入了整个文学作品与现实——主观现实（创作者）与客观现实（社会环境）——的对应。同时，也只有在这样的基点上，确立文学相对于社会生活的独立性，以及文学与社会的复杂关系才有可能。

巴赫金认为："文学史家一刻也不应忘记，文学作品与意识形态环境

---

① Виктор Шкловский：*О теории прозы*，Москва：Советский писатель，1983，С. 32.

具有双重联系：以自己的内容反映这一环境而建立的联系，以及作为一个具有艺术特点的整体和作为这一环境的一个独特部分而与它直接发生的联系。"巴赫金指出："生活，作为一定的行为、事件或感受的总和，只有通过意识形态环境的棱镜的折射，只有赋予它具体的意识形态的内容，才能成为情节（сюжет）、本事（фабула）、主题（тема）、母题（мотив）。还没有经过意识形态折射的所谓原生现实，是不可能进到文学的内容中去的。"①

接下来巴赫金们便是在为俄国形式主义者辩护了："至于文学作品首先而且直接由文学本身来决定这一点，当然不能也不应当使马克思主义文学史家感到不安。马克思主义完全容许其他意识形态对文学的决定性影响。不但如此，它还容许意识形态对基础本身的反作用。因而更不用说，它能够而且应该容许文学对文学的影响了。"②接下来，巴赫金的论述就更加清晰了。他写道：

> 再重复一下，每一种文学现象（如同任何意识形态现象一样）同时既是从外部也是从内部被决定的。从内部是由文学本身所决定；从外部是由社会生活的其他领域所决定。不过，文学作品被从内部决定的同时，也被从外部决定，因为决定它的文学本身整个地是由外部决定的，而从被外部决定的同时，它也被从内部决定，因为外在的因素正是把它作为具有独特性和同整个文学情况发生联系（而不是在联系之外）的文学作品来决定的。这样内在的东西原来是外在的，反之亦然。③

这样一来，在否定了单纯外部决定论（庸俗社会学）和单纯内部决定论（奥波亚兹）以后，巴赫金-梅德韦杰夫提出了他们自己的综合方案：此方案既避免了前者也避免了后者的错误，为文艺学走出困境探索了一条与俄罗斯人传统思维方式截然不同的解决途径。正如一些西方学人所说，巴赫金们提出的马克思主义解决诗语与日常生活语言关系问题的方案，于今看来要远远优于和高于当时处于对立状态的俄国形式主义和庸俗社

---

① 〔苏〕巴赫金著，钱中文主编：《巴赫金全集》第 2 卷，李辉凡、张捷、张杰等译，石家庄，河北教育出版社，1998，第 128 页。

② 〔苏〕巴赫金著，钱中文主编：《巴赫金全集》第 2 卷，李辉凡、张捷、张杰等译，石家庄，河北教育出版社，1998，第 144 页。

③ 〔苏〕巴赫金著，钱中文主编：《巴赫金全集》第 2 卷，李辉凡、张捷、张杰等译，石家庄，河北教育出版社，1998，第 145 页。

会学。①

在《文艺学中的形式主义方法》一书中，戴着梅德维杰夫之面具的巴赫金在结尾部分充满激情地写道：

> 我们认为马克思主义科学也应该感谢形式主义者，感谢他们的理论能够成为严肃批判的对象，而马克思主义文艺学的基础能在批判过程中得到阐明，变得更加坚实。
>
> 整个年轻的学科——马克思主义文艺学非常年轻——给予好的敌手的评价，应当比给予坏的战友的评价高得多。②

当然，这只是俄国形式主义与巴赫金之间对话的交点之一，当然也是比较重要的交点之一。

---

① Michael F. Bernard-Donals：*Mikhail Bakhtin between Phenomenology and Marxism*，Cambridge，New York：Cambridge University Press，1994，p. 11.
② 〔苏〕巴赫金著，钱中文主编：《巴赫金全集》第 2 卷，李辉凡、张捷、张杰等译，石家庄，河北教育出版社，1998，第 343 页。

第二章　奥波亚兹的历史沿革

第一节　什克洛夫斯基与奥波亚兹

1913 年 12 月 31 日夜，在圣彼得堡一家艺术家咖啡馆"浪荡狗"，一个前此名不见经传的年轻的在校大学生维·什克洛夫斯基，作了一个"未来主义在语言学史上的地位"的演讲。这次偶然的演讲使一个大学生一夜成名，而且，伴随着他的成名，一个文艺学史上前所未有的流派开始走上历史舞台。

这一事件发生的时间事后表明很有象征意义：如果按照安娜·阿赫玛托娃的说法真正的 20 世纪开始于 1914 年的话，那么，这次演讲过后的那个黎明，就是新世纪的第一道曙光。1914 年第一次世界大战爆发。同一年，巴赫金小组后来的成员梅德韦杰夫在外省一家小报上发表了一篇论述米哈伊洛夫斯基的文章（基希涅夫报纸《比萨拉比亚生活》1 月 26 日）。这些孤立的事件之间在当时看来是没有什么关联的，而今天看来却多么意味深长。

1914 年是第一次世界大战爆发的一年，同时也是一个扭转了 20 世纪文艺学发展走向的批评运动孕育发生滋长蔓延的最初的日子。早在那之前的 1908 年，在圣彼得堡著名文学教授文格罗夫①的普希金研讨班上，年老的教授发现一群才禀优异、具有明确方法论意识的莘莘学子，对于一些与当前的社会绝然无关的诗体形式问题，有着异乎寻常的浓厚兴趣。老教授写道：

---

① 关于文格罗夫，洛特曼在回忆文章中写道："1920 年，文格罗夫在列宁格勒在彻底的孤独中死于由饥饿引起的伤寒（голодный тиф。妻子去世了，儿子死于前线，幸运的是，关于儿子的死他当时还不知道）。他临终时，在他病床的两边站着他的学生特尼亚诺夫尼亚诺夫和阿·斯洛尼姆斯基。文格罗夫用软弱无力的声音对他们说：'嗯，趁我还活着，你俩再当着我的面争一争关于形式主义的问题吧。'他作为一个自由派民粹主义者和文化历史学派的代表人物，形式主义与他格格不入。他距离先锋派的激情相当遥远。但使他感到欣慰的是，年轻人仍在为文化问题而激情洋溢，甚至都忘记了面包问题，而在为文学分析的方法问题进行论战，并且勇敢地抛弃旧的寻找新的方法，这在他最后的时刻给他以安慰。"（Л. А. Колобаева：*Русский символизм*，Москва：Издательство Московского университета，2000，С. 125.）

　　两三年以前我头一次注意到在我主持的课堂讨论班上，有一伙才华卓越的青年学生，以一种令人震惊的热情全神贯注地致力于风格、韵律、节奏和绰号的研究，致力于母题分类研究，致力于确定不同诗人所用手法的相似性及其他诗歌外在形式问题的研究。①

　　事实上，这就是俄国形式主义发祥地之一——奥波亚兹——最初诞生时的胚胎。而与此同时，在世界范围内，也开始有了一些注重探索"艺术作品的建筑学结构"问题的研究倾向，但它们很少能构成对于俄国本土文化现象的决定性影响。因而，与未来主义不同的是，俄国形式主义是一种"纯俄国现象"，是一个"本土性现象"。鉴于文学是语言艺术，所以，俄国形式主义从其一开始存在起，就把寻求语言科学的指导作为自己的导向。对此，维克多·厄利希写道：

　　　　而对于俄国诗歌研究的确万分幸运的是，在此重大关头，语言学家们也和文艺学家们一样，恰巧也对这两个学科的"相互阐释"问题萌发了强烈的兴趣。诗歌语言问题以及文学研究与语言学的边界问题，成为具有方法论意识的文学研究者们和青年语言学家们相会的场地，而后者同样也拥有足以令人信服的理由来涉足一个长期被人漠视的领域。

　　　　俄国文学史的"主人公"如此这般终于被找到了：这也就是诗歌话语——即想象性文学的媒介。

　　而在语言学界，此时功能主义正在开始其取代传统起源学地位的过

---

① 　Victor Erlich：*Russian Formalism*：*History Doctrine*，Fourth edition，The Hague，Paris，New York：Mouton Publisher，1980，p. 29. 洛特曼在文章中关于文格罗夫讨论班这样写道："从这个班里走出了普洛普、特尼亚诺夫、斯维亚托斯拉夫·米尔斯基、古米廖夫、吉皮乌斯、多里宁、日尔蒙斯基、恩格哈特、斯洛尼姆斯基、艾亨鲍姆、托马舍夫斯基……他们全都是 20 世纪 20 年代至 30 年代文艺学之花，是普希金学新学派的创建者。文格罗夫研讨班的年轻学子们是文艺学中形式主义方法的创造者。形式主义学派把文学作品本身以及文本置于关注的中心。这样一种对待技巧之谜的态度本身散发着那个时代的气息。甚至就连敌视形式主义的敌人如诗人勃洛克——为此而曾严厉指责过古米廖夫的诗人勃洛克，也曾大声宣称一个'快乐真理'的诞生：'要想创作艺术作品首先得学会制作艺术作品。'（《勃洛克全集》第 6 卷，第 168 页）奥波亚兹的任何一位成员都可以在这句话下签署上自己的名字的。"（Ю. М. Лотман：*Воспитание души*，Санкт-Петербург：Искусство-СПБ，2003，С. 136.）

程。因此，在一段时期中，诗歌语言成为奥波亚兹们的"最爱"，因为这是一种"典型的、'功能性'言语类型，其所有构成成分都从属于同一个构成原则——即话语完全是为了达到预期的审美效应而'组织'的"①。

俄国形式主义这一运动从其刚一诞生起，就和维克多·什克洛夫斯基的名字有着不可分割的联系。从某种意义上说，什克洛夫斯基就是俄国形式主义，俄国形式主义就是什克洛夫斯基这么说并不算大错。用艾亨鲍姆的话说，什克洛夫斯基浑身的细胞也都由文学构成，所以，用他的名字来指代一个以追求文学本体目标为宗旨的批评运动，并不算过分。针对这一点，维克多·厄利希指出："某些回顾性文章可能会令人产生这样的印象，即俄国形式主义的主体部分是维克多·什克洛夫斯基个人脑力劳动的产物，而如今如果我们不承认什克洛夫斯基在俄国文学研究界在组织和表述形式主义方法论酵母方面所发挥的极其重大的作用，则同样也是错误的和不公正的。在奥波亚兹诞生后的最初岁月里，什克洛夫斯基通过他发表的众多文章和演讲，对这一运动的方法论立场和批评策略所产生的影响，要大于这一运动的其他代表人物，而只有罗曼·雅各布逊恐怕是个例外。"②

从某种意义上说，俄国形式主义是伴随着革命与战争的血与火、政治与学术论战的烈火硝烟诞生的。关于这个时代以及自己的活动，什克洛夫斯基留下了一系列文体混杂、却具有惊人的统一灵魂的自叙体著作——《马步》、《第三工厂》、《动物园，或非关爱情的书简》、《汉堡账单》、《感伤的旅行》……诚如某些文艺学家所说，这些著作既是文艺评论，也是学术著作，此外，更重要的，还是一种自述体的回忆录和个人札记。一个充满剧烈变革的时代使得这个时代的文体也充满了革命的精神和革命的气息。

什克洛夫斯基在第一次世界大战开始后的经历，可以说放在一部惊险小说里也丝毫不会令人感到突兀。首先，他曾经亲历战争，并且拼杀在战斗最激烈的前沿战壕。当战事陷于停顿，士兵们普遍陷于沮丧、浑无斗志之际，他挺身而出，身先士卒，带头冲锋，率领士兵赢得战斗的胜利，并因此获得沙皇颁发的勋章。他也曾参加旧俄的装甲部队，充当部队的机械师，维护机器的正常运转。据说，此期，他为了给白卫军捣

---

① Victor Erlich：*Russian Formalism*：*History Doctrine*，Fourth edition，The Hague，Paris，New York：Mouton Publisher，1980，p. 29.

② Victor Erlich：*Russian Formalism*：*History Doctrine*，Fourth edition，The Hague，Paris，New York：Mouton Publisher，1980，p. 36.

乱，故意给铁甲车的汽油里注入白糖，搞坏机器。这件事甚至被布尔加科夫以什波里亚斯基为名字写进了他的小说名著《白卫军》，成为文坛笑谈。但那次世界大战对于俄国来说，也是一个如万花筒般足以令任何人感到眼花缭乱，无所适从的混乱时期。只有像列宁那样高瞻远瞩、目光深邃的伟人，才能领导历史潮流向着自己期待的方向运转，而一般人和普通人，只能被现实变化万端的万花筒搞得晕头晕脑，找不到北。但看起来什克洛夫斯基却绝不具有如列宁那样的政治远见和历史眼光。否则的话，他绝不会把自己和社会革命党捆绑在一起。这个党说起来原本也是参与掀起二月革命的诸多政党中的一员，但在十月革命后，迅速蜕变为布尔什维克革命的反对者，因而成为新生政权中契卡的镇压对象。而什克洛夫斯基曾经参加过这个组织，并且还曾担任该党中央军事委员会委员。这就铸就了什克洛夫斯基的惊险曲折的遭遇。

1919 年，什克洛夫斯基所在的社会革命党一位成员的笔记本被契卡截获，他们破译了笔记本上用密码书写的名单，并迅速展开搜捕行动。什克洛夫斯基由于有人报信，得以逃离住所。但他的一个哥哥被捕并很快被枪杀。关于这位被枪毙的哥哥，什克洛夫斯基是这样说的："被捕的同志们都被枪毙了。我哥哥也是其中之一。他不是右派。他比 3/4'红军政委'都一千倍地更热爱革命。"①他带着写作文章所必需的书籍和卡片，踏上了不知所之的流亡之路，亡命天涯，居无定所，食不一处，有时甚至把疯人院当作暂栖之地。逃亡路上他每每感慨命运的无常、生命的短暂。在一列火车上，他混迹于一群从前线下来的士兵中，但还是被一个曾经盯过他梢的契卡人员认了出来。什克洛夫斯基急中生智，从飞驰的列车上跳车逃亡。重返莫斯科后，他深感如此流亡终究不是行止，遂通过高尔基向斯维尔德洛夫求情。斯维尔德洛夫给契卡部门写了张字条，要求取消什克洛夫斯基案件，这才把他从危难中解救了出来。为了这件事，什克洛夫斯基终生都对高尔基充满感激之情，称他为救人于危难之中的俄国知识分子的"诺亚"。而"世界文学"、"艺术之家"和"格勒日宾纳出版社"就是高尔基手中的"方舟"。高尔基拯救知识分子的目的不是让他们从事反革命活动，而是为了让俄国不再滋生文盲。

1922 年事情发生了变化。由于前社会革命党分子谢苗诺夫在国外出版的回忆录中披露了该党军事委员会的内幕，什克洛夫斯基的身份暴露了。逮捕行动刚刚开始，什克洛夫斯基便先行踏上了逃亡之路。他辗转

---

① В. Б. Шкловский: *Сентиментальное путешествие*，Москва：Новости，1990，С. 156.

托人引领经过芬兰湾的冰面流亡到西方，最终于 6 月来到柏林。直到 1923 年秋天才得以离开。什克洛夫斯基在柏林期间参加了一系列工作，写作了他著名的日记体小说《动物园，或非关爱情的书简》(*Зоо, или письма не о любви*)、一部自传《感伤的旅行》(*Сентиментальное путешествие*)和论文集《马步》(*Ход коня*)。1923 年秋，漂泊国外的什克洛夫斯基终于痛切地认识到，他所钟爱的俄罗斯文化，是不可能被他像空气一样装在瓶子里带往国外的，而离开俄罗斯这片土壤，他将像脱离大地的安泰一样软弱无力。于是，他以给苏共政治局公开信的方式向苏联"投诚"，回到了苏联。在《动物园，或非关爱情的书简》中，什克洛夫斯基写道：

> 我无法在柏林生存。
>
> 我的全部日常生活、我的全部技能都与今日之俄国相关联。我只会为她而工作。
>
> 我生活在柏林，这件事不对。
>
> 革命使我获得了再生，没有革命我无法呼吸。待在这里我只能窒息。①

但另一种说法是说促使他很快回国的原因，是他的妻子被契卡扣押为人质的缘故。侨民作家中的许多人相信这一说法。但当时没有什么人被扣押做人质而自行回国的，不是就他一个人，还有许多作家如阿·托尔斯泰、安·别雷、茨维塔耶娃等，所以，此说只能是聊备一说而已。

在追溯什克洛夫斯基从 1914 年到 1923 年的足迹时，最使我们惊奇的是，这一时期恰好也是奥波亚兹以及什克洛夫斯基个人从事学术活动并取得最初成果的时期。学术研究、战争、逃亡……这些截然不同的事情究竟是如何统一在什克洛夫斯基身上的呢？这的确是个令人难解之谜。而什克洛夫斯基个人所具有的魅力，也正是通过这样一种传奇般的经历体现出来的。

在奥波亚兹最初的活动中，留下了鲜明印记的，是这样一些地点：纳杰日金 33 号，伊萨基耶夫广场上的艺术史研究院，奥·勃里克（Брик Осип Максимович，1888～1945)家的客厅，艾亨鲍姆的家……国内战争时期的列宁格勒，人们饱受战争之苦，饥馑、严寒、食物和木柴短缺、

---

① В. Б. Шкловский: *Сентиментальное путешествие*，Москва：Новости，1990，С. 346.

营养缺乏、贫血、虎列拉……可以说是饥寒交迫。用什克洛夫斯基的话说："那是饥肠辘辘的时代，革命的时代。我们围坐在简陋的铁皮炉前，燃书取火。我们撕下篇篇书页，似乎是最后一次读这些书。我们用撕下的书页生炉子。"①有一次，著名诗人曼德尔施塔姆和古米廖夫同乘一辆马车去参加一个诗歌朗诵会，车还没到地点，曼德尔施塔姆就在路上饿昏了过去。没有木柴取暖，人们只得把钢琴劈了当柴火烧——什克洛夫斯基如是说。

然而，怀抱着建设新文化热情的革命的知识分子们，忍受着非人所能忍受的艰难困苦而努力拼搏奋斗。他们当中不乏激进的革命派，恨不得一夜之间就能建成共产主义。而共产主义大厦的一砖一瓦，就取决于他们手中的笔。那时的知识分子大都如此。

第二节　奥波亚兹代表人物与犹太文化

从今天的立场看什克洛夫斯基对于奥波亚兹的最大贡献，是他的"陌生化（остранение）说"，它犹如酵母，犹如孵化器，孕育生成了整个俄国形式主义学说。陌生化说得到了奥波亚兹及其外围所有参与者的认可。不但如此，在整个世界文艺学界，陌生化说也成为一个使用频率极高的词汇。关于这一点，什克洛夫斯基在其《小说论》中写道：

> 我那时创造了"陌生化"这个术语。现在我可以承认自己犯了一个语法错误，即只写了一个"н"，而本应是"странный"（奇特的）。
>
> 结果这个只有一个"н"的词，像一条断了耳朵的狗一样，跑遍了全球。②

什克洛夫斯基在另一个地方又写道：

> 1916 年出现了"陌生化"理论。我力图用这一理论来概括一种新化感受和表现现象的方法。③

---

① 〔苏〕维·什克洛夫斯基：《散文理论》，刘宗次译，南昌，百花洲文艺出版社，1994，第 80 页。

② Виктор Шкловский：*О теории прозы*，Москва：Советский писатель，1983，C. 73.

③ В. Б. Шкловский：*Избранное. В 2-х томах*，Том 2，Москва：Художественная литература，1983，C. 6.

"陌生化"是整个俄国形式主义运动的核心理念，它包含了这一运动全部原创性的品质。

在同一本书中，什克洛夫斯基继而又写道：

> 我用过一个词：陌生化（остранение）。
>
> 艾亨鲍姆说：为什么用疏离化（отстранение），要是我，宁愿用简单化（опрощение）这个词儿。
>
> 托尔斯泰说：俄国发生的事情是多么奇怪呀——用树条抽人的屁股。
>
> 是啊，为什么不抽人的脸呢？
>
> 为什么要选择一种如此奇特的方法呢？
>
> 由此可见不能对之简单化。
>
> 应当发现生活中找不到的东西。
>
> ……
>
> 在这个词里我只写了一个"н"。这个只有一个"н"的词就这样风行起来了。可本来应该写作两个"н"的。就这样直到现在这两个词都共同生存着——"отстранение"和"остранение"——带一个"н"的和一个"т"的，以及带两个"н"的：只是意义有所不同，但情节相同，即都与生活的奇特性有关。①

的确，如什克洛夫斯基所说，正是在那个年代里，"陌生化"——一个最富于创造力的术语，就是这么歧异分出地诞生了。的确，刚诞生时的陌生化这个概念，其内涵比较含混。如什克洛夫斯基所说，它既有陌生之意，也有奇特、疏离、间离等的意义。但无论如何，把相邻但不相同系列的物体或意象并置在一起，从而以一种出乎意料的组合方式引起人们的震惊和讶异，应该属于陌生化一词最初的含义之一。由此可见，陌生化最初所具有的"因陌生而使人震惊"之意，是和未来派当时所主张的美学一脉相承的。关于这个问题我们在适当地方还会回头再说的。

按照什克洛夫斯基的观点，陌生化是一种使材料动态化的方法，是把材料从自动化接受状态下解放出来的一种方法，这也就是说它是进行

---

① Виктор Шкловский: *О теории прозы*, Москва: Советский писатель, 1983, C. 234-235.

审美变形的基本动力。① 文艺作品中作者会采用各种手法以达到作者所欲达到的审美效果，而比喻就是其中之一。但和波捷勃尼亚不同，"诗歌意象与其说是把不熟悉转化为熟悉，倒不如说它是在一种新奇的光照下，通过把对象移置于一个出乎意料的语境中这种办法，使熟悉的'变得陌生'"②，而这也就是陌生化的最初含义。陌生化说是"艺术即手法"的进一步生发，或者说是"手法"的结晶或"哲学之石"。也就是说，陌生化让我们把注意的焦点凝聚在任何一种手法在作品中所行使的功能上，而该功能概括而言有多种，其中最主要的，是所谓把对象转移到"新的接受域"中，从而得以实施一种"语义的转移"。

由于"艺术将已知与未知加以比较，为的是延长对对象的感受并加大感受的难度，从中发现某种足以使人惊奇的、为瞬间的自动化的接受制造障碍的因素"③。这样一来，关注的重心便从意象的诗的用法转移到了诗歌的艺术功能问题上来。总之，所谓陌生化，就是在读者的接受意识中插入一个感知觉屏障，使接受"难化"，从而引起接受心理的高度关注，变机械的认知为机敏的感受和切身的体验。厄利希在此指出："人们在呼吁艺术家起而反抗例行公事，并且毫不留情地破坏一切陈规旧习。诗人通过让对象脱离它习以为常的语境或把毫无关联的异类概念组合到一起的方法，给话语的老生常谈(cliche)以及伴随这一老生常谈的庸常反应以致命一击(coup de grace)，以此迫使我们对事物及其感受特征(sensory texture)加强关注度。创造性变形的工作能够恢复感受的敏锐度，赋予我们周围的世界以'质感'(density，密度)。"④什克洛夫斯基写道：

　　而正是为了恢复对生命的感受力，正是为了感觉到事物，为使石头成其为石头，才有了所谓的艺术的。艺术的目的是使对事物的

① И. Ю. Иванюшина：*Русский футуризм：идеология，поэтика，прагматика*，Саратов：СГУ，2003，C. 245.

② 无独有偶，对什克洛夫斯基这一论据的阐释，与在"语言学"和"美学"比喻之间作出明确区分的 H. 康拉德如出一辙，他把后一种比喻的目的描述为"让其沐浴在一种新的氛围中"(参阅〔美〕韦勒克和沃伦：《文学理论》，第 201 页)。按：什克洛夫斯基的原话是："我们的观点与波捷勃尼亚观点的区别可以表述为：形象并非不断变化中的谓语的常在主语。形象的目的不是使其意义贴近我们的理解，而是创造一种对于对象的特殊接受方式，使人能够'看见'而非'认知'它们。"(Виктор Шкловский：*О теории прозы*. Москва：Советский писатель，1983，C. 20.)

③ М. Н. Эпштейн：*Знак пробела：О будущем гуманитарных наук*，Москва：Новое литературное обозрение，2004，C. 413.

④ Victor Erlich：*Russian Formalism：History Doctrine*，Fourth edition，The Hague，Paris，New York：Mouton Publisher，1980，p. 101.

感受如在目前，而非仅只认知而已；艺术的手法乃是对事物进行"陌生化"的手法和对形式进行艰难化的手法，其使用目的在于加大感受的难度延长感受的时值，而由于在艺术中感受过程本身即目的，因此对其应当加以延长；艺术即体验作品制作过程的一种方法，已制成品在艺术中并不重要。①

这里大概需要对什克洛夫斯基所谓"认知"和"感受"概念略作分说。根据常识，人们对于不常见、陌生的事物，常常会加倍予以关注，而对司空见惯、耳熟能详的事物，则往往熟视无睹、视而未见。对于前者，我们的感受器官处于高度紧张状态，恨不得每个毛孔都张开来以吸取来自外界对象身上的每一个信息；而对于后者，由于见惯不怪的缘故，我们已经有了今人所谓的"审美疲劳"，熟视无睹。什克洛夫斯基写道："生活在海边的人对海浪的喧嚣变得如此熟稔，以至于根本就对它听而不闻。出于同样理由，我们几乎从未听到过自己发出的声音……我们在相互对视，但却不再能看得见对方。我们对世界的接受萎缩了，剩下的只有认知。"

所以，所谓陌生化，其实首先就是对表现事物的方式进行陌生化处理，该词的英文译者就准确地抓住了这一概念的内涵，译为"make it strange"。什克洛夫斯基还写道："被一连数次接受过的事物便开始被作为认知来接受：事物仍然出现在我们眼前，我们知道它，但却对其视而不见。因此，关于这样的事物我们无法说出任何看法。把事物从接受的自动化状态拖出来这在艺术中是通过各种方式完成的，在本篇文章里我只想指出此类方法中的一个，列·尼·托尔斯泰几乎总是要用到这种方法。因此，梅列日科夫斯基把列·尼·托尔斯泰看作一位把他眼睛所看到的事物原原本本加以叙述而不加任何改变的作家。托尔斯泰采用的陌生化手法在于他不依据事物本来的名称来称呼它们，而是仿佛初次见到它们那样来对之加以描写，而对于事件的描写也煞像是初次发生似的，不但如此，在对事物进行描写时，他用的名称并非事物各个部分公认的名称，而是在其他事物中人们对相应部分的名称。"②

一个值得注意的现象是：在俄国形式主义者中，对于陌生化及与之密切关联的"手法"的观念，在不同成员之间有着略有不同的理解。按照

---

① Katerina Clark，Michael Holquist：*Mikhail Bakhtin*，Cambridge，Massachusettsand London，England：The Belknap Press of Harvard University Press，1984，C. 15.

② Виктор Шкловский：*О теории прозы*，Москва：Советский писатель，1983，С. 16.

什克洛夫斯基的观点，陌生化的运用，纯粹是为了提高人们对现实的关注度，新化我们的知觉力和感受敏锐度。一句话，陌生化的目的是纯审美的，而不在于其可能具有的意识形态含义。而在未来派美学家如奥西普·勃里克看来，陌生化手法的运用，却是为了提高认识其意识形态意义的敏感度：

> 所以艺术仍然是"手法"，与形式主义最初的解释相比发生的变化在于手法的运用。强调的重点从手法审美功能转移到了其为"社会定货"服务的用途上了。所有的手法表现形式包括无意义诗中所用的"暴露的手法"这种极端的事例如今都被放在潜在社会用途的视野下加以审视："非审美目的自身，而是对今天之事实的最佳表现方式。"①

形式主义者们宁愿把文学作品的自我指涉本质当作是作品本身的客观性质。而穆卡洛夫斯基的所谓"前景化"（foregrounding）也具有同样的旨趣：诗歌话语的功能仅仅在于指涉自身、诗歌只指涉自身，非指涉自身以外的什么。

形式主义者断言诗歌语言有其特殊功能，它能使诗歌形式或体裁新奇化，诗歌语言与日常生活语言相比其特点正在于此。陌生化的使用就是为了激活诗歌语言的活力。"巴赫金/沃洛希诺夫则断言在语言的'类型'之间并无什么区别，所有的语言形式都可以协商，这取决于语言所使用和产生的语境。语言具有一种被重新激活的潜能，因为语言可以被以至少一种以上的方式来加以使用。"（是否可以视此为对陌生化的让步？）②可见，超意识形态理论是不可能有的：因为语言是你无可逃避的。

穆卡洛夫斯基认为，艺术形式的组合……"有一种特性，艺术手法造成材料的扭曲或'变形'，艺术语言的安排所以有别于非艺术语言，主要在于为符号艺术要求而造成的组合的'变形'。'变形'的目的是要打破文字运用与阅读上的'自动化'（automatization），使文字运用得到突出，成为'现实化'（actuatization）"……"诗歌语言的功能主要表现于语言本身的'现实'，现实化与自动化正相反，前者的目的在于突破阅读行为的自动

---

① Tony Bennett：*Formalism and Marxism*，London and New York：Routledge，1989，p. 26.

② Michael F. Bernard-Donals：*Mikhail Bakhtin between Phenomenology and Marxism*，Cambridge，New York：Cambridge University Press，1994，p. 98.

化……"①

　　陌生化实际上揭示了艺术中变与不变的艺术规律：一方面艺术所描写的对象（题材）容或不变，而艺术表现的手段和方法却时时在变，处处在变，难以定于一尊、执此一端。艺术中的风格云尔，究其实，不过就是作者对艺术表现对象的态度使然：庄重、恭敬、鄙视、不屑……无一不见之于笔情墨趣、字里行间。今人所说"距离产生美"实际上也导源于此。"使之陌生"凸显了艺术作品的"制作性"、人为性、创造性、手工性，告诉我们所谓艺术云尔，不过是作者使之然也，其所表现的，乃是作者眼中之自然也。司汤达笔下主人公眼中的战争是那么恢宏壮观气势磅礴，但在托尔斯泰的《塞瓦斯托波尔要塞故事》里，战争却呈现出其最粗鲁野蛮以及最愚蠢的一面。托尔斯泰素以细致复杂著称，但有时也可以简洁朴实。在陌生化这一点金术下，"世俗鄙俗"可以取代博雅斯文。"问题不在于'语义转移'的方向，而在于转移的发生这一事实本身即已意味着对特定规范的背离。"什克洛夫斯基坚持认为这种背离，这种"偏离的性质"②，乃是审美接受的核心。③

　　实际上，奥波亚兹所有成员基本上也都认同什克洛夫斯基首创的陌生化说，只不过侧重点、着眼点略有不同而已。罗曼·雅各布逊和什克洛夫斯基一样，坚信诗歌具有通过对我们接受中的"自动化"这一有害倾向的抵销而增进我们精神健康的作用。"但雅各布逊强调的重点与什克洛夫斯基略有不同。按照雅各布逊的看法，批评最直接的问题，不是接受主体与所接受客体之间的关系问题，而是'符号'与'所指'之间的关系；不是读者对现实生活的态度，而是诗人对语言的态度。"④

　　在奥波亚兹狂飙突进时期，陌生化学说如同酵母一般成为整个斯拉夫文论中一个最具有创新内涵的概念，而活跃在此期各国各类文艺学家笔下。例如，诚如厄利希所说："波兰出色的形式主义者弗兰西斯克·谢德列斯基（Franciszek Siedlecki）声称，典型诗体的致密组织能把语言的语

①　朱立元、张德兴等：《西方美学通史》第6卷，上海，上海文艺出版社，1999，第518~519页。
②　此处这一说法是从德国美学家B.克里斯蒂安森那里借用的，其著作《艺术哲学》（Philosophie der Kunst，Hamau，1909）是奥波亚兹理论家们多以赞许态度称引的为数不多的几部西欧著作中的一种（参阅该书第11、14、15章）。如下文所述克里斯蒂安森的"区别和差异特征"（Differenzqualität）已经成为形式主义美学家的关键术语之一。——原注
③　Victor Erlich：*Russian Formalism：History Doctrine*，Fourth edition，The Hague，Paris，New York：Mouton Publisher，1980，p. 102.
④　Victor Erlich：*Russian Formalism：History Doctrine*，Fourth edition，The Hague，Paris，New York：Mouton Publisher，1980，p. 104.

音结构(sound-strature，声音层面)从混沌的惯性状态下撕裂出来，而这乃是其在日常生活言语中的宿命。"[1]谢德列斯基继而写道："人工强加的等时性反而会导致自动化，如果它不是在'预期受挫的时刻'(此乃雅各布逊的术语)的对规范的一种偶然偏离的话。一种韵律上的变化，比方说，在节拍上的'强'位置上一个重读重音的缺席，会在日常生活话语和美学规范之间产生一种张力，并以此凸显诗歌韵律的动态性和艺术性。"[2]

从以上论述也可约略认识到：这种关于"陌生"的界定，实际上处处离不开语境的支持：所谓"陌生"云尔，必然是在特定语境下"显得"陌生，而普泛的、一般的"陌生"是从来没有的。什克洛夫斯基指出：

"如果我们研究一下感觉的一般规律，我们就会看到，动作一旦成为习惯性的，就会变成自动的动作。这样，我们的所有习惯就退到无意识和自动的环境里；有谁能够回忆起第一次拿笔时的感觉，或是第一次讲外语时的感觉，并且能够把这种感觉同第一万次做同样的事情时的感觉作一比较，就一定会同意我们的看法。"……"多次被感觉的事物是从识别开始被感觉的；一个事物处在我们面前，我们知道它，但是我们不再能看见它。"[3]

既然"按照什克洛夫斯基和特尼亚诺夫的表述，形式主义美学认为审美愉悦来自艺术手法对于规范的偏离感(Differenz gualitât)。因此这种性质的一个十分重要的因素是对当时语言一般用法的偏离度。按照形式主义的观点，诗歌语言是在日常生活话语的背景下被接受的。的确，除非一种规范业已被十分牢固地嵌入我们的意识中，否则我们就无从欣赏甚至无从得知诗人的艺术手法是如何偏离规范的。换言之，适当的反应或对文学风格的描述，必须不仅要考虑到创造性变形的类型，而且还要考虑到被变形或被偏离的性质"。"作为美学家，他们认为审美接受的核心和艺术价值的来源在于差异性(quality of divergence)。这个概念对于形式主义理论家似乎具有 3 个不同的意义：在表现现实生活层面，Differenzqualitat(差异性)要求与实际生活有所歧异，也就是说，它要求实施创造性变形。在语言层面它要求背离语言的通常用法。最后，在文学动力学

---

① 参阅〔波兰〕弗兰西斯克·谢德列斯基：《论波兰诗歌中的自由》，《话语》1938 年第 3 辑，第 104 页。

② Victor Erlich：*Russian Formalism*：*History Doctrine*，Fourth edition，The Hague，Paris，New York：Mouton Publisher，1980，p.123.

③ 〔法〕茨维坦·托多罗夫编选：《俄苏形式主义文论选》，蔡鸿滨译，北京，中国社会科学出版社，1989，第 63、65 页。按：此处译文根据原文略有改动。

层面，这一包罗万象的术语意味着对于流行艺术标准的背离或修正。"①

　　什克洛夫斯基关于自动化与可感性（ощутимость，perceptibility）的界说，就是为诸如"创造性变形"以及"背离语言的通常用法"一类行为张目的。而此类感受我们不但在艺术中，即使在生活里也不难体验到。什克洛夫斯基写道："每种艺术形式都必然会经历一个从生到死，从可见和可感接受到简单认知的过程。在前一种情况下，对象身上的每一处细节都受到人们的关注和鉴赏，而在后一种情况下，对象或形式成了我们的感觉器官只是机械地加以记录的乏味的仿制品，成了一件即使是买主也视若无睹的商品。""这不是因为生活的形式变了，和生产关系的形式变了。艺术中的变化不是事物永恒石化的结果，不是事物总是从可感接受向认知领域退缩的结果。……任何艺术形式都会经历一条从诞生到灭亡，从官能感受到认知之路，从事物的每个细部都受到仔细观赏和细察到粗笨的模仿物，人们认知它们时不过是根据记忆和传统，甚至就连买主也不怎么认真的地步。"

　　在《汉堡账单》中，什克洛夫斯基感叹道：

　　　　可怜的陌生化呀，我挖了一个坑，什么样的孩子都往里面掉。陌生化是把对象从其惯常的接受中拯救出来，是对其语义序列的一种破坏。

　　　　这对艺术是十分必要的，但还不够。②

　　什克洛夫斯基还说：

　　　　把画翻转过来，为的是看清其色彩，看清艺术家究竟是如何观察形式的，而非故事。话语都被惯性给凝固住了，因而必须使其变得奇特，以便让它能牵挂人心，能让它挽留人的注意力。形容语就是在整旧如新。我们是在把蒙在宝石身上的灰尘掸掉，是在唤醒沉睡中的美人。激发话语自身的价值。把形象和灵魂还给话语。③

---

①　Victor Erlich：*Russian Formalism*：*History Doctrine*，Fourth edition，The Hague，Paris，New York：Mouton Publisher，1980，p. 135，p. 145.

②　Виктор Шкловский：*Гамбургский счет*：*Статьи-Воспоминания-Эссе*（1914-1933），Москва：Советский писатель，1990，С. 294.

③　Виктор Шкловский：*Гамбургский счет*：*Статьи-Воспоминания-Эссе*（1914-1933），Москва：Советский писатель，1990，С. 487.

如今，陌生化学说不但跨越了国别，而且也跨越了时空。在当今俄罗斯著名后现代主义文化学者爱泼斯坦笔下，陌生化也是一个富有生命力的概念。它不但频频出现，而且带有作者赋予其的新意。且看爱泼斯坦是如何解说陌生化的：陌生化（остранение）就是"把熟悉的对象表现得像是不熟悉，不寻常、很奇特，以致我们只能重新打起精神来像是初次接触一般来接受它"。塔尔图学派代表人物尤·米·洛特曼其实也是陌生化说的拥护者。米·爱泼斯坦指出："在尤·米·洛特曼的结构诗学术语里，对形式主义的许多术语进一步加以确切化了，而被什克洛夫斯基称之为'陌生化'的，则被他称之为'跨界'，亦即跨越业已确定的习俗和惯例，使期待受挫之意。"①实际上，早在这之前，捷克布拉格学派在文艺学界的代表人物穆卡洛夫斯基就已采用另外一套术语（前景化），完全袭用了什克洛夫斯基的陌生化说。但和什克洛夫斯基一样，他同样也是以新奇感作为陌生化说的基点，而这恰恰是最易于受人攻击的软腹部。

第三节　奥波亚兹与 20 世纪 20 年代文坛斗争

这是什克洛夫斯基最易招人诟病的地方。维克多·厄利希指出：

作为文学先锋派的发言人，形式主义者们以其对艺术法则的肆意违反和对新奇感的一般性追求而注定受到人们的鄙视。作为美学家，他们认为审美接受的核心和艺术价值的来源在于差异性（quality of divergence）。这个概念对于形式主义理论家似乎具有 3 个不同的意义：在表现现实生活层面，Differenzqualitat（差异性）要求与实际生活有所歧异，也就是说，它要求实施创造性变形。在语言层面它要求背离语言的通常用法。最后，在文学动力学层面，这一包罗万象的术语意味着对于流行艺术标准的背离或修正。

这一具有革新意义的提法得到了什克洛夫斯基关于自动化对"可感性"（perceptibility）的学说的全力支持，而这一学说既与我们的审美反应，或许也与我们对于现实生活的接受，都有十分密切的关系。什克洛夫斯基写道："每种艺术形式都必然会经历一个从生到死，从可见和可感接受到简单认知的过程。在前一种情况下，对象身上的

---

① М. Н. Эпштейн: *Знак пробела：О будущем гуманитарных наук*，Москва：Новое литературное обозрение，2004，С. 422.

每一处细节都受到人们的关注和鉴赏，而在后一种情况下，对象或形式成了我们的感觉器官只是机械地加以记录的乏味的仿制品，成了一件即使是买主也视若无睹的商品。"①

文学创作不可能不受到时间不可阻挡的必然推移或习惯惯性的影响。而艺术，按照什克洛夫斯基的说法，其主要意图就是抵消这一使人感觉麻木的影响，它无法容忍千篇一律和陈陈相因。文学变革如此急遽，其源盖在于此。托马舍夫斯基写道："文学的价值在于新奇性和独特性。根据评价文学的公众对某些文学手法给予关注方式的不同，可以区分其为可感的还是不可感的。为使方法成为可感的，一种手法就必须或是极其古老，或是极为新颖。"②但看起来形式主义者们似乎常常是很快就把一切都给忘了——或许是因为他们生活在革命的大环境里吧——他们忘记了这一所谓新意（new word）有时是在某一特定文学传统内或某一些文学传统内被说出来的，他们忘了文学进步可以经由嬗变也可以通过革命手段来获得。他们看起来全都常常忘掉这样一个事实，即纯粹的新奇会令审美经验无从发生。奥斯汀·沃伦说："一个人从文学作品中所获得的快感，是新奇感和认识的混合。"③

维克多·厄利希继而指出："形式主义者对新奇感的崇拜是一个极不恰当的美学基础。但即便还有其他一些不利因素，这种态度也得以将一种极有价值的观点引入文学的动力学中，或如形式主义者自己所说，使之成为文学嬗变的规律之一。"这就从文艺学本体论角度对陌生化说的历

---

① Виктор Шкловский: *Ход коня. Сборник статей*, Москва, Берлин: Книгоиздательство Геликон, 1923, C. 88. 按：什克洛夫斯基的原话还有：

  Это происходит не от того, что изменяются формы жизни, формы производственных отношений.

  Изменения в искусстве — не результаты вечнаго каменения, вечного ухода вещей из ощутимого восприятия в узнавания.

  ……

  Всякая художественная форма происходит путь от рождения к смерти, от видения и чувственного восприятия, когда вещи вылюбовываются и выглядываются в каждом своём перегибе до узнавания, когда вещь, форма делается тупым штучником-эпигоном, по памяти, по традиции, и не видится и самим покупателем. ——原注

② Б. В. Томашевский: *Теория литературы. Поэтика*, М.: Аспект Пресс, 1996, C. 157.

③ 〔美〕勒内·韦勒克、奥斯汀·沃伦：《文学理论》，刘象愚、邢培明译，南京，江苏教育出版社，2009，第296页。——原注

史意义和学术价值做了盖棺定论，时至今日，世界文艺学界基本上还是按照维克多·厄利希确定的基调进行评论的。

但即使是在陌生化说的同道者中，也有关于诗学具体问题的不同意见。奥波亚兹理论的继承人、20世纪塔尔图学派代表人物米·洛特曼指出："形式主义学派的观察毫无疑问是准确的，即在发挥艺术功能的文本中，注意力往往被固着在那些在别的场合下往往被人自动接受而且也不被意识记录的因素上。然而，他们对这一现象的阐释从根本上说是错误的。从艺术功能的发挥中产生的文本不是意义被'清空'的文本，相反，而是那些意义高度密集过度负荷的文本。"①这里的评述表明大约洛特曼对俄国形式主义有所误解，因为据我们所知，形式主义的陌生化说并非主张"清空"艺术文本的意义，而是意义的转移。当然，洛特曼有此看法应当是必然的，因为他的根本观点在于"美是信息"，因而与主张"美是意义的转移"的奥波亚兹们是有所不同的。

特尼亚诺夫在《论文学的演变》中写道：

> 因此，某种因素是否被"擦抹"和"贫弱苍白"，绝非无足轻重。什么是诗句节律、情节等的"被擦抹性"和"贫弱苍白性"呢？换句话说，什么是某种因素的"自动化"呢？
>
> 不妨让我举一个语言学的例子：当表达概念的语词变得只能表现关联、关系，并且转变成为一种辅助性语词时，则其所表示的概念便会变得"贫弱苍白"。换句话说，也就是说语词的功能变了。任何文学成分的自动化，"贫弱苍白化"也是这样：语词并未消失，只是其功能变化了，变成辅助性的了。②

布拉格学派代表人物哈弗拉奈克的"自动化"（automatization）、"前景化"（foregrounding）也是什克洛夫斯基等人陌生化说的翻版。前者姑置不论，后两者则明显是受了俄国形式主义影响而导致的理论产品。按照捷克学者的意见，自动化是指某种语言手段常见于用来表达某一目的，这一语言手段本身并不引起人们的注意，交际的发生与理解通过语言系

---

① Ю. М. Лотман: *О русской литературе: Статьи и исследования* (1958-1993). *История русской прозы. Теория литературы*, Санкт-Петербург: Искусство-СПБ, 1997, С. 775-776.

② Ю. Тынянов: *Литературная эволюция. Избранные труды*, Москва: АГРАФ, 2002, С. 194.

统，而不通过从情景和语境中补充知识就能理解它。

前景化指语言手段本身由于在日常语言中罕见，或者意义特别、语境特别等原因而吸引人们的注意力。

布拉格学派在文艺美学领域里的代表人物穆卡洛夫斯基则是从标准语言和诗歌语言的关系入手解决这个问题的。诗歌语言不属于标准语言里面的一个类别，而有着自己特有的词汇和句法等语言手段。标准语言是诗歌语言的背景，背景的存在，反衬出诗歌语言的特点其实是对标准语言规范的有意违反。违反规范恰恰成为诗歌语言诗意的保证和来源。规范越是严厉稳定，违反便越是千姿百态，诗歌语言的潜力也就越大。在这个意义上，自动化与前景化有着紧密的联系。"前景化是自动化的反面，即非自动化（deautomatization）。一个行为越是自动化，实施起来越是无意识。一个行为越是前景化，实施起来越是有意识。"①此处作者的说法明显是受到什克洛夫斯基影响所致。

这种观点引导我们关注诗歌文本的陌生化问题。所谓陌生化就是指语词在特定语境中的意义变异问题。洛特曼著作中对"слава"一词的分析可以作为说明的例证，但对文本的陌生化问题还可以援引诗歌文本予以论证。为了充分论证这一问题，我们需要证明在洛特曼的心目中，陌生化究竟占有一个什么地位。由于艺术大都处于两种语言模式的交接点上，所以，艺术现象常常需要跨界旅行，在两个乃至三重世界里遨游。艺术中之所以会出现伦理评价根源即在于此。洛特曼指出："艺术正是由于它具有极大的自由而似乎可以置身于伦理学之外。它不仅可以使禁忌成为可能，而且也可以使不可能成为可能。因此，就其对现实的关系而言，艺术乃是一个自由的领域。但这一自由感本身却意味着这样一个站在现实的立场上关注艺术的观察家的存在。所以，艺术领域永远都带有陌生性感觉。"②

在《鲍·帕斯捷尔纳克短诗"Заместительница"分析》一文中，洛特曼指出：这首诗的组合原则是"把不相容的成分组合在一起的原则"③。这种不相容成分分布在诗体的各个层级——一般文化传统、风格层及语义层等中。语词的组合惯例构成了读者接受意识中的有序性（"常"），但在

---

①　参见钱军：《结构功能语言学——布拉格学派》，长春，吉林教育出版社，1998，第151页。

②　Ю. М. Лотман：*Семиофера*，Санкт-Петербург：Искусство-СПБ，2004，С. 129.

③　Ю. М. Лотман：*О поэтах и поэзии：Анализ поэтического текста*，Санкт-Петербург：Искусство-СПБ，1996，С. 719.

此诗中，在每一种可能的接续中，作家偏偏选择读者最意想不到的组合接续方式。这就造成读者接受意识中，"常"（某些艺术系统的被读者所意识到的）与这种接受惯例的被诗歌文本所打破（"变"）的动荡起伏，从而赋予每个语义成分以出乎意料性，从而提高其信息载荷的凝聚度，以期引起关注。帕斯捷尔纳克此诗与浪漫主义传统中海涅和莱蒙托夫的有关作品构成了一种"常"与"变"的互文和互涵关系（例从略）。意料（"常"）与意料的被打破（"变"）的辩证动态关联。

当然，陌生化在20世纪文艺学史上，所引起的，并非是全然的掌声与喝彩。

针对什克洛夫斯基的陌生化说，伊格尔顿曾提出严重质疑。他认为问题在于：我们区分常态与陌生时的根据究竟是什么？因为无论常态还是陌生，在每个具体场合下，都是因人而异和因事而异的。很难有一个普泛的"常态"或是"陌生"。伦敦地铁里的标志牌"出口"二字对于伦敦本地人和对于一个加利福尼亚人会具有截然不同的意义。由此可见，判别常态还是陌生的一个重要标准在于语境：语境才是判别审美对象的依据。① 伊格尔顿显然对陌生化说的了解还不够全面完整，否则应该不会发生这样的误解：他从语境立场出发批判奥波亚兹，但却忽略了这样一个事实，即所谓陌生化如果能够成立的话，也恰恰在于有"语境"的支撑。所有关于"新奇"还是"陌生"的界定，都是以一定的语境为条件而确定、因语境而转移的。陌生化说似乎有一个辩证法的内核在里面运行：即"新奇"以"陌生"为条件，二者既对立又统一，是同一个东西的两面。它们相互依存、互为前提。

总的说来，巴赫金小组对陌生化的反应是彼此矛盾的和相互抵牾的。一方面，巴赫金似乎在诗学层面有条件地接受了这种说法，而另一方面，则又对其学理性提出了严重质疑和挑战。在最初发表时署名为沃洛希诺夫，但据"今人考证，此文有可能出自巴赫金之手"的《在社会性的彼岸——关于弗洛伊德主义》中，巴赫金们写道：弗洛伊德主义的典型特征，就内涵是把家庭关系全部性欲化。"家庭这个资本主义的柱石和堡垒，从经济和社会的观点多半变得难以理解和虚伪不真，所以才有可能将它完全性欲化，仿佛是一种重新认识，类似于我们的'形式主义者'所说的'奇异

---

① Michael F. Bernard-Donals: *Mikhail Bakhtin between Phenomenology and Marxism*, Cambridge, New York: Cambridge University Press, 1994, pp. 6-7.

化'手法。的确，俄狄浦斯情结确是家庭关系的了不起的奇异化。"①众所周知，这段文字中出现的"奇异化"，只不过是我们口头所说的陌生化的异体译文而已，原文都写作"остранение"②。这段文字虽然不是对陌生化的正面应用，但却以比喻的方式表明作者们对陌生化的某些内涵是熟知的，而且在某种程度上也是认可的。这里所说的"陌生化"，正是什克洛夫斯基所谓"把距离十分遥远的毫不相关的事物扯在一处"的"语义的转移"——陌生化的内涵之一。时隔几年，在《文艺学中的形式主义方法》中，巴赫金-梅德韦杰夫却写道：马克思主义既"排除了把作品偶像化，把它变成毫无意义的东西，把艺术接受变为对它的纯享乐主义的'感受'（就像在我国的形式主义中那样）的危险，也排除了把文学变成其他意识形态的简单附庸的另一方面的危险，把艺术作品同其艺术特性割裂的危险"③。这里，巴赫金似乎站在中间立场上，对来自两方面的偏差都进行了矫正。庸俗社会学和俄国形式主义作为两种对立的极端都代表了一种偏差，而后者的弊病就在于堕入了"享乐主义"泥坑。从以上讨论我们不难猜出：这里所谓"享乐主义"指的就是以"新奇感"为依归的陌生化说。

在《文艺学中的形式主义方法》中，巴赫金针对什克洛夫斯基等人的"陌生化说"提出了批评。巴赫金-梅德韦杰夫认为：陌生化概念有着很强烈的消极因素，因为它强调的不是用新的积极的结构含义去丰富词汇，而只是强调要消除旧的东西。而由于"原来的含义的丧失，就产生了词语及其所表示的客体的新奇和奇异性"。什克洛夫斯基在其对陌生化的表述中，喜欢以托尔斯泰的《量布人》为例，指出故事的叙事采用了特有的视角，因而赋予整个故事以陌生化的色彩。事物通过马的认识而变得陌生化了。巴赫金-梅德韦杰夫指出：什克洛夫斯基对托尔斯泰的小说的理解是完全错误和歪曲的。巴赫金们指出：

> 托尔斯泰决不欣赏奇异化的东西。相反，他把事物奇异化只是为了离开这一事物，摒弃它，从而更强烈地提出真正应该有的东西——某种道德价值。
>
> 可见：被奇异化了的事物不是为了事物本身而奇异化，不是为

---

① 〔苏〕巴赫金著，钱中文主编：《巴赫金全集》第 2 卷，李辉凡、张捷、张杰等译，石家庄，河北教育出版社，1998，第 58 页。

② М. М. Бахтин: *Фрейдизм. Формальный метод в литературоведении. Марксизм и философия языка. Статьи*, Москва: Лабиринт, 2000, С. 40.

③ 〔苏〕巴赫金著，钱中文主编：《巴赫金全集》第 2 卷，李辉凡、张捷、张杰等译，石家庄，河北教育出版社，1998，第 141 页。

了感觉到它，不是为了"使石头变成石头"，而是为了别的"事物"，为了道德价值，这一价值正像意识形态的意义一样，在这个背景上会显得更强烈和更明显。

托尔斯泰的这一手法在其他情况下为另一目的服务。它确实揭示了被奇异化的事物本身所固有的价值。不过，就是在这种情况下，进行奇异化也不是为了手法本身。无论是积极的还是消极的意识形态价值，都不是由奇异化本身创造的，它只是揭示这种价值而已。①

按照什克洛夫斯基等人的表述，陌生化说之所以成立原因在于它的心理机制，也就是说，对于接受对象的接受从自动化到感受的转变才是陌生化之所以必要的根本原因：感受是推动艺术变革的根本原因和目标。但在巴赫金-梅德韦杰夫看来，以感受作为陌生化说的心理机制是极不可靠的。因为这种所谓机制似乎只能发生在个体心理层面，而不可能成为一种群体标准。巴赫金-梅德韦杰夫写道：

> 实际上，自动化和使人脱离自动化，即具有可感觉性，应在一个个体内相互关联。只有觉得这个结构是自动化结构的人，才会在它的背景上感觉到另一个按照形式主义的形式更替规律应当取代它的结构。如果对我来说，年长一辈的人（例如普希金）的创作没有达到自动化的话，那么在这个背景上我不会对晚一辈的人（例如别涅季克托夫）的创作有特别的感觉。完全有必要让自动化的普希金和可感觉到的别涅季克托夫在同一个意识、同一个心理物理个体的范围内会合。否则这整个机制就会失去任何意义。
>
> 如果普希金的作品对一个人是自动化的，而另一个人却喜欢别涅季克托夫的作品，那么自动化和可感觉性就分属于两个在时间上相互交替的不同主体，它们之间绝对不可能有任何联系，如同一个人的呕吐与另一个人的饮食无度之间没有联系一样。②

巴赫金-梅德韦杰夫的这一批驳，显然似乎是伊格尔顿批评陌生化说灵感的来源，但在今天看来却未必符合学理。20 世纪接受美学研究已经

---

① 〔苏〕巴赫金著，钱中文主编：《巴赫金全集》第 2 卷，李辉凡、张捷、张杰等译，石家庄，河北教育出版社，1998，第 187～188 页。

② 〔苏〕巴赫金著，钱中文主编：《巴赫金全集》第 2 卷，李辉凡、张捷、张杰等译，石家庄，河北教育出版社，1998，第 309～310 页。

给我们揭示了这样的场景，即接受作为一种审美活动，既是一种个体活动，同时也是一种有意识的群体活动，因而也就会有一个大致相当的群体标准和群体准则。呈现在个体意识面前的景观完全可能也是呈现在群体面前的景观。因此，巴赫金-梅德韦杰夫的批驳尽管调皮有趣，但却并不符合审美接受的实际进程。

但巴赫金-梅德韦杰夫对陌生化说的讨论，一个直接结果是使这一问题成为一个开放性问题，从而有了面向未来展开的可能：它并未封闭科学探索之路，而是向后来的探索者们敞开了一条通道，让有志于此的后学们可以沿着这条路径，攀登险峻的科学之峰。

当代俄罗斯莫斯科-塔尔图学派代表人物洛特曼则是从信息论角度论述陌生化原理的，按照他的说法，所谓陌生化就是所谓"边界的跨越"：

> 诗歌文本故意漫不经心地从一个系统转向另外一个系统，使其发生碰撞，而读者却无法在自己的文化武库里找到适合于整个文本的统一的"语言"。文本在借助于许多声音在说话，而艺术效果就产生于文本之间表面上似乎两不相融的相互对立。

这也就是说，在特定文本中混杂了"他者的声音"（чужое слово），后者以其与特定文本结构的不相容性激活了该文本的结构。"如果不把特定结构与其他结构进行比较或结构被破坏，该结构就会是感觉不到的。激活文本结构的这两种方法就构成了艺术文本的生命力本身。"①

尤·米·洛特曼则有保留地对陌生化学说予以接受。他写道：形式主义学派关于"在发挥艺术功能的文本中注意力往往是被固着在别的场合下被自动化的和被意识忽略了的那些因素身上的"学说，无疑是正确的。但他们对其原因的阐释却从根本上是错误的。因为"艺术功能的发挥所产生的不是意义'被清洗净了的'文本，而是恰恰相反，是那些充满了最大限度意义负荷的文本"②。

在当今俄罗斯学术界，利哈乔夫、巴赫金和洛特曼被并称为俄罗斯文化学界的"三巨头"。俄罗斯人凡事爱以数字三为吉祥：例如乌瓦罗夫

---

① Ю. М. Лотман：*О поэтах и поэзии：Анализ поэтического текста*，Санкт-Петербург：Искусство-СПБ，1996，С. 112.

② Ю. М. Лотман：*О русской литературе：Статьи и исследования*（1958-1993）．*История русской прозы．Теория литературы*，Санкт-Петербург：Искусство-СПБ，1997，С. 776.

关于俄国文化的"三支柱说"（три кита）——东正教、民族性和专制制度。陌生化学说看来不能不引起此 3 位巨擘大师的关注。利哈乔夫尽管大体同意这一学说，但却论据充实地证明：对于所有时代都适用的普遍的陌生化概念是不存在的。尤其不适于当今时代。他写道：

> 文学的发展不是因为它身上什么东西对读者来说"已然陈旧了"，"被自动化了"，从而要求"陌生化"，"暴露化"等等，而是因为生活本身，现实生活自身，而且首先还因为时代的社会思想需要引进新的题目，创造新的作品。在近代文学的发展依赖于内在发展法则的程度变得更加少了。（Д. С. Лихачев：*Историческая поэтика русской литературы：Смех как мировоззрение*）①

第四节　奥波亚兹在当代俄罗斯的传人——爱泼斯坦

在同龄人学者中间，爱泼斯坦以博学著称。粗粗浏览一下他所引用的外国思想家的名字，就足以概见其精神视野是如何广博。然而，对爱泼斯坦后现代主义文化理论构成影响的因素尽管可能会很多，但构成其理论骨架的，我们认为仍然应以俄罗斯固有的本土文化为根基。其中，俄国形式主义和巴赫金的文化诗学无疑是其民族基因。俄国形式主义的文艺学本体论构成了爱泼斯坦后现代主义理论的核心价值或价值中心。

米哈伊尔·纳乌莫维奇·爱泼斯坦，1950 年生于莫斯科。哲学家、文化学家、文艺学家。1972 年毕业于莫斯科大学语文系。1978 年成为作协会员。其有关文学理论和文学实践的论文发表于《新世界》、《旗》、《十月》、《文学问题》、《哲学问题》、《语言学问题》等杂志。已有 14 部专著、300 多篇论文，被译为 12 种文字出版。

从 1990 年起，爱泼斯坦在美国生活和工作，曾担任爱莫利（美国，亚特兰大）俄罗斯文学与文化理论教授，是国际笔会和俄罗斯当代语文学学院会员，任美国用英语出版的杂志《讨论会：俄罗斯思想杂志》副主编。1990～1991 年，获华盛顿肯纳纳（Кеннана）学院奖学金（研究题目："苏联意识形态语言"）。1992～1994 年根据与美国国会就苏联及东欧研究的合同从事研究（华盛顿，研究题目："1950～1991 年俄罗斯哲学及人文思

---

① Оге А. Ханзен-Леве：*Русский формализм：метадологическая реконструкция развития на основе принципа остранения*，Москва：Языки русской культуры，2001，С. 21.

想”）。是网站及网页《国际互联网》等的作者。曾获安德列·别雷奖
（1991）、《星》杂志优秀论文奖（1999）、"自由"奖（纽约，2000，颁给那些
居住在美国的杰出的俄罗斯文化活动家），是国际随笔竞赛奖获得者（柏
林—魏玛，1999）和魏玛经典基金会奖学金获得者。

　　值得注意的一点是，爱泼斯坦也和当年俄国形式主义代表人物（奥波
亚兹"三巨头"、"莫斯科语言学小组"的罗曼·雅各布逊）一样是犹太人，
而且也都是那种"自愿认同与归化于俄罗斯文化"的犹太人。在理解俄国
形式主义文化诗学时，搞清这一文化理论与犹太文化传统的关系具有十
分重大的意义。

　　我们认为爱泼斯坦是经由巴赫金而接触到俄国形式主义美学遗产的。
20 世纪 70 年代初，作为在校大学生的爱泼斯坦，和他那一代人一样，
受到莫斯科知识界的重大影响，而当时苏联知识界的"无冕之王"是曾经
被"三次发现"的巴赫金。爱泼斯坦的文化观念，无疑也受到巴赫金的决
定性影响。例如巴赫金曾强调在研究文化现象问题时，边缘是个极其重
要的范畴。在一个民族（个人亦然）的身份认同问题上，边缘是一个借以
将其与他者区别开来的重要特征。爱泼斯坦同样强调把文化与其主导传
统区分开来的内在边界，这些边界把文化分成各种年龄和族群（团体）、
宗教、经济、阶级、政党以及无数形形色色的世界观。

　　理论的传承有隐性和显性两种。在爱泼斯坦的理论中，俄国形式主
义文化诗学既有隐性形式，也有显性形态。无论显性还是隐性形式，其
继承于前奥波亚兹的最核心的理念，是关于文化传承和演变的学说，即
所谓什克洛夫斯基-特尼亚诺夫定理："在文学中传统通常是隔代传承，
即不是从'父亲'到'儿子'，而是从'爷爷'到'孙子'。"[1]总之，在爱泼斯
坦和奥波亚兹成员看来，文化（文学亦然）的发展并非为直线式的，而毋
宁说是曲线式的：一代文学新人所承接的传统，往往不是来自他的直接
前人，而是隔代传承，而且更多传承其间接前人。这一学说现在已经得
到 20 世纪俄国学术界的广泛认同，被称为"什克洛夫斯基-特尼亚诺夫定
理"[2]。笔者在阅读爱泼斯坦著作时，这一定理每每以各种形式浮现在笔
者脑际，笔者一个强烈印象是，指导爱泼斯坦理论言说的一个很大的
理念，是来自奥波亚兹的。当然，这是另外一篇文章的题目，这里就不

---

[1]　В. С. Баевский：*История русской литературы ХХ века*．*Компендиум*，М．：Языки
славянской культуры，2003，С. 6.

[2]　В. С. Баевский：*История русской литературы ХХ века*，*Компендиум*，М．：Языки
славянской культуры，2003，С. 6.

絮叨了。

而在对文化演变动力机制的解说方面，俄国形式主义文化诗学的核心——陌生化说，即自动化-解自动化的文学内在动力学，成为爱泼斯坦理论言说中坚守的一个理论基点。美学范式是研究的主要对象，而范式演变的主要动力来自陌生化。① 按照什克洛夫斯基等人的原意，陌生化其实就是"解自动化"，就是对人们堕入惯性的接受状态进行"激活"，使主体心灵最大限度地开放，以接纳来自外部的刺激，激发主体感受的视野和潜能。可以认为爱泼斯坦对于什克洛夫斯基等人的陌生化说是全面继承了的，而陌生化说其实就是俄国形式主义的文化诗学和文化美学。

基于此，我们拟从这一视角出发，对爱泼斯坦的理论进行一番初步的介绍。

爱泼斯坦在其《论可能性哲学》中首次以哲学家的面目出现，而其所论述的主题即所谓"范式"则是一个非常接近于俄国形式主义和巴赫金的一个哲学美学范畴。如果说在俄国形式主义那里文学研究的主要对象是"风格"与"体裁"的话，那么，在爱泼斯坦那里，作为文学研究之主角的，则是文学的种种"范式"的迁延。按照爱泼斯坦的阐释：可能性不是一种形式逻辑的公式，数学上的概率论，而是表现在形而上学、伦理学、美学和心理学等人文学科思维中的一种范式。范式类型可以是单个语句、社会意识类型、整个文本、体裁、文学和哲学流派，也可以是文学中的古典主义、现实主义和浪漫主义。

和俄国形式主义者们当年主要把体裁和风格的渊源和流变当作文学史研究的主要对象（主人公）一样，爱泼斯坦则以范式为主要研究对象，而认为陌生化是推动范式演变和进化的主要驱动力和机制。

爱泼斯坦对于俄国形式主义文化诗学的集中论述，见之于他的《显在与隐在》中的《可怕与奇特——论齐·弗洛伊德和维·什克洛夫斯基的理论相会》一文②。文中爱泼斯坦对弗洛伊德论可怕的理论和什克洛夫斯基的陌生化说进行了一系列平行对比。如果说陌生化的审美范畴是所谓"陌生"的话，那么，弗洛伊德则以"可怕"为审美范畴。而更巧的是，弗洛伊德发表论可怕的著作的那年，也正是什克洛夫斯基作为俄国形式主义纲领性宣言的《艺术即手法》发表的 1919 年。

就审美范畴而言，所谓"可怕"往往涉及的是一种在那个时代被严厉

---

① 2007 年 6 月 21 日米·爱泼斯坦在北京师范大学外文学院讲演中的话。

② М. Н. Эпштейн: *Знак пробела：О будущем гуманитарных наук*，Москва：Новое литературное обозрение，2004，С. 497-512.

禁止的现象：它非藏身于家里，而是藏身于无意识的地下室。可怕感犹如一个逃逸的苦役犯一样，破门而入。可怕感或惧化（Oжутчение）是异化（отчуждение）的极致，是异化向两个相反方向的延伸，它既令我们有亲近感，又有敌对感。奇特犹如一个天真无邪的来客，而可怕则以一个凶手、掠夺者的形象出现。

可怕和奇特比，更具有张力和戏剧性。"但二者尽管在心理光谱上分处于不同的方面，陌生化（остранение）和惧化（ожутчение）却可以相会于中间地带，在那里熟悉呈现出其内里的底蕴、地下室和他者；在那里，家常的向客人或侵略者的到来敞开大门。在它们之间呈现出一个下降的转换序列：奇特——不熟悉——惊奇——可疑——警觉——可怖——可怕——恐惧——可畏。"①

这样一来，爱泼斯坦便从审美范畴（即感受和接受）角度把陌生化和可怕化联系了起来，从而在相互之间本没有任何关联的什克洛夫斯基和弗洛伊德之间，建立起了联系。经过比较可知：陌生化的感受域被扩展了，甚至把可怕也纳入自身的范围，因此使得陌生化有了自身强化的阶梯。爱泼斯坦认为我们可以据此提出一个新术语，即"陌生可怕化"（острашение）。"陌生可怕化"是对陌生化的夸大，是一种把事物的感受从自动化中解救出来、激发人们对之加以关注的艺术手法，因为它使人害怕，代表着一种威胁。"陌生可怕化"汲取了陌生化的潜在资源，压抑着我们对奇特性的感受力，使艺术过渡到更强烈的心理感受域，使对象表现出可怕和令人恐惧的一面。

这样一来，什克洛夫斯基和弗洛伊德也就有了关联。

爱泼斯坦断言：当代俄国大众文化就广泛采用这种可怕化手法。他指出：

> 可怕的是异己的迷狂和凯旋，它一方面是某种自己的、熟悉的、家常物的变形；另一方面，又是对自我存在的一种威胁，是一种既被排斥又回归，既压抑又不可战胜，既报复又致命的东西。
>
> 可怕（жути）的美学是一种震惊（шок）的美学，是一种特殊的шоко-лад，即通过震惊（шок）达到和谐（лад）②，是用一根楔子打掉

---

① М. Н. Эпштейн：*Знак пробела：О будущем гуманитарных наук*，Москва：Новое литературное обозрение，2004，С. 505-508.

② 按：这还是一句双关语，这两个词如果组合起来念，听起来又像是俄文中的"巧克力"（шоколад）。

另一根楔子，即通过对心理的击打使已受到震动的心理回归动荡的平衡状态。①

苏联解体以来的俄罗斯文学，爱泼斯坦称之为"后苏联文学"，其特点之一不妨可以看作从什克洛夫斯基的"陌生化"，或从布莱希特的"间离效果"到弗洛伊德的"陌生可怕化-惧化"发展的轨迹。当代许多作品就在践行着这样的发展轨迹。

诸如此类的例子举不胜举。如：

"他看到的不是自己的五指的阴影，而是五个黑色的指甲——那指甲黑得超乎自然，因为黑影儿从来没有见过有那么黑的。"（尤里·马姆列耶夫）

"一只被砍掉并正在干枯的手臂。"（柳德米拉·彼得鲁舍夫斯卡娅：《新区》）

"主人公正在与自己的那个肉乎乎、有如人形那么大的五指搏斗。"（弗拉基米尔·马卡宁：《无产阶级区的市长》）

总之，可怕的业已成为后苏联美学的主要范畴。

而且，当代俄罗斯文学不但把陌生化运用于文学（什克洛夫斯基自己就宁愿把它局限在文学领域里），而且还将其运用于一般的文化领域里。在当代文化中，公共关系（пиар，PR，public relations）则也是一个可以被陌生化或可怕化的领域。在两个世纪之交的俄罗斯，黑色公关日益普及，它们大量采用可怕和恐惧形象，以超自然的恶棍或反自然的丑八怪形象表现对立面或反对派。这种对敌人的"妖魔化"形成为一个"神秘怪诞"的形象体系。

俄国形式主义即奥波亚兹理论遗产在爱泼斯坦笔下的"复活"，不仅表现在对文学进程的宏观观察领域，而且在微观层面也可以见出其中端倪。当我们在爱泼斯坦著作中读到下列文字时，丝毫也不感到这有什么突兀或唐突：

"我们这个时代先锋派艺术所用最有效的手法之一，是自动化及其结果——剥离（或分层化）（отслаиванье）。这里，为了显明起见，我们可以把晚期现实主义和早期先锋派艺术中被维·什克洛夫斯基称之为陌生化的那一手法做个对比。一件已知的熟悉的东西，一件人们屡屡看到却又

---

① М. Н. Эпштейн: *Знак пробела: О будущем гуманитарных наук*, Москва: Новое литературное обозрение，2004，С. 507.

视若无睹的东西，突然显现出奇特性，开始吸引我们的注意力。例如，费特的"什么东西朝园中走来，万千新鲜的叶片发出咚咚的鼓声"（и что-то к саду подошло, по свежим листьям барабанит），这样的描写激励我们重新感受突然扑面而来的大雨的喧哗和清新的气息（шумная свежесть）：已知被当作某种未知的事物而被表现，司空见惯者猛然终止其疯狂的奔跑。但马雅可夫斯基笔下的类似笔法，却行使着另外一种审美功能："雨的嘴脸咂摸着每个行人"（"всех пешеходов морда дождя обсосала"）。维·什克洛夫斯基认为："总而言之艺术就建立在这种手法之上，其最高目的就是把我们的接受从自动化状态下解放出来，从而以更加充分的、非凡的和不可预见的方式品味这个世界。"

"'艺术的目的是使人如在眼前一般看到，而非认知事物'，'是把事物从接受的自动化状态下解放出来'。"①形式主义学派以此对早期先锋派手法，如未来派的无意义语（заумный язык）（即丧失固定辞典意义的音响组合，如赫列勃尼科夫的"думчи""дамчи"一类），它们被以一种完全新颖的实物性意义而接受，并在读者的意识中播撒下许许多多不可预见的语义和联想。②

按照爱泼斯坦的解说，当代俄国人虽然继承奥波亚兹的传统，但并非守着这一传统不敢越雷池一步，而是注重在继承的基础上有所创新、有所发展。而对传统的"反用"或"误用"就是发展传统的方法之一。爱泼斯坦指出晚期先锋派更愿采用一种与之相反的方法——即接受的自动化。同样的雨却可以在瓦·涅克拉索夫的笔下引出这样的诗句：

> Дождь
> Да ну конечно ну да
> н-у-д-а,
> опять
> капля
> пять
> дождь дождь дождь дождь дождь

---

① Виктор Шкловский：*О теории прозы*，Москва：Советский писатель，1983，С. 15.

② 爱泼斯坦在其所著 *Постмодерн в русской литературе*（Москва：Высшая Школа，2005）中指出，特尼亚诺夫的诗歌语言理论，以及维·什克洛夫斯基和鲍·艾亨鲍姆的陌生化理论，与伊夫里特（现代希伯来语）的"密集型"和"和谐性"以及其"非俄罗斯人出身"的背景有着密不可分的关系。（见该书第 379 页注）

```
с-
        мы

                ло

шестого

мы мы мы мы мы мы мы мы мы мы мы мы
```

而在列·鲁宾斯坦的笔下：

Если идет дождь, то это вызывает грусть.

Это Хемингуэй?

Три, четыре, пять.

Нет, какой же это Хемингуэй, когда это Кафка.

Ну, поехали?

А он всё идет

Пауза. [①]

在爱泼斯坦那里，其实俄国形式主义美学及其术语，早已成为其自身文化的一部分，他引用它们往往是信手拈来，不假思索；如数家珍，随意赋形。按照什克洛夫斯基等人的阐释，能够出人意料，出其不意。陌生化有一个基本含义是指"视角的转换"，即换用儿童的眼光来观世，爱泼斯坦和当年那些形式主义者们一样，认为在俄国文学中，以儿童眼光观世居然掀起了一场革命，而始作俑者就是俄国文学巨擘列·托尔斯泰。与文学中的情形相似，在整个 20 世纪绘画领域——毕加索、马蒂斯、夏加尔、康定斯基、莫迪里亚尼——也大都采用儿童天真之眼光观世。这一"视角的转换"（特尼亚诺夫语）成为文化领域里的普遍现象。成年人极端个性化的视角为儿童特有的各种景深的混淆所取代。儿童画上往往可以同时看到过去、现在和未来；老鼠比房子还要大；似乎每个儿童都自发地懂得现代物理学中视点的相对性原理。[②]

陌生化及其从中延伸出来的相关理论，成为爱泼斯坦观察当代俄罗斯文学的一个特定出发点和立场：因为陌生化是推动范式演变的一种机

---

① М. Н. Эпштейн: *Слово и молчание: метафизика русской литературы*, Москва: Высшая школа, 2006, С. 322-323.

② М. Н. Эпштейн: *Постмодерн в русской литературе*, Москва: Высшая Школа, 2005, С. 379.

制。但无论什么风格或潮流，都存在于文化的空间里，因此而与文化的变迁密切相关。例如，新浪潮诗歌（поэзия новой волны）表明力求绕开文化而想要根据直觉直接表现"世界本身"，它们实际上仍然停留在文化之中，只不过停留在文化的底层罢了。而当它们试图"从内部"、"像初次见到一般"实施创造时，其结果往往更多的会是一些陈词滥调。这实际上是一种"二度创作"（вторичность），对此，尤·特尼亚诺夫在论述叶赛宁的某些诗歌时已经指出过。他说："对于那些十分珍视'底蕴'、对于那些常常抱怨文学业已成为技巧（亦即艺术——就好像文学似乎还从来就不是什么艺术似的）的崇拜者们所十分看重的诗人会发现，'底蕴'远比'技巧'更具有文学性。"①爱泼斯坦继而指出："生活并不等同于自身——它随着文化的被改造和复杂化而一同生长，今日最活跃的诗歌恰好也正是一种极限文化——这里的文化不是指作为一种现在知识的文化性，而是指作为一种记忆积累、能够扩展每个形象的语义容量的符号继承性的文化。"②

但陌生化应用得最广泛的，恐怕还得说是"色情艺术"（Эротическое искусство），因为无论"色情"还是"艺术"，它们都离不开陌生化这种手法。而陌生化就是"以不熟悉的、不寻常的、奇特的方式来表现熟悉的对象，以便能使我们像是初次见到一般重新感受它"③。爱泼斯坦进而大段引用了维·什克洛夫斯基的原话，来进一步说明陌生化的宗旨：

> 因此，为了恢复对生活的感觉，为了感觉到事物，为了使石头成为石头，存在着一种名为艺术的东西。艺术的目的是提供作为视觉而不是作为识别的事物的感觉；艺术的手法就是使事物奇特化的手法，是使形式变得模糊、增加感觉的困难和时间的手法，因为艺术中的感觉行为本身就是目的，应该延长；艺术是一种体验事物的制作的方法，而"制作"的东西对艺术来说是无关紧要的。④

艺术陌生化的例证之一是隐喻的使用，它们非但未能减轻接受的难度，反而增加了接受的难度，延长并且加重了对其未知性的鉴赏。这样

① Ю. Тынянов: *Архаисты и новаторы*，Л.：Прибой，1929，С. 546.
② М. Н. Эпштейн: *Постмодерн в русской литературе*，Москва：Высшая Школа，2005，С. 137.
③ М. Н. Эпштейн: *Знак пробела：О будущем гуманитарных наук*，Москва：Новое литературное обозрение，2004，С. 412.
④ ［法］茨维坦·托多罗夫编选：《俄苏形式主义文论选》，蔡鸿滨译，北京，中国社会科学出版社，1989，第65页。

一种陌生化手法，不仅是美学而且也是色情"认知"的基础，它们也正是在已知中寻找未知。在任何色情小说中都有奔跑与追逐、换装与揭露。妻子或丈夫扮装成"非熟人"是色情小说中常见的母题。

当然，就此而言，爱泼斯坦并未比当年的什克洛夫斯基走得更远，而简直是在一字不差地重复维·什克洛夫斯基的言论。但是，且慢，爱泼斯坦也有他的发挥，他写道："为什么（在色情小说中）已知的关系要用陌生的名称来称名？为什么果戈理在《圣诞节之夜》（Ночи перед Рождеством）中的书记①（дьяк），萨罗哈的情人，用指头碰碰她的手和脖子就连忙跳开，使劲儿问，这究竟是什么，就好像他不认得似的？""您这都是些什么呀，美若天仙的萨罗哈？"而这种所谓的不认知、不认得就是色情小说手法。色情小说自身在陌生化，在使之陌生——然后又重新掌握它，再然后又把已经把握了的重新使其陌生化。在此，爱泼斯坦还加了一句旁白："婴幼儿对待糖果便即形成了如此这般'辩证式'态度：他把糖果从嘴里拿出来，眼睛贪婪地紧盯着刚才在舌尖上体验到的那个东西，然后重新把它放进嘴里，以便延长享受。"②

有的色情题材作品如哈·品特③的戏剧《情人》中，丈夫和妻子便拒绝扮演夫妻，而是以一对情人的角色出场。这也就是为什么什克洛夫斯基会说陌生化是艺术的一般法则，但在色情艺术中尤为常见的原因了。什克洛夫斯基写道："……形象性在色情作品中的应用最鲜明不过地表明了它的目的。这类作品中的色情物品往往会被表现为某种初次被人见到的东西。"④爱泼斯坦进而指出："色情作品实际上是一种隐喻的艺术，是一种转喻的艺术：不光作为一种话语特性或表现特点，而且也作为掩藏-揭露、穿衣与脱衣，作为对肉体存在现实的异化和内化。"⑤

弗洛伊德对艺术进行了解码，认为艺术本质上不过是一种迂回满足自身无意识本能欲望的一种方法罢了（Художник и фантазия），同时也认为精神分析学派无力解释作品的美学方面特点。在与弗洛伊德主义结合之后，形式主义学派认为审美即对欲望的压抑，是延期和释放心理压力

---

① 14 世纪前古罗斯王公的侍从兼文书。——笔者
② М. Н. Эпштейн: *Знак-пробела：О будущем гуманитарных наук*，Москва：Новое литературное обозрение，2004，С. 415.
③ 生于 1930 年的当代英国剧作家。——笔者
④ М. Н. Эпштейн: *Знак пробела：О будущем гуманитарных наук*，Москва：Новое литературное обозрение，2004，С. 415.
⑤ М. Н. Эпштейн: *Знак пробела：О будущем гуманитарных наук*，Москва：Новое литературное обозрение，2004，С. 416.

的一种手段。这两个学派尽管有着本质的不同，但也有其共性：即把延宕当作一般艺术的法则。什克洛夫斯基指出："我们在研究诗歌语言构成成分和词汇构成成分、词的排列以及这些词所形成的语义结构时，发现审美的特点总是由同样的符号表示的：这种特点是为使感觉摆脱自动性而有意识地创造的；它的视觉表示创作者的目的，并且是人为构成的，为的是使感觉停留在视觉上，并使感觉的力量和时间达到最大的限度，事物不是作为空间的一部分被感觉的，可以说是从它的延续性上被感觉的。"①的确，正是本能的节制和延宕而非尽快地释放欲望压力构成了艺术性的根本特点。爱泼斯坦由此得出一个重大结论：好的艺术和好的美学是那种善于节制性欲压抑性感的东西。蒙田就青睐那些善于节制的爱情诗，因此而置维吉尼于奥维德之上。淫欲无度只会剥夺我们的胃口。

　　爱泼斯坦接下来的一个观点似乎足以令人振聋发聩：陀思妥耶夫斯基的玄学悲剧小说是最高程度上的色情小说。其之所以如此，至少部分原因在于陀思妥耶夫斯基的主人公们，大都很熟稔色情陌生化手法（эротическое очуждение）：斯塔夫罗金、斯维德里加伊洛夫、费多尔·卡拉马佐夫所钟爱的对象，都是一个业已失去任何性魅力的女性，这使得其情欲更加复杂化，从而使得"手法"得以展现。"色情小说正是以感受的'难度'为营养源的"……延宕和延滞可以把一个任何时候都急于获得快感的人变成为艺术家。②

　　首先，在爱情中也和在艺术中一样，重要的不是材料，而是手法。什克洛夫斯基写道："文学是一种纯形式，它不是物，不是材料，而是材料之间的关系。和任何关系一样，这是一种零维度关系。因此，作品的大小、作品分子分母的算术值意义无关紧要，重要的是它们之间的关系。戏谑的、悲剧的和世界规模的、室内的作品，或是把世界与世界对比或把猫比作石头——全都是一样的。"爱泼斯坦进而对这段名言作出如下解说："重要的不在于肉体的实体及其物理属性、质感、外形等等，而在于它们相互之间的可感受性，相互接触的程度、弹性、摩擦的力度及其在此之中相互摩擦而产生怎样的火花等。"③

　　其次，色情小说有其自身的最低量，也就是说，它给出的肉体形式

①　〔法〕茨维坦·托多罗夫编选：《俄苏形式主义文论选》，蔡鸿滨译，北京，中国社会科学出版社，1989，第75～76页。

②　М. Н. Эпштейн: *Знак пробела*: *О будущем гуманитарных наук*，Москва：Новое литературное обозрение，2004，С. 417-418.

③　М. Н. Эпштейн: *Знак пробела*: *О будущем гуманитарных наук*，Москва：Новое литературное обозрение，2004，С. 418.

可以很贫乏，但其表现形式却可以很煽情、很丰富。语言贫瘠的色情作品一点儿也不比材料极其丰盛的作品更不色情或感受更不细腻。布宁的美学公式就是"贫乏而又有魅力"（прелестное в своей бедности）。在普希金诗歌里便贯穿着丰富和贫乏、淫荡和有节制色情的对立和对比："不，我并不看重狂乱的快感……"（Нет, я не дорожу мятежным наслажденьем）。

洛特曼在其结构诗学中对形式主义的许多概念进行了进一步明确化。如被什克洛夫斯基称之为陌生化的，在他那里被叫作"边界的跨越"（пересечение границы），也就是指对既定风习的破坏，期待的受挫。爱泼斯坦认为按照洛特曼对待艺术问题的方法和逻辑，可以替洛特曼虚拟一个术语，即 эротемы 作为色情作品结构-主题单元（此词的构造加了个法语式的后缀 ем，和表示语言其他单位的语词相似，如 лексема，морфема，фонема 等）。那么什么又是此词的内涵呢，且看爱泼斯坦如何阐释：

首先，"色情主题是一个色情事件，是情感体验和行为的一个单元，是从中形成动态以及色情关系之'情节'的东西。"[1]那么洛特曼又是如何理解艺术中的事件性（событийность）的呢？"文本中的事件是指人物穿过语义场的位移……情节的发展和事件即非情节结构所证实了的禁止线的交点……情节就其对'世界的画面'的关系而言是一个'革命的要素'。"[2]其次，按照洛特曼的理解，陌生化也就是所谓的"解自动化"，就是打破文本所具有的自动化倾向。"关于文本结构法则中的解自动化问题在艺术中早在 20 世纪 20 年代就在什克洛夫斯基和特尼亚诺夫的著作中有所讨论了，领先于信息论领域里许多非常重要的观点。"[3]

一句话，之所以说"色情主题"是个交点，是因为它的确是公开与隐蔽、允许与不允许、吸引与排斥、近与远、离与合……的交点。由此可见它是一个表示关系的符号。

当然，爱泼斯坦与俄国形式主义美学的关系远非以上所说的这些个方面，因为事实上我们不可能在这么一个短小的篇幅里，把与主题相关的一切要素都囊括无遗。而且，实际上我们也没有这么做的必要。俄国形式主义自其产生以来命途多舛，早在 20 世纪 30 年代初就不得不长期

---

① М. Н. Эпштейн: *Знак пробела*: *О будущем гуманитарных наук*, Москва: Новое литературное обозрение, 2004, C. 422-423.

② Ю. М. Лотман: *Структура художественного текста*, Москва: Искусство, 1980, C. 282.

③ Ю. М. Лотман: *Структура художественного текста*, Москва: Искусство, 1980, C. 82.

陷于"失语"状态。苏联自"解冻"以来思想开始"解冻",文艺学界先后有过3次对巴赫金的"伟大发现",而在这一过程中,人们先后发现与巴赫金关系密切的俄国形式主义传统(按照茨·托多罗夫的说法,巴赫金和俄国形式主义是"相互形成"的)。本文试图揭示爱泼斯坦与自俄国形式主义以来的所有文艺学传统之间的传承关系。我们从中可以看出,俄国形式主义以及他们的理论对手巴赫金等人的思想,即使是在21世纪的今天,也是那么富于创造的激情和潜力,值得我们深入挖掘和开采。

第五节 奥波亚兹——努力皈依俄罗斯文化的犹太裔学者

在世界思想史上,犹太思想家书写了百年辉煌。本雅明·哈桑在《革命时代的语言》(Язык во время революции)中这样含蓄地写道:

> 在犹太人历史的背景之下从1882年到1982年的这一百年,或许可以称之为"犹太人的世纪"。在此之前不曾有过任何时期,犹太人在其中不光在一个国家而且也在整个欧洲文明中发挥了如此巨大的作用。如果我们不提及马克思、胡塞尔、爱因斯坦、卡夫卡、雅各布逊、列维·斯特劳斯、霍姆斯基、德里达等许多科学与文化名人的名字,我们便无法描述这个当代世界,即便这些人对于自己作为犹太人的自我身份认同也并非那么自信、充满疑问或不偏不倚也罢。

由于犹太教徒不承认耶稣基督是救世主,而真正的救世主尚未降临,所以,一直以来受到基督教世界的歧视和迫害。但犹太人却"穷且益坚",他们散居于世界各地,同时也把他们对犹太教的忠诚和虔诚带到了世界各地。虽然他们居无定所,人不一处,但无论到那里,他们都坚定地保持了犹太教固有的礼仪和习俗。生活在周围人歧视的目光里的犹太人,如果再没有智慧做伴,他们将何以为生?而《塔木德》、犹太教特殊的教规等,则成为流落在世界各地的犹太人共同尊奉的"不言之教"。正因为此,犹太人的智慧是普遍公认的事实:在长达两千多年的漂泊生涯里,智慧成为犹太人唯一的"不动产",伴随着他们漂泊不定的旅居生涯。而在普遍反犹的环境下生存的唯一支柱就只能靠自身拥有的智慧了。犹太人为人类贡献了人类有史以来最伟大的思想家、哲学家,这也是不争的事实。

某些方面我们可以看出，巴赫金与艾亨鲍姆倒是颇有几分相似之处。他们都像真正的东正教徒一样性格谦抑、内向、好学深思而能言善辩、博学多才而又术业专攻。但二人又有一点不同：那就是巴赫金不是犹太人，而艾亨鲍姆则是犹太人。但不是犹太人的巴赫金，却一生承受着俄苏犹太人式的命运，他一生中的绝大多数时间处于生活和学术的边缘——正如犹太人处于苏联生活之边缘一样。

实际上，包括艾亨鲍姆在内的俄国形式主义"四巨头"——维·什克洛夫斯基、鲍·艾亨鲍姆、尤·特尼亚诺夫、罗曼·雅各布逊——也都是犹太人。当然，这不能说明什么。而且，巴赫金并非犹太人。但巴赫金毕竟和俄国语境下的犹太人有一个共同之处，那就是他们都是"边缘人"，都处于一种文化的边缘。边缘处境使他们不被主流所接纳，但边缘处境恰好也正是其与他者接缘之处，因为有"源头活水"汩汩而来，于是便使"一塘清水""明亮如镜"。边缘因为其与外界接壤，因此成为内外交点的汇合之处，因而也是新思想赖以产生之基。

当然，俄国形式主义"四巨头"也都不是一般的犹太人，而是"竭力皈依俄罗斯文化的犹太人"。在俄苏也和在欧洲各国一样，历史上虐犹事件一直不绝于书。俄国有过近 300 年的虐犹史。犹太人在俄苏属于少数族群，受到挤压，这给整个俄国形式主义运动蒙上了另一层深重的阴影。

奥波亚兹的"三巨头"以及"莫斯科语言学小组"主席罗曼·雅各布逊，他们都是犹太人，但也都是那种"不信犹太教的犹太人"（Jewish but not religious），或是"被同化了的犹太人"。读什克洛夫斯基早年回忆录《感伤的旅行》就可以看出，作为出生在俄国的犹太人，他们一家曾经经历了多次虐犹事件。按照什克洛夫斯基的自述：他父亲（鲍里斯·什克洛夫斯基）就是个纯种的犹太人：

> 什克洛夫斯基来自乌曼，在乌曼大屠杀中险些被杀。
> 事后幸存未死的人去了叶里扎维格勒市，一列火车把我和一些受了伤的红军战士运到了那里。
> 我的曾祖父以前就住在叶里扎维格勒，并且曾非常富有。
> 根据传说，临终前，他留给世上 100 个孙子和从孙子。
> 我父亲则有将近 15 个兄弟姐妹。
> 我爷爷很贫穷，在自己的兄弟家当护林员。

　　儿子们一旦长到十五六岁，就被打发到什么地方自谋生路去了。①

　　俄国形式主义 4 位代表人物的犹太人身份，以及他们竭力想要和急于皈依俄国文化的立场，在我们此时回顾这段曾经改变了整个西方文艺学的"哥白尼式革命"的全过程时，总会令人感到意味深长。在他们那不能不令人感慨的命运里，这一宿命式的"原罪"又在他们身上刻下了怎样的纹理？

　　艾亨鲍姆就出身于一个流落在俄国的犹太人家庭。

　　艾亨鲍姆——奥波亚兹"三巨头"之一——是研究这个时代俄国文艺学不可或缺的人物之一。维克多·厄利希在其名著中指出："艾亨鲍姆是一位一流的批评家，也是一位杰出的文艺学家，是一位学识极其渊博、感受力十分敏锐且对俄国和西欧文学有很深造诣的学者。"②由于他对奥波亚兹学术理论所作的贡献，他又被人称为"俄国形式主义学派的杰出代表人物之一"和一个杰出的"文化史编年作家"。③

　　艾亨鲍姆出生于斯摩棱斯克。1888 年，其家迁往俄国南部的沃罗涅日。其父母都是普通医生。祖父是一位名字载入犹太人百科辞典里的著名犹太数学家和诗人。1905 年年方 19 岁的他考入彼得堡军事医学校学习。次年转入列斯加夫特中学生物部学习。此时除主修的专业外，他花费业余时间自修音乐，主修钢琴、小提琴和声乐。在此期间他得以结识后来成为其妻子的莱莎·勃劳德。1907 年，发表《诗人普希金与 1825 年起义》，受此文的鼓舞，转入圣彼得堡大学语文系斯拉夫语专业。1912 年获学士学位。1917 年获得硕士学位并留校任教。攻读硕士期间结婚的他，迫于生计，曾到中学做文学课的兼职教师，并为报刊撰稿养家。从 1913 年到 1916 年，他写的文章主要与欧洲和俄国当代文学有关。当时的他自诩为"后象征主义"思潮的批评家，追求一种"整体诗学"的立场。他就是在校读书期间认识后来成为这一批评运动主要参加者之一的日尔蒙斯基的。此时，艾亨鲍姆还一度担任家庭教师，教授文学史。这段教学实践使他感到传统文学史学科地位如此低下，实际上业已沦落成为其

---

①　В. Б. Шкловский：*Сентиментальное путешествие*，Москва：Новости，1990，С. 230.

②　Victor Erlich：*Russian Formalism*：*History Doctrine*，Fourth edition，The Hague，Paris，New York：Mouton Publisher，1980，p. 75.

③　Craig Brandist，Galin Tihanov：*Materializing Bakhtin*：*The Bakhtin Circle and Social Theory*，New York and Oxford：St. Martin's Press in Association with St. Antony's College，2000，p. 82.

他学科的附庸，因而感到文学史研究方法迫切需要彻底更新。也是在此时，他结识了一个彼得堡语文学家尤·亚·尼科利斯基，两人都对这一问题有同感，因而决心尝试探索一种建基在哲学基础之上的美学研究方法。为此，他们开始大量阅读哲学家的著作。欧洲的康德、亨利·柏格森，俄国"白银时代"哲学家谢·弗兰克、尼·洛斯基等，开始走入他们的精神视野。如前所述，对于艾亨鲍姆幸运的是，在他精神成长成熟，开始渴求新思想新观念之际，恰好正是我们今天所说的俄国"白银时代"的"盛花期"。

1918 年对于艾亨鲍姆的学术生涯来说是具有决定性意义的一年，那一年他正式加入奥波亚兹，成为其成员之一。由此可见，虽然后来他成为这个学派的核心人物，但他却并非奥波亚兹的"老人"。虽然他和特尼亚诺夫以及什克洛夫斯基都是老同学，并且早在学校时就认识，但在 1918 年他最终加入奥波亚兹以前，却和奥波亚兹毫无关系。在那年以前的艾亨鲍姆，是一个哲学方法的服膺者，他采用哲学方法研究文学史并且在文坛已经小有名气。

1918 年艾亨鲍姆正式加入奥波亚兹，这不仅在他个人的生命中，而且在整个俄罗斯文艺学史上，都是一个富于象征意义的重大事件：一个连艾亨鲍姆那样的学者尚且毅然转向奥波亚兹，可见时代风气若何了。而完成了"华丽的转身"的艾亨鲍姆，也的确不能不令人刮目相看。就在他皈依奥波亚兹的第二年，发表了他加入这一运动的"表态"之作《果戈理的"外套"是如何写成的?》，而这篇短文当之无愧地成为奥波亚兹运动史上里程碑式的著作，成为历史上第一个本体论文艺学诞生的标志，也是艾亨鲍姆个人对俄罗斯文艺学的发展所作出的"不朽贡献"。[1]

然而，1918 年以前的艾亨鲍姆，却是截然不同的另一种风貌。虽然他和特尼亚诺夫等人早在圣彼得堡大学文格罗夫教授的普希金讨论班上就已彼此认识，但在那年以前，相互之间并无多少联系。大学毕业后的艾亨鲍姆一度担任教师，并且应聘给人家的孩子讲授文学史。这次教学经历给艾亨鲍姆以极大的刺激，甚至成为他学术转向的间接原因。当时的文学史研究始终摆脱不了充当别的学科的附庸的地位，文学研究或文学理论缺乏自身的基础。实践告诉艾亨鲍姆：当前的当务之急，是创立一种以文学的基本特点为基础的文艺学。从外部环境角度看，艾亨鲍姆

---

[1]　Craig Brandist，Galin Tihanov：*Materializing Bakhtin：The Bakhtin Circle and Social Theory*，New York and Oxford：St. Martin's Press in Association with St. Antony's College，2000，p. 133.

之所以会有如此这般的"自觉",也是受到时代风气感应的结果:从 20 世纪初开始,俄国文化界也和世界文化界一起,都深切感到一场波及人文社会科学各个领域里的方法论危机正在迅速地蔓延开来,革新各门学科的基础,更新其方法论,引进新的观念,重估一切价值,成为响彻云霄的最强音。这一思潮从"白银时代"初起一直持续到整个 20 世纪 20 年代,成为贯穿这个时代的一条主线。

1920 年初,巴赫金小组成员蓬皮扬斯基……在文章中屡屡谈到人文学科的方法论危机问题,认为再不能采用过去研究文学史的方法研究文学史了。……而此前的 1917 年,A. M. 叶夫拉霍夫——亚历山大·维谢洛夫斯基院士的学生——指出有必要采取心理学方法。只有解决语文学、历史文化学、历史与演变方法的问题,才能找到解决危机的出路。"而欲要克服这一理论困境的最著名的尝试来自俄国形式主义。"①

艾亨鲍姆加入奥波亚兹就是在这样的宏大背景下发生的。关于他,维克多·厄利希这样写道:"在该团体正式组建后不久才入盟的鲍里斯·艾亨鲍姆,很快便成为这一团体最具有发言权的代表人物之一。"他是一个"好学深思、学养深厚的西欧文学研究者"。尽管对折中主义的妥协持嘲讽态度,而且在表述其方法论主张上又完全毫不妥协,但艾亨鲍姆却与什克洛夫斯基不同,他与其说是个反叛者,不如说是个革新家;与其说是个鲁莽灭裂的波希米亚人,倒不如说是个非正统派知识分子。在俄国诗坛以阿克梅和未来派的革命"虚无主义"(nihilism)为标志的演化过程中,艾亨鲍姆更同情阿克梅派,而非未来派。②

内心充满建设本体论文艺学热望的艾亨鲍姆,积极投身于奥波亚兹的理论建设事业:他和他的同人们,真诚地想以自己的努力,来为新文化的建设贡献绵薄之力。正因为此,他们能够忍受常人未必能忍受的困难、饥馑、严寒、冻馁、能够把三尺书桌当作战场,矢志不渝、坚定不移地沿着既定的方向前行,永不言悔。精神上独立不倚,永远都是关心别人和他人甚于关心自己。艾亨鲍姆像他研究的经典作家普希金、莱蒙托夫和托尔斯泰一样,把道德(做人)和为文(美学)不可分割地联系起来。③

①　М. М. Бахтин:《Беседы с В. Д. Дувакиным》,Москва:Согласие,2002,C. 86.
②　М. М. Бахтин:《Беседы с В. Д. Дувакиным》,Москва:Согласие,2002,C. 86.
③　Craig Brandist, Galin Tihanov:《Materializing Bakhtin:The Bakhtin Circle and Social Theory》,New York and Oxford:St. Martin's Press in Association with St. Antony's College,2000,p. 144.

　　正因为或多或少有使命意识，所以，艾亨鲍姆的有些文章，令人感到他不是在为自己建言立说，而是在为自己所属的那一代人立言。在俄国象征主义之后的文坛，艾亨鲍姆更加青睐的，如前所述，是倾向于新古典主义的阿克梅派，而非鲁莽灭裂、欺师灭祖的未来派，即使是革命后换了一套装束的"列夫派"和"新列夫派"，他对他们也十分冷淡。他认为俄国文坛在勃洛克去世之后意味着一代人的逝去，但也意味着俄国文化的火炬已从象征派手中转到了奥波亚兹一代人手中。文章《勃洛克的命运》是艾亨鲍姆1921年10月21日在勃洛克纪念晚会上的发言。后来这篇文章给阿赫玛托娃以很大启示，并且成为后者《没有主人公的叙事诗》的灵感来源之一。

　　加入奥波亚兹之后艾亨鲍姆的学术研究似乎柳暗花明，陡然之间眼界大开，多有可观。他很快成为奥波亚兹的"三巨头"之一。1922年什克洛夫斯基因故去国期间，艾亨鲍姆不得不披挂上阵，在当时激烈的文坛斗争中，充当奥波亚兹的发言人，为奥波亚兹的学术立场进行不遗余力的辩护。艾亨鲍姆对奥波亚兹的感情，在他写于1922年的《6＝100》中，尽显端倪。生活速度加快到了如此地步，以至于一年等于二十年。奥波亚兹诞生于1916年，到1922年已经6岁。6×20等于120。这就是革命后初期艾亨鲍姆们的真实感受：革命使得现实生活的节奏变快了，而文化建设的步伐也应相应加快。奥波亚兹

　　　本身却始终在工作。它在创造文学理论。革命并未使研究中断——相反，它给工作注入了活力。

　　　革命与语言学。是啊，这是生活与文化的一个奇特而有机的矛盾之一。走出革命的俄国带来了一门有关艺术话语的新科学——这是无可置疑的。人名我就不一一列举了。问题恰恰在于这是一个自发的而非偶然的、非苦心孤诣臆想出来的现象，而是一个健康的现象。

　　　奥波亚兹有一个十分流行的绰号——"形式方法"。这并不准确。问题在于原则，而不在方法。[①]

　　对于一种新学科的诞生和成长来说，艾亨鲍姆所生活的时代，的确

---

① Craig Brandist, Galin Tihanov: *Materializing Bakhtin: The Bakhtin Circle and Social Theory*, New York and Oxford: St. Martin's Press in Association with St. Antony's College, 2000, p.136.

与"幸运"二字无缘。两次革命、内战、两次世界大战、新经济政策、列宁逝世、大清洗……在贯穿艾亨鲍姆一生的学术生涯中，在多元本体论文艺学与自我标榜的马克思主义社会学之间的种种斗争中，斗争的双方的力量对比往往是不对称的：一方挟雷霆万钧之力常常把学术问题转化成为行政命令，把正常的学术讨论转变成为不分青红皂白的大批判；另一方却学究气地把问题限制在单纯的学术问题范围内，企图在烈火蒸腾的火海上觅得一块净土和绿洲。双方的心理预期是如此的差异，以致许多讨论实际上是在"各说各话"，并未在话题一致的前提下形成一种真正的对话。

按照现有史料可以判断，在1921～1925年，奥波亚兹和巴赫金们都走过了一段不平凡的道路。一方面，奥波亚兹在此期间其影响力达到了历史上的巅峰时期，在当时的学术界和大学生中间，形式主义学说获得了巨大的成功，以至于有人声称，在当时俄国每个有港口的城市，都有至少一个奥波亚兹分子；另一方面，在这一阶段里，奥波亚兹们引起的争议不断，他们遇到了来自社会各界的严重质疑和挑战，在回答这些挑战的过程中，奥波亚兹逐渐走到了他们的"各各他"和"十字架"，成为全社会继续左倾的牺牲品——尽管他们自身为了适应时代的需求和呼声已经高度"左"倾了。随着全社会的急遽"左"倾化，学术问题越来越与庸俗的社会学问题纠缠在一起难以分清，俄国形式主义者们面临的非理性的压力也日益严重。此时坐落在彼得堡的艺术史研究院成了奥波亚兹的最后一个避难所。奥波亚兹们越来越不得不面临来自社会各界的挑战和质问。起初，类似的讨论因为是货真价实的而颇有些趣味。

例如，且看艾亨鲍姆1924年1月6日的日记。那天，艾亨鲍姆和扎米亚金就学科（即形式主义）问题进行了私下争论。扎米亚金认为科学应当是不偏不倚的。艾亨鲍姆则和特尼亚诺夫力图证明：科学和批评之间并没有一道鸿沟。问题不在于是否不偏不倚，而在于评价具有各种不同的个性。

9月29日：

> 卡赞斯基说我们必须"面朝生活"前进——谈起了社会学方法。我和他争了起来——正在进行着一场宗教教条主义和烦琐哲学与科学的论争。我对此的信念是越来越坚定了。中世纪正在朝我们扑过来。社会主义和共产主义思想采取了一种国家宗教的形式，其行使权力的方式与中世纪的神权政治完全一样——直到宗教大法官等等。

进行着一场反对科学思维本身的斗争。这是个可怕的时代，很难在这个时代找到一种顺利生存的方法。①

熟悉俄国文献的人大抵都知道，此处所说的"宗教大法官"出自陀思妥耶夫斯基的著名小说《卡拉马佐夫兄弟》。"宗教大法官"出自该书的一章，内容讲述复活了的耶稣和16世纪西班牙大法官之间的一场对话。这一章表明，天主教会及其所宣扬的宗教，其实早已变质了：它的信徒们所追求的，已经不是崇高的精神，而是面包、权威和奇迹——这些东西已经取代上帝在人们心目中原有的地位。自这部小说发表以来，"宗教大法官"已经成为俄国文学中的著名掌故，意指世俗的权威（即世俗界的行政命令、专制统治等）。此处文中所说之"宗教大法官"，大概影射1924年对大学生实行的清洗运动——全部学生重新"洗牌"，由某个委员会逐一进行甄别之后才能保留学籍。一些被视为"革命"的异己者——如商人之子，贵族沙皇和官僚之子——统统被清洗出大学。

艾亨鲍姆自加入奥波亚兹后，便开始与其共浮沉的命运。如前所述，他们的命运是绝非可以使人羡慕的那一种。但总体而言，在1924年、1925年以前，奥波亚兹还可以为自己辩护，还可以斗胆对来自外界的批评实施反批评，学术界还可以听到各种流派之间对话的声音。但是，随着时日的迁延，情况悄悄在暗中发生着变化：明明占尽上风的奥波亚兹，却莫名其妙地偃旗息鼓了，而在学术论战中每每落败的庸俗社会学流派，却乘着时势，借着行政命令的力量，从物质生活上对奥波亚兹实行重重挤压，迫使其就范，使得原本轰轰烈烈满有希望的一场运动，就这样渐渐趋于无形，皈依大统。

关于奥波亚兹在那个年代所受到的压力，我们以为最好以艾亨鲍姆为例作一番介绍，其之所以这么做，一个原因是艾亨鲍姆生前曾特别注重书信和日记的写作，从而为我们保留下了一部真实可信的记载。

如果说什克洛夫斯基感人至深之处在于对于艺术的宗教信徒般的虔诚和狂热的话，那么，在艾亨鲍姆身上，同样的精神却是在爱情与事业两难取舍之间而为我们所判定的。毫无疑问，后者同样也令人感动。艾亨鲍姆曾在一篇短文中关于什克洛夫斯基这样评述道：他彻头彻尾浑身上下都是由文学的细胞所组成。而现在在我们看来，艾亨鲍姆的话也完

---

① Craig Brandist, Galin Tihanov: *Materializing Bakhtin：The Bakhtin Circle and Social Theory*，New York and Oxford：St. Martin's Press in Association with St. Antony's College，2000，p. 137.

全适用于他自己。他和他的奥波亚兹同道者们是把文学当作自己的各各他去朝拜的。屠格涅夫笔下的男主人公需要在爱情面前经受考验，那么，艾亨鲍姆也一样需要在爱情面前经受对事业是否忠诚的严峻考验。根据艾亨鲍姆 1925 年 1 月 3 日的日记，我们知道，他的妻子拉娅曾亲口对他承认：她与艾亨鲍姆的老同学、老同事同时也是一位美男子有染。此人叫彼·康斯坦京诺维奇·古别尔，生于 1886 年，死于 1938 年。那么，对待这件势必会对事业造成重大影响的事件，艾亨鲍姆又是如何处理的呢？且看艾亨鲍姆写于 1928 年 2 月 24 日的日记："古别尔缠着拉娅，拉娅也卖弄风情。这对他们犹如空气一样必要。可我眼中的古别尔却那么陌生。"艾亨鲍姆活着就是为了写作。什克洛夫斯基建议他也给自己搞一个。但他的回答却是："现在对我来说，无论为了趣味还是神经，有一个女性的确不错。可问题在于我没时间！一般说我从早上 9 点一直工作到夜里一两点，中间从不休息。"1932 年 4 月 25 日在给什克洛夫斯基的信中艾亨鲍姆写道："没有托翁我或许早死掉了。他是我的情人。"艾亨鲍姆的女学生个个漂亮如花而且还都喜欢艾亨鲍姆，但在女人和工作之间，艾亨鲍姆永远都只选后者。艾亨鲍姆也深爱着拉娅，她是他唯一的真爱，即使在一段时期中与另一个人分享她，他也愿意。

1924 年 10 月《出版与革命》杂志组织了一次有关形式主义的大讨论。艾亨鲍姆的一篇文章作为对批评的反批评发表。而另外 5 人则都持反对意见，并对艾亨鲍姆进行反驳。而卢纳察尔斯基也是批评者之一（*формализм в искусствоведении*），他认为形式主义是一种特殊的"不可知论的多元主义"。艾亨鲍姆斥之为除了谩骂和吠叫别无其他。关于这场争论，根据艾亨鲍姆的记述，只有艾亨鲍姆一个人对决议投了反对票（见 1924 年 12 月 26 日日记）。雅库宾斯基弃权。

艾亨鲍姆反对把行政权力扩张到科学界和学术界。他认为行政权力不应无限扩张，不应采取行政命令的手段解决学术和科学论争问题，把对真理的探索与一时一地的权宜之策混为一谈。当时，还可以发表一些较为自由的言论。

艾亨鲍姆在同一期刊物发表的文章中写道："我们不能把相对论和马克思主义对立起来，因为它们是不对称的。"爱因斯坦相对论的出现，使得牛顿经典力学统治下的思想界受到了革命性的冲击，使得经典物理学中的因果论变得分外可疑和不确定起来。当然，所有这一切，当时的艾亨鲍姆未必就已经知道或了解。但艾亨鲍姆却在时代精神的感染下起而反对文学中陈陈相因的旧的因果律，这却是不容否认的事实。相对论和形式主义理论——现象系列的无限多样性——都以多元本体论为基础，而且其代表人物都是犹太人。

在艾亨鲍姆心目中，评价一种理论的首要标准，就在于它是一元的还是多元的，正如后来的苏联在评价一种哲学体系的价值时，首先要看它是唯心还是唯物的一样。在艾亨鲍姆看来，当时人们所标榜的"马克思主义"，究其实，是一元论的。他说："一元论是理解马克思主义文艺思想的一把钥匙，因为基础与上层建筑的关系在马克思主义理论中必然是一元论的——如若不然，则基础的变化（经济制度的）本是不会引起上层建筑（文化制度）的变化的。"在这篇文章中，格于形势，艾亨鲍姆不可能公开称引柏格森（西方）、弗兰克（俄国侨民），而行文中多用"因此"字样省略原因和根据从而为卢纳察尔斯基所诟病。当时，不但卢纳察尔斯基，而且就连列夫·托洛茨基，也同样认为俄国形式主义理论缺乏哲学视角：俄国形式主义者是些"犬儒主义者"，不愿站在哲学这样的制高点上从战略角度审视所研究的对象。其实，奥波亚兹们是有哲学基础的，只不过这个基础格于形势不便言说而已。而在他们眼中，苏联批评话语常常伴随着的潜台词，是"多元论"和"一元论"的对垒。

当然，在当时的两军对垒中，还始终纠缠着以行政命令取代学术研究的取向。根据丘科夫斯基的日记（1924 年 12 月 19 日）：卡尔波夫从莫斯科来，审查官要同人们宣誓忠于社会学方法，此举关系到学院的生存。当时，面对来自外面的压力，只有艾亨鲍姆英勇地表示反对。由此可见，当时已经开始采用行政命令的方式对学术界争议进行果断处理，而且，一个学术单位或机构是否忠诚于社会学方法，乃是决定其是否能够生存下去的决定性要素。这种处理方法固然果断而且斩决，但留下的隐患也是不容置疑的。

阿维尔巴赫[①]（Авербах Л. Л. ，1903～1937）是 20 世纪 20 年代文坛另外一位名人，曾长期担任拉普的主要领导人，比艾亨鲍姆小 17 岁，因此，实际上他们是两代人。阿维尔巴赫属于在革命中成长起来的一代人：革命是他们的图腾，是他们成长的学校（或学派亦然！），也是他们身份的标志；而艾亨鲍姆则是革命前一代人，他们受过正规的高等学校教育，一心致力于文学科学的正规化和职业化建设进程，这在年轻人眼里不啻是一种叛卖行径。在"艺术之家"（孤岛）里，老一代人正迅速被新一代人所取代！用艾亨鲍姆的话说："历史在我们两代人之间划了一道革命的火

① 阿维尔巴赫，曾任拉普总书记。

线!"而这是分析 20 世纪 20 年代中期苏联文坛重大现象——无产阶级文化
派运动——的一个关键词!年轻!许多代表人物尚不满 20 岁!他们大都处
于奥波亚兹初登文坛时的年龄,急于以大声疾呼的方式建立自己在文坛的
知名度。而且,更有意思的是,阿维尔巴赫也是个犹太人。以阿维尔巴赫
为首的年轻左派把文艺学的职业化当作一种背叛行径!例如,瓦·维列萨
耶夫 1927 年 12 月文章的题目就是:《谈谈书尘,谈谈鲁兹维尔特的恭维兼
谈两次伟大的俄国革命》(О книжной пыли, о комплиментах Руозвельта и
о двух вел-иких русских революциях)。① 阿维尔巴赫声称:"我们认为,
无产阶级的文学就是根据工人阶级的任务来影响和引导读者的心理的文
学。我们需要的是阶级立场坚定的作家和完整的世界观的代表。"②

　　1917 年到 1930 年间,恰好是艾亨鲍姆走向成熟的岁月。在这些年
间,他作为具有自觉的文艺学理论意识的文艺学家,在与外界的频繁冲
突和对撞中,思想渐渐走向成熟,年轻时代的鲁莽和冲动没有了,代之
以"任凭风浪起,稳坐钓鱼船"的沉稳踏实。这位名闻遐迩的学者尽管名
气很大,但在苏联却长期以来难以发表论文和出版著作。与之前相比,
艾亨鲍姆多的是自信:他和他的同人们深信自己以其写于 18~20 年前的
优秀著作,业已彻底改变了科学的面貌。20 世纪 20 年代中期的艾亨鲍
姆,已经成为著名社会活动家和具有迷人风采和过人的雄辩力的演说家。
他"善于在演讲中思考"。演讲"这对他是一种快感",每当他在演讲时,
他是在引导整个大厅"(什克洛夫斯基语)。但在俄国,犹太人出名最容易
招人嫉恨。

　　在这样的背景之下,1927 年 3 月 6 日在著名的杰尼舍夫中学大厅举
办的公开辩论会,成为"苏联知识界的一个转折点"。一向被认为是奥波
亚兹外围学者或准形式主义者的鲍·托马舍夫斯基也在讨论会上发言,
但他的发言却引起了一向温文尔雅的艾亨鲍姆愤怒的反应。他由此认定
托马舍夫斯基是一个"忏悔的形式主义者"。什克洛夫斯基也出席了这次
讨论会,但他的出现,却被后人认作是苏联先锋派转向的标志。对此次
会议,艾亨鲍姆在 1927 年 3 月 7 日的日记中,作了如下记述:

---

① Craig Brandist, Galin Tihanov: *Materializing Bakhtin*: *The Bakhtin Circle and Social Theory*, New York and Oxford: St. Martin's Press in Association with St. Antony's College, 2000, p. 149.

② 张捷编选:《十月革命前后苏联文学流派》下编,上海,上海译文出版社,1998,第 93 页。

　　昨天（从 10 点到凌晨 2 点）在杰尼舍夫中学大厅举行了讨论会。难以描述。严厉的社会学倾向。杰尔查文的发言几近闹剧。在他之后是我发言。随后是马·雅可夫列夫的白痴式的发言（没让他讲完）。随后是特尼亚诺夫。在我和谢芙琳娜之间发生了闹剧。她的发言同样被打断。空气达到了白热化程度，甚至达到了马上会发生殴斗的地步。以后找时间再加以详细描述。就连什克洛夫斯基也慌了手脚。今晨在大学做了例行讲座——受到了掌声欢迎。大学生们很兴奋。

1927 年 3 月 10 日：

　　文学界和学生的讨论会激起的兴奋尚未退潮。无论走到哪儿——到处都在议论这件事。一个叫作列·斯塔夫罗金的人发表在《红色晚报》上的文章，犹如火上浇油，文中把我们的发言歪曲到了十分可笑的地步——尤其是对托马舍夫斯基。参加过讨论会的人在相互交谈交流印象，而没参加过的人在到处打听，传播流言。……今天在街上碰见奥·曼德尔施塔姆，他仍在为这次讨论会而兴奋不已，想见一面——"共同的事业"——他说。我确信无论会有什么后果，这次讨论会也是十分必要的。会起到应起的作用的。这无疑将是一个历史性的夜晚，人们将会回忆起这个夜晚的。

　　这是来自奥波亚兹领袖人物之一的艾亨鲍姆对此事的记述。也许，作为当事的一方，他的记述未免有偏激之嫌，那么，不妨让我们看看外界关于这次讨论会又有何评论吧！且看以下 3 篇报道。第一篇：列·斯塔夫罗金的文章：《马克思主义者与形式主义者的一场战斗》。在所有报道中，这篇的立场比较客观，显得不偏不倚：

　　多数听众无疑是带着预定的情绪来的，因此演讲者们的任何努力或许都无法说服各方中的任何一个人。大约三分之一与会者以暴风雨般的掌声为马克思主义者喝彩、叫好或致意，其余的（情绪更加激奋）支持形式主义者们，竭力打断马克思主义者方法的拥护者的发言。

　　也许这也是那个时代的特征：与会者可以随意发言打断报告人的讲话。而善于制造闹剧的大师什克洛夫斯基，似乎充分利用了这种特权。他依然一副未来派做派，随意插话，随意打断别人的发言，不失时机地炫耀着自己的渊博知识。有一次，他打断报告人的讲话，插话说："你们有军队和军舰，而我们只有 4 个人。因此你们又有什么不放心的呢？"对此，据说，发言被打断的"马克思主义者"对此无言以答。奥波亚兹对政权无觊觎之心，他们只是想在文艺学诗学领域开一代风气，领时代潮流，这倒是不假。什克洛夫斯基的这段插话，令人油然想起邓拓在《三家村夜话》中的两句打油诗："倘使文章能误国，开国何须用吴钩？"但什克洛夫斯基大概也觉得不妥，即时作了和解式的说明："难道我反对社会学方法吗？压根儿没有的事儿。这方法又有什么不好呢？"

然而，和参加会议的学术界人士比较，倒是听众的行为和反应很有趣，这或多或少起着风向标的作用。就中可以看出两点：一是激烈拥护形式主义的听众占绝大多数，二是双方的行为和反应都很激烈。但对听众成分的分析也有不同之处。按照另一种估计，则听众中形式主义的拥护者、反对者和占据中间立场的，各占约 1/3。由于其中多数人系艾亨鲍姆和特尼亚诺夫的学生，所以，大约拥护者和同情者占据多数是符合事实的。斯塔夫罗金的文章是唯一一份证实苏联时期多数听众拥护形式主义的文字证明。

第二篇报道。时间：3 月 15 日。作者：尼古拉·扎戈尔斯基。文章题目：《形式主义的破产》。此文无视此次讨论会多数人拥护形式主义者的事实，说什么："毋庸置疑，形式主义目前正经历着解体的危机。一度曾以整齐划一的队列行进的统一的流派，已经不复存在了。十月革命粉碎了他们的统一。"文章作者仅以托马舍夫斯基发言的要点为依据，说托马舍夫斯基声明必须从社会学观点出发研究文艺学。文章称形式主义所探讨的问题，马克思早在 19 世纪上半叶就已完全彻底地予以解决了。这一论点在后来也被批评界一再重复，成为"定论"。

第三篇文章发表于短命杂志《新列夫》。文章作者是艾亨鲍姆本人。杂志目录中写了，但文章末尾未予署名。艾亨鲍姆在日记和写给什克洛夫斯基的信中，大概出于谨慎也未提及。判定艾亨鲍姆为此文作者的依据还有：（1）在提及的发言人名中，唯有他有本名和父称；（2）唯独提及他本人时不用"同志"这一称呼；（3）对他的发言转述得最详尽；（4）引述了奥波亚兹的言论。在什克洛夫斯基的帮助之下，此文得以发表于莫斯科。

此文值得一提的不是内容，因为其观点我们早已经知道了。值得一提的是由此文引起的一些小事件。一位叫赛富琳娜①的女作家不满于艾亨鲍姆对她以"太太"相称而反唇相讥地称艾亨鲍姆为"先生",为"教授",从而把自己当作可以和学者以及学术权威平起平坐的人民代表。在台下一片喝彩声中,女作家表述了她的观点:形式主义方法是僵硬的、外在的方法,什克洛夫斯基的论证犹如闹剧,缺乏严肃性。第二天,丘科夫斯基到赛富琳娜家做客,他记述了仍然为昨天的事生气的女作家的状态。这位女作家觉得艾亨鲍姆太把文凭当回事儿了,到处炫耀,对拉普诗人缺乏尊重(什克洛夫斯基说拉普是政府豢养的:"为他们搞了写字台和住房")。她不愿意加入作协,即不愿意与什克洛夫斯基、特尼亚诺夫和艾亨鲍姆为伍。由此可见,这次讨论会真的差点成为一场闹剧。这样的讨论几近于人身攻击,与形式主义思想本身没太大关系。唯一涉及的学术问题是:由赛富琳娜的言论可知:当时颇有些人把形式主义当作"文学的内部阐释",而与之对立的马克思主义当然就成了"文学的外部阐释"了。

　　文坛斗争的复杂性在于斗争不但存在于不同派别之间,事实上,在同一派内部,随着斗争的发展,在老一代和新一代之间,也产生了无休止的斗争,而亚·沃隆斯基②——20世纪20年代最重要的文学期刊《红色处女地》——的主编,其地位受到新崛起的一代人——无产阶级文化派——的挑战。他们习惯于以"进攻"的姿态夺取对俄罗斯文学的所有权或领导权。他们想要凭借一次漂亮的踢球射门,把支配文学的权利从"老一代学者"那里夺过来。他们既不需要形式主义的自律,也不需要教养和经验。

　　1927年3月。莫斯科。费奥多尔·格拉特科夫③在给高尔基的信中

---

①　赛富琳娜·莉蒂娅·尼古拉耶芙娜(Сейфуллина Лидия Николаевна, 1889~1954),苏联女作家。成名作《违法者》(1922),1923年移居莫斯科和列宁格勒。20世纪20年代文坛对其创作有肯定(亚·沃隆斯基与尼·阿谢耶夫),也有否定(维·什克洛夫斯基)。见刁绍华编:《二十世纪俄罗斯文学词典》,哈尔滨,北方文艺出版社,2000,第550页。

②　沃隆斯基·亚历山大·康斯坦丁诺维奇(Воронский Александр Константинович, 1884~1943),苏联批评家,作家。革命后在文学领域里起主导作用的政治家之一,和列·托洛茨基一样谴责无产阶级文化派,主张逐步把知识分子吸引到苏联文学中来。1921~1927年,担任《红色处女地》的主编。1937年被不公正地镇压。1956年恢复名誉。参见刁绍华编:《二十世纪俄罗斯文学词典》,哈尔滨,北方文艺出版社,2000,第710~711页。

③　费奥多尔·瓦西里耶维奇·格拉特科夫(Гладков Фёдор Васильевич, 1883~1958),苏联小说家。1906年加入俄国社会民主工党。1900年开始为报纸撰稿。1920年加入俄共(布)。1921年移居莫斯科。1923年加入无产阶级作家团体"锻冶场"。代表作《水泥》反映新经济政策时期经济的恢复。1932~1940年,成为《新世界》编委会成员之一。1945~1948年主持莫斯科高尔基文学院的工作。其自传体三部曲《童年的故事》、《逃亡女奴》、《动乱的年代》获斯大林奖金(1951)。曾任俄罗斯最高苏维埃代表及苏联作协理事。参见刁绍华编:《二十世纪俄罗斯文学词典》,哈尔滨,北方文艺出版社,2000,第232~233页。

称：阿维尔巴赫及其同伙想要把沃隆斯基排挤出编辑部。罗伯特·沙格瓦伊尔在有关20世纪20年代的权威著作中称：沃隆斯基曾经受到过类似法庭式的审判。后来，他实际上失去了主编权，尽管名字一直存在到20年代末。当时文坛斗争如何险恶由此可见一斑。

此时的艾亨鲍姆也意识到了危险的临近，意识到自己有被卷入斗争旋涡中去的危险。

在3月22日给什克洛夫斯基的信中，艾亨鲍姆披露了行将到来的论战所带有的反犹色彩："德雷福斯案件仍在进行。有人来莫斯科打报告，要求实施镇压措施。我该设想如何离开这所大学的事了。就连学生们也已预感到了。"

在下一封给什克洛夫斯基的信中，他通报了事情的结果：大学（列宁格勒大学）将取消文学专业——文学教学将集中在莫斯科大学。列宁格勒大学只教语言。我在大学的工作结束了。莫斯科大学校务委员会委员沃尔金被派来实施这次改革。在下一封电话中又通报：文学专业正式宣布取消。

看来，官方决心采取行政命令手段彻底腰斩形式主义了。由于一系列论战的结果，仅仅只是证实形式主义在大学很有市场，所以，继续争论下去只能是有害无益。解决这一问题的根本办法就是采取行政命令的手段，取消列宁格勒大学语文系的文学专业。这将彻底清除什克洛夫斯基、特尼亚诺夫和艾亨鲍姆等人在犹太学生中的支持者。此事和撤销沃隆斯基的主编职位具有同等意义。

此举对于一生以文学研究为职志的艾亨鲍姆来说究竟意味着什么，那是不言而喻的。在行将去职的关头，艾亨鲍姆以苦涩的语气，对金斯堡[1]回顾了自己前半生所走过的道路：1925年遴选为正教授；1926年在编副教授；1927年编外副教授；1928年编外讲师。这也就是说，和人们的职称一般随着年龄往上走相反，在20世纪20年代，尽管艾亨鲍姆学术成就骄人，但却走了一条与一般人相反的人生之路：学术职称越来越低。艾亨鲍姆于是断然决定递交辞呈。

1928年，苏联开始实施第一个五年计划，与此同时，随着新经济政

---

[1] 金斯堡·叶甫根尼娅·谢苗诺芙娜（Гинзбург Евгений Семёновна，1906～1977），苏联犹太女作家。20世纪20年代当中学教师。1937年被捕。1947年获释。1956年恢复名誉。代表作《险峻的历程》（Крутой маршрут，1967）描写劳改营生活，是著名的地下出版物。晚年还著有《涅瓦河畔》和《赛纳河畔》。参见刁绍华编：《二十世纪俄罗斯文学词典》，哈尔滨，北方文艺出版社，2000，第299页。

策的结束，加强了对于文艺的领导。到 20 世纪 20 年代末，不但奥波亚兹自己，就连旁观者们也对俄国形式主义的命运心知肚明了。

在 1924 年那场著名的论战过后的第二年，形式主义者们进行了又一次悲壮的努力。他们犹如希腊神话中的英雄西绪福斯：知其不可而为之。

在艾亨鲍姆的日记里，对此事件有过记述（1928 年 3 月 5 日）：

> 什克洛夫斯基来了。"三巨头"对大学生分别做了演讲。等于一次集体亮相。然后就是彻夜狂欢（米基耶夫宫白色大厅）。

双方平等交流、充分发表各自意见的机会不会再有了。以后的所谓论争就几近于法庭审判——分原告和被告了。

大厅里学生摩肩擦踵。

"各执己见"是此次争论的结果，但作为一场运动的形式主义已然呈现解体之势。

受到内外压力挤迫的奥波亚兹，终于到了势必改弦易辙的地步。据当代文学史家研究称，1922～1928 年的艾亨鲍姆，走了个"大转弯"，致使其理论学说出现了前后不一致和不彻底性。此前的艾亨鲍姆否认外文学语境对于文学文本研究的重要性。而在写于 1928 年的《托尔斯泰在 60 年代》中，他对托尔斯泰的阐释已经开始大量引入各类文学外语境材料（包含数十页的传记、大量托尔斯泰和法、德思想家关于时代的评论等）。对此，文学史家金斯堡也持同样见解。事实上是，此时的形式主义的确作出了巨大让步，以致和早期学说形成明显的矛盾和不一致。这也是奥波亚兹理论适应和调整的结果。此时的奥波亚兹成员大都成家，有了孩子。此时的苏联变了，而形式主义者们亦不例外。另外，除别的原因外，他们每个人的研究兴趣也相应地发生了变化：艾亨鲍姆开始致力于对列夫·托尔斯泰的系统研究，他的《托尔斯泰在 50 年代》（1928）是"过去百年中托尔斯泰研究中的最高点"，什克洛夫斯基在《材料与风格》（1928）后转向电影。作为编剧和合作者之一，仅 1928 年一年他就出了不少于 8 部电影。

此后，相互尊重和共同的过去，始终都是奥波亚兹"三巨头"持续终生的友谊的基础。他们从不忏悔，勇往直前。但在前进的道路上，他们也开始吸取来自外界的批评的声音。这在某种意义上也可以说是一种"转向"——与世纪初那次"转向"有着截然不同的内涵：那一次转向是美学从"自上而下"到"自下而上"的转向，是从美学到语言学即从形而上学到实

学的一次重大"转向"，而这次"转向"却是从封闭的文艺学多元本体论转
向开放的文艺学多元本体论。出版于 1931 年的《托尔斯泰在 60 年代》在
艾亨鲍姆个人学术研究史上，正是这一转向的标志。这部著作在内容上
的一个值得关注的要点，就在于部分地开始吸收社会学观点，指出托尔
斯泰曾受到无政府主义者普鲁东的影响。这部著作被维克多·厄利希当
作"内在论社会学的一次尝试"。

　　艾亨鲍姆的此次尝试，引起了奥波亚兹其他成员的不满。雅各布逊
和特尼亚诺夫在二人合作所著的《布拉格命题》(按：即后来公开发表的
《论语言与文学研究问题》)中，认为艾亨鲍姆对非文学要素的引进是"偶
然的和不成功的"，太狭隘；而什克洛夫斯基也对艾亨鲍姆很失望。

　　对凡此种种批评意见的反应，在艾亨鲍姆的日记中都有所记述(1928
年 7 月 15 日)。什克洛夫斯基在私下交谈中，小心而又婉转地征询和规
劝艾亨鲍姆，说这次让步是不是太大了。而艾亨鲍姆却不这么认为。那
么，为什么什克洛夫斯基认为让步大，而艾亨鲍姆却不这么认为呢？结
论可以从对创作过程的追溯中求得。根据艾亨鲍姆的记述，他早在 1925
年 12 月 2 日聆听完奥托·克莱施别列尔指挥的贝多芬的交响音乐会以
后，便突然意识到自己在正在写作的著作中，忽略了一个"环节"，必须
对手稿进行较大幅度修改，以便使转折不至于显得太突然。而此时的艾
亨鲍姆，据他自己的记述，已经意识到形式主义作为运动已经完结。"怎
么办"成为横在他面前的"俄国式的经典问题"。同月的 15 日，在阅读特
尼亚诺夫的历史小说《屈赫利亚》的开头时，他感到自己似乎触摸到了答
案。他想，自己是否也写一种近乎于历史小说的东西？这一念头很快滋
生发展，并和他有关"代"的意识结合。在写于 1926 年 4 月 5 日的日记
中，艾亨鲍姆打算写一部仿佛是新的俄国知识分子史，即从理念出发。
从卡拉姆津开始，经过一代代人，一群群人，贯穿整个 19 世纪。以托尔
斯泰、勃洛克作结。但整个轮廓尚不清晰，不可遽然动笔。1927 年 1 月
21 日，在和利夫希茨谈话后，他写道："应该彻底改变自己的生活方式，
采取某种行动。大学教学生涯已无可能。"1927 年 2 月 16 日，在给什克洛
夫斯基的信中，他写道："过去的已经过去了。伤疤已然结了痂。"教学生
涯结束后，除了编辑工作，他已别无选择。由于工作的变动，他极不情
愿地放弃了写几代知识分子史的构思，而集中精力描写托尔斯泰的个性
成长史。在 1928 年 3 月 1 日的日记中，他写道："题目不可太大。只能
集中写一个人身上引出的一条线索。"此后，《列夫·托尔斯泰传》的写作
工作进展极其顺利。1928 年春是他一生中最幸福的时刻。且看他在日记

中的记述（1928 年 3 月 6 日）："一整天都生气勃勃，轻松愉快——能总是这样就好了。写作进行得异常顺利。开始感到这本书能写好……"3 月 7 日："仍然感到很轻快，为生命而欢快，这样的感觉很久没有过了。深深陶醉于这本书的写作中——但愿这样的感觉能一直持续下去。"3 月 20 日："感到自己已经步入一个新领域——精神焕发、甚至智慧超群。"3 月 30 日："写得兴致勃勃——从未有过的痛快……结果依我看会很重要——以前写任何一部书时都不曾这样过。最重要的是彻底的自由和开放。感到自己简直幸福至极……"7 月 20 日："高兴地宣告：全书告竣。杀青了！"

艾亨鲍姆在其日记中，丝毫不曾提及外界对他们那一派人的批评意见。此时，法兰克福学派刚刚开始承认弗洛伊德主义的重要性，而这是比艾亨鲍姆的让步更大得多的让步。此时，艾略特出版了他的后来成为 20 世纪代表作的《荒原》；而也是在此时，毕加索回归蓝色和玫瑰色时期。凡此种种，都是 20 世纪文化新潮的同一类现象。而此时在苏联文坛的艾亨鲍姆，则记述了他与巴赫金小组成员蓬皮扬斯基的结识（1928 年 5 月 23 日日记）："结识蓬皮扬斯基……对我们的理解不是那么好，但称我们是一个教派，认为我们与马克思主义比较接近（сближает с Марксизмом）。"

但奥波亚兹们注定难以永久超然世外。1929 年，阿维尔巴赫在拉普的支持下，在《在文学岗位上》发表了一系列毁灭性的针对艾亨鲍姆的批判文章。此后，到 1934 年苏联第一次作家代表大会召开，文坛又发生了许多重大事件：1934 年 12 月 1 日，基洛夫被刺，阿赫玛托娃的儿子被捕，曼德尔施塔姆第二次被捕及在集中营失踪。1937～1938 年的大清洗、大肃反，以及面向全世界的大审判，阿维尔巴赫和古别尔被枪杀……而所有这一切都不曾有丝毫反映在艾亨鲍姆的笔下。他始终智慧超群、为人高尚、坚定不移、立场坚定，保持着奥林匹亚神祇式的闲雅从容。艾亨鲍姆在 1932 年 2 月 8 日致什克洛夫斯基的信中说："不怨天尤人，一心钻研文学史。"1934 年，拉普被解散，成立了作协。新举措带来了新气象，大批作家学者分到了住房。此时的艾亨鲍姆也于 4 月 6 日住进了新居。他既对现状十分满意，也对未来非常乐观。在 11 月 14 日的日记中，艾亨鲍姆称自己想"写一本表现文学大师手法技巧的书，好让青年作家得以有所效仿"。同时他希望批评界能够"少一些马克思主义，多一些形式主义分析！"1935 年 5 月 7 日，艾亨鲍姆荣获新职称：苏联科学院高级研究员（старший научный специалист АН СССР）。他早在 1919

年就曾翻译过席勒，而此时，他于 1936 年出版席勒诗剧 *Die Piccolomini* 的译本，写作了儿童电影剧本《高加索的俘虏》。1936 年，出版了《莱蒙托夫传》。

此期，形式主义的阴影还是时不时地被人提起。1936 年 7 月，列宁格勒大学语文系开始批判形式主义。在学生中享有威望的教授大多受到激烈批判。这次批判的火力之猛，据说颇像中国的"文化大革命"。而且，最要命的是，这种大批判不容个人反驳，个人只能认错，认同集体价值，哪怕那是错的。艾亨鲍姆曾在 1924 年 9 月 29 日日记中，称这样的不容被批判者反驳的批判，令人想起残酷的、宗教审判庭存在的中世纪的一元化体制。为了生存，他决心打掉自己的傲气，采取顺应时势的恭顺态度。但在大清洗盛嚣尘上之际，就连苏联元帅图哈切夫斯基、老布尔什维克布哈林也都先是被剥夺荣誉，后被肉体消灭，何况如艾亨鲍姆这样手无缚鸡之力的一介书生呢！艾亨鲍姆在 1937 年 10 月 27 日日记中写道："我对这一切厌烦已极！"此时，艾亨鲍姆开始对欧洲上空渐渐浓厚的战云加强了关注，预感到行将到来的大战势必会影响一代人的未来前途。苏德战争开始那天，艾亨鲍姆聆听了音乐厅演出的贝多芬《英雄交响乐第一乐章》(1941 年 6 月 22 日)。1941 年 6 月 27 日是莱蒙托夫逝世 100 周年纪念日，艾亨鲍姆写文章表示纪念。

然而，残酷的战争之火燃烧到了这位学者的眼前：列宁格勒之大，已经放不下一张书桌了。长达 900 天的围困开始了。此刻，身处围城，艾亨鲍姆的思考和写作反而屡屡达到高潮；他每每感到"内心的解放"，尽管身体虚弱，但却精神亢奋，甚至可以说是迷狂。身边有同事不断饿死，而他却沉浸在紧张激烈的写作中。1941 年 12 月 11 日，艾亨鲍姆受邀发表充满爱国热情的广播演讲。被围的孤城里生活在初期还能正常进行，如上演《战争与和平》。3 月，艾亨鲍姆被从拉多加湖上的"生命线"疏散。

就是在这次疏散过程中，发生了艾亨鲍姆一生中最大的悲剧：他的内装有写作列夫·托尔斯泰评传第 4 卷资料的手提箱被窃。路上，艾亨鲍姆不屑于把箱子拴根绳子系在脖子上，结果，就在他在途中休息时东张西望之际，一转身一回头，箱子不见了。比这更不幸的是，他的应征入伍的独生子(生于 1922 年 6 月 28 日)失踪了。对于一个行将进入晚年的孤苦伶仃的学者来说，这两件事究竟哪个更悲惨，谁能说得出轻重？

艾亨鲍姆不甘于待在疏散地白吃饭。他要进行自己的"文学与战争"。经过他一再请求，上面答应他前往莫斯科。在那里，他见到了临终时的特尼亚诺夫。这位年轻的奥波亚兹同道者，此时正躺在克里姆林宫医院里等死。他得的病十分蹊跷，暂时还没有什么有效的医学手段加以治疗，只能等死。1944年1月2日，特尼亚诺夫逝世。2月24日，艾亨鲍姆抵达萨拉托夫，旋即获得红旗劳动勋章。1944年年末，疏散到外地的大学开始返回列宁格勒。艾亨鲍姆为死于1943年斯大林格勒的儿子举行了葬礼。

战后，和许多知识分子一样，满以为自己这次终于可以被归入人民的行列了，却不料厄运当头。阿赫玛托娃没有迎来自己的二次成名日，却遭逢到她一生最黑暗的"八月"：在该月公布的苏联共产党中央委员会决议和日丹诺夫的报告中，阿赫玛托娃和左琴科被点名批判。两人不但被开除出作协，而且被再次打入另册，成为黑线人物。与此同时，批判形式主义的新的浪潮也开始如火如荼地展开了。1946年8月《真理报》发表尼·马斯林的文章《论文学杂志"星"》。紧接着又有人发表专门批艾亨鲍姆的文章《谈一谈我们的职业》。文中称形式主义者的活动有害于文学。

在这次批判浪潮中，对艾亨鲍姆触动最大的，还是和阿赫玛托娃有关的问题。当年，艾亨鲍姆曾是"谢拉皮翁兄弟"的顾问，他与阿赫玛托娃的交往也长达30年。第1部评论这位被誉为"俄罗斯诗坛的月亮"的女诗人的专著，出自艾亨鲍姆之手。在此之际，不但女诗人难免被再次玷污，就连她所隶属的"阿克梅派"，也被迫跟着倒霉。报上已经有人称阿克梅派是一个"极端个人主义流派"了。还有人把账进一步算在长达百年的莫斯科、彼得堡之争上来。艾亨鲍姆在1946年8月17日的日记里，详细无遗地记录了传达日丹诺夫报告的一次会议的情形。在随后列宁格勒召开的批判会上，人们开始公开点艾亨鲍姆的名了。老学者也不得不就此问题表态了。他检讨自己在写作关于女诗人的专著时没有意识到阿赫玛托娃的诗是政治诗。他承认错误属于自己一个人，与阿赫玛托娃无关。

艾亨鲍姆即使是在最艰难的时刻，也不愿向压力屈服和低头。而什克洛夫斯基和托马舍夫斯基则被迫公开认错。前者早在1930年的《一个科学错误的纪念碑》中，就对自己及同人们的错误作了检讨。这次，他又和托马舍夫斯基一起，谴责1937～1938年大清洗的牺牲品。这样一来，艾亨鲍姆的日子是越来越难过了。那个秋天是一个令人难忘的黏滞的秋天。艾亨鲍姆在1946年10月4日的日记中，记述了一次教研室会议上自己受到批判的情形，也附带几笔勾勒了一个真人形象：

　　昨天是沉重的一天——从未有过这样的经历了。一大早就开始工作，但干得很吃力——老走思。写得很少。随后便是教研室会议，有来自"列宁格勒真理报"的记者出席。叶甫盖尼耶夫-马克西莫夫——一个卑鄙无耻的老头儿，总是无所不用其极地为自己捞好处。他嘴里吐着肮脏的话语和可恶的暗示扑在我身上，显然是想利用我在"舆论"面前为自己赢得彩声。他把自己打扮成我在思想上的敌人，口里念着戏剧舞台上的台词——鬼才知道说的是什么！人们的道德已经堕落到了可怕的地步了……

　　但教研室批判这只是有组织的活动中的一个部分，紧接着，便有一个叫鲍·留里科夫的人，在10月2日的《文化与生活》上发表文章《论艾亨鲍姆教授的有害观念》："艾亨鲍姆的观点建基在把艺术与生活割裂开来的形式主义基础之上……"文章暗示一个名字带有许多欧洲味儿的人，怎么可以指望他不鄙视一切来自俄国的东西呢？对于此种隐蔽和暗中进行的反犹行径艾亨鲍姆嗤之以鼻，但此人的署名——留里科夫（Рюриков）——却不能不令艾亨鲍姆想到官方选择一个有着这个姓氏的人来写作这篇狗屁文章，一定是别有用意。于是，艾亨鲍姆写了下列打油诗：

> Решил принять я гордый вид—
> Кто не богат, но родовит!
> Что мне отныне формалисты,
> Когда я—Рюрикович чистый!

> （我决定装出一副高傲的面孔——
> 因为我虽然没有钱，但出身于高贵的血统！
> 如今那些形式主义者们有什么了不起，
> 既然我是纯种的皇亲国戚！）

　　艾亨鲍姆遭此际遇，不得已辞去教研室主任一职。辞职仅一个月，他的妻子拉娅就去世了。妻子去世给他精神以很大打击，致使他身体也开始出现状况。7月30日的日记称：胸闷，心绞痛。1949年2月2日再次发作。"结果这一次，维克托丽娅·洛特曼——伟大学者尤里·洛特曼的妹妹——前来陪护。她得知作协医生来不了或是不愿来帮艾亨鲍姆的忙。尤里·洛特曼证实，妹妹一连几周守护在病人的床边。"晚年的艾亨鲍姆，多少有些像杜甫："亲朋无一字，老病有孤舟。"

1948～1949 年，新成立的以色列拒绝与苏联合作，苏联国内掀起了新一轮反犹运动。而借着运动的声势，舆论又对当年的奥波亚兹开始了新一轮的揭露和批判。一个署名多库索夫的人发表文章《反对诽谤伟大的俄国作家》，抨击艾亨鲍姆和他的"老对手"托马舍夫斯基。鲍·帕普科夫斯基的文章《评艾亨鲍姆教授的形式主义和折衷主义》，不光被登载在地方小报上，而且还出现在大部头的文学期刊《星》上。艾亨鲍姆此时就是这份杂志的编委之一。这两篇文章的作者对艾亨鲍姆都非常熟悉，文中大量引用其《我的编年纪事与期刊》中的话语，加以断章取义，以之罗织罪名。作者还试图追究艾亨鲍姆的多元本体论立场，援引艾亨鲍姆的原话大加引申发挥："不，一元论已经让我们厌腻至极！我们是多元论者。生活是丰富多样的——绝不可以归结为单一因素。让盲人们去研究一元论好了。生活并非按照马克思的教导建构的——而这只会更好。"作者在"一元论"后加注："指唯物主义。"文中还指责艾亨鲍姆对托洛茨基在形式主义发展演变过程中所起的作用予以正面肯定，但却极少在论述托尔斯泰的著作中引用列宁的有关论述。

原来，这一次艾亨鲍姆这是被人暗中列入了"黑名单"（其中有艾亨鲍姆、马尔克·阿扎托夫斯基、古科夫斯基和日尔蒙斯基），这 4 位语文学权威和犹太裔学者教授，都被作为"世界主义者"列入应予批判者的名单。官方说他们 4 人都属于维谢洛夫斯基[①]学派。此时只有什克洛夫斯基敢于顶风叫板：公开为维谢洛夫斯基说好话。1949 年 4 月 5 日在语文系召开的学术委员会上，对"四教授"进行了批判。艾亨鲍姆由于前不久刚刚犯过心脏病尚未痊愈，未能出席，但会议仍然对他进行了缺席审判：艾亨鲍姆在其论述俄罗斯民族文化之骄傲的列夫·托尔斯泰的著作中，居然敢说托尔斯泰最不具有民族性，否认莱蒙托夫诗歌的民族特征。1945年，他还号召作家不要追逐具有迫切现实意义的题材，并且居然敢说法捷耶夫的天才之作《青年近卫军》是"模仿之作"，等等。对于艾亨鲍姆的最后打击，是以苏联作协主席身份出现而实际上是党和政府在文化界的代言人的亚历山大·法捷耶夫的文章，和一个叫作阿·杰缅季耶夫 1949

---

① 维谢洛夫斯基（Александр Николаевич Веселовский，1838～1906），俄国文学史家，彼得堡科学院院士（1880），文学历史比较研究的代表，历史诗学创始人。其《历史诗学》虽未最后完成，但对俄国形式主义产生了巨大而又深远的影响。Victor Erlich: *Russian Formalism*: *History Doctrine*，Fourth edition，The Hague，Paris，New York：Mouton Publisher，1980，Section 3，Chapter 1.

年 9 月 24 日发表在《文学报》上的文章。

　　对于在反世界主义运动期间的社会氛围，洛特曼有一段记述颇值得我们回顾："我整日徘徊在公共图书馆基本书库的书架间。而与此同时事件的发展变得越来越急遽越来越凶险。与世界主义斗争的运动开展起来了。在我不经意间这场斗争居然走到了我的身边。一开始是抨击艾亨鲍姆。可这场运动的严肃性不知为何却未能被我意识到。更何况在此之前刚刚举办过校庆，艾亨鲍姆在校庆日还获得过奖章。"①

　　反"世界主义者运动"标志着苏联最终无法接纳异端，也是俄罗斯长达 200 年虐犹历史的一个里程碑。它同时也标志着长达 200 年的犹太人归化运动的最终破产，因为列宁格勒市的绝大多数居民是归化了的犹太人。而奥波亚兹"三巨头"——什克洛夫斯基、艾亨鲍姆、特尼亚诺夫——就曾经为俄罗斯文化的发展殚精竭虑，因为他们曾经把这当作自己的人生使命。许多杰出的犹太人文学史家和文艺学家都持同样的观点，但只有其中很少一部分人生活在俄罗斯的欧洲部分——尤里·洛特曼在爱沙尼亚；叶菲姆·爱德金德、约瑟夫·布罗茨基出于不同原因，离开了俄国。而在第二次世界大战以后出生的俄罗斯犹太人，则更多选择数学家和程序员这样的职业，因为那样的职业会比文学更安全一些。

　　关于此时的艾亨鲍姆，洛特曼曾经这样写道："在 40 年代末 50 年代初时期，命运让他遭受了一系列沉重打击：他的儿子——一位天才的作曲家，本来有望成为肖斯塔科维奇第二的年轻人，在战争最后的日子里死于前线；他的妻子——关于她他曾在日记中写到说她是他一生中唯一亲近过的女人（在精神上他与女儿都很少沟通）——去世了。在此之后，便是报纸杂志对他进行的长期的、侮辱性的、极其不客观的攻击和抨击。"②

　　艾亨鲍姆被逐出大学和普希金之家以后，失去了生活来源。于是，他和女儿与孙女奥丽迦和丽达一家三代人生活在一起，靠出卖他的钢琴以及他微薄的退休费和奥丽迦微薄的工资为生。什克洛夫斯基曾经记述了此时的艾亨鲍姆："常常去听音乐会，在家里对着唱片指挥乐队演奏。……他以音乐为生，想写一部器乐史和器乐演变史。"把形式主义关于文学的理念应用在音乐中，可是却未能写成。

　　此时的他已经失去了发表作品的可能。被迫无所事事的他，开始常

----

① Ю. М. Лотман：*Воспитание души*，Санкт-Петербург：Искусство-СПБ，2003，С. 37.

② Ю. М. Лотман：*Воспитание души*，Санкт-Петербург：Искусство-СПБ，2003，С. 66.

常反思什么是老年这样的玄学问题。1952 年 7 月 15 日《文学报》发表了由德·勃拉果依、格·马科戈年科、鲍·梅拉赫（全是艾亨鲍姆的熟人）共同署名的文章《经典作家的经典版本》。艾亨鲍姆在此日日记中心情郁闷地写道："事实上这篇文章的绝大部分出自我的手笔——是从我为国家文学出版社写的审稿意见里直接抄来的。"此时的他任何人都可以剽窃，因为他现在是个"无名氏"。

事后有人提出这样一个问题：为什么在虐犹主义运动中，其他那些代表犹太民族文学的作家艺术家们，大都不是被逮捕就是被流放和枪毙，而什克洛夫斯基等"三巨头"，以及日尔蒙斯基、托马舍夫斯基等"形式主义者"，却只遭受到行政措施的惩罚，即只是开除公职或开除党籍呢？对于这个问题，丽吉娅·金斯堡给了很好的回答——她是奥波亚兹终生不渝的学生。20 世纪 50 年代初，她曾经特别想出版关于赫尔岑的一部书稿，此时，一个"非常悦耳的女人声音"电话邀请她到某旅店面谈。在那里，3 个男人逼迫她在一份证明艾亨鲍姆是人民公敌的文件上签字。此后那 3 个男人一连 3 天都逼迫她签字，但她坚决不签。原来，只要她一签字，就可以启动艾亨鲍姆及其追随者案件，他们的罪名是危害文艺学，而艾亨鲍姆是首犯。此事刚过了两个月，斯大林去世了，因而也就不了了之了。而丽姬娅·金斯堡之所以能勇敢地站出来，这和她的经历有关：她曾经当过奥波亚兹"三巨头"的学生，一直把他们当作自己人生的引路人。早在 1928 年，她就在日记中这样写道："如果没有艾亨鲍姆和特尼亚诺夫，我的生活该会是另外一个样，也就是说我会是另外一个我，会具有另外一种思维方式和思维可能性，另外一种感觉方式、工作方式和待人接物的方式。"

晚年艾亨鲍姆的境况，在其及门弟子尤·米·洛特曼笔下，得到了清晰的记录。在承受猛烈批判的岁月里，艾亨鲍姆的心境不可能是轻松的。洛特曼这样写道："然而，形势的急骤变化，以及首先是由艾亨鲍姆从 1948 年开始承受的越来越凶猛越来越凶险的毫不间断的抨击和批判，把小组的气氛完全给破坏了，随后干脆把整个小组也给毁掉了。在艾亨鲍姆书房里友好的会面变得越来越罕见了。后来，艾亨鲍姆成了完全赤裸裸的迫害的受害人，到他家拜访已经不无危险了，于是便彻底停止下来了。"[1]而这段记述实际上也证明了一个事实，即使晚年处境艰难，但

---

① Ю. М. Лотман: *История и типология русской культуры*，Санкт-Петербург：Искусство-СПБ，2002，С. 186.

艾亨鲍姆仍然还是尽其所能地对文艺学界的下一代发挥超长的影响力，而且在洛特曼文艺学思想的形成中，这位老学者也有着不可磨灭的功勋。

洛特曼在晚年回忆起他所知道的艾亨鲍姆。他说曾经有一位很有名气的叫布尔索夫的批评家，在一次批判大会上从讲台上对艾亨鲍姆说："鲍里斯·米哈伊洛维奇，你是得承认您其实并不喜欢俄罗斯人民！"这样的话在那个日子里其分量相当于毋庸置疑的判决书。承认这一点犹如当面承认自己有罪。落井下石是卑鄙者的身份证，但人们为什么要这么做呢？难道告密的人还少吗？的确，艾亨鲍姆属于那种能够激起人们的嫉妒心的人。布尔索夫和其他人并非什么恶人，他们只是在以自己的方式顺应时势以求自保罢了。

1953 年 3 月 13 日，艾亨鲍姆在日记中写道："斯大林时代结束了：他于 3 月 5 日去世，没有恢复意识。一个未知的新时代开始了。"艾亨鲍姆的命运得到了改观：9 月 10 日，艾亨鲍姆的编辑职位被恢复。1955 年 4 月 26 日艾亨鲍姆在给什克洛夫斯基的信中关于这次胜利这样写道：

"没有，绝无丝毫郁闷！我昨天出席了一个学术会议——你猜你我这是在哪儿？在普希金之家！！！郑重邀请我出席，而且，无论我多么推让，还是硬把我让到了主席台就座。听了几个非常有意思的报告——其中包括伊格尔·彼得洛维奇·叶连明关于古代文学艺术形式研究的非常睿智的报告。他是学院派里名副其实的最好的学者，但如果没有你的著作也就不可能有诸如此类的报告。文学史如今栖身在那些研究古典的学者那里去了——他们以之为营养是会成长起来的。"艾亨鲍姆在此所流露出来的由于重返普希金之家而带来的欣喜之情跃然纸上！对于为文艺学的主体地位奋斗了一生的一位虔诚的学者来说，还有什么能比晚年看到自己播撒的种子已经开始结出丰硕的果实更高兴的事呢？

关于艾亨鲍姆的结局，恐怕只有罗曼·雅各布逊的记述最为经典，不妨让我们援引这位流寓美国的俄国学者的原话，来结束这一小节的叙述：

　　1959 年 11 月 24 日在列宁格勒的作家之家上演阿纳托利·马里延戈夫的新剧本，并邀请鲍·米·艾亨鲍姆在开幕式上致辞。他当时感到身体不适，可是，有些迷信的剧作家深怕他拒绝因而迫使艾亨鲍姆最终还是决定发言。他的发言短小精悍意思鲜明，结尾时说："对于报告人来说最重要的是要适时打住，所以我也就适时住口好了。"说完，老学者走下台，在第一排小孙女身边自己的座位上就座，等到哗啦啦的掌声静止后，人们才发觉，依靠在小孙女肩头的他，已经去世了。

作为奥波亚兹的代表人物之一，艾亨鲍姆一生追求建立科学诗学的学术理念，忠实于他的多元本体论，并不遗余力地为此呼吁呐喊，甚至在临终前仍然对文艺学现状持毫不妥协的批判态度。

第三章 奥波亚兹、马克思
主义社会学与巴赫金学派

第一节 对话：奥波亚兹与文艺社会学

俄国形式主义和巴赫金在整个 20 世纪都走过了一段不平凡的道路。在从"狂飙突进"到被迫沉默的整个过程中，在文艺理论史上第一个以作品本体论为价值中心的文艺学流派，和当时的马克思主义批评家——托洛茨基、布哈林、卢纳察尔斯基等人——之间所展开的一场对话，无疑会给今天的我们以无比丰富的启迪，从中得出的经验和教训，对于真正的马克思主义文艺学应当具有什么样的品格，马克思主义文艺学与俄国形式主义这样一种本体论文艺学与在 21 世纪下半叶风行国际的巴赫金学派之间，是否有"调和"或"互补"之可能，以及怎样进行"调和"和"互补"等等，都会给我们有益的教益。

维克多·厄利希在其名著中指出，面对形式主义学派在 1921～1925 年间在学院内部和学术界所获得的巨大成功（即所谓"光荣的凯旋"或"狂飙突进"），当时苏联的马克思主义批评家们似乎"也很难站稳其固有的立场"。这也就意味着，对于"被苏联官方批评界宣布为研究文学的唯一合法方法和革命时代唯一值得具有的学说的'历史唯物主义'的至高无上的地位"，形式主义"构成了严峻的挑战"。这样一来，于是在从 20 世纪 20 年代开始的整个苏联时期，以马克思主义者们与自称为马克思主义者们为一方，以俄国形式主义为另一方，二者日益强硬的交锋和对立，于是就势不可免地发生了。二者之间的对立，不单单是一个相互斗争以争夺苏联文艺学领导权的问题，而更多地表现在奥波亚兹与当时马克思主义者们之间在批评信念和文学观方面的对立倾向的冲突。① 某种意义上我们可以说，在俄国形式主义和当时的马克思主义社会学之间，并未发生真正意义上的科学争论，因为"在 20 年代文学中在马克思主义和形式主

---

① Victor Erlich: *Russian Formalism*: *History Doctrine*, Fourth edition, The Hague, Paris, New York: Mouton Publisher, 1980, p. 54.

义理论之间是根本不可能发生真正意义上的争论的"。而且，值得注意的是，在这次由于缺乏最起码的共同点而只是一味突出其在意识形态领域里的差异和矛盾的争论中，甚至就连那些以马克思主义自居的一方，也根本不引用马克思、恩格斯或列宁关于文学艺术的言论为依据。①

在此，我们认为有必要提醒的是：首先，在苏联 20 世纪 20 年代文坛活动的马克思主义文艺批评家，并非都能理由充足地被认为是真正的马克思主义的代表。这里有两个原因：其一是马克思主义关于文学和艺术的观点，是否能构成一个体系，这在马克思主义文艺理论的各个阐释者之间，一直是有争议的。弗里契是主张有体系的学者之一。他力求通过西欧文学史研究确立经济基础与上层建筑、生产力与生产关系之间的对应关系。时至今日，有关这一问题的争议似乎已渐渐平息，一般都认为马克思主义文艺理论是有其体系的，但它停留在文学的外部，更多地是从文学与生活的关系入手，并把社会生活当作文学的源泉，把文学当作是对生活的反映，这一点获得了东西方各国的普遍认同。马克思主义社会学与俄国形式主义之间争论的焦点，就在于文艺与社会生活的关系问题，以及此二者中何者为第一位的问题。

艺术无疑是对社会生活方式的一种反映。但这却不是一般的反映，而是一种艺术把握生活的特殊方式。研究艺术思维方式的特殊性问题，仍是马克思主义文艺学（如果有的话）亟待解决的问题。马克思主义文艺学是一个发展开放的体系，它理应对人类历史上一切文化成果敞开自己的胸怀，吸取其精华，清除其糟粕，以发展和丰富自己，这同样也是当今文艺学界所取得的共识。

那么，从这种观点出发回顾苏联 20 世纪 20 年代文坛那些对俄国形式主义进行口诛笔伐的马克思主义文艺批评，就不能不使我们产生这样一个疑问：即他们都是马克思主义的吗？他们是否有资格代表马克思主义的精髓？②

国内战争和新经济政策时期，苏联文学界流派众多，团体林立，仅

---

① Оге А. Ханзен-Леве：*Русский формализм*：*Метадологическая реконструкция развития на основе принципа остранения*，Москва：Языки русской культуры，2001，C. 448.

② 当时，除了在特定场合公开组办的讨论会、辩论会外，按照艾亨鲍姆提供的信息，报纸杂志上也开展了关于俄国形式主义问题的大讨论。他罗列的杂志有：《红色处女地》、《出版和革命》、《书籍和革命》、《文学论丛》、《艺术生活》、《思想》、《起点》、《文学思想》、《艺术》等。参见扎娜·明茨、伊·切尔诺夫主编：《俄国形式主义文论选》，王薇生编译，郑州，郑州大学出版社，2005，第 255 页。

举其中荦荦大者，就有未来派①和意象主义②、构成主义中心、"锻冶场"、"熔铁炉"、无产阶级文化派、岗位派等。至于小到一两个人的"无所谓派"就不值一提了。此类团体对于无产阶级文学的乌托邦偏执多是自发产生的。在一段时期里对于经典马克思主义和列宁主义，人们还有一定的阐释之自由。如俄国形式主义和未来派这种流派，还享有一定的生存空间。一个不容否认的事实是：在当时文艺学界占据支配地位的对马克思主义文艺理论的权威解释，是普列汉诺夫的艺术社会学。它以革命的功利主义为特征，将文学视为阶级斗争的武器和组织阶级心理的手段。这种理论的主要错误在于用经济基础简单比附意识形态，片面强调前者对后者的制约性，否认艺术有其相对自主性。他们大抵认为生产关系和生产方式的变革，会自发地产生新的亦即无产阶级艺术，把艺术对现实的反映当作一种消极的记录，试图把文学现象当作阶级心理和一般政治经济学范畴来认识，把它同其他意识形态，诸如宗教、政治包括宣传等同起来，把艺术降格为一种简单的宣传手段，否认新艺术与艺术传统之间有机的继承性联系。

在这样的一般理论背景之上，20 世纪 20 年代开始了马克思主义与形式主义的一场对话。它可以分为前后两个时期。前期可称之为"众声喧哗"，即众多文学流派和文艺团体，竞相通过各种各样的艺术纲领和文学宣言，争相标榜自己是无产阶级文化的真正创造者和体现者，是马列主义的美学定论。在这场争论中，正处于上升期的俄国形式主义基本站在一种超然于各类纷争之上的立场之上，而与无鲜明党派色彩的"谢拉皮翁兄弟"有着密切的关系。什克洛夫斯基、艾亨鲍姆、扎米亚京等人曾在这个以研究文学翻译和文学创作为主旨的讲习班上受聘讲学。在此期间，什克洛夫斯基还应邀参加了《艺术生活报》工作。以此报为讲坛，什克洛夫斯基从理论和实践两方面，同庸俗社会学倾向进行了应有的斗争。

在苏联，虽然"庸俗社会学"这个术语在 20 世纪 30 年代才开始使用，但这种思想观点实际上早已存在，而且可以说活跃于 20 世纪 20 年代文坛的许多流派和团体，大都程度不同地具有庸俗社会学倾向。而在 20 世纪 20 年代席卷文坛的那场著名的论战中，作为俄国形式主义之最严厉对

---

① 俄国未来派分为自我未来派和立体未来派。前者以谢维里亚宁为代表，后者则以赫列勃尼科夫、马雅可夫斯基、卡缅斯基、克鲁乔内赫、利夫希茨等为代表。

② 十月革命最初几年在俄国出现的文学流派。名称借用于英国的意象主义（imagism）。参加这个团体的诗人有格鲁奇诺夫、叶赛宁、伊弗涅夫、库西科夫、马里延戈夫、罗依兹曼、舍尔舍涅维奇等人。出版过文集《词的熔炼场》、《卖幸福的货郎》（均为 1920 年出版）。

手的所谓的马克思主义社会学代表人物，其实大都是庸俗社会学代表人物。[①] 所谓"'庸俗社会学'是一种把马克思主义理论教条化地庸俗化的观点体系，主要出现在文学研究和史学领域。庸俗社会学者简单化地解释马克思主义关于意识形态的阶级制约性，认为意识形态现象直接取决于物质现象和社会阶级的经济基础。在文学研究中，他们把文学史的过程简单化、庸俗化，认为文学创作直接依从于经济关系和作家的阶级出身，甚至拿经济因素去解释句子、韵律等结构的特点。他们不是把文艺看作客观世界的主观反映，而是看作对现实的消极记录，不考虑时代的政治、思想和心理等多方面的复杂因素，想直线式地从艺术形象中获得抽象的阶级心理和一般政治经济范畴的特点，抹杀文艺的特性，把文艺的目的、内容同社会科学的目的、内容机械地等同起来，把文学变成对社会学的'形象图解'"[②]。而当时许多文学创作团体都程度不同地染有庸俗社会学的色彩。

　　众所周知，奥波亚兹在当时文坛上无疑属于左翼，但就连他们，也对同为左翼阵营里的其他派别的极左思潮难以表示苟同。什克洛夫斯基就指出，上述诸团体都有其错误，其主要错误就在于"在社会主义革命和具有革命形式的艺术之间画了等号"[③]。新的生活方式并不能自发地产生新的艺术。新艺术不是冬小麦，一到时候，就会自行出苗。那种认为只要把生活事实和数字相加，艺术便会像数的对数那样增值的观点，是极端错误的。艺术有其特殊的规律和法则。艺术形式的发展不能脱离艺术传统，新事物是按照旧事物的法则发展的。在这个问题上，受形式主义直接影响的"谢拉皮翁兄弟"和间接影响的阿克梅派，是高度一致的。前者主张向前辈作家学习文学创作的方法，后者主张不能摒弃世界文学的优秀传统而应该向传统学习学习再学习。用阿克梅派领军人物之一的诗人曼德尔施塔姆的表述：阿克梅派美学的核心宗旨一言以蔽之，即"世界文化的怀乡病"。由此可见，在这个问题上，什克洛夫斯基并不是孤立的。

　　和文坛上的稳健派一样，什克洛夫斯基反对摒弃古典作家艺术经验

---

① Оге А. Ханзен-Леве：*Русский формализм*：*Метадологическая реконструкция развития на основе принципа остранения*，Москва：Языки русской культуры，2001，С. 448.

② 摘自百度百科。

③ Виктор Шкловский：*Ход коня. Сборник статей*，Москва，Берлин：Книгоиздательство Геликон，1923，С. 35.

的做法，惊呼："可如今的经典作家仅仅是其解释者们所引用的例证而已。"①而鄙视艺术传统，将其贬称为"旧艺术"的，大有人在。刚才引用过的那位波格丹诺夫也有类似宏论："不应当消极地接受旧艺术的宝藏，不然它们就会以统治阶级的文化的精神，从而也就是用服从他们所创造的生活制度的精神去教育工人阶级。"②而什克洛夫斯基却是站在维护传统艺术的立场上发言的，他说新艺术也必须具备艺术所固有的特征。他强调，对于艺术，应当通过集体或协会方式进行研究，应当探索和奠定科学诗学的原理和基础。在这一点上，所有奥波亚兹成员都是一致的。受当时自然科学与人文科学合流潮流的影响，奥波亚兹成员们努力致力于创建一种科学的诗学，从而一劳永逸地结束人文学科人尽可夫的状态，而赋予其以科学的品质。他对艺术中陈陈相因、毫无新意的现状深表不满；对于将艺术等同于宣传的做法也十分反感。他说艺术和宣传本质上是两码事。当时，甚至有人将音乐也强行划分为资产阶级和无产阶级两种音乐，什克洛夫斯基对此十分反感。他说音乐是一种纯形式的艺术，根本就不会有什么意识形态音乐。他号召"为了宣传，从艺术中摒弃宣传"③。值得注意的是，受到马克思主义文艺思想影响的鲁迅，对于当时无产阶级文化派夸大文艺社会作用并把文学等同于宣传的做法，也作出过严厉的批判。他指出那种把文学说成是"阶级意欲和经验的组织"，是"宣传工具"的观点，是"踏了""文学是宣传的梯子爬进唯心主义的城堡里去了"。④"但我以为一切文艺固是宣传，而一切宣传却并非全是文艺，这正如一切花皆有色（我将白也算作色），而凡颜色未必都是花一样。革命之所以于口号、标语、布告、电报、教科书……之外，要用文艺者，就因为它是文艺"⑤。鲁迅对于无产阶级文化派把艺术等同于宣传的做法所做的批判，对于我们理解这一问题很有启发意义。

在什克洛夫斯基写作这些文章的当时，国内战争正处于十分严峻的时刻。国内一切力量都被动员起来以反对外国武装势力的干涉。处于生死存亡关头的艺术，也必然会带上强烈的功利主义的色彩。革命和新生

① Виктор Шкловский: *Ход коня. Сборник статей*，Москва，Берлин：Книгоиздательство Геликон，1923，C. 46.
② 翟厚隆编选：《十月革命前后苏联文学流派》（上编），上海，上海译文出版社，1998，第356页。
③ Виктор Шкловский: *Ход коня. Сборник статей*，Москва，Берлин：Книгоиздательство Геликон，1923，C. 25.
④ 鲁迅：《鲁迅全集》第10卷，北京，人民文学出版社，1981，第280页。
⑤ 鲁迅：《鲁迅全集》第4卷，北京，人民文学出版社，1981，第84页。

的苏维埃政权，成为一切的一切所围绕旋转的中心，其余的一切，都不能不被迫处于边缘或退居背景中去。对此，什克洛夫斯基是有所认识的。但他要求我们在把文艺当作宣传的同时，还必须清醒地意识到，把文艺当宣传只是一种权宜之计，并非文艺的主要或根本功能。他以俄国人生活中必不可少的茶炊为例说明这个道理。他说茶炊本是用来煎茶的，但在特殊情况下，也无妨将它当榔头用，也就是抓住茶炊嘴来敲钉子。人类一旦处于如战争这样的应激状态，那么，事物的用途便会被迫改变。什克洛夫斯基自述他本人在战争期间，苦于驱寒无计，就曾用钢琴生火，把地毯浇以食物油或直接撕掉读过的书页来点火取暖。当时他们以为自己生活在世界的末日，干什么都有一种这是"最后一次"的感觉，所以，无论读书还是写作，都有一种"灭此朝食"的气概。但把茶炊当榔头，把地毯、钢琴、书本当劈柴，这都不是物品本来的直接的用途，应当把这当作例外。在非常时期这样做人们可以理解，但在平常时期就显得匪夷所思了。什克洛夫斯基俏皮地说："我们不能从茶炊便于敲钉子的角度来看待茶炊，也不能为了把火烧得更旺而写书。"①

什克洛夫斯基反对采用行政命令手段来干涉艺术，主张给艺术以更大自由，反对人为干涉艺术的发展进程。他对各个文艺团体为争夺文艺领导权而进行的混战，采取了超然物外的态度。实际上，什克洛夫斯基认为文艺有文艺的内部规律，要想领导文艺就必须懂得文艺的规律。针对以上所说的那种争夺文艺领导权的现象，他曾一针见血地指出："我们时代的最大不幸，是我们为艺术制订法则却不知道艺术是什么？"②什克洛夫斯基在此的言论实际上是实有所指：在当时的语境下，出现了好多违背艺术法则和规律的做法，例如举办创作学习班，鼓励工人集体创作等。迄今为止的艺术实践告诉我们：文艺创作是个体劳动。民间口头文学的产生方式是不可以违背科学法则而在创作实践中予以贯彻实行的。其实，在俄苏文学史上，反对用行政命令手段管理文学和管理学术研究，可以说古已有之。按照洛特曼的记述，伟大的罗蒙诺索夫很久以前就称这是"学院里的陈旧痼疾和不幸"，即由行政部门来管理科学院，而学者们在他们手下反倒像是无关紧要的附庸。科研需要行政管理，但科研的

---

① Виктор Шкловский: *Ход коня. Сборник статей*, Книгоиздательство Геликон: Москва/Берлин, 1922, С. 25.

② Виктор Шкловский: *Гамбургский счет: Статьи-Воспоминания-Эссе* (1914-1933), Москва: Советский писатель, 1990, С. 76.

本质是创造性的，而非行政管理性的。①

当时，为数众多的艺术团体和流派，都认为艺术是阶级斗争的手段和武器。这种观点的逻辑前提是内容首位论，以为有了革命的内容，就必然会有革命的形式。或是以为在一次伟大的社会革命之后，人们的意识自然便会随着时代的变迁进入一个崭新的时代，从而意识的内容也会自动得以更新。在这种思想的影响下，文学形式问题受到一定程度的忽略，多数作品在艺术上还显得相当幼稚。

奥波亚兹在当时，与"谢拉皮翁兄弟"的观点比较接近，实际上后者的观点很大程度上是在他们的直接影响下形成的。"谢拉皮翁兄弟"是苏联文学团体之一，它把奥波亚兹视为自己的导师。该组织成立于1921年的彼得格勒。名称取自德国浪漫主义作家霍夫曼的同名小说集。该团体的参加者大多是世界文学出版社翻译讲习班的学员，其主要成员有弗·伊万诺夫（1895～1963）、左琴科（1895～1958）、斯洛尼姆斯基（1897～1972）、隆茨（1901～1924）、卡维林（1902～1989）、尼基金（1895～1963）、季洪诺夫（1896～1979）、费定（1892～1977）等。扎米亚京（1884～1937）、什克洛夫斯基以及艾亨鲍姆、特尼亚诺夫都曾在此执教。他们被学员们视为自己的导师。1922年隆茨在《文学纪事》杂志（第3期）发表了《为什么我们是"谢拉皮翁兄弟"?》一文，公开宣扬"为艺术而艺术"，反对任何倾向性，否定一切功利主义，尤其反对政治对艺术的干涉，强调艺术形式和技巧，追求情节的复杂性、戏剧性和新颖奇特性。"谢拉皮翁兄弟"在当时被当作"同路人"派别而遭到歧视，1926年被解散。而以上所说到的这些苏联作家，后来大多成为著名的苏联作家。

下述观点，可以说既是奥波亚兹，也是"谢拉皮翁"的立场：

> 正因为如此，我们自称谢拉皮翁兄弟。
> ……
> 我们自称谢拉皮翁兄弟，因为不愿受到强制和感到气闷，不愿大家都写得一模一样，哪怕是模仿霍夫曼也不行。
> 我们每个人都有自己的面貌和自己的文学趣味。
> ……
> 我们是在革命斗争极其紧张的日子里，在政治活动极其紧张的

---

① Ю. М. Лотман: *Воспитание души*, Санкт-Петербург: Искусство-СПБ, 2003, С. 126.

日子聚集在一起的。"谁不跟我们在一起，谁就是反对我们！"人们从右边和左边向我们说。"谢拉皮翁兄弟们，你们跟谁在一起呢？跟共产党人在一起，还是反对共产党人呢？是拥护革命呢，还是反对革命？"

我们，谢拉皮翁兄弟，跟谁在一起呢？

我们跟谢拉皮翁隐士在一起。

……

……我们每一个人都有自己的思想，都有政治信念，每一个人都把我们的房子油漆成自己的颜色。

……

我们跟谢拉皮翁兄弟在一起。我们相信，文学的幻想是特殊的真实，我们不要功利主义。我们写作不是为了宣传。艺术像生活本身一样是真实的。同时它也像生活本身一样，没有目的，没有意义：它之所以存在，因为不能不存在。[1]（列夫·伦茨、伊里亚·格鲁兹杰夫）

这段话在当时的马克思主义美学家看来，可以说是"大逆不道"。在一个泛政治化甚嚣尘上的时代，这段话不但带有强烈的"非政治化"色彩，而且，甚至还有鼓吹艺术独立性之嫌。然而，如果我们从历史文化语境的观点出发看待历史上出现的唯美主义和纯艺术论，我们便会得出这样一个结论：即凡是在社会对艺术提出不切实际的要求，或是对其施加不堪忍受的压力之时，往往也是艺术独立论开始出台之时。"谢拉皮翁兄弟"的上述表述便是如此。实际上，这里所说的，不是要求艺术高于或独立于政治，而是主张不能把艺术纳入政治的狭隘模式里去，并按行政的尺度衡量艺术。这在业已摒除了时代的过分压力的今天看来，当然有其合理的一面。他们认为，评价一位作家应当从其作品出发，而不应当从他的阶级忠诚感出发；应当从其艺术表现的真实性和完整性出发，而不应从其所写题材是否"适时"或其"信息"是否正统出发。对于以研究人为主旨的文学而言，人性美乃是比阶级性更具历史时效的、永恒的主题。古往今来的文学已经证实并且还将继续证实这一点。我们之所以把"谢拉皮翁兄弟"拉进来，主要原因就在于他们的立场与奥波亚兹实在是太相近

---

[1] 张捷编选：《十月革命前后苏联文学流派》下编，上海，上海译文出版社，1998，第340～344 页。

了。如艾亨鲍姆就曾表白："作为一个天生的理论家和历史学家，我对于文学流派和对政党一样始终持不信任和小心翼翼的态度。"①由此可见，"谢拉皮翁兄弟"和奥波亚兹们，之所以会对一切政党和团体持如此谨慎小心的态度，乃是为了保持一种值得尊重的距离。

此外，这段话并未否认文学作品可以起到一定的社会作用，而只是强调不能单纯从其社会用途着眼来证实文学作品的存在。文学作品既履行社会职能，又超越于社会职能之上。文学作品既是时代的产物而具有时代性，又是超时代的产物而具有超时代性。真正优秀的文学作品无一不是既充分反映那个时代同时又兼顾所有时代和全人类的精神产物。文学存在的根本理由在于它是否表现了人性，而阶级性只是人类进化历程中阶段性的产物。文学是人学其意即在于此。正如钱谷融先生所指出的那样："所谓阶级性，是我们运用抽象的能力，从同一阶级的各个成员身上概括出来的共同性。纯粹的阶级性，只存在于人们的头脑中，在实际生活中的具体的人身上是不存在的。"②

文学作品不能不是社会意识的反映，但又不单单是社会意识的产物或时代精神的传声筒。文学是时代性和超时代性、阶级性和全人类性的统一。在它被接受的过程中，它所固有的多种用途必然会经由欣赏而发挥其作用。其中当然也有阶级意识、教育及社会功能的因素。但是，所有这些功能，只能经由审美功能来发挥作用。离开审美，作品便无从实现自身而成为完结的，也就无法对象化。奥波亚兹所强调的，恰恰正是文学的一定程度的自主性和自律性。而强调这一点在某种意义上是十分必要和重要的，特别是在时间已经过了将近一个世纪以后的今天看来更是如此。

然而，正是在艺术与生活的关系问题上，奥波亚兹和马克思主义社会学文艺批评发生了激烈的斗争和冲突。站在今天的立场上重新回顾这一争论，对于我们无疑有着很重要的丰富的启示。

第二节　奥波亚兹及其多元本体论

某种意义上我们可以说构成俄国形式主义哲学基础的学说派别比较

---

① Дж. Кертис：*Борис Эйхенбаум：его семья，страна и русская литература*，Санкт-Петербург：Академический проект，2004，C. 84.

② 转引自陈建华主编：《中国俄苏文学研究史论》第1卷，重庆，重庆出版社，2007，第98页。

复杂，如果一定要给予其一个概括，则不妨称其为多元本体论。在这个"寓多于一"中，充当"多"的，有曾经是老一代学院派文艺学基础的实证主义；被称为唯心主义哲学思潮的柏格森的直觉主义，以及经验主义，反心理学主义，最终表现为多元主义本体论。在艾亨鲍姆哲学观点的形成过程中，"白银时代"思想家弗兰克对他有着很大的影响。关于弗兰克的多元主义理论，我们上文已经讨论过，此处不另展开。

生存于 20 世纪 20 年代文坛的奥波亚兹一方面需要面对来自各个派别的挑战和压力，另一方面自己内部也始终充满了一种运动在发展过程中必然会出现的种种不协调和内部矛盾。从事物发展和变化的角度看，这是很正常的和自然而然的。

实际上，据说在奥波亚兹于 1916 年正式成立以前，文坛上往往把什克洛夫斯基视为"未来派分子"。而在探索俄国形式主义的起源问题时，其与未来派的"剪不断，理还乱"的关系和纠结，尤其值得我们予以关注。在这个阶段，奥波亚兹和未来派二者之间的确是一种二位一体关系：你中有我，我中有你。一方面，未来派需要语文学家从理论上对其创新性诗歌实验和言语创造实验进行论证，给予支持；另一方面，奥波亚兹们也需要从日益更新的未来派创作实践中汲取灵感和养分。在这个阶段，许多奥波亚兹分子都同时也是货真价实的未来派分子。在当时各种场合下召开的集会上，两派也时常是同场亮相，彼此呼应，因而同时代人往往把他们混为一谈。甚至就连 1918 年才皈依奥波亚兹的艾亨鲍姆，在此之前也一直将他们看作是同一派别。当时的他竟然指斥与未来派沆瀣一气的什克洛夫斯基等人的作派"令人作呕"。而此时主要在莫斯科活动的罗·雅各布逊，甚至还亲自参加未来派"无意义（语）诗"的创作实践活动。众所周知，他的《论最新俄国诗歌》一文，最初就是以论述赫列勃尼科夫的实验诗为主旨的。我们可以说未来派和奥波亚兹是同一个运动所表现出来的两极：前者系其实践层面，而后者则系其理论层面，它们是一体双生，一币两面。

在此期间，在奥波亚兹和未来派的"他者"眼里，也都把他们视为一体。维克多·厄利希指出，早期奥波亚兹在宣传其理论主张、批评立场方面的不遗余力，过度夸张等做法，是与未来派一脉相承、一体相连的。早期奥波亚兹的观点大都偏激过度，引起的訾议和腹诽也最多，成为易于受人抨击的软肋。但是，似乎"一左"遮百丑——由于革命后未来派在马雅可夫斯基手中摇身一变成为极端革命、极端左翼的"列夫派"，所以，该派与生俱来的一些毛病，似乎也不成其为毛病，而是灿烂如桃花了。

在苏维埃政权刚刚建立的初期，全国上下全体人民都为建设社会主义宏伟大厦的理念所鼓舞，各派知识分子也都精神奋发，斗志昂扬地积极热情地投身于新文化的建设工作，恨不得以一日百年的速度完成资本主义国家长达百年才走过的历程。在全民的政治意识都具有"左"的倾向的当时，事实上奥波亚兹和列夫派们除了喊出比别人更高的口号以响应"时代的召唤"外，其实并不可能有另外的选择。正如什克洛夫斯基在其调皮的学术随笔里所说的那样：时代不会犯错，犯错的只能是个人。在一个跨着正步行进中的连队里，一个人不跟全体队伍步伐一致就是错误。即使全体的步伐错了，你不跟紧大伙这本身也是错。跟全体一致错的也是对的，与全体相左对的也是错。对错的决疑问题事实上早就被多数少数的问题给暗中取代了。

早期奥波亚兹的出版物和文字，就带有不可磨灭的时代的特征。巴赫金-梅德韦杰夫在其对形式主义学派的虽不无批评，但却又极其公正的评价中，正确地指出，把形式主义学派在 1916～1921 年的出版物当作严格的学术著作对待，就意味着蔑视历史。① 的确，要把俄国形式主义的过甚其辞放在适当的历史背景中去，我们就必须和梅德韦杰夫一起，认真地领会一下艾亨鲍姆在其具有总结意味的论文《形式主义方法理论》(1925) 中的下述一段文字：

> 在与（诸如意识形态和折中主义——维克多·厄利希——原注）传统斗争和论战的岁月里，形式主义者们将他们的全部力量凝聚起来，以明确地论证构造手法的至高无上的重要意义，而把其他一切都纳入背景中去……形式主义者们在与其反对者们的激烈斗争中所陈述的许多信条，很大程度上并非严格的科学原则，而是为了宣传的目的而以悖论方式予以加强了的口号罢了。②

在很大程度上，俄国形式主义在其早期阶段中的强烈的夸张做法，应当归咎于一个年轻的批评流派竭力想要不惜任何代价地把自己与其先驱者们区分开来的自然而然的好战习气。把早期什克洛夫斯基和雅各布逊有欠缜密的夸大其词归咎于未来派想要令平庸的公众感到震惊的传统，

---

① П. Н. Медведев: *Формальный метод в литературоведении*, Москва: Лабиринт, 2003, С. 91-92.

② Б. Эйхенбаум: *Литература: теория. критика. полемика*, Ленинград: Прибой, 1927, С. 132.

同样也是十分公正的。奥波亚兹们也和当时为了吸引人们的眼球而故意奇装异服、言语怪诞的未来派一样，为了能达到使人震惊的目的而不惜一切手段，确乎是"语不惊人死不休"。

尽管如此，奥波亚兹论著刺耳的语调并不仅仅只是未来派喧嚣胡闹的一个回声而已。与后者不同，它还反映了一代人身上的特征，或更正确地说，是反映了一代人的精神气质。在 1916～1921 年那样一个战争与革命频仍、充满动荡和变故的岁月里，在那个各种思想激烈论争的大市场上，一个人想要使自己的声音能够被人听到，那就必须大声疾呼。[1]巴赫金晚年也提到，形式主义的积极意义在于提出了艺术的新问题和新侧面，并说任何"新的东西在其发展的早期，即最富创造性的阶段上，向来表现为片面的、极端的形式"[2]。这也正是所谓"矫枉"必须"过正"。

但未来派和奥波亚兹的关系并非总是那么风和日丽，一平如砥，亲如一家，毫无龃龉。而到 1928～1929 年间，奥波亚兹和未来派的变体——列夫派——的关系，由最初的紧张到松弛继而到彻底决裂，在这个过程中，伴随着观点的歧异，人际关系也变得越来越紧张。

我们习惯于用奥波亚兹代称整个俄国形式主义运动，这种用法本身也是历史形成的。因为"在同时代人眼里，其中也包括在马雅可夫斯基眼里，彼得格勒小组和莫斯科小组[3]尽管有着很大差异，但仍然构成了一个统一的整体：除此之外，众所周知，许多奥波亚兹分子都同时参加莫斯科语言学小组的活动，反之亦然"[4]。这一点我们从什克洛夫斯基的早期著作如《感伤的旅行》、《汉堡账单》等文字中也可以察觉。

事情的变化发生在雅各布逊离开苏联到布拉格以后(1920)。莫斯科语言学小组在整个 20 世纪 20 年代在形式主义运动方面并未发挥重大作用。由于雅各布逊在 1920 年离开莫斯科去了布拉格，小组在莫斯科的活动随即陷于瘫痪。该小组内部本来就有的两种哲学——"马克思主义"和"胡塞尔主义"——取向之间，发生了重大分裂，进而导致形式主义的第一个核心团体的进一步削弱和最终解体。雅各布逊移居布拉格后，参与组建了布拉格语言学小组，从而为俄国形式主义这一统一运动的捷克阶

---

① Victor Erlich：*Russian Formalism*：*History Doctrine*，Fourth Edition，The Hague，Paris，New York：Mouton Publisher，1980，p.41.

② 〔苏〕巴赫金著，钱中文主编：《巴赫金全集》第 4 卷，白春仁、晓河、周启超等译，石家庄，河北教育出版社，1998，第 391 页。

③ 即奥波亚兹和"莫斯科语言学小组"。——笔者

④ Ю. Тынянов：*Седьмые Тыняновские чтения*，*материалы для обсуждения*，Рига，Москва：Объединённое Гуманитарное Издательство，1995-1996，С. 179.

段揭了幕。这是后话。

1922 年，在莫斯科小组的核心圈里，开始敌视奥波亚兹和未来主义。而在那之前，马雅可夫斯基与奥波亚兹的关系，用句俗话说，"好得像一个人似的"。但渐渐在马雅可夫斯基领导的"列夫"和奥波亚兹之间，产生了罅隙。奥波亚兹对马雅可夫斯基革命后的创作很少进行评论。原来他们对其创作倾向并不十分满意。尽管什克洛夫斯基也一度是"列夫分子"，尽管他和自己的同人在对当代文学的看法上有部分趋同，如摒弃古典体裁，以现实生活素材和事实为定向等，但什克洛夫斯基把这当作一个美学和文学现象，而非政治和社会用途问题。因此而屡屡受到列夫分子的攻击。另一方面，马雅可夫斯基尽管也珍重与奥波亚兹的合作，但也谴责这个小组对过去太重视，而相对忽视了当代和现在（厚古薄今）。因此，列夫和奥波亚兹的分裂，其原因"不仅在于马雅可夫斯基的演变，而也在于列夫和奥波亚兹之间相互关系中所出现的问题。二者的关系远非那么风和日丽，而在 20 世纪 20 年代下半期，关系明显恶化，到 1928 年几近于分裂"。"这样一来，在 1929～1930 年间，马雅可夫斯基几乎已经全部丧失了形式主义者的支持，并中断了和他们的关系"。[①]

在这一宏大背景下，在奥波亚兹这个在外人看来似乎坚如磐石的堡垒内部，也开始酝酿并且产生一些矛盾和抵牾。在外部势力的压迫下，奥波亚兹内部酝酿中的矛盾，也在时时寻求机会表现出来。众所周知，在奥波亚兹内部其实从一开始就不是铁板一块，而是多种成分的混合物。其中，像托马舍夫斯基、日尔蒙斯基和维诺格拉多夫等，虽然外界颇有人把他们与奥波亚兹捆绑在同一辆战车上，但奥波亚兹自己却始终不承认他们属于其核心圈。维克多·厄利希也实事求是地认为他们属于奥波亚兹的外围，是准奥波亚兹成员，这么说的确不失其分寸感。1925 年，形式主义由于内部矛盾的发展导致出现了危机，其结果是使每个奥波亚兹成员开始有了独属于自己的形式方法，而作为共同方法论基础的固有理论却并未超越最初宣言的范围，从而引发巴赫金和巴赫金小组的批评（《文艺学中的形式主义方法》）。

事实上，在俄国形式主义内部，类似这样的不十分协调的现象，一直都存在。而且这种不太协调的现象，不仅存在于列宁格勒的奥波亚兹和莫斯科的语言学小组之间，同时也存在于同一奥波亚兹内部。维克

---

① Ю. Тынянов: *Седьмые Тыняновские чтения, материалы для обсуждения*, Рига, Москва: Объединённое Гуманитарное Издательство, 1995-1996, С. 185.

多·厄利希指出：在统一的俄国形式主义运动内部，实际上一直隐隐存在着以列宁格勒的奥波亚兹和以莫斯科的莫斯科语言学小组为代表的两种倾向之间的对立。前者主要是由一些出身于圣彼得堡语文系的文学史家组成，在文学研究中自然坚持文学史取向；后者主要由莫斯科的语言学巨擘的弟子们组成，把文学当作检验语言学理论合宜与否的试验场，其研究的目标和落脚点在于语言。

这样一种对立和矛盾，由于俄国文化由来已久的另外一个更大的矛盾框架的存在而被大大地放大了，那就是俄国文化中始终存在着的圣彼得堡与莫斯科的对立。虽然同属于一个文化，但此二者之间的隐然对立却是不言而喻的。"1917年以后已经不再可能公开谈论莫斯科和圣彼得堡的区别和竞争问题了。但这两大首都长期对立的历史对于其居民也具有长期影响。圣彼得堡建筑物的严峻形式在阿赫玛托娃诗歌的古典主义话语和风格中得到了反映，而与玛丽纳·茨维塔耶娃诗歌中的幻想和民间文学的革新因素形成了强烈的对比。后者出生于莫斯科，而这个城市的都市主义风格是极其多样而繁复的。"娜塔丽亚·冈察洛娃指出："我断言正是如此这般的鲜明对立，即一个城市的文化氛围在个别人的创作中所表现出来的鲜明对比，决定着雅各布逊和艾亨鲍姆在科研兴趣方面的差异。"①

如前所述，在俄国形式主义内部，在所谓"极端派"与"稳健派"之间也一直存在着斗争。稳健派由形式主义运动中的独立分子和同路人组成，其中一位主要代表人物就是维·日尔蒙斯基②。作为一位学院派学者，日尔蒙斯基始终对奥波亚兹和未来派的"做派"不感兴趣，对他们在知性上的门外汉中间所获得的成功不以为然。作为一位深受狄尔泰"精神史"影响的研究西欧浪漫主义思潮的学者，他对奥波亚兹忽略"精神气质"、贬低世界观对于诗人创作重要性的立场都颇有看法。此外，即便他对奥波亚兹建立本体论文艺学的热情深表同情，他也不会认为研究文学的方法只有一种，而是相信研究文学可以有多种方法的选择。从这个意义上说，日尔蒙斯基比奥波亚兹们更是一个多元本体论者。此外，在他看来，形式主义并非一种完整彻底的文学观念，距离一种科学的和合法的理论更是相当遥远。奥波亚兹的"艺术即手法"充其量是和艺术即精神活动，

---

① Дж. Кертис：*Борис Эйхенбаум：его семья，страна и русская литература*，Санкт-Петербург：Академический проект，2004，C. 82，83.

② 日尔蒙斯基(Виктор Максимович Жирмунский，1891~1971)，苏联语言学家，苏联科学院院士(1966)，写有文学理论、诗学、民间文学以及西欧和俄国文学史方面的著作。

艺术即认识等平等享有存在权的诸多定义之一，绝不可能觊觎唯我独尊的地位。奥波亚兹在其发展过程中也滋生了教条主义的弊病，一种命题一旦占据主导地位便会被正典化，从而成为束缚生动的发展的桎梏。对事物发展的这样一种预期效应，日尔蒙斯基充满了警觉，他因而警告人们不要忽视文学与社会的关联，不要忽略"非审美"因素在文学作品中的存在问题。尽管日尔蒙斯基的批评带有一定的学院派折中主义的痕迹，但对于奥波亚兹的发展来说，这种批评是必要的清醒剂，是有益于奥波亚兹的健康发展的。但在努力谋求合法地位的艾亨鲍姆眼里，日尔蒙斯基的行为不啻为"缺乏理性的激情"，因而算不上一个"真正的"形式主义者（*К вопросу о формальном методе*）。这样一来，从 1919 年以来一直支持奥波亚兹的理论著述活动的日尔蒙斯基，在 5 年之后，终于与奥波亚兹分道扬镳。

奥波亚兹"激进派"和日尔蒙斯基"稳健派"之间的争论，又被有些书称之为"涅瓦河左、右岸之争"。20 世纪 20 年代在涅瓦河的南北两岸，与塞纳河左右两岸的差异差相仿佛，在学术观点上存在着明显的差异。左岸是著名的艺术家俱乐部"浪狗"和奥波亚兹的学术中心"艺术史学院"；而右岸则是瓦西里岛上传统学院派的大本营列宁格勒大学。

如上所述，艾亨鲍姆由于终究难与日尔蒙斯基在学术问题上达成一致见解而分手。在艾亨鲍姆看来，日尔蒙斯基终究未能理解文艺学内在论与超越论的辩证法，因而导致两人的分手。这种导致分手的原因在俄国人中相当普遍。恐怕只有俄国人会因理念问题而结盟或解体。德·利哈乔夫写道："1922 年日尔蒙斯基部分地离开了艺术史学院并与文艺学中的学院派美学日益密切。日尔蒙斯基迁居瓦西里岛（矿山学院），并开始大量在大学的罗曼-日耳曼语分校的社会学系授课。尖锐的分歧开始显现，它们反映在苔藓街杰尼舍夫学校和艺术史学院大厅里的争论中，在大涅瓦河的左岸人们开始谴责日尔蒙斯基的学院主义。"

1921 年 10 月 19 日，艾亨鲍姆在致日尔蒙斯基的信中写道："你令我想起我们工作的全部历史并向我证实奥波亚兹的作用是微不足道的……而对我来说奥波亚兹其中也包括什克洛夫斯基在我的科研工作中扮演着非常重要的角色。……你是在与奥波亚兹做斗争呀。"而日尔蒙斯基却并未接受奥波亚兹包括什克洛夫斯基等人制定的术语。的确，就连日尔蒙斯基自己也在 1970 年承认，他写道无论当时还是现在（写此信时的现在）

他都根本读不懂特尼亚诺夫论述诗歌语言问题的论著究竟有什么意义。①

1922 年春。艾亨鲍姆的《论俄国抒情诗的旋律》一书出版。艾亨鲍姆在赠日尔蒙斯基的那本书的扉页上题写了这样一首诗：

Ты был свидетель

Скромной сей работы!

Меж нами не было ни льдов,

Ни рек;

Ах，Витя，милый друг！Пошто ты

На правый преселился брег?

Б. Эйхенбаум

(2 марта 1922 г.)②

(你曾见证过这本小书的诞生。

你我之间以前没有过任何阻隔；

哎呀，维嘉，我的朋友！你为什么

要把家搬到对过?)

在维克多·厄利希的名著里，日尔蒙斯基被称为奥波亚兹的"外围"学者，是奥波亚兹中"稳捷派"的代表，但对其对于奥波亚兹理论发展的影响问题也有积极的评价。也许，在奥波亚兹所有成员中，艾亨鲍姆是个例外？他不但对未来派始终不感兴趣，而且对与未来派同时崛起于文坛，并与之同为象征派的反对派的阿克梅派，也保持中立立场。他曾公开拒绝古米廖夫邀请他担任阿克梅派领袖人物的请求。虽然他承认"阿克梅主义这是现代主义所说的最后一句话"。乔治·克尔基斯指出："如果说在针对作为一个流派的阿克梅派的问题上艾亨鲍姆曾有过怀疑的话（但非针对它的个别代表人物），那么，对他来说未来派却无可置疑——他对它充满了厌恶之情。"③

与艾亨鲍姆的情形相似，奥波亚兹"三巨头"之三的特尼亚诺夫，也

① М. М. Бахтин: *Собрание сочинений*，Москва：Русские словари，2000，С. 745.

② Дж. Кертис: *Борис Эйхенбаум：его семья，страна и русская литература*，Санкт-Петербург：Академический проект，2004，С. 133.

③ Дж. Кертис: *Борис Эйхенбаум：его семья，страна и русская литература*，Санкт-Петербург：Академический проект，2004，С. 84.

是在 1918 年加入这个诗语研究会的。特尼亚诺夫的理论思维能力与艾亨鲍姆相仿，并且也长于形象思维。如果把我们的目光锁定在 1918 年的话，那么，这一年对于奥波亚兹的命运来说的确是命运攸关的一年。新加盟的艾亨鲍姆和特尼亚诺夫，对处于危机关头的奥波亚兹理论作出了划时代的重大贡献，拯救了这个行将溺毙的婴儿，从而使这个出现在人类文艺学领域里的第一个本体论文艺学体系，得以对整个 20 世纪文坛产生重大影响，引发一场其意义丝毫也不亚于"哥白尼式革命"的巨大震动。

奥波亚兹科研团体的解体令特尼亚诺夫十分难过。在普遍的不理解和严厉的意识形态监控条件下，这一富于生气的创作团体已经不再可能继续其研究了。1927 年，特尼亚诺夫在给什克洛夫斯基的信中，表达了自己沉痛的心情："我们这里已经在上演一部智慧的痛苦（Горе от ума）了。关于我们，关于我们这三四个人，我敢于这么说。只不过我在这里没有用引号，而问题的实质正在于此。看起来没有引号对我正合适，我就直接前往波斯去好了。"次年，在同样是给什克洛夫斯基的信中，他说："我们这里所发生的间断，很可能偶然地成为终结。"

1941 年。特尼亚诺夫被疏散到了彼尔姆，但仍然在坚持写作不辍。1943 年 12 月 20 日，特尼亚诺夫逝世于莫斯科。他被安葬在瓦甘科墓地。[①]

在俄苏文化中，陀思妥耶夫斯基的影响依然很大，但苏联官方却只片面地接受这位思想巨人的影响，对于左右早期苏联文坛的那些极左派领袖们来说，陀思妥耶夫斯基这位预言家对他们有着很大的影响。这位小说巨匠对后世的影响最大的，是他 1881 年在普希金纪念碑揭幕式上的演说。按照艾亨鲍姆的说法，这次演说常常被极左派利用，因为它也是 19 世纪俄国经典文学一元论的创始的标志。这个演讲辞的结尾是："我要重申的是，至少我们已经可以指出普希金，指出他的天才的全世界性和全人类性。要知道他是可以把别的才华像自己的东西一样纳入其心灵中的。在艺术中，至少是在艺术创作中，他无疑表现出了俄罗斯灵魂的这种全世界性，而这已经是一个伟大的指标了。"陀思妥耶夫斯基断言如果说普希金是普世的，那么俄国也就应是普世的，在普希金和俄罗斯灵魂之间，画的是等号。普希金伟大，是因为俄国伟大。俄国所以伟大，是因为普希金伟大。

---

① Ю. Тынянов：*Литературная эволюция. Избранные труды*，Москва：АГРАФ，2002，С. 8，23，26.

　　艾亨鲍姆认为苏联官方批评就建立在这一等号之上。它从陀思妥耶夫斯基身上继承了这一同一律，并且一切都从此出发。苏联批评建立了这样一些同一律，把普希金这样伟大的俄国诗人当作俄罗斯民族身份认同合法化的来源。正是这样一种一元论，成为20世纪20年代苏联文化中的一个重大事件——即形式主义者奥波亚兹与马克思主义者的争论——的语境。

　　艾亨鲍姆心目中的多元本体论文艺学是一种超个人的诗学和文学史的建构，就此而言，应该与艾略特在《传统与个人才能》中所表述的文学史观庶几有些类似。艾亨鲍姆的多元观念与20世纪许多思想家有异曲同工、不谋而合之处，如本雅明。就总的趋向而言，艾亨鲍姆的多元主义理念是犹太人同一倾向的一部分。

　　在对他和他那一代人极其严峻的关头，艾亨鲍姆屡屡跑到柏格森和弗兰克那里寻求论据，一而再，再而三地声称不能为了一元论而牺牲多元论。这是他信守终生的信念。平生只有一次，在新经济政策时期，他面对公众宣示了自己的信仰。多元主义之所以受到犹太人的衷心拥护，是因为他们几乎是本能地认为只有多元主义能给他们以真正的文化平等权。所以，多元本体论差不多成为所有犹太人共有的思维特征。形式主义者捍卫社会多元主义的意义在于社会多元论可以导致文化容忍和宽容，从而保证他们能有稳定的社会地位，而这是他们的父辈所无法享有的。其二，他们把多元主义当作科学认识论的基础：苏联如果接受多元主义，就可以保证他们的职业自主性。也就等于承认文学与历史存在根本区别，从而不致让历史观向文学领域蔓延。

　　形式主义者与行政方面的关系（经由与拉普等派别的对话）不能被描写为唯美派与马克思主义的冲突，而是多元主义与一元论的原型式冲突。20世纪几乎所有犹太思想家，如弗洛伊德、德里达、布卢姆等，都具有多元主义的思维特征。在弗兰克的思想中，对于区别性特征十分看重，这给了奥波亚兹们以很大启发。而弗兰克之所以否定同一律也是因为它排除了区别事物之可能。正是在弗兰克的影响下，奥波亚兹们发展了他们重视差异的美学和重视二元对立特征的诗学分析精神，如艺术与非艺术、诗语与非诗语的二元对立。艾亨鲍姆在其对阿赫玛托娃的第一部研究专著中，就总是从女诗人诗中的二元对立（感动的、崇高的/可怕的、尘世的；朴实简洁的/复杂真挚的；狡猾的/风流的、卖弄风情的；愤怒的/僧尼的恭顺）戏剧/情感/内在/超越……等的对立入手进行解析。可以认为，这样一种方法不仅为其他奥波亚兹成员如雅各布逊所采用，而且，也是奥波亚兹的后继者们所热衷采用的基本诗学特征之一（如洛特曼）。艾亨鲍姆之所以花费他一生大部分时间和精力精心研究托尔斯泰，与他的特殊身份有关：作为一个边缘人，一个父亲是犹太人，而母亲则为俄罗斯人的学者，艾亨鲍姆竭力想要把自己同化于俄罗斯多数人的族群意识中去。看似是学者自身选择的，结果却是时代趋势所使然。"研究托尔斯泰符合艾亨鲍姆的双重自我意识：犹太父亲之子和东正教母亲之子。这种研究工作使他得以在备受尊重的俄国文艺学界占据一个崇高的位置，使他得以实践犹太人的思维方式。"

然而，期望官方会实行一种多元主义的文化政策这不啻为一种不切实际的梦想。在俄国史上沙皇赋有不受限制无所不届的权力这一理念，可以说由来已久，早在伊凡三世征服诺夫哥罗德的 1478 年，俄国政权就已开始很难接受社会和政治上的多元主义。从那以来，历届沙皇政府都对犹太人的权利实施严厉限制，对其实施强制性同化的政策，并且无法容忍他们作为异己的存在。这种情形在苏联早期以及苏联存在的全过程中，都不同程度地存在着。它构成了书写奥波亚兹命运的潜在的语境。

在文坛风气呈现"一边倒"之势的当时，艾亨鲍姆敢于"顶风"为奥波亚兹科学美学追求勇敢辩护，敢于起而与正在蓬勃兴起的马克思主义社会学相抗衡，敢于张扬一种与时代风气截然不同的声音，这种理论争辩的勇气是值得予以充分肯定的。今天，在以巴赫金为代表的对话主义业已深入人心的语境下，艾亨鲍姆的抗争似乎不足为奇，似乎是题中应有之义，因为真理只有在思想论争中才能呈现，没有论争，没有争辩，也就等于摒弃探索真理的唯一可能的途径。科学真理的求索是一个漫长的过程，在探索真理的道路上，谁也不拥有单独拥有最终真理的唯一特权。科学的求真态度要求人们从不同途经出发探索真理，而不是预先妄下断论，专断地剥夺持不同意见者的探索真理权。科学发展史告诉我们，我们的探索真理之路，并非沿着一条直线前行，而毋宁说是在走着一条曲曲弯弯、崎岖坎坷的艰辛之路，在这条道路上跋涉的人们，谁都无法保证自己的方法和途径就一定能抵达理想乐土——迦南，因为这是一条无法预见目的地和终点何在的路，所以，科学的求真态度要求我们开放探索真理之路，允许各派人士从不同途径求索科学之真。

两个世纪之交的科学发展向我们展现的前景告诉我们：终极真理似乎根本就不存在，它的被发现似乎已被推延到了无限久远的未来。如果我们专断地封闭探索真理之路的话，那这个远景还将变得更加缥缈、更加遥远。后现代主义的崛起把我们放置在一个新的起点，我们惊讶地发现，21 世纪的人类居然站在一个由过去的理性主义价值被瓦解后形成的思想的废墟之上，人类的思想要在这一"原现实"基点上重新起步。这是科学面临的尴尬，也是我们不得不认可的一个思维的困境。

科学发展史更多地不是走着一条肯定之路，因而往往不是时时在回答"真理是什么"，而是在告诫我们"真理不是什么"。因此，科学的求真方式更多地非出之于肯定句式，而是在以"试错"的方式曲折地前行。我们与其说是在不断地求真，不如说是在摸索中"试错"。我们探索的全部真理价值也许就在于此，即告诉后来者：此路不通。因此，科学的昌明需要倡导科学探索的多元主义，即允许人们犯错，允许人们说错话，也就是说，我们需要倡导法国大革命中的理性精神：我不同意你的见解，但我要拼命捍卫你发表不同意见的权利。这也就是为什么艾亨鲍姆在为自己的探索权辩护时会这样写道：科学的存在靠的不是确定真理，而是克服谬误的原因。①

然而，这在 20 世纪 20 年代的苏联文坛，却不啻为一种不切实际的奢望。

明乎此，我们也就不难理解，以艾亨鲍姆为发言人的奥波亚兹所置身于其中的文化环境究竟如何了。艾亨鲍姆以后的人生之路似乎也隐隐折射了这样一个大时代的特点：进入 20 世纪 30 年代以后，被迫退居文坛边缘，被迫放弃理论著述而转入传记小说创作和版本校勘学。1958年，身心备受摧残，经历了妻亡子丧之人生恨事的孤苦老人艾亨鲍姆，仍然毫不倦息地为捍卫文艺学严谨的科学标准和崇高尺度而努力拼搏奋斗着。在一次学术讨论会上他突发心脏病猝死，走过了一条充满悲剧意味的人生之路。

第三节　对话：奥波亚兹与马克思主义社会学

从某种意义上说，20 世纪 20 年代仍然不失为俄国文化发展史上最好的时期之一。这也正是"白银时代"的末期，是俄国文化史上的"文艺复兴"时期或文化爆炸时期。各种文化势力高度密集地聚集于旧俄的两大京城，形成一触即发、一发而不可收的局面。政治、经济、文化、社会危机已经达到千钧一发之际，旧俄好像一座满装炸药的弹药库，稍有不慎，

---

① Б. Эйхенбаум: *Литература: теория. критика. полемика*，Ленинград: Прибой，1927，С. 117.

便会引发一场突如其来的大爆炸。正是在这样的时代氛围之下，1917 年先是爆发了二月革命，统治俄国达 300 多年的罗曼诺夫王朝土崩瓦解，成立了由各个党派选举产生的临时政府。紧接着爆发了伟大的十月社会主义革命。这一系列事件的伟大历史意义无论如何高度评价都不过分，但对我们的叙事而言，这一系列伟大事件标志着一个伟大转折开始的契机：如果说，在此之前，文化领域是一片混沌，是一次酝酿中的行将发生的大爆炸的话，那么，十月革命就是这次大爆炸本身，在此之后，从前的无序开始渐渐有序化，从前的混沌开始渐渐整一化，爆炸之后的余波已然成形，此前的无规律正在被此后的有规律所逐渐取代。

20 世纪 20 年代中期就正是这样一个时期。文坛要到 20 世纪 20 年代末期才会发生一系列根本性标志性变化：1929 年托洛茨基继阿拉木图的流放之后被进而流放国外。人民委员会教育人民委员、被文坛亲切戏谑地称之为布尔什维克党内唯一一个同情俄国现代派的高官、"党内唯美主义者"卢纳察尔斯基，先是被免职，继而猝死于赴任途中。卢纳察尔斯基的被免职和紧接着的突然离世，使俄国形式主义和未来派失去了一个最强有力的支持者。紧接着，1930 年，俄国未来派领军人物马雅可夫斯基自杀。这一系列事件标志着一个轰轰烈烈的"白银时代"的接近终结。拉普批评家正雄踞文坛霸主之位，他们指点江山，不可一世。

总之，在列宁去世和整个"新经济政策"时期，苏联文坛始终贯穿着向左还是向右的文化斗争。随着"新经济政策"在 1929 年的宣告结束，文化界"左"倾思潮开始取得支配性地位。历史的天空在此期间幸运地呈现了一个难得出现的"窗口"，使得俄国形式主义和马克思主义这样两种高度歧异的文艺学流派，得以在一定程度上进行自由的交流。正如蒂哈诺夫所说："在新经济政策时期，马克思主义尚未不可逆转地登上教条的宝座，竞争的原则还很起作用。"①

20 世纪 20 年代苏联文坛走过了一条从"多元"到"一元"，从"多声"到"独白"，从"百花齐放、百家争鸣"到"万花纷谢、一枝独秀"的历史进程。这个年代初团体林立，学派丛生，各个团体或流派的人们，或大声疾呼，或小声嘀咕；或呐喊于稠人广众，一呼百应；或浅吟低唱于沙龙密室，博得同道者们一声喝彩。由于国内外武装势力的入侵因而一时之间没有精力管理文艺问题，致使早期苏联文坛呈现出较为宽松的局面。

---

① Craig Brandist，David Shepherd and Galin Tihanov(eds.)：*The Bakhtin Circle：In the Master's Absence*，Manchester and New York：Manchester University Press，2004，p. 56.

活动在当时的无以数计的学派和团体，大致可以分为两类，一类是如"谢拉皮翁兄弟"这样的"纯艺术"超党派团体；一类是一些以极左为主要特征的带有强烈党派色彩的文学团体，如"山隘"、"锻冶场"、岗位派、在岗位派、拉普派，"无产阶级文化派"等。那时流派几乎多到了有多少人便有多少派别的地步。例如所谓"无所谓派"（Ничегоки）便实际只有一个人。文坛持续向左转向的一个直接结果，是到 1928 年，就连一向以极左为特征的拉普和"无产阶级文化派"也因为"跟不上时代"而被解散。正如加林·蒂哈诺夫所说"到 1928 年，风气发生了变化：言论自由虽然还有可能，但与马克思主义意见相左的结果也显著加重了"①。也是在这"大转变"的一年中，随着第一个五年计划的推行，党对文学艺术界的领导逐渐加强。1934 年召开了苏联作家第一次代表大会，会上，正式通过了把社会主义现实主义作为苏联文学创作和批评的唯一方法和原则的决议，从此以后，开始了苏联文化的"社会主义现实主义时期"的历史。

关于这些年间的俄国形式主义，卡特琳娜·克拉克、迈克尔·霍奎斯特在其关于米哈伊尔·巴赫金的评传中这样写道："在文学及文学理论领域的许多人那里，这是一个特别艰难的时期。要求作家们描写工人和国家的工业建设。那些非马克思主义团体，例如形式主义者，忽然发现自己在苏维埃机构中的处境已经日益险恶，因为 1929 年成立了清洗委员会，专门针对卢纳察尔斯基的旧部——教育人民委员会的下属机构。清洗委员会开始抨击所谓'反动的社会阶层'，说他们已经'渗透到'卡甘所在的国立美术学院和艺术史研究所。在这样的压力下，形式主义者们于 1930 年被迫离开了该所。"②

早在 20 世纪 20 年代初，文化领域里便受到来自马克思主义社会学的巨大社会和政治压力。众所周知，新生的苏维埃政权建立以来，首先加强了对高等学校的意识形态钳制和思想改造。学校取消神学课而开设马克思主义历史唯物主义课程。这一举措遭到国内科研机构和高校知识分子的集体抵制。双方斗争的结果是导致 1922 年"哲学船"事件的发生：100 多名国内知识分子，被武装驱逐出境，并被告知有生之年不得回归国门。对于俄国自由派知识分子而言，这是一个紧要关头，每位知识分

① Craig Brandist，David Shepherd and Galin Tihanov(eds.)：*The Bakhtin Circle：In the Master's Absence*，Manchester and New York：Manchester University Press，2004，p. 58.

② 〔美〕卡特琳娜·克拉克、迈克尔·霍奎斯特：《米哈伊尔·巴赫金》，语冰译，北京，中国人民大学出版社，2000，第 183 页。

子都能切身感受到国内知识界的"低气压"。①

当时，奥波亚兹们所承受的压力，主要来自拉普派。拉普派是 20 年代苏联文坛最大的文学团体。拉普是"俄罗斯无产阶级作家联合会"的俄文缩写的音译。我们通常所说的拉普，既包括 1922 年 12 月成立的十月文学小组、1923 年以十月为核心成立的莫斯科无产阶级作家联合会、1925 年成立的全俄无产阶级作家联合会，也包括 1930 年由上述团体联合组成的全苏无产阶级作家联合会联盟。

拉普的活动分为两个阶段。第一阶段（1923～1925），以《在岗位上》杂志为主要阵地，为反对托洛茨基主义作斗争，捍卫无产阶级文学的战斗原则。由于拉普派主要通过《在岗位上》杂志来发表他们的理论观点和文学主张，因此，文学史上也管他们叫岗位派或"在岗位派"。拉普坚持无产阶级文学的立场和方向，反对形式主义及其他非政治倾向，但其领导人大都以正统和权威自居，对待"同路人"作家及其他派别的作家采取宗派主义粗暴打击和排挤的恶劣态度，根本否认其存在的必要性和文化价值。岗位派"棍棒"所到之处，甚至连高尔基和马雅可夫斯基也难以幸免。俄共（布）中央注意到他们的恶劣作风会给无产阶级文学事业带来危害，在 1925 年发表的《关于党在文学方面的政策》的决议中对其进行了严肃的批评。此后，岗位派内部发生分裂，一些领导人被开除。

第二阶段（1926～1932），岗位派选举了新的理事机构，表示要按照 1925 年决议的精神和原则进行工作，但事实上他们非但没有改弦易辙，反而变本加厉。在对待"同路人"作家方面，他们杀气腾腾地提出一个口号，说什么"没有同路人。不是同盟者，就是敌人"。从而为他们打击异己，党同伐异，迫害非党员作家制造口实，提供理论根据。在文学理论方面，他们也提出了一些错误口号，如所谓"活人论"、"辩证唯物主义创

---

① 据伍宇星编译别尔嘉耶夫等所著《哲学船事件》（广东出版集团花城出版社，2009）记载，此次拟被驱逐出国的知识界精英共 217 名。他们的被驱逐完全出于"意识形态原因"，是为了"净化"俄罗斯。虽然实际被驱逐的不超过 120 人，但这在世界历史上是绝无仅有的特殊事件。以前一直被历史的尘埃所掩埋，直到 2002 年档案解密后，其真相才逐渐公诸于世。这一小批知识分子为俄罗斯和世界文化作出了巨大贡献：索罗金成为哈佛大学第一位社会学系主任，被誉为美国"社会学之父"；别尔嘉耶夫被誉为"当代最伟大的哲学家和预言家之一"，对整个西方哲学产生了重大影响；特鲁别茨科伊成为享誉世界的语言学家；阿·基泽维特尔是卓越的历史学家……2002 年，"哲学船"事件 80 周年之际，彼得堡哲学会在当年出发的码头立起一座纪念碑，静静地望着涅瓦河水。第二年，一艘名为"哲学船"的轮船，载着各国哲学家前往伊斯坦布尔参加世界哲学大会。然而，他们中又有多少人能真正理解别尔嘉耶夫的感叹："我所经历的一切最后造成一种苦涩的历史感。"

作方法论"等。到 20 世纪 20 年代末，拉普的活动实际上已经成为推动苏联文学发展的严重障碍。有鉴于此，联共（布）中央于 1932 年 4 月作出《关于改组文学艺术团体》的决议，拉普随即宣告解散。

这里应该指出的是，当时被拉普等极左分子挂在口头上的马克思主义，其实并不是真正的马克思主义。20 世纪人文和社会科学发展的历史告诉我们，人们对现实生活的认识很大程度上受到主观因素的制约。拉普口头上常挂的所谓的马克思主义，其实是一种深深浸淫了他们的主观意识的马克思主义，究其实，乃是一种庸俗社会学的马克思主义。他们所说的马克思主义，其实和马克思本人并无多少干系，正如马克思所一再声明的：他自己并不是一个"马克思主义者"一样。

20 世纪 20 年代中期以后，俄国形式主义（奥波亚兹）者们发现自己面临来自马克思主义社会学的严峻挑战，发现摆在自己面前的是一个严酷的两难抉择：即不是认真回应马克思主义社会学的严峻挑战，就是在铺天盖地而来的批判炮火下灭亡。现实没有为他们提供第三条道路的可能性。这是一个哈姆雷特式的难题："to be or not to be that's the question!"这是那样一个时代，这个时代奉行的逻辑是："谁不跟我们在一起，谁就是我们的敌人！"支配这个时代的元语言法则是"敌人不投降，就叫他灭亡"。在这个时代里，人的一切行为和语言几乎都被泛政治化泛意识形态化了，即使是学术论争，往往也会被涂抹上一层强烈的政治色彩。我们无法也没必要列举这个时代某些代表人物，因为那不是一个以专有名词为标志的时代，而是一个以无名氏为标志的时代，弥漫在那个时代空气里的"负氧粒子"是如此之浓密，以至于构成了那个时代的集体无意识语境。

1922 年，什克洛夫斯基由于一个流亡国外的前同党分子的迹近"告密"行为而成为契卡通缉的对象，遂使他不得不被迫亡命德国时，奥波亚兹由于他的缺席而暂时失去了一个权威发言人。在此情况下，艾亨鲍姆不得不代表什克洛夫斯基出场，充当奥波亚兹发言人，以回应文坛各派代表人物铺天盖地而来的抨击和批判。可以说，在奥波亚兹陷于危机时刻，艾亨鲍姆成为奥波亚兹"挽狂澜于即倒"的中流砥柱。这也许正是他为奥波亚兹所作的最大的理论贡献。

针对拉普派的批评，艾亨鲍姆的办法是战略上采取守势，战术上予以辩解。他并不否认马克思主义作为根本方法论对于科学研究的根本指导作用，但他认为马克思主义可以指导各门具体学科的科学研究，但却不能代替这些学科本身：指导不等于代替。马克思主义作为指导科学研究的最根本的方法论，乃是为一切科学研究确定方向的根本指导方针，但它却无法越俎代庖，代替各门具体学科。例如，马克思主义可以指导数学研究和工程学研究，但却无法取代几何学、代数学、高等数学和桥梁学等具体学科。马克思主义提供了科学思维的总的规律，但每门具体学科也自有其具体学科的内部规律。具体学科可以被马克思主义所指导，但却不能被马克思主义所取代。

艾亨鲍姆指出："问题不在于文学研究的方法，而在于建构文学科学的原则，亦即该学科的内容，研究的主要对象，以及建构作为特殊科学的文学的问题。"文学科学是文化史的一部分，但同时也是具有其具体问题范围的一门独立而特殊的学科。把其他平行学科对文学的影响绝对化是不符合实际的，是出于世界观的需要而赋予该学科的一种倾向性，但却与一种学科的科学属性相矛盾。①

艾亨鲍姆对于来自马克思主义文艺社会学的批判、抨击的应答和反批评，诚然不乏合理之处，但也同样具有机械论的弊端。他说马克思主义社会学由于其自身固有的"外在论"的架构，注定无法揭示文艺现象的"内在规律"，据此断言马克思主义与形式主义根本无结合之可能，这同样也难以为我们所苟同。他写道："辩证唯物主义兴许在社会学领域里是极有成效的概念，但由于它那外在论非本质的构架，它对文艺学所能提供的益处极为有限。"②

应当说，这种观点在 20 世纪 20 年代还颇有一定市场。以研究特尼亚诺夫的创作为职志的亚·别林科夫③也持有相似的看法。他说："形式主义与学院派文艺学及其他流派之间的争论是不可能有个结果的，因为一方面所强调和坚持的是外文艺学现象，而另一方面则只以文学内部现象为对象，而与此同时，作为文学艺术作品，作品或许只能在和产生文学特点的非文学环境的相互联系中才能得到理解。与形式主义进行顽强斗争的社会学最终战胜了形式主义。"④

---

① 〔苏〕艾亨鲍姆：《关于"形式主义者"问题的争论》，见扎娜·明茨、伊·切尔诺夫主编：《俄国形式主义文论选》，王薇生编译，郑州，郑州大学出版社，2005，第 256～257 页。

② Б. Эйхенбаум：*О литературе. Работы разных лет*，Москва：Советский писатель，1987，С. 123.

③ 别林科夫·阿尔卡狄·维克托罗维奇（Белинков Аркадий Викторович，1921～1970），作家，文艺学家，著有《尤里·特尼亚诺夫》(1961)一书，广受好评。

④ А. П. Казаркин：*Русская литературная критика XX века*，Томск：Издательство Томского университета，2004，С. 225.

　　这种把文艺作品的内与外对立起来的观点，今天看来似乎并无多少道理。事实上，在试图把二者结合起来的巴赫金那里，文艺作品的内与外是统一的和不可分割的，甚至就连晚期奥波亚兹的其他代表人物，也不会断然将文艺研究的内与外对立起来的。这一点我们留待以后在适当机会再谈。

　　马克思主义文艺学与形式主义应该而且能够统一到一起来。我们知道，形式主义文论究其本源，大率出不了围绕作品本身进行研究的域限，这一研究范围，对于解释文学之作为人类活动之一种的研究来说，是远远不够的，只有同马克思主义社会学观点结合起来，才能有望揭示文学活动全过程的本质规律，才能在内、外统一中，在运动和发展中，揭示文学运动的全过程和本质。作家——作品——读者——世界，这 4 个环节缺一不可，才能构成马克思主义文艺学的整体构架。而奥波亚兹充其量只是提供了探讨作品本身的构成，距离一种整体、有机、统一的艺术哲学，尚相距甚远。而要达到这一目标，除了与马克思主义文艺学联姻外，还要吸收其他各个流派的丰富成果，才有可能窥一斑于全豹。形式主义与马克思主义并不是截然对立、互不相容的：前者是人文学科，是文艺学内部的一个流派；后者是一种历史哲学，它以探讨社会变革机制为旨归；而形式主义则主要从事文学形式及其变革问题研究。

　　问题在于：马克思主义虽然主要是"外在论"的，但同样也未尝不可以走向"内部"，从而成为一种"内外结合"的理论。马克思主义社会学也处于发展之中，外在论的说法只适合于它发展过程中的某个阶段，因此只具有阶段性特征。事实上，和俄国形式主义可以走向外部一样，马克思主义社会学也可以走向内部。早在 20 世纪 20 年代末，就有人提出把这两种高度歧异的文艺学流派统一起来的意向。当时颇有些人对于二者有可能实施联合持乐观态度。什克洛夫斯基便就此写道："罗辛-戈罗斯曼、维亚切斯拉夫·波隆斯基，萨库林还有另外一个人始终建议我采用综合方法。必须把形式方法与什么东西嫁接起来。他们都说这会生下好孩子的。"①1930 年以后，什克洛夫斯基被迫转向，开始自觉地把马克思主义与形式主义固有理论结合起来的实践。他开始强调理论的实践功能。"如果事实推翻了理论，那对理论更好。理论是我们自己创造出来的，而

①　Виктор Шкловский: *Гамбургский счет: Статьи-Воспоминания-Эссе* (1914-1933)，Москва：Советский писатель，1990，C. 352.

不是上天给我们要我们予以保存的。"①当然，这种结合在他那里显得依然像是"两张皮"，而非如巴赫金那样做到了内外交融、天衣无缝。

维克多·厄利希在其享誉西方的名著《俄国形式主义：历史与学说》中，把巴赫金当作俄国形式主义学派外围的代表人物，并且指出：在整个文坛倒向马克思主义社会学的 20 年代，巴赫金派是把马克思主义社会学与俄国形式主义这样两种不啻势若水火、高度歧异的流派真正结合一体的典型范例。维克多·厄利希本人不是一个马克思主义者。作为西方世界有关俄国形式主义运动研究的第一本专著的作者，厄利希在他这部被誉为文艺学中的"圣经"的专著中，只是从客观的文艺学家的旁观者角度和立场，对俄国形式主义这一在整个 20 世纪文论中产生重大影响的文艺学流派，从理论学说和历史沿革角度，进行了一番系统梳理和整理。关于巴赫金学派的理论建树，我们下文中在适当地方还将讨论。

这里还有另外一个问题，同样十分重要，那就是 20 世纪 20、30 年代里在苏联文坛占据核心地位，并且最终成为主导意识形态的所谓马克思主义，其马克思主义的性质其实并非没有疑问的。我们在回顾那个年代的文坛时，只知道有多少流派自我标榜马克思主义，但究竟他们是不是马克思主义，却并非没有问题的。

问题在于，我们知道，马克思和恩格斯本人并未写过论文艺问题的专著，而有的只是有关文艺问题的一些书信和著作中的有关章节。在俄苏语境下，最早从马克思主义立场、观点和方法出发，归纳和总结马克思主义文艺理论的，是普列汉诺夫。这也就是我们习惯所说的"马克思主义社会学文艺学"的内涵。同时也就是厄利希心目中所说的"马克思主义社会学"。

普列汉诺夫是文艺学中马克思主义社会学的奠基人，也是马克思主义有关文艺问题论述的权威阐释者。在马列文艺理论发展史上，除了列宁的反映论外，普列汉诺夫对于推动马列文论研究起过重大作用。他的马克思主义社会学研究，体现在他的文艺美学著作中，但令人遗憾的是，受政治因素影响，普列汉诺夫的文艺社会学思想，并未被直线传承下来。在苏联 20 世纪 20 年代，一些人曲解和片面解读普列汉诺夫的思想，从而发展出了庸俗社会学说，给苏联文坛造成了很不好的影响。此其一。其二，普列汉诺夫由于时代的局限性，有些说法也成为后人附会的口实。

---

① Виктор Шкловский：*Гамбургский счет*：*Статьи － Воспоминания － Эссе*(1914-1933)，Москва：Советский писатель，1990，С. 341.

例如，他的下列话便常常成为人们引用的名言："批评的首要任务在于要把特定文艺作品的思想从艺术语言翻译成为社会学语言，以便找到那能够被称为特定文艺作品的等价物的东西。"①

　　了解这一点，我们便不难发现，巴赫金们的下述论述，可以认为就是针对普列汉诺夫的末流们的言论而说的："马克思主义者常常对意识形态环境的具体一致性、独特性和重要性估计不足，过于匆忙地和直接地从个别的意识形态现象转到生产的社会经济环境条件上去。这里忽略了下面一点：个别的现象仅仅是具体意识形态环境的非独立部分，而且差不多就是由这一部分直接决定的。认为某些从意识形态世界截取出来的作品在其孤立情况下直接决定于经济因素，就像认为在一首诗的范围内韵脚与韵脚的配置、诗节与诗节的配置是由于经济的因果关系直接起作用一样幼稚。"②

　　普列汉诺夫的艺术社会学，从文艺与社会的关系入手，正确地解答了马克思主义文艺理论中一些根本问题。而这些问题至今仍是我们研究文艺问题的根本出发点。任何有出息的文艺理论，都不能抛弃这些基本点。但也正因为此，这样的文艺学，又被称为文艺的社会学历史研究，或称文学的外部研究。即它研究的，主要是文艺与其所处的社会现实的关系问题，这些问题是必要的，但文艺研究仅仅做到这一点还是远远不够的。因为还有一系列属于文艺内部的、文艺自身规律的问题，格于时代和环境的条件，是它远未提出和解决的。

　　有空白，于是便有了填补空白者。正是鉴于前马克思主义文艺学只注重文艺的来源考察的弊端，鉴于 19 世纪末 20 世纪初人文科学领域里的方法论危机，俄国形式主义作为传统学院派的反叛者而应运而生。俄国形式主义者们从其刚一诞生起，就具有一种明确的方法论意识，他们想要革新文艺学领域里的传统方法，试图建立一种本体论文艺学，即探讨文学艺术作为一种语言艺术的本质。结束文艺学长期以来只为其他学科充当婢女的状态，把文艺学建立在科学的基础上。他们这一学术追求远未达到理想的成功的彼岸，但它所引起的革命性变化，业已波及整个 20 世纪人文学科领域。巴赫金的学术探索，严格地说，是对这一巨大变革的一种哲学反思和学理批判，但就总的倾向而言，就连巴赫金学派其

① А. П. Казаркин：*Русская литературная критика XX века*，Томск：Издательство Томского университета，2004，С. 133-134.

② 〔苏〕巴赫金：《巴赫金全集》第 2 卷，李辉凡、张捷、张杰等译，石家庄，河北教育出版社，1998，第 125 页。

实也是被裹挟在这一巨大潮流中的文艺学现象。正如瓦·巴耶夫斯基所说:"形式主义方法是十分广阔的。和任何广阔现象一样,它将许多与其进行争论的人也吸纳了进来。巴赫金身上所发生的就正是这样一种情形。巴赫金有关在陀思妥耶夫斯基笔下思想也变成了文本的肉身,变成艺术形式的成分的思想,与形式主义学派的观念是一致的。"①

　　然而,俄国形式主义所代表的文学内部研究,却与马克思主义社会学这种文学的外部研究,呈现出截然对立的势态。初看起来,二者之间的确势若水火,格格不入。正是在这样一种理论背景之下,20世纪20年代苏联文坛,在马克思主义社会学和俄国形式主义之间,发生了意义深远的理论对话。

　　当新生的苏维埃政权和布尔什维克党在忙于对付外国武装干涉势力和国内经济所面临的严重困难时,分身过问文化建设问题的可能性的确不大。对于苏联领导人来说,20世纪20年代早期新生的苏维埃政权的当务之急,是如何保卫新生的政权并建设和完善国民经济体系。这样一来就在20年代前期形成了一个小小的"间隙期",奥波亚兹在此期间得到了长足的进展,其影响在列宁格勒和莫斯科两地大学生中尤为显著,甚至也波及了外省比较偏远的地方。用卢纳察尔斯基的说法:如果说十月革命前俄国形式主义充其量不过是"时鲜蔬菜"的话,"现在则成了很有生命力的旧的残余,成了帕拉斯·雅典娜的女神像,以它为中心,展开了一场按照欧洲资产阶级方式思考的知识分子的保卫战",② 这种情形一直持续到20世纪20年代中、后期。而到后期,俄国形式主义和马克思主义之间的一场"对话",愈益成为势不可免的了。这场对话的前期双方的力量尚能保持对称和平衡:也就是说,无论是谁,都还保有为自己的观点辩护或反驳对方观点的权力。所以,这个时期,在各种场合下展开的争论,都是十分激烈的和充满火药味的。正如弗谢沃洛德·罗日杰斯特文斯基在回忆中所说:"随着一场由出席者之一所作的平常报告的进行,现场的整体气氛不可思议地变得越来越紧张。足以刺穿报告人的批评的利箭,在空中砰呵撞击着。一个人轻蔑地嘀咕声会引来数十个尖刻的反驳。"③

　　两派争论的焦点集中在艺术与生活的关系问题上。如前所述,奥波

① B. C. Баевский: "Две страницы из дневника", *Бахтинология: Исследования, Переводы, Публикации*, Санкт-Петербург: Алетейя, 1995, C. 11.
② 〔苏〕卢纳察尔斯基:《艺术及其最新形式》,天津,百花文艺出版社,1998,第315页。
③ Дж. Кертис: *Борис Эйхенбаум: его семья, страна и русская литература*, Санкт-Петербург: Академический проект, 2004, C. 71.

亚兹主张艺术对于生活的相对自主性(他们对这个问题的认识是有一个过程的),他们更多乐于使用审美功能的独立性这样的表述以突出其相对性。然而,对于当时正在崛起中的马克思主义社会学代表人物来说,似乎没时间理会奥波亚兹艺术独立生活说主张的细微差别,也似乎没时间理会他们各个代表人物之间的细微差别,而笼统地把他们归为一类,武断地以为他们全都一无例外地属于纯艺术流派。此时,马克思主义的"历史唯物主义"被宣布为研究文学的唯一正确的方法,俄国形式主义这样一种"异端邪说",自然难免要受到马克思主义的拷问。

在这场对话中,代表马克思主义批评发言的,主要是列夫·托洛茨基、尼·布哈林和卢纳察尔斯基,而以托洛茨基最重要。

第四节　一场于奥波亚兹十分有益的对话

在苏联马克思主义文艺理论发展史上,列·托洛茨基的文艺美学思想和文艺批评,占有十分重要的历史地位。托洛茨基是早期苏联最重要的马克思主义文艺理论家,对当时文化领域的社会主义建设问题,留下了数量众多、意义重大的论著。他在批评论著中阐述的理论思想,曾经产生广泛而又深远的影响,并曾长期潜在地决定着苏联文艺批评的意识形态取向,是早期苏联马克思主义文艺理论的宝贵遗产。托洛茨基的文学批评是政治标准统率下的政论体文学批评;而他的美学文艺学思想,也是在丰富而具体的文艺材料基础上发展而来的一般美学思考,所以,他的文艺美学思想的特点之一,和19世纪俄国革命民主主义者别林斯基一样,也是一种"行动中的美学"。

理解托洛茨基文艺批评不能不考虑到他在那个以革命为标志的大时代中所扮演的历史角色和历史地位。托洛茨基是俄国伟大的十月社会主义革命的领袖之一,曾和列宁一起领导了胜利的人类历史上最伟大的创举——改变了整个20世纪人类历史发展方向的伟大的十月社会主义革命。作为彼得格勒苏维埃第一任主席,托洛茨基在决定革命生死存亡的危急关头,坚定地站在列宁一边,富于成效地协助列宁领导了那场革命,成为十月革命除列宁以外最重要的领导人。

托洛茨基还是十月革命后第一任革命军事委员会主席,在20世纪20年代布尔什维克党内享有崇高威望。在新生的苏维埃政权立足未稳之际,托洛茨基如中流砥柱支撑危局,组建并指挥红军打退了国际武装干涉势力的挑衅,保卫了新生的苏维埃政权。

　　托洛茨基不仅是十月革命最重要的领导人，苏联红军的缔造者，还是十月革命后最重要的党的领导人之一。在国内战争空前激烈的严峻关头，他一边领导红军英勇作战，一边投注巨大精力关心党和国家重大的社会政治问题，在发展经济、制定对外政策、工业建设、农业生产诸领域里，留下了许多重要的理论建树。

　　在如今我们习惯所称的"白银时代"，托洛茨基以其在苏联党内所处的地位，必然或迟或早要与当时造成很大影响的俄国形式主义这种与其尖锐对立的学派进行对话的。在这个时期，马克思主义文艺学方法已经在俄国语境下产生，但人们对马克思主义的理解却各有不同。托洛茨基的美学立场是革命的功利主义的，而这是可以理解的。在托洛茨基从事文学批评的时代，对于新生的百废待兴的苏维埃政权来说，压倒一切的中心任务，是生存问题。革命利益就是一代革命者的最高利益。况且，在俄国，从 19 世纪起，人们就已经习惯于把文学当作生活的教科书。读者读书不是为了消遣，而是为了寻找对生活的答案，寻找幸福的钥匙。而反之，俄罗斯文学的创造者们也从来没有轻松到为了娱乐而写作的境界，而是始终把写作当作自己对民族、国家所担负的一个神圣的职责。俄罗斯文学与欧洲文学的显著区别就在于：俄罗斯文学"从未把自己封闭在狭隘的美学兴趣的圈子里，俄罗斯文学从来都是训诫言语从中响起的讲台"①。

　　革命的利益是最高利益，一切的一切，都必须服从革命利益的需要，都必须为革命让道。文化建设必须符合社会主义文化的方向，必须纳入社会主义的轨道，这是作为革命领导人之一的托洛茨基非常明确的意识。对此，作为后人的我们是不可以超越历史地对前人有所指责的。如果当时身为党的负责人之一的列·托洛茨基不这么想或不这么说的话，我们反倒会感到不正常。

　　应当指出，作为胜利了的无产阶级政权的代表，作为新生的社会主义国家的领导人，要求艺术为社会主义服务这从根本上说是有其历史合理性的。以往历史上的任何时代，统治阶级都要提出类似的要求，以把各方面的力量纳入有序发展有益社会的轨道。每个成功了的阶级都会伸张自己对文化的权利，并把与这种文化相抵触的文化视为异己予以取缔的。

---

　　①　Дж. Кертис：*Борис Эйхенбаум：его семья，страна и русская литература*，Санкт-Петербург：Академический проект，2004，С. 71.

在文化建设问题上，我们也必须考虑到托洛茨基这些理论著作产生的背景和语境，要知道，那是在一个旧时代的废墟上建设新文化，所以不能不具有强烈的功利主义意识。在俄国，实用主义和功利主义美学有着深厚的基础，托洛茨基并非其始作俑者。实用主义美学观导源于柏拉图。他曾说道："一只粪筐只要它有用，那就是美的。"19世纪俄国革命民主主义美学家车尔尼雪夫斯基力倡"生活即美，美即生活"的主张。在此类思想和文化虚无主义思想的影响之下，19世纪颇有一些俄国知识分子在评价艺术问题上，坚持一种一切以人民为标准的主张。在他们看来，一种艺术如果有益于人民，就是适合的，反之便是一种无益的奢侈。就连19世纪批判现实主义大师列夫·托尔斯泰也在此种意义上否定了包括其3部名著在内的艺术杰作。这是美学中实用主义及后来的庸俗阶级观方法的来源。在某种意义上，托洛茨基也秉承了以别林斯基、车尔尼雪夫斯基等人为代表的民粹派美学思想传统。对于他们来说，只要作品在革命和政治上有益，那就是艺术的和道德的。

理解了这一点，我们也就不难理解，为什么在托洛茨基眼中，奥波亚兹所搞的那一套"形式主义"把戏，会是一种奢侈之举。当国内一切力量都被动员起来反对白军和外国武装势力的干涉时，苏联人哪还有时间来讨论与国民经济了无干系的艺术形式问题呢？在包括托洛茨基在内的马克思主义批评家看来，俄国形式主义是他们不屑一顾的文学现象。奥波亚兹们"是一批幼稚而可怜的专家"，他们"与时代可悲地断绝了联系"（施佩特）。其理论探讨则不过是一种智性风尚或一帮空谈学究用以消磨时间的无害游戏而已（科甘）。[1] 他说"你们这群可怜而天真的专家们，连最后一点点现代生活情趣也丧失了"[2]。他们认为奥波亚兹的研究没有任何益处，也不欣赏形式主义对诗语的高度技巧性分析，认为迷恋文学技巧是一种病理现象，"是不懂得趣味的唯美美食家"的症状。[3]

托洛茨基看待俄国形式主义的观点固然不脱此类观念的框架。在托洛茨基的观念中，革命的最高利益就等于诗。革命最高利益决定了艺术的内容首位原则，也就是说，对于艺术来说，内容重于形式，实质重于表达。评价一部作品首先要看它是否具有革命的内容，决定一部作品是

① Victor Erlich：*Russian Formalism*：*History Doctrine*，Fourth edition，The Hague，Paris，New York：Mouton Publisher，1980，p. 100.

② 〔爱沙尼亚〕扎娜·明茨、伊·切尔诺夫主编：《俄国形式主义文论选》，王薇生编译，郑州，郑州大学出版社，2005，第260页。

③ Victor Erlich：*Russian Formalism*：*History Doctrine*，Fourth edition，The Hague，Paris，New York：Mouton Publisher，1980，p. 105.

否是诗的是内容，而非形式。这样一来，在托洛茨基那里，实际上也就是用革命的内容观取代了革命的形式观，在内容与形式并重和统一中走向了偏重内容一端。托洛茨基丝毫也不愿意或根本也不想掩盖他的立场，而是公然宣扬他的革命的功利主义美学和批评立场。在他眼里，革命是朝着某个既定的宏伟目标的一次英勇的进军，与这一未来的宏伟目标相比，我们所做出的一切牺牲、付出的一切代价、承受的一切苦难，从历史目的论角度看都是合理的，都是应该的和值得的。在革命的利益至高无上的年代，应该承受的牺牲岂止艺术本体论一端？

托洛茨基明确指出："如果不算革命前各种思想体系的微弱回声，那么，形式主义的艺术理论大概是这些年来在苏维埃的土壤上与马克思主义相对立的唯一理论。"① 由此可见，他明确地把俄国形式主义定位于与马克思主义适相对立的派别。

所以，尽管形式主义和未来主义同出一源，彼此之间交融无间，但托洛茨基还是将二者明确区分开来加以论述。也许，是因为未来派的政治立场比奥波亚兹们更鲜明？托洛茨基最反感的，是形式主义那种鼓吹艺术独立性的"貌似"中立的立场。这个问题事实上早在此之前，就已经进入托洛茨基的精神视野里了。在对"谢拉皮翁兄弟"的批评中，托洛茨基指出该派的最大毛病是"无原则性"：他们中的一些人"有一种内在要求，想摆脱革命，保障其创作自由不受革命的社会要求的干扰"。② 在托洛茨基看来，在国内战争分外紧张、人民生活尚存在很多困难的时代里，鼓吹艺术的独立性就等于拒绝为社会主义建设服务，所以，这不啻是大逆不道。所以，尽管"未来主义是历史上第一种自觉的艺术，形式主义学派则是艺术的第一个学术派别"，但后者的艺术理论是"肤浅"和"反动的"。③ 对于托洛茨基来说，形式主义的要害在于他们错误地主张艺术的独立性，而摒弃了艺术在革命时期所应担负的重大社会和历史责任。

托洛茨基在其名著《文学与革命》中，针对俄国形式主义的"偏颇"和"谬误"，特意着重强调了"艺术客观的社会依赖性和社会功利性"，强调艺术要服务于人民，因为"没有人民，知识分子就无法立足和巩固自己的地位，并赢得发挥历史作用的权利"。④ 此处，我们不难嗅出民粹派的味

---

① 〔苏〕托洛茨基：《文学与革命》，刘文飞等译，北京，外国文学出版社，1992，第150页。
② 〔苏〕托洛茨基：《文学与革命》，刘文飞等译，北京，外国文学出版社，1992，第55页。
③ 〔苏〕托洛茨基：《文学与革命》，刘文飞等译，北京，外国文学出版社，1992，第150～151页。
④ 〔苏〕托洛茨基：《文学与革命》，刘文飞等译，北京，外国文学出版社，1992，第157页。

道：因为在俄国，正是在民粹派那里，形成了一切以人民为转移、为标准的人民崇拜论思想体系。如前所述，革命胜利了的阶级有权声张自己的文化权利，并要求艺术为统治阶级的意识形态服务，这一点是完全正确的，非常合理的。托洛茨基进而指出："唯物主义的辩证法高于这一点：对于它来说，从客观的历史进程的角度来看，艺术永远是服务于社会的，历史地功利的。"①

托洛茨基认为语言艺术不能完全以语言本身为极限。但也许他更想说的意思是尽管艺术在某种条件下可以被当作是纯艺术，但此时此刻我们无暇顾及纯艺术问题。正如另一位马克思主义批评家卢纳察尔斯基所说："我们马克思主义者从不否认纯形式的艺术的存在。"②托洛茨基也指出："艺术形式在一定的和非常广泛的范围内是独立的。"③应当指出的是，奥波亚兹和未来派的确有把艺术孤立起来进行研究的倾向，在这种倾向的支配下，他们力求割裂艺术与其他文化领域的相互关联，以为只有在一种"纯净"的环境里才能找到艺术的本质所在。这种做法的偏颇性就连巴赫金也曾予以指正，他说：看不到或者是不愿看到艺术的意识形态属性的人，就好像一个人借口要认真仔细地观察现象而宁愿做一个近视眼一样愚蠢。对于托洛茨基来说，语言是思想和感情的载体，因此语言艺术作品应当首先是意识形态的载体和文化的载体。总之，对于托洛茨基来说，评价艺术的正确途径，永远应当以内容为主，以形式为辅，而决不能反其道而行之。

> 当然，一个诗人之所以成为诗人，全在于他是怎样表达思想和感觉的。但归根结底，诗人是用他所接受或所创建的那一流派的语言完成他身外的任务的。即使诗人只局限于个人的爱和个人的死这样狭小的抒情圈子，情形仍然如此。诗歌形式的个性色调自然与个人气质相符合，但与此同时，无论在情感领域还是在情感的表达的方法中，这些个性色调也是与模仿和因循守旧同在的。④

事实上，在内容与形式的二分法前提下，托洛茨基明显是站在主张

---

① 〔苏〕托洛茨基：《文学与革命》，刘文飞等译，北京，外国文学出版社，1992，第155页。
② 〔苏〕卢纳察尔斯基：《艺术及其最新形式》，郭家申译，天津，百花文艺出版社，1998，第302页。
③ 〔苏〕托洛茨基：《文学与革命》，刘文飞等译，北京，外国文学出版社，1992，第158页。
④ 〔苏〕托洛茨基：《文学与革命》，刘文飞等译，北京，外国文学出版社，1992，第154页。

内容重于形式，形式表达内容一边的。尽管如此，托洛茨基又与一般的持此类主张者有所不同。值得注意的是，托洛茨基肯定艺术有其传统，进而也就等于承认艺术有其规律。托洛茨基反对当时庸俗社会学把艺术传统当作资产阶级的这种做法，他说：把艺术传统当作资产阶级的而反对打倒，也就意味着不要艺术。只不过在托洛茨基看来，决定情感和思想表达方式的不光是文坛的范型和艺术的传统，而且更重要的还有特定时代人们生活的内容。生活是第一位的，艺术是第二位的，尽管艺术内部也有其传统和规律。文艺一方面无法摆脱其所固有的意识形态性；另一方面一个时代文学的范型则是文艺学家首先应予把握的，因为它是创新的起点。

托洛茨基继而写道：

> 这些形式影响着爱情的心理上层建筑，产生出新的色调和语调、新的精神要求和新的词汇需要，并因此而向诗歌提出新的要求。诗人只能在其所处的社会环境中找到素材，并让生活中新的震动通过他的艺术意识。因城市条件而发生了变化并变得更为复杂的语言，给了诗人以新的语言素材，并对诗人暗示出或使他易于找到新的组词方法，以便给新思想和新感情（它竭力想要穿透无意识的阴暗外壳）以诗的形式。如果没有社会环境的改变所造成的心理的改变，就不会有艺术中的运动：人们也许会世世代代地满足于圣经诗歌或古希腊人的诗歌。①

总之，按照托洛茨基的看法，促使艺术形式发生变化的原因在社会生活，而首先不是文学的一种自律运动。文学上的变化首先是因为内容变化了才会推动形式的变革。这也是马克思主义文艺学的首要原则，同时也是无可否认和辩驳的第一原理。至少从现实生活看艺术必然会得出这样的结论。奥波亚兹对于这一原则也是赞同的，但他们的要害在于他们在实际操作中往往是把形式与内容彻底割裂开来进行的，因而他们所说的形式，不是托洛茨基所说的包含了内容的形式，而是一种摒除了任何内容的纯形式。按照形式主义者们的观点，艺术形式变化的原因首先在于创作个体在创作中，对材料实施的陌生化手法。为了弄清这种手法产生效应的机制，就首先必须弄清什么是旧什么是新，什么有效应什么

---

① 〔苏〕托洛茨基：《文学与革命》，刘文飞等译，北京，外国文学出版社，1992，第155页。

已经丧失了其效应。总之，形式变化的原因在形式主义者看来，完全是文学内部的，而和外部现实没有或即使有联系，也不在他们考察的范围。

针对形式主义的这种看法，托洛茨基写道："作为这一形式创造者的艺术家和欣赏这一形式的观众，并不是用来创造形式和接受形式的空洞的机器，而是具有固定的心理的活生生的人，这种心理是某种整体，虽说这一整体并不总是和谐的。他们的这一心理是受社会制约的。艺术形式的创造和接受是这一心理的功能之一。无论形式主义者如何故弄玄虚，他们的整个简单的观念的基础，仍是对进行创造和使用创造出来的东西的那个社会的人的心理统一体的忽视。"[①]值得注意的是，这段话的主旨倒是和署名为梅德韦杰夫的巴赫金在《文艺学中的形式主义方法》中表述的观点差相仿佛。关于这一问题，我们下文还将涉及。

这里值得指出的是，形式主义在其发展的过程中，曾经竭力想要规避"心理主义"这一术语。但正如托洛茨基所一再指出的那样，形式主义实际上是无法规避"心理主义"的，因此他一再要求他们面对心理学、面对文艺心理学的审问。这是很深刻的。事实上，要使形式主义那些具有价值的假说能够具有价值，也就必须让这些假说接受心理学的检验。就必须把它放在文艺心理学、接受心理学的视域里加以检验，这是毫无疑问的。事实上，如果离开了读者和作者以及文本之间构成的关系，所谓陌生化云云也就根本无从谈起了。"陌生"还是"新颖"等感受，都是只能出现在艺术和接受意识形态里的现象，所以，离开读者感受这一维，一切的一切都失去了最后的依据。无论海上多么波澜壮阔风云舒卷，那也只是在人们的接受意识里泛起的波澜和涟漪。从这个意义上说，形式主义者们对他们自己理论的认识，反倒不如托洛茨基这样的旁观者更加清醒，这有点像是形式主义者们反倒不懂得形式主义。作为一位布尔什维克的领袖，在刚刚只有20多岁的奥波亚兹面前，托洛茨基更像是一个智慧的老人，而奥波亚兹们则显得稚气未脱。而且，托洛茨基对于形式的看法，似乎比什克洛夫斯基们更多一些辩证法。请看如下一段文字：

> 这一团主观的创作思想在寻求艺术实现时，会得到来自未知形
> 式一方的新的刺激和推动，有时会被完全推上一条起初不曾预见的
> 路。这仅仅意味着，语言的形式不是先入为主的艺术思想消极的反

---

① 〔苏〕托洛茨基：《文学与革命》，刘文飞等译，北京，外国文学出版社，1992，第158～
159页。

映，而是能影响构思本身的积极因素。然而，我们知道，这种积极的相互关系，——形式影响内容，有时会根本改变内容，——在社会生活和生物界的各个领域里都是存在的。①

从这一点可以看出：托洛茨基对于文本及其特点的熟稔，其实并不亚于什克洛夫斯基们。有过写作经验的人都知道，一方面一定的文本格律会给人以限制，但这种限制有时反而能成为刺激灵感的一个必要要素而成为文本的激发者。所谓在限制中显身手，"戴着镣铐跳舞"就是这种意思。可见，我们单从某种文学范型的意义上讨论创作是不够的。值得注意的是，在当时奥波亚兹成员笔下，很少能见到如此清晰明确的表述：他们在热衷于寻找一种文体的范型和原型的同时，对于作家创作心理却缺乏深入研究和认识。事实上文学史上几乎所有成功的作家诗人，都既是特定文体风格的继承者和发扬者，同时也是其背叛者和反叛者。没有继承就会丧失一种"元语言"或范型，而没有反叛便没有发展。几乎所有的成功的作家都是特定文本的"不法之徒"。其次，不仅内容形成形式，而且有时形式也会反过来形成内容。这就好像作家在创作过程中思维所遇到的障碍，反而促使艺术思维走向一条出乎意外的路，以至于"柳暗花明又一村"。

总的说来，虽然在对马克思主义文艺思想的具体阐释上存在某种简单化和片面性的偏差，但马克思主义文艺理论的几位主要发言人对待形式主义的态度是严肃认真的。他们都对俄国形式主义作了一分为二的分析和批判，既肯定了其积极的一面，也指出其致命的要害。托洛茨基写道："形式主义的艺术理论尽管肤浅和反动，但形式主义者的相当一部分探索工作是完全有益的"②，"形式主义的那些运用于合理范围内的方法论手法，有助于阐释形式的艺术心理特点（形式的精练性、迅速性、对比性、夸张性等）"。与托洛茨基相同，另一位马克思主义批评家布哈林同样认为形式主义对于诗歌技巧的研究，具有一定的优点和长处，值得予以有限度的肯定。

卢纳察尔斯基写道：我承认在个别情况下，在具体细节下，我们"也可以向形式主义艺术家借鉴"，承认"形式的工作为一切艺术所固有；在某些情形下，艺术可能完全归结为形式的工作"。但对于奥波亚兹的全部

---

① 〔苏〕托洛茨基：《文学与革命》，刘文飞等译，北京，外国文学出版社，1992，第160页。
② 〔苏〕托洛茨基：《文学与革命》，刘文飞等译，北京，外国文学出版社，1992，第151页。

理论，他明显持批判态度。针对奥波亚兹成员之一的艾亨鲍姆的"语言游戏说"（*Как сделана «Шинель»*），这位第一任人民教育委员讽刺地写道："他把任何文学作品都归结为文字游戏，把一切作家都看成是耍弄词汇、逗人开心的人，他们一心只考虑如何制作《外套》，从他们的作品中只能寻找诸如蹭脚后跟之类的直接满足。"[1]他从马克思主义辩证唯物主义和托尔斯泰艺术论相结合的角度，从艺术是感情而非认识方式的观点出发，提出一种"观念形态艺术"的主张。真正的艺术永远都是意识形态性的。卢纳察尔斯基认为检验艺术伟大与否的最后标准，是情感的强烈程度和自发性的大小，从这种观点看形式主义所谓的手法，则毋宁说它们是精神和道德贫乏的标志。他把佩列维尔泽夫[2]的《论果戈理的创作》（按：此著6年后被苏联批评家斥为"庸俗社会学"的典范之作[3]）与艾亨鲍姆的《果戈理的"外套"是如何写成的》作了一番对比，指出后者是"缺乏灵魂"的分析样板。它把一个撕心裂肺的故事变成仅仅是一个风格练习了。在卢纳察尔斯基看来，奥波亚兹理论不但错误，而且反动，是旧俄时代统治阶级"逃避主义"（escapism）的一种形式，是一种颓废派的产物，是一种旧俄遗留下来的文化残余，是知识分子借以偷窥资本主义欧州的最后一个"避难所"。[4]

从今天的观点看，奥波亚兹似乎的确具有一定的"犬儒主义"倾向：即他们甘愿只作一个鞋匠而不愿当一个引路人，甘愿只见树木而不见森林。由于缺乏并且也不愿具有一定的哲学穿透力，致使他们对于艺术的观察更多地停留在一些微不足道的细节上，而缺乏对于艺术的宏观视角的把握。这一缺点是几乎所有代表马克思主义文艺学发言的理论家都指出过的。例如，在托洛茨基看来，俄国形式主义的使命，不过是"对诗歌作品的词汇和句法特性的分析（实质上是描述性的，半统计性的分析）"，是"对重复出现的元音和辅音/音节/修饰语的计数"，因此，这种工作只能是"局部的、初步的、辅助性的和准备性的"。同样，布哈林也认为俄

---

①　〔苏〕卢纳察尔斯基：《艺术及其最新形式》，郭家申译，天津，百花文艺出版社，1998，第305、323页。

②　佩列维尔泽夫（Валерьян Фёдорович Переверцев，1882～1968），苏联文艺学家。写有研究果戈理、陀思妥耶夫斯基和古俄罗斯文学方面的著作。他的庸俗社会学观点曾受到批判（20世纪20年代末30年代初）。

③　Victor Erlich：*Russian Formalism*：*History Doctrine*，Fourth edition，The Hague，Paris，New York：Mouton Publisher，1980，p. 106.

④　Victor Erlich：*Russian Formalism*：*History Doctrine*，Fourth edition，The Hague，Paris，New York：Mouton Publisher，1980，pp. 106-107.

国形式主义的全部工作，仅仅在于开列一份或收集整理出个别诗歌手法的'总目录'。总的说来，这种分解工作作为一种低级劳动是可以接受的，它对于以后的批评综合是一种预备性的阶段"。但"它远远称不上是一种富于创造性的新生学科"。①

鉴于俄国形式主义的琐碎性，卢纳察尔斯基提出自己的以托尔斯泰精神和形式主义激情结合起来的学说，以试图取代极端的形式主义文论。应该充分注意到的是，这的确是把马克思主义与形式主义结合起来的最好尝试之一，这一点在今天尤其应当得到应有的肯定。卢纳察尔斯基指出："在这里，艺术已经完全属于意识形态领域了。它已经不是以赏物为目的的人类工业的一部分，而是影响整个人类的意识，影响人的'精神的'真正的强大的工具，是力量很大的教育和宣传手段。""总括起来：一切艺术都是意识形态性的，它来源于强烈的感受，它使艺术家仿佛情不自禁地伸展开来，抓住别人的心灵，扩大自己对这些心灵的控制。"②对于卢纳察尔斯基来说，强烈的思想和感情是第一位的，它们的存在要求予以表达，形式就是思想感情自然抒发过程中自然形成起来的，而并没有一种可以离开特定内容而独立的"纯粹形式"。诗的形式值得加以研究，那是由诗歌本身的特点所决定的，因为诗歌首先必须能够感人，所以，"诗的语言一方面讲究生动优美的表现力，另一方面讲究音乐的感染力。语言本身希望为自己创造出鲜明的、仿佛看得见摸得着的插图，同时也希望借助节奏、声调、音色的力量，时而上升到旋律的地步，以影响神经系统。""艺术性取决于感受的力量和渴望找到尽可能圆满地将这种感受传递到他人身上的方法。"③

第五节　托洛茨基——马克思主义社会学批评的定音叉

托洛茨基是他那个时代在其批评视野里囊括了该时代差不多全部主要文学现象的批评家之一。由于时代的局限，今天，我们关于当时曾被托洛茨基评论过的那些文学思潮与流派，当然已经有了世所公认、比较客观比较科学的观点和看法了，但这丝毫也不会降低托洛茨基文学批评

①　Victor Erlich：*Russian Formalism*：*History Doctrine*，Fourth edition，The Hague，Paris，New York：Mouton Publisher，1980，p. 249.

②　〔苏〕卢纳察尔斯基：《艺术及其最新形式》，郭家申译，天津，百花文艺出版社，1998，第 306 页、第 309～310 页。

③　〔苏〕卢纳察尔斯基：《艺术及其最新形式》，郭家申译，天津，百花文艺出版社，1998，第 307～308 页。

的社会意义和理论意义。在托洛茨基看来，文学批评之所以重要，在于它能在读者的心灵和作家的心灵之间搭起一座阐释学的桥梁。而且，在此之中，形式标准和社会标准密不可分。然而，实际上，政治上的实用主义常常迷惑托洛茨基的美学眼光。在许多场合下，对他来说，社会益处要重于作品的艺术优点。

在如今人们所说的"白银时代"里曾经有过的差不多所有文学思潮与流派，差不多都被纳入了托洛茨基的视野。如果我们想到他是一位职业革命家，身上担负着那么繁重的领导任务，我们便会对托洛茨基的广博知识和学术素养所震惊。在戎马倥偬之际，甚至乘着专列奔跑在国内战争危机存亡血火纷飞的各条战线之间的他，居然仍能挤出业余时间，阅读大量文学作品，涉猎之广，发掘之富，令人瞠目结舌。他凭借娴熟的外语优势，直接阅读大量原文文学作品，写有大量涉及基础理论和文艺现象的文章和书评。凡此种种，是我们理解托洛茨基文艺理论和批评风貌所必不可少的语境条件。活跃在那个时代的"路标派"、"新宗教意识运动"、"谢拉皮翁兄弟"、新农民诗歌、象征主义、阿克梅主义即新古典主义、未来主义等，都未能逃出他的视野。但他论述俄国未来主义的专章是最值得注意的。

托洛茨基对于未来派的论述，与我们的主题也有很密切的关系，其原因在于：俄国未来派和俄国形式主义（奥波亚兹）实际上是同一场运动的两面：未来派是着重创作实际的一面，而形式主义则是这同一场运动的理论表述一面。这一出自美国资深研究家维克多·厄利希的观点，也是为我们所赞同的。

俄国未来主义运动史迄今仍是一个未曾得到很好研究的空白。俄国未来主义运动也是当时所有文学思潮与流派里最为复杂最为繁难的一个思潮和流派。事实上在未来主义研究中，仍有许多问题悬而未决。但有一点是大家都认可的，即俄国未来派的崛起，与俄国形式主义有着十分密切的关系。今人指出，特尼亚诺夫的文学演变模式对于描述导致未来主义产生的那些变形来说是十分理想的："话语材料的内在论动态化，作为一种与自动化接受进行斗争的手段的陌生化，为新的视野而进行的斗争，对革命爆炸、变迁进程的忠诚，对边缘、下层和非正典化文学分支的体裁和手法的充分利用等等"①，都可以在未来派诗歌创作实践中找到。

---

① И. Ю. Иванюшина：*Русский футуризм：идеология，поэтика，прагматика*，Саратов：СГУ，2003，С. 11.

在对于俄国未来主义的众多评论中，托洛茨基的评论无疑占有举足轻重的地位，而且文学史的实际也证实了这一点。虽然未来派某些代表人物坚持他们的东方转向和东方取向，但正如托洛茨基所说，俄国未来派的确是和欧洲同时发生的一个在政治和文化领域展开的现象。这里，托洛茨基依据阶级属性对所评论现象进行定位的习惯仍然不改，他认为俄国未来派属于资产阶级（确切地说是小资产阶级）范畴。未来主义是在资产阶级文化内部进行浪漫主义造反的放浪派。我们也可以说这是一种无政府主义式的反抗。事实上这种观点直到今天仍统率着我们对于俄国未来派的认识。在俄国，未来派产生于一度占据统治地位的象征派之后，所以，"为争得自己在阳光下的一席之地，它比它前面的几个流派进行了更尖锐、更坚决、主要是更喧闹的斗争，这也是与它积极的世界观一致的。"①而由于"无产阶级夺取政权时，未来主义还处在一个受迫害小组的年龄上。由此而产生了使未来主义投向生活新主人一方的推动力；而且不尊重旧的规范、富于变动性等未来主义世界观的主要成分，也极大地减轻了它接触和亲近革命的困难"②。托洛茨基这些论断的确表现了他作为一个马克思主义者的远见卓识。的确，俄国未来主义和俄国革命是十分协调的，这和其他另外两个流派多少有些不同。革命后未来派成为新的条件下的"列夫派"并在马雅可夫斯基的努力之下，成为为革命呼喊鼓噪的激进的左派艺术的代表，就是一个不容辩驳的证明。

如果说奥波亚兹最容易为人所诟病的，是他们的"旗帜颜色"的说法的话，那么，未来派的"软肋"则是他们那臭名昭著的"耳光"说和"把……从现代轮船上丢下"的说法。和一般人们的见解相反，托洛茨基认为未来主义号召与过去决裂、抛弃普希金、取消传统等是有意义的，"因为它是针对旧的文学阶层、针对知识分子封闭的小圈子的"。这也就是说，未来派所针对的，主要是他们在文学领域里的前辈。按照托洛茨基的见解，传统显然具有两重性，它有好的一面也有不好的一面。在托洛茨基心目中，一切不符合革命人民利益的艺术，就是不好的传统，而反之则是好的传统。但一般地说，托洛茨基认为未来主义的文化虚无主义是不可取的，因为"我们马克思主义者从来都生活在传统中，说真的，我们并没有

---

① 〔苏〕托洛茨基：《文学与革命》，刘文飞等译，北京，外国文学出版社，1992，第114页。

② 〔苏〕托洛茨基：《文学与革命》，刘文飞等译，北京，外国文学出版社，1992，第114～115页。

因此而不再是革命者"①。当然事实上俄国未来派并不是不要传统，而是不要特定的传统。事实上和奥波亚兹的"旗帜颜色"说一样，未来派的"抛弃传统"说也是一种为了提高其市场价值而故意做作的夸张说法。实际上，当今人们的研究成果表明：俄国未来派非但不是文化传统的背弃者，反而是一些更加边缘传统的继承者，只不过这种继承不是遵循一条直线，而是遵循一条曲线，即所谓"隔代遗传"：子辈不是直接向父辈学习，而是从叔父辈传承衣钵。这也就是奥波亚兹所发明的"什克洛夫斯基-特尼亚诺夫定律"。②　按照当今研究的结果显示：俄国未来派取法的前辈，是俄国 18 世纪的古典主义和民间版画传统、东方神秘主义和原始主义等思想元素。

　　直到今天，俄国未来派的艺术哲学仍是人们研究不够的领域。一方面由于它的复杂——它一共有两种形式：一种是形式主义的，另一种是倾向于马克思主义的。我们对于其中许多代表人物如赫列勃尼科夫和克鲁乔内赫的语文诗学（"无意义语"学说）还不能说已经很了解了。问题的复杂性在于俄国未来派和俄国一切文化现象一样，也带有深刻的双重性，即它是语言诗学和恶劣的胡闹的混合体。当克鲁乔内赫声称他所谓的"дыр，бул，щыл"超过普希金所有的诗歌时，我们只能像托洛茨基一样付之一笑而已。托洛茨基的反应已足够含蓄："这只能候诸异日了。"③

　　在一种历史的发展的语言观基础上，托洛茨基对于未来派诸同人所做的语言实验，给予了有限度的认可和承认。他在下述一段话里这样写道："毫无疑问的是，语言的存在和发展，本身会不断地创造新词和抛弃旧词。但总的说来，语言在做这一切时是非常谨慎的，有分寸的，在非如此不可时才这样做。每一新的伟大时代都给语言以推动。它凭一时热劲吸收大量的新词，然后以自己的方式再进行重新登记，剔除一切多余的、异己的东西。"也许，在语言进化和发展的意义上，我们更应该信赖的是群体标准，而非个人的创造？也许正因为这个原因，托洛茨基才有限度地肯定未来派诸同人的语言学实验，"具有一定的语文学价值"，但它们却是诗学，而不是诗，它们"处于诗歌的范围之外"。对于俄国未来派代表人物克鲁乔内赫的"无意义语"理论，托洛茨基也持相似的观点，

①　〔苏〕托洛茨基：《文学与革命》，刘文飞等译，北京，外国文学出版社，1992，第116 页。

②　В. С. Баевский：*История русской литературы XX века. Компендиум*，М.：Языки славянской культуры，2003，С. 6.

③　〔苏〕托洛茨基：《文学与革命》，刘文飞等译，北京，外国文学出版社，1992，第 118 页。

即认为它们是诗学，而不是诗。这种实验可以推动诗学研究的进展，但却很难说它们是什么值得密切关注的诗歌现象。①

　　以未来为取向使得未来派的语言学方案也带有一定的乌托邦色彩。这种乌托邦也像某种象征派理念一样，全面渗透到当时艺术和文化生活的各个领域里去。未来派在有关未来的构想方面带有演绎的特点，即一切从特定的理念出发，而不是从实际出发、为实际服务、解决实际问题。未来派的乌托邦理念最具体体现在他们那种让生活艺术化的企图——这实际上是俄国象征派的余波。艺术固然不单纯是对现实的反映即镜子，但它也不纯然是创造性的变形即锤子。艺术乃是这两种功能的结合和综合。目前来说，把艺术当作资产阶级传统而反对打倒，就意味着不要艺术。艺术并未被无产阶级所掌握。无产阶级要学习艺术，就必须学习传统。因为无产阶级需要艺术这一工具。托洛茨基指出："谁也不向新文学要求那镜子般的冷漠。改造生活的愿望愈深地渗透进新文学，新文学就能愈有表现力地和愈生动地'描写'生活。"②也就是说，在对未来派的评论中，托洛茨基实际上也批驳了"无产阶级文化派"等极左派的文化虚无主义观点。

　　显然，在对未来派艺术的评价中，托洛茨基首先遵循的，依然是内容第一的标准。他认为"如果艺术不能帮助新人教育自我、加强并雕琢自我，这种艺术还有什么用处呢？如果艺术不深入并再现内心世界，那么它又怎能对内心世界进行组织呢？"③艺术要符合人民对它提出的要求，艺术要为革命的现实利益服务，它要能教育人民、打击敌人，宣传人民，鼓动人民进行斗争。更重要的是，艺术还要能表达人民的思想和感情。从所有这些方面出发，则俄国未来派似乎都与之相距甚远，但未来派最可贵的是它代表了对于旧制度的无政府主义的放浪反抗，连带包括附属于旧制度的旧艺术。与象征派沙龙艺术室内艺术不同，未来派倡导走向群众走向广场走向民间。俄国诗歌领域里的"大声疾呼"派即肇始于马雅可夫斯基的创作。未来派之所以能如此见重于托洛茨基的原因之一也正在于此。在马克思主义者中，托洛茨基是努力于理解俄国未来派产生的社会心理原因的一位实事求是的思想家理论家。他指出未来派发源于对日常生活庸俗无聊性的抗议。托洛茨基认为艺术家应当对日常生活保持

---

① 〔苏〕托洛茨基：《文学与革命》，刘文飞等译，北京，外国文学出版社，1992，第118～119页。

② 〔苏〕托洛茨基：《文学与革命》，刘文飞等译，北京，外国文学出版社，1992，第122页。

③ 〔苏〕托洛茨基：《文学与革命》，刘文飞等译，北京，外国文学出版社，1992，第123页。

一定距离，以便于对其展开批判。当今非常时兴的文化批判究竟始于何时何地，不甚了了，但在俄国则非未来派莫属。但托洛茨基却不同意"列夫"否定日常生活描写的艺术意义这种做法。也许正是由于受到托洛茨基的批判，20世纪20年代后期的"列夫派"才开始重新张扬"完成时代订货"这种极端应时的主张。对于"列夫派"的这一转变，托洛茨基给予了足够的理解和宽容。他写道："我们没有理由怀疑，'列夫派'是真诚渴望为社会主义的利益而工作的，对艺术问题它有着浓厚的兴趣，并想遵循马克思主义的标准。"①实际上，在这个问题上，未来派和奥波亚兹是被绑在同一列战车上的。和未来派一样，奥波亚兹代表人物后期发表的文章中，开始大力宣扬文艺要反映时代精神，表现时代的呼声，完成"社会订货"。为此，他们的文体演变观也开始发生变化：他们开始对于国内战争中崛起的一种新的文体——纪实性报告文学——给予高度评价，认为这种文体反映了文学的点金术是如何把"事实的文学"变为"文学的事实"的。

在对于未来派的论述中，值得注意的一点，是托洛茨基在此阐述了党对文艺实施领导的原则问题。按照托洛茨基此时的观点，党只管意识形态，而"艺术的积极发展、为艺术在形式上取得新的成就而进行的斗争，并不是党的直接任务和关心的对象"②。也就是说，党可以只抓方向和方针，而把艺术风格竞争的问题留给艺术家们去解决。如果以后的苏联能够按照托洛茨基此时此地的说法做的话，那么，也许苏联文学和苏联文化史便该具有截然不同的样态？当然，对于已然如此的历史我们是不能够随意假设的。虽然正如当今一位俄罗斯后现代主义者所说的那样：对历史是不能假设的，但对历史唯有假设才有意义。

在当时的马克思主义批评家中，托洛茨基差不多是第一个给予未来派以基本肯定评价的一位，而且，在人们对未来派的实验众说纷纭之际，托洛茨基却既从右的一面也从左的一面捍卫了未来派的立场。针对来自无产阶级文化派可能会有的指责，托洛茨基写道，如果对未来派与无产阶级文化派相互联系这一点视而不见，"将未来主义鄙视为腐朽知识分子的骗人的发明，那也是荒谬的"③。

与其他马克思主义批评家相比，昭示出托洛茨基的优越性的另外一个地方，是他对于未来派在语言革命的意义，给予了充分的肯定。他深刻理解未来派在文学领域里掀起的那场革命的意义。他说最初的俄国未

---

① 〔苏〕托洛茨基：《文学与革命》，刘文飞等译，北京，外国文学出版社，1992，第125页。
② 〔苏〕托洛茨基：《文学与革命》，刘文飞等译，北京，外国文学出版社，1992，第125页。
③ 〔苏〕托洛茨基：《文学与革命》，刘文飞等译，北京，外国文学出版社，1992，第126页。

来主义乃是文学放浪派的反抗，亦即"对资产阶级知识分子封闭的关门主义美学的反抗"①。可见，未来派的反抗不仅有其社会针对性，而且也有其文学内部的针对对象，那就是俄国象征主义所具有的形而上和神秘主义本质。和象征派相比，未来派的语言方案更加激进、更加决绝。这表现在对于象征派贵族式语言的反抗上。

托洛茨基指出："如今，假若细心地回顾一下已过去的这个时期，就不能不承认，未来主义者在语言领域的工作是富有活力的和进步的。不去夸大他们所进行的语言'革命'的规模，但不能不承认，未来主义已将许多空洞的词句从诗歌中剔除了出去，还给另一些词语以血肉，在某些场合下，未来主义富有成效的创造了许多新词和短语，它们已进入或正在进入诗歌语汇，能够丰富活的言语。"在这个方面，托洛茨基表现出比大多数马克思主义批评家更多一些睿智和开阔的心胸。他指出"同样也不能不承认未来主义在节奏和韵律方面所做的进步的、创造性的工作，并应作出评价"。未来派探索的价值在于它们表明对于艺术形式问题，不能采用纯逻辑的态度。"评断艺术形式应当不用理性，理性不会超越形式逻辑；而应该用智慧，智慧也把理性的东西包含进来，因为非理性的东西是活生生的和有生命力的。诗歌与其说是理性的，不如说是情感的东西；而吸收了生物节奏和社会劳动节奏以及节奏组合的人的心理，则在声音、歌曲和艺术语言中寻求其理想化的表现。只要这一要求还存在，未来主义那较为灵活、大胆和多样的节奏和韵律就是一个毋庸置疑的和有价值的成就。这一成就已远远超出了纯粹的未来主义小团体的界限。"②

对于尚未掌握文化的无产阶级来说，未来主义对于"语言这一基本文化工具"的态度，更认真、更精确、更内行也更高明。托洛茨基的下述见解也令人惊讶：诗歌的语用学观表明，词的用法意义大于其词典意义。这实际上已经昭示了今天蔚为风气的语用学和语境学这样一些新学科的意义。正如维特根斯坦所说，词的意义就等于词的用法。托洛茨基指出："当人们在每一具体场合下运用一个概念时，一个词永远不能精确的涵盖这一概念。另一方面，作为声音的词和作为图形的词，不仅作用于耳朵和眼睛，同时也影响着逻辑和想象。思想的准确说明，只能依靠对语词细致的选择，依靠对语词多方面的、其中包括声学方面的斟酌，依靠对语词的周密的组合。在这里，毛毛糙糙是不行的，需要用测微工具。在

---

① 〔苏〕托洛茨基：《文学与革命》，刘文飞等译，北京，外国文学出版社，1992，第 127 页。
② 〔苏〕托洛茨基：《文学与革命》，刘文飞等译，北京，外国文学出版社，1992，第128 页。

这一领域中，成规、遗俗、习惯和粗枝大叶都应让位于周密的系统的工作。就最好的一个方面而言，未来主义是对毛糙文风的抗议，后者是一个最有势力的文学流派，它在每一方面都有一些很有影响的代表人物。"①我们知道：未来派著名的"无意义语（诗）"学说实际上就是循着语词的图形和声音两个维度开拓诗意的审美空间的。

从这个意义上说，未来主义具有革命性，但不是无产阶级革命性。这种说法本身体现了托洛茨基的分寸感和分析的精细。他指出我们需要把握科学认识和艺术认识的根本差异，并承认日常生活、个人环境与生活经验对艺术生产的影响。

与未来主义问题相关，托洛茨基对于马雅可夫斯基的评价，事实上成为苏联时期对于马雅可夫斯基评价的一个定音叉，决定着嗣后对于这位诗人的主导评价基调。在这方面，托洛茨基注重发现马雅可夫斯基作为一个诗人的最主要的诗学特征，那就是"他善于把见过多次的事物置于另一角度，使它们看上去像是新的"。毫无疑问，在这些地方，托洛茨基吸收了俄国形式主义在诗学研究中的巨大创见——陌生化学说。他承认马雅可夫斯基是天才，而且是一个"巨大的天才"。马雅可夫斯基的独特性在于"他有着自己的结构、自己的形象、自己的节奏、自己的韵律"，因而，也就是他拥有作为艺术家最宝贵的自己的风格和"宏大的艺术构思"。如果说象征派把自己定位于一个中世纪的祭司的话，那么，马雅可夫斯基则"毫无保留地让其创作服务于革命"。从这个意义上说，马雅可夫斯基带有俄国特有的天才人物的特点，那就是具有高度的创造力，同时却只有很弱的形式感。"在需要分寸感和自我批评能力的地方，马雅可夫斯基总是最弱的"。但马雅可夫斯基的意识不是无产阶级的，而是文学放浪派的；他的个人主义是革命的个人主义。尽管如此，马雅可夫斯基距离革命的距离最近，因为"对于马雅可夫斯基来说，革命是一种真正的、毫无疑义的、深刻的体验，因为革命的雷电猛烈轰击的东西，正是马雅可夫斯基以自己的方式仇恨过的、而且尚未与之和解的东西——马雅可夫斯基的力量就在这里"②。

马雅可夫斯基的缺点似乎应当归咎于他的优点：他太夸张，而夸张却是抒情诗的本质特征。他常常把个人的小事与民族大迁徙相提并论，而"艺术中的分寸感相当于政治中的现实感。未来主义诗歌的主要毛病就是缺乏

---

① 〔苏〕托洛茨基：《文学与革命》，刘文飞等译，北京，外国文学出版社，1992，第129页。
② 〔苏〕托洛茨基：《文学与革命》，刘文飞等译，北京，外国文学出版社，1992，第133页。

分寸感，甚至在其最优秀的成果中也存在这样的毛病"。"马雅可夫斯基过
于经常的在应当说话的地方喊叫；因此，在应当喊叫的地方他的喊叫便变
得不够劲儿了。""诗歌应照顾到接受者的特点。"①马雅可夫斯基诗歌的不协
调感还表现在常常使用不恰当的比喻。但托洛茨基也指出，马雅可夫斯基
的缺点来源于一个群体的缺陷，所以，不是应该由他个人完全负责的。

在 20 世纪国际学术界，人们往往把俄国未来派和十月革命等同视
之。20 年代构成主义的建筑构思就体现了那个时代的"时代精神"——创
造和建设生活的理念。而什克洛夫斯基的"艺术即手法"对当时人有着十
分强大的影响。②"布尔什维克革命后，许多未来主义先锋派成员致力于
全身心地为新社会服务，努力把新的苏联社会生活当作未来美好的乌托
邦。"③什克洛夫斯基等人曾企图把文学纳入布尔什维克政治纲领的统率
之下。也就是说，奥波亚兹和未来派一样，力图把自己纳入布尔什维克
革命纲领的统率下，而建设一种带有强烈意识形态色彩的诗学或文艺学，
这种诗学乃是一种"以操作为主"或"重视操作"（work-centered）的诗学，
这种诗学与理论诗学不同，而甘于固守狭义"诗学"的立场。巴赫金以本
名出版的几种专著，大体上便并未超越狭义诗学的范畴。④

未来主义还不等于无产阶级艺术，但却是走向后者的必要环节，而
且也是"新的大文学形成过程中必不可少的一环"。对于将来的艺术和文
化建设来说。"未来主义中的许多东西将是有益的，将服务于艺术的提高
和复兴。"⑤

托洛茨基在其论述未来主义的文章的最后，对党对文艺的领导再次
提出更高的要求，即要求给艺术的发展以更广阔的自由的空间，这话出
自 20 世纪 20 年代初听来让人感动。托洛茨基指出："如果周围没有一种
有弹性的同情氛围，艺术既不能生存，也不能发展。"⑥

20 世纪 20 年代初期，在马克思主义批评和形式主义这两种高度对

---

① 〔苏〕托洛茨基：《文学与革命》，刘文飞等译，北京，外国文学出版社，1992，第135～
136 页。

② Irina Paperno, Joan Delaney Frossman：*Creating Life：The Aesthetic Utopia of Russian
Modernism*，Stanford，California：Stanford University Press，1994，p. 180.

③ Irina Paperno, Joan Delaney Frossman：*Creating Life：The Aesthetic Utopia of Russian
Modernism*，Stanford，California：Stanford University Press，1994，p. 170.

④ Carol Any：*Boris Eikhenbaum：Voices of a Russian Formalist*，Stanford，California：
Stanford University Press，1994，p. 229.

⑤ 〔苏〕托洛茨基：《文学与革命》，刘文飞等译，北京，外国文学出版社，1992，第144～
145 页。

⑥ 〔苏〕托洛茨基：《文学与革命》，刘文飞等译，北京，外国文学出版社，1992，第 145 页。

立歧异的理论之间，由于时代环境的特殊性，文坛还可以允许此二者之间有对话，甚至是富于成效的对话，这对于澄清双方各自的立场，促进相互理解起到了不小的作用。正如加林·蒂哈诺夫所说："在新经济政策时期，马克思主义尚未不可逆转地被提升为一种教条，竞争的原则某种意义上还有效，还在起着一定的作用。"①事实上，后来的形式主义者们纷纷改弦易辙，毅然走上尝试把马克思主义社会学与形式主义结合的大路，和这次对话不无关系。在此，托洛茨基所起的作用是不可小视的，在某种意义上可以说他在其中起着决定性作用。当然，格于时代和条件的限制，托洛茨基对于奥波亚兹的批评，实际上所根据的，是什克洛夫斯基个人早期的著作，而这些著作远不能代表形式主义的"实际成就"。②

上文中我们对于这两大阵营之间的对话，通过艾亨鲍姆的评论，作过一些间接的介绍，但这还是远远不够的，事实上，以今天的观点看，在托洛茨基和什克洛夫斯基之间发生的对话，似乎能够给人以更多更重要的启示。针对托洛茨基对自己的批评，什克洛夫斯基在《马步》一书中，提出了 5 点反驳意见，其一有关"迁移情节"问题。所谓"迁移情节"（кочевой сюжет）是指一定情节模式在口头和书面语文学作品中，在不同国度和不同历史时期的复现现象。此类现象在民间口头文学和书面文献中都屡见不鲜。这个问题的提出具有历史的语境。值得注意的是实际上托洛茨基的观点和立场与俄国 19 世纪末学院派文艺学代表人物、俄国历史诗学的奠基人维谢洛夫斯基的观点是高度吻合的。也就是说，他们认为是非常相似的社会生活条件导致在不同地域和不同时代文化中产生了大致相仿的情节母题。总之，托洛茨基更关注的是特定情节模式的起源问题，而什克洛夫斯基则更关注特定情节模式作为一种艺术范型的迁徙问题。前者恰好体现了马克思主义社会学的特点，而后者则体现了形式主义对于结构问题的优势关注。在什克洛夫斯基看来，迁移情节作为一种范式，是没有根基而可以到处漂流和迁徙的。什克洛夫斯基写道："如果日常生活和生产关系能影响艺术，那么，情节不是也要被固定在它与这种关系相适应的地方吗？须知，情节是无家可归的。"③

在 21 世纪的今天，情节作为一种范型可以漂流迁徙这一点已经不是

① Craig Brandist，David Shepherd and Galin Tihanov(eds.)：*The Bakhtin Circle：In the Master's Absence*，Manchester and New York：Manchester University Press，2004，p. 56.

② Tony Bennett：*Formalism and Marxism*，London and New York：Routledge，1989，p. 23.

③ Виктор Шкловский：*Ход коня. Сборник статей*，Москва，Берлин：Книгоиздательство Геликон，1923，C. 47.

什么秘密了。叙事学和比较文学中充斥着此类的例证。所有这一切似乎是在为什克洛夫斯基辩护的，但也不尽如此。也许，这两个人的观点都有道理，并在一定范围内都有其合理性。这绝不是在调和和折中，而是因为托洛茨基和什克洛夫斯基一个着眼于外部原因一个着眼于内部原因，因而两个有相互结合的可能性。显然，托洛茨基的视野要比什克洛夫斯基更广阔更宏观。在每个领域里人类都希求最大限度地"节省气力"，和"利用另一阶级的物质遗产和精神遗产"，但在人类做同一件事的不同方式上，可以见出文化、时代和地域的差异来。托洛茨基的这一立场当然无可置疑地是正确的。因为一位叶卡婕琳娜二世宠臣奥尔洛夫的轿式马车和农夫的大车当然具有截然不同的文化意蕴。① 托洛茨基反驳道：尽管不同民族和同一民族的不同阶级都利用同一些情节，但其使用"同一情节"时的意识内涵却是不同的。这里面往往表现了一种"文化的冲突"和"意识的对立"，这一点同样也是深刻有力的反驳。值得指出的一点是：什克洛夫斯基在其后所写的文章（如《小说论》、《关于小说的小说》等）中，接受了托洛茨基的这一意见，开始注重情节所表现的社会意识和社会心理内涵了，并且提出了文学的永恒主题是表现"不在其位的人"的哲理命题，成为晚期俄国形式主义最值得关注的学术发展。

什克洛夫斯基的提问在今天的文化人类学和比较文学中也是个合理的追问，事实上也是比较文学赖以成立的一个"真正的科学的问题"。因为几乎法国学派的比较文学大多建基在此类问题之上。一种文学范型一旦形成，便开始了其在不同民族和文化中间的迁移（这个问题和上一问题有相近之处），例如比较文学领域里的"赵氏孤儿"母题。托洛茨基的主张同样也在 20 世纪文化人类学中有学理的支撑，那就是主张同一文学范型可以在不同文化民族背景下产生的可能性。② 对于托洛茨基来说，能提出这样的问题就不简单，因为这是 20 世纪的 20 年代。由此可见，托洛茨基比那些单纯的"党务工作者"深刻不知凡几。

什克洛夫斯基所提最后两个问题的理论依据实在有些幼稚。问题在于，即使"大俄罗斯关于贵族的故事与关于神父的故事相同"，也无助于说明艺术中沉积着等级和阶级的特征。正如托洛茨基所指出的那样："在形式逻辑方面，我们这位形式主义者做得也不太好。"③所以，尽管后来

---

① 〔苏〕托洛茨基：《文学与革命》，刘文飞等译，北京，外国文学出版社，1992，第 161～162 页。

② 〔苏〕托洛茨基：《文学与革命》，刘文飞等译，北京，外国文学出版社，1992，第 162 页。

③ 〔苏〕托洛茨基：《文学与革命》，刘文飞等译，北京，外国文学出版社，1992，第 164 页。

什克洛夫斯基一再为此而辩解，但他的缺乏说服力是显而易见的。

接下来，托洛茨基的另一命题也同样是切中肯綮的："如果说，很难断定某些故事是写于埃及，写于印度还是写于波斯，这也是不足为奇的。因为这几个国家的社会环境有很多共同之处。"但这仅仅是问题的一个方面。文学上的"同一情节"的相似性还可能是由于文化交流或文学影响和文学借用形成的。这一观点颇有见地。这里牵涉到人类学或比较文学中两种非常重要的观点：一是以安德烈·朗（Andrew Lang）为代表的相似人种学现象"自生性"观，二是本菲（Benfey）有关民间文学母题"弥散性"理论。这两种理论均能有效解释和说明同一题材或母题在不同民族和时代文化中的复现现象。但在这一点上，什克洛夫斯基的观点也自有其一定道理。他强调的是不同时代的民族和不同民族，对于同一题材态度上的惊人的一致性。它表现在对个别母题的安排和措置上，表现在事件接续的顺序上，或简言之，表现在情节构造上。这一惊人的一致性难道不恰恰暗示了一定审美程式的方向性，暗示了叙事类作品的内在规律，暗示了这些规律和法则能够而且事实上也跨越了国家的界限吗？因此，在对待文艺学或诗学问题上，仅仅采用社会学方法是不够的。一种科学的诗学理应揭示出包含在这类现象中的艺术的内在法则。其实，托洛茨基自己也已接近于达到这同一个结论了。他写道："不同民族和同一民族的不同阶级都利用同一些情节，这个事实只表明人类想象的局限性，只表明人力图在包括艺术创作在内的各种创作中节省气力。"这种说法不难使我们一下子想到斯宾塞的"智能节省说"。但问题的焦点不在这里。在此值得我们注意的是这段话表明，这种事实是受到内在论决定的，也即他承认人类的想象在本质运作方面是有其共同规律的。而且，这一规律对于创作过程有着特定的影响。这一点使得托洛茨基卓然超出于他同时代其他马克思主义批评家之上。在其他人看来，文学是生活的镜子，是记录社会现象的媒介，而托洛茨基则不但承认这一点，而且还更进一步，承认艺术创作是"根据艺术的特殊规律产生的现实的折射、变态和变形"①。当然，其素材来源于，也只能来源于现实生活。托洛茨基写道："对艺术的需求并非由经济条件所产生——这一点是无可争议的。但是，对食物的需求也不是由经济所产生的。相反，是对温饱的需求创造了经济学。永远不能只凭马克思主义的原则去评判，去否定或是接受艺术作品，这一点是完全正确的。艺术创作的产品，首先应该用它自己的规律，

---

① 〔苏〕托洛茨基：《文学与革命》，刘文飞等译，北京，外国文学出版社，1992，第163页。

亦即艺术的规律去评判它。"历史唯物主义并未给评价艺术现象提供标准：马克思主义的所长不在于审美判断，而在于因果解释。在这方面，一个娴熟的辩证学者是无与匹敌的。"但是，只有马克思才能解释，某一时代的某一艺术流派为何出现和自何处而来，亦即是谁和为何对这一类，而不是对那一类艺术形式提出了要求。"①

但托洛茨基并不认为俄国形式主义文论，就是他心目中按"艺术的规律"评价艺术作品的文艺批评流派。同样，我们也不这样认为。但是，我们必须承认：虽然历史上有过各种各样的唯美主义批评，但就其观点的自成体系而言，就其力求确立文艺学主体地位这一追求而言，俄国形式主义无疑都是创立一种审美批评的第一个尝试者。他们之所以未能克尽全功，主要是客观原因导致的，但也与他们自己的谬误有着很大关系。实际上在20世纪20年代中期，即使没有马克思主义社会学的挑战，形式主义自己也深深陷足于自己在方法论上的死胡同里无法自拔，因为他们把自己牢牢锁死在"语言的牢笼"里了。但在托洛茨基心目中，俄国形式主义并非那么非政治化、非历史主义或非社会化，总之俄国形式主义并非那么一味只知"形式"的"主义"。②

托洛茨基认为：尽管形式主义者尽量摆脱哲学上的先入之见，但在他们的实践背后，并非没有一个确定的哲学观念体系作前提或基础。而这前提或基础就是唯心主义或新康德主义。其典型特征是将观念形态的构造物当作独立自足的实体本身，并且他们抓住的不是"发展的动态过程，而是发展的横断面"③。但是，实际情形可能并非人们一眼所能看到的那样。我们可以说俄国形式主义并非没有哲学穿透力，只不过这种哲学呈现出多元一体的特征，给予描述这种哲学的尝试造成了很大的困难而已。

托洛茨基的这一论断同样很准确。俄国形式主义的确如他所说，是一个注重"横断面"甚于"发展的动态过程"的流派。嗣后，从这一流派中分化出塔尔图-莫斯科符号学、布拉格学派、法国结构主义等重视共时态研究的学派，便丝毫也不令人感到奇怪了。但是，注重"历史主义"却是俄国文化贯穿始终的特点，无论是19世纪的学院派还是20世纪的符号

① 〔苏〕托洛茨基：《文学与革命》，刘文飞等译，北京，外国文学出版社，1992，第165～166页。
② Tony Bennett：*Formalism and Marxism*，London and New York：Routledge，1989，p. 24.
③ 〔苏〕托洛茨基：《文学与革命》，刘文飞等译，北京，外国文学出版社，1992，第169页。

学，都以重视历史主义而见重于国际学术界。由于俄国形式主义自称要摒弃一切来自哲学的成见和偏见，因此，我们只能承认他们在方法论上受到来自国外某些哲学思潮的影响，但却还没有来得及形成自己所追求的多元本体论的基本构架。既然如此，那么，谈论他们究竟是新实证主义还是新康德主义特色更突出，似乎也就没有多大意义了。然而，需要指出的是：马克思主义社会学家对于俄国形式主义的批判是十分有益于后者的，嗣后其代表人物大多走上了自觉地把两个流派结合起来的大路就是证明。这被称为俄国形式主义在 20 世纪 20 年代末的"社会学转向"（sociological turn）。① 当马克思主义尚未被教条化时，被批判的形式主义者还被允许答辩和反批评。二者之间的对话还是双声道的，有反馈的。在《出版与革命》文集中，除了讨伐形式主义的文章外，还有艾亨鲍姆为形式主义方法进行辩解的文章——《论形式主义方法理论》。"俄国形式主义希望以某种方式成为比实证主义更甚的实证主义。他们不喜欢实证主义对于历史事实和环境的过分迷恋显然是因为他们想要比实证主义更具有学术性，却把科学的严格性单纯加之于孤零零的文学身上。科学的不可颠扑性是实证主义和形式主义共同追求的至高无上的价值。"托洛茨基的评论虽然也难免带有一定的庸俗气息，但却也距离目标不远。换句话说，俄国形式主义乃是"现代性的典型儿子"。"它像实证主义本身一样注重技术，明确缜密，谨小慎微，讲究科学性，但也像它一样冷漠超然。"②

但形势的发展对于俄国形式主义越来越不利，与此同时，代表马克思主义社会学参与大部分论战的托洛茨基、卢纳察尔斯基，相继退出政坛，对苏联政局失去了以前曾经拥有的影响力。1929 年，卢纳察尔斯基被免职，1933 年死于赴任路上。1928 年，托洛茨基被流放到阿拉木图，次年再次流徙国外，从此再也不曾回过故国，1940 年被刺杀于墨西哥。

但无论是俄国形式主义还是托洛茨基、卢纳察尔斯基都没有彻底消失在历史的地平线上，随着苏联的解体和人类跨入 21 世纪，他们以及他们伟岸的身影，开始重新出现在思想文化的原野上，从这个意义上说，过去并未与过去同时消失，而是还在默默地注视着我们……

---

① Michael Gardiner：*The Dialogics of Critique*：*M. M. Bakhtin and the Theory of Ideology*，London and New York：Routledge Press，1992，p. 22.

② Craig Brandist, David Shepherd and Galin Tihanov(eds.)：*The Bakhtin Circle*：*In the Master's Absence*，Manchester and New York：Manchester University Press，2004，p. 54.

第四章　巴赫金学派的形成、沿革及其意义

第一节　巴赫金学派与文艺学的"第三条道路"

如前所述，对于马克思主义的批评，奥波亚兹的主要成员们并没有"置若罔闻"，而是努力吸取并尽量迎合。到了 20 世纪 20 年代后期和 30 年代初期，文坛风气已经与早期大不相同了。经由"拉普"的活动，到 20 世纪 20 年代后期文坛已经渐渐趋于稳定和统一。在 1934 年苏联第一次作家代表大会召开前后，文坛各派势力已经被统一的苏联作家协会所取代，与此同时，文艺界百花齐放、百家争鸣，众声喧哗、多部合唱似的局面，渐渐被独白和独唱所取代。混沌走向整一，喧哗走向静寂。在这样的大形势下，前奥波亚兹成员们在认真反思之后，也相继开始转变方向。其中，努力把马克思主义社会学与形式主义固有理论结合起来，就是一个值得注意的很重要的方面。正如迈克·加德纳所指出的那样，20 世纪 20 年代，正在凯歌行进中的俄国形式主义，曾经发生过一个引人注目的"社会学转向"（sociological turn）。①

维克多·厄利希——西方著名的俄国形式主义研究家，罗曼·雅各布逊的及门弟子——在其名著《俄国形式主义：历史与学说》的前言中指出："也许我们应当指出一点，即形式主义'死'得略有些早，而且至少部分原因是由外部因素导致的：形式主义批评家再次陷于沉默不是因为他们思想枯竭了，而是因为他们发现自己无论持有什么思想都不受欢迎。但是一个批评流派的成就是不能用其寿命来衡量的。关键问题不在于特定运动持续的时间有多长，或其被允许存在的时间有多长，而在于它是否有效地充分利用了历史给予它的这一机遇期。"②

---

①　Michael Gardiner：*The Dialogics of Critique*：*M. M. Bakhtin and the Theory of Ideology*，London and New York：Routledge Press，1992，p. 22.

②　Victor Erlich：*Russian Formalism*：*History Doctrine*，Fourth edition，The Hague，Paris，New York：Mouton Publisher，1980，preface.

　　而奥波亚兹成员们最后堪称悲壮的努力，其实就是在尽量充分利用这一难得的历史机遇期的结果。什克洛夫斯基本人在 20 世纪 30 年代中写作的文章和著作，也大都体现了这一意图。他于此期出版的《散文论》（通译名，但实际应译为“小说论”）、《关于小说的小说》等，都表现出想要把马克思主义社会学与叙事学结合起来的意向。但不客气地说，二者的结合在什克洛夫斯基笔下并不成功，在许多情况下，它们犹如两张皮，彼此之间缺乏有机的关联。艾亨鲍姆在此期写作的《青年托尔斯泰》中，已经开始有意识地引入文学语境因素，把传主放在特定历史环境中加以考察，从而大大超越了早期那种单纯从文本出发的狭隘视野。特尼亚诺夫 20 世纪 30 年代致力于历史题材小说创作，其所著《丘赫里亚》成为苏联儿童文学名著，这似乎也可以被定义为社会学转向后取得的显著成果。

　　一个今天的人们常常忽略了的事实是：当时尝试把这两种高度歧异的流派自觉地统一和结合起来已经形成了一个自发的趋势。众所周知，在此之前，相当一部分自称马克思主义社会学代表人物的文艺学家断定，形式主义与马克思主义是根本无法相容的。上文所说过的福赫斯特、卢纳察尔斯基以及卡甘等人在这一点上是高度一致的。但福赫斯特在对于马克思主义批评迄今所取得的成果这一问题上，和绝大多数正统和坚定的马克思主义拥护者们相比，却远非那么乐观和满意。他真切地感到研究文学的纯外在论方法不尽恰当。他认识到不能逃避奥波亚兹所提文艺特殊特点的问题，而应尽力响应他们提出的挑战而牢固把握这一严峻的命题。福赫斯特公正地指出：“马克思主义文艺学暂时还不能在形式主义者们自己的地盘上来与他们相会，它尚缺乏一套严谨的概念体系，它还没有自己的诗学。”[1]

　　在自称为马克思主义的文艺批评家中，像福赫斯特这样头脑清醒见解深刻的的确并不多见。时隔多年之后，迈克尔·加德纳才认为：俄国形式主义与马克思主义社会学之间所发生争论的焦点在于对“文本本质的看法不同”。“对于形式主义者来说，文本性是一些特殊的风格手法的结构组织问题，而意识形态或社会因素在文本中则只是为了支撑或‘激活’纯技术意义上的形式而存在的。这种对内容的反模仿式的摒弃对于马克思主义者来说不啻为革出教门之举，后者把形式主义者们诅咒为政治可疑的知识分子的纨绔子弟作风（这只不过是因为形式主义者们拒绝从政治

---

　　① Michael Gardiner：*The Dialogics of Critique*：*M. M. Bakhtin and the Theory of Ideology*，London and New York：Routledge Press，1992，p. 91.

和党派立场出发来看待文学批评）而已。"①

　　但在人们对马克思主义社会学还缺乏一种大致统一的看法的 20 世纪 20 年代，形势发展的趋势在于认为二者可以趋同甚至应该趋同的见解逐渐占了上风。而在俄国形式主义内部，实际上也并非像一般人们所能设想的那样，似乎他们否认现实生活的立场是真实和一贯的。关于这一点，还是维克多·厄利希说得好：

　　　　形式主义的对手马克思主义者们对形式主义的指责，说他们忽视了社会对文学的影响，这一点只有部分正确性。对什克洛夫斯基经常引用的这样一句名言："艺术独立于生活"②的理解，实在不必过分拘泥于字面。如上文所述③，这种既深思熟虑而又不无夸张的主张，目的仅在于提高奥波亚兹"讨价还价的实力"，从而震慑批评界那些庸人。甚至在奥波亚兹的早期阶段它的代表人物们就至少模糊地懂得文学不是在真空中被创造的。

　　到 20 世纪 20 年代末，随着形势发展不可逆转地一步步左倾化，尽管在学术论战中奥波亚兹未必落败，但外界的压力总是能令他们经常感觉得到的。他们也开始号召作家响应时代的召唤，跟上时代的步伐，完成"社会定货"，开始了引人注目的"社会学转向"。

　　早在 1928 年"奥波亚兹"三巨头之一的特尼亚诺夫去德国柏林治病，不期然而然地与也去柏林访学的罗曼·雅各布逊邂逅相遇。一个是后期奥波亚兹三巨头之一，另一个则系统一的俄国形式主义运动另外一个发祥地"莫斯科语言学小组"的前主席，这两个志同道合者自然是相互倾慕已久。经过一番热烈的讨论和交流，两人发现彼此之间有许多共识，并决定以联名发表文章的方式来向外界表明自己的立场。这就是今天我们所能见到的《论文学和语言学研究问题》。此文表明，他们此时的立场和先前相比，已经有了很大不同。从前他们固守纯文学的疆域，而现在开始把文学研究与文化研究的其他领域打通进行。这等于说他们正式承认

---

① 　Michael Gardiner：*The Dialogics of Critique*：*M. M. Bakhtin and the Theory of Ideology*，London and New York：Routledge Press，1992，p. 68.

② 　Виктор Шкловский：*Ход коня. Сборник статей.* Москва，Берлин：Книгоиздательство Геликон，1923，С. 39. 按：什克洛夫斯基的原话是："Искусство всегда было вольно от жизни，и на цвете его никогда не отражался цвет флага над крепостью города."（参考译文："艺术永远独立于生活，在它的色彩中从未对城堡上空旗帜的色彩有所反映。"）

③ 　参阅该书第 4 章脚注。

文学研究和其他文化领域里的研究有着密不可分的关系。此文实际上只是一个提交给世界语言学大会的论文提纲，由于一些不可抗力因素，此次大会未能如期召开，但此文却以"九大命题"为题在俄国形式主义研究史上享有很大名气。这一文件表明俄国形式主义者们在后期已经开始发生马克思主义者们所期望中的转变。

与此同时，大概受时代风气影响所致，当时就连后来被公认为庸俗社会学代表人物的弗里契①，也有关于"社会学诗学"的主张。这大概也是一种把对立双方弥合起来的企图吧！但他所谓"社会学诗学"与巴赫金小组的"社会学诗学"有着截然不同的旨趣："弗里契不仅在理论上认为社会学诗学在风格问题上最重要的任务在于'特定诗歌风格与特定经济风格合乎规律的相互适应性'，而且，还具体地想要寻找到这种相互适应性，其中包括在长篇小说的各种体裁变体（冒险、哥特式、家族生活、家族心理等……）与社会经济层面现象之间的相互适应性问题。"②由此可见，这和同时代那种把文学艺术的意识形态属性当作研究对象的其他流派的做法并无二致。显然，指望由庸俗社会学代表人物来统一俄国形式主义是不切实际的。其原因在于他们对于文学本质问题的看法，根本上就与其他学派截然不同。

就在奥波亚兹开始酝酿"社会学转向"的 20 世纪 20 年代中期，巴赫金学派也开始着手从事类似的研究和探索。这一具有极大历史意义的探索到 20 世纪 20 年代末，终于结出了累累硕果。

俄罗斯国外一些研究者认为使俄国形式主义与马克思主义接近的最佳时机是 1929 年，而且，实现这一意义重大的历史遇合的乃是一个直到后来的 30 年代才开始有其正式名称的思想运动——欧亚主义③。对于这种说法笔者深表怀疑。但是，持这种观点的学者认为这种结合和接近的

① 弗里契（Владимир Максимович Фриче，1870～1929），苏联文艺学家，艺术理论家。苏联科学院院士(1929)，一些文学研究机构的领导人。力图用马克思主义方法研究西欧的艺术。研究了艺术社会学的基本问题。弗里契在论述美学和现代文学创作等著作中，采用的是庸俗社会学的方法论。
② 参阅瓦·米·弗里契《社会学诗学》问题，转引自 Анастасия Гачева，Ольга Кавнина，Светлана Семенова：*Философский контекст русской литературы 1920-1930-х годов*，Москва：ИМЛИ РАН，2003，C. 162，сноска 65.
③ 俄罗斯的欧亚主义：欧亚主义提法见于 19 世纪 20 年代，以一种介于"斯拉夫派"和"西欧派"之间的面目出现，认为"俄罗斯既非欧洲国家，也非亚洲国家，而是处于欧亚之间，是联结欧亚文明的桥梁"。他们主张世界文明的多极性，认为俄罗斯可以利用横跨欧亚大陆的历史和地理空间，吸收世界各民族文明中的积极因素，创造出"欧亚文明"，进而成为世界文明中的一极。（互动百科）

最佳范例是出版时署名为梅德韦杰夫的《文艺学中的形式主义方法》一书，却是我们大抵都能认可的说法。把问世时根本就还没有形迹的一场运动与一本影响广泛的书联系起来是很牵强附会之举，但梅德韦杰夫的《文艺学中的形式主义方法》的确是一部非常重要的著作，而且也的确是体现了把俄国形式主义最佳成果与马克思主义社会学相互融合的成功尝试，这却是各家各派都能同意的观点。但传统上学术界把梅德韦杰夫当作调和二者的最佳人选，但却与后来才出现的欧亚主义无任何瓜葛。

例如加林·蒂哈诺夫指出："1929 年在许多方面都是一个经过讨论通过欧亚主义运动特别部门的调解从而使形式主义和马克思主义的思想得以接近的最佳时机。"而梅德韦杰夫的《文艺学中的形式主义方法》提出了建设社会学诗学的主张，同时"既与形式主义者对于自足形式的迷恋和弗拉基米尔·弗里契在'经济方式'和'诗歌风格'之间粗陋地画等号的做法保持了同等的距离"①。

这里值得注意的是 1929 年这种说法，在某些著作中则写作 1928 年，但不同学者的说法尽管不同，但却指的同一年，即《文艺学中的形式主义方法》出版问世那一年。由此可见，此书在社会学诗学发展历史中具有何等重要的地位。

1928(或 1929)年是一个值得铭记的一年，因为就在那一年，一位以前名不见经传的、处于形式主义外围的叫梅德韦杰夫的人，出版了他的著作《文艺学中的形式主义方法》。但是，此书的作者梅德韦杰夫对于俄国形式主义，虽然也不无批评，但却又不失其公正。他(们)认为，如果把形式主义在 1916 年到 1921 年间的出版物当作严肃的科研著作对待，就意味着蔑视历史。② 翌年，也就是 1929 年，巴赫金的《陀思妥耶夫斯基创作问题》和沃洛希诺夫的《马克思主义与语言哲学》出版。这 3 部著作的出版使得学术界的形势得以大大地改观。这 3 部著作(其中主要是除巴赫金自己著作以外的其他两部)，体现了一种自觉地把马克思主义社会学与形式主义的有机理论结合贯通的努力和追求。它们都对俄国形式主义的错误有所针砭，有所纠正，都自觉地贯彻一种社会学方法以救助单纯关注形式的弊病，因而在学术界被认为是文艺学界一次令人醒目的"社会

① Craig Brandist, David Shepherd and Galin Tihanov(eds.): *The Bakhtin Circle: In the Master's Absence*, Manchester and New York: Manchester University Press, 2004, p. 51.

② Victor Erlich: *Russian Formalism: History Doctrine*, Fourth edition, The Hague, Paris, New York: Mouton Publisher, 1980, p. 41.

学转向"。

但问题的焦点在于巴赫金小组或巴赫金学派的"身份"问题，这之所以令人感到困惑，另外一个理论上的原因，是它所持的"立场"。值得我们关注的一点是，在《文艺学中的形式主义方法》一书中，论述者梅德韦杰夫既批判了俄国形式主义，又对其理论观点的核心作了透辟的分析。这是一方面。另一方面，作者又对当时甚嚣尘上的庸俗社会学学说，进行了鞭辟入里的批判。按照厄利希的说法，梅德韦杰夫在此书中的"立场"，是既从"左"的方面捍卫了俄国形式主义立场，又从"右"的方面批判了庸俗社会学。那么，梅德韦杰夫以及巴赫金小组自己究竟站在什么立场上呢？

我们可以把巴赫金的立场究竟是否是马克思主义的这一问题暂时"悬置"起来，只需这样一个事实就够了：那就是梅德韦杰夫-巴赫金"力图"使自己的批判成为（他们所理解的）马克思主义的。这样一来，梅德韦杰夫-巴赫金也就把自己同当时甚嚣尘上的庸俗社会学的马克思主义以及俄国形式主义划清了界限。但是，如果马克思主义只是巴赫金当时不得不"披上的伪装"或"面具"的话，那么，这对巴赫金而言便是一种思想的"流放"，因而我们不宜将其与巴赫金固有的思想等同视之。①

在对 20 世纪前期俄罗斯文化的研究过程中，我们发现，研究巴赫金学派，俄国形式主义是无论如何"绕"不过去的"一页"，因为巴赫金学派的成果，与"成熟期的"俄国形式主义十分相似。以往人们常说他们二者之间是"相互形成"的，而实情却是：先有俄国形式主义，后有巴赫金。巴赫金学派代表着俄国形式主义的成熟期，巴赫金只是在俄国形式主义代表人物被迫"沉默"之后，采用一种伊索式的语言"接着往下说"而已。二者之间不仅有许多思想是共同的，还有更多思想是相互连接的，甚至可以说二者之间呈现出一种对话式的存在方式。国际学术界不乏把巴赫金径直算作是俄国形式主义方向的现象的，如《当代文学理论导读》的作者所写："……在此之前，社会学方法的介入的需求却产生了这一时期最好的形式主义著作，特别是'巴赫金学派'的著述成功地结合了形式主义与马克思主义的传统，预示了形式主义后来的发展。""……然而，这一学派之所以被人们看作形式主义，是因为他们关注的重点仍然是文学作

---

① Carol Adlam, Rachel Falconer, Vitalij Makhlin and Alastair Renfrew: *Face to Face*: *Bakhtin in Russia and the West*, Sheffield, England: Sheffield Academic Press, 1997, pp. 233-234.

品的语言结构。"①

例如，试图调和俄国形式主义和马克思主义社会学这两种尖锐对立的学派，构成了这3部著作的作者最核心的话语策略。梅德韦杰夫似乎站在社会学诗学的立场上，严正指出："再重复一下，每一种文学现象（如同任何意识形态现象一样）同时既是从外部也是从内部被决定的。从内部——由文学本身决定；从外部——由社会生活的其他领域所决定。不过，文学作品被从内部决定的同时，也被从外部决定，因为决定它的文学本身整个地是由外部决定的。而从被外部决定的同时，它又被从内部决定，因为外在的因素正是把它作为具有独特性和同整个文学情况发生联系（而不是在联系之外）的文学作品来决定的。这样，内在的东西原来是外在的，反之亦然。"②我们看到，这段话俨然就是在针对前此所谓"外在论"和"内在论"二元对立说而发言的。同时我们也看到：被奥波亚兹某些代表人物以及某些马克思主义者视为不可融合的内外分立说，在梅德韦杰夫笔下居然"内"则"外"之，"外"则"内"之。作者轻松裕如地在分割两大批评流派的深渊上架起了一座桥梁，使得历来彼此分立的两个世界从此可以交通往来。这是对这两派固有立场的一种超越和跨越。

显然只有辩证思维才能办到这一点，这是当时的奥波亚兹们所不具备，同时又是当时的马克思主义批评家们所尚未顾及到的。梅德韦杰夫的这种努力究竟是否成功，我们拟在下文予以论述。此处，我们援引这一事实旨在说明：当时，试图把马克思主义社会学与形式主义结合起来已经成为一种总的趋势。在这种情况下，"马克思主义以其鲜明表现的社会历史主义及对语言的社会文化学阐释的可能性而吸引了他。③ 与此同时，在与在俄国土壤上生长的形式主义学派及其有其德国根基的感受理论的论战中，巴赫金在其对文化对象的关系中，有时甚至把社会学方法发挥到了逻辑的终点。而这也就是为什么在《文艺学中的形式主义方法》……甚至在论述语言哲学的著作中……会出现一些非官方马克思主义的极端性特点的原因……"④

---

① 〔英〕拉曼·塞尔登、彼得·威德森、彼得·布鲁克：《当代文学理论导读》，刘象愚译，北京，北京大学出版社，2006，第36～37页、第47页。

② 〔苏〕巴赫金：《文艺学中的形式主义方法》，李辉凡，张捷译，桂林，漓江出版社，1989，第38页。

③ 原作者意指巴赫金，但实为此书的作者梅德韦杰夫和沃洛希诺夫。——笔者

④ Е. В. Волкова: Эстетика М. М. Бахтина, Москва: Знание, 1990, С. 57. С. С. Конкин, Л. С. Конкина: Михаил Бахтин. Страницы жизни и творчества, Саранск: Мордовское книжное издательство, 1993, С. 21.

　　这里的"非官方"实际上并非必然是"非马克思主义的"。由福赫斯特提出而由梅德韦杰夫小心翼翼加以探索的社会学诗学这一根据不足的口号，是马克思列宁主义批评中两个有着根本差异的分支流派的分水岭的标志。① 对于巴赫金学派而言，似乎并不需要一个像奥波亚兹那样的"社会学转向"，因为他们原本就是在紧密联系社会语境的条件来探索新的文艺学的。该派成员之一的沃洛希诺夫，其最初的活动和著作也值得予以关注。1925 年到 1930 年间，沃洛希诺夫在列宁格勒大学东西方文学史比较研究所攻读文艺学专业研究生，所研究的问题，就是社会学诗学，论文导师是瓦·亚·杰斯尼茨基。此时的沃洛希诺夫还同时担任文艺学方法论研究室秘书。他的《马克思主义与语言哲学》一书的初稿也曾在此进行讨论。沃洛希诺夫作为研究生曾于 1927～1928 年提交过关于其论著的一份报告，该报告对论著写作的过程和经过作了详细的介绍。1930 年早期，沃洛希诺夫在列宁格勒赫尔岑师范学院教授语言学。而《马克思主义与语言哲学》的前两编主要讨论的就是语言学问题。报告的 14 个部分中有 4 个部分是讨论马克思主义文艺学的建设和话语在艺术创作中的功能问题。在后一部分中，报告进一步发挥了其早期论文《生活话语与艺术话语》中的观点。与后来出版的专著相比，这部分内容在专著中被省略了，但讨论得却更加细致了。由此可见，在语言学家中进行的讨论中，文学问题受到的质疑可能比较多。

　　看起来，沃洛希诺夫对于社会学诗学的建构，还应当往前推，也就是说，应当从《生活话语与艺术话语》(1926)就已经开始了的。早于《文艺学中的形式主义方法》两年。但就主题而言，此文却是向梅德韦杰夫在其著作的结论部分提出的社会学诗学所迈出的第一步。文章首先对文学学中迄今有效的内容形式两分法表示不满。从来的社会学方法都倾向于只欣赏作品的内容，重视外部社会环境对内容的决定性影响。相反，作品的美学形式却被视为内在因素，对其不需要采用社会学方法予以分析。对于艺术作品的内在的美学性质通常人们采用两种"错误的方法"进行研究：形式主义把语言对象当作一种艺术品，当作一种抽象的语言学构造物，而主观主义方法则把作品中的一切因素都归结为创作者或读者的个人心理。

　　在批判这两种错误观点的基础上，文章认为语言艺术是含纳了不同

---

① 　Victor Erlich：*Russian Formalism*：*History Doctrine*，Fourth edition，The Hague，Paris，New York：Mouton Publisher，1980，p. 64.

参加者之间活跃的社会关系在内的交际事件。这些关系对于作品的内在结构具有一种形式决定性的影响，并非只针对其内容而言。虽然艺术交际有其自身的特点，但它仍然只是社会生活的一部分，因此，审美交际的多态性开始于对于日常生活中简单的言语事件或"社会场景"的分析。

文中所举例子表明语言外情境如何对话语交际的内在形式发生着影响。话语是不可能以任何自足的方式予以理解的。话语永远与参与者共享，但却与未能说出的社会期望和价值观有关。使用语调交际可以最大限度地表现这些价值，而沃洛希诺夫的分析表明话语有两个指向。话语一方面把作者和听众在其共享的价值观中联系起来，同时又对所说的一切表示一种评价的态度。因此而为这一交际事件中的第三位参加者开辟了一个潜在的空间，而这也就实际上是话语的"主角"。只有社会学方法能够揭示此类社会关系对于内在形式的决定性影响。社会学方法被用来分析具有特殊审美意味的"社会脚本"，其目的是表明作者、读者和主人公的内在关系同样也对作品的内在形式和风格产生着决定性的影响。话语行为中这3个参加者应当被看作话语事件本身的一个内在结构，而非话语事件以外的真实生活中的真人。他们之间的关系处于话语外现实生活的社会力量与话语形式发生关系的边缘地带。

显然，这和前面所述的梅德韦杰夫的"内外交融说"可谓如响斯应，切中肯綮。

梅德韦杰夫指出：(马克思主义文艺学)"应当在马克思主义本身的基础上制定适合于所研究的意识形态创作特殊性的统一的社会学方法的标准，以便这个方法真正能够贯彻于意识形态结构的一切细节和精微之处。"一句话，马克思主义应当不是在"具体学科之外"来指导它们，而是要积极介入具体学科的研究中去。梅德韦杰夫们还认为，只有辩证唯物主义才能把哲学世界观"同艺术、科学、道德、宗教等特殊现象的历史研究的全部具体性加以综合"，而且，"对于这一点，辩证唯物主义具有坚实的基础"。① 一方面，马克思主义不能停留在具体学科之外实施其指导，而是要渗入学科内部(由外而内)；另一方面，具体学科也不能把自己的视野局限在学科内部，而要对从外部决定学科走向的因素加以关注(由内而外)。前者是对马克思主义提出的要求，后者是对俄国形式主义提出的希望。奥西普·勃里克②通过把一句套话颠倒的办法强调指出形

---

① 〔苏〕巴赫金著，钱中文主编：《巴赫金全集》第2卷，李辉凡、张捷、张杰等译，石家庄，河北教育出版社，1998，第109页。

② 奥西普·勃里克(Брик Осип Максимович，1888～1945)，俄国文学理论家。

式主义的用处："'奥波亚兹'将不会带着'无产阶级精神'和'共产主义意识'，而是以其对现代诗歌创作手法的明晰知识来帮助无产阶级进行创作。"①

在一种广阔的社会学框架中发展诗歌形式和手法的类型学，以此来对"敌人"展开攻击这一意愿，体现在一位马克思主义者对奥波亚兹所实施的迄今最为广泛、最具有学术意味的批评论著中，即帕·尼·梅德韦杰夫的《文艺学中的形式主义方法》。②

这部重要论著的副标题本身"社会学诗学批判导论"就已表明其对问题的建设性态度。和福赫斯特一样，梅德韦杰夫深知试图"确定特定诗歌风格和特定经济方式之间的一致性"③，而不首先阐明"诗歌风格"概念及其同族同源的文学范畴，并无多大意义。

梅德韦杰夫的工作究竟是否成功这完全是另外一个问题。他起步于这样一个正确的前提，即文学是一种 sui generis（特殊的）社会现象，但他却未能在这一定义的两个成分之间找到一个可以工作的平衡点。他显然没有能够解决对文学"社会"问题的关切——与其他人类活动领域的相关性——与此同样，合法地处理对文艺特殊性质的关切之间的表面矛盾。梅德韦杰夫的社会学诗学意图似乎受到了他害怕偏离正道而滑入其对手的"内在论"谬误的担忧的抑制。每当他试图给诸如韵律、风格和文体这样一些基本的诗学术语下定义时，他往往会突然"撤离"而又重新回到原初关于"所有诗学结构……的彻底的社会学本质"这一主张上来，而这一表述法是如此之泛，以至于几乎等于毫无意义。

但无论梅德韦杰夫的明确纲领有怎样的缺点，它还是完成了一个非常重大的负面的任务：他强有力地证实了这样一点，即我们必须超越纯形式主义的非社会诗学（a-social poetics）和庸俗马克思主义的非文学的唯社会学论（a-literary socialogism）。

在《巡回剧院杂记》中……梅德韦杰夫从 1922 年到 1924 年底一直起着领导的作用，从而使得艺术与生活在理论上的两难困境问题首次得到巴赫金小组的严重关注。……为了治疗未来派身上被他称之为责任感缺失症这种病，梅德韦杰夫提出了集体主义的治疗方案（即指民间文学传

---

① Craig Brandist，David Shepherd and Galin Tihanov(eds.)：*The Bakhtin Circle：In the Master's Absence*，Manchester and New York：Manchester University Press，2004，p. 59.

② Медведев：*Формальный метод в литературоведении*，Москва：Лабиринт，2003.

③ 上述引文摘自 V. 弗里契的《社会学诗学原理》(参阅《共产主义科学院公报》1926 年第 17 期，第 169 页。由帕·梅德韦杰夫在其《文艺学中的形式主义方法》中引用)。

统），他们以牺牲明确的社会关怀和公社精神为代价而迷恋于所谓的自我表现。他的建议与巴赫金早期的建议截然不同，后者在 1919 年仍然在宣扬以私人道德行为作为填平艺术（文化）与生活的手段的策略，直到 20 世纪 30 年代末。在写作拉伯雷时，巴赫金才转而采用集体主义作为文化与生活分裂症的解毒剂。

尤莉亚·克里斯蒂娃在《诗学的毁灭》中指出，巴赫金-梅德韦杰夫对俄国形式主义的批判，是来自于"形式主义体系内部的内在论批判"，因而可以说这种批判不是与俄国形式主义对立，而是以之为依据的。① 巴赫金吸取了俄国形式主义者的意义必须在其语词的物质性中予以研究的观点，但把重点研究作品的构成方式（如《果戈理的"外套"是如何写成的?》)改为重点研究作品在符号体系类型学中所占的地位。巴赫金之所以研究长篇小说，也是因为长篇小说被他当作是"掌握世界的一种方式"②。

巴赫金在《陀思妥耶夫斯基创作问题》中指出："任何文学作品本身内在地都具有社会性。作品中交织着各种活生生的社会力量，作品形式的每一要素无不渗透着活生生的社会评价。所以，即使纯形式的分析，也应把艺术结构的每一要素看做活生生的社会力量的折射点，看作这样一个艺术的结晶体：它的各个棱面经过加工琢磨，都折射着各种社会评价，并且是在一定视角下的折射。"③巴赫金的这段话理解起来似乎并不难。文学作品作为社会产品，其成为社会评价和社会力量的体现物这一点，应该是不言而喻的。《三国演义》和《三国志》都以同一历史时期为叙事对象，但其表达的思想感情却大相径庭。《水浒》和《荡寇志》都写梁山好汉，但旨趣迥异。最有意思的，是同以普加乔夫起义为描写对象的《上尉的女儿》和《普加乔夫叛乱史》居然同出于普希金之手。这种现象即使是在文学现象的微观事实如符号身上，也不难查知。所谓"春秋笔法"以一字寓褒贬，也是汉语深邃意蕴所在。所以，像早期奥波亚兹那样决绝地否定文学作品的意识形态属性肯定是行不通的。

巴赫金-梅德韦杰夫-沃洛希诺夫的社会学诗学，试图超越形式主义

---

① М. М. Бахтин: *Pro etcontra. Личность и творчество М. М. Бахтина в оценке русской и мировой гуманитарной мысли*，Антология. Том 2，Санкт-Петербург: Издательство Русского Христианского гуманитарного института，2001，С. 11.

② М. М. Бахтин: *Pro etcontra. Личность и творчество М. М. Бахтина в оценке русской и мировой гуманитарной мысли*，Антология. Том 2，Санкт-Петербург: Издательство Русского Христианского гуманитарного института，2001，С. 17.

③ 〔苏〕巴赫金著，钱中文主编：《巴赫金全集》第 5 卷，白春仁、顾亚玲译，石家庄，河北教育出版社，1998，第 364~365 页。

与马克思主义（指苏联早期的庸俗马克思主义论者），而成为一种"第三种理论"。庸俗马克思主义者们（勃格丹诺夫、佩列维尔泽夫等）认为是社会意识决定作家风格（客观论）。而以萨库林等人为代表的形式主义者们，则把"材料美学"当作艺术的首要问题（按：这只是俄国形式主义中的一个分支，与主流奥波亚兹有很大差异）。巴赫金学派则主张：艺术作品是内外因素交互作用的结果。非但如此，一种成熟的艺术理论应当把艺术活动（创作与欣赏）中的三要素——创作者、艺术品和观赏者（读者、观众）——纳入视野，艺术是三种因素交相为用的结果。因此，艺术理论只能是一种注重研究艺术交际过程中的价值碰撞的艺术社会学。

梅德韦杰夫指出，文学史本身也要求有一门揭示特有社会结构的诗学结构特点的学科。也就是说，科学的文学史必须以社会学诗学为前提。在他看来，社会学诗学的任务首先是确定特点、进行描述和分析。突出文学作品本身，说明其结构，确定其可能的形式和变体，确定它的成分及这些成分的功能，这就是社会学诗学的基本任务。它当然不能去建立诗学形式发展的任何规律。在寻求文学形式的发展规律之前，首先需要知道这些形式是什么。规律本身只有在进行巨大的文学史研究工作之后才能发现。因此，寻找和表述文学发展的规律，既必须以社会学诗学，也必须以文学史为前提。

对此，梅德韦杰夫写道："必须学会把诗歌语言理解为从头到尾的社会语言。社会学诗学应当实现这一点。"[1]巴赫金（和梅德韦杰夫）的社会学诗学主要研究两个问题：一是社会制度如何包含语言，二是审美客体如何独特地构成社会制度，二者如何在一定空间领域里相互影响。巴赫金关注人的主体建构中的物质（语言）条件。他重申语言产生（符号亦然）问题亦即意识形态材料的再生产问题。因而把主体建构的分析问题从阐释转向考察实现意义的社会交往的特点和形式问题。这使其研究十分接近传统的历史唯物主义。[2]

在俄国形式主义与马克思主义对峙交锋的 20 世纪 20 年代末期出现的巴赫金学派，具有十分重大的历史意义。总之，巴赫金学派既批判了俄国形式主义的右的一面，也对庸俗社会学马克思主义的"左"的一面进行了尖锐的批判，并在批判的基础上提出了他们自己所认为的马克思主

---

① 〔苏〕巴赫金著，钱中文主编：《巴赫金全集》第 2 卷，李辉凡、张捷、张杰等译，石家庄，河北教育出版社，1998，第 155 页。

② Mikhail N. Epstein: *After the Future*, Amherst: The University of Massachusetts Press, 1995, p. 14, p. 17, p. 104.

义的社会学诗学主张。在 20 世纪 20 年代末的特殊语境下，巴赫金学派
的社会学诗学的主张十分引人注目，同时，它也与俄国形式主义的"社会
学转向"如响斯应。

我们认为，巴赫金学派的立场，就是马克思主义社会学与俄国形式
主义经由对话产生的中间立场。也就是说，巴赫金学派所做的有益的尝
试，就是既捍卫了马克思主义社会学的基本立场，又坚持了俄国形式主
义的合理内核，是把马克思主义社会学与俄国形式主义结合起来的典型
范例。巴赫金学派并不是空谷足音，独步一时。事实上，维·什克洛夫
斯基、艾亨鲍姆在 20 世纪 30 年代所做的工作，即属此类。只不过，在
他们笔下，二者的结合十分生硬，俨然两张皮，以致人们觉得：20 世纪
30 年代以来的什克洛夫斯基，似乎失去了"灵气"，诚如洛特曼所说：
"而什克洛夫斯基又对自己做了什么呢——他聪明地对自己实施了阉割
术，成了一个庸人。"①而在巴赫金笔下，二者得到了有机整体的结合。
它们真正实现了文艺学界人们久已憧憬的"哥白尼式革命"。我们今天阅
读巴赫金，其实就是在重温这次巨大思想革命的成果。

经由巴赫金、梅德韦杰夫和沃洛希诺夫等小组成员的共同努力，在
奥波亚兹和马克思主义严峻对立的关头，一个模模糊糊隐隐约约的"第三
条道路"开始浮现在地平线上，然而，这是一条康庄之路吗？

第二节　"解冻"思潮与巴赫金研究在西方的三次热潮

巴赫金在苏联声誉鹊起始于 20 世纪中叶。那是苏联历史上著名的
"解冻"时期（Оттепель，1953～1962）：赫鲁晓夫在苏共 20 大上所作反个
人崇拜的秘密报告，启动了一个思想"解放"的浪潮。奥维奇金的《区里的
日常生活》以及爱伦堡的《解冻》犹如"报春的燕子"，报道了文艺界"春天"
的来临。"一切为了人，一切为了人的生存"——在一时间成为时代的最
强音。"解冻"持续的时间虽然短暂，但启动的思想解放运动却结出了丰
硕的果实——虽然不免有些滞后之感。以洛特曼为代表的塔尔图符号学
派和巴赫金的巨大声望都是"解冻"思潮的产物。

1960 年 11 月，在莫斯科科学院世界文学所里，几位年轻的文艺理
论家——谢尔盖·格奥尔基耶维奇·鲍恰罗夫、格奥尔基·德米特里耶

---

① Ю. М. Лотман: *Письма 1940-1993*，Москва：Школа《Языки русской культуры》，
1997，С. 331.

维奇·加切夫、瓦吉姆·瓦列里扬诺维奇·科日诺夫、弗拉基米尔·尼古拉耶维奇·图尔宾——一起联名给身在萨兰斯克的一位"隐士",郑重地忐忑不安地发了一封信。原来,他们在该所的仓库里,偶然发现一部旧稿《陀思妥耶夫斯基创作问题》,受到强烈的震撼。他们本以为该书的作者早已不在人世了,也是一次偶然,他们得知此书作者仍在人世,只不过是在一个名不见经传的偏远之地。这就是他们何以会联名发信的原因。翌年6月,此信的4个署名者中,有3个人动身会见这个"活的传奇"和"活的经典"。恐怕连他们自己当时都未必清晰地意识到,自己这番举动会在多大程度上震撼这个世界。而也正是由于有了这番举动,一个生不逢时、险些被埋没终生的天才的作家和思想家,才拂掉历史的尘埃,熠熠闪光地呈现在世人的面前。此事后来竟然成为轰动20世纪的一次重大事件和文化功勋。这几位学者自己也不曾意识到:他们居然赠送给俄国一位哲学家,一位决定着20世纪自由思想发展之康庄大道的思想家。

毋庸讳言,巴赫金的声誉首先是在西方被炒热的。按照俄国文艺学家的说法,在苏俄,对巴赫金曾经有过"3次发现",但每次都是先在西方热,而后苏联和俄国才予以响应。正如卡里尔·埃默森所说:

> 的确,直到戈尔巴乔夫时期(1985～1991),关于巴赫金的大部头著作都出现在俄国境外。许多研究专著和传记都是在苏联国外,而非在国内出版。从1980年在加拿大举办的第一届巴赫金学会例会一直到后来历届在西方和中欧举办的世界性巴赫金例会(意大利、以色列、克罗地亚、塞尔维亚),都没有苏联代表参加。如上文所述,巴赫金故国令人尴尬的缺席只是在1991年夏季在英国曼彻斯特召开的第五届国际巴赫金研讨会才得到弥补。1975年这位大师去世后掀起的巴赫金热(international boom of Bakhtin)没有苏联学者参与,这对苏联学术界不能说不是一个令人感到尴尬的事。[①]

显然,巴赫金热在苏联的滞后与苏联停滞时期意识形态的封闭、思想钳制的严厉等不无关系。形势的发展使得公众视野里出现了两个巴赫金:"在不少西方学者看来,当今的学术界实际上存在着两个巴赫金,一个是本来的那个在俄罗斯-苏联土生土长的巴赫金,另一个则是被西方发

---

① Caryl Emerson: *The First Hundred Years of Mikhail Bakhtin*, New Jersey: Princeton University Press, 1997, p. 38.

现并在西方的学术话语中被建构出来的'巴赫金'。"①巴赫金成为东西方各国学术界共同顶礼膜拜的新的"偶像"。

　　巴赫金如今在国际学术界声誉日隆，比之于如日中天毫不为过。国际学术界甚至有"巴赫金工业"之说，意为研究巴赫金业已成为国际学术界学术生产的产业了，巴赫金俨然已是国际学术界的一个"品牌"。巴赫金之所以能在很短时间内引起如此大的反响，其根本原因之一在于他思想的深刻性和广阔性：他的思想博大精深、渊博浩瀚，常常横跨数个领域，广泛而又全面地涉及整个人文学科方法论，成为当今研究人文学科的学者必然涉足和致敬的"半神"。巴赫金被人尊称为横跨多种学科的大师巨擘，硕学鸿儒，市廛大隐，不世天才。巴赫金创造了一种新型类型的人文学科，它把语言学、文艺学、心理学和符号学等分歧的方法统一在了一起。巴赫金早已成为"经典作家"：人们始终在克服他，又始终在不断地回归他（谢·阿维林采夫语）。非但如此，巴赫金甚至既是经典，也是时尚的符号。康·格·伊苏波夫写道："巴赫金是宇宙现象，是当代智力圈的主人公——精灵。他那些已被译为世界各主要语种的科研著作，是20世纪基础战略思想的源头，它以极其重要的方式决定着对话哲学的轮廓，而人类的第三个千年已经表现出对此种哲学的需求。"②而这种哲学的特点就在于普世性（универсализм）和自由。巴赫金是"人文学科最重要的苏联思想家和20世纪最伟大的文学理论家"③。

　　巴赫金首先是一位哲学家，是文化哲学领域和人文学科方法论的革新家。其著作贯穿着当代人学的理性追求：全面完整地认识人本身。当代人文学科必须是综合性的，这是巴赫金对世界科学和文化之所以具有巨大影响力的原因所在。巴赫金给人的第二个值得记取的教益，在于他那种忠实于自己对真理的追求，不迷信所谓永恒真理的精神，以永恒的全人类价值为导向的真正的科学精神。④

　　巴赫金热在苏联和西方掀起的"三次高潮"都与对巴赫金思想的某个

①　王宁：《文化翻译与经典阐释》，北京，中华书局，2006，第269页。

②　М. М. Бахтин：Pro etcontra. Личность и творчество М. М. Бахтина в оценке русской и мировой гуманитарной мысли，Антология. Том 2，Санкт-Петербург：Издательство Русского Христианского гуманитарного института，2001，С. 7-8.

③　Michael E. Gardiner：Mikhail Bakhtin，Vol. 2，London. Thousand Oaks，New Delhi：Sage Publications，2003，p. 108.

④　Г. В. Карпунов，В. М. Бориский，В. Б. Естифеева：Михаил Михайлович Бахтин в Саранске очерки жизни и деятельности. 2-е издание，переработанное и дополненное，Мордова：Издательство мордовского университета，1995.

侧面的发现有关。巴赫金的第一批发现者们"赠给俄国一位从根本上决定了本世纪自由思想发展之路的哲学家"。"白银时代"思想家中无人在影响力上可与巴赫金比肩，其思想乃 20 世纪基本战略思想之来源。巴赫金是勇敢地探索"语义之底"（смысловое дно），"无畏地面向未来的思想家"，其著作能激发人的写作欲。今天的西方人已经开始反思"和巴赫金度过的这一百年"（埃默森）。巴赫金的著作随着叙事的展开渐渐开始具有了"自我意识"，他的著作犹如"语义的体裁机器"。在巴赫金那里：文本即个性，甚至就是人格。文本阅读越深入，理解越广阔。巴赫金的工作方式（模式）是：循序渐进的仔细观察长在文化田地——本事体裁记忆和历史语境——上的文本这株语义玫瑰的每一个叶片。"文本对于巴赫金成了人格，而巴赫金自己就其对文本而言又成了他者，亦即唯一实现文本者。"[1]

　　进入 21 世纪以来，西方理论显现出从后现代主义向文化研究的过渡轨迹，而在这一过程中，无论前者还是后者，都曾受到巴赫金的极大影响。王宁指出：文化研究有诸多理论资源，除了西方人心目中的索绪尔的结构语言学、列维-斯特劳斯的结构人类学、葛兰西的霸权概念、福柯的后结构主义理论、马克思主义的法兰克福学派等外，"一个重要的理论来源就是巴赫金的对话理论以及他的言谈和话语行为，这正是巴赫金理论之核心，同时也是西方后现代主义讨论对巴赫金引证最多的地方。""近二十多年来，几乎介入后现代主义和后殖民主义理论争鸣的所有主要西方学者，例如米歇尔·福柯、尤根·哈贝马斯、茨威坦·托多罗夫、弗雷德里克·詹姆逊、伊哈布·哈桑、霍米·巴巴、特理·伊格尔顿等，都不同程度地从巴赫金的著述中发现了新的启示，因而一股'巴赫金热'又在西方学术界兴起，而且至今仍方兴未艾。"巴赫金以其将文学以外的文化因素引入文学分析的内外交融法、其理论的张力（即离心力与向心力的统一）、跨越科际和多种学科的对话主义理论，以及他那不属于任何流派却又可以与任何流派进行对话的品质，使其成为一个"可以预见未来的理论天才"和"当代文化批评的前驱和主将"。[2]

　　继西方之后，在俄罗斯本土，也很快就掀起了巴赫金"热"。

---

①　М. М. Бахтин: *Pro et contra. Личность и творчество М. М. Бахтина в оценке русской и мировой гуманитарной мысли*, Антология. Том 2, Санкт-Петербург: Издательство Русского Христианского гуманитарного института, 2001, С. 8.

②　王宁:《文化翻译与经典阐释》，北京，中华书局，2006，第 269 页、第 271-272 页、第 277 页。

在遍及东西方的巴赫金热中，一个连带而来的问题也就变得越来越突出，越来越醒目了。由于巴赫金思想广阔涉猎宏博，以至横跨多个学科，连接了人文和社会学科甚至自然科学，因而导致了对其定位的困难。而之所以发生"定位"困难问题，关键在于巴赫金的"身份"问题难以解决，它渐渐成了国际巴赫金学里的显要问题。《面对面：巴赫金在俄国与西方》一书的编者在导论部分，为我们巴赫金研究者们提出了一系列令人喘不过气来的问题，它们像"天问"一般始终横亘在我们脑际心头：

> 总括而言，这些论文提出了一些基本问题。例如，我们是否把巴赫金当作一个历史批评家对待，抑或我们是否需要历史地看待他？我们是否把他看作一位文艺复兴式的批评家还是一个现代派时代的批评家？还有就是我们是否历史主义地对待他的著作，将其放在俄国从变革时代到专制主义国家转型的时代加以考察？我们究竟是否是把他放在一种形而上学传统中加以考察的，在这一传统中，他所选择的各个文学时代里的研究个案并不具有头等重要的意义？如果我们同意这种观点的话，那么我们将把他放在怎样的传统中去考察呢？是把他和笛卡儿、和康德、和海德格尔，抑或与德里达并列起来呢？此外还有，巴赫金的所有著作是否能够构成对于"纯"哲学的一种批判，如果是的话，那么对他的实用主义又该作何解释呢？巴赫金理论与马克思主义之间又有何关联呢？此外还有一个与此稍稍有所不同的问题，那就是马克思主义者们又是如何对待巴赫金的呢？对话理论是否真的是对马克思主义辩证法的一种论战和反驳呢？基督教哲学和神学究竟能否帮助我们认识巴赫金对于"他者"的定义，以及他对个人"应答性"的着重强调呢？①

这些问题集中到一点，也就是关于巴赫金的"身份"问题。巴赫金究竟是站在何种立场上，代表谁针对谁发言的——这是我们在研究巴赫金学派时，首先必需搞清楚的话语分析问题。但遗憾的是，时至今日，有关巴赫金的"身份"问题，国际学术界仍然聚讼纷纭。由于巴赫金著作呈现的多元性质，导致学术界对于他的归属问题莫衷一是。有人推断巴赫金小组的思想来源于新康德主义；还有人认为是从康德到黑格尔；更有

---

① Carol Adlam，Rachel Falconer，Vitalij Makhlin and Alastair Renfrew：*Face to Face*：*Bakhtin in Russia and the West*，Sheffield，England：Sheffield Academic Press，1997，p. 32.

人认为非也：终其一生，巴赫金小组都是以新康德主义为其哲学基础的。[1] 有人说他是俄国形式主义者；[2] 也有人说他是个马克思主义者；有人说他是个结构主义符号学家，还有人称他是解构主义者，更有人称他是"文本间性之父"(The Father of intertextuality)……种种名号，不胜枚举。以上各种名号，既都适合他，又都不完全适合他。巴赫金显然大于其中任何一种头衔。在国际学术界，巴赫金给人的形象是一个多面体。诚如罗伯特·斯塔姆所说："似乎有许多位巴赫金，有革命家巴赫金；反斯大林主义者的巴赫金；有民粹主义者巴赫金；更有神秘基督教教徒巴赫金。对巴赫金有左翼的解读(弗里德里克·詹姆逊、特里·伊格尔顿、托尼·本内特、肯·赫希科普(Ken Hirschkop))，也有自由主义的解读(韦恩·布思、迈克尔·霍奎斯特、卡特琳娜·克拉克、加里·索尔·莫森)。"[3]对巴赫金"身份"的种种疑惑，首先与巴赫金在其著作中使用的"语言的多样性"有关，诚如克拉克和霍奎斯特所指出的那样，"形成这些矛盾的一个原因是巴赫金的全部工作都具有多元性的特征，处在'一'与'多'的神秘关系之中。的确，在外在意义上，他发表的文字涉及的领域之广令人震惊，从形而上学到集体农庄的簿记问题，有时还使用假托的名字。还有，他在不同著述中操用着不同的意识形态语汇：有的属于新康德主义传统，另一些使用马克思主义的词汇，还有一些则不折不扣是斯大林式的。"[4]

而加利·索尔·莫森和加利尔·埃默森则写道：他(巴赫金)曾被描述为"结构主义者和后结构主义者，马克思主义者和后马克思主义者，言语行为理论家、社会语言学者、自由派、多元论者、神秘论者、活力论者、基督徒、唯物主义者。"《散文学的创造》一书的作者们甚至举茱丽叶·克莉丝蒂娃为例：她早年把巴赫金界定为一个结构主义者(《语词、对话与长篇小说》，1967)；后来又将其界定为"文本间性"(intertextuality)论者[《诗学的毁灭》(*The Ruin of a Poetics*)]，总之，其所呈现的法

---

① Peter Ives：*Gramsci's Politics of Language*，*Engaging the Bakhtin Circle and the Frankfurt School*，Toronto，Buffalo，London：University of Toronto Press，2004，p. 59.

② 托德·E. 戴维斯和肯尼思·沃马克就径直把巴赫金当作俄国形式主义者。Todd E. Davis, Kenneth Womack：*Formalist Criticism and Reader：Response Theory*，London：Palgrave，2002，p. 47.

③ E. Ann. Kaplan：*Postmodernism and its Discontents*，London，New York：Verso，1988，pp. 116-117.

④ 〔美〕卡特琳娜·克拉克，迈克尔·霍奎斯特：《米哈伊尔·巴赫金》，语冰译，北京，中国人民大学出版社，2000，第7～8页。

国式的巴赫金，与德国、美国和俄罗斯的截然不同。①

　　赫希科普则认为，巴赫金是一个哲学家兼社会学家，"巴赫金一直都既是哲学家也是社会学家，任何把他当作其中之一的解读都势必不得不做大量的解释工作"②。众所周知，巴赫金在他的论著中，对以上所说各种流派，都进行了尖锐的批判。因此，我们犹如盲人摸象一般，往往是只把握了巴赫金的某一个侧面，而巴赫金的"庐山真面"，始终是"神龙见首不见尾"。望之犹见，即之却非。这情形有点像是应了那样一句老话：有一千个观众，就有一千个哈姆雷特、林黛玉。任何认识都是有"我"的认识：认识永远无法排除认识主体的主观意识的干扰。这就形成了国际学术界各有各的巴赫金的局面。加里尔·埃默森就此写道："我们似乎走了一个封闭的圆圈。复调的巴赫金，自由卫士巴赫金，个性声音的捍卫者巴赫金，唯我论者巴赫金，斯大林时代的同路人。这的确是一个十分怪异的人生轨道。为了弱化此人给人的印象也为了对此人公正起见，我们的意图是，为了解决对这一遗产进行再评估这一问题——对巴赫金进行一番辩护：在人们反思和种种话语之后，我们还是要说，巴赫金仍不失为我们这个世纪最重要的思想家之一。"③

　　那么，究竟该如何定位巴赫金及其小组的学术立场呢？我们认为应当把巴赫金学派放在它产生并活动的当时的历史文化语境下对其加以定位。今人之所以在定义巴赫金学派时感到困惑和迷惘，就因为语境的错位导致的。我们只有把巴赫金学派放在他赖以发挥作用的当时语境之下，在其与别的流派的对话和对立冲突中，界定它才能比较接近真理。按照巴赫金的观点，自我只有在与他者的相互对比中才能得以确立，这也就是说只有在与他者的交流和互动关系条件下，在二者的边缘情境下和双方的交际行为中，自我和他者的性质才得以最终确立。交际价值的本质就在于此。那么，构成巴赫金学派之语境的，究竟有哪些流派呢？

　　在 20 世纪 20 年代马克思主义社会学与形式主义的对话中，巴赫金学派是作为第三种声音出现的。作为"正题"和"反题"之外的"合题"，巴赫金学派的全部价值，在于对于双方的缺点和不足都有不同程度的超越。

---

①　Gary Saul Morson, Caryl Emerson: *Mikhail Bakhtin: Creation of a Prosaics*, California: Stanford University Press, 1990, p. 4.

②　Carol Adlam, Rachel Falconer, Vitalij Makhlin and Alastair Renfrew: *Face to Face: Bakhtin in Russia and the West*, Sheffield, England: Sheffield Academic Press, 1997, p. 55.

③　Caryl Emerson: *The First Hundred Years of Mikhail Bakhtin*, New Jersey: Princeton University Press, 1997, pp. 148-149.

洛特曼指出，既然谈到巴赫金遗产，于是也就产生了巴赫金与俄国形式主义遗产的关系的问题，后者在那个时代尚未成为历史，而还是一种生动的语文学实践。我们有充足理由去关注米·米·巴赫金在论战中的发言。[①] 凡此种种，都启示我们，要想给予巴赫金学派以准确定位，看来还是需要把他们放在俄国形式主义与马克思主义对立交锋的历史文化语境下，从其与"他者"的关系中，界定其性质和属性。在 1930 年以前，"社会学方法介入的需求却产生了这一时期最好的形式主义著作，特别是'巴赫金学派'的著述成功地结合了形式主义和马克思主义的传统，预示了形式主义后来的发展。"[②]

但在巴赫金学派内部，在对待俄国形式主义和马克思主义的态度上，却有着细微的差别。至少，就巴赫金本人而言，他对这两派的观点颇有与整个学派不相一致之处。

据说，什克洛夫斯基在巴赫金生前曾经数次打电话给晚年的巴赫金，希望能见面聊一聊，但都被巴赫金婉拒了。这两个学术界名人终生都在相互对话，但却终究缘铿一面。检索巴赫金本人的论著，似乎始终都对什克洛夫斯基持严厉批判态度，无论在学术上还是在为人上，这的确很令人费解。巴赫金平生总是不放过任何机会对什克洛夫斯基捎带一笔，或讥嘲，或冷谴，毫不假借。例如，在学生记录的巴赫金讲授俄罗斯文学的讲稿中，在讲到赫列勃尼科夫时，巴赫金也忘不了捎带批一批什克洛夫斯基。巴赫金说赫列勃尼科夫等未来派的语词创造实验，实际上没有多少文化内涵，而不过是单纯的语词实验而已。巴赫金用不带引号引用原话的手法，其实是反话正说，暗藏机锋；明褒实贬，春秋笔法。[③] 巴赫金对由未来派蜕变而来的"列夫派"也颇有微词，对其想要把形式主义与马克思主义结合起来另谋新路的做法也不吝辞色。巴赫金指出，什克洛夫斯基等人认为马克思主义以研究意识形态为职志，而形式主义则研究语言和话语材料。巴赫金说这种思想尽管比集体创作的思想重要一些，但仍不失为天真。他认为俄国形式主义是西方的留裔，只是比西方更畸形更狭隘罢了。"形式主义方法只能囊括艺术作品的形式，而不能对其思想意识方面加以评价。"应当说这是巴赫金终身一贯的思想，到晚年

---

① Ю. М. Лотман：*История и типология русской культуры*，Санкт-Петербург：Искусство-СПБ，2002，С. 148.

② 〔英〕拉曼·塞尔登、彼得·威得森、彼得·布鲁克：《当代文学理论导读》，刘象愚译，北京，北京大学出版社，2006，第 36～37 页。

③ 〔苏〕巴赫金著，钱中文主编：《巴赫金全集》第 7 卷，万海松、夏忠宪、周启超、王焕生等译，石家庄，河北教育出版社，2009，第 2 版，第 244 页。

也没有改变。试看他在《答"新世界"编辑部问》中的说法：

> 首先，文艺学应与文化史建立更紧密的联系。文学是文化不可
> 分割的一部分，脱离了那个时代整个文化的完整语境，是无法理解
> 的。不应该把文学同其余的文化割裂开来，也不应像通常所做的那
> 样，越过文化把文学直接与社会经济因素联系起来。这些因素作用
> 于整个文化，只是通过文化并与文化一起作用于文学。①

在巴赫金心目中，什克洛夫斯基无疑就是代表着"脱离了那个时代整个
文化语境"、"把文学与其余文化割裂开来"进行文学研究的恶劣的范本。

这里可以看出，巴赫金抨击的对象有两个：一个是俄国形式主义（实
际上是早期奥波亚兹和什克洛夫斯基）——他们把文学和文化语境，和时
代割裂开来了，因此注定与作品的真正阐释无缘；另一个是庸俗社会学，
他们则是"越过文化因素把文学直接与社会经济因素联系起来"。但在这
里，值得注意的是巴赫金讲述的重点在于否定了俄国形式主义有与马克
思主义相结合的可能性："一个马克思主义者对一个题目可以随便谈论许
多有充分根据或者没有充分根据的东西，但要从马克思主义的角度来进
行形式分析是不可能的，因此，这两种方法只可能表面上结合在一起。
通常先通过马克思主义的方法来分析主题，提出观点；然后从另一种形
式主义方法的角度进行形式分析。然而，不能把这两种方法捆绑在一起，
获得一个完成的，统一的方法。因此，在这里最好要进行分工，像通常
所做的那样：马克思主义者谈主题，形式主义谈形式。"②

由此可见，呈现在读者面前的，是一个崭新的问题：即在巴赫金学
派内部，在如何对待俄国形式主义的问题上，似乎观点和立场略有些差
异。要说明这一点，需要首先阐明巴赫金学派对待马克思主义的关系问
题——这是其与"他者"发生边界关系的另外一条"边"，是我们势难予以
规避的问题。

国际学术界一直有把巴赫金当作马克思主义者的，但同时各位学者
的具体命意又有着细微的差异：有的认为他是个形式主义马克思主义者，
有的认为他是个结构主义符号学马克思主义者，还有的认为他是现象学

---

① 〔苏〕巴赫金著，钱中文主编：《巴赫金全集》第 4 卷，白春仁、晓河、周启超等译，石
家庄，河北教育出版社，1998，第 364 页。
② 〔苏〕巴赫金著，钱中文主编：《巴赫金全集》第 7 卷，万海松、夏忠宪、周启超、王焕
生等译，石家庄，河北教育出版社，2009，第 2 版，第 254～255 页。

马克思主义者，此外还有认为他是超语言学马克思主义者的……究竟应当把他归属到哪一类人中去，看来一时难有定论。而这个问题之所以难以委决，其主要原因又和著作权问题有关。众所周知，在目前被归入巴赫金全集里的全部著作中，至少有 3 部十分重要的著作最初发表时属的是别人的名字。这些著作在学术界一般被称为"有争议文本"。这里与我们有关的问题是，如果从巴赫金的所有著作中剔除"有争议文本"，则呈现在我们面前的，会是一个截然不同的巴赫金：他自称他不是一个马克思主义者，也不相信马克思主义辩证法；他对早期俄国形式主义尤其是什克洛夫斯基式的形式主义深恶痛绝，极其反感……正如茨维坦·托多罗夫指出的那样，在巴赫金的遗产中，唯有论托尔斯泰的序言那一篇是"最具有马克思主义的文本"①（那也只是为形势所迫而不得不采用的"面具"而已）。与此相反，"有争议文本"则为我们呈现出另外一个巴赫金：他自称马克思主义者，以建设马克思主义社会学诗学为职志，对马克思主义辩证法情有独钟……

如果从目前通行于世的《巴赫金全集》中删去"有争议的文本"而只以有巴赫金正式署名的著作为限来论述巴赫金，其结论当然会与时下流行的观点截然不同。不同之处首先在于两者所呈现的"巴赫金"的不同：前者只以诗学为限，而后者则广泛涉及与狭义诗学密切相关的文化主题和意识形态主题，因而，远比前者视野更宽、理论更深。加里·索尔·莫森和加里尔·埃默森认为，巴赫金时常攻击的靶心除了索绪尔、弗洛伊德和形式主义者外，还有整个辩证法传统，其中包括黑格尔和马克思。②而仅以巴赫金固有著作为限的话，则巴赫金可以说是一个俄国形式主义者，他与后者相互吸收，相互补充，既相互对立又相互依存。

关于著作权问题，下文我们将予以讨论。在此，我们感兴趣的问题依然是巴赫金（学派）与马克思主义的关系问题。众所周知，在马克思主义行将被奉为圭臬和最高典则的 20 世纪 20 年代末，苏联文坛上不标榜自己是马克思主义正宗的流派几乎没有。当时几乎所有流派都无不标榜自己为马克思主义正统。而巴赫金学派与之相关的，究竟是哪种马克思主义，这的确成为一个有待解决的问题。首先，巴赫金学派无条件地予以摒弃的，是庸俗社会学的马克思主义，这是毫无疑问的。其次，巴赫金本人及其学派，又与当时风行的马克思主义学说保持一定距离。那么，

---

① М. М. Бахтин：*Собрание сочинений*，Москва：Русские словари，2000，C. 548.

② Gary Saul Morson，Caryl Emerson：*Mikhail Bakhtin*：*Creation of a Prosaics*，California：Stanford University Press，1990，p. 28.

巴赫金学派所标举的马克思主义社会学，又具有哪些属性呢？

俄国形式主义与当时马克思主义争论的焦点集中在对文本本质问题的看法上。对于俄国形式主义者来说，文本性是一个将各种风格手法从结构上予以组织的问题，而社会性和意识形态性则仅仅只是存在于文本中为文本提供指称的技术意义上的"原由论证"而已。这种公然反物质主义的对内容的拒绝（或是拒绝把文学批评视为一种党派批评的武器）会受到那个时代的马克思主义的责备，把他们当作政治上十分可疑的知识分子中的游手好闲分子。正统马克思主义者的批判具有两面性：第一，手法观把外文学因素（阶级结构、社会制度、意识形态等等）完全排除出艺术作品之外了；第二，俄国形式主义有关艺术语言自主性[导源于未来派的无意义语（诗）]的观点，与唯物主义的社会存在决定社会意识的观点相矛盾，是唯心主义的。但当时的马克思主义对于形式和文本的理解是黑格尔式的，因此难免不把文本和形式当作是承载内容的容器这样一种传统的内容形式二分法。这种阐释不仅忽视了文本的特点（而对此却无法合法地对俄国形式主义予以谴责），而且也未能对文本的社会构成或意义予以足够的重视。所以，梅德韦杰夫在其著作中既对俄国形式主义，也对马克思主义批评进行了批评。

对于巴赫金为什么会与其朋友进行这么一场有关著作权问题的交响乐式的合作，罗伯特·杨援引霍奎斯特的话称：这只不过是一种权宜之计，巴赫金的马克思主义只是一种伪装，因而可以在现在、在当时的苏联之外随时抛弃。"马克思主义的术语……在巴赫金的著作中……常常只是作为一种权宜之计而出现的，它们是抽象的、但也不必是充满敌意的——但更多的是十分必要的——在其之下可以便利地推出自己观点的一面旗帜：如果苏联的身体上穿着一件基督教话语的外衣，那么巴赫金的著作也便会把它作为自己意识形态的伪装的。"按照这种观点推论，如果把署名为梅德韦杰夫和沃洛希诺夫的著作从巴赫金著作中剔除，我们就可以得出一个纯真的巴赫金来。罗伯特·杨接着提出了这样一连串问题：巴赫金究竟是不是一个马克思主义者呢？我们能否从巴赫金身上，像剔除其基督教情结一样，剔除其马克思主义呢？①

我们认为巴赫金小组的思想也和奥波亚兹一样，是以多元本体论为基础的，这也就是为什么巴赫金学派的思想会给人以五花八门、色彩缤

---

① Robert Young："Back to Bakhtin"，*Cultural Critique*，No. 2（Winter，1985-1986），p. 75.

纷之感的原因所在。但在这里，我们不想就这个问题展开论述，而在下文尽量予以解答。

第三节　巴赫金与三部著作权尚有争议的文本

如上所述，巴赫金的"身份"问题是一个歧异分出的问题，但还有一些长期以来未予解决的问题，更增加了我们研究的难度。现在被归入巴赫金名下的好几部重要著作，最初是顶着别人的名义出版的。尽管巴赫金自己以及他的亲人，公开承认这些专著的著作权，但国际学术界质疑的声音始终存在。

换言之，巴赫金究竟是单数还是复数？但无论单数复数还是所谓"身份"问题，合并起来都是至关重要的著作权问题。众所周知，目前巴赫金全集中有 3 部著作——《文艺学中的形式主义方法》、《弗洛伊德主义：批判纲要》、《马克思主义与语言哲学》以及重要论文《生活话语与艺术话语》——当初初版之时署的并不是巴赫金的名字，而是署的梅德韦杰夫和沃洛希诺夫——巴赫金在 20 世纪 20 年代的两位好友——的名字。《文艺学中的形式主义方法》（梅德韦杰夫著，列宁格勒，1928）、《弗洛伊德主义》（沃洛希诺夫著，莫斯科—列宁格勒，1927）、《马克思主义与语言哲学》（沃洛希诺夫著，列宁格勒，1929）、《论文集》（沃洛希诺夫著，列宁格勒，1926~1928）。总之，包括这 3 部重要著作在内的书，早在 20 世纪 20 年代即已问世，但却是"用别人的名字发表的"。"哪怕是作为这些著作的合作者的作者，也从未提及米·米·巴赫金"。[1] 而真正署巴赫金名字的著作在 20 世纪 20 年代只有《陀思妥耶夫斯基创作问题》（列宁格勒，1929）。其他还有《长篇小说中的话语》（1975）。论拉伯雷的专著写成于 1940 年，1946 年作为学位论文提交，初版于 1965 年。

这就是有关著作权问题的基本事实。它属于历史，不可更改。然而，随着巴赫金声誉日隆，事情渐渐发生了变化。这就好像物理学上一个物体运动速度快，会带动周围物体的运行轨道发生偏转一样。或者也可以说这是一种"马太效应"。[2]

---

[1]〔苏〕巴赫金：《文艺学中的形式主义方法》，李辉凡、张捷译，桂林，漓江出版社，1989，"出版说明"第 2 页。

[2]《圣经·马太福音》第 25 章："凡有的，还要加给他，叫他多余。没有的，连他所有的都要夺过来。"1973 年，美国科学史学家默顿用这几句话概括一种社会心理现象："对已有相当声誉的科学家所做的科学贡献给予的荣誉越来越多，而对那些未出名的科学家则不承认他们的成绩。"

关于这些"有争议文本",长期以来在苏联就已有过许多传言。瓦·巴耶夫斯基的记述,可谓其中之一。作者讲述了他与"'白银时代'老太太"丽·雅·金斯堡的一次谈话,涉及巴赫金小组成员在20世纪20年代出版的那些书。作者向老太太说到,近来有些传言,说那些书主要是巴赫金写的,可又不知由于什么缘故,发表时却都署了小组中其他成员的名字。丽·雅·金斯堡说,1928年以梅德韦杰夫的名义发表的《文艺学中的形式主义方法》是在告形式主义者们和斯捷潘诺夫的密,本书有些部分是梅德韦杰夫写的,其余大半则出自巴赫金手笔。而在1929年以沃洛希诺夫名义出版的《马克思主义与语言哲学》,则全部或几乎全部都出自巴赫金手笔。①

尼·德·塔玛尔琴科指出,在20世纪60~70年代里,苏联读者全都留意到在"有争议文本"和巴赫金固有的著作(1929年和1963年论述陀思妥耶夫斯基的著作和1965年论述拉伯雷的著作)之间,在内容和风格上存在惊人的相似性。而"大约从60年代中期以来,学术界便开始有一些非官方的传言,认为有关形式主义方法的著作,其真正作者是巴赫金(个别人甚至早在这之前就已知道这一点)"②。这位学者还指出在冠名为巴赫金的全部著作中,必定含有某种统一的系统性和基础性:"……我们的假设是在其全部研究著作中存在着一种规律性的系统关联,其著作中所使用的概念构成了一种统一的科学语言。"③

那么,既然如此,巴赫金又为什么会甘愿让别人出名,而自己隐身呢?甚至连第二作者都不属呢?

据说巴赫金之所以"顶着别人的名字出版",或许是为了"好玩儿"。因为据说当时,"新经济政策"时期的整个文坛都笼罩在一片"狂欢化似的"氛围之中。巴赫金因而也许是为了"好玩儿"而制造了这么一个"恶作剧"或"骗局"(持这种观点的有《文艺学中的形式主义方法》的英译者乔治·沃勒、克拉克和霍奎斯特等人)。然而这种已经被中俄美学术界基本认同的说法,却很难说有很大说服力。正如加里·索尔·莫森和加里尔·埃默森所指出的那样,现署名为沃洛希诺夫著的《马克思主义与语言哲学》一书,和《陀思妥耶夫斯基诗学问题》同出版于1929年。试问:对

---

① К. Г. Исупов: *Бахтинология. Исследования. Переводы*, Санкт-Петербург: Публикации Алетейя, 1995, C. 12.

② Н. Д. Тамарченко: *Эстетика словесного творчества Бахтина и русская религиозная философия : пособие по спецкурсу*, Москва: Изд-во Кулагиной, 2001, C. 15.

③ Н. Д. Тамарченко: *Эстетика словесного творчества Бахтина и русская религиозная философия : пособие по спецкурсу*, Москва: Изд-во Кулагиной, 2001, C. 5.

于巴赫金来说，有什么必要一本书用真的本名，而另一本书却用别人的名字发表？何况，前一本书就名称而言（"马克思主义"）可能更"适时"，更符合当时的时髦？针对克拉克和霍奎斯特的"恶作剧"说，此二人质疑道：即使当时笼罩文坛的普遍风气是"狂欢化式"的，即使巴赫金本人也酷爱这种行为方式，那也不足以证明在此书的出版问题上，巴赫金也的确是这么做的。也就是说一种理念并非必然会变成现实的事实。"一个爱开玩笑的人并不一定就在某次开了玩笑"，何况是在事关一本如此重要的书的版权问题上。① 而且，实际上巴赫金本人早在和杜瓦金的谈话中就明确肯定沃洛希诺夫是《马克思主义与语言哲学》的作者，而且还是唯一作者。巴赫金还嘀咕道，说什么现在有人想把此书归入他本人的名下。原本的对话是这样的：

> 杜：那您和他（指维亚切斯拉夫·伊万诺夫——笔者）在哪儿见过面？
> 巴：我和他是在列宁格勒见的面，是在晚会上，是人家介绍我和……问题在于那里有我的一个好朋友——沃洛希诺夫……他是《马克思主义与语言哲学》一书的作者，这本书现在可以这么说有人想安到我头上。②

然而仅仅根据这一点就定案恐怕也失之于孟浪。首先在此次谈话中，话题本来是围绕着"维亚切斯拉夫·伊万诺夫"展开的。因为"维亚切斯拉夫·伊万诺夫"的缘故，才因而联想到当年在巴赫金和这位"白银时代"语言文化大师穿针引线的介绍人"沃洛希诺夫"。单提沃洛希诺夫恐怕杜瓦金仍然莫名所以，所以，此处巴赫金为了引起对方的注意，才把一件和沃洛希诺夫有关的传闻拿出来，以便让对方对此人有个突出的印象，从而也加重自己的语气。因此，有人认为因为这段话并非专门针对著作权问题发言，所以，它不足以作为巴赫金本人亲口否认他对此书的著作权的证据。但这种说法究竟是否有道理，尚可存疑。

巴赫金的另外一种说法可以称为"共同观点"说，即承认自己和他们的著作有着共同的观点："首先回答您最近的问题。《形式主义方法》和《马克思主义与语言哲学》等书我很熟悉。瓦·尼·沃洛希诺夫和帕·

① Gary Saul Morson，Caryl Emerson：*Mikhail Bakhtin：Creation of a Prosaics*，California：Stanford University Press，1990，p.186.

② М. М. Бахтин：*Беседы с В. Д. Дувакиным*，Москва：Согласие，2002，C.88.

尼·梅德韦杰夫都是我的故友；在撰写这些书的期间我们有过密切的创作接触。不仅如此，语言和言语作品的共同的观点奠定了这些书以及我的陀思妥耶夫斯基论著的基础。在这方面，瓦·瓦·维诺格拉多夫完全正确。应该指出，具有共同的观点和创作上的接触，并不贬低其中每一部书的独立性和才华。至于帕·尼·梅德韦杰夫和瓦·尼·沃洛希诺夫的其他一些著作，谈的是另外一些方面的问题，没有反映共同的观点，在撰写这些书时，我没有任何参与。"①

"……至于沃洛希诺夫，您有充分的权力称他为我的学生。"②

这等于承认这些著作是人家为主写的。但显然在这个问题上，巴赫金本人也是矛盾的。在另外一些地方，巴赫金却又提供了与之完全相反的说法：巴赫金在去世前不久承认，1928～1930年出版的这些书，几乎完全（除了某些"意识形态方面增补的词句"以外）是他所写，但他不想在自己的名下发表（特别是由于"那些增补的词句"）③，但即使在这些地方，巴赫金也并未否认挂名作者也曾在某种程度上参与论著的写作这一事实。

除此之外，还有一种解释大概可以命名为"被迫匿名"说，主张者所在多有。如"作为一个结论每个人都应当牢记一点，即巴赫金总是无法自由地随心所欲地发言，他的每部著作都会被审查机构以某种方式曲解。在关于拉伯雷的著作中，此类曲解或许有很多。不但如此，这本书原本是为博士论文写作的，所以，巴赫金同样也十分担心此书能否获得同样处于可以理解的政治压力之下的学术委员会的认可"④。

孔金和孔金娜推断，巴赫金之所以拒绝公开承认《弗洛伊德主义：批判纲要》为自己所作，是否与此著的庸俗社会学倾向有关？出于对庸俗社会学的反感，巴赫金极有可能这样做。"米·巴赫金和瓦·伊·沃洛希诺夫在声称自己忠实于马克思主义方法论以后，而在许多场合下却走上了那样一条社会学方法之路，这条路后来被人们公正地称之为庸俗的。我们很难相信受过缜密哲学思维训练的巴赫金，会如此轻而易举地否认科

---

①　〔苏〕巴赫金：《巴赫金全集》第4卷，白春仁、晓河、周启超等译，石家庄，河北教育出版社，1998，第539页。

②　〔苏〕巴赫金：《巴赫金全集》第4卷，白春仁、晓河、周启超等译，石家庄，河北教育出版社，1998，第557页。

③　〔苏〕巴赫金：《巴赫金全集》第4卷，白春仁、晓河、周启超等译，石家庄，河北教育出版社，1998，第539页。

④　Booker, M. Keith and Dubravka Juraga: *Bakhtin, Stalin, and Modern Russian Fiction: Carnival, Dialogism, and History*, Westport, Connecticut: Greenwood Press, 1995, p. 3.

学发展的内在逻辑，而把它与阶级理论、阶级斗争理论粗陋地联系起来，大谈什么西方'资本家的分化'和'资本家家庭'的堕落等。"①

　　针对《马克思主义与语言哲学》的著作权问题，对巴赫金颇有私人感情的孔金和孔金娜对巴赫金为什么会把著作权转让给沃洛希诺夫，也有一番推断：当初沃洛希诺夫在研究所任职，需要科研成果以便提职称，因而才发生了这些著作的署名问题。事实也是：在正式任职于列宁格勒赫尔岑师范学院语言文化所以后，他再也未曾发表和出版什么著作和文章。"这些事实告诉我们，巴赫金著作权问题（以米·巴赫金或瓦·沃洛希诺夫二者必居其一的形式）绝非仅在形式上公正。这是两位学者的这样一种科研协作问题，在这种协作关系中，起决定作用的角色当属米·巴赫金。"②

　　关于《文艺学中的形式主义方法》一书，孔金和孔金娜认为"单就此书的绝大部分内容而言它也属于巴赫金"③。这本书与《语言艺术创作中的内容、材料与形式问题》等关于语言学问题的论文在逻辑上有着十分密切的联系。"这些著作具有统一的创作构思：他（指巴赫金——笔者）勇敢地起而在诗学层面在关于语言和文学的科学中探索一条新路，就中既与俄国语言学中的学院派倾向划清界限，也与在一些非常富于才华的文艺学家文章和著作中有着鲜明体现的形式主义分开了营垒，同时还与觊觎成为文艺学和语言学领域里马克思主义方法论的庸俗社会学划清界限。"④

　　格·阿·古科夫斯基⑤ 1943 年 8 月 1 日给当时被疏散到萨拉托夫的伊万诺沃的德·叶·马克西莫夫写信并回答马克西莫夫的提问道："嗯，我当然非常熟悉巴赫金关于陀思妥耶夫斯基的那本著作，而且我认为这是我国学术界在近数十年中最出色的现象之一。这里的问题不在于同意其观点，而在于科研思维的类型和深度问题。这本书当年曾经轰动一时，几乎所有人都十分推崇它。不曾有过别的署他名字的著作：但据说，他

① С. С. Конкин, Л. С. Конкина: *Михаил Бахтин. Страницы жизни и творчества*, Саранск：Мордовское книжное издательство，1993，С. 117.

② С. С. Конкин, Л. С. Конкина: *Михаил Бахтин. Страницы жизни и творчества*, Саранск：Мордовское книжное издательство，1993，С. 134.

③ С. С. Конкин, Л. С. Конкина: *Михаил Бахтин. Страницы жизни и творчества*, Саранск：Мордовское книжное издательство，1993，С. 147.

④ С. С. Конкин, Л. С. Конкина: *Михаил Бахтин. Страницы жизни и творчества*, Саранск：Мордовское книжное издательство，1993，С. 147-148.

⑤ 古科夫斯基（Григорий Александрович Гуковский，1902～1950），苏联文艺学家。先后在列宁格勒大学和萨拉托夫大学任教授，对 18 世纪俄罗斯文学有深入研究，写有论普希金和果戈理的专著。以全面的社会及历史分析见长。

曾参与了沃洛希诺夫关于语言学与马克思主义的那本著作的写作工作，还为梅德韦杰夫论述形式主义那本书写了其中的一章。"此信透露了巴赫金在列宁格勒非官方学术圈在《陀思妥耶夫斯基创作问题》出版 14 年后的学术声望。

尼·别尔科夫斯基——一个巴赫金的仰慕者——在 1956 年 1 月 18 日写给巴赫金的信中，对巴赫金署名著作和不署名著作在语言风格上的不同提出了质疑："……。除了'陀思妥耶夫斯基'（指书——笔者）外，我知道还有两本书，传言将它们归诸于您的名下。我认为这两本书不是您亲手直接写作的，因为书中缺少了'陀思妥耶夫斯基'那本书中的那种语言，——这是一种令人过目难忘的语言，是一种具有表现主义和哲理风格的语言。关于您的'拉伯雷'我刚刚听说，可还没有得到——在莫斯科我们这儿对此书也是一片赞扬之声。"①

但据塔玛尔琴科证言，20 世纪 60、70 年代的读者们，却不约而同地发现在 1928 年的《文艺学中的形式主义方法》和嗣后出版的巴赫金论陀思妥耶夫斯基诗学和拉伯雷的书（1963、1965），在风格和内容上有着惊人的相似性。而在学术界，大约从 20 世纪 60 年代中期开始，便流行着一种非官方的传说，说论述形式主义那本书真正的作者是巴赫金。其中有些人甚至早在这之前就已经知道了。② 20 世纪 60 年代初，瓦·瓦·维诺格拉托夫在为《文学问题》杂志举办的"话语与形象"讨论做结论时，针对瓦·尼·图尔宾对帕·尼·梅德韦杰夫著作的一句引语在括号里写了一条注记："比喻恰当，但这一观点更加明确的表达法可以在米·巴赫金和瓦·沃洛希诺夫著作中找到。"③

加里·莫森和加里尔·埃默森在《散文学的创造》"争议"一章里，开宗明义地写道："如今批评家们把沃洛希诺夫和梅德韦杰夫的著作都归诸于巴赫金，而且往往不提供任何证明，但实际上这些文本的著作权远非一个已经解决了的问题。"④大卫·K. 达诺（David K. Danow）写道："一个尚未解决的问题，而且看来还将持续这样下去的问题，是必然会复现的。简而言之，就是究竟巴赫金写没写过——整本或是部分——那些并未冠着自己名字的著作，但这些著作肯定打上了他本人的烙印。争论中

①　М. М. Бахтин：*Собрание сочинений*，Москва：Русские словари，2000，С. 514.

②　Н. Д. Тамарченко：*Эстетика словесного творчества Бахтина и русская религиозная философия：пособие по спецкурсу*，Москва：Изд-во Кулагиной，2001，С. 15.

③　М. М. Бахтин：*Собрание сочинений*，Москва：Русские словари，2000，С. 504.

④　Gary Saul Morson, Caryl Emerson：*Mikhail Bakhtin：Creation of a Prosaics*，California：Stanford University Press，1990，p. 102.

一派学者认为巴赫金是那几部没有署他本人名字的著作的作者(或至少是其绝大部分的作者)，另一派学者则要求提供坚实的证据(直至目前还没有任何好消息)从而得以把著作和文章的假定作者(沃洛希诺夫或梅德韦杰夫)的名字去掉，尤其是这些著作带着他们的名字已经出现了半个世纪之久后的今天。"①

　　关于巴赫金为什么会允许别人代他署名出版著作，流行着许多说法。一种说法是20世纪20年代俄国忽然出现了出版著作的绝好机会，以真人名字为笔名或许成为一种政治手段，而巴赫金就是这么做的。一种说法是巴赫金只不过是想要帮自己老朋友们一把，而这个答案实际上最令西方人困惑，也是迄今为止他们所能见到的最匪夷所思的推断。而所有这些著作实际上都出于巴赫金本人之手。②

　　大卫·谢泼德(David Shepherd)认为："在我们的论文作者中，也和1999年研讨会参加者们中间的情形一样，有一点很清楚，那就是我们越来越缺乏理由把沃洛希诺夫和梅德韦杰夫名下的文本归属于巴赫金，而只有以卡纳耶夫名义发表的论活力论的文章继续归属于巴赫金。"③还有人则对《文艺学中的形式主义方法》等出于巴赫金手笔的做法提出质疑——《文艺学中的形式主义方法》果真出自巴赫金手笔吗？——伊格尔·沙伊塔诺夫如是发问道："无论我们给出何种答案，结论也不可能是斩钉截铁的。我们缺乏事实(尽管能够得到的档案文件可以证明或能够证明)以便确证或是否认巴赫金的著作权。他毫无疑问参与了这些著作的写作，但问题仍然在于他的参与以何种形式以及达到何种程度？而我们所谓的著作权又包含何种含义：是谁执笔写的文本，那些思想又属于谁，而这些思想是口述而来，还是小组成员之间自由交流而得呢？有一点毫无疑问，即这些思想在正式写定以前，曾经在这些由于共同的兴趣而集聚起来的人们中间进行过讨论。我们对他们每个人的观点可能会因为巴赫金在这个大时代里名气急剧增长以致太大而受到影响(这是回顾往昔时自然会带有的不公正)，但在他们那个时代那些其他人也都是巴赫金对话中的伙伴，每个人都有自己的声音和自己的观点。而并不像今天那样伟大而且体力如此羸弱的巴赫金，在涉足别人的理性生活领域时小心翼翼要和那些能

---

① Gary Saul Morson, Caryl Emerson: *Mikhail Bakhtin: Creation of a Prosaics*, California: Stanford University Press, 1990, p. 6.

② David K. Danow: *The Thought of Mikhail Bakhtin: From Word to Culture*, Houndmills, Basingstoke, Hampshire: Macmillan, 1991, p. 7.

③ Craig Brandist, David Shepherd and Galin Tihanov(eds.): *The Bakhtin Circle: In the Master's Absence*, Manchester and New York: Manchester University Press, 2004, p. 19.

够出版著作的朋友交流思想的巴赫金，才算是自然吧：与沃洛希诺夫谈弗洛伊德主义，与梅德韦杰夫谈形式主义。在当时这是不能公开发表出版的巴赫金想让别人听到自己声音的唯一的途径。"①

关于《当代活力论》一文，也聚讼纷纭。"克拉克与霍奎斯特是第一批声称此文是巴赫金本人所作的学者，而此文也是名声赫赫的'有争议文本'中最早的一篇。谢尔盖·鲍洮罗夫更经常援引卡纳耶夫自己证实巴赫金系此文作者的证词，他在此篇文章的复印件背面草草写道：'此文完全出自巴赫金之手。我只为他提供了相关文献和在杂志上发表的机会，因为此文的编辑系我的熟人。'"在该书下一页的一条注释中，作者援引了尼古拉·尼古拉耶夫在 20 世纪 70 年代与卡纳耶夫本人的一次谈话。谈话中卡纳耶夫再次证明此文出自巴赫金之手。②

尼古拉·尼古拉耶夫显然属于坚定认为"有争议文本"属于巴赫金手笔之列的学者。在论述蓬皮扬斯基时，他这样写道："在向新的意识形态语言异乎寻常的转移中，蓬皮扬斯基的立场仅只可以与巴赫金在 20 世纪 20 年代下半叶以其朋友名字发表的文章、著作，以及以巴赫金自己名义于 1929 年出版的《陀思妥耶夫斯基创作问题》中有关社会学的部分相比。"③而西方学者彼得·艾夫斯（Peter Ives）则是这样断定"有争议文本"系出于巴赫金本人的手笔。他写道：我的推理是，"我们可以认为如果巴赫金不是这些有争议文本的作者的话，则这些著作对语言学的批判，对统一语言的否定之间的张力就不会像我所说的那样成为一个谜。但是，绝大部分有关批判印欧语言的内容，以及关于语言与文化之间关系的一般性内容，我们可以明确地在明确确定为巴赫金所著的全部著作中找到"。

那么，什么时候开始，在这些著作的重版书上，正式签署巴赫金的名字的呢？是在 20 世纪 70 年代。这是巴赫金被"第二次发现"中取得的最重要的实际成果：这 3 部著作被正式归入巴赫金名下。这 3 部著作被正式归入巴赫金名下也是巴赫金在苏联和国外被逐渐神话的过程。这是

①　Michael E. Gardiner：*Mikhail Bakhtin*，Vol. 1，London，Thousand Oaks，New Delhi：Sage Publications，2003，p. 268.

②　Craig Brandist，David Shepherd and Galin Tihanov（eds.）：*The Bakhtin Circle：In the Master's Absence*，Manchester and New York：Manchester University Press，2004，p. 151.

③　Craig Brandist，David Shepherd and Galin Tihanov（eds.）：*The Bakhtin Circle：In the Master's Absence*，Manchester and New York：Manchester University Press，2004，p. 143.

一个从"胆怯的暗示"到直接的肯定的过程。① 我们甚至可以说，巴赫金的第二次被发现就是巴赫金由人变神的开始，而随着巴赫金被神话和被升格为神，随着巴赫金"崇拜"的日益兴盛，把"有争议文本"无争议地归诸于巴赫金名下似乎也成了天经地义的了。

　　最初的征兆出现在 1970 年底莫斯科大学召开的巴赫金 75 岁生日诞辰纪念会。奥·格·列夫济娜在为会议写的总结中，语义含糊地把这 3 部尚有争议的著作的著作权归入巴赫金名下，把它们说成是这位思想家的"一系列新的思想"。瓦·瓦·柯日诺夫也力图调和这一明显的矛盾，同样采用朦胧的说法，说这几部重要著作是巴赫金在与包括沃洛希诺夫和梅德韦杰夫在内的友人圈里自由讨论的基础上"形成的"，而非"写成的"，以避免此处概难避免的单一作者问题。1973 年，塔尔图大学学报发表了瓦·瓦·伊万诺夫一篇论述巴赫金创作对于当代科学之意义的文章，文章直截了当地肯定这 3 部著作的基本文本实际上出于巴赫金手笔。作者把这 3 部著作的原作者沃洛希诺夫和梅德韦杰夫当作是巴赫金的"学生"，哲学学生们"对这些论文和书只是作了一些文句上的增补和个别章节的改动"。从此以后，巴赫金是作者的观点被苏联作者当作无可置疑的事实而接受。谢·格·鲍恰洛夫在给巴赫金的文章《作者问题》作序，以及在为巴赫金文集《文艺创作美学》（莫斯科，1979）做的注释里，都对原作者根本不予提及，并且援引伊万诺夫的论点，认为这 3 部主要著作的基本文本是巴赫金的。更重要的是，据《文艺学中的形式主义方法》英文译者沃勒在此书英文版前言中所发表的著名巴赫金研究专家柯日诺夫的说法，巴赫金临终前曾经签署过一份文件，正式宣布自己是上述诸书的作者，并请求在重版时正式签署他的名字。到此为止，关于巴赫金是这 3 部重要著作的作者问题，似乎已经石沉大海、尘埃落定、板上钉钉了。英文版《文艺学中的形式主义方法》因此"认为现在有足够数量的事实证明《弗洛伊德主义》、《文艺学中的形式主义方法》和《马克思主义与语言哲学》的作者都是巴赫金一个人。在最好的情况下，梅德韦杰夫和沃洛希诺夫可能参加了编辑工作"②。洛特曼在论及《弗洛伊德主义：批判纲要》一书时指出，此书最初出版时署名为沃洛希诺夫。大约从 1993 年起，出版物上开始公开指出米·米·巴赫金也为该书之作者。证实巴赫金直接参

---

① 〔苏〕巴赫金：《文艺学中的形式主义方法》，李辉凡、张捷译，桂林，漓江出版社，1989，"出版说明"第 2 页。

② 〔苏〕巴赫金：《文艺学中的形式主义方法》，李辉凡、张捷译，桂林，漓江出版社，1989，"出版说明"第 6 页。

与了该书的写作，同样也是该书之作者。在 20 世纪 20 年代后期，巴赫金之所以分别采用沃洛希诺夫、梅德韦杰夫、卡纳耶夫等人的名字，是因为此期对他实施的意识形态压力日益严厉了。① 苏联符号学代表人物尤·洛特曼看来也是"共同创作说"的拥护者："巴赫金把自己的观点与形式主义学派对立起来，宁愿实实在在写书，而不愿与之直接争论。而帕维尔·梅德韦杰夫则在书中承担起了论战的任务，这本书有相当一部分出自巴赫金的手笔，但却带有其姓氏出现在封面上的那个人的风格和思想。"②

继俄罗斯之后或与其差不多同时，西方多数研究者也开始断然在其研究中，把"有争议文本"当作巴赫金本人的著作。例如，鲁思·科茨（*Christianity in Bakhtin，God and the Exiles Auther* 一书的作者）写道："由于我想要把巴赫金的著作当作一个整体来加以研究，特别是我想要确定巴赫金思想的宗教定向，因而便不能不对必须在争论中站稳一定立场承担责任，因为对于本书的观点而言，重要的问题的确不在于谁写了什么，而在于谁主张什么，并且是在多大程度上坚持其主张的。"③

到这个世纪之交，启动于"青萍之末"的"飘风"已经开始具有了席卷全球之势。在当今俄国后现代主义理论家爱泼斯坦那里，不但"有争议文本"为巴赫金所著无可争议，而且，本来系真实历史人物的原作者沃洛希诺夫和梅德韦杰夫等人，也成了巴赫金笔下创造出来的虚拟人物和表现手法了——理论问题转变成为形式主义式的手法问题了。对巴赫金的"个人崇拜"到此已经发展到了极致。试看：

> 巴赫金有关作者的被沉默所笼罩的议论，说明了他自己的"同貌人"——瓦连京·沃洛希诺夫和巴维尔·梅德韦杰夫——之谜。巴赫金对于所发生的事的解释的莫名所以简直令人惊讶：就好像这些著作是他写的，但书却不属于他。以其朋友的名义或直接署着朋友名字的那些著作，巴赫金却无法把它们归到自己名下，但也无法拒绝它们，因为他在书中表达了自己的思想，同时却又不能把这些思想和自己画等号：因为著作中展示了另外一种与其自身部分格格不入的马克思主义意识的潜力。这一情况的复杂性和非同寻常性在于沃

①　Ю. М. Лотман：*История и типология русской культуры*，Санкт-Петербург：Искусство-СПБ，2002，С. 148.

②　Ю. М. Лотман：*Об искусстве*，СПБ：Искусство-СПБ，2000，С. 464.

③　Jan Mukarovsky：*On Poetic Language*，Lisse：Peter de Ridder Press，1976，p. 58.

洛希诺夫和梅德韦杰夫都是真实人物（比方说，就像苏格拉底和莎士比亚），而且，他们还是其自己著作的作者，与此同时，他们还是巴赫金笔下会思考的人物"沃洛希诺夫"和"梅德韦杰夫"。巴赫金是"沃洛希诺夫"和"梅德韦杰夫"著作中被实现了的那些东西的思维潜力。

巴赫金的确可以在这些著作中被我们所认出来，但却是那样被我们所认出来，即我们从一个人物的外貌里认出某个著名演员那种认出。巴赫金利用梅德韦杰夫和沃洛希诺夫的思想-话语形象扮演了一个20世纪20年代的思想舞台要求他扮演的马克思主义者兼文艺学家和马克思主义者兼语言学家的角色，而他也竭力赋予其人物的声音以极度的力量和说服力。所有这些思想本来都是巴赫金的，可他本人，如前所述，却又并不完整地存在于这些思想中——这也就是为什么从形式上的著作权观点出发来考证这些著作何以会如此之难的原因所在。这样一来，难道赋予这两个名字以非作者地位，而是作者兼人物地位，并且不妨把他们写在诸如此类的比方说"梅德韦杰夫如是说"这样的副标题里岂不更加准确吗。正是依据同样的理由尼采才写了《查拉图斯特拉如是说》，而没写作《尼采如是说》，但与此同时，却也并未将其笔下人物的名字当作作者名，比方说他没有把该书题为《查拉图斯特拉》（当"反基督"和"被钉在十字架上的人"一类的署名出现时，那已经成为尼采疯癫的标志了）。①

实际上，认为所谓"沃洛希诺夫"只不过是巴赫金所戴的一个面具，这差不多已经成为如今国际学术界的"共识"。② 爱泼斯坦对此问题的解决方式颇有些后现代主义的味道。在《论可能性哲学》这部哲学论著中，爱泼斯坦断言，所谓作为"历史人物"的沃洛希诺夫、梅德韦杰夫者流，充其量不过是巴赫金著作里的"人物"或"主人公"而已，他们乃是巴赫金在阐述观点时所采用的一种艺术手法罢了。梅德韦杰夫和沃洛希诺夫乃是巴赫金笔下"会思维的人物"。这是思想家用以展开思维的一种方法。

对于巴赫金及其"面具"和"同貌者"现象背后的原因，赫希科普从心理分析的角度作了别致的解释："当然，巴赫金的所有面具——因为业经证实某些著作的著作权问题还处于存疑状态——都有其深刻的'心理分

---

① М. Н. Эпштейн: *Философия возможного*，Санкт-Петербург：Алетейя，2001，С. 95-96.

② 〔英〕保罗·科布利，莉莎·詹茨：《符号学》，许磊译，合肥，安徽文艺出版社，2009，第36页。

析'的原因，它们表明一种包含着个人和政治内容的焦虑。俄罗斯哲学家阿尔谢尼·古雷加凭借感觉指出'如果不是因为苏联政权，巴赫金的对话主义兴许根本就不会出现'。巴赫金及其戴着面具的'同道者们'常常引人注意地失言，如说什么'有益的政治地下室'，这句话在初生的革命意识形态眼里是十分危险和带有反讽的。……而我们如果过分关注巴赫金的政治倾向性的话，便可能与其深层的核心的根本直觉失之交臂，而将其错判为是在挑逗官方审查制度。"①

　　但与此同时，持相反见解的也不在少数。如威廉姆斯在其所著《马克思主义与文学》中就认为巴赫金未曾写作《马克思主义与语言哲学》一书。他同时也认为此书代表了一种想要发展一种马克思主义看待语言问题的适当方法的尝试。② 弗·米·阿尔帕托夫认为：关于《马克思主义与语言哲学》的著作权问题，是一个十分错综复杂的问题。"我们已知的有关此书创作过程的资料，一方面，说明巴赫金参与了写作过程；另一方面，我们又没有任何理由排除沃洛希诺夫作为作者之一的地位。因此我们将把此书作为两人共同创作的著作来对待。"③但在俄罗斯学术界，认为此书实际作者为巴赫金的，是大多数。例如，《世初有道》的作者米·瓦·戈尔巴涅夫斯基便如此写道：《马克思主义与语言哲学》"是巴赫金用自己学生的名字发表的，真实的作者是巴赫金"④。

　　然而，到 1986 年，这个看来似乎已经没有问题的问题却又一次成了问题。《斯拉夫与东欧研究》发表了一组文章，对这些著作的著作权问题提出质疑。作者为 I. R. 提图尼克（Irwin R. Titunik）、别尔丽娜和爱德华·布朗，他们对克拉克和霍奎斯特在其评传《米·米·巴赫金传》相关章节中提出的论证，进行质疑。因为作者在本书中对此问题提出的论证，大多出于推理和猜测，所以，就连作者自己也不得不发出哀叹："不幸的

①　Carol Adlam, Rachel Falconer, Vitalij Makhlin and Alastair Renfrew: *Face to Face: Bakhtin in Russia and the West*, Sheffield, England: Sheffield Academic Press, 1997, p. 108.

②　Gary Saul Morson, Caryl Emerson: *Mikhail Bakhtin: Creation of a Prosaics*, California: Stanford University Press, 1990, p. 483.

③　Craig Brandist and Galin Tihanov: *Materializing Bakhtin: The Bakhtin Circle and Social Theory*, New York and Oxford: St. Martin's Press in Association with St. Antony's College, 2000, p. 181.

④　〔俄〕米·瓦·戈尔巴涅夫斯基：《世初有道——揭开前苏联尘封 50 年的往事》，杜桂枝、杨秀杰译，北京，民主与建设出版社，2002，第 22 页。

是，没有任何书面材料可以一劳永逸地解决这一争端。"①

巴赫金"崇拜"中涌现出来的这种做法，其在逻辑上的最大缺陷在于它无法被最终证实。与此同时，同样我们也没有根据证实相反的观点是正确的和真实的。但把"有争议文本"毫无条件地全部归诸于巴赫金名下，恐怕也有不妥。关于"有争议文本"的著作权问题，几乎是一个无解的难题。有鉴于此，阿维林采夫建议：巴赫金小组成员的著作应当作为巴赫金全集的附录予以出版，或是将全集命名为巴赫金及其小组所著。② 然而，尽管如今的俄罗斯已经把著作权问题"悬置"起来，而实际上已经无可争议地将有争议文本全都归在巴赫金名下。但是在学术界，相反的观点和看法始终都未能彻底绝灭。《沃洛希诺夫、巴赫金与语言学》的作者瓦·米·阿尔帕托夫（В. М. Алпатов）就持这种观点。与当今国际学术界通常把有争议文本都统统归属于巴赫金名下的做法不同，阿尔帕托夫认为有关这些有争议文本著作权的归属问题，是一个不可能"有解"的问题。

西方有人也持有类似观点。鲁思·科茨在历数了莫森与埃莫森（Caryl Emerson）、克拉克和霍奎斯特著作中的许多自相矛盾之处后，指出：除了提图尼克 1984 年的论文和瓦西里耶夫 1991 年的论文外，国际巴赫金研究界引人注目地无人进行一种分析和确定这 3 个人——巴赫金、梅德韦杰夫与沃洛希诺夫——著作权比例的实证主义尝试。"所有试图解决这一谜底的人大都不得不从一个策略跳到另一个策略"。他说自己作为此类文章的读者，自认为"丢弃这个可恶的问题，提前宣布这是一个不可能有答案的问题，因此是没有结果的，也是不适当的"。因为真正的问题不在于谁究竟写了什么，写了多少，而在于谁究竟站在什么立场上、为什么？③

也许，"共同创作说"会是最终解决这一难题的唯一道路？

然而，这又是怎样发生的呢？

---

① 〔美〕卡特琳娜·克拉克、迈克尔·霍奎斯特：《米哈伊尔·巴赫金》，语冰译，北京，中国人民大学出版社，2000，第 199 页。

② Iurii Medvedev, Daria Medvedeva："The Scholarly Legacy of Pavel Medvedev in the Light of His Dialogue with Bakhtin"，Craig Brandist, David Shepherd and Galin Tihanov (eds.)：*The Bakhtin Circle：In the Master's Absence*，Manchester and New York：Manchester University Press，2004，p. 29.

③ Ruth Coates：*Christianity in Bakhtin：God and the Exiled Author*，London：Cambridge University Press，1998，p. 58.

第四节　共同著作说——一种可能的解决方案

在俄国，采用小组的方式进行思想的探索早已成为一个传统：19 世纪初的希斯科夫派和阿尔扎马斯社，十二月党人的绿灯社、俄罗斯文学爱好者协会，屠格涅夫参加过的斯坦凯维奇小组，陀思妥耶夫斯基参加过的彼得拉舍夫斯基小组，斯拉夫派的集会，19 世纪末 20 世纪初"白银时代"久负盛名的以维亚·伊万诺夫为首的"塔楼"、德·梅列日科夫斯基家的沙龙，奥波亚兹喜欢聚集的勃里克家的客厅……总之，俄国自有知识分子以来，沙龙和小组便成为各家各派知识分子进行活动、发挥影响力的一种特殊方式。这种聚会一般都有一个主要组织者和主人，但以自愿原则参加的成员，并不需要牺牲自己的个性而屈就什么人或什么原则，而是可以自由地在同一主题下发表自己的独具个性的见解。如果想要概括一下此类沙龙小组活动的特点的话，那么，也许俄国文化中的"聚议性"是个很恰当的词。在笼罩着浓厚俄罗斯式聚议性氛围的小组中，既重思想的趋同也重思想的个性，在同中求异，在异中求同。如什克洛夫斯基所说：在当年奥波亚兹的活动中，他们认为凡是在小组内讨论中说出的思想，都属于集体而不属于个人，"让我们把月桂枝上的每一片叶子都投入火中来吧"！

其实，巴赫金小组当年同样也是在与此相似的氛围中进行工作的。在这个小组里，巴赫金无疑是其核心和轴心。诚如《赞成与反对：米哈伊尔·巴赫金》所说的那样："巴赫金成为一个无所不包的宇宙，一方面，他把自己圈子里的集体聚议性的成果都吸纳进来；另一方面，他使小组成员的注意力集中在文化和存在问题上，成员们围绕着他，犹如围绕在莎士比亚、歌德、普希金以及陀思妥耶夫斯基身边一样……他以其个人的魅力使其周围的文化风景变得生动活跃起来……"①在世纪之交那样一个社会历史急遽转型、文化经历剧烈变革、学术界自然科学与人文科学合流，自然科学领域里一系列巨大发现正在强烈冲击着人类固有的思维方式的时代，巴赫金小组也和同时代其他知识分子小组一样，思想活跃，活动频繁。在此类活动中，语言似乎并未构成任何障碍。"语言的界限和障碍实际上并不存在：此类聚会或座谈会的所有参加者们差不多都熟悉

---

①　Анастасия Гачева，Ольга Кавнина，Светлана Семенова：*Философский контекст русской литературы 1920-1930-х годов*，Москва：ИМЛИ РАН，2003，C. 77.

和自如地掌握主要的欧洲和东方语种。常常可以听到古代雅典语和罗马语，犹太语和汉语、印度语和阿拉伯语。讨论涉及各种有关艺术与科学、哲学与宗教的问题。人们在对真理进行集体探索。"①

在探讨巴赫金对话思维的起源问题时，巴赫金出生和生长的地域文化中的多语共存现象，曾一再引起研究者的关注。而我们想要指出的是，如今才开始引起广泛关注的"白银时代"文化，本身就是一种充满强烈的对话精神的文化。不但如此，在各个流派和小组内部，事实上也始终贯穿着一种强烈的对话精神：成员们本着不唯上不唯人，真理至上的精神，在一种平等互爱坦诚无隐的氛围中自由交流思想。

按照巴赫金的对话理论，任何思想也都必然是在一种对话语境下生成的。由此可见，则巴赫金自己的思想自然也不会是一个例外。有一点我们可以肯定，即在巴赫金思想的形成过程中，许多巴赫金小组成员，也都曾经作为思想的对话者而先后与巴赫金"共在"，因此作为对话方实际参与了巴赫金思想的形成，甚至构成巴赫金思想的主要元素。从这个意义上毋宁说巴赫金也是一个参与者群体的代名词。

关于巴赫金早年，最值得关注的，是1918年以前在列宁格勒大学与奥波亚兹成员们同为学生这段经历。但是，如所周知，此期的巴赫金，与之交往密切的，并非那些引领时代潮流和时尚的奥波亚兹们，而是多少与宗教哲学思潮或新宗教意识运动十分接近。在人际交往方面，他和同学什克洛夫斯基们几乎无任何来往，而却经由其兄尼古拉的引荐，积极参加了宗教哲学协会的各种活动。

"正如尼古拉·平科夫所指出的那样，没有证据表明巴赫金除了古典文科中学的4年外还受过任何正式教育。巴赫金自己在不同时期的私人证明文件相互抵牾之处颇多：而他在被审讯时坦诚他并未完成大学学业的证词可能却是他最可信的证词。无论如何，即便他作为未注册大学生而在奥德萨新罗斯克大学以及后来在彼得堡大学学习了4年是可能的，却也无法排除（怀疑）。而实际上即使他本人并未真地上大学，他也不妨可以通过其兄长——先是奥德萨大学历史与语言学系，后则为彼得格勒大学大学生的尼古拉，兴许还有巴赫金在这两个大学听过几位著名语言学家的课程的大学生——可以搜集一些信息。"巴赫金对语言学的了解似乎是非专业的、间接的。比如说，"他不承认语音学，认为语音学如果有

---

① С. С. Конкин，Л. С. Конкина：*Михаил Бахтин．Страницы жизни и творчества*，Саранск：Мордовское книжное издательство，1993，С. 105.

权存在的话，那也只可以划归心理学而非语言学"①。

关于巴赫金早年经历，也许其兄尼古拉的记述最有价值。

巴赫金的哥哥尼古拉·巴赫金②曾回忆到他们当年所参加过的、由费·费·泽林斯基领导下的古典语文学小组活动的情况。泽林斯基是一个憧憬"斯拉夫文艺复兴"的学者。尼古拉·巴赫金和弟弟米哈伊尔·巴赫金在彼得堡大学期间，曾在其指导下学习。关于这个小组的聚会，尼古拉·巴赫金在回忆中写道：在 1917 年革命以前以及在十月事件轰轰烈烈正在进行的那些日子里，小组曾经多次聚会。参加者们把这个小组称之为"第三次文艺复兴联盟"。

> 这已是 17 年以前在"红色十月"里的正处在共产主义变革中的彼得堡的事情了。在瓦西里岛上一个又小又冷的屋子里，在烛光下（在那些日子里当然根本就没有什么电），我们 12 个人和我们的老导师泽林斯基教授聚在了一起。我们全都是古希腊语的行家，是语文学家和诗人。我们这个协会喜欢聚集起来讨论古典题目与今日之间的关系问题。"第三次文艺复兴联盟"——我们如此骄傲地给这个协会起了这样一个名称。因为我们相信我们是行将到来的新的文艺复兴——俄罗斯的文艺复兴——它将会是一个完全依照和高度整合雅典生活观念的现代世界——的第一批创造者。因为正如在俄罗斯的其他一切一样，在俄国，学习古典语文并不仅仅只是一种教学活动，而更是一种重新创造生活的方法。学习和研究古希腊语就犹如参加了一个为了古希腊的理念而反对当代社会的一个危险而又神秘的令人胆战心惊的秘密团体。被类似期冀所鼓舞的我们当时都满以为自己正面对着一个行将给我们天真的幻想和希望画上句号的伟大事件。俄罗斯显然正在走向某种完全不同于古希腊文艺复兴的新的时代。③

尼·巴赫金——米·巴赫金的兄长——注定成为巴赫金思想形成过程中的"他者"，而为我们所重视。加林·蒂哈诺夫指出："米·巴赫金知

---

① Vladimir Alpatov："The Bakhtin Circle and Problems in Linguistics"，Craig Brandist，David Shepherd and Galin Tihanov(eds.)：*The Bakhtin Circle：In the Master's Absence*，Manchester and New York：Manchester University Press，2004，p. 77.

② 尼古拉·米哈伊洛维奇·巴赫金(Николай Михайлович Бахтин，1894～1950)，巴赫金的兄长。在 20 世纪的 70 年代西方以维特根斯坦的朋友著称，后来则以巴赫金的兄长闻名于世。

③ М. М. Бахтин：*Собрание сочинений*，Москва：Русские словари，2000，С. 7632.

性的成长离开其与兄长尼古拉的相互关系的语境是不可能获得理解的。"①两兄弟的著作有着"同样的来源"②。

巴赫金在小组活动中越来越起主导与核心作用则是从涅韦尔和维捷布斯克时期(1918～1924)开始的。"然而,对于作为一个特殊思潮的涅韦尔学派在 20 世纪俄国文化中的真正意义,只有在清楚细致研究了该小组 3 位主要成员的生活与著作、与其交往的友人、学生和追随者,以及每个人在其自身活动领域里所起的独特作用才能理解。"③

根据蓬皮扬斯基的档案材料,1918～1920 年间在涅韦尔小组的活动中,研究陀思妥耶夫斯基的创作就被列入议事日程,而且,巴赫金在有关讨论中起着中心作用。巴赫金关于陀思妥耶夫斯基著作的核心思想大约就是在类似讨论中形成的。④ 同时 1921 年是这位伟大作家的百年诞辰。学术界推断此书早在 1922 年时就已有了一个"初稿"(прототекст),而在整个 20 世纪 20 年代巴赫金一直在修改和补充。《陀思妥耶夫斯基创作问题》(1929)和《陀思妥耶夫斯基诗学问题》(1963)年有本质的不同。前者有许多现象学和社会学术语,但在后来的增补版中都被删掉了。同时,初版最后一段文字的内容超出了纯文学的范畴,而和整个 20 年代初的社会政治局势相互呼应。此段文字洋溢着"世界公社"(община в миру)的精神,与勃洛克、霍达谢维奇同期发表的言论可谓如响斯应。⑤ 我们可以大胆归纳一句:即这部著作尚且洋溢着"白银时代"浓厚的精神气息和氛围。

虽然有着为大家全都认可的核心主题,但影响涅韦尔小组思想的哲学来源却具有多元的特征。巴赫金小组的哲学思想,来源于西方的康德学说、新康德主义马堡学派代表人物赫尔曼·柯亨和保罗·纳托尔普,以及克尔凯郭尔的现象学和存在主义。小组形成于 1918～1919 年间的(属于维捷布斯克州)涅韦尔市。巴赫金是小组的中心,其他 3 位核心人物有列夫·瓦西里耶维奇·蓬皮扬斯基(1891～1940),刚从马堡的柯亨那里进修哲学回国的马特维·伊萨耶维奇·卡甘(1889～1937),此外还

---

①　Galin Tihanov：Bakhtin's West World, *New Literature Review*, 2002(5), pp. 54-106.

②　Galin Tihanov："Misa and Koria：Brother and His Other", *New Literature Review*, 2002(5), pp. 54-106.

③　Craig Brandist, David Shepherd and Galin Tihanov(eds.)：*The Bakhtin Circle：In the Master's Absence*, Manchester and New York：Manchester University Press, 2004, p. 125.

④　М. М. Бахтин：*Собрание сочинений*, Москва：Русские словари, 2000, С. 434.

⑤　М. М. Бахтин：*Собрание сочинений*, Москва：Русские словари, 2000, С. 458.

有鲍里斯·米哈伊洛维奇·祖巴金(1894～1937)和诗人、音乐评论家和语言学家瓦连金·尼古拉耶维奇·沃洛希诺夫(1896～1936)。这个小团体被称作"康德讨论班"或"涅韦尔哲学学派"。此外还有后来成为著名钢琴演奏家的玛丽娅·维尼阿明诺夫娜·尤金娜。1920年巴赫金和蓬皮扬斯基移居维捷布斯克后,又增加了一个新成员——社会活动家和教师,后来成为文艺学家和美学家的帕维尔·尼古拉耶维奇·梅德韦杰夫(1892～1938),音乐学家、戏剧学家和文艺学家的伊万·伊万诺维奇·索列尔金斯基(1902～1944)。1922～1923年,当巴赫金不在时,彼得格勒小组活动仍然照常进行,而1924年巴赫金又重新加入小组活动。此时,又有生物学家伊万·伊万诺维奇·卡纳耶夫、诗人和小说家康斯坦京·瓦吉诺夫加盟。后来,经由巴赫金及其著作,使这群思想者成为整个20世纪俄罗斯文化名人荟萃的群体。他们以其直觉、方法、理念和蓬勃旺盛的创造精神,极大地丰富了20世纪俄罗斯思想。

1924年早春时节,在巴赫金从涅韦尔回到列宁格勒以后,涅韦尔学派的活动又得以重新开始。巴赫金对小组在1924～1925年间讨论的贡献,按照蓬皮扬斯基的记录,在于为小组的聚会提供了关于议题以及这些年中讨论的一般方向的理念。在这些年里(1924～1926),如早先在涅韦尔时一样,巴赫金新的哲学与美学理念对蓬皮扬斯基的影响和冲击是广泛而又持久的。在蓬皮扬斯基本人以及巴赫金本人写于这个时期的著作中,都可以看出他们与俄国及欧洲哲学的形而上学传统的最终决裂。

虽然巴赫金在其小组(涅韦尔和维捷布斯克时期)无疑发挥着巨大的主导作用,但其他成员的作用也是不容小视的。而且,越是早期,其他成员的作用似乎越显得重要和突出。大卫·谢泼德认为,在涅韦尔时期……"由于该时期时间很短,所以还不足以令巴赫金的知性优势得以树立"①。他的意图是对巴赫金神话进行解构,同时给巴赫金小组其他成员——梅德韦杰夫、沃洛希诺夫——正名。其在文章前面的题辞更是透露了个中消息:"上帝的本质是个圆,到处是中心,无处找边缘"[The nature of God is a circle of which the centre is everywhere and the circumference is nowhere. ——恩培多克勒(Empedocles)]。

的确,以今视昔,常常会导致人们不自觉地改写历史。巴赫金在今日国际学术界的崇高声望使得人们会不由自主地想当然地把巴赫金当作

---

① Craig Brandist，David Shepherd and Galin Tihanov(eds.)：*The Bakhtin Circle*：*In the Master's Absence*，Manchester and New York：Manchester University Press，2004，p. 4.

是一位从一开始起就起着领导和引导作用的思想领袖。但这和历史事实是有一定距离的。一方面，我们不能对巴赫金在小组活动中所起的重要作用熟视无睹；另一方面，也切记不要因此而把其他成员的作用小化乃至无化——毕竟他们不是像某些人认为的那样，是虚构人物，而是有血有肉的真实的、活生生的历史人物。毕竟在巴赫金小组内部当时笼罩着一种浓厚的对话主义精神和思想氛围。而这种氛围和精神本身，无疑也是滋养对话主义的土壤和沃土。

与以往人们的认识相反，大卫·谢泼德在承认"巴赫金的哲学人类学使得这个小组的生活和工作丰饶而又多产，使得该小组成为一个完整统一的文化现象"的同时，又证明"在小组的形成过程中巴赫金最亲密的同人们发挥了最重要的作用，因为他们比他岁数大，而且在和他相遇以前，他们已经有许多署着他们名字的学术和哲学研究成果：卡甘是哲学教授；梅德韦杰夫是在创作理论和心理学研究领域里留下过丰硕记录的文学批评家。在不同阶段上与这两个学者的对话式交往，在巴赫金自己的一生中对他有着十分重要的意义。巴赫金著作和他朋友的著作之间那样一种对话式'应答'证明这种关系足以信赖"[①]。

而且，巴赫金与其小组成员的关系，并非人们想当然以为的那样是单向的主从关系，而是双向的互动关联：其成员的文章表明他们之间思想契合到了亲密无间的地步。"巴赫金和他的同人们并不像歌德那样，不是债权人就是债务人，而且他们每个人都既借用也借出，这证明他们原则上、在存在中的无可更改的立场，以及他们相互之间的观点都是一致的"[②]。

针对国际学术界在巴赫金崇拜中的某些做法，梅德韦杰夫的后人尤里·梅德韦杰夫和达莉亚·梅德韦杰娃这样写道：……"如果不把巴赫金放在他的小组背景下，我们就无法理解巴赫金，而且，我们应当不光注意到他们有着共同的学术和哲学探索，而这是一个再明显不过的理由。巴赫金离开他的群体就无法被理解，因为'巴赫金小组'并不仅仅意味着也许主要由他写作的论述陀思妥耶夫斯基、拉伯雷和小说话语的著作而已。'巴赫金小组'同时既是思想资源，也是创作的终点，同时也是对于

---

① Craig Brandist，David Shepherd and Galin Tihanov(eds.)：*The Bakhtin Circle：In the Master's Absence*，Manchester and New York：Manchester University Press，2004，p. 39.

② Craig Brandist，David Shepherd and Galin Tihanov(eds.)：*The Bakhtin Circle：In the Master's Absence*，Manchester and New York：Manchester University Press，2004，p. 11.

对话学说的一个特殊统一的文学纪念碑。如果说陀思妥耶夫斯基的复调小说是文艺中复调倾向最光辉灿烂和最完美无瑕的表现的话，那么，在'巴赫金小组'内部则对话原则则包含在每一次都能达到高度甚至也许是超高度表现程度的学术集会中。"①

巴赫金在小组内部最重要的他者和对话者，首先是梅德韦杰夫。事实上，梅德韦杰夫是"巴赫金小组"内部最早提出关于社会学诗学问题并就此题目写过文章的成员。众所周知，这是一个当时文坛人们普遍关注的核心问题之一。

梅德韦杰夫 1909~1914 年间就学于圣彼得堡大学法律系，同时旁听哲学系课程。与此同时开始其作为文学批评家的生涯。1915~1917 年，在前线参与作战的同时，他在基希涅夫的《比萨拉比亚生活》报上开始发表有关文学和哲学问题的系列文章。1918~1922 年，成为 20 世纪 20 年代维捷布斯克文化复兴的积极参与者，撰写关于语言艺术理论及艺术心理学的学术论文，并且开始了与其他巴赫金小组成员的积极对话。1922~1924 年，是其彼得格勒时期，其间他参加了一个巡回演出团体，成为该流动剧院报纸的编辑。同时开始写作关于象征派诗人勃洛克的论文以及其他学术论文。1924 年到 1930 年和 1938 年，梅德韦杰夫开始在东西文学语言比较研究所与"巴赫金小组"开始研讨社会学（即对话）诗学理论问题，发表有关形式主义方法的文艺学论文，编辑了一本勃洛克的《日记与札记》(未能出版)，写了一本有关创作心理学的著作(《在作家创作的实验室里》)。其间，他有关俄国形式主义和创作心理学的论著经修订后出版。与此同时，他在被捕之前，一直在列宁格勒许多高校和科研机构讲授关于诗学和当下文学史的课程，根据其讲稿撰写的教材也有待出版。

梅德韦杰夫早在 1920 年就开始了和巴赫金的哲学对话。1916 年，戎马倥偬中的他这样写道：

> 当然，就连灵魂也非某种一次性一劳永逸给定的东西(данное)，当然它也不是假定的(заданное)。灵魂或许并且最有可能是一泓永远处于流动和变化中的水流。但是，正如水的流动过程总的来说是不变的一样，在生活中，在灵魂的发展过程中总是有一些常在的、必不可少的相关系数，一些实质性的精髓，它们决定着这种或那种

---

① Craig Brandist，David Shepherd and Galin Tihanov(eds.)：*The Bakhtin Circle*：*In the Master's Absence*，Manchester and New York：Manchester University Press，2004，p. 39.

思想的轨迹，这种或那种意志的抱负。每一颗灵魂都是这样因为它不可能是别的什么样。①

每个"灵魂"在存在中所占地位的独一无二性和不可变更性引致一些只为他一个人所具有的特点："思维的轨迹"和"意志的抱负"直到对其独一无二地位所承担的责任心。如果不留意，你会觉得这段文字简直就是一个浓缩版的巴赫金行为哲学。巴赫金行为哲学的全部范畴，诸如"无不在现场之证明的存在"、"外位性"、"视觉剩余"、"行为"、"责任"等无不"群贤毕至"。此外，其笔下出现的用词"данное"、"заданное"也是一个非常值得加以关注的、在巴赫金笔下屡屡出现的语言细节。

在维捷布斯克时期，巴赫金与梅德韦杰夫、沃洛希诺夫曾是亲密的同事，共同在文学讲习班上课演讲。巴赫金在写作他那本论述陀思妥耶夫斯基的著作时，梅德韦杰夫在领导一个师范学院的讨论班课程，而且同样也以陀思妥耶夫斯基为题。他们各自既独立但却同时都对"道德哲学问题"兴趣颇浓。梅德韦杰夫一篇论文的题目就是《作为一位作家和男人的屠格涅夫》(1918 年 11 月)。梅德韦杰夫对于把作家的人品和文品联系起来很感兴趣，因为这样的并列能够把哲学和实际生活联系起来。这个题目同时也是他关于艺术创作理论的讲座课上始终关注的重点。"艺术家与人类"这样的字样也常见于他的手稿。巴赫金在与杜瓦金的谈话中说到的一个以职业作家为主的"梅德韦杰夫小组"，其宗旨就是把伦理和美学结合起来。而巴赫金也在《艺术与责任》中得出如下结论："艺术与生活不是一回事，但应在我身上统一起来，统一于我的统一的责任中。"而在梅德韦杰夫的笔下，则是"在极端情况下，语言创作和生活建设是交织在一起的。"(at the extreme verbal creation and life-creation merge and dissolvo in one another)。毋庸置疑，二者的契合无间无可争辩。"而巴赫金的后来被他的编辑更名为《审美活动中的作者与主人公》的论文《语言创作的美学》(эстетика словесного творчества)则在许多方面都可以说是对梅德韦杰夫有关创作心理学和创作理论著作的对话式反应。"②

梅德韦杰夫的另一个特点是具有一种新的文学史观，即对俄国和外

---

① П. Н. Медведев: "Вечное в Шекспире", *Бессарабская жизнь*, 24 Апр. 1916, С. 2.
② Iurii Medvedev, Daria Medvedeva: "The Scholarly Legacy of Pavel Medvedev in the Light of His Dialogue with Bakhtin", Craig Brandist, David Shepherd and Galin Tihanov (eds.): *The Bakhtin Circle: In the Master's Absence*, Manchester and New York: Manchester University Press, 2004, p. 37.

国一系列经典作家的一种新的阐释。他相信对任何一个作家都应不但把他当作个人现象，而且更重要地是把他当作社会现象来加以研究。美学从头到尾都渗透着社会性。总之，"梅德韦杰夫 1919～1920 年间的讲座课程，和上文中我们所讨论过的其他一切问题一样，都在引导我们得出这样一个印象，即他未来论述形式主义方法的著作不仅已被时代所'设定'，而且在许多方面已经'出现'在其作者的研究和直觉中了。"①

梅德韦杰夫在此期间还参加了巡回剧院的工作。而像巡回剧院这样的社会文化现象可以说就是巴赫金行为哲学在实际生活中的具现。个人必须对自己负起责来：巴赫金的律令可以称为巡回剧院这一艺术集体的最高律令。该剧院的创造和建设生活的理念等可以说"奠定了巴赫金小组在列宁格勒期间意识形态的基础"。而如果不了解这一点，就很难理解《文艺学中的形式主义方法》中马克思主义的特点"。对于梅德韦杰夫和整个巴赫金小组来说，"马克思主义变成了科学的指导者和科学性的象征"。从这个意义上说，1928 年 12 月，巴赫金在审问中固执地称自己为"修正的马克思主义者"，其实是一个更正语。作者的结论是：《文艺学中的形式主义方法》"是在与巴赫金的对话中写成的，是俄国知识分子史上一个辉煌的文学纪念碑，甚至直到今天也未丧失其认识潜能"。1998 年第三届国际巴赫金学术讨论会就是以纪念帕·梅德韦杰夫的名义举行的。

为了对作为一个思想家的梅德韦杰夫表示公正，就必须从体裁观出发去看待这一巨大差异。梅德韦杰夫的《文艺学中的形式主义方法》是巴赫金小组成员对体裁理论问题的初次系统表述。在他看来，文学体裁的功能犹如一个实验室，在语言和现实之间进行社会和认识论的调解，而没有这种调解是不可能有文艺的。更确切地说，艺术是通过体裁的波谱而与现实相关的，其中每个都有其严格限定的能力范围："每种体裁都有其特有的观察现实和知觉现实的方法和手段。"②

① Iurii Medvedev, Daria Medvedeva："The Scholarly Legacy of Pavel Medvedev in the Light of His Dialogue with Bakhtin"，Craig Brandist, David Shepherd and Galin Tihanov (eds.)：*The Bakhtin Circle：In the Master's Absence*，Manchester and New York：Manchester University Press，2004，pp. 35-36.

② Galin Tihanov："Seeking a 'third way' for Soviet aesthetics：Eurasianism，Marxism，Formalism"，Craig Brandist, David Shepherd and Galin Tikhanov (eds.)：*The Bakhtin Circle：In the Master's Absence*，Manchester and New York：Manchester University Press，2004，p. 65.

梅德韦杰夫在从 1922 年 10 月到 1924 年年末这一阶段，一直担任《巡回剧院杂志》(*журнал передвижного театра*) 的领导。与此同时，这也是艺术与生活的两难困境首次受到小组关注的时期。在此期间，梅德韦杰夫对被他称之为未来派的责任感缺失症，即对自我表现的非法迷恋和对社会关怀和公共精神的公然牺牲，提出了集体主义的治疗方案。他的治疗方案与早期巴赫金截然不同，后者在 1919 年仍然宣扬私人道德功业可以成为填平艺术(文化)与生活间深渊的手段的主张。只是在 20 世纪 30 年代晚期，在写作拉伯雷时，巴赫金才转变到用集体主义对文化与生活的分离进行解毒的方法。①

这 3 种思潮——欧亚主义、形式主义和马克思主义需要不断进行相互的调解："形式主义需要面向所谓外在'系列'的压力而开放其学说；马克思主义或至少是其中最复杂的(但也往往同时也意味着最不正统的)也不得不接受以某种形式与诗学联姻从而得到很好运用的文学社会学。"梅德韦杰夫对形式主义的批判，"令我们能更加明确地看出其对巴赫金小组和 20 世纪 20 年代下半叶苏联美学的独特贡献。他对体裁在审美反应过程中的重要性的强调——以及他对长篇小说特殊价值的独特暗示——可以说是他持续最长的理论遗产"②。

"有争议文本"牵涉到的另外一位重要的巴赫金小组成员，是瓦·沃洛希诺夫。沃洛希诺夫 1927～1928 年作为一位研究生而写的学术报告乃是《马克思主义与语言哲学》的最早版本。③ 在 1922 年以前，即从维捷布斯克回到彼得格勒以前，没有材料表明沃洛希诺夫对语言学有兴趣。此时他想继续其在 1916 年被中断的大学学业，但不再想继续主修法律专业，而是选择了社会科学系的文艺专业，这很符合他此时的志趣。但据其传记作家瓦西里耶夫的记述，他未能在此专业注册，而是注册了人种

---

① Galin Tihanov："Seeking a 'third way' for Soviet aesthetics：Eurasianism, Marxism, Formalism", Craig Brandist, David Shepherd and Galin Tikhanov (eds)：*The Bakhtin Circle：In the Master's Absence*, Manchester and New York：Manchester University Press，2004，p. 67.

② Galin Tihanov："Seeking a 'third way' for Soviet aesthetics：Eurasianism, Marxism, Formalism", Craig Brandist, David Shepherd and Galin Tikhanov (eds.)：*The Bakhtin Circle：In the Master's Absence*, Manchester and New York：Manchester University Press，2004，p. 69.

③ Vladimir Alpatov："The Bakhtin Circle and problems in linguistics", Craig Brandist, David Shepherd and Galin Tikhanov (eds.)：*The Bakhtin Circle：In the Master's Absence*, Manchester and New York：Manchester University Press，2004，p. 79.

语言学专业，开始主修语言学。1924 年从列宁格勒大学毕业。他的大学名师里有谢尔巴，有雅库宾斯基，还有和他同龄但却比他先毕业的维诺格拉多夫。1925～1930 年，沃洛希诺夫在研究生院就读。同时重新进入列宁格勒大学的东西方文学和语言比较研究所工作。根据当时研究所的文件，他当时在所里研究"文学方法论"，探讨"社会学诗学问题"，研究方向是"俄罗斯文学史"，一度还曾担任文学方法论分部的秘书（《马克思主义与语言哲学》的大纲就是在这里讨论的），他的署名文章也发表于这一时期。他在研究生院的学术导师是瓦·阿·杰斯尼茨基（潘尼科夫，1995）。他发表的文章中只有两篇与文艺学有关，一是评论维诺格拉多夫著作的文章，二是《生活话语与艺术话语》（和《马克思主义与语言哲学》的第 3 编一样，都是论述语言学与文艺学的边缘问题的）。沃洛希诺夫在离开大学之后还曾在赫尔岑师范学院教书，但语言学界的同行并不认为他是"自己人"，而是一个讲授文艺学与语言学交界学科——文体学——的教师。

雅库宾斯基[①]生前与沃洛希诺夫多有交往。沃洛希诺夫在 1923～1924 年间在雅库宾斯基指导下学习。后来两人曾同在赫尔岑师范学院共事，沃洛希诺夫是副教授，而雅库宾斯基是教授。雅库宾斯基曾是伊·阿·波图恩·德·库尔德奈的学生。雅库宾斯基本人最初曾参加奥波亚兹。曾是其创始人之一。但在 20 世纪 20 年代初就离开了形式主义阵营。早年著有《论对话话语》（1923）一文，此文的主旨非常接近《马克思主义与语言哲学》和巴赫金小组成员的著作。在《马克思主义与语言哲学》第 3 编中此文被提到两次，被称为俄语文献中从语言学观点出发论述对话文体的唯一一部著作。此文还与《生活话语与艺术话语》相呼应。文中批评传统语言学忽视了言语功能问题。这两篇文章都同样重视洪堡特，同样把对话问题放在最重要的位置："实质上任何人际关系都只能是相互动作，这种相互动作都力求避免片面性而成为双向的和非独白体的。"[②]在论述语调问题时，雅库宾斯基所举的例子——陀思妥耶夫斯基在《作家日记》中讲过的 6 个工人——也都和《马克思主义与语言哲学》和《生活话语与艺术话语》主旨相同。[③] 此外就是关于"生活话语"与"艺术话语"的差别问

---

① 列·彼·雅库宾斯基（Лев Петрович Якубинский，1892～1945），苏联语言学家，文艺理论家。有诗歌理论、口语、古俄语史、语言学一般问题方面的著作。

② Л. П. Якубинский：*Избранные работы：Язык и его функционирование*，Москва，Издательство Наука，1986. С. 32.

③ Л. П. Якубинский：*Избранные работы：Язык и его функционирование*，Москва，Издательство Наука，1986. С. 29.

题，同样也是雅库宾斯基在奥波亚兹时期关注的主要问题之一。关于作为形式主义学派理论家之一的雅库宾斯基的思想，对于《马克思主义与语言哲学》的影响问题，此书英文译者马太卡已在英文版前言中指出过。① 提图尼克也在另一篇前言中论述到形式主义学派对《马克思主义与语言哲学》的影响问题。② 2002年在瑞士贝拉尔召开的关于20世纪20、30年代苏联学术的学术研讨会上，有两篇论文与雅库宾斯基有关，其中特别谈到这位学者对巴赫金的影响问题（言语体裁）。③ 雅库宾斯基不是巴赫金小组成员。但到20世纪20年代末，他也开始采用马克思主义方法。当时有许多人走了这条道路，其中包括沃洛希诺夫和巴赫金。雅库宾斯基的立场——反对心理学主义、极端社会学立场和对索绪尔的批判——表明他与《马克思主义与语言哲学》的立场最为接近。

与巴赫金小组成员的学术讨论有关的另外一个对象，是维诺格拉多夫。④ 按文件记载，两人正式见面是在1949年，但此前，在1916～1918年，以及在20世纪20年代后半期，他们当时都生活在列宁格勒，他们的熟人和朋友如沃洛希诺夫和梅德韦杰夫也都是共同的，所以，他们很可能那时就彼此认识。1922～1924年当沃洛希诺夫在大学就学时，维诺格拉多夫是教师队伍里的一员。

维诺格拉多夫在长达40年中，一直都是巴赫金及其小组的反对者：巴赫金和沃洛希诺夫在从1924年到1965年发表的著作中，对维诺格拉多夫也都持批评态度。⑤ 令瓦·瓦·科列索夫感到非常惊讶的一点是，

---

① L. Matejka：*On the First Russian Prolegomena to Semiotics*，Cambridge：Harvard University Press，1973，p. 171.

② I. R. Titunik："The Formal Method and the Sociological Method（M. M. Baxtin，P. N. Medvedev，V. N. Volosinov）in Russian Theory and Study of Literature"，V. N. Volosinov：*Marxism and the Philosophy of language*，Cambridge，Massachusetts，London，England：Harvard University Press，1986，p. 191.

③ C. Brandist："Volosinov's Dilemma：On the Philosophical Roots of the Dialogic Theory of the Utterance"，Craig Brandist，David Shepherd and Galin Tikhanov（eds.）：*The Bakhtin Circle：In the Master's Absence*，Manchester and New York：Manchester University Press，2004，p. 121.

④ 维·弗·维诺格拉多夫（Виктор Владимирович Виноградов，1894/1895～1969），苏联语言学家，文学理论家，苏联科学院院士(1946)。苏联科学院语言研究所所长(1950～1954)，俄语研究所所长(1958～1968)，研究俄语语法及词汇。俄罗斯标准语言史，19～20世纪俄国作家（普希金、莱蒙托夫、果戈理、陀思妥耶夫斯基等）语言和风格，诗学及修辞学等问题。获苏联国家奖(1951)。

⑤ В. Л. Махлин："О границах поэтики и лингвистики"，М. М. Бахтин（под маской）：*Фрейдизм. Формальный метод в литературоведении. Марксизм и философия языка. Статьи*，Москва：Лабиринт，2000，С. 592.

维诺格拉多夫从未正式成为奥波亚兹的成员，但却常常受到巴赫金的批评。①在《马克思主义与语言哲学》中，维诺格拉多夫被归入日内瓦学派的追随者。这种指责当然是不公正的。他是革命前俄罗斯学术传统的继承者，20世纪50、60年代同时也是结构主义的批判者。

在追溯巴赫金思想的发展历程时，有些学者也发现，在巴赫金小组内部，学术交流并非后人所想象的那样，是单向的，即从巴赫金到其成员、学生或同事，也就是说，巴赫金作为思想领袖绝对主宰着小组思想的走势。而实际上，反向交流，即巴赫金吸取其同人意见的地方，也所在多有。例如，在《审美活动中的作者与主人公》里，巴赫金尚持有艺术应当是一个独立自主的自足的领域观。而在1929年关于陀思妥耶夫斯基的著作中，仍然持有类似见解，但观点则颇有些游移。"但在1930年的著作(这里不排除在他和沃洛希诺夫合作写作《马克思主义与语言哲学》期间沃洛希诺夫思想对他所发生的影响)时，他欣然全盘接受了后者的观点，即承认生活言语体裁、生活意识形态、官方和大众文化，以及艺术与生活之间的界限是可以相互渗透的思想。②

加里·索尔·莫森和加里尔·埃默森在其著作中写道："在1920年代形式主义者们是巴赫金最经常的对手，他们对他的思想产生了重要的影响。但也还是有一些同样也十分重要的'友好的他者'，巴赫金也受益于他们，尤其是他自己小组里的那些学者。瓦列金·沃洛希诺夫在巴赫金也十分关心的同样一些理念框架下工作，却沿着马克思主义方向发展了其理论。我们之所以要详尽地阐释一下沃洛希诺夫的结论，是因为这些结论表明影响是相互的，而且巴赫金20世纪30年代的著作部分地是在沃洛希诺夫早先贡献的影响下形成的。巴赫金在表述其小说的话语理论时，显然既从沃洛希诺夫也从他自己关于陀思妥耶夫斯基的著作中借用。巴赫金剥掉了沃洛希诺夫著作中马克思主义的理论框架，但却采用了产生这一框架的许多见解。尤其值得注意的是沃洛希诺夫关于'他者话语'的论述，这可以视作是巴赫金小组最重要的理论贡献之一。"③

巴赫金小组中最后一位与"有争议文本"有牵涉的成员是卡纳耶夫。

---

① В. В. Колесов：*История русского языкознания*. Санкт-Петербург：Издательство С. - Петерб. ун-та，2003. С. 368.

② Craig Brandist，Galin Tihanov：*Materializing Bakhtin：The Bakhtin Circle and Social Theory*，New York and Oxford：St. Martin's Press in Association with St. Antony's College，2000，p. 57.

③ Gary Saul Morson，Caryl Emerson：*Mikhail Bakhtin：Creation of a Prosaics*，California：Stanford University Press，1990，p. 161.

《当代活力论》所关注的问题，甚至直到 20 世纪 20 年代末，都一直是巴赫金小组成员十分关注的问题之一。[1] 如前所述，卡纳耶夫曾一再表白此文系巴赫金所著，自己只是为巴赫金提供了相关材料和提供了发表文章的机会而已。"很可能卡纳耶夫只是为巴赫金提供了可以接触到从这些实验室实验所获得的材料的机会而已。"[2]"在巴赫金对怪诞人体的描述中有着对生物学的借用。这种思维方式反映着卡纳耶夫自己实验室工作以及活力论论文的实验性见解。"[3]

迈克尔·霍奎斯特认为巴赫金的工作充满了一种可以被称之为"生物学的思维方式"，人们常常可以发现他在其对文化的分析中在发掘着生物学模式。这种思维方式最鲜明的例子可以在巴赫金关于时空体的概念中找到，它是从乌赫托姆斯基那里借用来的，被用来表示"每一体裁所具有的'时间和空间上的内在关系'"。……霍奎斯特还认为巴赫金对特殊体裁史前史的兴趣就实际上利用了来自遗传学领域里的进化模式。……巴赫金常常在分析研究中使用来自生物学领域里的分析范畴。[4]

"在许多方面，同样也毫不惊奇的是，巴赫金还常常到生物科学领域里为文化分析寻找工具。"……医学对文学艺术的影响任何时候也不如文艺复兴时代那么强大。同样，巴赫金在《拉伯雷及其世界》中使用了生物学思维方式。……怪诞实践被看作是有机材料的一种形式：形质上可以触摸，社会和历史上有其定位。……狂欢节的怪诞意象代表了一种动态的形成过程，这一过程牢固地位于身体的物理功能之中。[5]

为了让新阶级能够取代旧的制度，一种新的话语方式——在这

---

[1] Ben Taylor："Kanaev，Vitalism and the Bakhtin Circle"，Craig Brandist，David Shepherd and Galin Tikhanov（eds.）：*The Bakhtin Circle*：*In the Master's Absence*，Manchester and New York：Manchester University Press，2004，p. 154.

[2] Ben Taylor："Kanaev，Vitalism and the Bakhtin Circle"，Craig Brandist，David Shepherd and Galin Tikhanov（eds.）：*The Bakhtin Circle*：*In the Master's Absence*，Manchester and New York：Manchester University Press，2004，p. 159.

[3] Ben Taylor："Kanaev，Vitalism and the Bakhtin Circle"，Craig Brandist，David Shepherd and Galin Tikhanov（eds.）：*The Bakhtin Circle*：*In the Master's Absence*，Manchester and New York：Manchester University Press，2004，p. 166.

[4] Ben Taylor："Kanaev，Vitalism and the Bakhtin Circle"，Craig Brandist，David Shepherd and Galin Tikhanov（eds.）：*The Bakhtin Circle*：*In the Master's Absence*，Manchester and New York：Manchester University Press，2004，p. 161.

[5] Ben Taylor："Kanaev，Vitalism and the Bakhtin Circle"，in Craig Brandist，David Shepherd and Galin Tikhanov（eds.）：*The Bakhtin Circle*：*In the Master's Absence*，Manchester and New York：Manchester University Press，2004，p. 162.

种方式中封建意识形态的正统性受到挑战——就成为必需。巴赫金狂欢实践中出现的离题式实践为这样一种新的话语方式的产生提供了机会，因为它们欢庆着"无所不届之真理和权威的相对之光"。①

正如卡纳耶夫所描述的那样，"大使认为向他们的政府汇报关于水螅的新发现是他们的责任，同时一位解剖学教授莱开特，甚至宣称未来将有两件事为 18 世纪增光添彩：一是电的发现，一是淡水水螅的发现。他还援引一位巴金医生写于 1742 年的话：'一种微不足道的小动物向世界宣告它的诞生并且改变了迄今为止宇宙的永恒秩序。哲学家们为这一发现感到震惊，诗人则会告诉你甚至就连死神面对这一发现也会黯然失色……简言之，看到这一景象的人会感到头晕眼花的。'"②

除了卡纳耶夫以外，最常被人提到的小组成员，还有科甘。关于他，学界一般认为"他(指巴赫金——笔者)对赫尔曼·柯亨的批判和阐释以及后来对马堡学派其他成员的接受和欣赏是通过他亲密的指导者和朋友米·伊·科甘过滤过的，科甘曾在柯亨指导下学习，并旁听过当时德国各个大学的课程。"③

总之，"在巴赫金群体中除了巴赫金自己，没有任何人着手解决创造'第一哲学'的任务，但也正是这一显著的创作定向为巴赫金在这一组人文学者中的优势地位提供了保障，他们都和他具有相同的思维方式，并且他们也和他一样坚定地相信哲学是'所有学科的元语言'，而这使得巴赫金成为在讨论中被人们讨论最多、关注最多的小组成员。"④如果不参照他的小组就无法理解巴赫金，而且这不仅只限于小组成员在学术和哲学探索中相互分享的那些方面，因为这一点实在是再明显不过了。不参

---

① Ben Taylor："Kanaev, Vitalism and the Bakhtin Circle", Craig Brandist, David Shepherd and Galin Tikhanov（eds.）：*The Bakhtin Circle：In the Master's Absence*, Manchester and New York：Manchester University Press, 2004, p. 163.

② Ben Taylor："Kanaev, Vitalism and the Bakhtin Circle", Craig Brandist, David Shepherd and Galin Tikhanov（eds.）：*The Bakhtin Circle：In the Master's Absence*, Manchester and New York：Manchester University Press, 2004, p. 164.

③ Greg Marc Nielsen：*The Norms of Answerability：Social Theory between Bakhtin and Habermas*, Albany：State University of New York Press, 2002, p. 91.

④ David Shepherd："Re-Introducing the Bakhtin Circle", Craig Brandist, David Shepherd and Galin Tikhanov（eds.）：*The Bakhtin Circle：In the Master's Absence*, Manchester and New York：Manchester University Press, 2004, p. 38.

照他所属的群体之所以无法理解他，是因为"巴赫金小组"和他有关陀思妥耶夫斯基、拉伯雷以及长篇小说话语问题的著作一样，也许是他最主要的创作成果。"巴赫金小组"同时既是源泉，也是创造的目的，而且也是对话学说的一个非常特殊完整统一的文学纪念碑。如果说陀思妥耶斯基的复调小说是文学艺术中复调倾向最完美最辉煌的表现的话，那么在"巴赫金小组"中，在每个学术团体中都有所包含的对话原则达到了很高甚或是最高的极致。

下 编

第五章 《马克思主义与语言哲学》 与马克思主义语言学

第一节 《马克思主义与语言哲学》是马克思主义的吗？

皮诺切特说过一句意味深长的话："可悲的是今日之世界几乎任何人都是马克思主义者——即使他们并不真懂马克思主义也罢。他们也仍然具有马克思主义的思想。"①这句话之所以精辟，是因为他道出了马克思主义在整个 20 世纪所处的历史境遇：到 20 世纪末与 21 世纪之交的今天，西方几乎所有思想家都表现出回归马克思的趋向，甚至包括德里达、哈贝马斯……这样的激进知识分子。记得有人说过类似的话：马克思主义在 20 世纪的最大胜利，就在于他逼迫着那些非马克思主义分子也不得不打起马克思主义的旗号。

这种情形在巴赫金研究中也处处可以见到。但这里问题重重，我们的努力最多只能勾勒出一个轮廓，最终澄清此问题的契机还未成熟，并且我们遗憾地说只能候诸异日和他人了。弗拉基米尔·阿尔帕托夫为我们提出了一个耐人寻味的问题：《马克思主义与语言哲学》是马克思主义的吗？

如前所述，由于和著作权问题纠缠在一起，使得这个问题显得愈形复杂。问题在于：当我们以巴赫金为出发点论述时，会有一种景观；而一旦采取巴赫金小组的视角，则会得出与前者完全不同的观点。问题的焦点在于究竟以何者为立论的基础？

巴赫金自称他"不是马克思主义者"，但却参与写作了《马克思主义与语言哲学》。在巴赫金的所有著作中，这部著作以往学界关注不够，研究相对滞后。巴赫金以及巴赫金小组与马克思主义究竟有没有关系？是什么样的关系？这都是学界亟待解决的问题。

巴赫金学派与马克思主义的关系问题，涉及到我们对巴赫金学派理

---

① Gary Saul Morson：*Literature and History*：*Theoretical Problems and Russian Case Studies Edited*，Stanford，California：Stanford University Press，1986，p. 119.

论如何定位的问题，可以说这是巴赫金学派研究中首先必须面对的严肃问题。巴赫金学派理论是不是一个有机统一的整体？它是结构诗学的一种？是一种诗学架构？还是一种马克思主义的语言哲学、文化哲学或我们常说的文化诗学或文化人类学？在这一理论体系（如果它具备某种体系的话）中，我们熟知的对话理论、复调小说理论、话语理论、狂欢化理论、时空体理论等等，又在其中占有何种地位？它们和他的整个理论架构，又有着什么样的内在关联呢？

对于《马克思主义与语言哲学》这部著作，语言学界评价并不一致。一派认为这部著作具有马克思主义倾向，另一派则认为它并非马克思主义的著作。这部著作成为名著后，在西方和俄罗斯的 20 世纪 90 年代，对其归属和性质的问题重新掀起争论。一些人把此著归属为马克思主义的。如语言学家亚·亚·列昂捷耶夫就认为："在语言学中，米·米·巴赫金及叶·德·波里瓦诺夫等人都是马克思主义的近邻。"[1]还有人强调巴赫金小组其他成员的著作也同样是马克思主义的近邻，强调该著作中所包含的马克思主义并非正典化了的，与官方教条并不吻合。这种观点也传播到了西方，那里的新马克思主义者们非常乐意用这部著作中的思想来武装自己。

而克雷格·勃兰迪斯特（Craig Brandist）认为，巴赫金并不是一个马克思主义者，但并不否认他也可以采用这些思想来发展马克思主义理论。[2] 格·蒂哈诺夫认为《马克思主义与语言哲学》和《弗洛伊德主义：批判纲要》是新康德主义以及生命哲学结合了马克思主义的产物。[3] 鲍·勃季耶认为《马克思主义与语言哲学》是历史唯物主义与狄尔泰和胡塞尔的混合的产物。[4] 另外一种观点认为巴赫金虽非马克思主义者，但却对这一学说颇有兴趣。

但在最近的 10～15 年，尤其是在俄国，一些关于《马克思主义与语言哲学》（以及巴赫金小组其他成员的著作）的思想开始变得十分流行，即

---

[1] Т. В. Булыгина，А. А. Леотьев，Карл Бюлер："Жизнь и творчество"，К. Бюлер：*Теория языка*，Москва：Прогресс，1993，С. 36.

[2] C. Brandist：Review Article：Bakhtinology and Ideology，*Dialogisme*，Issue 2，Sheffield，1999，p. 90.

[3] Galin Tihanov："Volosinov, Ideology and Language：The Birth of Marxist Sociology from the Spirit of Lebensphilosophie"，*Michael Bakhtin*，Vol. 1，London，Thousand Oaks，New Delhi：Sage Publications，2003，p. 63.

[4] B. Vautier：Bakhtine et/ou Saussure? Cahiers Ferdinand de Saussure：*Revue Suisse de linguiistique generale*，55，Geneve，2003，p. 258.

认为它们都是高度反马克思主义的著作。瓦·列·马赫林（В. Л. Махлин）不止一次明确地表达过这样的意见，他认为巴赫金"戴着双重面具"，即戴着异己学说和异己作者的面具出场。按照他的观点，《马克思主义与语言哲学》整个文本"就是对官方语言的狂欢式翻转，借助这种语言，他得以说出这种语言本身——即作为一种世界观的马克思主义——永远也说不出永远也不会说的话，而仍然不失为其作为所谓的马克思主义的'灵魂'的身份"。① 马赫林还承认这部著作充满着"用马克思主义的语言与马克思主义对话的激情"②。别什科夫也认为巴赫金这是在与马克思主义进行一场狂欢化式的斗争。③

而还有些人则认为此书对待马克思主义的态度，或多或少是中性的。叶·阿·博加特廖娃写道："署名为沃洛希诺夫和梅德韦杰夫的著作由共同的——仿佛仪式一般的——术语统一在一起，它们旨在见证其马克思主义的取向。这一特点与时而会流露出来的庸俗-社会学倾向可以被看作是时代的特征。总体而言，它们并不带有巴赫金创作的特点，它们出现在上述作品中并在以这位学者的全部遗产为背景的条件下会显得孤零零的。"④另外一种观点由鲍·加斯帕罗夫为代表，认为《马克思主义与语言哲学》中对于马克思主义思想的运用，缺乏有机统一性，把"交际理论完全随意地与马克思主义方法论结合起来"。⑤ 尼·伊·尼古拉耶夫的观点与其相近，他并不否认马克思主义在巴赫金小组成员的某些著作中的存在，但却将其仅仅当作是迫于外部压力而导致的一种结果。⑥

持《马克思主义与语言哲学》实质上是反马克思主义的或非马克思主义的观点，主要出于晚期苏联或后苏联时期。从 20 世纪 30 年代开始，马克思主义逐渐变成"穿着官服的科学"（弗赖登贝格语），许多人认为任何严肃的学者都不会对这种学说感兴趣，而只有那些公然无知和虚伪的

---

① В. Л. Махлин: *Бахтин под маской : Маска третья*, Москва: Наука, 1993, С. 178.

② В. Л. Махлин: *Бахтин под маской : Маска третья*, Москва: Наука, 1993, С. 180.

③ И. В. Пешков: "Новый органон", М. М. Бахтин: *Тетралогия*, Москва: Лабиринт, 1998. С. 567.

④ Е. А. Богатырева: М. М. Бахтин: "Этическая отнология и философия языка", *Вопросы философии*, 1993(1), С. 59, С. 202.

⑤ Б. Гаспаров: "Трицатые годы -железный век（к анализу мотивов столетнего возвращения у Мандельштама）", Boris Gasparov, Robert P. Hughes and Irina Paperno: *Cultural Mythologies of Russian Modernism : From the Golden Age to the Silver Age*, Berkeley: University of California Press, 1992, p. 163.

⑥ Н. И Николаев: "Издание наследия М. М. Бахтина как филологическая проблема". *Диалог. Карнавал. Хронотоп*, 1998(3), С. 145.

人才会坚持这种学说。但在 20 世纪 20 年代中情形远非如此。"穿着官服的科学"一直持续到 20 世纪 30 年代之交一直都是"白银时代"的实证科学：语言学中的青年语法学派、文艺学中的文化历史学派等等，都是马克思主义的信奉者。探索中的青年人在寻求着某种新的东西，而其中马尔主义的短暂成功在很大程度上就是由于这个原因。因此，人们纷纷转向马克思主义绝不奇怪，远非什么见风使舵或恐惧所能解释的。①

支持《马克思主义与语言哲学》是反马克思主义的和非马克思主义的观点，都以巴赫金自己的言论为依据。鲍恰罗夫曾回忆巴赫金自己说过，说他从来就不是一个马克思主义者，虽然曾对这一学说感兴趣。② 鲍恰罗夫的回忆为我们展现的无疑是一个持右翼观点的、"最保守"的老年学者形象。他不仅否定十月革命和二月革命，而且批判亚·勃洛克是"知识分子的叛徒"，而且对"社会主义者执掌政权"的以色列也持怀疑态度。在所有可以确定无疑断定为巴赫金所著的著作中，关于托尔斯泰的两篇文章(《〈列夫·托尔斯泰戏剧作品〉序言》和《列夫·托尔斯泰〈复活〉序言》)是公然站在马克思主义立场上的。但学界也还是有人对此表示质疑，如瓦·瓦·巴比奇："有关托尔斯泰的两篇文章在模仿马克思主义修辞上是如此之不成功，以致至今我们也搞不清楚，这两篇文章究竟是该算他最弱的作品呢，还是巴赫金原本就是想写作一种讽刺性模拟作品，用以包裹对那个政治制度的隐性批判。"③

而沃洛希诺夫的情况则与巴赫金截然不同。他青年时期一度倾心于神秘主义，甚至当过玫瑰十字会员④，后来成为马克思主义的热情信仰者。沃洛希诺夫世界观发生激烈转变时期恰好是他学习语言学时，虽然这是偶然的，但也不能排除列·帕·雅库宾斯基的影响——后者也是在此时皈依了马克思主义。在巴赫金小组成员中，唯有沃洛希诺夫是最醉心于马克思主义学说的人。根据阿·伊·茨维塔耶娃纪念沃洛希诺夫的诗歌可以断定，他直到生命的终结都是一个马克思主义者。由于沃洛希

---

① Н. И Николаев: "Издание наследия М. М. Бахтина как филологическая проблема". *Диалог. Карнавал. Хронотоп*, 1998(3), С. 203.

② С. Г. Бочаров: "Об одном разговоре и вокруг него", *Новое литературное обозрение*, 1993 (2), С. 76-77.

③ В. В. Бабич: "Проблемы и предположения", *Диалог, Карнавал, Хронотоп*, 1993 (2), С. 125.

④ 玫瑰十字会员，17～18 世纪德国、俄国、荷兰和其他某些国家的一些秘密会社(主要是宗教秘密会社)的成员。据说会社创始人为 14～15 世纪传说人物罗森克罗兹(CH/Rosenkreus, 意译为"玫瑰十字")，会社因而得名。或可能因该会的玫瑰和十字标记而得名。与共济会接近。

诺夫在《马克思主义与语言哲学》和《弗洛伊德主义：批判纲要》写作期间是马克思主义的信徒，而巴赫金在其晚年否认了马克思主义，所以，有人开始把此二人从头到尾对立起来。有时他们的做法甚至到了极端的地步。格·列·图利钦斯基甚至放言：巴赫金"与苏维埃党的工作者沃洛希诺夫和梅德韦杰夫积极合作，甚至以他们的名义出版带有批判弗洛伊德主义和奥波亚兹形式主义的鲜明的意识形态色彩的著作，并事实上以此参与了相应的意识形态论战"①。而与此同时，也有人认为巴赫金小组在特定时期是反马克思主义意识形态性的，"一篇属于涅韦尔小组时期的论文包含有对马克思主义的极端否定性评价这无疑证实了其成员对待马克思主义意识形态的否定态度。"②

把巴赫金与其小组成员绝对对立起来的企图势必会延伸到关于"有争议文本"的著作权问题上来。"意识形态面具"的理念无论是瓦·列·马赫林的"狂欢化"方案还是格·列·图利钦斯基的"英国国教徒"方案，都与"作者面具"理念互相吻合。但这种对立却使得作者们之间进行合作从而形成共同思想的问题也就被排除了。有两个情况应当予以关注：第一，不能把某一作者的科学和政治观点等同视之。一个人可以在宗教上尊重马克思主义，但却在研究实践中却绝不尊崇马克思主义。相反，一个人可以以批判的态度对待"现实的社会主义"实验，甚至将其责任归咎于马克思主义的奠基人，而与此同时却又在科研分析方面保留着许多马克思主义的或准马克思主义的思想。第二，我们不能不考虑某一学者包括巴赫金自己观点的变化。比自己那个小组里所有其他人都多活数十年的巴赫金，他绝对不可能让自己始终保持在固定不变的 20 世纪 20 年代的状态。有些巴赫金研究者断定其观点绝对始终不变，但这可能吗？同时也不能否认他对马克思主义的态度也有过变化。③

晚年巴赫金对苏式马克思主义缺乏热情这的确是事实，其证据就是在著作权问题上，他对沃洛希诺夫把话语理论纳入"马克思主义"理论框架之内的做法，对于沃洛希诺夫添加进此著中的"马克思主义话语"不满。

---

① Г. Л. Тульчинский："Николай и Михаил Бахтин：Консонансы и контрапункты"，*Вопросы философии*，2000(7)，С. 83.

② D. Shepherd："Re-introduction of the Bakhtin Circle"，Craig Brandist，David Shepherd and Galin Tikhanov (eds.)：*The Bakhtin Circle：In the Master's Absence*，Manchester and New York：Manchester University Press，2004，p. 18.

③ D. Shepherd："Re-introduction of the Bakhtin Circle"，Craig Brandist，David Shepherd and Galin Tikhanov (eds.)：*The Bakhtin Circle：In the Master's Absence*，Manchester and New York：Manchester University Press，2004，p. 18.

晚年巴赫金曾一再对人声称自己不是马克思主义者，也不信奉马克思主义的辩证法。这和巴赫金晚年苏联末期在思想文化领域里的风气是有关的。但把晚年形象反射到 20 世纪 20 年代语境中去是不公正的。而他晚年的自我评价毕竟首先只能说明 20 世纪 60、70 年代的巴赫金而已。况且也不能否认巴赫金对故弄玄虚的爱好。在这个方面，叶·德·波里瓦诺夫与其十分相似。杜瓦金以及巴赫金的门徒们屡屡谈到他的贵族出身，谈到他毕业于彼得堡大学古典语文专业，谈到他最初被判决 10 年劳改等等。许多人认为巴赫金从未被恢复名誉①，而实际上他曾被恢复名誉，只是他本人不知道罢了。② 1995 年在维尔纽斯召开的纪念学术研讨会上，一位波兰来的女学者声称，巴赫金终生都与苏联作协无缘，也从未参加过作协。托多罗夫在 1997 年声称巴赫金不会成为作协会员，也无缘成为院士。③ 但巴赫金其实在 1970 年已经加入作协了。④ 可见，晚年他的故弄玄虚奏效了，并且有一定的倾向性，那就是让自己"茨冈人中的奥维德"形象定型化。实情远比这复杂。关于年轻时代不喜欢马克思主义的说法我们也应该谨慎对待。⑤ 一切应以文本为准。

关于巴赫金与马克思主义的关系问题，留存下来的证明文件并不多，但有一件却十分重要，那就是他在审讯时的口供。由于孔金和孔金娜在转述时的错误，关于这个文件还有过争议。但眼下这场争论已经失去了意义，因为梅德韦杰夫公布了当年案件的起诉书，书中关于巴赫金明确写道："自称自己是修正主义的马克思主义者。"⑥需要指出的一点是：同案涉及 70 人，文件中除巴赫金外，任何人都没有特意如此指明，而且也不会自称为"马克思主义者"，而是会自称为"无政府主义者"、"社会革命党人"。况且这种"表述法"也不是侦讯人员自己杜撰的，而是巴赫金在审讯中对其观点的一种定性。当年在审讯中人们都愿意讲真话，以为这样好。巴赫金便不得不承认自己没有高等教育文凭。而在与"右倾"斗争的

---

① В. Кожиков："Так это было...", *Дон*, 1998(10), С. 157.

② С. С. Конкин, Л. С. Конкина：*Михаил Бахтин. Страницы жизни и творчества*, Саранск：Мордовское книжное издательство, 1993, С. 271.

③ Ц. Тодоров："Монолог и диалог：Якобсон и Бахтин", *Диалог. Карнавал. Хронотоп*, 2003(1—2), С. 267.

④ С. С. Конкин, Л. С. Конкина：*Михаил Бахтин. Страницы жизни и творчества*, Саранск：Мордовское книжное издательство, 1993, С. 313.

⑤ С. С. Конкин, Л. С. Конкина：*Михаил Бахтин. Страницы жизни и творчества*, Саранск：Мордовское книжное издательство, 1993, С. 206.

⑥ Ю. П. Медведев："Обвинительное заключение по следственному делу", *Диалог. Карнавал. Хронотоп*, 1999(4), С. 100.

时代，承认"修正主义"一点儿也不比承认"社会革命党"政治上更可靠一些。也许这种表述法表达了巴赫金小组的总体氛围和精神，虽然其各个代表人物之间也有细微不同和区别。

马克思主义及其在《马克思主义与语言哲学》中的反映，也是一个在国际学术界人云亦云的问题。在国外，如雷蒙德·威廉斯这样的马克思主义文艺理论家，甚至认为《马克思主义与语言哲学》一书诞生的列宁格勒，是"具有重大意义的马克思主义语言学派的诞生地"，而此书则"最能体现这一学派的成就"。① 这一评价尤其值得注意，因为它出自与苏俄背景截然不同的西方马克思主义者之口。

阿尔帕托夫的分析则十分具有文本校勘学的特点，他认为马克思主义在此书中的分布很不平衡。导论部分十分集中浓缩，最酷似那个时代的马克思主义文本。然后，第 1 章常常谈及马克思主义，但各章分布也不平衡，第 1、2 章比第 3 章多。但在本书中心章节第 2 章中，名词"马克思主义"（марксизм）根本没出现，而形容词"马克思主义的"（марксистский）则出现了 3 次。第 3 章里这两个词都没出现。在《马克思主义与语言哲学》第 2 编中，形容词"马克思主义的"共出现了 3 次，但其语境却只有两种类型。第一次出现是在第 2 编的标题中："马克思主义语言哲学的道路"。第二次出现是在第 3 章末尾的一句话："马克思主义的语言哲学应该以表述是一个言语的现实现象和社会意识形态结构为基础。"②这两个语境中所说的"马克思主义语言哲学"实际上都是作者号召予以建构的一种语言哲学，但这种哲学何以必定是"马克思主义"的，作者却未加以论述。第三次出现也在同一章："……我们可以说，我们理解的生活意识形态主要与马克思主义文献中的'社会心理'这一概念相一致。"③这里所说的"马克思主义"，是"他人话语"，具体说是普列汉诺夫的，而非作者本人的。第 2 编和第 3 编也没有第 1 编里的"经济基础"与"上层建筑"这样的马克思主义特有的术语。而只有"意识形态"这一术语贯穿整部书。意识形态的确是此书的关键词之一，关于这个术语，我们下文还将予以讨论。

这部书给人的印象是作者一旦从哲学问题过渡到具体但还足够抽象

---

① 〔英〕雷蒙德·威廉斯：《马克思主义与文学》，王尔勃、周莉译，开封，河南大学出版社，2008，第 35 页。

② 〔苏〕巴赫金著，钱中文主编：《巴赫金全集》第 2 卷，李辉凡、张捷、张杰等译，石家庄，河北教育出版社，1998，第 450 页。

③ 〔苏〕巴赫金著，钱中文主编：《巴赫金全集》第 2 卷，李辉凡、张捷、张杰等译，石家庄，河北教育出版社，1998，第 442 页。

的语言哲学问题时，马克思主义就不再为作者所需了。书中文字风格能明显看出德国唯心主义哲学的味道。时代的时尚词汇暂付阙如。第 2 编和第 3 编在语言学与文艺学交界之处与索绪尔进行论战。但我们不能否认马克思主义在这两编中的无形存在。与普列汉诺夫社会心理学观点的争论属于个别问题的争论。值得注意的是马赫林在谈及"与马克思主义的对话"时，也绝口不谈第 2 编和第 3 编。马赫林以"个人主义的主观主义"有部分正确性，以及尊崇被苏联语言学界所抛弃的"德国人文传统"为据，断言此书是"反马克思主义的"，这显然缺乏依据。

马克思主义在此书中的立场完全是另一种样式。那就是此书总的社会倾向性是和马克思主义完全吻合的。全书处处都强调语言的社会性质，关于对话和交际，关于社会内容在语言中的反映，关于从个人心理解读观察语言的不适当性等思想。不能不承认所有这一切都与马克思主义如响斯应，如果我们不把马克思主义与苏联的社会实践等同视之的话。但此书中的马克思主义并非是促使作者们关注语言的社会功能问题的唯一学说。

对马克思主义加以强调，而在书中却又实际上并未给予其以很大比重，这从让本书"行时"和"畅销"的观点看是有益的。此书出版之快也的确印证了这一点。对语言学的不满，客观看待其对象，即不是将其作为一个僵死的规则总汇，从而大大缩小对象的范围，以及把语言与说话人和社会分离开来的做法，凡此种种都使作者很容易在马克思主义中找到支持。兹多尔尼科夫①说过与此类似的话："巴赫金创作中的'马克思主义印记'是一个……常常令其研究者们感到困惑的悖论。可要知道如果我们深入想一想，也就不会有任何悖论存在了。在古典哲学倒塌后留下来的废墟上徘徊无主的巴赫金，作为一个向往普遍性和体系性的思想家，他不能不怀着谨慎而又好奇的心情仔细考察马克思主义——因为这是黑格尔之后唯一带有黑格尔特征的哲学，抑或至少它是这么声称的。为避免误会我要明确指出：米哈伊尔·米哈伊洛维奇对马克思主义有兴趣，但不是把它作为一种改造社会的社会学理论，而是作为一种完整的哲学学说。"②

国外学术界也表达过类似见解，即 20 世纪 20 年代的巴赫金接近马克思主义是一种合乎规律的现象。英国学者克·勃兰迪斯特认为断然说什么巴赫金对马克思主义持全然否定态度，这等于把问题大大地简单化了。我

---

① В. В. Здольников："Больше судьбы и выше века своего"，*Диалог. Карнавал. Хронотоп*，1995(3)，С. 151.

② В. М. Алпатов：*Волошинов，Бахтин и лингвистика*，Москва：Языки славянских культур，2005，С. 209.

们不应该把巴赫金对待苏联官方意识形态的态度，和巴赫金对待马克思主义思想的态度混为一谈。① 日本学者佐佐木指出："我们认为无论是在巴赫金小组 20 年代末 30 年代初的著作中，还是维戈茨基同期著作中与马克思主义的联系，实质上都是行为哲学出乎意料之外的进一步发展。"②

巴赫金即使在经历过许多思想的洗礼之后，也不曾否认自己对马克思主义的兴趣。苏联在 20 世纪 20 年代的氛围的确促成了这一取向的形成。而 1928 年强制推行马克思主义才刚刚开始（如当时科学院院士里只有马尔自称是马克思主义者）。《马克思主义与语言哲学》的主要敌人毕竟不是马克思主义，而是实证主义，或不如说是索绪尔所属的实证主义语言学。马克思主义是该书作者们反对各类"独白主义"的同盟者。但这并不是说该书的问题是马克思主义的或取决于马克思主义。当然，该书的第 2 编和第 3 编中的时代特征都有所显现。

在孔金和孔金娜所著的书中，作者曾把 20 世纪 20 年代的巴赫金描述为一个"修正主义的马克思主义者"③，这种说法倒是比说巴赫金是一个铁杆反马克思主义者的传说更符合《马克思主义与语言哲学》的实际。然而，我们"究竟在多大程度上可以认为这是一部马克思主义的著作呢？因为这部书的绝大部分与马克思主义没有什么关系。在我们认为是此书的核心部分即题名为'马克思主义语言哲学之路'的第 2 编中，马克思主义仅仅只在标题中提了一下而已。……真的讨论马克思主义的，仅仅只是在此书 3 编中最短小的第 1 编中，此编中一般哲学问题中只有很小一部分与所谈论的语言问题有关"④。

阿尔帕托夫的观点则可谓另辟蹊径。他认为《马克思主义与语言哲学》既非马克思主义的，也非反马克思主义的。该书作者们自己创造和建构了自己的观点体系，他们充分考虑了当时存在的马克思主义，利用了这一学说，但却并未把自己与这一学说彻底看齐。如果马克思主义观点有益的话，那他们便用马克思主义来武装自己。如果马克思主义中有什么东西不合适的话，那他们便会与之争论（在 1928～1929 年与之争论还

① C. Brandist："Responsibility and Logic of Validity"，Бахтинские чтения III，Витебск，1998，С. 112.

② H. Sasaki：Bafuchin ni okeru《koe》no mondai，Koosakusuru gengo，Araya Keichiroo kyooju koki-kinen-rombunshuu，Tokyo，1992，p. 381.

③ С. С. Конкин，Л. С. Конкина：*Михаил Бахтин. Страницы жизни и творчества*，Саранск：Мордовское книжное издательство，1993，С. 191.

④ Craig Brandist，Galin Tihanov：*Materializing Bakhtin：The Bakhtin Circle and Social Theory*，London：Macmillan Press Ltd，2000，p. 181.

是可以允许的)。他们总体上接受了普列汉诺夫对于意识形态和社会心理的划分,但提出了别的术语:"科学意识形态"和"生活意识形态"等。

关于此书的那些"增补",晚年的巴赫金觉得那些东西"很令人不愉快",但"这并不等于说它们在撰写此书时就已令他感到不快了。但我们认为马克思主义思想对于《马克思主义与语言哲学》的作者们的意义来说,是比'简单的增补'要重要得多的。……但要说在《马克思主义与语言哲学》中存在着一种特殊的马克思主义语言学或马克思主义语言哲学,却大可不必。这一任务本身是无法完成的。"①

关于"有争议文本"在 20 世纪马克思主义社会学诗学史中的历史地位和历史意义问题,国际学术界的确迄今没有一个为大家全都基本认可的观点。加里·索尔·莫森和加里尔·埃默森尽管否认巴赫金对于"有争议文本"的著作权,但他们也毫无保留地承认:"沃洛希诺夫和梅德韦杰夫的著作的的确确是马克思主义的。根据我们的观点,他们表现了一种形式上十分复杂而又值得赞许的马克思主义,而且是我们这个世纪关于语言与文学的最强有力的著作之一,而这尤其适用于《马克思主义与语言哲学》一书。"②

"在沃洛希诺夫的《马克思主义与语言哲学》之前,巴赫金小组还没有任何一本著作有它那样博学、涵盖范围如此之广——在美学、艺术史和文学理论等交叉领域里出现的所有西方和俄国的思想全都囊括无遗。"③本书的一位注释者认为:此书系 20 世纪关于语言最好的著作之一,是一部"纪念碑式的"著作。④ 迈克尔·F. 伯纳德-多纳尔斯指出:"在某种意义上,巴赫金的《马克思主义与语言哲学》与《文艺学中的形式主义方法》是对于对象语言这样的意识形态构造的唯物主义研究的奠基之著。其他有关对话想象的论文,论述拉伯雷以及陀思妥耶夫斯基的专著以及其他那些文章,其实都是以这两部著作为依归的……换言之,巴赫金是从对审美理解的现象学模式出发并在其有关马克思的文本设定的框架下进行

---

① В. М. Алпатов: *Волошинов, Бахтин и лингвистика*, Москва: Языки славянских культур, 2005, С. 214.

② Gary Saul Morson, Caryl Emerson: *Mikhail Bakhtin: Creation of a Prosaics*, California: Stanford University Press, 1990, p. 117.

③ Craig Brandist, David Shepherd and Galin Tihanov(eds.): *The Bakhtin Circle: In the Master's Absence*, Manchester and New York: Manchester University Press, 2004, p. 52.

④ David K. Danow: *The Thought of Mikhail Bakhtin: From Word to Culture*, Houndmills, Basingstoke, Hampshire: Macmillan, 1991, pp. 6-7.

研究的。"①而最近俄国出版的一部沃洛希诺夫文集的内容简介中，竟然把作者的这部著作称作"人类语言学的福音书"②。

塞缪尔·韦伯在对《马克思主义与语言哲学》英译本的评论中指出，这部著作如今的确可以期望永恒了。"一方面无论是为了马克思主义批评还是为了接受美学，文学研究日益承认可以期望把社会历史和形式分析统一结合起来了；另一方面，交往理论和语用学的基本问题都早已在沃洛希诺夫的表述中被大量地预见到。如果按照人们最近的说法，'语言显然已经发现自己今天已经走到了从假设到交往语言话语过渡的中途的话'，那么，这条道路则早已就被沃洛希诺夫在1929年就明确地标志出来了。"③

在巴赫金学派的思想体系中，如果我们不是在斤斤计较于复调、狂欢等的是非曲折，而是把话语及其理论哲学当作整个巴赫金学派的核心思想和理论基石的话，那么，我们会惊讶地发现，《马克思主义与语言哲学》在这一以话语为研究对象的理论体系中，占据着一个十分特殊的位置：它犹如一个总纲，是巴赫金学派的全部体系之核心，是前此人们关注于巴赫金的那些主题——复调小说、对话理论、时空体、话语理论、狂欢化——的基础。也就是说，研究巴赫金学派的思想，《马克思主义与语言哲学》是最好的破题，抓住它，也就等于抓住了总纲，牛鼻子，或占有了一个理论制高点，以其为出发点，便可以高屋建瓴，扬帆远航了。

国际学术界持类似观点的人也不在少数。加里·索尔·莫森就在《谁在为巴赫金说话——一个对话式导言》中，说她和另一位文集编者都共同认为，《马克思主义与语言哲学》和《生活话语与艺术话语》是巴赫金（按：应为"巴赫金小组"）"最好的著作"。④

在这方面，巴赫金的对话主义理所当然地成为国际人文社科领域里的显学。巴赫金在语言学（实际上也就是在整个人文社科领域）里的这一重大发现，代表了马克思主义在人文社科领域里所能贡献的最好的成果，超前于它的时代整整将近一个世纪，成为领导21世纪人文学科和社会学

---

① Michael F. Bernard-Donals：*Mikhail Bakhtin between Phenomenology and Marxism*，Cambridge，New York：Cambridge University Press，1994，p. 80.

② В. Л. Махлин：*Михаил Бахтин*，Москва：Росспэн，2010，С. 34.

③ V. N. Voloshinov, L. Matejka, I. R. Titunik, Samuel M. Weber, Chris Kubiak："Reviews：The Intersection：Marxism and Philosophy of Language, Reviewd Work(s)：Marxism and Philosophy of Language"，*Diacritics*，Vol. 15，No. 4，Winter 1985，pp. 94-112.

④ G. S. Morson："Who Speaks for Bakhtin? A Dialogic Introduction"，*Critical Inquiry*，1983，Vol. 10，No. 2，p. 226.

科的一面旗帜。巴赫金在这部著作中讨论了他的其余著作的"大多数前提",它犹如一个"思想的试金石",把"先前彼此分离的各门学科的杂质,化为一门公共学科的黄金"。①《马克思主义与语言哲学》在巴赫金思想体系中的奠基作用,决定了它是任何想要真正理解和正确阐释巴赫金思想必不可少的一个步骤,而国际学术界对它的不应有的忽视极大地妨碍了对巴赫金学派思想的正确全面的解读。

在巴赫金及巴赫金所参与撰写的全部著作中,《马克思主义与语言哲学》在马克思主义语言学思想史上,占有一个十分特殊的地位。迄今为止,在语言学思想发展史上,除了巴赫金的《马克思主义与语言哲学》外,还没有一部比它更系统阐述了马克思主义语言学思想的论著。这部著作着重阐述了马克思主义语言学最重要的观点,那就是语言的社会性问题:语言产生于社会交际,服务于社会交际并在社会交际中自身也获得发展和完善。语言离不开社会交际犹如鱼儿离不开水一样。语言的社会性是建设中的马克思主义语言理论的第一块基石。《马克思主义与语言哲学》这部著作的重要性首先在于它首次本着马克思主义的精神,应用马克思主义的立场、观点和方法,对马克思主义在语言文学研究中的应用问题做了探讨,阐明了马克思主义语言哲学的基本原则和理论基础。它所建构的马克思主义语言哲学,超前于它的时代整整半个多世纪,至今仍是马克思主义语言哲学研究的一座历史丰碑。20 世纪 70 年代,《马克思主义与语言哲学》一书被列入莫斯科大学社会语言学专业大学生考试必读书目。②

进入 20 世纪以来,语言成为各个学科围绕其旋转的中心。正如沃洛希诺夫-巴赫金 20 世纪 20 年代末在《马克思主义与语言哲学》中指出的那样,"可以说,当代资产阶级哲学在话语的标志下,正在兴起,而且这一新的西方哲学思潮才刚刚开始"③。这一过程在俄国是由象征派首先启动的。但重视语言的象征性这在俄国却并非从"白银时代"的象征派开始,而是自有其深远的传统。语言学与哲学热之前,乃是语言热,尤其是语言在艺术创作中的功能问题,也经历了一个由边缘到中心,再由中心变为哲学本质问题的变化过程。

语言热首先表现为哲学向语言本体的回归。众所周知哲学的本义是

---

① 〔美〕卡特琳娜·克拉克,迈克尔·霍奎斯特:《米哈伊尔·巴赫金》,语冰译,北京,中国人民大学出版社,2000,第 283 页。

② Г. Л. Нефагина: *Русская проза. Второй половины 80-х начала 90-х годов XX века*,Минск:Издательство Экономпресс,1998,С. 93.

③ 〔苏〕巴赫金著,钱中文主编:《巴赫金全集》第 2 卷,李辉凡、张捷、张杰等译,石家庄,河北教育出版社,2009,第 2 版,第 346 页。

"爱智慧"。但什么是智慧最高的体现呢？是语言（或话语亦然）。在"书中之书"《圣经》的《约翰福音》中，开宗明义地写道："В начале было Слово，и Слово было у Бога，и Слово было Бог"[①]。由此可见，非洛-索非亚即爱语言（话语）是哲学最高级和最真实的形式。[②]

语言热在俄国开始于象征派。俄国象征派所效法的法国象征派就是首先从语言的特质入手的：他们极大地扩大了语言的象征性，为审美空间的开拓作出了突出的贡献。而俄国象征派或象征主义乃是一种贵族沙龙密室内精美典雅的艺术形式，其对话语（或语词）的崇拜，有两方面意义：一是揭示了语词的新意，扩大了语言表现的范围；二是判明了语言在社会生活和文化生活中的地位。法国象征派对俄国象征派的最大启发，是吸引作者把最大的注意力投注在语言本身的审美潜能和机制上来。

在由象征派启程的语言热的基础上，1910 年前后，俄国文坛崛起了两个流派，都对象征派美学提出了严峻挑战。而在语言问题上，未来派提出了比象征派语言理论更加激进的语言方案。如果说象征派所谓语言只不过是人们用以透视彼岸的一个窗口或与之交往的桥梁的话，那么，未来派则否定了人们有向彼岸瞭望的必要，而认为语言就是语言本身，语言既是实体也是本质。在这样的基础上，未来派领袖人物赫列勃尼科夫提出了"自我发展的语词"说，而克鲁乔内赫则提出了"无意义语（诗）"的主张。德语文学中也有同类现象。未来派和表现主义的语言观及语词功能观有变化，但其特征一仍其旧。语言崇拜与唯实主义、自然主义和印象主义精神格格不入。经典作家热爱语言，但并未赋予其更高的现实性。古典主义中没有语言激进主义发生的土壤。经典作家很重视语言，但认为语言只起辅助作用。新古典主义时代的理性主义，也没有语言哲学的位置。当代语言热起源于浪漫主义思潮。

在这样一种思想文化大背景下，马克思主义语言哲学如何与西方语言哲学对话就成为我们关心的主要问题之一。但问题在于：所谓"马克思主义语言哲学"（甚至包括文艺学）在经典马克思主义那里是根本找不到的，语言学和文艺学史上所有对于"马克思主义……"的表述，实际上都出自别人的附会，或是根据马克思、恩格斯的个别言论加以发挥的结果。而在苏联语境下，"马克思主义语言学与文艺学"一类的说法，其实多数情况下指的是"马克思主义社会学"。在本书中，我们也按照历史惯例，

---

① 《圣经·新约·约翰福音》第 1 章第 1 节："太初有道，道与神同在，道就是神。"

② А. О. Панич："《Любовь к слову》и《Любовь к мудрости》в творческом мышлении Бахтина"，*Диалог，Карнавал，Хронотоп*，1997(3)，С. 67.

称苏联语境下的"马克思主义社会学"为马克思主义的。

第二节　这部著作是如何看待所谓马尔主义的？

尼·雅·马尔院士的"语言新学说"是得到官方支持并且也是自封的马克思主义语言学说。这一学说（новое учение о языке，又名"雅弗理论"）是 1923 年被作为向马克思主义的呼吁而提出来的。但从 1928 年起，马尔本人开始喋喋不休侈谈什么："雅弗理论中的唯物主义方法是辩证唯物主义方法，也就是在语言材料的基础上进行的专门研究中具体体现了的那一马克思主义的方法。"①但实际上，这一切不过是在把一种现成的观念硬生生地捆绑在马克思主义身上而已。这一理论中唯一与马克思主义沾点边儿的，就是其中充斥着的假大空套话："摒弃资产阶级旧科学"，"以世界规模来看待一切现象"等等。马尔多数情况下是在努力使自己适应一种极其混乱、矛盾不堪的观念，其间混杂着幻想和 20 世纪代表人物洪堡特一类学者的思想。马尔一伙采用 3 种方法：一是空口无凭地把自己的思想强加在经典作家头上，引文文不对题或是隐瞒经典作家的真正观点。例如，他们每每声称："在马克思主义-列宁主义学说里，语言……是一种上层建筑和意识形态现象。"但实际上只有布哈林一个人说过类似的话。马尔的许多观点其实并不符合经典马克思主义作家的论述，但这丝毫也不令他感到为难。马尔否定语言和语族之间可以有亲属关系，而恩格斯却持相反观点。所以，对于恩格斯的相关论述，马尔主义者们总是刻意回避。据说在国外——那里说话可以更自由一些——马尔曾放肆地说什么："马克思主义者们认为我的著作是马克思主义的。那么好吧，就算是吧，这对马克思主义更好！""既然跟狼生活在一起，那就得学狼嚎。"马尔主义者中间不乏真诚拥护者，但在斯大林的文章发表（1950）②

---

① Н. Я. Марр：*Избранные работы*，Том 1，Москва：Издательство Л. ，1933，С. 276.

② 斯大林的文章一举澄清了笼罩在苏联语言学界的迷雾，明确肯定语言不属于上层建筑（因而也就反对把语言意识形态化——像庸俗社会学惯常所做的那样）。关于语言的社会性问题，斯大林也有很明确的指示。但受时代风气影响，斯大林的正确指示在今日之俄罗斯和中国却受到了不应有的轻视（国家图书馆甚至撤除了《斯大林全集》，给研究工作造成了很多不便）。苏联是一段不可忽视的历史，因此，对于历史研究来说，首要的是保持旧貌，而不是随着时尚去随时修改历史的面貌。一个最显著的例子是：20 世纪下半叶苏联在出版《巴赫金全集》时，把《言语体裁问题》中引用斯大林《马克思主义与语言学问题》的话语全部删除。参见 Craig Brandist，David Shepherd and Galin Tihanov (eds.)：*The Bakhtin Circle：In the Master's Absence*，Manchester and New York：Manchester University Press，2004，p. 4. ——笔者谨志

后，他们有的改弦易辙，有的甚至发了疯。"马尔主义既指特别的伪马克思主义语言学理论，也指 20 年代末到 50 年代初这一时期在语言学界形成的特殊局面。""马尔主义是斯大林个人崇拜时期的产物，它最终恰恰是被斯大林本人给清除的，而且是以纯粹斯大林的方式予以清除的。"①

雷蒙德·威廉斯指出："马尔的那种立足于旧模式的研究却把语言同'上层建筑'，甚至同单纯的阶级基础联系在一起，这种源自马克思主义理论其他领域的僵化教条的立场，限制了理论的必要发展。"②

另外一个标榜自己是马克思主义的，是"语言战线"（языковой фронт）团体。它存在于 1930～1932 年，曾经与马尔分子做过不懈的斗争，但在 1933 年终于被马尔主义粉碎。该团体成员主要有格·康·达尼洛夫、雅·瓦·洛亚、帕·谢·库兹涅佐夫，其主要理论家为季·帕·洛姆杰夫。这 3 个人都注意到了《马克思主义与语言哲学》的问世，并就此书写过文章。洛姆杰夫出生于 1906 年，当时是个年轻的共青团员，和他的许多同龄人一样，马克思主义对他来说从一开始就无疑是正确的和无可置疑的，甚至在某种程度上可以说就是他的宗教信仰。剩下的问题仅仅是如何把马克思主义与语言科学的事实结合起来。他们比马尔主义者更重视事实。由于很快就被马尔分子所粉碎，所以，"语言战线派"并未发表和出版什么著作。其文章带有鲜明论战性，却并无多少实质性内容。已发表的文章也缺乏坚实的学理依据，而只是平板地描述事实而已。和马尔主义者一样，语言战线团体同样认为语言属于上层建筑，语言具有阶级性。

马尔派鄙视《马克思主义与语言哲学》，"语言战线分子"则只从特定主题角度对其给予关注，但却来不及也没有兴趣与之建立工作联系。"……到 1931～1932 年，马尔主义者们已经在这一领域确立了自己的独断地位，他们最后一位反对者语言战线的成员，到 1933 年初最终溃败。《马克思主义与语言哲学》不可能得到马尔及其周围的人的肯定的，尽管该书提及马尔时完全是实事求是的。"③

尼古拉·雅科夫列维奇·马尔是苏联轰动一时的"语言新学说"的创

---

① 〔俄〕米·瓦·戈尔巴涅夫斯基：《世初有道——揭开前苏联尘封 50 年的往事》，杜桂枝、杨秀杰译，北京，民主与建设出版社，2002，第 8～9 页。

② 〔英〕雷蒙德·威廉斯：《马克思主义与文学》，王尔勃，周莉译，开封，河南大学出版社，2008，第 34 页。

③ Vladimir Alpatov："The Bakhtin Circle and problems in linguistics"，Craig Brandist, David Shepherd and Galin Tihanov（eds）：*The Bakhtin Circle*：*In the Master's Absence*，Manchester and New York：Manchester University Press，2004，p. 91.

始人兼代表人物。在马尔名气如日中天的时代，他与科学史上划时代的著名人物，如哥白尼、达尔文、门捷列夫等天才相提并论。

马尔一生伴随着毁誉参半，褒贬不一。其赞誉者虽多，但否之者则似乎丝毫不亚于前者的声音。据说，马尔本人的记分册表明他所研究的各种语言，其中没有一种相关课程是他从头到尾听过的。因为革命前语言学习以阅读理解为主。19 世纪 80、90 年代的大学教育不能为马尔提供创立新学派的学养，马尔自身也缺乏填充知识空白的愿望。20 世纪 20、30 年代，人们已经在议论马尔研究方法表明其学养不足，这种议论一直到 20 世纪 50 年代都未止息。马尔在大学年代只掌握了历史语言学最一般的原则、源语、语族，这种情况一直持续到 1923 年，但从未掌握历史比较研究的具体方法，所以，后来摒弃此类方法对他而言十分容易。马尔研究语言最初的动机是探寻被沙皇政权压迫的格鲁吉亚各民族语言在世界语言中的地位。其在研究方法上属于传统的历史比较语言学，同时又把语言学归属于历史范畴。

马尔认为："如果语言不是上层建筑的一部分，也不是阶级现象，而是人民的公共财产，像铁路或生产工具似的，那也就不会有什么专门的无产阶级语言学。"①而且语言和艺术一样，也是一种上层建筑。语言是上层建筑领域里的"传送带"（приводный ремень）。语言在不同民族那里是在相互分离的状态下各自独立产生的，但文化从起源说却是统一的，各种文化的差异只不过是统一文化在其发展所处的各个阶段所表现的变体罢了。每种文化都有其创造形式，语言就是这种创造形式的反映。

语言学不关注语言的起源问题就无法成立。有声语言的出现在语言史上是一次伟大变革，犹如广播的发明一样伟大。人终于可以在探索中相互交流了。有声言语的初次使用不能不带有魔法和巫术的性质。那时的语言也是政权的武器和统治的手段。

20 世纪 20 年代后期是马尔学说开始"发迹"的时期。此时的马尔已经成为苏联学术界响当当的名流。他身兼多种职务：雅弗语学院院长、苏联民族研究所所长、科研工作者中央委员会主席（1931 年以前）、公共图书馆馆长、列宁格勒苏维埃委员、苏联社会科学共产主义学院物质语言学分部主任（1931 年以前），1930 年起担任苏联科学院组织计划委员会主席。但在学术界一直到 1928～1929 年以前，学者们对待马尔的语言学

---

① Vladimir Alpatov: "The Bakhtin Circle and problems in linguistics", Craig Brandist, David Shepherd and Galin Tihanov（eds.）: *The Bakhtin Circle：In the Master's Absence*, Manchester and New York: Manchester University Press, 2004, p. 93.

思想却大都持观望态度。在"政治"上对他表示支持的，大都是些哲学家、文艺学家、历史学家、考古学家、人种学家，而语言学家则很少。马尔身后绝大多数狂热的追捧者是他那些共青团员学生们。他们到处宣扬马尔的这样一句口号："印欧语学是资产阶级意识形态"，遭到学术界正直人士的白眼。马尔曾为其雅弗语学院的事向人民教育委员卢纳察尔斯基请求 4000 卢布拨款。卢纳察尔斯基把其申请书发表在报纸上，在按语中称其为"我们联盟最伟大成就最辉煌同时也是活着的语言学家马尔"。卢纳察尔斯基写道："出色的比较，深刻的前景，这就是马尔院士在我们面前所展现出来的一切，这不能不使每一个与其相识的马克思主义者万分激动，而更令我们高兴的是，这位知识渊博得令人诧异、思想敏锐得令人惊奇的学者和思想家，非常逼近地走近了马克思主义，而且，他在走近前来时，一方面他的研究使他对物质方法有着很高的评价，而另一方面革命也加快了采用这种方法探明语言基本的物质之根的进程。"①据说这在 20 世纪 20 年代早期可谓"空谷足音"、"凤毛麟角"，而后来却渐渐发生了变化。一些头脑清醒的马尔的学生自始至终对其"正在崛起中的神话"保持理性距离，认为他们和真正的科学语言学相距很远。

随着马尔学说被官方宣称为"唯一的马克思主义语言学说"，马尔主义进入了其"狂飙突进"的历史时期。马尔学说"走红"的原因有两个：一是他披着"伪革命"的外衣，二是马尔被认为是革命前学术界最具有权威的代表人物。老一辈学者们多数最多走到与革命合作的地步，而马尔却完全把立场转移到新制度和马克思主义方面上来了。1928 年，米·尼·波克洛夫斯基借马尔从事学术工作 40 年之机发表文章，称马尔为"仅凭其雅弗语这一个发现就足以跻身于世界最伟大语言学家的行列"，并称其为"历史唯物主义者"。"假如恩格斯还活在我们中间，那么每个共产主义高校工作者也都会研究马尔理论的，因为这种理论已经进入马克思主义人类文化史观的铁的资产目录……未来属于我们，也就是说属于马尔主义。需要的只是要有足够耐心去等待罢了"。"马尔理论远还尚未占据统治地位，但它已经无处不知了。到处都有人在憎恨它。这是一个好的征兆。已经有三分之三个世纪人们到处都憎恨马克思主义，但在这种憎恨的标志下马克思主义却越来越赢得了整个世界。新语言学理论就是在这一光荣的标志下行进的，这就意味着，新语言学理论在其位置上，在科学研

① В. М. Алпатов：*История одного мифа：Марр и марризм*，Москва：Наука，1991，С. 80-81.

究界，必将赢得光辉的未来"。正是在波克洛夫斯基的坚持下，当时的莫斯科大学校长下令要求为语言学大学生开设"关于语言的新学说"课程。

尼·伊·布哈林也对其有评价："无论如何评价尼·雅·马尔的雅弗语理论，我们都必须承认它作为在语言学领域里反对犹如缀在这一学科脚上的沉重的哑铃一般的大国倾向的一次暴动，无可争议地建立了巨大的功勋。"共产主义学院成立了唯物主义语言学分部，专门宣扬马尔学说。该分部还组织了与波里瓦诺夫分子和语言阵线派分子的大辩论，并为马尔颁发了列宁勋章。与此同时，雅弗语中心和研究所也大大扩展，1929年甚至成立了研究生院。而大批一流学者的工作条件却因之而恶化到了极点。本来是正常的学术论争，却被马尔给高度意识形态化了。且看他的言论："在社会主义建设中我们正在经历一场极其尖锐的斗争……雅弗语理论中关于语言的新学说自然会成为严酷甚至有时是凶恶的攻击的靶心……学术界反对这一学说的远非仅仅只是那些反苏分子而已。"这些言论表明马尔本人绝非有些人所描述的一个单纯而只不过走入迷途的真诚的学者形象。马尔本人绝少参与当时的各种论战，同时也在争论中只对事不对人。但实际上整个论战的背后操纵者，是马尔。按照马尔的术语体系，"贩卖资产阶级货色"远不如指称对方是"形式主义"严重。马尔亲自编辑论战文集却不具名，可见他是狡兔三窟，随时准备安全撤离，平安引退。学术界开始清除一切与"语言新学说"无关的理论。鲍·雅·弗拉基米尔佐夫院士因不合于"语言新学说"而遭到马尔分子的围攻，被迫离开语言学界，仅两年后便郁郁而终。许多功勋卓著的学者失去了工作和发表著作的机会。亚·伊·汤姆逊教授因为"反革命倾向"而被从敖德萨大学开除，并且直到1935年去世时都无法从事科学研究。

大概最悲惨的是波里瓦诺夫①。他"实际上是苏联社会语言学的创始人之一"，也是最早关心创建马克思主义语言学问题的学者之一。"甚至在1931年，当他事实上已处于学术流亡状态时，仍勇敢地在'联邦'出版社出版了科普文集《为马克思主义语言学而奋斗》"。波里瓦诺夫与什克洛夫斯基、雅库宾斯基、雅各布逊、特尼亚诺夫、雅科夫列夫、艾亨鲍姆等人，都曾是著名的诗语研究会奥波亚兹的创始人和重要成员。波里瓦诺夫是个精通多种语言的天才。他曾仅用一个月时间便掌握了卡拉卡尔巴克语，并准确熟练地用这种当地语言作报告……"波里瓦诺夫本人，他

---

① 波里瓦诺夫（1891～1938），苏联著名语言学家，1938年被枪决，1963年平反。

所做的一切，他的命运——都是非凡的，都应载入俄罗斯科学的史册。"①

　　起初，波里瓦诺夫也和大多数人一样，根本没意识到马尔主义的威胁性。况且，1921～1926 年间，他一直在塔什干工作。两封写于 1924～1925 年的信表明他对马尔还是比较客气的。马尔此时对他也比较好，因为波里瓦诺夫曾经跟他学习过格鲁吉亚语。1926 年波里瓦诺夫来到莫斯科，担任在马尔支持下的某大机构的语言学分部主任。最初，波里瓦诺夫对马尔很少注意，在他起草的语言学现状报告里，只有一次提到马尔，把他当作苏联研究少数民族语言的代表人物。1927 年，波里瓦诺夫作了反对马尔的报告。1929 年与马尔展开公开论战。1929 年 2 月，在莫斯科共产主义学院唯物主义语言学分部召开了一次讨论会，由波里瓦诺夫作报告。报告内容当时被永久封存，公开报道可以说是滴水不漏。直到1991 年，报告内容才全文披露。波里瓦诺夫比其同时代人更加准确地评价了马尔及其学术工作。他是少数能不受马尔神话影响而直抒胸臆的人之一。波里瓦诺夫指出雅弗语理论的合理内核来源于南高加索语研究中的比较语法学，但一旦超出这一领域，便成为一条错误的研究之路了。如用这一规律研究楚瓦什语，便会大谬不然，其间的距离，恰如语言学与化学的距离那样遥远。这种理论严重脱离实际，合理的部分（旧的）早在马尔以前就已是语言学界的共识，而不合理的部分（新的）则压根就站不住脚。波里瓦诺夫对马尔研究中所犯的时代性错误进行了详尽的分析，并指出马尔并不是一个马克思主义者："这就令人感到马尔不是一个马克思主义者，因为既然承认语言会由于集体的演变而发生变化，那就必须给出不是一个发展方式，而是两个发展方式：一种是在经济条件制约之下的发展方式，一种是另一种非经济条件制约下的发展方式。"在揭露马尔主义的伪科学性后，波里瓦诺夫表明其传统历史比较语言学的立场。报告的第 2 部分阐述了建设真正的马克思主义语言学的途径。报告引起了暴风雨般的轰动。在继之而来的一系列讨论上发言的，有知名人士 30多人。这些人大多是反对波里瓦诺夫而支持马尔的。支持波里瓦诺夫的只有苏联科学院院士加·亚·伊里因斯基，而他发言的结果只是给自己招来诸多不快而已。局势演变成为对反对派的一次屠杀。波里瓦诺夫哀伤地说自己面对的是一帮宗教信徒，面对他们自己无话可说。于是一场

① 〔俄〕米·瓦·戈尔巴涅夫斯基：《世初有道——揭开前苏联尘封 50 年的往事》，杜桂枝、杨秀杰译，北京，民主与建设出版社，2002，第 27 页。

针对波里瓦诺夫的绞杀战开始了。报纸杂志上展开了针对"波里瓦诺夫习气"的斗争。到同年秋天，波里瓦诺夫被迫回到中亚地区。这场斗争开始越来越带有浓厚的政治色彩。随着他的离去，他的许多已经付排的著作失去了问世的机会。1931 年，波里瓦诺夫终于出版了一文本集，其中对于马尔主义的批判虽然简短，但言辞激烈。然而，他的一番发言再次无人理会。波里瓦诺夫对庸俗社会学进行了批判：从来就没有什么资产阶级语言学、农学、概率论……彻底否认资产阶级科学会使我们成为蒙昧主义者，成为列宁曾经一再告诫过的那种人（即无产阶级文化派）。但波里瓦诺夫的告诫犹如石沉大海。对他的绞杀开始日益升级：现在发言的，已经是一些与马尔私人关系十分密切的学术界人士。1929 年 2 月的大讨论成为马尔主义大获全胜的标志。它表明一种极不符合科学的体制被语言学界所吸纳并成为正典。其他学科也遭到这场冰霜灾害。随着新经济政策的结束，阶级斗争被加以强调。到 1930 年第十六届党代会召开。大会宣扬对右翼反对派、富农和危害分子进行斗争。而马尔也作为学术新星如日中天。斯大林在总结报告和结束语中两次援引了马尔的命题：在社会主义取得世界范围胜利的时期，在社会主义获得极大巩固并已进入日常生活的时期，各个民族的语言必然会融合成为同一种共同语言，这种共同语言当然不是大俄罗斯语言，也不会是德语，而是一种崭新的语言。这句话导源于马尔的思想，而马尔的原话是："很清楚未来的语言将会是一种迄今为止不曾见识过的一种具有新的特殊体系的统一的共同语言……这样的语言当然不会是世界活着的最流行的语言中的任何一种。"在此之后，马尔被认为采用了大量丰富的语言材料证实了斯大林的观点。马尔本人也参加了代表大会，其发言被排在紧接在斯大林之后，而且他的歌颂斯大林的发言有一半用格鲁吉亚语演说。此次会后，马尔就被任命为苏联科学院副院长。此次会上发言时马尔的身份是"无党派布尔什维克"，会后当即被发展为党员，连预备期也没有。马尔生前就被誉为"伟大的"和"天才的"。他随后获得的荣誉可谓铺天盖地。甚至包括红海军荣誉战士。

对马尔及其学说的有学理依据的批评，恐怕来自苏联塔尔图学派代表人物米·尤·洛特曼。洛特曼写道："然而，在研究文本与文本外在因素（主要是古代因素）的实在现实的语义关系时，马尔分子完全忽略了该因素在与特定文本的整个结构的关系中所获得的意义。……这就产生了一个悖论：拒绝分析文本的形式结构（音义段）从而导致其丧失了完整的意义轴，尽管所有这一切是在打着语义的旗帜进行的。这里的原因在于另外一个悖论：语言新学说并非语言学说。在把语言与思维同一化到完全否认这两个领域里的特点的地步以后，同一化便消除了语言学机制，倒退地把语言学知识与非语言学方法（这也就是为什么正是在人种学领域、民间文学和神话学领域里，马尔主义会取得实际成就，尽管这种方法始终都是他的弱项）。"①

1930 年 9 月 15 日，一伙自称"语言阵线"的青年语言学家涌上学术界。该组织的领袖人物是 1917 年入党的共产主义东方劳动者大学教师格·加·达尼洛夫。其思想领袖则是当时尚十分年轻的塔·帕·洛姆杰夫，是 1930 年才考入俄罗斯社会科学研究所协会研究生院语言学专业的研究生，此前刚从沃罗涅什大学毕业。早在 1929 年就在拉普刊物《在岗位上》发表过"语言阵线"派纲领性文章的雅·瓦·洛亚也发挥过重大作用。其成员有 20 多人，多数系大学生和研究生。协会在莫斯科、列宁格勒和斯摩棱斯克都设有分会。后来成为著名学者的帕·谢·库兹涅佐夫说："迄今为止与马尔主义斗争的只有老的印欧语学派学者，现在语言阵线也开始从马克思主义立场出发与马尔学派进行斗争了。"该派文章发表得远比波里瓦诺夫多，并且得以于 1930 年 10~12 月期间在共产主义学院组织第二次语言学大讨论。语言阵线企图既与"资产阶级科学界"也与马尔主义斗争。但和马尔的关系却不是那么好厘清。马尔神话已经高度发达，以致人们很难摆脱它的影响。马尔理论的正面特征屡屡变化花样地出现：唯物主义、语言是上层建筑的命题、对阶级原则的认可、语言与文化史的联系、对孤立考察语族问题的摒弃、否认原始语、承认语言发展的跳跃性，以及认为语言起源具有统一性的理念。他们也和波克洛夫斯基一样认为马尔主义的许多成果业已进入马克思主义的"铁的资产清册"。但马尔理论中也有许多是他们绝对予以反对的。首先他们反对马尔学派为了当代性和浅薄的分析而牺牲史前史，即所谓"非同寻常的远视"。他们也坚决反对马尔分子把语言的变化归结为经济变化的直线型思维。他们的结论是虽然马尔主义有自发的马克思主义成分，但究其实仍是自称马克思主义的机械主义。建设马克思主义语言学的任务还有待于完成。与波里瓦诺夫不同的一点是语言阵线分子非常团结一致。他们在人民教育委员会也有支持者。在 1931 年 2 月 15 日的讨论会后，语言阵线分子成立了自己的科研中心：人民教育委员会所属语言学研究所，从而使得莫斯科成为取代列宁格勒雅弗语研究所的语言研究中心。该中心阵容强

---

① Ю. М. Лотман：*Об искусстве*，Санкт-Петербург：Искусство-СПБ，2000，С. 465.

大，后来以此为基础形成了莫斯科语言学派。该派所有成员都在该所工作。

　　该所与"语言新学说"进行了不懈的斗争。但浓厚的阴云已经开始在其头顶聚集。马尔分子开始转入进攻了。该所的机关刊物《革命和语言》季刊 1931 年只出了一期后就停刊。次年，语言阵线被迫关闭。但此前帕·谢·库兹涅佐夫已经发表过一篇重头小册子批判马尔主义，受到学术界许多被迫赋闲的大学者的肯定和赞扬，也被马尔斥之为一颗"炸弹"。嗣后，迫于压力该所不得不对其作者进行批判。但一切已经为时已晚。1933 年，该所也被取缔。研究人员都自谋生路。有的被迫离开莫斯科，有的留在当地失去了工作，勉强找到实验室实验员这样打工的活儿以谋生。此后雅夫语学派就再也没有值得重视的竞争对手了。对语言阵线分子的讨伐渐渐从严肃的科学讨论变成公然的谩骂。甚至在事件过去十年后马尔分子还说语言阵线分子是"印欧语系学者手中的一根大棒"、是一个"有害的组织"。

　　毋庸讳言，语言阵线的主张有许多时代病症。首先是不适当地把学术与意识形态搅混在一起，其次是在对待遗产问题上的虚无主义态度。而在后一个问题上，这两个流派其实并无多大差别。马尔分子把语言阵线的出现称为"阶级敌人在语言战线上的最后一次出击"。1932 年出版了一本小书名为：《语言学中反走私行为的一场斗争》，该书的作者们都系列宁格勒马尔的学生、弟子和同事。其中一年前刚从莫斯科大学毕业考上马尔研究生的费·帕·费林是所有 13 位作者中最为卖力的。文集讨伐的对象并不仅限于语言阵线分子，事实上当时语言学界所有知名学者都几乎无人幸免，其中包括本书所讨论的瓦·尼·沃洛希诺夫。费林在文中号召学术界用对无产阶级意识形态的研究来取代对无产阶级语言的研究。大多数文章只是流于为对方贴标签戴帽子而已。在 1930～1931 年著名马克思主义哲学家遭到迫害以后，这些标签开始盛行一时，费林等人的作为则被后人称之为"红卫兵"（хунвэйбинь）。

　　马尔学派在莫斯科的机关刊物是《民族教育》。费林也是其重要作者。其中有一篇文章称尼·特鲁别茨科依是"前伯爵、白卫军教授"。对费林这样的马尔分子来说，恐怕没有比印欧学系学者更凶恶的野兽了。刊物开始着手消灭语法。其思想来源于马尔的言论："语法？……因而究竟有没有必要一般地说要有语法，以及对语法实施改革究竟有否必要的问题"。当时甚至有人开始思考"马克思主义语法"的问题，丝毫不顾及这样一种组合有多么奇特怪异。中学所学的语法被称为烦琐教条。在马尔主义极盛时代，就连避居塔什干的波里瓦诺夫也无法安心。1934 年，在乌兹别克文化建设科研所他开设课程讲授马尔学说，引起一场风波，最后导致他不得不黯然离开该所。在中亚他还可以出书，但在 1931 年以后的莫斯科，他已经再也没有机会出书了。在远东的语言学研究工作也完全停滞下来。凡是不符合马尔学说的书籍一概被取缔。到 20 世纪 30 年代上半叶，马尔主义似乎已经取得彻底的胜利，俨然时代潮流，浩浩荡荡，顺我者昌，逆我者亡。然而，"始作俑者"的马尔本人似乎并非那么气定神闲。学界风传，就在这些年中，有一次列·帕·雅库宾斯基去马尔家找他，发现他躲藏在床底下。原来，听到敲门声，马尔以为来人是来逮捕他的，惊慌失措的他居然出此下策。可见，就连他这样诸事顺遂的学者也天天生活在惊恐不安之中。他本来十分强壮的身体开始急速瘦弱和恶化：早在 1932 年，马尔讲课时就得有人搀扶。

在马尔科研工作 45 年纪念日前，马尔被授予列宁勋章，而且语言与思维研究所也开始以马尔命名。1934 年在马尔生病期间，大规模逮捕语言学家的行动就已经开始了。这在莫斯科被称作"斯拉夫学者案件"。许多知名学者被捕，其中绝大多数是非马尔派，有的甚至是马尔学说的反对者。其中两位在 1937 年被枪决。学院也有人因"政治上的缺陷"而被贬黜。马尔本人也在那些年中急遽萎缩。晚年的他可能对"语言新学说"感到懊悔，但一切为时已晚。1934 年 12 月 20 日，马尔去世。刚刚因失去基洛夫而沉浸在悲痛中的列宁格勒现在又一次披上了丧服。葬礼日中小学调了课。还出版了纪念文集《前资本主义社会史问题》。文集汇集了关于马尔传记、生平和科学工作的资料，但也有关于他早年许多不体面的材料，编者的用意难以揣摩。伊·伊·缅夏宁诺夫继任语言与思维研究所所长，并开始实施没有马尔的"语言新学说"宣传工程。

如果没有斯大林 1950 年关于语言学问题的文章，语言学界争论的许多问题，便会长期得不到解决。斯大林关于语言学问题的文章，一举扭转了学术界长期以来沉闷、沉默的局面，打破了马尔学派独霸天下的整体格局。斯大林的文章坚持了语言的社会性和意识形态性，为语言学研究指出了正确方向。巴赫金也对文章的发表有过表示。他说道："斯大林关于语言的观点是把语言看作一个体系（而且是规范的体系），这个体系是言语交际的条件，与言语交际有密不可分的联系，但二者并不吻合。"①

随着斯大林文章的发表，犹如拨开云雾见晴天，马尔主义这个苏联语言学界的高尔吉亚结被快刀斩乱麻地解开了。非马尔主义者欢欣鼓舞，兴高采烈，马尔主义者垂头丧气，忏悔不已。还有的学者当即开始按照斯大林的指示写作语言学论文。斯大林的文章很快被称誉为"天才的"和"经典的"论述。单行本很快就印行了数百万册之多，广播大为宣传，各地到处都在组织研讨会讨论这些文章的意义。语言学家们纷纷庆幸："语言学理论问题首次走入百姓心灵。""约·维·斯大林把语言学的意义提高到了前所未有的高度。"反对马尔主义者的斗争在人们眼里与反世界主义者别无二致，虽然核心内容截然不同，而且，语言学界那些反对世界主义者的人已经承认了自己的错误。知识分子圈积极响应斯大林的文章。首先，语言学界以及其他学术界的形势缓和下来了，马尔的影响如今被定性为"阿拉克切耶夫体制"而受到了批判。第二，对语言学界庸俗社会学思想的批判以及对伪民主争论形势的摒弃，给人们以希望，即希望意识形态气候会得到根本改善。斯大林关于有不同意见争论和批评之自由的言论，也给了人以希望。1950 年夏秋之交语言学界无论是马尔分子还是非马尔分子，语言学家们都真诚地喜悦。86 岁高龄的老学者谢·伊·索勃列夫斯基著文声称：如果马尔学说被当成科学，那科学也就堕落成为江湖术士和招摇撞骗的骗术了。另一位德高望重的老学者瓦·费·希斯马廖夫认为 20 世纪 20 年代前后语言学界备受压抑，说马尔既是一个天才，但也是一个被魔法蛊惑了的巫师。这些革命前的老学者未必喜欢斯大林，但由于斯大林他们可以像过节似的走到大街上畅所欲言了。

还没等官方争论结束，苏联科学院最高主席团就作出了采取措施的决议。前马尔分子被纷纷解职。在声讨马尔和马尔主义的热潮中，许多好的坏的、真的假的都被强加在无辜和有罪的马尔头上，不容分辩。

马尔主义的历史本身对于语言学家没有什么意义："语言新学说"业已销声匿迹，它的基本观点已经再也不会复活了。但马尔主义的历史却是个人崇拜历史的一部分——它的意义端在于此。现在恐怕只有那些喜好猎奇的人才会对"语言新学说"产生一探的念头。马尔之前和之后善于提出振聋发聩的大胆学说的学术界所在多有，但只有马尔能把自己的歪理邪说变成官方教条。探讨一下这样的歪理邪说为什么居然能从上到下

---

① 〔苏〕巴赫金著，钱中文主编：《巴赫金全集》第 4 卷，白春仁、晓河、周启超等译，石家庄，河北教育出版社，1998，第 258 页。

获得一致拥戴，肯定很有意义。1950 年斯大林就具体语言学科问题发表著作，固然有其正面的作用，但也难免不产生负面影响。任何一个正直的语言学家都不能否认这些文章的正面影响。1950 年语言学界所发生的事件只具有地方性意义，它并未改变国家的整个形势。1953 年以后，语言学界有人认为马尔是冤枉的，应该大力为其恢复名誉。经过半个世纪的沉沦，1987 年，马尔的语言学著作获得机会重版。出版者在前言中指出：1924 年以前，马尔的语言学著作尚不失其科研价值。但对"语言新学说"仍持否定态度。翌年，弗赖登贝格发表他 1937 年纪念马尔的演讲词。演讲词情真意切："马尔就是我们的思想界，我们的社会和科研生活，就是我们的传记。""我的生活被照亮了！"在出版者和作者眼中马尔是一个"一心只读圣贤书，两耳不闻窗外事"的伟大学者。他的"语言新学说"也并非一无是处（如主张语言的稳定性问题、原始思维的特点问题等），尚有可取之处。《俄罗斯话语》则发表了苏联科学院俄语研究所所长费·帕·费林在 1975 年的一次演说，旨在为马尔辩护。演说承认马尔是一个"非凡的人"，"思维范围极其广阔"。马尔的企图破产了，但说语言具有稳定性这一思想却是会长久生存下去的。罗·亚·布达果夫在其新著中认为："语言新学说"在科学上是站不住脚的，但马尔本人却不失为一个"思维广博的学者"和"科研先锋"，并对 1950 年事件使语言学家们远离语言社会学和语言与思维关系研究，是一件令人感到遗憾的事情。

对专业问题，语言学家一般选择沉默，而到处发言评论臧否的，多为非语言学家。例如，对 1950 年事件，他们往往脱离语境滥施评论。如说马·尼·彼得松也遭到斯大林的毁灭性批判，但实际上是马尔一直在压迫他。而《十月》编辑部成员的尼·洛什卡列娃一方面不同意把马尔与李森科相提并论，另一方面又认为斯大林的著作只是使"语言学界新的错误层出不穷而已"。另外一篇反斯大林文章的作者米·帕·卡普斯京称马尔是"语言学界"的"经典代表人物"，并认为斯大林发表演说与其所提出的通过语言感染群众的机制有关："以尼·雅·马尔这样博学的学者为代表的语言学界当然懂得这一语言交际的秘密，因而可以让整个秘密家喻户晓——因此我们应当取缔这样一种语言学，这种语言学只会向群众传达那些他们根本没必要了解的知识。"其实，马尔是一个非常反传统、反经典的学者。一位叫米·罗辛的剧作家甚至声称：斯大林"蒙昧主义式的"文章"只不过是例行的绞杀知识分子的一个信号罢了"。

历史学家也未给这一问题带来福音。《历史问题》1988 年全年 4 期里，分别 3 次提到马尔和马尔主义。调子都是赞扬的。马尔信徒成了历史的牺牲品。历史被解释成斯大林原本想要支持马尔，可贝利亚却硬是把一个名不见经传的奇科巴瓦塞给了他。历史被蒙上了层层误解：斯大林从未读过马尔的书，雅科夫列夫在 20 世纪 30 年代以前走的路绝不同于马尔主义。一切历史事实都被颠倒了。这些问题有待进一步探讨。

第三节　这部著作能否代表马克思主义语言观？

沃洛希诺夫在《马克思主义与语言哲学》中开宗明义地指出："迄今还没有一部马克思主义的论著涉及语言学。"语言学或关于语言的科学恰好正是经典马克思主义的奠基人——马克思、恩格斯——"完全没有或较少涉足"的领域。这的确是一个不容置疑的事实。雷蒙德·威廉斯指出："事实上，20 世纪之前几乎没有专门论述语言的马克思主义著作。"[①]如果算上列宁和斯大林，那么，经典马克思主义奠基人关于语言问题的言论，最早出现于 20 世纪 30 年代。马克思主义经典作家关于语言问题的语录大多属于带有一定哲学性质的言论。列宁的相关言论主要集中在他的《哲学笔记》。还有就是关于不宜滥用外国语词的具体论述。

真正意义上的马克思主义语言学，即建立在马克思主义基础之上的语言学，尚未建立起来。"如果我们把马克思和恩格斯关于语言的论述比较一下，我们就会看到，在许多场合下，他们关心的不是专门的语言问题，他们仅在探讨语言如何能够帮助人们阐明马克思主义经典作家在其社会科学主要涉及到哲学、政治经济学和历史学时相关的语言问题而已。"[②]

关于语言论述最多的是恩格斯（《恩格斯与语言学》，1971）。恩格斯喜欢探讨语言问题，其遗产中有相当一部分是和语言问题相关的。恩格斯有一部专门的语言学论著，叫《法兰克方言》[③]（*Франкский диалект*）。《家庭、私有制和国家的起源》中不止一次谈到在原始社会向阶级社会过渡过程中语言的发展问题。《反杜林论》中的论战也涉及许多语言学问题。

---

① 〔英〕雷蒙德·威廉斯：《马克思主义与文学》，王尔勃、周莉译，开封，河南大学出版社，2008，第 27 页。

② Craig Brandist, Galin Tihanov：*Materializing Bakhtin*：*The Bakhtin Circle and Social Theory*，New York and Oxford：St. Martin's Press in Association with St. Antony's College，2000，p. 174.

③ 法兰克方言是一种流行在地中海东部地区贸易者使用的语言，是由法语、西班牙语、希腊语、阿拉伯语和土耳其语混杂而成的通行交际语。参见《马克思恩格斯全集》第 19 卷，北京，人民出版社，1963。

恩格斯还在其他著作和书信中涉及语言学问题。恩格斯还在致拉萨尔的信中说：自己想研究一套斯拉夫语言的比较语法，但已经有人出色地做了这件工作。在《法兰克方言》中恩格斯探讨了备受争议的德语史问题。而在《家庭、私有制和国家的起源》中，恩格斯从他那个时代语言学的高度论述了与印欧语系有关的语言学问题。杜林则因不懂得语言学最新成就执着于旧的语言学观而受到恩格斯的批评。恩格斯高度重视他那个时代语言学领域里的新学说，并赞扬它们是与达尔文主义和细胞理论一样先进的科学。晚近苏联较有权威性的马克思主义论著有保尔·拉法格论述法国革命语言的小册子[①]，是一部涉及社会语言学的著作。小册子探讨了两个主题：一是法兰西文学语言在革命时代的流行情况，二是由于社会环境的变化导致这一语言词汇层的变化。俄国最权威的马克思主义者普列汉诺夫也未涉及语言问题。布哈林在 20 世纪 20 年代非常流行的一本书中，简明扼要地论述了语言问题："接下来与其他意识形态上层建筑一样，思维和语言也发生了同样的事情。它们也是在生产力发展的影响下发展的。"[②]20 世纪 20、30 年代，人们普遍认为语言属于"意识形态上层建筑"（马克思、恩格斯、普列汉诺夫和列宁都没有相关论述），其源盖出于此。但 20 世纪 20 年代末，就连布哈林自己也淡出人们的视野了。所以，诚如《马克思主义与语言哲学》的作者所言，在此书写作以前，无论西方还是俄国，都还没有马克思主义的语言学学说。

此外，本书中所使用的"意识形态"以及由此词派生的表达法，也很值得予以一番细致的考察。此书中所用的"意识形态"一词，明显与马克思主义的意识形态观不同，后者一般把它理解为与科学相对立的"虚幻的意识"（иллюзорное сознание）[③]。但在 1928 年的苏联，占居统治地位的对意识形态的理解，是普列汉诺夫式的。而当今最新的《苏联百科词典》的"意识形态"词条的解释是："借以认识和衡量人们对现实的关系的政治、法律、道德、宗教、美学及哲学观点和思想的体系。在阶级社会中有阶级性，表现一定阶级的利益及其目的；由一定阶级的理论代表、思想家根据已有的思想材料研究制定。意识形态的性质（科学的或非科学的），正确的或错误的、虚假的）始终同它的阶级属性（封建主的、资产阶级的、

① П. Лафарг: *Язык и революция : Французский язык до и после революции*，М.，Л.，1930.

② Н. И. Бухарин: *Теория исторического материализма: Популярный учебник марксистской социологии*，М.，Л.，1921，С. 227.

③ Маркс，Энгельс: *К. Маркс, Ф. Энгельс. Собрание сочинений*，Том 3，2-е изд.，М.，1955-1984，С. 37.

小资产阶级的或是无产阶级的、社会主义的、马克思主义的，革命的或是反动的、保守的)相联系。意识形态有相对的独立性，对社会有积极影响；加速或阻滞社会的发展。真正科学的意识形态是马克思列宁主义，它反对各种意识形态和平共处，反对'非意识形态化'。"①实际上，我们不能否认语言具有意识形态的性质，但问题在于对意识形态的理解，却不能不带有时代的和社会的特征。在这个问题上，巴赫金也难以把自己排除在外。"换言之，巴赫金的唯物主义也未能提供一种超意识形态的或对意识形态的科学理解。"历史唯物主义认为语言是社会关系的产物。②

那么，《马克思主义与语言哲学》所说的"意识形态"又有何指呢？叶·阿·博加特廖娃认为梅德韦杰夫-巴赫金笔下的"意识形态领域""主要意指精神文化领域，价值存在领域，社会交际领域"③。阿·列·马太卡强调指出《马克思主义与语言哲学》中意识形态概念的符号学性质，意识形态与物质实在的不可分离性。④ 阿·格·蒂哈诺夫则相反，强调指出形式主义符号学方法与《马克思主义与语言哲学》思想的差异，在后者中，意识形态首先是与人们在社会中的相互关系联系在一起的。⑤

以上 3 种观点各有各的道理。《马克思主义与语言哲学》对意识形态的宽泛理解可以包容最不同的方面，但这一理解与百科全书所说的相距不远。在《马克思主义与语言哲学》中，在涉及意识形态问题时，恰好正是把意识形态当作"人对现实生活以及人与人关系的"认识和评价来理解。而由于人们通常是在语言学意义上理解，所以，语言符号的内涵主要也含纳以上两类关系。也许只有涉及到说话人情感和情绪表达有关的方面说得较少，而这也正是《马克思主义与语言哲学》的特点之一。在该书第 2 编中意识形态被分为意识形态本身和生活意识形态，而全书中这一划分则和普列汉诺夫对意识形态和社会心理的划分相对应。

《马克思主义与语言哲学》中对意识形态的理解非常宽泛，但该书首

---

① 《苏联百科词典》，北京，中国大百科全书出版社，1986，第 1527 页。
② Michael F. Bernard-Donals：*Mikhail Bakhtin between Phenomenology and Marxism*，Cambridge，New York：Cambridge University Press，1994，p. 88.
③ E. A. Богатырева：" M. M. Бахтин：Этическая отнология и философия языка"，*Вопросы философии*，1993(1)，C. 59.
④ L. Matejka："On the First Russian Prolegomena to Semiotics"，V. N. Volosinov：*Marxism and the Philosophy of Language*，Cambridge：Harvard University Press，1986，pp. 163-164.
⑤ G. Tihanov："Volosinov, Ideology and Language：The Birth of Marxist Sociology from the Spirit of Lebensphilosophie"，*The South Atlantic Quarterly*，1997，Summer/Fall 1998，p. 605.

先是从其与语言符号和语言表述的关系的角度来看待意识形态的。此书凡是谈论意识形态的地方，现在我们往往谈意义、含义、语义等等。符号的物质一面是外在于意识形态的，而符号意义则属于与现实生活相关的意识形态领域。由于该书缺乏语义学理论，因此意识形态在该书中起着语义学理论的作用。如今在类似语境中如此使用"意识形态"一词显得很不习惯了。根据阿尔帕托夫的观察，当代研究语言学史的大学生们，正是对此种用法最感到惊奇（与此同时也看得出此词在最近数十年间威信的下降）。但此词的这一语义却并未在 20 世纪 30 年代以后的语言学界被固定下来。但在《马克思主义与语言哲学》写作的当时，这种用法却相当普遍，而且不止一个马克思主义者在这种意义上使用此词。例如雅各布逊在布拉格于《马克思主义与语言哲学》同一年发表的著作中所说的话："这里所说的，不是指心理过程，而是一种意识形态系列的现象，也就是关于构成社会意义的符号的现象。"①这句话里意识形态的含义与《马克思主义与语言哲学》是相近的，而且同样也是把意识形态与心理学对举，同样建议不要研究心理学，而研究意识形态。由此可见，《马克思主义与语言哲学》的方法也处在那个时代语言学探索的大道上（尽管在《马克思主义与语言哲学》和布拉格学派之间有很大差异）。所有知识都是以意识形态的方式建构起来的。而且，不是经验组织表达，而是表达组织经验。②

克拉克与霍奎斯特这样概括巴赫金的语言观："人的存在是世界与心灵之间二元的交互作用，世界总是已经存在在那儿，心灵则通过体现价值的活动加入这个世界。"巴赫金笔下所谓"行为的意识形态"，即"渗透于我们行为的一切方面的内在与外在言语"。③

在巴赫金富于哲学意味的理论话语中，意识形态话语往往和对话概念交织在一起。利哈乔夫指出巴赫金把对话性和独白区分为两种，一种作为人的意识，一种作为话语形式。当代俄国学术界袭用这种划分法。④这里的意识是指人的一般意识，而非苏式马克思主义阶级斗争论中的"阶级意识"。语言是意识的外壳，意识是语言的内容。语言是意识的内容也

---

① R. Jakobson："Remarques sur l'evolution phonologique du russe compare a celle des autres langues slaves"，*TCLP*，Ⅱ，Prague，1929，p. 102.

② Michael F. Bernard-Donals：*Mikhail Bakhtin between Phenomenology and Marxism*，Cambridge，New York：Cambridge University Press，1994，p. 90.

③ 〔美〕卡特琳娜·克拉克、迈克尔·霍奎斯特：《米哈伊尔·巴赫金》，语冰译，北京，中国人民大学出版社，2000，第 243、245 页。

④ 〔俄〕哈利泽夫：《文学学导论》，周启超、王加兴、黄玫等译，北京，北京大学出版社，2006，第 256 页。

是其形式。正如迈克尔·F. 伯纳德-多纳尔斯所说的那样："研究语言中的意识形态材料的结构问题"是贯穿在《马克思主义与语言哲学》以及包括几乎所有巴赫金关于文学的著作中的"首要任务"。①

回到第 1 编。此编具有一般方法论导论的性质，但许多概念此后再也没有加以发挥。比方第 1 编鉴于其意识形态性质而把语言符号归入上层建筑中的所谓马克思主义观点，便并未继续发挥。此书问世的 32 年后，斯大林在《马克思主义与语言学问题》中有针对性地明确指出语言不属于上层建筑："在这一方面，语言是与上层建筑根本不同的。语言不是一个社会内部这一种或那一种旧的或新的基础所产生，而是千百年来社会历史全部进程和基础历史全部进程所产生的。语言不是某一个阶级所创造的，而是全社会、社会所有各个阶级、几百代的努力所创造的。语言的创造不是为了满足某一个阶级的需要，而是为了满足全社会的需要，满足社会所有各个阶级的需要。正是因为如此，所有创造出来的语言是全民的语言，对于社会是统一的，对于社会所有组成员是共同的。因此，语言作为人们交际工具的服务作用，不是替一个阶级服务而损害另一些阶级，而是一视同仁地替全社会服务，替社会所有各个阶级服务。"②由此可见，《马克思主义与语言哲学》毋庸讳言也不乏迎合时尚的文字。

第 1 编中多数直截了当的马克思主义表述，在《指导思想》和《总结》中就有了。以后篇幅增加了，但以之为出发点的马克思主义观点，却依然如故，没有发展。只是给全书加了一个简短的导言，对此书在马克思主义著作中的地位作了个交代。导论显然是在工作完成之后写的。马克思主义曾是工作的出发点，而在道路的终点，作者们又回到了原处。

如果把以沃洛希诺夫名义出版的两部作品进行比较，则可以看出差异非常明显。虽然在《马克思主义与语言哲学》中"马克思主义"被用作标题，而实际上倒是《弗洛伊德》更像马克思主义的著作。对弗洛伊德及其门徒的批判是站在辩证唯物主义和历史唯物主义立场上进行的。文中还应用了阶级分析法，弗洛伊德主义被当作资产阶级意识危机的产物。1961 年巴赫金在给科日诺夫的信中，说自己要为《马克思主义与语言哲学》的观念负责，而不为《弗洛伊德》负责。但我们不能根据这一点断定这两本书的思想不一致：两本书都有一种与生物学和心理学进行斗争、肯

① Michael F. Bernard-Donals: *Mikhail Bakhtin between Phenomenology and Marxism*, Cambridge, New York: Cambridge University Press, 1994, p. 95.
② 〔苏〕斯大林：《马克思主义与语言学问题》，李立三等译，北京，人民出版社，1957，第 3~4 页。

定人身上社会性重于其他因素的普遍激情。

但巴赫金及其小组成员并未自觉参与这样的"意识形态"论战。他们的著作中只有《弗洛伊德》一本书适合作这样的解释。根据此书中对弗洛伊德主义的概述，可以看出其所根据的，是流行于 20 世纪 20 年代中的相关文献。随后被官方否认并长期禁止。托洛茨基对弗洛伊德主义的同情可能也起了相反作用。与索绪尔语言学的斗争直到 1940 年才展开。1933 年索绪尔的《概论》俄文本出版。在《马克思主义与语言哲学》写作的时代，只有马尔与"印欧语系主义"斗争过——他当时还看不起结构主义。①

"换句话说，巴赫金的唯物主义似乎无法提供一种超越意识形态的观点或对意识形态的科学观点。……《马克思主义与语言哲学》和《文艺学中的形式主义方法》"署的不是巴赫金而是别的作者的名字这一点，并不足以成为将其从巴赫金著作名录删除的理由。但有一点十分清楚，即有巴赫金署名的著作，没有一部像这两部著作(以及关于弗洛伊德主义的第 3 部)那样，大范围地讨论了唯物主义理论问题。同样还有一点十分清楚，即正如阿龙·怀特及其他人所说的，作为一个整体，巴赫金的著作(甚至把正在讨论中的这两部著作也算上)并未提供一种适当的唯物主义语言理论。最后，在他的著作中我们很难找到足够证据，足以让我们推断巴赫金曾经阅读过大量马克思或任何其他唯物主义理论；而卡特琳娜·克拉克和迈克尔·霍奎斯特甚至认为巴赫金十分痛恨当时的许多思想，至少是对当时所采取的那些形式十分反感。②

关于这一点，《散文学的创造》一书的作者写道："在 20 年代，形式主义曾经是巴赫金最常在的反对派，他们对他的思想有着非常重要的影响。但巴赫金从中受益的还有与之同样重要的'友好的他者'，那就是他自己那一派的成员。采用和巴赫金一样理念网络进行工作的沃洛希诺夫，却在马克思主义方向下发展了这些理念。我们将对沃洛希诺夫的结论进行比较详尽的介绍，因为这种影响是相互的，而且巴赫金 30 年代的著作部分地是由沃洛希诺夫的早期贡献形成的。在形成其小说话语理论的过程中，巴赫金显然既从沃洛希诺夫也从自己早年关于陀思妥耶夫斯基的著作中吸取思想。巴赫金剥去了沃洛希诺夫模式中的马克思主义框架，

① В. М. Алпатов：*Волошинов，Бахтин и лингвистика*，Москва：Языки славянских культур，2005，С. 214.
② Michael F. Bernard-Donals：*Mikhail Bakhtin between Phenomenology and Marxism*，Cambridge，New York：Cambridge University Press，1994，p. 88.

但却借用了沃洛希诺夫在形成这一框架过程中所产生的许多见解。不但如此,沃洛希诺夫关于'他者话语'的论述本身的议论也颇有意思,它作为巴赫金小组的主要贡献值得我们予以详尽讨论。"①

马克思、恩格斯尽管没有关于语言问题的长篇大论,但他们关于语言的本质问题、语言的原则,却有过一定的论述。而这些论述是不可超越的。其中最重要的一个原则,就是语言与意识形态的关系问题。从历史发展维度来看,在 20 世纪 20、30 年代的苏联学术界,能够称得上是马克思主义语言学的流派,似乎还没有。但如果说哪个流派比较"近似"与"我们心目中应当如是的""马克思主义语言学"的话,那就非巴赫金学派莫属了。

迄今为止,还没有哪个流派比巴赫金学派能更"近似于"马克思主义语言学。巴赫金学派语言学注重语言的社会性,交际性和话语的语境,而对话主义即其核心理论之一。巴赫金学派对话主义的原理主要体现在沃洛希诺夫-巴赫金的《马克思主义与语言哲学》(1929)这部有关语言哲学和哲学人类学的论著中。这也是一部关于人文社科根本方法论问题的重要论著。长期以来,中外学术界相对忽视了对于这部重要理论著作的系统深入研究,致使当前国际上的巴赫金研究始终在个别理论侧面上徘徊而难能深入。造成这一现象的显在原因之一是这部著作在著作权问题上尚存在一定争议。我们认为,要推动问题的解决就必须先把著作权问题搁置起来,而深入问题的实质进行探讨。其理由上文中我们已经有所揭示。

所谓"哲学人类学"、"文化人类学"或"文化哲学"的核心问题归根结底还是语言问题,马克思主义必须解决语言向各类人文及社会学科所提出的问题,将其细化和具体化,不如此,马克思主义便不可能发展。语言(слово)首先是一种意识形态现象。这是巴赫金学派与我们心目中的马克思主义相近似的第一个显著特点。

"巴赫金小组实质上背离了传统马克思主义关于意识形态首先是作为一种信仰和价值存在于我们头脑中的心理现象的地方。"②语言作为必要成分,始终伴随着意识形态创作。没有内在话语的参与,任何意识形态产品(绘画、音乐、风俗、行为)的理解都是不可能的。意识形态创造的

---

① Gary Saul Morson, Caryl Emerson: *Mikhail Bakhtin*: *Creation of a Prosaics*, California: Stanford University Press, 1990, p. 161.

② Michael Gardiner: *The Dialogics of Critique*: *M. M. Bakhtin and the Theory of Ideology*, London and New York: Routledge Press, 1992, p. 74.

一切产品和表现，都包裹在话语(речевая стихия)之中，我们不可能把话语从中单独分离出来(而不损失其有机整体性)。任何有意味材料对于存在的意识形态折射(反映乎)都会首先反映在语言中，并在语言中达到其纯洁性和本质真实性。语言(слово)说明任何意识形态体(идеогема)。话语是最灵活，最细致，同时也最忠实折射意识形态的媒介(среда)。因此，意识形态折射的法则、形式和机制，都应当通过话语材料来研究。只有在马克思主义语言哲学的基础上，才能研究在最内在化的意识结构中，如何深入贯彻马克思主义社会学方法。

沃洛希诺夫-巴赫金在这部最重要的著作中，经由话语及其功能的分析，通过超语言学即语言的意识形态性质走向马克思主义，使之成为马克思主义在语言学领域里的奠基之作。它既批评了语言学中的"个人主义的主观主义"(波捷勃尼亚等)，也批判了"抽象的客观主义"(索绪尔等)，坚持了马克思主义关于语言问题的基本原则立场，奠定了把马克思主义社会学与文本研究结合起来的社会学诗学的基础。总之，马克思主义社会学的意识形态指向如何与细腻到分子水平的文本分析结合在一起，这的确是一个难以猝然解决的老大难问题，而这个问题在巴赫金学派的探索中开始提供了一个作为初步方案的答案。

巴赫金学派批判的对象，首先是洪堡特及其在俄国的代表人物波捷勃尼亚。此派"把言语的个人创作行为看成是语言的基础(意识是指所有无一例外的语言现象)。……说明语言现象就意味着把它引向能理解的(常常甚至是合理的)个人创作的艺术中去。……从这一观点来看，语言类似于其他意识形态现象，特别是艺术、美学活动。"①

在曾经给予俄国形式主义者们以无尽灵感的前驱者们中，波捷波尼亚可以说当仁不让。尽管奥波亚兹在为自己的成名日而鼓噪呐喊之际，未免对其导师有唐突冒犯之嫌，但波捷勃尼亚的影响却是他们想抹也抹杀不掉的。波捷勃尼亚继德国伟大的语言学家和哲学家威廉·冯·洪堡特之后，指出诗歌和散文都是理解现实生活的基本方式之一，都是通过语词的媒介来获得知识，因此，它们都是语言现象，可以采用语言学方法予以研究。在堪称俄国形式主义前驱的波捷勃尼亚思想中，最重要的是他对思想与语言关系的研究。思想和语言并非总是相互适用的，这有两方面原因。原因之一在于语言并非思想客体化的唯一形式，因为思想

---

① 〔苏〕巴赫金著，钱中文主编：《巴赫金全集》第2卷，李辉凡、张捷、张杰等译，石家庄，河北教育出版社，1998，第390页。

不但可以通过语言，也可以通过其他媒介，如色彩与线条、音响与节奏、石头和木头等来加以表达。原因之二在于，思想和语言都是具有扩张倾向的概念，它们的功用基本上是交叉的。思维有一种想要征服语言的倾向，力求把语言贬黜到侍女和仆从的地位，企图让语言仅仅行使其称名指事的作用。思维企图让语言与其意义点点对应，使二者仅只构成一种简单的指称关系，不要旁生枝节、牵挂过多。反过来，语言也时刻想要夺取其最高的自主地位，以便能彻底实现其语义结构所包含的全部潜能和丰富内涵。

波捷勃尼亚和其后的奥波亚兹们，之所以倾注全部心血研究诗歌语言问题，其源盖在于此。因为按照波捷勃尼亚的观点，诗歌语言是最富于创造性的语言，在诗歌语言中，语言的最高理想——摆脱思维的限制而获得独立和解放的理想——最接近于彻底实现。诗歌就是语言在作为其对手的思维的重重压力下谋求自身独立自主地位的一种伟大尝试。所以，大到整个诗歌创作，小到一个字词的创造，都包含着诗歌创作的本质——语言为谋求自身独立自主地位的一种冲动。

但如果把语言的基础设定在个人创作中，则语言仍然会"就像是一块笼罩着山顶的云彩，若从远处观望，它有明晰确定的形象，但你尚不了解它的细节，而一旦登上峰顶，身置云中，它就化作了一团弥散的雾气，你虽已掌握了它的细节，却失去了它的完整形象"①。

巴赫金学派所批判的第二种语言学流派，就是以索绪尔为代表的"抽象的客观主义"流派。此派最主要的观点是："语言是一个稳定的、不变的体系，它由规则一致的语言形式构成，先于个人意识，并独立于它而存在。……语言规则是特别的语言学联系规则，它存在于这一封闭的语言体系内部的语言符号之间。……特别的语言联系与意识形态价值（艺术的、认识的及其他）没有任何共同之处。任何意识形态主题都不能决定语言现象。……"②

我们可以认为，早期奥波亚兹代表人物什克洛夫斯基鼓吹的"艺术的旗帜……不反映城堡上空旗帜的颜色"一类的说法，显然是受到索绪尔等人的影响所致。虽然后来奥波亚兹对这一主要观点作出了重大修正，但消极影响始终都难以彻底消除。与奥波亚兹不同，巴赫金学派则自始至

---

① 〔德〕威廉·冯·洪堡特：《论人类语言结构的差异及其对人类精神发展的影响》，姚小平译，北京，商务印书馆，2011，译序第 40 页。

② 〔苏〕巴赫金著，钱中文主编：《巴赫金全集》第 2 卷，李辉凡、张捷、张杰等译，石家庄，河北教育出版社，1998，第 401~402 页。

终不否认语言体系与其体系外现实生活的紧密联系问题。在语言学之外有没有语言，有着什么样的语言？这种语言和语言学有着怎样的关系？这大概是晚年巴赫金经常思考的问题之一吧！按照杜瓦金的谈话录，巴赫金认为语言学外存在着话语最重要的领域，它们几乎构成了人类生活中的一切。巴赫金正是基于这种观念才提出了他的"超语言学"理念。①以索绪尔为代表的语言学模式取消了语言（艺术）与现实生活的关系问题，这一点成为该派学说最易于受到攻击的软肋。"对索绪尔的一个主要批评是他取消了语言和现实的关系问题"②。

语言即意识，而意识具有其物质基础。遗憾的是，马克思、恩格斯并未为个人头脑里所发生变化的物质本质问题提供任何解决的线索，但却给我们留下了一个宝贵的启示，即劳动和语言的关系可能是研究意识的切入点。语言理论与人类意识有密切关系，同时，个人与社会、思维和语言之关系，也是马克思主义语言哲学必须予以回答的大问题。沃洛希诺夫-巴赫金在《马克思主义与语言哲学》中认为索绪尔的成就有其代价，那是因为这一理论无法解释：一是为什么语言作为一种社会形式会与时俱变？二是个人的创造性从何而来？

按照洪堡特等人的观点，语言的本质在于它是一种个人的创造行为，以此否定了语言的意识形态内容及其内在的社会本质；以上两派都在划分个人与社会问题上是错误的。"索绪尔虽然承认语言是社会现象，但他的方法妨碍我们在社会语境中研究语言。"③"因此，尤其令人奇怪的是，语言哲学和语言学所研究的，首先竟是那种人为地从对话中抽取出来的假定性的话语状态，把这一状态当成了正常的现象。"④从这个意义上说语言学视野里没有话语生存的空间这的确是不易之论。

因此我们看到的事实是，在后一派人那里，语言始终是在孤立自在状态下被研究的：一代代学者都认为语言体系与其之外的现实生活无关，语言除了其自身规律外并不反映外在社会现实的规律。而语言一旦被加以孤立，便会形成詹姆逊所说的"语言的牢笼"这样一种困境。目前许多学科所处的，正是语言的牢笼这样一种困境。那么，走出困境的出路何在呢？

---

① М. М. Бахтин：*Беседы с В. Д. Дувакиным*，Москва：Согласие，2002，С. 308.

② 陈嘉映：《语言哲学》，北京，北京大学出版社，2003，第 84 页。

③ Вячеслав Курицын：*Русский литературный постмодернизм*，Москва：ОГИ，2001，С. 55.

④ 〔苏〕巴赫金著，钱中文主编：《巴赫金全集》第 3 卷，白春仁、晓河译，石家庄，河北教育出版社，1998，第 58 页。

　　事实上，出路早已被巴赫金们指出来了，它集中表现在沃洛希诺夫-巴赫金的《马克思主义与语言哲学》中。沃洛希诺夫-巴赫金指出："任何一个意识形态产品不只是现实的一个部分（自然的和社会的）作为一个物体、一个生产工具或消费品，而且，除此以外，与上述现象不同，还反映和折射着另外一个，在它之外存在着的现实。一切意识形态的东西都有意义：它代表、表现、替代着在它之外存在着的某个东西，也就是说，它是一个符号（знак）。"①

　　在语言哲学领域，马克思主义的原则要求我们给予现实的存在以优先性，这是我们谈论作为意识形态现象的语言的一个前提。巴赫金认为，"语言的重要性就在于能够表达价值，换句话说，能够意指某物"。② 巴赫金指出："在语言的自身中研究语言，忽视它身外的指向，是没有任何意义的，正如研究心理感受却离开这感受所指的现实，离开决定了这一感受的现实。"③"我们再说一遍，只有语言意义在表述中与具体的现实相联系，语言与现实相联系，才能产生情态的火花；而不论在语言体系中，或者在我们身外客观存在的现实中，都不可能迸发出这种情态的火花。"④

　　意识有其物质基础，这是一个有待证实的假设。现代科学界屡屡有人证实：思想、理念也是一种物质。马克思、恩格斯并未为个人头脑里所发生变化的物质本质问题提供任何可解决的线索。但恩格斯在《自然辩证法》中指出：劳动和语言的关系可能是研究意识问题的一个合宜的切入点。语言理论与人类意识有着十分密切的关系。个人与社会的关系犹如思维与语言的关系一样是对应的。

　　第一本巴赫金俄文传记的作者孔金和孔金娜认为，《生活话语与艺术话语》（*Слово в жизни и слово в поэзии*）是通向《马克思主义与语言哲学》以及关于语言哲学问题的一系列论文的一个特殊的序曲。⑤ 斯大林也对语言的社会性问题高度重视，他认为语言的本质在于它的社会交际性，也

---

① 〔苏〕巴赫金著，钱中文主编：《巴赫金全集》第 2 卷，李辉凡、张捷、张杰等译，石家庄，河北教育出版社，1998，第 348～349 页。
② 〔英〕卡特琳娜·克拉克、迈克尔·霍奎斯特：《米哈伊尔·巴赫金》，语冰译，北京，中国人民大学出版社，2000，第 252 页。
③ 〔苏〕巴赫金著，钱中文主编：《巴赫金全集》第 3 卷，白春仁、晓河译，石家庄，河北教育出版社，1998，第 73 页。
④ 〔苏〕巴赫金著，钱中文主编：《巴赫金全集》第 4 卷，白春仁、晓河、周启超等译，石家庄，河北教育出版社，1998，第 172 页。
⑤ С. С. Конкин, Л. С. Конкина: *Михаил Бахтин. Страницы жизни и творчества*, Саранск: Мордовское книжное издательство, 1993, С. 142.

就是它的社会性。"语言是人类交际极重要的工具。"……"语言作为交际的工具从来就是并且现在还是对社会是统一的,对社会的所有成员是共同的。""语言是属于社会现象之列的,从有社会存在的时候起,就有语言存在。语言是随着社会的产生而产生,随着社会的发展而发展的。语言也将是随着社会的死亡而死亡的。社会以外,无所谓语言。因此要了解某种语言及其发展的规律,只有密切联系社会发展的历史,密切联系创造这种语言、使用这种语言的人民的历史,去进行研究,才有可能。"①

最后,还有一点需要指出,那就是《马克思主义与语言哲学》的风格问题。一本书的时代性,不仅可以根据其思想,有时也可以根据其风格加以判断。"这是一支可以把死人唤醒的芦笛"这样的话语在普通无产阶级读者和职业语言学家眼里可能会显得过分"高雅"。改变语言和风格有的时候比改变世界观更加艰难。"白银时代"便以上述"高雅文风"为时代特征的,而和《马克思主义与语言哲学》的风格与马尔及其门徒十分相近。

第四节 巴赫金学派与 20 世纪的"语言学转向"

以"语言转向"为标志,整个 20 世纪西方哲学业已成为语言哲学的一统天下。进入新世纪以来,语言哲学更是成为整个西方人文社科的前沿学科,说语言哲学包揽了西方哲学的全部,这恐怕已经不是什么文学修辞法问题或夸张过度问题了。

如果说 20 世纪西方哲学是语言哲学的一统天下的话,如果说文学研究最终必将归结为对文学语言的研究的话,那么,语言,便成为各类人文学科关注的焦点和重心。语言本身、文化、哲学、心理……种种学科中的问题,最后都依赖于对语言究竟如何解读、诠释和阐释。英美新批评、结构主义、阐释学、叙事学、解构主义、后现代主义……西方 20 世纪以来的种种思潮和流派,种种理论和学说,无不以语言为其基础。语言从来没有被提升到如此崇高的地位,哲学中的本体论、认识论、价值论全都围绕语言来展开。它们的出发点是语言,归结点也是语言。语言犹如新的太阳系,众星环绕着它而旋转。彼得·艾夫斯指出,事实上,早在 20 世纪的"语言转向"发生前,语言就在社会哲学和政治理论中发挥

---

① 〔苏〕斯大林:《马克思主义与语言学问题》,李立三等译,北京,人民出版社,1957,第18~20页。

着十分重大的作用。①

　　在以文学中心主义为主要特征的俄国文化中，作为文化之载体的语言不能不占有十分显赫的地位。俄国文化的起源便与西里尔字母体系的创立为始基，任何一国民族的文化都与语言的创造有着密不可分的关系。俄国文化的千年历史同时也是俄罗斯语言的千年发展过程。文化并不等同于语言，但没有一定语言作载体的文化是从未有过的。语言哲学的奠基人洪堡特指出："……然而有一样东西性质全然不同，是一个民族无论如何不能舍弃的，那就是它的语言，因为语言是一个民族生存所必需的'呼吸'(Odem)，是它的灵魂之所在。通过一种语言，一个人类群体才得以凝聚成民族，一个民族的特性只有在其语言中才完整地铸刻下来，所以，要想了解一个民族的特性，若不从语言入手势必会徒劳无功。"语言来源于精神，又反作用于精神。"语言介于人与世界之间，人必须通过自己生成的语言并使用语言去认识、把握世界。语言记录下人对世界的看法和存在于世的经验，加之又有自身的组织和规律，于是，它逐渐成了一种独立自主的力量，一个相对于使用者的客体，或者说，形成为一种独特的'世界观'。每一具体语言都是这样的一种'世界观'，它源出于人，反过来又作用于人，制约着人的思维和行动。但是，语言影响人，人也影响语言，而且，在人与语言相互影响的双向关系中，归根结底是人这一方起着决定作用，因为，语言(的形式和规律)产生的作用力是静态的、有限的，而人施予语言的作用力则是动态的、无限的，出自一种'自由性原则'。换句话说，人类精神可以自由驰骋，不受具体语言约束地进行创造，'在任何时候，任何情况下，一种语言对人来说都不可能形成绝对的桎梏'。"②萨丕尔也指出："……语言是人类精神所创化的最有意义、最伟大的事业——一个完成的形式，能表达一切可以交流的经验。这个形式可以受到个人的无穷的改变，而不丧失它的清晰的轮廓；并且，它也像一切艺术一样，不断使自身改造。语言是我们所知的最硕大、最广博的艺术，是世世代代无意识地创造出来的，无名氏的作品，像山岳一样伟大。"③

　　虽然洪堡特的语言世界观说很诱人，但清醒的巴赫金却始终与之保

---

①　Peter Ives：*Gramsci' s Politics of Language*，*Engaging the Bakhtin Circle and the Frankfurt School*，Toronto，Buffalo，London：University of Toronto Press，2004，p. 9.

②　〔德〕威廉·冯·洪堡特：《论人类语言结构的差异及其对人类精神发展的影响》，姚小平译，北京，商务印书馆，2011，译序第 39 页、第 48～49 页。

③　〔美〕爱德华·萨丕尔：《语言论》，陆卓元译，北京，商务印书馆，1985，第 197 页。

持着相当的距离。巴赫金就"世界观的意义"问题指出："世界观……在语言中是不存在的。语言不揭示世界观也不可能揭示它，因为语言里没有世界观。但是如果没有语言，世界观既不能形成也不能表达（二者不能分割）。"①但这位学者的立场还是令人难以琢磨：也许他是想说：语言不表达世界观，因为它本身就是世界观？

语言可以自我指涉，文学语言就是自我指涉的语言。我们说文学是一种语言艺术，意在指出，语言本身也是文学的审美对象。但语言不仅自我指涉，它同时具有外指涉性，与社会现实相关联。从这个意义上说，语言就是意识。独立自在的意识是不存在的，意识寓于语言的活体——话语——中。研究语言，也就是研究话语所承载的社会意识。由此可见，语言也是一种意识形态现象。一个众所周知的道理是：思维是离不开它的语言表征物的，离开语言的思维是不存在的。索绪尔指出："从心理方面看，思想离开了词的表达，只是一团没有定型的模糊不清的浑然之物。哲学家和语言学家常一致承认，没有符号的帮助，我们就没法清楚地、坚实地区分两个观念。思想本身好像一团星云，其中没有必然划定的界限。预先确定的观念是没有的。在语言出现之前，一切都是模糊不清的。"②

这样一来，似乎我们又回到了一个理论原点：那就是语言与社会、艺术与现实的关系问题。这也就是说，经过了若干年的艰苦跋涉，我们又重归 19 世纪俄国革命民主主义、普列汉诺夫的艺术社会学的基点上来了。事实的确如此。但是，判断一个命题的真伪，不在于这种命题是否新颖，而首先要看它所包含的真理价值。真理是朴素的，然而，又是无法超越的。我们要想推动文学研究向前发展，必须从真实的起点出发。这就是巴赫金所阐述的马克思主义语言哲学的真髓。孔金和孔金娜认为，在语言哲学问题上，巴赫金同样领先欧洲科学界至少 40 年。③

把语言看作意识，看作世界观的表征，这和语言学自身的理论并非格格不入方圆不谐。萨丕尔-沃尔夫假说（语言决定论）认为："语言提供给它的讲话者把经验分解为有意义的范畴的惯常方式的一种手段。……我们所讲的语言的语法结构，决定了我们理解或思考世界的方式。因而，

---

① 〔苏〕巴赫金著，钱中文主编：《巴赫金全集》第 4 卷，白春仁、晓河、周启超等译，石家庄，河北教育出版社，1998，第 271 页。

② 〔瑞士〕费尔迪南·德·索绪尔：《普通语言学教程》，高名凯译，北京，商务印书馆，1985，第 157 页。

③ С. С. Конкин，Л. С. Конкина：*Михаил Бахтин. Страницы жизни и творчества*，Саранск：Мордовское книжное издательство，1993，С. 345.

形而上学或本体论都依赖语法。……我们的语言形式在某种程度上决定
着我们所坚持的基本信念。"①同此一理，学会一种语言，其实也就等于
在某种程度上学会用该种语言的世界观"观世"：语言在这里不仅仅是认
识对象的工具，更是会左右你对对象国（文化）之认识的工具。打个比方，
语言就是你"为了更好地认识对象"而戴的"有色眼镜"。

这样一来，语言便天然地与人类意识有着不可分割的联系。语言即
意识。未有语言之前也就是未有意识之前，因为语言是意识的第一甚至
唯一表征。"要知道，如果思想可靠且有效，那么这一有效性应该彻底反
映出来。"②沃洛希诺夫-巴赫金在指出迄今还没有一种马克思主义语言学
以后，谈到了建立马克思主义社会学诗学的必要性问题，"应当在马克思
主义本身的基础上制定适合于所研究的意识形态创作特殊性的统一的社
会学方法的标准，以便这个方法真正能够贯彻于意识形态结构的一切细
节和精微之处。"③"我们认为，只有辩证唯物主义可能成为这个基础。"④
这种语言学把语言看作是一种存在，"活"在日常生活里，是一种活在交
际并且只有在交际活动中才具有生命力的东西。"言语是 in actu（行动中）
的语言。不可以任何形式把语言与言语对立起来。言语跟语言一样具有
社会性。表述的形式也具有社会性，它像语言那样是由交际决定的。"⑤
沃洛希诺夫-巴赫金也十分看重"马克思和恩格斯关于对话的提法"，即指
马克思和恩格斯关于语言是实际的真正的意识，语言的产生只是出于与
他人交际的需要等论述。

塞缪尔·韦伯认为，《马克思主义与语言哲学》这一标题并不就意味
着它是"马克思主义语言哲学"的同义词。在这部著作中，马克思主义与
语言哲学并未同一化，而是被交集在一起了，但交集的并不紧密，其间
有一定张力，有一定空隙，有一段含糊不明之处，那就是意识形态。也
许在这位研究者看来，甚至沃洛希诺夫-巴赫金所说的意识形态，原本就
与马克思、恩格斯所说的意识形态不是一回事。但这个问题我们已经讲

---

① 〔英〕尼古拉斯·布宁、余纪元编著：《西方哲学英汉对照辞典》，北京，人民出版社，
　　2001，第896页。

② М. М. Бахтин：*Фрейдизм. Формальный метод в литературоведении. Марксизм и*
　　философия языка. Статьи，Москва：Издательство Лабиринт，2000，С. 577-588.

③ 〔苏〕巴赫金著，钱中文主编：《巴赫金全集》第2卷，李辉凡、张捷、张杰等译，石家
　　庄，河北教育出版社，1998，第109页。

④ 〔苏〕巴赫金著，钱中文主编：《巴赫金全集》第2卷，李辉凡、张捷、张杰等译，石家
　　庄，河北教育出版社，1998，第112页。

⑤ 〔苏〕巴赫金著，钱中文主编：《巴赫金全集》第4卷，白春仁、晓河、周启超等译，石
　　家庄，河北教育出版社，1998，第194～195页。

过了。

诚如巴赫金所说："……哪里没有符号，哪里就没有意识形态。……哪里有符号，哪里就有意识形态。符号的意义属于整个意识形态。"①塞缪尔·韦伯指出，把意识形态与符号同一化是前马克思主义的、亦即 18 世纪时的意识形态观。按照这种观念，"理念的物质起源在接受意义上并非与符号的发音两相分隔的。但在把马克思主义和前马克思主义结合的同时，沃洛希诺夫又对二者进行了改造和变形。一方面，一直作为意识形态理论一个成分的社会定向由于马克思主义的社会理论需要直接面向生产领域亦即阶级利益领域里的对立力量（的斗争）而得以强调；另一方面，马克思主义理论自身因为它把意识形态定义为反映，也就是说，定义为在人的主观意识和行为中对于客观条件的直接反映，从而使得马克思主义自身也经历了批评似的重构。"②沃洛希诺夫解决这一问题的最初步骤是把符号当作一个社会交际过程。语言的生物学起因不足以说明语言的本质，因此在社会语境之外寻找语言的本质和性质是无济于事的。

马克思、恩格斯指出：

> 语言和意识具有同样长久的历史；语言是一种实践的、既为别人存在因而也为我自身存在的、现实的意识。语言也和意识一样，只是由于需要，由于和他人交往的迫切需要才产生的。③

我们认为，马克思、恩格斯的上述论述，虽然简括而抽象，但却高度概括了巴赫金小组关于语言的社会性、物质性、对话性本质的核心，堪称巴赫金对话理论的总纲和提要，也是我们今天研究巴赫金小组对话理论的总纲和提要。

在《生活话语与艺术话语——社会学诗学问题》中，巴赫金小组首次提出了意识形态科学的概念。这种意识形态科学与以前俄国那种把经济基础与上层建筑视为不可相互分割的统一理论的马克思主义社会学理论

---

① 〔苏〕巴赫金著，钱中文主编：《巴赫金全集》第 2 卷，李辉凡、张捷、张杰等译，石家庄，河北教育出版社，1998，第 349～350 页。按：此处从英文译。中文似有误，译作："符号的意义属于整个意识形态"。

② V. N. Voloshinov, L. Matejka, I. R. Titunik, Samuel M. Weber, Chris Kubiak: "Reviews: The Intersection: Marxism and Philosophy of Language, Reviewd Work(s): Marxism and Philosophy of Language", *Diacritics*, Vol. 15, No. 4, Winter 1985, p. 95.

③ 〔德〕马克思、恩格斯：《德意志意识形态》，《马克思恩格斯选集》第 1 卷，北京，人民出版社，2012，第 3 版，第 161 页。

有所不同，而是把二者分而论之。沃洛希诺夫-巴赫金推出他们的元理论——元论理念（идеи метатеоретического монизма），它把意识形态构造当作一种社会现象从内部采用内在论方法予以探讨，将其理解为一个封闭的交际界面，其中所有（心理、社会、意识形态和审美等）领域都在一个均质的符号框架内相互影响。在梅德韦杰夫的《文艺学中的形式主义方法》的《文学史的对象、任务和方法》一节里，巴赫金学派的这位代表写道："意识形态视野除反映于艺术作品内容之中外，还对整个作品起决定性的影响。""文学作品在最直接的意义上是文学环境的一个部分，是该时代和在该社会集团中起社会能动作用的文学作品的总和。"在下一节《社会学诗学的对象、任务和方法》中，作者指出："科学的文学史必须以社会学的诗学为前提。"

"什么是文学作品？它的结构怎样？这一结构的成分怎样？结构成分的艺术功能意义又怎样？什么是体裁、风格、情节、主题、母题、人物、韵律、节奏、旋律构造等等？所有这些问题，包括意识形态视野在作品内容中的反映以及这一反映在艺术结构总体中的功能问题——这一切都是社会学诗学的广泛的研究领域。"[①]对作为一个整体的社会交际的符号学的理解，也见之于沃洛希诺夫和巴赫金所著的《马克思主义与语言哲学》中《语言科学中的社会学方法基本问题》一章。

沃洛希诺夫认为马克思主义奠基人仅只确定了作为一种上层建筑的意识形态在社会生活中的地位，但却并未确定"意识形态创作"的性质及其交际的结构。迄今为止对意识形态的研究只在唯心主义哲学中将其作为意识的产品来进行研究。此其一。二是由于马克思、恩格斯没有有关这个问题的直接论述，所以，一些马克思主义理论家便开始按照天真而又机械的唯物主义反映论来对其加以描述。

沃洛希诺夫对于苏联官方哲学进行了批判，认为这种哲学是"辩证法以前"的机械唯物主义理论（代表人物德布林、布哈林），这在对形式主义与马克思主义社会学倾向斗争的讨论中将对之加以描述。按照沃洛希诺夫的观点，所有社会的语言都同时也是符号，因为它具有意义，表现或表征着自外于其的某物。

符号以及整个意识形态的本质在于其所表现的现实处于其掌控之外而遵循着自己特有的规律，与此同时，符号在其自身权限范围内不仅会

---

① 〔苏〕巴赫金：《文艺学中的形式主义方法》，李辉凡、张捷译，桂林，漓江出版社，1989，第35、39页。

反映这一现实，而且还会以一种特殊方式折射着这一现实，即使其服从一种新的内在规律。这样一来，也就把机械的"反映论"改造成为了符号学的"折射"理论。在符号世界的意识形态层面上，折射理论覆盖了意识形态创作的所有个别系统（如语言、艺术、宗教、法律、经济思想、哲学等等），也覆盖并扩充了形式主义的陌生化原则：符号的"折射功能"就其广义而言就等于一种变形，亦即对手法系统的初级陌生化功能。①

　　任何物质物体在成为表征客体时，都既是不失其物质属性的现实生活的一部分，也具有意识形态属性。物质物体的这两种"状态"取决于其意义或是功能。符号的意义在功能方面总是被曲解，而功能则决定着其作为一种特殊价值而在意识形态系统框架内的地位。（或如被什克洛夫斯基用作榔头的茶炊乎？）

> 　　从前的一切唯物主义（包括费尔巴哈的唯物主义）的主要缺点是：对对象、现实、感性，只是从客体的或者直观的形式去理解，而不是把它们当做感性的人的活动，当做实践去理解，不是从主体方面去理解。因此，和唯物主义相反，唯心主义却把能动的方面抽象地发展了。②

　　迈克尔·加德纳认为《马克思主义与语言哲学》是马克思主义关于意识形态理论问题的第一个创新性成果。③ 它以灵巧和简洁的方式将巴赫金小组对语言本质问题、对符号和意识形态问题的总的观点，作了归纳和概括。但此书同时也是巴赫金小组遗赠给我们的最丰富、最富于挑战性的文本。尽管对梅德韦杰夫-巴赫金作为思想家的归属有分歧，但把梅德韦杰夫-巴赫金置于意识形态理论家群中比置于语言学和符号学理论家中更合适。④ 但巴赫金所谓的"意识形态"，与正统马克思主义者所谓的"意识形态"（即基础与上层建筑说）并不同：梅德韦杰夫-巴赫金"把意识

① Оге A. Ханзен-Леве：*Русский формализм：метадологическая реконструкция развития на основе принципа остранения*，Москва：Языки русской культуры，2001，C. 423.

② 〔德〕马克思、恩格斯：《关于费尔巴哈的提纲》，《马克思恩格斯选集》第 1 卷，北京，人民出版社，2012，第 3 版，第 133 页。

③ Michael Gardiner：*The Dialogics of Critique：M. M. Bakhtin and the Theory of Ideology*，London and New York：Routledge Press，1992，p. 9.

④ Michael Gardiner：*The Dialogics of Critique：M. M. Bakhtin and the Theory of Ideology*，London and New York：Routledge Press，1992，p. 9，p. 17，p. 4.

形态当作本质上是所有社会关系都必须由之构成的符号媒介①"。

　　符号是对存在的折射。但这种折射是由什么来决定的呢？巴赫金指出：

　　　　它是由一个符号集体内不同倾向的社会意见的争论所决定的，也就是阶级斗争。

　　　　阶级并不是一个符号集体，即一个使用同一意识形态交际符号的集体。例如，不同的阶级却使用同样的语言。因此在每一种意识形态符号中都交织着不同倾向的重音符号。符号是阶级斗争的舞台。

　　　　意识形态符号的这种社会的多重音性是符号中非常重要的因素。……

　　　　……统治阶级总是力图赋予意识形态符号超阶级的永恒特征，扑灭它内部正在进行着的社会评价的斗争，使之成为单一的重音符号。

　　　　其实，任何一个活生生的意识形态符号就像雅努斯具有两面性。任何一场真正的战争都可以成为被赞扬的，任何一个真正的真理对于许多其他方面都不可避免地会听起来是一个伟大的谎言。符号的这种内在的辩证性只有在社会转变时期和革命运动的时代才会被彻底展示出来。因为意识形态符号多少总会反映占统治地位的意识形态，并且仿佛在努力稳定社会形成的大量辩证事物的过去因素。这就决定了意识形态符号在占统治地位的意识形态中的折射和变形特点。②

　　爱泼斯坦指出，巴赫金和梅德韦杰夫在《文艺学中的形式主义方法》中提出了一种既普遍又特殊（即政治）意识形态观，它在"社会进化"中起着重大的作用。此书即主要体现着能够揭示其意识形态本质的价值，后者决定着政治和经济，文化即广义的意识形态。而"这一意识形态科学的原理……则还处于初创的阶段"。由此可见，巴赫金学派的唯物主义和社会学立场昭然若揭。③ 在他看来，"有着众多的各自独立而不相融合的声音和意识，由具有充分价值的不同声音组成真正的复调——这确实是陀

---

①　Michael Gardiner：*The Dialogics of Critique*：*M. M. Bakhtin and the Theory of Ideology*，London and New York：Routledge Press，1992，p. 7.

②　〔苏〕巴赫金著，钱中文主编：《巴赫金全集》第 2 卷，李辉凡、张捷、张杰等译，石家庄，河北教育出版社，1998，第 365～366 页。

③　Mikhail N. Epstein：*After the Future*，Amherst：The University of Massachusetts Press，1995，p. 5.

思妥耶夫斯基长篇小说的基本特点。在他的作品里，不是众多性格和命运构成一个统一的客观世界，在作者统一的意识支配下层层展开；这里恰是众多的地位平等的意识连同它们各自的世界，结合在某个统一的事件之中，而互相间不发生融合。陀思妥耶夫斯基笔下的主要人物，在艺术家的创作构思之中，便的确不仅仅是作者议论所表现的客体，而且也是直抒己见的主体。因此，主人公的议论，在这里绝不只局限于普通的刻画性格和展开情节的实际功能（即为描写实际生活所需要）；与此同时，主人公议论在这里也不是作者本人的思想立场的表现（例如像拜伦那样）。主人公的意识，在这里被当作是另一个人的意识，即他人的意识；可同时它却并不对象化，不囿于自身，不变成作者意识的单纯的客体。在这个意义上说，陀思妥耶夫斯基笔下的主人公形象，不是传统小说中一般的那种客体性的人物形象"①。伯纳德-多纳尔斯认为："第一个任务——即对意识形态材料在语言中的组织的考察——主要表现在《马克思主义与语言哲学》这部著作中，而更狭隘地说，则也体现在几乎所有巴赫金论述文学的著作（《拉伯雷和他的世界》、《陀思妥耶夫斯基诗学诸问题》以及论述对话主义和言语体裁问题的论文）中。"②针对苏联意识形态，维克多·厄利希说过一句十分中肯的话："重要的是始终牢记一点，即在马克思主义术语学中，'意识形态'一词的意义十分广泛。按照历史唯物主义，所谓意识形态的上层建筑，是受到社会的'经济基础'的制约的，因而也就包含了诸如艺术、科学、哲学、宗教、法律以及道德等所有的'社会意识'形式"。③ 然而，巴赫金关于意识形态的论述，实际上早在托名为梅德韦杰夫的《文艺学中的形式主义》中即已初显端倪。巴赫金-梅德韦杰夫在此书中提出了一种既普遍又特殊（即政治的）意识形态观。此书中的意识形态在"社会进化"中起着十分重大的作用。巴赫金-梅德韦杰夫写道："这一意识形态科学的原理，从总的确定意识形态上层建筑及其在社会生活统一体中的功能、它们同经济基础的关系，包括它们之间的相互关系的意义上说，是由马克思主义深刻而坚实地奠定的。但是，详尽地研究意识形态创作的每一个领域，即科学、艺术、道德、宗教等的特点和质

---

① 〔苏〕巴赫金：《陀思妥耶夫斯基诗学问题》，白春仁、顾亚玲译，北京，生活·读书·新知三联书店，1988，第29页。

② Michael F. Bernard-Donals：*Mikhail Bakhtin between Phenomenology and Marxism*，Cambridge，New York：Cambridge University Press，1994，p. 95.

③ Victor Erlich：*Russian Formalism*：*History Doctrine*，Fourth edition，The Hague，Paris，New York：Mouton Publisher，1980，p. 83.

的独特性方面，则至今还处在初创阶段。"①

　　巴赫金学派维护唯物主义和社会学的立场昭然若揭。巴赫金小组的出发点是传统马克思的立场，即意识形态首先是一种心理现象，即存在于人心灵里的价值或信仰。②巴赫金一再重申："思想就是在两种或数种意识对话式交汇点上上演的生活事件。"（"The idea is a live event，played out in the point of dialogic meeting between two or several consciousnesses"③"思想是在两个或几个意识相遇的对话点上演出的生动的事件。"④沃洛希诺夫认为意识是一种社会意识形态事实，"人类的任何一种语词话语都是一种小型的意识形态产品"⑤。但更重要的是，巴赫金-沃洛希诺夫对于业已确定的意识形态体系与社会的行为意识形态之间所作出的区分。⑥沃洛希诺夫-巴赫金关于"对话无意识"的观点与弗洛伊德对无意识的观点不同。⑦我们认为，只有把巴赫金的思想放置在哲学人类学的认识论、本体论和价值论高度，整体本质和宏观全面地探讨巴赫金思想，才能把握其思想的精髓，才能避免盲人说象。阿尔都塞认为意识形态是一个非历史性范畴，是一个不可或缺的结构，一个真正的本质，它表达了人与世界的相互关系。"我将一字不差地使用弗洛伊德的表述，并写下这样的句子：和无意识一样，意识形态也是永恒的。"⑧巴赫金在《马克思主义与语言哲学》中阐释的超语言学思想，乃是其狂欢化诗学、复调小说、时空体等学说的理论基石。巴赫金的社会学诗学也就是语言创作的美学和哲学人类学。巴赫金首次在语言学研究中引入了动力学概念，使传统语言学研究的面貌焕然一新，使此前的一潭死水被万木争荣的活跃动态所取代。超语言学研究的对象——话语与表述，其根本特点在于它

---

①　〔苏〕巴赫金著，钱中文主编：《巴赫金全集》第 2 卷，李辉凡、张捷、张杰等译，石家庄，河北教育出版社，1998，第 108～109 页。

②　Michael Gardiner：*The Dialogics of Critique：M. M. Bakhtin and the Theory of Ideology*，London and New York：Routledge Press，1992，p. 74.

③　M. Bakhtin：*Problems of Doctoevsky's Poetics* ，trans. C. Emerson，Manchester：Manchester University Press，1984，p. 88.

④　〔苏〕巴赫金著，钱中文主编：《巴赫金全集》第 5 卷，白春仁、顾亚玲译，石家庄，河北教育出版社，1998，第 114～115 页。

⑤　参阅《马克思主义与语言哲学》第 1 编第 1 章。

⑥　V. N. Volosinov：*Marxism and the Philosophy of Language*，Massachusetts，London，England，Cambridge：Harvard University Press，1986，p. 91，p. 19.

⑦　Michael Mayerfeld Bell，Michael Gardiner：*Bakhtin and the Human Sciences：No Last Words*，London，Thousand Oaks，New Delhi：Sage Publications，1998，p.19.

⑧　〔法〕弗朗索瓦·多斯：《从结构到解构·法国 20 世纪思想主潮》下卷，季广茂译，北京，中央编译出版社，2005，第 226 页。

们任何时候都是以双声语的形式出现的，因此，在社会交际中出现的话语和表述，永远带有个人性、应答性、对话性、事件性、指向性、意愿性、评价性。按照巴赫金的观点，意义的增殖往往产生于话语的边界。所以，文化的发展必须以保护合理的文化生态为前提和开端。巴赫金的超语言学通过语言（或意识）的外指向性，打破了封闭于语言内部这样一种"语言的牢笼"，成为马克思主义语言社会学原则在当今学界与时俱进产生的一个卓越的成果。

这样一种社会学诗学构想或超语言学构想，就是文艺学界百年来梦寐以求的理想境界的实现：即一场其意义丝毫不亚于哥白尼式的伟大革命，它一举填平了横亘在文学内部和外部研究之间的那道深渊，从而让一桥飞架南北，天堑变通途。

摆在我们面前的问题是：巴赫金学派和马克思主义究竟有几分关联？把他算作马克思主义者的根据何在？理由是否充分？具体地说就是巴赫金学派和历史唯物主义究竟有没有关系？有怎样的关系？让我们从马克思、恩格斯关于意识形态问题的一段话开始讨论吧。马克思、恩格斯在《德意志意识形态》中指出：

> "精神"从一开始就很倒霉，受到物质的"纠缠"，物质在这里表现为振动着的空气层、声音，简言之，即语言。语言和意识具有同样长久的历史；语言是一种实践的、既为别人存在因而也为我自身存在的、现实的意识。语言也和意识一样，只是由于需要，由于和他人交往的迫切需要才产生的。……因而，意识一开始就是社会的产物，而且只要人们还存在着，它就仍然是这种产物。①

这段话有 4 个要点：

1. 语言是一种物质（"振动着的空气层、声音"），这种物质以始终纠缠着精神为特征。

2. 语言即意识。语言和人的意识一样古老，是和意识一块诞生的（因此谈论语言其实就是在谈论意识，谈论意识其实也就是在谈论语言，二者是一枚硬币的两面，是既对立又统一的）。

3. 促使语言产生的根本原因在于"与他人交往的迫切需要"。值得注

---

① 〔德〕马克思、恩格斯：《德意志意识形态》，《马克思恩格斯选集》第 1 卷，北京，人民出版社，2012，第 3 版，第 161 页。

意的是：马克思、恩格斯在此所谈的，是"一般"的意识（即"语言意识"），而非"阶级意识"。可见，首先是一般意识（形态），之后，在一定阶段上，随着阶级的产生，才跟着产生阶级意识。

4."意识一开始就是社会的产物"。马克思主义的基本问题之一，是经济基础和上层建筑的关系问题。这一问题和语言哲学问题有深刻关联。生产关系及受其直接制约的社会制度，决定人的所有的话语交往：论著、政治生活、意识形态交往（科学、宗教、艺术）。话语交际的条件决定着话语的实质、形式和话题。

因为"社会心理学"是社会政治制度和意识形态（狭义：科学、艺术等）的中间（过渡）环节（普列汉诺夫），所以，话语交际物质现实地呈现了社会心理，或者说它们是社会心理的物质现实的呈现方式。离开话语（符号）交际的实际过程及其相互作用的实际过程，"社会心理学"便会成为一个形而上学或神话概念（如"集体灵魂"或"集体的内在心理"）。社会心理并非存在于交际中个体人的灵魂中，而是呈现于外，在话语、姿势和实事中。社会心理没有什么不是表现于外的、内在的，而是呈现于外，呈现于交际材料并首先是在话语材料中。社会心理首先是多种话语形态的力量（стихия）本身，话语覆盖意识形态创作的所有形式和类型：秘谈，音乐会，剧院里的意见交流，社交场合，偶然谈话，对生活行为的话语反应，认识自我的内心话语、表达社会观点的话语。社会心理体现在各种话语方式中，各类小型语体中。话语当然也与其他各种符号表达方式——表情、手势、假定性演出——相关。诸如此类的话语交流方式都是在社会政治制度和生产关系直接制约的条件下进行的。话语方式清晰地反映在话题的变化中。语言史因此不能建构为抽象的语言形式（语音、词汇、形态变化）史，而首先是话语交际形式和类型史。语言自身的语义和结构变化史，也决定着具体的话语交际的形式（自身规律）。因此，文化史研究不可能脱离具体的意识形态话语交际史进行。

话语在当代世界观中所起的新作用究竟应当如何解释？马克思主义应当予以回答。

话语在艺术创作和接受中功能的变化受制于话语交际形式的变化。话语方式与其他社会行为方式一起在变化。社会生活中话语似在混一化。

在知识分子那里，发生了话语与现实生活的双重隔绝，即话语脱离具体事物（现实主义和自然主义）。前此，人们重视话语的描写现实生活性；目前则更重视话语的独立性：话语并不描写它周围的外部现实生活，而是借助于语词自身所包含的象征力量改造现实生活。这在表现主义中表现得最明显。与此倾向吻合，话语的脱离现实性受到关注。话语是说话人语义自足的表达。话语同时在缺乏自由和民主的语境下也开始脱离事功。以上诸流派在政治上的激进主义端来源于此，并且渗透着神秘主义。无论其采用何种形式，对语言内在独立力量和创造能力的信任，乃突出特征。

巴赫金小组和马克思都痛恨唯心主义的历史与社会都是理念或超验精神的产物的观点，因此马克思宁愿用费尔巴哈的实用唯物主义来取代历史唯心主义。同样，巴赫金小组则认为意识形态符号不是一种孤立的、隔绝意识的产物，而是受到实际社会交往语境制约的一种东西。当代意识形态交际领域有一些"哑巴"体裁——小说。我们对意识形态话语接受的主要方式是"默读"。"所以语言作为意识形态创作的一种特殊物质活动，它的作用还未给予足够的评价"。① 语言如此，文学更其如此。进入21世纪以来"非意识形态化"在我国文坛一度也颇为盛行，但经过大浪淘沙似的一番历练以后，人们开始重新确信，尽管文学不等于意识形态，但完全否认文学的意识形态性质，无疑会堕入另外一个陷阱，其结果将不堪设想。文化非社会之产物，而是对社会的挑战。要求限制"意识形态"一词的使用范围，那只是为了提高政权权力而采用的一种策略。

爱泼斯坦的意识形态语言论(《实用主义思维方式中的相对模式：苏联意识形态的语言游戏》)认为，意识形态所关注的唯一价值是权力：权力即操纵人民和事件的能力。意识形态不是普遍存在的(如巴赫金所言)，但却永远都是政治的。正如迈克尔·F. 伯纳德-多纳尔斯指出的那样："超越意识形态的理论学说是不可能的：因为你终究无法超越语言。"② 沃洛希诺夫和巴赫金都不主张语言属于上层建筑，而认为语言、话语与意识形态都是社会差异和斗争中的一个整合的部分——无论人们是否认识这一点。③

---

① 〔苏〕巴赫金著，钱中文主编：《巴赫金全集》第 2 卷，李辉凡、张捷等译，石家庄，河北教育出版社，1998 年，第 345 页。

② Michael F. Bernard-Donals：*Mikhail Bakhtin between Phenomenology and Marxism*，Cambridge，New York：Cambridge University Press，1994，p. 103.

③ Michael Mayerfeld Bell，Michael Gardiner：*Bakhtin and the Human Sciences：No Last Words*，London，Thousand Oaks，New Delhi：Sage Publications，1998，p. 173.

第六章　话语——一个统一诸
范畴的革命性酵母

第一节　巴赫金的话语理论与传统语言学研究视野

巴赫金的确是个谜。解读巴赫金也和人类的认识活动一样，是一个没有终点的过程。迄今为止，关于巴赫金，国际学术界已经有过 3 次发现，每次发现都给我们呈现了一个截然不同而又意境深远的巴赫金。对于巴赫金的这 3 次发现，始于 20 世纪 60 年代到 90 年代以至今天。公允地说，每一次这种发现，都向世人展现了一个与前稍有不同的巴赫金。巴赫金热首先在西方兴起，而后才反馈回苏联（俄罗斯），这本身也是一个十分奇特的现象。初识巴赫金，人们大都把他当作一个旷世奇才，一个具有百科全书式广博学识的隐士型学者；而再识巴赫金，人们对他的印象开始变得模糊起来，开始有了更多的疑问和不解，对他的"庐山真面目"似乎一时尚难以确定。而在今天，巴赫金在成为一种国际学术界的"工业"外，其所给予人们的困惑也越来越深，越来越多，他的面目反倒比以前更加难以确定了。不但如此，国际学术界除了拥护巴赫金者外，现在反对或者不赞成其理论学说的也大有人在，且其呼声也越来越高，越来越响。现在呈现在人们面前的巴赫金多多少少是个多面体，因而问题就在于：究竟哪个巴赫金才是巴赫金的"庐山真面目"呢？毫无疑问，巴赫金的所有学术成果，一定有一个代表其精髓的"核"所在，但这个理论核心究竟何在呢？诚如米·列·加斯帕罗夫所描述的那样，"巴赫金世界观的有机统一性被肢解成为一些个别论点：关于对话的，关于诙谐文化的等等。而这是合乎规律的：正如巴赫金号召自己那一代对话者们从过去的文化中仅只撷取那些他们认为对自己必需的东西一样，如今，新一代的对话者们也就从他本人的著作中仅只撷取那些他们认为于自己有必要的东西了。"①按照巴赫金本人的解释，他写于各个年代的著作，都

---

① М. М. Бахтин: *Pro et contra. Личность и творчество М. М. Бахтина в оценке русской и мировой гуманитарной мысли*, Антология, Том 2, Санкт-Петербург: Издательство Русского Христианского *гуманитарного института*, 2001, С. 35.

是"同一个思想主题在不同发展阶段的产物"。俄罗斯关于巴赫金第一部
论著的作者弗·索·比勃列尔指出：我们必须把巴赫金的著作理解成为
同一本书，这本书的各个部分是一线贯穿的，完整统一的（或是被相互陌
生化了的），作者为此采用了各种逻辑手法，如过渡、转折、改造，撕
裂、重新表述等等，不一而足，不胜枚举。

当今国际学术界在经历了对于巴赫金的"3 次发现"，积累了大量丰
富扎实的学术成果（国外迄今已出版和发表各类专著论文不下数百种之
多。专门研究巴赫金的杂志有两种：一种是英文，一种是俄文。国内论
文 120 篇，专著 12 部）之后，正在孕育一次新的更加伟大的发现。以往
人们对于巴赫金的历次发现，都主要针对巴赫金博大精深思想的某个侧
面，如复调小说理论（陀思妥耶夫斯基诗学）、对话主义（艺术与责任）、
狂欢化、时空体等等。每次这类发现，都引起人文社科领域里的强烈震
撼，标志着对巴赫金思想的一次深入认识。与此同时，人们又普遍感到，
每种对于巴赫金思想的阐释，都无不带有"深刻的片面"的特点，远未达
到对这位伟大的人文思想家理论体系整体深入的揭示。这和巴赫金思想
对于当今人文社科领域所具有的"哥白尼式革命"的意义是很不相称的。
实际上巴赫金思想之所以能给人以无穷启发，之所以那么具有生命力和
再生力，原因就在于他能够为人们解决一系列根本问题提供钥匙，原因
就在于他能打破理论僵局，把人们的思维引领到一个前所未有的广阔天
地。巴赫金思想解决此类问题的有效性，迫使人们认为他的思想绝不是
没有体系的，而是一定存在着一个迄今未被人们发现的潜在体系和隐在
结构。正如尼·德·塔玛尔琴科所说："然而我们确信，巴赫金的全部著
作和论文实质上研究的都是同一门新学科的一般和个别问题及概念的。
换言之，我们坚持这样一种工作假设，即在巴赫金的所有研究著作之间
存在着一种合乎规律的系统关联，其著作中所使用的概念组成一种统一
的科学语言。"[1]《米·米·巴赫金或文化诗学》一书的作者也指出："这位
学者的创作遗产是唯一的和统一的"，犹如"在同一时间里形成的结晶
体"："……1918～1975 年可以浓缩为一年，这些年间的所有著作均可以
浓缩为一部"。[2]

我们认为，巴赫金理论的核心和精髓，不是所谓的"复调"，也不是

---

[1] Н. Д. Тамарченко: *Эстетика словесного творчества Бахтина и русская религиозная философия : пособие по спецкурсу*, Москва: Изд-во Кулагиной, 2001, С. 5.

[2] С. С. Конкин, Л. С. Конкина: *Михаил Бахтин. Страницы жизни и творчества*, Саранск: Мордовское книжное издательство, 1993, С. 332.

所谓的"对话"和"对话主义",而是他的话语理论。话语理论关系到语言的本质,而一切关于"复调"、关于"对话"的言谈,都是巴赫金关于语言本质的话语理论的衍射形态。话语理论为本,"复调"和"对话"则为表;话语理论是根,"复调"和"对话"则是枝叶。只有深入把握巴赫金的话语理论(即语言的本质观),才能真正把握住巴赫金理论的核心和本质。

巴赫金学派之所以会受到国际学术界的密切关注,其最主要的原因,就在于他在文艺学理论领域里所实施的一场其意义不亚于"哥白尼式革命":把历来呈现为分裂状态的文学的内外部研究在真正意义上统一起来了。致力于这一方向的研究在国际上绝非少数,但真正堪称成功者则寥若晨星,而巴赫金学派则是迄今为止我们视野里的最成功者。

这一哥白尼式的伟大革命,酝酿和产生于一颗最小的种子,那就是巴赫金所说的话语(высказывание, слово)。话语成为巴赫金撬动地球的阿基米德杠杆。对于巴赫金来说,话语就是促使牛顿想到万有引力定律的那个坠落的苹果。话语也是一道横亘在天际的雨后彩虹,它在人文世界的两极架起了一座桥梁,把历来歧见纷出的人文主义和科学主义连为一体。话语是酵母,经由巴赫金的培育,它最终长成一棵参天大树,把人文科学研究的天空和大地——形而上学与实证主义——有机地联结了起来。巴赫金学派所实施的伟大革命,就是从这样一个历来不被人们所关注,一直被摒弃于科学殿堂之外的、江湖上引车卖浆者流所操的言语出发,而走上这一伟大发现之旅的。从巴赫金学派开始,话语这个一直被视为不具备科学合法身份的丑小鸭,被请进了人文学科的神圣殿堂,使之成为人文学科所有学科无不必须对之顶礼膜拜的偶像。如果说 20 世纪哲学就是语言哲学的话,那么,巴赫金学派的话语就是人文学科皇冠上的明珠。如果说 20 世纪的人文学科中语言是它们环绕其旋转的太阳的话,那么,话语就是能够通约所有语言的公分母和太阳之核。

在未有巴赫金学派话语以前,人文学科领域是没有话语的合法身份的。孔金和孔金娜认为,巴赫金是话语中包含着第二个人的声音的首位发现者,在他之前,话语的这一秘密还隐藏在无穷的现象后面。"巴赫金研究的对象是话语(слово)及其生命。吸引他的不是个别问题,也不是话语构造的机制问题,而是话语的精神本质问题。巴赫金研究话语在文学作品、在全部时间段里与其所指称的对象的相互关系中的综合形象和完整而统一的性质。""'内在对话'更差不多是巴赫金最重要的一般美学发现。"①

在前索绪尔时代，语言研究的对象只是各种自然语言，如德语、法语、英语、俄语及其沿革和演变的历史等等。索绪尔的出现，终结了语言学研究的历史比较语言学时代，同时开启了系统功能语言学的新纪元。从索绪尔以来，与作为一种系统概念的语言相对，产生了言语概念，但常常被纳入语言-言语系统中的言语，由于它的相关指涉性，在索绪尔的体系里难能有大的作为，尽管在他之后，一些他的继承者们，如俄国形式主义的另一位代表人物雅各布逊，开始采用系统功能观点，把莫斯科城郊结合部口语，纳入语言研究的对象系列，从而开启了语言和文学研究的新天地。

结构主义自其产生以来，的确刷新了语言文学研究的史册，开辟了新的天地，取得了丰硕的成果。在西方，它甚至成为领导人文学科的主导派别之一。但随着时间的迁移，结构主义固有的缺陷，它的反历史主义和反人文主义精神也逐渐暴露无遗。结构主义者们（其中也包括解构主义者们）泥足深陷于语言的牢笼，割断了语言发展和社会历史的关系纽带，路越走越窄，以致走入了死胡同。解构主义从结构主义角度看，就是试图走出死胡同的一种尝试。但这种尝试究竟是否成功，还有待我们在研究之后再下结论，但有一点是显然易见的，那就是解构主义以及后现代主义，也不足以拯救结构主义这个行将溺毙的婴儿。那么，出路何在？

在这样一个历史关头，巴赫金的理论以其强大的生命力，开始卓然显现于人类思想的地平线上。人们正是从它的对话理论中，看到了拯救科学主义的产儿——结构（解构）主义——的希望所在。人们不无惊讶地发现：巴赫金的理论具有把文学的内部和外部研究加以打通，把文学的内外视角真正加以贯通的能力。它不是传统意义上的诗学研究，但又结合了传统诗学研究一切从文本出发的特点，它不是一种传统意义上的马克思主义社会学，但却吸取了马克思主义社会学的优点和长处，把马克思主义的外部视角内在化了，把文学研究的结论真正建立在文本内部分析的基点之上，从而真正实现了文学研究内外部的贯通与融合。而巴赫金的对话理论之所以具有这样一种显著优点，原因在于它的分析对

---

① С. С. Конкин，Л. С. Конкина：*Михаил Бахтин. Страницы жизни и творчества*，Саранск：Мордовское книжное издательство，1993，С. 333.

象——话语——本身具有沟通两造，实现二者之间对话的显著优势。巴赫金十分注重研究"外在与内在的复杂辩证关系"①，这一点是传统语言和文学研究方法均难以望其项背的。我们不要忘记，当年艾亨鲍姆大学刚毕业在做家教给学生讲授文学史时，就曾为类似的问题而苦恼。他加入奥波亚兹，一个很重要的原因，就是想把文学史研究的结论，真正落实到文本分析的层面。但从来的形式主义者们，大多迷失于自己真正的对象，它们大多是成了只见树木不见森林的近视眼，不能真正把文学研究的宏观视角与微观视角统一在一起。

话语只有在巴赫金学派那里，才首次成为语言学研究的主要对象，而在那之前，在以特定规范为标准的传统语言学里，话语是不入"大雅之堂"的。之所以如此，其中一个很重要的原因，在于话语那种活跃的、交际的本质。话语不是传统语言学所研究的语言，它包含着活泼的生命力，它是一种言语行为，一种生动的语言创造现象。巴赫金在《陀思妥耶夫斯基诗学问题》的第 5 章《陀思妥耶夫斯基的语言》中，开宗明义地指出，作者在此研究的是"活生生的具体的言语整体，而不是作为语言学专门研究对象的语言。后者是把活生生具体语言的某些方面排除之后所得的结果；这种抽象是完全正当和必要的。但是，语言学从活的语言中排除掉的这些方面，对于我们的研究目的来说，恰好具有头等的意义"。"我们的分析，可以归之于超语言学（металингвистика）；这里的超语言学，研究的是活的语言中超出语言学范围的那些方面（说它超出了语言学范围，是完全恰当的），而这种研究尚未形成特定的独立学科"。②

沃洛希诺夫则在《马克思主义与语言哲学》中，提出了"超语言学"（"元语言学"），"将语境对言词意义的作用发挥到极至，认为言词是一种双面的活动，其意义是说者与听者相互关系的产品，是多元决定的结果。通过强调语境的作用……将索绪尔语言学所排斥的社会历史内涵重新纳入到语言学中"。③

超语言学（metalingvistika）表明了语言学研究的边缘性特征。该术语是巴赫金从沃尔夫那里借用来的，用来表示"超出语言学研究的范围"之

---

① 〔苏〕巴赫金著，钱中文主编：《巴赫金全集》第 4 卷，白春仁、晓河、周启超等译，石家庄，河北教育出版社，1998，第 2 页。

② 〔苏〕巴赫金著，钱中文主编：《巴赫金全集》第 5 卷，白春仁、顾亚玲译，石家庄，河北教育出版社，1998，第 239～240 页。

③ 王治河主编：《后现代主义辞典》，北京，中央编译出版社，2004，第 14 页。

意，而非表示"元语言学"之意。① "不同表述之间的对话关系（这种关系
也渗透进每个表述的内部），属于超语言学。"② 巴赫金还指出：修辞学
"不应只依靠语言学，甚至主要不只应依靠语言学，而应依靠超语言学。
超语言学不是在语言体系中研究语言，也不是在脱离开对话交际的'篇
章'（текст）中研究语言；它恰恰是在这种对话交际之中，亦即在语言的
真实生命之中来研究语言。语言不是死物，它是总在运动着、变化着的
对话交际的语境。它从来不满足于一个人的思想，一个人的声音。语言
的生命，在于由这人之口转到那人之口，由这一语境转到另一语境，由
此一社会集团转到彼一社会集团，由这一代人转到下一代人。与此同时，
话语也不会忘记自己的来龙去脉，更没有可能完全摆脱它所栖身的具体
语境的影响。"③

　　按照鲍恰罗夫的回忆，巴赫金在与其的谈话中表述过这样一种思想，
即语言学的原罪就在于它只研究僵化死掉的语言（如拉丁语），以及作为
独白体的异己话语和书面语，而忽视了鲜活的、亲切的、活生生的、口
头上的丰富的口语。巴赫金认为在语言学之外，有着话语最重要的存在
领域，它们几乎构成了人类生活中的一切。巴赫金之所以提出"超语言
学"这一设想，就是为了对此类现象进行系统研究的。④

　　卡特琳娜·克拉克与迈克尔·霍奎斯特指出："巴赫金的对话主义本
质上是一种语言哲学。这是一门'超语言学'，是认识所有植根于语言中
的范畴的总视角。巴赫金还主张，人类生活的一切方面都如此。人本主
义对其'领地'的一贯主张是：'我是一个人，人的一切对于我来说都不陌
生。'巴赫金的立场则可以看作：'我的生活是一种言谈，所以语言中的一
切对于我来说都不陌生。'在这种统一的语言理论基础上，巴赫金重新思
考了范围广阔的被传统认为分属于不同学科的各种课题。"⑤ 按照构词法
分析，"超语言学"中的"超"，有"超出"、"在……之外"、"超越"……等
含义，就其本意，是指"在语言学之外……"。也就是说，"超语言学"所

　　① 转引自凌建侯：《巴赫金哲学思想与文本分析法》，北京，北京大学出版社，2007，第
　　　88 页。
　　② 〔苏〕巴赫金著，钱中文主编：《巴赫金全集》第 4 卷，白春仁、晓河、周启超等译，石
　　　家庄，河北教育出版社，1998，第 318 页。
　　③ 〔苏〕巴赫金著，钱中文主编：《巴赫金全集》第 5 卷，白春仁、顾亚玲译，石家庄，河
　　　北教育出版社，1998，第 269 页。
　　④ М. М. Бахтин：*Беседы с В. Д. Дувакиным*，Москва：Согласие，2002，С. 308.
　　⑤ 〔美〕卡特琳娜·克拉克、迈克尔·霍奎斯特：《米哈伊尔·巴赫金》，语冰译，北京，
　　　中国人民大学出版社，2000，第 282 页。

研究的,恰恰是传统语言学不予探讨的问题,即在话语生存并发挥其作用的鲜活语境下的话语,而非传统语言学所致力探讨的"词汇学"、"句法学"和"语法"等范畴。

巴里·桑迪韦尔指出:"在巴赫金的超语言学中,谈话是文化生活的基本单位。而言语自身则仅仅是话语链条里一个可能具有的环节,它可以表示从最简单的面对面形式的话语、对于一个问题的只有一个词的回答一直到精心杜撰的官方话语、意识形态以及风格化的文学代码这样一些系列体裁形式。"①由此可见,话语是巴赫金学派手中的一把利器,借助于它,巴赫金学派得以一举超越以往的所有人文学科的阈限,从而找到一种能够把不同学科整合到一起的统合各门学科的"公分母"和"哲学之石"。应当指出,在巴赫金学派存在的那个时代,带有同样动机的不只巴赫金学派和奥波亚兹,实际上上文已经介绍过的马尔及其学派,也是以力求寻找到赖以统一全部人文学科的"哲学之石"为指归的。只不过他们走了一条错误的道路罢了。

话语成为巴赫金手中的一根杠杆,借助于它,巴赫金一举颠覆了笼罩在人文社科领域里的形式主义和庸俗社会学谬说,填补了历来横亘在文学内部研究和外部研究、文本研究与文本外研究之间的鸿沟,在两者乃至在科际和文化之间,架设了一道桥梁,开辟了各种流派得以相互交流对话的"场"。当代俄罗斯后现代主义理论家、后来移居美国的米·爱泼斯坦援引巴赫金,说陀思妥耶夫斯基"不仅重视艺术家们惯用的语言描绘功能和表达功能,不仅善于客观地再现作为客体的人物语言的社会特征和个人特征,对他来说,更重要的是人物语言之间相互的对话关系,而不管它们具有怎样的语言学的特征。因为他的主要描绘对象是语言本身,而且还是具有充分价值的语言。陀思妥耶夫斯基的作品,是对语言而发的论及语言的语言,被描绘的语言和描绘的语言,平等地在同一平面上汇合到一起"②。爱泼斯坦指出,话语的这样一种自我指涉性既有正面的、不同意识的对话之意,也有负面的、指语言的自我封闭性,自我消解性(самоглущенность)之意。③ 由此可见,被 20 世纪文艺学家所不断憧憬的,把文学的外部研究与内部研究有机地统一起来,填平横断在两

---

① Michael Mayerfeld Bell, Michael Gardiner: *Bakhtin and the Human Sciences*: *No Last Words*, London, Thousand Oaks, New Delhi: Sage Publications, 1998, p. 201.

② 〔苏〕巴赫金著,钱中文主编:《巴赫金全集》第 5 卷,白春仁、顾亚玲译,石家庄,河北教育出版社,1998,第 360 页。

③ М. Н. Эпштейн: *Слово и молчание*: *метафизика русской литературы*, Москва: Высшая школа, 2006, С. 207.

者之间的那道鸿沟的崇高理想，只是在巴赫金学派那里，才获得了真正的统一。从来都不乏先进人士提出超越时代的理想，但真正实现理想境界的又有几人？以什克洛夫斯基为首的奥波亚兹尽管也是最先提出类似理想的人士，但二者在他们那里并未获得有机融合和贯穿。

伽达默尔指出："哲学必须遵循一个古老的智慧即用活的语言来言说。"①从巴赫金开始，话语（discourse，высказывание）开始真正成为语言哲学研究的合法主人公，这就首次从对象方面入手，为超语言学研究规定了合理的研究对象，从而使得历来游离于语言研究之外的把不同学科统一整合的话语，正式纳入科学研究的视野。在传统语言学史上，话语是没有合法地位的。要成为语言研究的对象，语言材料必须具有合法身份，即它必须先符合规范。传统语言学研究的对象据说是所谓区别意义的最小单位——语词。然而，完全本着传统语言学研究的方法是无法解决所有的语言文化问题的。因为这种所谓的语言材料，只是"死的语言"——语言材料只有成为历史文献以后才会呈现为这种样子的。在现实生活中，人们并不是按照语法教科书来说话办事的。语言研究并不等于做化学实验，必须把物质以提纯的形态放在烧瓶里进行。被提纯的语言已经不再是活的语言，因此是没有资格充当语言文化研究的对象的。诚如塞缪尔·韦伯所说，沃洛希诺夫（巴赫金小组）"是在努力恢复符号的真值，通过将其从被语言学家所支配的（僵死的）语文必然性的专制统治下解放出来的方式来恢复其真值"②。而且，俄语中的"话语"一词（слово），正如帕姆·莫里斯（Pam Morris）在英文版《巴赫金选集》的前言中所说，一般表示人们所说的话语，而非抽象的语言。③ 巴赫金-沃洛希诺夫写道：研究语言的最大障碍，是我们的科学思维。因为"它受到了传统语文学或文化历史观的束缚。它不懂得该如何从人类语言学的角度来接受活的语言及其无限自由的创作变化"。传统语文学的弊病在于"总是从完成的独白型表述——古代文献出发"研究"语言的共性"。"然而，要知道，独白

---

①　Craig Brandist，Galin Tihanov：*Materializing Bakhtin*：*The Bakhtin Circle and Social Theory*，New York and Oxford：St. Martin's Press in Association with St. Antony's College，2000，p. 119.

②　V. N. Voloshinov，L. Matejka，I. R. Titunik，Samuel M. Weber，Chris Kubiak："Reviews：The Intersection：Marxism and Philosophy of Language，Reviewd Work(s)：Marxism and Philosophy of Language"，*Diacritics*，Vol. 15，No. 4，Winter 1985，p. 95.

③　Pam Morris，Lecturer in English：*The Bakhtin Reader Selected Writings of Bakhtin*，*Medvedev and Voloshinov*，London，New York，Melbourne，Auckland：Edward Arnold，1994，p. 1.

型表述是已经抽象化了"的。① 正如巴赫金所批判的那样："情况只能是这样：语言学把词语的纯语言因素孤立起来，解放出来，建立一种新的语言统一体及其具体的类别，这样才从方法论上掌握了自己的对象，亦即对非语言学价值漠不关心的语言（或者不妨说，语言学创造出一种新的纯语言学的价值，任何表述都可归属于这一价值）。"②

传统语言学的这一特点并未由于索绪尔结构主义语言学的出现而得到根本改观，相反，反而得到了空前未有的强化。语言在索绪尔眼里是一个具有自足价值的体系，而与外在的现实生活了无关系。语言之有价值在于语言自身，而与外在的现实生活没有任何关系。这样一来脱离生活的语言也就成为语言文化研究的合法主人公了。其实，支配着早期奥波亚兹的根本理念，就与索绪尔的这一学说有关。事情最初发生变化是在俄国形式主义的一翼——莫斯科语言学小组。当年，该小组在雅各布逊领导之下，首次颇有见地地把研究莫斯科城近郊区人们的口头话语当作研究对象之一。并且小组成员为此开始了大量的收集材料的工作。俄国形式主义的前驱性探索尽管没有结出一定的果实，但却对后人其中也包括巴赫金学派不能没有一定影响。也许在巴赫金选定"话语"作为研究对象时，难保没有从俄国形式主义那里汲取灵感。巴赫金话语观的优越性在于他并未把语言当作死尸放在手术台上进行阉割，而是把活生生的语言——带着血丝——的语言进行"活体解剖"。研究者不但可以得知语言的表层含义，而且还可以得知其深层内涵；不但得知其用法意义，而且还可以得知其语境内涵。语言并不总是等同于它的字典含义，相反，在多数场合下，语言等于它的用法。同样的语词在不同的语境下会生发出各种不同的光和色来，甚至与其本意相反甚至相抵触。不能否认，在对活的话语的历史性选择中，俄国形式主义者中的结构主义符号学前驱罗曼·雅各布逊的探索，也许也给予巴赫金们以启发或灵感了。

这样一来，巴赫金学派把握语言问题的独特视角，便与传统语言学中的各个流派有了显著的区别。按照巴赫金学派的观点，话语的原则在于：没有一种话语不是存在于一定的时空中的，也就是说，脱离具体时空体的话语（即抽象的语言）是不存在的，也是不可能存在的，从而对于

---

① 〔苏〕巴赫金著，钱中文主编：《巴赫金全集》第 2 卷，李辉凡、张捷、张杰等译，石家庄，河北教育出版社，1998，第 416～417 页。

② 〔苏〕巴赫金著，钱中文主编：《巴赫金全集》第 1 卷，晓河、贾泽林、张杰等译，石家庄，河北教育出版社，1998，第 344 页。

科学研究没有任何意义。交际或先于交际的思考不是内向于主体的，而是在语言行为中外向于对象并以此参与存在。因而，话语永远具有应对性。任何真正的理解本质上都是对话。

这样一种认识问题的方式无疑十分具有启发性。但要追溯其来源，则必然使我们把视线回溯到 20 世纪之交的俄国思想文化的现场上来。进入 20 世纪以来，来自西方的科学思潮开始对俄国产生巨大冲击，而对于这种冲击，自身也处于激烈变化关头的俄国思想文化界，当然也不会无动于衷、淡然处之。虽然认识论在俄国远不如价值论更受欢迎，但真正鼓动一种时代风潮的最有力的推手，当然还是在有关认识论中关于主、客体问题的新见解。那么，在世纪末和世纪初的俄国思想文化界，究竟哪些来自西方的最新观念对俄国知识分子最具有冲击力呢？

雅各布逊在回顾自己思想发展历程时指出，20 世纪人文学科的最大变化之一就是由于爱因斯坦相对论的引入，人文学科中对于"绝对真理"、"客观真理"的迷信开始解体并瓦解了，这对于启动一场真正意义上的思想解放和思想革命，具有十分重大的历史意义。绝对真理和上帝的被贬黜，为思想的启动开通了航道，打破了冰封的水面，使得思想的米涅瓦的猫头鹰可以在"黄昏时刻"起飞了。这种情形和当今之世解构主义对于传统思想方式占据主导地位的价值观念所实施的"暴力"，可以说是何其相似乃尔。爱因斯坦的相对论横空出世，把统治思想界长达数百年之久的牛顿经典力学统治的世界观彻底打烂，从而为我们描述了一个与传统观念截然不同的世界图景。"时间隧道"、"空间可以弯曲"……这样一些耸人听闻的学说，也开始对文化人产生了不可救药的迷人的影响：按照雅各布逊的描述，马雅可夫斯基之所以自杀，固然有现实生活中的种种不如意的因素，但也与这位当时首屈一指的诗人笃信人死后可以复生，从而早死可以早投生的"糊涂"观念不无关系。

对话主义和话语本质论，是巴赫金哲学人类学的认识论（方法论）、本体论（存在的本质在对话）和价值论（交往价值观和多元文化对话论）。巴赫金思想的价值之一是揭示了语言的对话本质。"卡尔·马克思说过，只有在语言中表述出来的思想，在别人看来才是现实的思想，因此在我本人看来也才是如此"①。

话语需要他者，并且只有从他者的立场出发，话语的性质才能得到

---

① 〔苏〕巴赫金著，钱中文主编：《巴赫金全集》第 4 卷，白春仁、晓河、周启超等译，石家庄，河北教育出版社，1998，第 336 页。

很好的确定。同时话语也能揭示话语主体的本质：语言是本质的表象。巴赫金指出：

> 话语对于对话者的定位意义，是特别重大的。实际上话语是一个两面性的行为。它在同等程度上由两面所决定，即无论它是谁的，还是它为了谁。它作为一个话语，正是说话者与听话者相互关系的产物。任何话语都是在对"他人"的关系中来表现一个意义的。在话语中我是相对于他人形成自我的，当然，自我是相对于所处的集体而存在的。话语，是连接我和别人之间的桥梁。如果它一头系在我这里，那么另一头就系在对话者那里。话语是说话者与对话者之间共同的领地。①

按照巴赫金的观点，话语研究不能脱离话语的外指涉性而孤立地进行。话语或表述的本质在于它的社会交往性质和价值。人类生存的本质在于语言，而语言的本质在于对话和交流。他者的眼光和外位性、超视性，乃是求得真知的充足必要条件。这就要求我们在研究巴赫金思想时，既要入乎其中，又要出乎其外，在外与内、表与里的辩证综合中，研究巴赫金关于文化的创造性本质、关于文化与文学关系的根本立场、观点和方法。《马克思主义与语言哲学》是巴赫金文化人类学的总纲，只有抓住这一总纲，才能深入理解巴赫金有关历史诗学、结构诗学、小说诗学、小说话语、文化诗学的社会学诗学的核心思想。巴赫金有关复调小说、多声部、一语双声、狂欢化、时空体等的论述，也只有在这一总纲的统领下，才能各得其所。巴赫金既不是一个传统意义上的修辞学家，也不是一个泛形式主义者；既不是西方意义上的结构主义符号学家，也不单纯是一个后结构主义者；既不是一个现代派，也不是一个单纯的后现代主义者，而毋宁说他是一个真正掌握了马克思主义精髓的马克思主义者，他的成果代表了马克思主义对于当代现实的最好回答。他的著作，是马克思主义与其他各种人文社科学术流派进行对话的产物。

话语理论是巴赫金理论的哲学之石，它是巴赫金语言本质观的核心体现，是巴赫金语言观的核心。话语理论和语言学理论既有联系又有区别，体现了巴赫金把握语言问题的独特视角。话语理论是巴赫金学派的

---

① 〔苏〕巴赫金著，钱中文主编：《巴赫金全集》第 2 卷，李辉凡、张捷、张杰等译，石家庄，河北教育出版社，1998，第 436 页。

最根本的方法论。

借助于话语，巴赫金对人文学科的根本方法论进行了一次其意义丝毫不亚于"哥白尼式革命"，而巴赫金所实施的这一伟大的革命，是凭借对话语的分析奠定了其第一块基石的。话语与前此语言文学研究的对象相比，具有显著优点。首先，是它的社会性。话语（和语言一样）的本质特点在于它的对话性，而对话性也就是它的社会性。恩格斯指出，即使是在只有两个人组成的社会里，双方也必须得让渡一部分属于自己的权利。这就说明即使是两个人也可以组成一个所谓的"社会"，而"社会"必然伴随着话语的交流和对话。话语的本质就在于它的对话性。话语总是说话者有所为而发，也必然是针对特定对语而发，话语只能产生于对话式语境，抛弃对话性，也就等于抛弃语言和文学研究的根本对象。

而话语的社会性基于这样一个基本事实：它来自人们的社会实践或生活常识，但却是人类永远也无法否认或摒弃的人在认识上的必然特点（说缺点也有道理）。斯大林在《马克思主义与语言学问题》中指出："语言是属于社会现象之列的，从有社会存在的时候起，就有语言存在。语言是随着社会的产生而产生，随着社会的发展而发展的。语言也将是随着社会的死亡而死亡的。社会以外，无所谓语言。因此要了解某种语言及其发展的规律，只有密切联系社会发展的历史，密切联系创造这种语言、使用这种语言的人民的历史，去进行研究，才有可能。"①

巴赫金指出："在一个谈话集体里，哪个人也绝不认为话语只是一些无动于衷的词句，不包含别人的意向和评价，不透着他人的声音。相反，每个人所接受的话语，都是来自他人的声音，充满他人的声音。每个人讲话，他的语境都吸收了取自他人语境的语言，吸收了渗透着他人理解的语言。每个人为自己的思想所找到的语言，全是这样满载的语言。正是由于这个原因，一个人的语言在许多人的语言中所处的地位，对他人语言的各种不同感受，对他人语言作出反应的不同方法——这些可能就成了超语言学研究每一种语言（其中也包括文学的语言）时所要解决的最重要的问题。每一时代里的每一流派，对于语言都有自己独特的感受，都有自己特殊的采撷语言手段的范围。远非在任何的历史环境中，作者语义的最终旨趣，都能通过直接的、非折射的、非虚拟的作者语言表现出来。当不存在作者自己的左右一切的语言时，每个创作意图，每种念

---

① 〔苏〕斯大林：《马克思主义与语言学问题》，李立三等译，北京，人民出版社，1957，第20页。

头、感情、心境，就需通过他人语言、他人风格、他人姿态折射出来；不能不加说明，不保持距离，不通过折射，便同上述的他人语言直接地融为一体。"①

索绪尔及其门徒把语言文学研究的对象系统化的结果之一，是使其内在化了，它的所指并未打破"语言的牢笼"。索绪尔证实语言的内在系统性和规律性，但它的缺点，就是把语言和文学当作与我们经验中的现实，与我们生存的社会，了无干系的纯理性系统。而巴赫金所标举的话语，其之所以卓越，就在于它的外指涉性，它与我们的社会经验息息相关，它就是我们的社会经验的符号化产物。这样一来，便把语言和文学研究的基础，牢牢地建立在现实的、社会生活的土壤上。从这个意义上说，它是在新的历史语境下，坚持了马克思主义社会学的基本原理的。

但巴赫金的理论如果仅仅止于在新的历史语境下坚持了马克思主义社会学的基本原理的话，那也会大大贬低其理论对于诗学建设的重大意义。话语是各种声音在那里形成对话的一个"场"，那里有各种声音的交织，因此，在充分注意对话的产生、对话的进行、对话的结果的同时，话语理论并未忽视其中每个声音的个性价值。不同话语的交锋同时也是不同意识的交锋。话语即意识。沃洛希诺夫指出，意识是一种社会意识形态事实，人类所有的言语话语都是一种小型的意识形态建构。这里值得关注的，是巴赫金和沃洛希诺夫对于意识形态系统和他们所谓作为社会行为的意识形态之间的区别和差异。

巴赫金对陀思妥耶夫斯基诗学特征的研究，其之所以能超越前人，独步一时，就在于他对陀思妥耶夫斯基诗学手法的特点的研究，真正揭示了陀思妥耶夫斯基这位伟大作家在其作品中表现的卓越个性。对话理论在陀思妥耶夫斯基研究中的应用，显示了巴赫金对话理论和复调理论冠绝今古的强大生命力。陀思妥耶夫斯基研究当然不会在巴赫金之后达到顶点和绝对，但巴赫金已经取得的成就，的确是前无古人。从来的陀思妥耶夫斯基研究都尚未达到如此深度和广度，而巴赫金的研究，的确是把文本的内外研究加以融会贯通的典范之作。正如一位俄国研究者所指出的那样：在巴赫金之后，陀思妥耶夫斯基研究如若不提巴赫金的学术贡献，已经是不可能的了。巴赫金是陀思妥耶夫斯基研究史上的一座丰碑。

---

① 〔苏〕巴赫金著，钱中文主编：《巴赫金全集》第 5 卷，白春仁、顾亚玲译，石家庄，河北教育出版社，1998，第 269～270 页。

当然，话语在巴赫金思想体系里所处地位的重要性，并非只有抽象意义可言，而无具体例证或分析话语可支持的。事实上，在巴赫金的理论演说中，话语分析或研究从一开始就是立体的和多向度的。首先，话语研究必须从对话语的分类或话语类型学入手，他的话语类型学表明他完全有能力创造出一种揭示文本特点的文本分析工具。刘易斯·巴格比指出：在巴赫金的理论视野里，"在文学对话中，语言首先是作为审美事实出现的。巴赫金的注意力并不在语词本身或语词内部，而在于语词、话语、语境、信息、介质与其他语词、话语、语境、信息与介质之间的关系。""按照巴赫金的描述，对话关系体现于作为一种具体和整合现象的语言之中，即在回忆录作者、编年史家、哲学家或诗人所使用的话语中。因而系统研究话语从而也就是对文化进行任何考察时的一个基础。"①

当代西欧（俄国亦然）语言哲学问题显得分外重要。当代西方哲学在语言的标志下发展，但与此同时，这一新的哲学思潮却刚处于起步阶段。围绕"话语"正在进行着一场激烈的斗争。这一斗争与中世纪围绕现实主义、唯名和唯实论（номинализм，концептуализм）的斗争十分相似。这些活跃于中世纪的哲学传统正在当今新康德主义者的现象学和唯名论现实主义中复活。对新康德主义者而言，"话语"正在成为超验意义和具体现实生活，认识的主观-心理主体及其周围的经验现实之间的交点和"第三王国"。符号和语义形式（象征形式）成为把以上两方面统一起来的文化创造的共同领域。话语即处于这种系统性地位。当今人们正在以语言哲学为基础克服马堡学派和唯科学主义和（按卡西尔的说法）的唯伦理主义。借助于内心语言形式（如同一种半超验形式）为已经僵化的超验-逻辑范畴王国输入了历史形成史和动态。人们正在以此为基础重新反思唯心主义辩证法。

第二节　巴赫金笔下的话语及其本质特征

话语在巴赫金笔下有多种写法——不同时期有不同的用词来表示。我们认为巴赫金笔下的"слово"、"высказывание"都是"话语"之意。中文版《巴赫金全集》"话语"也有多种译法——"言语"、"语词"、"表述"等，本书则一律采用"话语"这种说法。

---

① Lewis Bugbee："To Theory and Practice of M. Bakhtin's Discourse Typology"，*Slavic Review*，Spring，1982，p. 38.

话语是巴赫金理论中的核心主角，而话语哲学则是巴赫金文化人类学的哲学之石。

话语除了可以采用不同的说法加以表示外，还可以采用不同的方法进行描述。例如，可以采用正面描述，但也可以采用反面着笔的方式，也就是说，不描述也是一种更高明的描述。以前，我们误以为语言最小的表义单位是语词，但实际上语词并非这样的单位，而话语才配称得上是这种单位。从索绪尔以来，语言学研究的对象就是语言现象本身，人们竭力把研究限定在语言本身的范围内，以把握语言的内部规律为宗旨。但语言被从内部决定的同时，还被从外部决定：重视语言内部规律的必然结果是牺牲了语言的外部研究，这是索绪尔以来的语言学给人们留下的教训。

每个语词都包含着社会评价。正是这种社会评价使语词成为具有社会意义的行为。人凭借其话语而必然占据某一社会立场。此类活跃的话语行为充斥于社会生活的各个方面。话语的评价色彩越浓，其语义方面就越突出；相反，则话语的主观个性方面突出。活在意识形态交往中，话语成为约定俗成的，而非行为。所有这一切都会影响我们对话语在艺术创作中作用的接受和阐释。这两种倾向乃同一过程（硬币）的两面。只有深入研究话语交际的类型和方式以后，才能真正理解话语在当代社会中的作用。"话语是一种社会事件，它不满足于充当某个抽象的语言学的因素，也不可能是孤立地从说话者的主观意识中引出的心理因素。"[①]"表述的生活含义和意义（无论它们怎样）都与表述的纯词汇构成不相符合。说出的话语都蕴含着言外之意。所谓对话语的'理解'和'评价'（同意或反对），总是在词语之外还包含着生活的情景。因此，生活不是从外部对表述发生作用：生活渗透在表述内部，代表着说话者周围的统一存在和生长于这个存在中的共同的社会评价，离开这些评价，对表述的任何理解都是不可能的。语调存在于生活和表述言词部分的边界上，它好像使话语的生活氛围的热情发生倾斜，它赋予一切语言学的固定范式以生动的历史运动和一次性。"[②]（着重号系笔者所加）

以索绪尔为代表的日内瓦学派在语言学领域里，不啻于掀起了一次革命。它首次向世人揭示：语言可以不反映与其对应的现实，而是遵循

---

① 〔苏〕巴赫金著，钱中文主编：《巴赫金全集》第 2 卷，李辉凡、张捷、张杰等译，石家庄，河北教育出版社，1998，第 92 页。

② 〔苏〕巴赫金著，钱中文主编：《巴赫金全集》第 2 卷，李辉凡、张捷、张杰等译，石家庄，河北教育出版社，1998，第 93 页。

着一个自我圆满的系统，遵循这个内在系统的规律。从那开始，一种令人担忧的倾向也开始隐隐浮现：语言在大多数人文学科领域，渐渐地被孤立起来加以研究。语言被看作与它的历史发展、与它的社会语境了无干系的独立的领域和部门。语言是语言本身，语言有其自身系统、规律和法则，它与外语言系统了无干系。各类学科研究固然无法脱离语言，但语言本身却不是任何一门学科的全部本质，而只是它的本质载体之一。正所谓道寓于万物之中，而万物本身却非道之本体。万物分享了道之本质，但道却无法被归结为万物本身。道的表述（不能不诉诸于表述）并非道本身，但表述本身却并非道（"道可道，非常道"）。

罗伯特·杨指出："现在我们已经有可能承认巴赫金的主要贡献已经为语言在社会领域里的重要性提供了一种理论。"他提出了一种新的认识，那就是为了进行社会分析我们没必要侈谈文学与一种叫作具体历史的东西的关系问题。他向我们表明语言本身是如何构成的，是由社会和历史构成的，并且与它们不可分割。在这方面巴赫金严重地偏离了经典马克思主义的立场，正如大卫·福佳斯所说，也就是说，巴赫金不是把"文学当作有关现实生活的知识，而是当作在现实生活中所发生的语言实践"①。他还把马克思主义的思考从对生产方式的迷恋转移到对消费方式的思考上，同时也把消费制度的重要性作了突出的强调。

在这种观念的统领下，我们看到，话语便与我们通常所理解的词语有了区别：话语不等于一个或几个词语的组合，但话语必定是由词语或数个词语组合而成。界定何为话语除了要注意说话人、说话对象和说话时的语境，还要关注话语的语调：因为对于意义的表达而言，语调占有十分重要的地位。特别是我们所讨论的话语为有声语言时更是如此。而话语似乎更青睐有声言语，因为它们总是在具体语境中发生，并永远带有帮助我们理解其内涵的语调。艾伦·加德纳②认为巴赫金比较强调"言语的社会性，言语与说话人和受话人的分离。还有就是与沃洛希诺夫的著作，尤其是其《生活话语与艺术话语》的共鸣，以及与那样一些观点的共鸣，如在交际中语调比语词或句法形式更重要的问题"③。

按照洛特曼的观察，在俄国，最先关注到语调问题的是艾亨鲍姆。

---

① 〔英〕雷蒙德·威廉斯：《马克思主义与文学》，王尔勃、周莉译：开封，河南大学出版社，2008，第163～164页。

② 艾伦·加德纳（1879～1963），英国语言学家。

③ Vladimir Alpatov："The Bakhtin Circle and Problems in Linguistics"，Craig Brandist，David Shepherd and Galin Tikhanov（eds.）：*The Bakhtin Circle：In the Master's Absence*，Manchester and New York：Manchester University Press，2004，p. 69.

洛特曼写道："在苏联诗歌学中最先关注语调之作用问题的，是艾亨鲍姆和日尔蒙斯基在其论述俄国诗歌的旋律问题的著作中涉及的。艾亨鲍姆拒绝对在文本节奏构造下产生的旋律和语调问题进行考察，而把注意力集中在句法结构的语调方面。虽然在《诗的旋律》(1921)中艾亨鲍姆说'旋律化'和'特殊的抒情语调'是在'节奏-句法体系下'形成的，但在自己论述这一问题的著作里，他却并未停留在这个节奏和韵律的问题上，而是相应地表述了自己的基本命题：'我说的旋律仅指语调系统，亦即在句法中实现了的特定语调句型的组合'。"①我们不会忘记：艾亨鲍姆关于《外套》的著名论文，其主要论据实际上也是建立在果戈理文本中叙事者的"语调"上的。

巴赫金独特的语调理论主要见之于他20世纪20年代的著作中。表现性语调被视为最重要的话语特征。巴赫金写道："只有参与该社会集团的暗示评价，无论这个集团怎样广宽，才能彻底了解这个语调。语调总是处于语言和非语言、言说和非言说的边界上。在语调中说话直接与生活相关。首先正是在语调中说话人与听众关联；语调 parexcellence(就其本质来说)是社会性的。它对于说话者周围一切变化的社会氛围特别敏感。"②巴赫金把语调归入语境诸要素之一，并且当然是其中很重要的因素之一。真正使巴赫金的话语分析有别于所有语言学流派的，是他的始终伴随话语理论的语调理论。严格地说，"语调"也是广义的"语境"概念的组成部分之一。

巴赫金为语言学提出的问题是：超语言学必须研究具体话语交际与话语外情境的关系问题，即语境问题。语境相对语言本身更具表义因素，甚至是首要表义因素。迄今为止，话语交际还从未能在脱离与此类具体情境的关系的条件下被理解。话语交际永远都是在以生产交际为基础的条件下进行的。话语(语词亦然)不能脱离这一关联。语言活在历史条件和具体的话语交际条件中，而非活在抽象的语言系统中。换言之，抽象的语言系统所研究的，是死的语言而非活的语言：活的语言总是不外乎与语境相关联。巴赫金指出："话语希望被人聆听、让人理解、得到应答，然后再对应答作出回应，如此往返，ad infinitum(拉丁语：以至无

---

① Ю. М. Лотман：*Об искусстве*，Санкт-Петербург：Искусство-СПБ，2000，С. 179.
② 〔苏〕巴赫金：《巴赫金全集》第2卷，李光辉、张捷、张杰译，石家庄，河北教育出版社，1998年，第88页。

穷）。于是话语进入没有含义终点的对话。"①

话语语义及其在语言史上的意义变化问题，对于社会语言学具有重大意义。以前所有流派的弊端在于不理解语言中所包含的社会评价。社会评价是语义的主要和必要成分。没有一个语词对它所表示的对象是冷漠的。我们不能把社会评价与情感表现性混为一谈，后者与其相比只是不必非有的外壳。社会评价本身形成着语词的意义内容本身，即语词给其对象的具体定义。社会评价决定话语范围内语词的关联。话语中的社会评价理论清晰说明了语言中话语意义的嬗变史，首次建立了研究此类现象的科学基础。

语调对于话语表义的重要性，可以援引这样的例证来证明：即在某些场合下，语调可以与话语的字面意义相反。这就是所谓"正言若反"或"正话反说"的例子。记得元人杂剧中写一对儿恋人幽会，女主角一见到赴约迟到的男主角就开口骂道："看了你可憎的模样早添了我三分不快！"不读上下文，还会以为女主角真地对他的恋人恨之入骨呢，其实这是"正话反说"，这句话的意思恰恰相反，它表达了女主人公对男主角的相思之情。下面这个例子则选自书面语：

> This was indeed a strong statement. That Tristram Shandy is a much greater novel than many a good story can readily be granted. One can also agree with Sklovsij that toying with the medium is not only a recurrent theme in world literature，but also a procedure essential to its efficacy and growth. ②

这是正言若反的例子。这一语段的表面意思是正面的，而实际内涵的意义却是反的。例如，假如我们将它逐字译成汉语，则应是："这一论点的确说得很有力。说《特里斯坦·香迪》是比许许多多'好故事'都伟大得多的一部小说，这可以被人乐于承认。我们甚至也可以同意什克洛夫斯基的把玩媒介不仅是世界文学中经常出现的主题，而且它对于世界文学的效应和发展而言都是一个十分重要的程序。"

风格即人。维克多·厄利希是一位典型的美国式绅士，这从其语言

---

① 〔苏〕巴赫金著，钱中文主编：《巴赫金全集》第 4 卷，白春仁、晓河、周启超译，石家庄，河北教育出版社，1998，第 337 页。

② Victor Erlich：*Russian Formalism*：*History Doctrine*，Fourth edition，The Hague，Paris，New York：Mouton Publisher，1980，p. 193.

风格的典雅含蓄就可以看得出来。作者在针砭俄国形式主义的代表人物时，仍然不失古君子之风：温文尔雅、点到为止。实际上这段话真正的意思应该这样来译：

> 这样的论证的确很难有说服力。说《特里斯坦·香迪》是比许许多多"好故事"都伟大得多的一部小说，这一点人们很难乐于认同。同样我们也很难赞同什克洛夫斯基的把玩媒介的主题不仅是世界文学中经常出现的主题，而且它对于世界文学的效应和发展而言都是一个十分重要的程序（这个观点）。

然而，我们是根据什么信心十足地认为自己的译法是准确的呢？什么给我们以这样十足的信心呢？难道我们没有歪曲维克多·厄利希的本意吗？是上下文即语境。可见，语境不仅可以帮助我们调整认知的方向，而且也可以实际帮助我们确定词句的真实意义。

另外一个例子也选自同一本书：

Both critics would agree that Puskin was too com[lex a phenomenon to agmit of unequivocal classification. 两位批评家（特尼亚诺夫和托马舍夫斯基——笔者）都一致认为普希金作为一种现象十分复杂以致很难达成一种明确的定义]。此句中的直接意义——"达到"实为"达不到"之意。

巴赫金-沃洛希诺夫[①]以及巴赫金-梅德韦杰夫都把语境当作产生意义的先决条件。沃洛希诺夫指出，话题（按即意义）不仅取决于词汇、词法、句法、语音、语调等语言学的内部形式，而且也"取决于表述外部环境的因素。丧失了这些环境因素，我们同样也不能理解表述，就如同丧失了其中的最重要的词语"。[②] 巴赫金认为完整的话语包括：语义（слово-

---

① 按：在本书中，笔者在大多数情况下是把巴赫金与沃洛希诺夫作为"巴赫金小组"成员而一体化了。但实际上沃洛希诺夫和巴赫金之间还是有着一定差异的，只不过本书未把两人之间的差异当作主要论题讨论罢了。关于两人之间的差异，约翰·肖特尔和迈克尔·比利希在其所著《巴赫金的心理学：从人们的大脑进入人们之间的对话》的一条注文里指出，巴赫金和沃洛希诺夫所写的文本实际上是不同的，"因为他们所强调的的确不是同一些领域：虽然两人都感到对人的内在生活有一种要说出什么重要话的迫切需要，但沃洛希诺夫显然更广泛地强调社会、政治、历史和意识形态问题，而巴赫金则更注重个人一些微妙的细节和伦理学问题。"见 Craig Brandist, David Shepherd and Galin Tihanov(eds.)：*The Bakhtin Circle：In the Master's Absence*，Manchester and New York：Manchester University Press，2004，p. 28.

② С. С. Конкин, Л. С. Конкина：*Михаил Бахтин. Страницы жизни и творчества*，Саранск：Мордовское книжное издательство，1993，С. 81.

понятие）、语象（слово-образ）和语调（интонация слова）。

然而，语言或话语是人"存在的家园。"人们借助话语理解世界，展现自己的所见所得，交流个体所得的内容。因而我们可以说话语是我们生活本身的一个因素。

在俄国，把语言当作世界观的主人公加以崇拜的热潮，始于象征主义。未来主义对这一崇拜热是一次降温。然后过渡到俄国形式主义理论。20世纪初俄国文坛的语言热有两条途经，都来自象征主义，也都曾受到西欧相应的影响。通过未来主义结合西欧实证主义产生了另一种在西欧哲学中新康德主义和胡塞尔主义影响下形成的现象学，进而在俄国形成了施佩特的语言哲学，其后传人则为洛谢夫（《称名哲学》）。在和巴赫金学派同时期的奥波亚兹那里，对语言的崇拜是与对文艺学主体性的探索一同进行的，而与其几乎就是同一个运动的未来派相比，奥波亚兹对语言的探索更多了一些科学的色彩因而被未来派视为来自科学界的代表。

建立马克思主义语言社会学首先必须认识"语言形式"被抽象出来的那条方法论之路。这些形式是如何被抽象化的？它遵循怎样的方向？前提是什么？语言无法在自然系统中被理解，而是只能在历史系统中被理解。语言的物质方面仅只是具体社会现象的抽象成分。停步于此类抽象范围内，我们终将无法理解话语的充分的社会内容。话语的语音物质形式也湮没在说话和听话人所属社会关系的语境中。在语言史上，语音是充分的语言现象，而在包括索绪尔在内的近代语言学各种流派里，语音并没有作为合法现象进入研究者的视野。话语整个而言并没有成为语言学研究的对象。为了将不被传统语言学所关注的对象纳入语言研究中来，就必须创立一种"超"语言学。语言作为一种规范系统，可以成为任何话语的规约，但却仅只是话语中的一些成分而已，而非对话话语的整体。语言学史上充斥着过渡形式的虚假的结构（按即"伪问题"）。

巴赫金认为话语是交际的基本单位，它受制于说话者即话语主体所处的具体的社会历史语境。"要知道，言语在现实中存在的形式，只能是各个说话者、言语主体的具体表述。言语总是构成为表述，属于特定的一个言语主体，在这一形式之外它是无法存在的。"[①]"话语的含义完全是由它的上下文语境所决定的。其实，有多少个使用该话语的语境，它就有多少个意义。这里，话语可就不再是一个统一体，可以说，它用于多

---

① 〔苏〕巴赫金著，钱中文主编：《巴赫金全集》第4卷，白春仁、晓河、周启超等译，石家庄，河北教育出版社，1998，第153～154页。

少个语境，就可以分成多少个话语。"①巴赫金提出这样一种话语概念以与索绪尔等人抽象的语言方案相对立。话语身上打上了社会活动的印记。一种意义被嵌入进行中的话语语流中，成为对先前话语的回应或期待着别人话语的回答。表述或话语大到一部长篇小说，小到一张字条都可囊括无遗。有的时候，"整部的长篇小说是一个表述，就像日常对话中的一个对语或一封私人信件一样（长篇小说与它们有共同的特性）。"②因此，意义从来不会被固定在特定的话语身上（非字典意乎？）。话语从来是对话式的，它的功能是在社会交际过程中进行协商协调，因而话语只有作为回应和答语时才能被理解。话语非但离开社会语境不可被接受，而且，总是会在其所存在的交际过程中发生变形。话语从来不是静态的和自我等值的，而是动态的和在交际过程中时时处于协商中，活的语言永远都会抵制语言学家的系统分类学。新的艺术话语观只有在对当代语言哲学的内在批判中前行。揭示某些认识论断的社会根源并不能穷尽问题本身。

话语语境观的真正意义是借以摒除了使话语的意指形而上学化和超时代化的企图和倾向。话语当然既属于它的时代，又超越于它的时代，它是时代性和超时代性的统一。这一点得到了巴赫金自己的首肯。在《杜瓦金访谈录》里，巴赫金认为语言科学的原罪就在于它走上了一条研究已然死亡了的、异己的语言之路。③ 而巴赫金所倡导的话语研究或分析，则把研究对象锁定在"活的言语"精神内涵的研究上，使研究对象从一开始就与语言行为和语言实践密切相关，而不是把"僵死的语言"、与"生命之树"全无关系的书本中的语言，纳入研究的视野而一劳永逸地与语言的生命形态相隔绝。

当年俄国形式主义某些代表人物几乎是不假思索地提出"实用语言"这一范畴，而实际上所谓"实用语言"这一概念缺乏严格的科学审核，是一个十分模糊的和无法予以界定的范畴。事实上全民语言的语言共同体都可以合法进入审美及任何领域，成为构成任何专业领域范畴的材料。诚如阿赫玛托娃说过的那样，最美妙的诗也许是从语言的垃圾里提炼出来的。把语言共同体划分为新闻语言、法律语言、经贸语言、体育语言等，今天看来虽于专业教学有一定实用意义，但对语言共同体研究无所

---

① 〔苏〕巴赫金著，钱中文主编：《巴赫金全集》第 2 卷，李辉凡、张捷、张杰等译，石家庄，河北教育出版社，1998，第 428 页。

② 〔苏〕巴赫金著，钱中文主编：《巴赫金全集》第 4 卷，白春仁、晓河、周启超等译，石家庄，河北教育出版社，1998，第 143 页。

③ М. М. Бахтин: *Беседы с В. Д. Дувакиным*, Москва: Согласие, 2002, С. 308.

裨益。而且这种划分本身究竟有多少道理可言，也大可存疑。但俄国形式主义当年甚至认为实用语言是一个无须质疑、不证自明的概念。首次起而改正这一错误的是巴赫金小组。巴赫金及其同人们著作中所涉及的，大都是非文学类的杂语和混合语等各种形态。

　　巴赫金的话语分析之所以能在使语言在"活生生的状态下"被分析，有两个因素是别的语言流派所不具备的，一是语境意识，二是语调概念。前者直接来自俄国形式主义。由于要时时判别一个现象是否"陌生"，奥波亚兹成员们常常不得不还原到语境中去实施鉴别，把"熟悉"作为背景，才能准确判别一种现象究竟是否"陌生"。所以，在讨论俄国形式主义的陌生化理论时，不谈以"熟悉"为背景只能是"盲人说象"。这是在话语的某一个方面应用语境学的范例。语调由于对于表义具有十分显著的作用，所以，也被巴赫金等人列入语境要素中加以重视。这样一来，在巴赫金学派的话语分析条件下，那种只能出现在语言学教科书里，与具体的话语环境无关的话语，是无权成为话语分析的对象的——因为这种话语是"无从索解"的——当一个"筐子"可以装任何东西时，也就意味着它什么也装不了。

　　也许是借鉴了形式主义的教训，巴赫金避免了在与日常生活语言的对比中研究诗歌语言这样一种方法论角度，而是研究诗歌这种话语形式作为一种特殊的审美交往形式是如何以话语材料为基础建构而成的。话语充满了生活的气息，因而脱离生活的话语也就丧失了其意义，因为话语的意义来源于"非话语的生活情境"。"而且话语本身充满了生活的气息，一旦要其与生活脱离，便会丧失其意义"。①

　　诗歌语言仅仅只是一般语言的一个方面。而且，对诗歌或任何文学作品进行的语言学研究，也仅仅只是研究此类对象的方法之一。虽然了解一部作品的构成方式可以帮助我们确定其究竟是不是文学作品，而任何话语也都可以按照文学的方式予以建构，从而使其成为审美对象。由此可见，"俄国形式主义的错误就在于他们把审美对象从其他话语中分离了开来，而仅仅只研究前者"②。需要指出的一点是，巴赫金学派似乎并未看到奥波亚兹中期在实施"社会学转向"后的成果，如特尼亚诺夫划时代的巨著《诗歌语言问题》的杰出贡献。在这部著作中，俄国形式主义代

①　С. С. Конкин，Л. С. Конкина：*Михаил Бахтин. Страницы жизни и творчества*，Саранск：Мордовское книжное издательство，1993，С. 287.

②　Michael F. Bernard-Donals：*Mikhail Bakhtin between Phenomenology and Marxism*，Cambridge，New York：Cambridge University Press，1994，p. 9.

表人物已经摒弃了早期对于日常实用语言与诗歌语言的无效划分，而把诗歌语言（被纳入诗体结构中的一般语言）界定为一个系统，而诗歌功能（即审美功能）仅仅只是该系统所发挥的功能。

对于巴赫金学派而言，对于诗歌以及文学作品的研究真正有意义的语义切割的最小单位是话语（слово，высказывание，utterances，discourse）。巴赫金-梅德韦杰夫称赞俄国形式主义把文艺学研究建基于对文本的研究上，并且把话语研究提升到文学研究的核心地位，使话语研究的重要性达到俄国历史上从未有过的高度。巴赫金学派认为，人的两极对立性源于每个人都是站在其在世上独一无二的位置上观世的。这就是"位置法则"，它是理解和认识的基本条件。创造性的理解不排斥自身，不排斥自己在时间中所占的位置，不摒弃自己的文化，也不忘记任何东西。理解者针对他想创造性地加以理解的东西而保持外位性，时间上、空间上、文化上的外位性，对理解来说是件了不起的事。要知道，一个人甚至对自己的外表也不能真正地看清楚，不能整体地加以思考，任何镜子和照片都帮不了忙；只有他人才能看清和理解他那真正的外表，因为他人具有空间上的外位性，因为他们是他人。在文化领域中，外位性是理解的最强大的推动力。别人的文化只有在他人文化的眼中才能较为充分和深刻地揭示自己（但也不是全部，因为还会有另外的他人文化到来，他们会见得更多，理解得更多）。一种含义在与另一种含义、他人含义相遇交锋之后，就会显现出自己的深层底蕴，因为不同含义之间仿佛开始了对话。这种对话消除了这些含义、这些文化的封闭性和片面性。

对话仅只是话语交际中的一种形式，当然是最重要的形式之一。但广义的对话其实包容广泛。书同样也是话语交际的一种成分。其他诸如书评、批评性论文、通报等，通常须以以前的材料为定向，作者通常都有确定的立场。书以此进入一个大规模的对话场。巴赫金指出："长篇小说的现实，它同实际现实的接触，它对社会生活的参与，完全不能仅仅归结为它在自己的内容里反映现实。不，它正是作为长篇小说，参与社会生活并在其中起积极作用的，而且本身有时在社会现实中占有十分重大的地位，这种地位往往并不比反映在它内容中的社会现象小。"[①]"'全语体性'是文学基本特征所使然。文学——首先是艺术，亦即对现实的艺术的、形象的认识（反映），其次，它是借助于语言这种艺术材料来达到

---

① 〔苏〕巴赫金著，钱中文主编：《巴赫金全集》第 2 卷，李辉凡、张捷、张杰等译，石家庄，河北教育出版社，1998，第 140～141 页。

的艺术的形象的反映。文学的一个基本特点是：语言在这里不仅仅是交际手段和描写表达手段，它还是描写的对象。"①"艺术形象的本质便是如此：我们既在其中又在其外，既能生活于其内部，又能从外部观察它。艺术认知的本质就在于这是一种双重的体验和观察：'他者的生活——既是我的，又不是我的。'……艺术家对自己主人公的态度即是如此：他既生活在主人公之内又在他之外，并将这两个方面结合成一个高度统一的形象。"语言是以"生活的形态"得到描绘的（车尔尼雪夫斯基语）。②"文学不是科学、政论、公事和其他的折中组合。所有这些语体都是以各种不同的声音相互区分的。它们在这里不像在其他领域里那样是描绘、传递、表达的手段，它们本身就是描写的客体或对象。它们不仅是构筑形象的手段，而且本身就是构筑成的形象。"③

由此可见，语言之于文学，既是文学描写的对象，也是文学描写的手段和工具。任何优秀的文学作品，都一方面反映生活真实，歌颂理想的崇高，另一方面其语言本身也颇值得我们玩味、品评、鉴赏和体验，因为它们本身就是审美的对象，可以启发我们进行无穷的思考，引导我们的思维步入更加广阔的空间。

同一个字词，在不同的语境下甚至可以表达截然不同的概念，即使反义词用如同义词或反之，这至少提醒我们一点，即语词的意义并不完全取决于字典，而更多时候则取决于语境，甚至可以说赋予语词以意义的，是语境。意义总是语境化了的。"表述……作为一个整体，……不可能使用语言学以及……符号学的术语和方法来加以描述和界定。……'文本'这一术语不是符号完整表述的实质。""不可能存在孤立的表述。它总是要求有先于它的和后于它的表述。没有一个表述能成为第一个或最后一个表述。它只是链条中的一个环节，脱离这一链条便无法研究。"④话语从来就不会在真空的、零语境状态下生存。因此，词语从来就不会有什么抽象的固定的语义（在这个意义上）。更有甚者的是，语言的意义等于语言的用法。而在特定用法中的语言都是语境化了的。让我们试举一

---

① 〔苏〕巴赫金著，钱中文主编：《巴赫金全集》第4卷，白春仁、晓河、周启超等译，石家庄，河北教育出版社，1998，第276页。
② 〔苏〕巴赫金著，钱中文主编：《巴赫金全集》第4卷，白春仁、晓河、周启超等译，石家庄，河北教育出版社，1998，第277页。
③ 〔苏〕巴赫金著，钱中文主编：《巴赫金全集》第4卷，白春仁、晓河、周启超等译，石家庄，河北教育出版社，1998，第282页。
④ 〔苏〕巴赫金著，钱中文主编：《巴赫金全集》第4卷，白春仁、晓河、周启超等译，石家庄，河北教育出版社，1998，第397页。

例。李斯《狱中上疏》：

> 臣为丞相，治民三十余年矣。逮秦地之狭隘。先王之时，秦地
> 不过千里，兵数十万。臣尽薄才，谨遵法令，阴行谋臣，资之金玉，
> 使游说诸侯。阴修甲兵，饰政教，官斗士，尊功臣，盛其爵禄，故
> 终以胁韩弱魏，破燕、赵，夷齐、楚，卒兼六国，虏其王，立秦为
> 天子。罪一矣。地非不广，又北逐胡、貉，南定百越，以见秦之强。
> 罪二矣。尊大臣，盛其爵位，以固其亲：罪三矣。立社稷，修宗庙，
> 以明主之贤。罪四矣。更克画，平斗斛度量，文章布之天下，以树
> 秦之名。罪五矣。治驰道，兴游观，以见主之得意。罪六矣。缓刑
> 罚，薄赋敛，以遂主得众之心，万民戴主，死而不忘。罪七矣。若
> 斯之为臣者，罪足以死固久矣。上幸尽其能力，乃得至今。愿陛下
> 察之。①

此例中的所谓"罪"实乃"功劳"之代名词也！巴赫金在讨论暗辩体时
指出："在暗辩体中，作者的语言用来表现自己要说的对象物，这一点同
其他类型的语言是一样的。但在表述关于对象物的每一论点的同时，这
种语言除了自己指物述事的意义之外，还要旁敲侧击他人就此题目的论
说，以及他人对这一对象的论点。这个语言指向自己的对象，但在对象
之中同他人的语言发生了冲突。他人语言本身并没有得到复现，只存在
于人们的意识中。"②巴赫金还补充说明：暗辩体会"……从根本上改变了
语言的含义：即除了指物述事的含义之外，又出现了第二层含义——针
对他人语言的含义"③。封建时代大臣在君主面前永远只有"认罪"的份
儿，即使是为自己"表功"，也得以"罪"名之！这里的"名"与"实"岂可本
着字典规范之！"我们知道，词在具体文句中所表现出的意义与它在静止
的贮存状态下所具有的意义往往是不相同的：一个词在活的语言中所表
现出的含义，有的是它自身所具有的意义；有的是它在某一固定文句中
才含有的具体义、临时义，有的甚至是假借义。"④

---

① 《史记》卷 87《李斯列传第二七》。
② 〔苏〕巴赫金著，钱中文主编：《巴赫金全集》第 5 卷，白春仁、顾亚玲译，石家庄，河
北教育出版社，1998，第 259 页。
③ 〔苏〕巴赫金著，钱中文主编：《巴赫金全集》第 5 卷，白春仁、顾亚玲译，石家庄，河
北教育出版社，1998，第 260 页。
④ 陈绂：《训诂学基础》，北京，北京师范大学出版社，2005，第 30 页。

此外，《论语》里有一个词儿，叫"束脩"。按照传统诠释，"束脩"意为"一束腊肉"。"束"就是用绳子捆拢来为一束，"脩"，就是腊肉。所以，"自行束脩以上，吾未尝无诲焉"。全文的语义是：只要学生交一束腊肉，孔老夫子就可以把他收入门下，施以礼教。但这样一来，问题就出来了。人的命运参差不齐，有贫有富。有的人穿金戴银，花天酒地，有的人则房无一间，地无一垄。这种情形即使是在孔老夫子所生活的春秋战国时代，也概莫能外。那么，能交得起"干肉一束"的，想必是世家子弟，那么，还有众多连"一束腊肉"也交不起的贫家子弟，他们又该怎么办呢？莫非孔子会把他们摒弃于门外吗？孔老夫子不是还享有"贫民教育家"的美誉吗？他不是倡导"有教无类"吗？这岂不是和他办教育的宗旨——"一视同仁"地对待学生相矛盾吗？

看来，问题的焦点集中在对"束脩"一词究竟该如何解释的问题上。南怀瑾先生对《论语》有其独到的研究。他认为"束脩"不是具体之"一束腊肉"，而是说"有虔诚向学之心"。这样一来，问题就迎刃而解了：任何人只要他心诚，有虔诚向学之心，孔老夫子就会把他收入门下，一视同仁地对其施以礼教。"我认为孔子这句话的思想是说，凡是那些能反省自己，检束自己而又肯上进向学的人，我从来没有不教的，我一定要教他。这是我和古人看法所不同的地方，所谓自行束脩，就是自行检点约束的意思。"[1]这无疑是一个语言问题，但它最终关涉到孔夫子的教育思想的完整问题。这里当然有语言问题，但归根结底是两种教育思想、办学理念问题，因此，当然也是意识形态问题。

理解话语的语义，就是将其语境化和细节化。

第三节　巴赫金话语诗学与辩证法的关系

在巴赫金对话主义思想日益深入人心的今天，一个长期以来没有结论的问题势必会进一步引发我们思考，那就是巴赫金与辩证法的关系问题。换句话说，也就是巴赫金对话主义与辩证法的关系问题。我们认为，巴赫金对话主义理论与辩证法，尤其是与马克思主义辩证法有着千丝万缕的联系。搞清二者之间的关系对于我们深入理解其对话主义的理论内涵无疑具有十分重大的现实意义。

在后巴赫金时代的今天，由巴赫金理论衍射而来的社会语言学和话

---

[1]　南怀瑾著述：《论语别裁》上册，上海，复旦大学出版社，2005，第321~322页。

语分析，在语言学界已经蔚为洋洋大国，成为我们研究语言文学的一把利器。需要指出的是，话语分析之所以能成为语言文学研究的一把利器，根本原因在于构成它的灵魂与核心的，乃是马克思主义辩证法。辩证法是马克思主义的活的灵魂。按照马克思主义创始人的表述，辩证法是"最重要的思维形式"。① 而列宁更是把辩证法誉为"革命的代数学"②。

那么，巴赫金对话主义的辩证法和马克思主义辩证法有何异同呢？它们的共同特征是什么呢？我们认为这主要表现在辩证法作为根本思维规律和事物根本规律层面上。恩格斯指出："然而对于现今的自然科学来说，辩证法恰好是最重要的思维形式，因为只有辩证法才为自然界中出现的发展过程，为各种普遍的联系，为一个研究领域向另一个研究领域过渡提供类比，从而提供说明方法。"③恩格斯在此指出辩证法是一种贯穿于自然与人生的规律，它既是思维规律，也是事物本身发展的规律。

马克思主义辩证法寓于历史的发展，历史的命运和历史的运动中，它是历史本身的规律，也是事物本身的客观规律。无论你承认与否，历史从来是、现在是，将来也都是历史的、辩证的发展。马克思主义在今天的历史境遇表明，虽然阶级斗争、无产阶级专政等学说诚然是过时了，但马克思主义的辩证法、历史唯物主义仍然有着强大的生命力，并且永远都不会过时。

辩证法在当前的声誉与苏联解体以来的解意识形态化有关。苏联解体导致人们曾一度对经典马克思主义产生怀疑。在这一怀疑浪潮中，辩证法也因"连坐法"而蒙了难。苏联时期马克思主义理论课取代旧俄的神学课成为每个苏联大学生的必修课，而今却被贬黜得一文不值。以前讲授此课的大学教授们大都失业，生活无着。如今的俄罗斯人对马克思主义有不同的看法。一个普遍为今人所接受的共识是：苏联时期曾经有过意识形态，但却没有过真正的哲学。所谓苏联哲学其实是其意识形态的代名词，而意识形态充其量不过是特定政党在特定时期内的战略和策略罢了。所以，实际上人们不能否认这样一个事实，即苏联时期人们所能接受到的，并不是马克思主义的精髓，即其最核心的哲学内涵。"苏联马克思主义辩证法与黑格尔辩证法根本不是一回事，后者肯定命题、反题

① 〔德〕恩格斯：《自然辩证法》，《马克思恩格斯选集》第3卷，北京，人民出版社，2012，第3版，第874页。

② 中共中央马克思恩格斯列宁斯大林著作编译局编：《列宁短篇哲学著作》，北京，人民出版社，1993，第244页。

③ 〔德〕恩格斯：《自然辩证法》，《马克思恩格斯选集》第3卷，北京，人民出版社，2012，第874页。

（二者归根结底都会在综合中统一起来）作为实体性的历史根据。苏联辩证法的出发点来自于一种油滑的、无法捕捉的零点，我们根本不可能将之与任何彻头彻尾的立场等同起来，而它却可以谴责或是抛弃任何其他'立场'，斥之为'形而上学的'或'非辩证的'。"

的确，在苏式马克思主义里，辩证法有时成为某些人谋取利益的理论辩护士。但辩证法颠扑不破的光芒是终难以遮掩的。因为真理永远都是会闪光的，即使被蒙上了尘埃也罢。所以，"苏式马克思主义辩证法与黑格尔辩证法截然不同，后者要求以历史论证，以正题、反题以及归根结底统一于综合的'实体性'为前提。"①在那些否定马克思主义的人中，有些人把批判的矛头对准马克思、恩格斯中的后一个思想家即恩格斯，尤其是针对恩格斯的《自然辩证法》。他们企图论证辩证法是主观思维方法而非事物发展的客观规律。如南斯拉夫围绕《实践》杂志活动的那些所谓的"扎格勒布哲学家们"，他们试图清除马克思主义身上的黑格尔遗产的残余。他们论证说辩证法仅仅只是思维方法，因而它是主观的。而自然则是客观的，因此，我们不能说自然中存在着一种为其自身所有的辩证法。②

按照马克思主义奠基人的观点，辩证法首先是自然本身发展的一种根本规律。"在这里，我们要么必须求助于造物主，要么不得不作出如下的结论：形成我们的宇宙岛的太阳系的炽热原料，是按自然的途径，即通过运动的转化产生出来的，而这种转化是运动着的物质天然具有的，因而转化的条件也必然要由物质再生产出来，尽管这种再生产要到亿万年之后才或多或少偶然地发生，然而也正是在这种偶然中包含着必然性。"③"我们还是确信：物质在其一切变化中仍永远是物质，它的任何一个属性任何时候都不会丧失，因此，物质虽然必将以铁的必然性在地球上再次毁灭物质的最高的精华——思维着的精神，但在另外的地方和另一个时候又一定会以同样的铁的必然性把它重新产生出来。"④恩格斯这种发端于自然科学研究中的辩证法思想，也为后来的马克思主义者所继

① М. Н. Эпштейн: *Постмодерн в русской литературе*, Москва: Высшая Школа, 2005, С. 79.

② Борис Кагарлицкий: *Марксизм: не рекомендовано для обучения*, Москва: АЛГОРИТМ, 2005, С. 107.

③ 〔德〕恩格斯：《自然辩证法》，《马克思恩格斯选集》第3卷，北京，人民出版社，2012，第3版，第862～863页。

④ 〔德〕恩格斯：《自然辩证法》，《马克思恩格斯选集》第3卷，北京，人民出版社，2012，第3版，第864页。

承，例如嗣后在国际共运史上成为悲剧人物的列夫·托洛茨基，也对辩证法是自然界的普遍规律这一点深信不疑。20 世纪 20 年代早期当时身为政治局委员的托洛茨基在一次讲话中指出："科学辩证法涵盖了思维的总的方法，它们反映了发展的法则。这法则之一就是量变质变规律。化学从头至尾渗透着这一规律。门捷列夫的化学元素周期表就建基在这一规律之上。"①恩格斯的"自然辩证法"把辩证法上升到事物发展的普遍规律的高度，从而使其成为自然界和人世间最高最根本的规律。从那以后，"否定之否定"、"对立面的统一"等也就成为马克思主义观察事物的根本方法之一。由于辩证法的普遍真理性在于它存在于事物本身的发展过程之中，这就为我们认识事物提供了一个可贵的范式。

辩证法不但是人类思维的普遍特征，而且也是世间万物的本质规律和基本特征，是宇宙演化的根本规律。辩证法是马克思主义的真正的灵魂和精髓。"辩证法不仅是思想的辩证法，而且是历史的辩证法；不仅是昨天的辩证法，而且是今天的辩证法。辩证法的命脉就是历史运动的连续性。"②"实际上，蔑视辩证法是不能不受惩罚的。"③"真正的辩证法并不为个人错误辩护，而是研究不可避免的转变，根据对发展过程的全部具体情况的详尽研究来证明这种转变的不可避免性。辩证法的基本原理是：没有抽象的真理，真理总是具体的……"④恩格斯自己也说过：他和马克思的学说不是教条，而是"行动的指南"。这指的就是马克思主义的"活的灵魂"。忽视这一方面，就会"抽掉马克思主义的活的灵魂，就会破坏它的根本的理论基础——辩证法——即关于包罗万象和充满矛盾的历史发展的学说"。⑤

从卢卡奇以来的西方马克思主义迄今以来的发展历程也告诉我们：马克思主义的精神和灵魂并没有死，马克思主义的原理并未过时，这一灵魂、精神和原理不是什么别的，也不是什么现成的结论，而是它的辩证法——马克思主义的活的灵魂。也就是说，马克思主义的个别结论或

---

① Анастасия Гачева，Ольга Казнина，Светлана Семенова：*Философский контекст русской литературы 1920-1930-х годов*，Москва：ИМЛИ РАН，2003，С. 159.

② 〔美〕杜娜叶夫斯卡娅：《哲学与革命》，傅小平译，沈阳，辽宁教育出版社，2000，第44～45 页。

③ 〔德〕恩格斯：《自然辩证法》，《马克思恩格斯选集》第 3 卷，北京，人民出版社，2012，第 3 版，第 890 页。

④ 中共中央马克思恩格斯列宁斯大林著作编译局编：《列宁短篇哲学著作》，北京，人民出版社，1993，第 105 页。

⑤ 中共中央马克思恩格斯列宁斯大林著作编译局编：《列宁短篇哲学著作》，北京，人民出版社，1993，第 227 页。

论断容或过时，但马克思用以观察现实、分析现实、进行社会实践的立场、方法却永远不会过时，相反，在今天反而具有更强的生命力而为西方马克思主义者们所继承。

然而，巴赫金对话主义与辩证法的关系，却是一个每每令人困惑的问题。一般人普遍认为，辩证法与对话主义同出一源，它们都来自柏拉图《对话录》。但这却与巴赫金的"夫子自道"相矛盾。问题在于，如果我们将以沃洛希诺夫和梅德韦杰夫名义发表的著作为准，则会呈现出一个巴赫金；而一旦把这些著作抛开，则会得出与之相反的结论：这两个结论是截然相反和矛盾悖谬的。首先，在以沃洛希诺夫和梅德韦杰夫名义发表的著作中，"巴赫金"对于马克思主义及其辩证法的态度是拥护和支持的。且看下列文字：

> 最后，谈谈辩证法。
> ……人的一切思维是辩证的，人的内在和外在言语里客观化了的主观心理是辩证的。……辩证是一切运动，甚至是人的无聊脑袋里的虚构运动的灵魂。……然而，这个辩证是否就是马克思主义辩证方法所探求的那个自然和历史的物质辩证本身呢？
> ……根本谈不上弗洛伊德学说里有什么唯物主义辩证法，因为这一学说根本没有超出主观心理的范围。①

本书的作者不但认同辩证法，而且还自觉地采用辩证法视角观察心理现象，并且还对弗洛伊德的主观心理学表示不满，以为它是建立在主观心理因而也就是站在唯心而非唯物主义立场上的。也许，这段文字恰恰是巴赫金不满意的沃洛希诺夫擅自添加进去的文字。

问题的复杂性还在于在鲍恰罗夫等人所做的访谈录里，巴赫金曾一再声明：他不是一个马克思主义者（因而似乎与辩证法思维方式无缘）。不但如此，在巴赫金心目中，辩证法不但和对话绝缘，而且根本就是"反对话"而与"独白"亲近。在《1970～1971 年笔记》中，巴赫金写道："对话和辩证法。从对话中消除声音（不区分声音），消除语调（个人的情感语调），从生动的词语和对语中剥离出来抽象的概念和判断，把这一切塞进

---

① 〔苏〕巴赫金著，钱中文主编：《巴赫金全集》第 1 卷，晓河、贾泽林、张杰等译，石家庄，河北教育出版社，1998，第 478 页。

一个抽象的意识中,于是便得出了辩证法。"①在《人文科学方法论》里巴赫金直接指出黑格尔的辩证法是独白性的,因为它取消了说话主体而且还使概念脱离了适合于它们的社会和语言媒介。"真正的理解总是历史性的和与个人相联系的。"②但也许,尽管如此,巴赫金仍然在一定限度内给予辩证法以很高的评价。如他又指出:"辩证法出自对话,而后回到更高一层的对话(即个人间的对话)上。"③

　　对于巴赫金的这一声明,我们必须加以分析。问题在于:当巴赫金说他不是一个马克思主义者时,他指的是哪种马克思主义?马克思主义自其诞生以来,世界上就产生了各种各样的马克思主义。值得注意的是,连马克思自己也郑重声明:他不是一个马克思主义者。马克思把自己与形形色色的马克思主义划清了界限,可见,对于当时人们对其的种种阐释,马克思自己并不全都认同。"现在人们再也不可能像从来没有马克思那样思考了。由于马克思理论的广泛性和深刻性,人们不得不在每一个方面对马克思的观点作出回应。正如有人所说的那样,你可以赞成马克思,也可以反对马克思,却无法绕开马克思。马克思的观点塑造了当今时代的思想背景。"④马克思主义在当代的最大胜利就在于:它逼迫着那些即使是马克思主义的敌人,也不得不披上马克思主义的外衣,否则它就难以存活于世间。

　　与马克思一样,写作了《马克思主义与语言哲学》的沃洛希诺夫-巴赫金,也不认同当时人们所信奉的所谓的马克思主义,而只承认和认同他在《马克思主义与语言哲学》等著作中阐释的马克思主义。沃洛希诺夫写道:马克思主义语言哲学"就只有在承认单个表述是纯社会现象的基础上才有可能"。"马克思主义的语言哲学应该以表述是一个言语的现实现象和社会意识形态结构为基础"。⑤ 这样一来,问题就清楚了:巴赫金这里所说的马克思主义,是有所指的,就是指的梅德韦杰夫和他在《文艺学中的形式主义方法》中所批判的庸俗社会学。庸俗社会学在苏联文艺学界造

---

① 〔苏〕巴赫金著,钱中文主编:《巴赫金全集》第 4 卷,白春仁、晓河、周启超等译,石家庄,河北教育出版社,1998,第 413 页。

② 〔苏〕巴赫金著,钱中文主编:《巴赫金全集》第 4 卷,白春仁、晓河、周启超等译,石家庄,河北教育出版社,1998,第 381 页。

③ 〔苏〕巴赫金著,钱中文主编:《巴赫金全集》第 4 卷,白春仁、晓河、周启超等译,石家庄,河北教育出版社,1998,第 380 页。

④ 陈学明、马拥军:《走近马克思——苏东巨变后西方四大思想家的思想轨迹》,北京,东方出版社,2002,第 548~549 页。

⑤ 〔苏〕巴赫金著,钱中文主编:《巴赫金全集》第 2 卷,李辉凡、张捷、张杰等译,石家庄,河北教育出版社,1998,第 450 页。

成了极大的恶果，巴赫金到了晚年仍对它耿耿于怀，这就是他所谓"我不是马克思主义者"的真正含义。

我们不会忘记沃洛希诺夫-巴赫金在《马克思主义与语言哲学》中所采用的方法，也是典型的黑格尔-马克思式的辩证思维模式：正、反、合三段论法。作者们总是先提出一种正题（"个人主义的主观主义"——波捷勃尼亚），然后再提出反题（抽象的客观主义——索绪尔），最后则是合题（综合）。诚如米·加德纳在其论著中所指出的那样："这一批评策略的整体目标是通过对有关特定理论的两种截然对立观点的质疑，进而试图通过辩证协商和综合的方法克服双方各自的缺陷。"[①]巴赫金在同一部著作中又指出："我们认为，这里，就像到处一样，真理不存在于金色的中间地带，不是正题与反题之间的折中，而是在它们之外，超出它们，既是对正题，也是对反题的同样否定，也就是一种辩证的综合。"[②]而这里所谓"辩证的综合"实际上距离马克思、恩格斯的"扬弃"又能有多远呢？恐怕其间的差距仅仅在于所用的术语不同而已吧！

其次，巴赫金不承认"辩证法"，而只认可他所标举的对话（主义）。巴赫金认为"辩证法来源于对话，尽管不可将其归结为对话。辩证法是一种抽象意识，其中缺乏情感-个性语调和声音"[③]。解决这个问题的关键，我们认为不能迷失于具体术语的表面差异，而应当深入探究对话（主义）和"辩证法"的实质含义。众所周知，巴赫金在他苟且偷生的大半生中，多数时间并不能畅所欲言，而不得不诉诸于一种伊索式的语言。这种不得不吞吞吐吐，欲言又止的情形，在巴赫金许多著作中我们都不难发现。克拉克和霍奎斯特在其著名评传中指出巴赫金作品中大多有一种复调式结构：显在和潜在、外现与潜流、潜台词或双重主题的存在，也都说明巴赫金著作的多重复杂性。对话和辩证法的情形亦复如是。我们知道，就起源说，对话与辩证法同出一源。"辩证法出自对话"[④]——巴赫金如是说。在西方它们都导源于柏拉图的对话。柏拉图首创了通过对话来发展思维的方法，所以，在柏拉图那里，对话和辩证法是同义词。"苏格拉

---

① Michael Gardiner：*The Dialogics of Critique. M. M. Bakhtin and the Theory of Ideology*，London and New York：Routledge，1992，p. 10.

② 〔苏〕巴赫金著，钱中文主编：《巴赫金全集》第 2 卷，李辉凡、张捷、张杰等译，河北教育出版社，1998，第 431 页。

③ С. С. Конкин，Л. С. Конкина：*Михаил Бахтин. Страницы жизни и творчества*，Саранск：Мордовское книжное издательство，1993，С. 323.

④ 〔苏〕巴赫金：《文本对话与人文》，《巴赫金全集》第 4 卷，晓河译，石家庄，河北教育出版社，1998，第 380 页。

底式的产婆术（майевтика）"表明了真理的对话式本质，按照巴赫金的观点，真理总是在人们的交际过程中产生的，它具有双重性质，并且受制于环境，对其的评价也易于变化，而且并非是以现成形式出现的，也更非什么独白型话语（命令，科学命题、教条等等）。苏格拉底从诡辩学派那里学会了把对手的话语转变成为难题（апория，如飞矢不动辩——笔者）的技巧。作者学会用他者的眼光，置身事外，以他人的眼光观察自己，这也是陌生化得以萌芽的起源之一。按照巴赫金的观点，长篇小说起源与苏格拉底对话体以及梅尼普讽刺里的狂欢化体裁都有关。形式主义者们认为长篇小说的作者的陌生化意图也应当看作是体裁形成的条件之一。

由此可见，巴赫金这里所公开表示反对的，是在苏联"哲学家"手中被任意玩弄的所谓的"辩证法"，而不是作为马克思主义的活的灵魂的辩证法。其有所指，是指被人玩弄于鼓掌之中，可以翻手为云，覆手为雨，实际上常常堕落为诡辩术和相对主义的辩证法，而非黑格尔-马克思式的辩证法。

事实上在西方巴赫金研究者中，也不乏反对把对话主义与辩证法等同视之者。罗伯特·杨便指出，按照巴赫金的"夫子自道"（在署巴赫金本人名字的著作中），不能把对话主义与辩证法混为一谈。对话是没有终结的，不会完结的，没有答案的，对话以没有目的论假设为前提。对话是无终结的和开放的。而辩证法却是独白的。① 克里斯蒂娃也认为不能把巴赫金所说的"对话"与"辩证法"混为一谈。它们属于不同范畴：对话是无终结的、开放的、未完结的而且也是永远不会完结的。

那么，语言又有何"辩证本质"呢？首先，是对立统一原则。世界上的事物是既对立又统一的。矛盾是事物的普遍规律。只谈对立而不谈统一就会割裂事物的整体性存在，从而走向相对主义。"深入人民意识的辩证法有一个古老的命题：两极相连。"②也就是说，貌似相互对立相反的两极，并不像我们所常设想的那样一味对立，而是可以相互转化。不但如此，相互对立的很可能原本就是一种东西。也许，这就是辩证法的"对立统一规律"。事实上事物本身既对立又统一的特点，最突出的表现在语言身上——因为语言也是事物的一种，区别仅在于它带有一定的意识形态属性而已。对立统一是事物存在的根本方式，也是事物的根本规律。

---

① Robert Young：Back to Bakhtin, *Cultural Critique*, No. 2, (Winter, 1985-1986), p. 76.
② 〔德〕恩格斯：《自然辩证法》，《马克思恩格斯选集》第 3 卷，北京，人民出版社，2012，第 3 版，第 880 页。

世间万事万物都是既对立又统一的。

　　与巴赫金不同的是，苏联塔尔图学派的代表人物洛特曼却不但公然声称他是辩证法的信徒，而且还自觉地把辩证法观点应用到自己的研究中去，并取得了丰硕的成果。通过辩证法，洛特曼完成了从经典马克思主义到后马克思主义文化研究的历史关联，从而成为联系二者之间的一座桥梁。

　　辩证法的核心要旨告诉我们，事物发展的根本原因，在于事物内部各种矛盾相互对立和相互斗争，事物发展乃是事物内部各种要素相互斗争的一种结果，外部因素虽然也在其中起着重大作用，但它充其量只是起到了"历史发展的助产婆"的作用，归根结底，促使事物发展的根本原因在于事物内部，是事物内部各种相互对立的矛盾力量斗争和冲突的结果。辩证法的这一意义，即使在俄文文献里也偶有发现。例如，在津科夫斯基所著《俄国哲学史》中，便有这样一句话："Но, конечно, диалектика идей православной культуры оставалась бы бесплодной, если бы эта идея оставалась только программой"（"但是，东正教文化理念的运动过程如果仅只停留在纲领上，那也是不结果实的。"——句中的"диалектика"，即"运动过程"之意，而非"辩证法"，但二者之间当然有密切联系）。

　　辩证法是事物（自然亦然）的灵魂。马克思主义辩证唯物主义和历史唯物主义和现代新三论（信息论、控制论、系统论）的结合，是使洛特曼文化符号学在解读俄罗斯文化（文化学）方面取得骄人成就的一个根本原因。除此之外，20世纪西方新历史主义的崛起，使得洛特曼从事理论著述的语境与经典马克思主义有所不同，因而使其成为经典马克思主义在俄罗斯文化研究领域里，对现实和历史问题的一种挑战性应答。

　　和巴赫金不同之处在于：洛特曼对于马克思主义的吸纳，完全是自觉的、主动的和热情的。不但处于苏联边缘的洛特曼，就连处在苏联文化外围的、出身和工作在捷克斯洛伐克的穆卡洛夫斯基，其思想也深受辩证法的影响。关于这一点，洛特曼写道："穆卡洛夫斯基著作经常具有的一种特点，恰好与伟大的德国辩证法学派相关，那就是追求揭示一些看起来似乎相互对立的范畴实际上是如何相互转化的，并且善于从多样中看出统一，而从统一中看出各种不同倾向之间的斗争。结构范畴本身被穆卡洛夫斯基阐释为一种关联的等级品位表，它处于时常不断的斗争中，在这一斗争的过程中，对立面相互转化，对立的两极转化位置。"①

① Ю. М. Лотман: *Об искусстве*, Санкт-Петербург: Искусство-СПБ, 2000, С. 460.

瓦·瓦·普罗泽尔斯基认为："巴赫金在方法论上的主要革新在于把辩证法转化为对话。"①也许，在这个伦理选择问题上巴赫金的立场终究有模糊不明之处。为此，卡里尔·埃默森指出："也许不无争议的是，巴赫金为其苏联时期提供的一个最耐人寻味的教训就是：不要把道德伦理和政治混淆起来。当然，这不是因为政治没有伦理向度，而是因为一个历史悠久的原因，即伦理领域一旦被政治化，就会以政治审查的方式妨碍一个人独立行动。从这个角度说，巴赫金的伦理立场可以说显然是在形式主义的道德中立主义和马克思主义者的政治承诺之间的自由抉择。"②

事实上，采用马克思主义方法在当时苏联学术界或多或少也是一种无从规避的必然选择。最新研究材料也表明，当年巴赫金曾在受审时被迫承认自己信仰宗教，同时也是一个"修正主义的马克思主义者"。可见，在"马克思主义"可以为一个人提供保护色的时候，巴赫金自己也是不会拒绝采用这件外衣的。

把语言和文本当作出发点表明洛特曼的新实证主义立场（与传统所谓"唯物主义"语义相近），而把辩证法当作自己最核心的方法这表明洛特曼是马克思主义精神的真正继承者。和巴赫金公然否定辩证法不同，洛特曼从始至终都自觉地以辩证论者自居。这使得他的文化和历史符号学既带有现代品性，又具有传统性质。"结构主义方法以另外一种辩证法观念为依据——不变性与可变性密切相关，相辅相成。"③

在文本解析领域，洛特曼观念中的所谓文本的结构，究其实质，也是一种辩证的、各种要素处于相互关联状态和紧密联系中的结构。所以，文本分析其实也就是一种辩证法分析。洛特曼指出："结构主义的方法论基础是辩证法。"在《文艺学应当成为一门科学》中洛特曼更进一步明确指出："辩证法是结构主义的方法论基础。"④

洛特曼以辩证法为特征的文本分析佐证了巴赫金学派的思想与辩证思维的密切关联。

洛特曼现象的出现为马克思主义文艺社会学提出了一系列值得认真

① Caryl Emerson：*The First Hundred Years of Mikhail Bakhtin*，New Jersey：Princeton University Press，1997，p. 16.

② Caryl Emerson：*The First Hundred Years of Mikhail Bakhtin*，New Jersey：Princeton University Press，1997，p. 22.

③ Ю. М. Лотман：*О русской литературе*，Санкт-Петербург：Искусство-СПБ，2012，С. 758.

④ Ю. М. Лотман：*О русской литературе*，Санкт-Петербург：Искусство-СПБ，2012，С. 759.

关注的问题，这主要有：（1）跨学科研究的合作和整合问题（各门学科如何打通及整合）；（2）文化建设的历史继承及创新的关系问题；（3）文化建设的方针政策问题；（4）科学研究的外部环境问题；（5）外来影响与本国传统即影响和创造性文化生产问题；等等。文化研究的最重要问题是研究文化作为创造机制它是如何运作的问题，所以，一些看似与洛特曼似乎无关的问题，实际上却与我们所处的现实环境有着更多的关联，是我们所以要研究一个问题的充足必要理由。

这样一来，对于洛特曼，无论我们是"入乎其中"还是"出乎其外"，都会面临许多必须由马克思主义社会学来予以解决的问题。

马克思主义辩证法要求我们把特定文化系统内部潜在矛盾的存在当作历史前进的动力。而苏联时期表面上的无矛盾和表面上的"同"，却掩盖着深刻的内在矛盾。苏联时期貌似"和谐"的统一的意识形态，实际上只是行为方式上外在的"同"，而内在的"不同"和"不和"是巨大的、潜在的和不祥的。在内在矛盾推动下发展的特定文化，可以采取多种形态，即可以是缓慢的、渐进的、和平的、温柔的、累积的，但也可以是激进的、暴烈的、演变式的、革命式的，等等。按照洛特曼所理解的马克思主义的历史主义，作为一个历史学家，他所应思考的，与其说是特定时代在我们看来应该是什么样的，倒不如说这一时代本身应当如何。也就是说要实事求是，还历史的本来面貌。不要把自己的意志强加在历史头上。历史主义要求我们必须从特定文化系统内部出发来看待这一系统，让观点完全转到这一文化系统自身的立场上来，不把其后来发展的趋向作为自己立论的基础。每一代人都在致力于解决自己的问题，而非力求取悦于某一类后人。每一代人都是在面临多种选择的情况下在不知道历史将如何发展的情况下作出自己的选择的。洛特曼认为历史是有规律的，但历史绝不虚幻，历史上曾经有过多得不计其数的潜在可能性，历史所实现了的，不过是其中寥若晨星的一点罢了。在历史的每一个三岔路口，历史都曾以拥有多种可能性而令人迷惑。也许正是出于这种考虑，洛特曼非常注重研究历史的边缘、偶然、个别（现象或人物）。他非常关注历史上的小人物，关注那些曾给人以巨大希望却又不幸夭亡者的名字。洛特曼研究中的这种取向使其与只关注大人物，因而貌似伟人画廊的官方史学形成对比鲜明的差异。洛特曼以此把历史推进到它的边缘地带，即最接近艺术的地带，把历史人物描述推进到艺术形象的边缘。在这里，洛特曼把自己推进到历史与诗、科学与艺术的交界点，走进一个情理兼容的栩栩如生的世界。

在诗与史、科学与艺术的关系问题上，洛特曼同样以其博大精深的著述为我们提供了许多宝贵的启示。总结这些经验对于丰富我国马克思主义文艺学研究无疑具有非常重大的借鉴意义。

第四节　对立统一原则在洛特曼结构诗学中的体现

按照克拉克与霍奎斯特的看法，从 20 世纪 30 年代起，巴赫金将其对宗教的关切转化成为话语哲学，把东正教转化为"指向内心"的话语，其话语哲学具有既入世又出世的特点。该书的作者们还认为，"有争议文本"探讨了有关语言本质的一组问题，表面相异，但在思想上具有深刻的统一性。① 语言的功能一般分为：交际的、表现的、指称的、审美的和认识的功能（作为形成中的语言），但是，交际功能不应是诸功能之一，而是语言的本质：哪里有语言，那里就有交际。语言的所有功能都无不以交际功能为基础进行。语言交际不可能没有情感与效应：用话语表达自身，即自我表达。思维只能形成于、存在于话语交际过程中。每一具体话语都可以同时行使多种功能，但应有一种为主要功能。同样，功能研究也不能脱离社会语境。

所有话语都是由其他话语组成的一个链条中的一个环节，所以，所有言语都是他者声音的回声。没有一种声音是孤零零的和独特而又个别的。"这就是为什么任何人的个人言语经验，都是在与其他个人表述的经常不断的相互作用中形成和发展起来的。这种经验在一定程度上可以说是掌握（或多或少创造性的掌握）他人话语（而不是语言之词）的过程。我们的言语，即我们的全部表述（包括创作的作品），充斥着他人的话语；只是这些他人话语的他性程度深浅、我们掌握程度的深浅、我们意识到和区分出来的程度深浅有所不同。"② 这也就是说，我们的话语（意识）是在与他人话语意识的交锋中形成的，没有他人话语（问题），也就不会有"我"的话语或意识。我的话语（意识）永远都是对他人的一种应答式建构。进而言之，就连我们的"我"的自我（意识），也是在与他人话语意识的交流中建立起来的（不学诗，无以言）。"但表述的构建从一开始就考虑到了可能会出现的应答反应，实际上它正是为了这种反应才构建的。表述是

---

① 〔美〕卡特琳娜·克拉克、迈克尔·霍奎斯特：《米哈伊尔·巴赫金》，语冰译，北京，中国人民大学出版社，2000，第 181、201 页。

② 〔苏〕巴赫金著，钱中文主编：《巴赫金全集》第 4 卷，白春仁、晓河、周启超等译，石家庄，河北教育出版社，1998，第 174~175 页。

为他人而构建的，他人的作用，正如我们所说的，是非常重要的。"①

　　有鉴于巴赫金学派的话语概念与塔尔图学派的文本概念有相近之处，我们这里拟从后者的角度入手，对偏重于功能语境分析的塔尔图学派的文本话语观与巴赫金学派的文本话语观作一比较，看从中能得出哪些有益的结论。

　　洛特曼的结构诗学以探讨艺术（诗歌）文本的深层结构（структура архитектоника）为主旨，这一点和英美新批评以及法国符号学的取向是高度一致的。但在对文本的深层解读过程中，洛特曼又表现出一些与西方同类思潮截然不同的研究旨趣和意向，从而在许多方面，构成了对西方那种纯文本研究指向的一种超越，得以把超文本要素和广阔的历史主义视角纳入研究过程中来，使对文本的解读具有广阔的历史深邃感。按照洛特曼的观点，文本外要素和文本自身要素一样，也是构成文本的合法的分析工具，实际上也参与了文本的构成。众所周知，这种观点与巴赫金学派可谓珠联璧合，如响斯应。所以，也许并非表面上那样，巴赫金学派对发源于维也纳学派的结构主义符号学，一概持否定和怀疑的态度。

　　洛特曼在正式转向结构主义符号学轨道以前，一直致力于18世纪俄罗斯文化研究，他在这一领域里积淀的深厚学养，是他得以超越纯文本分析的西方式旨趣的一个有力支点。英美新批评崛起以后使文艺学的面貌发生了巨大的改变。这一变化最为显著的一点是：研究重心从19世纪的作者转移到了20世纪的文本，因而，对他们而言，文本诞生了，而作者却消亡了。探讨作者的意图被作为不适当的问题（意图谬误）被摒除了，研究者所面对的，除了文本还是文本。一切都归结于文本究竟是否妥当，这是一个值得争议的问题。事实上文学研究者要想在对文本的解读中取得合法地位，要想使文艺学真正成为一门科学，是不能把作者的意图作为与文本无关的要素予以摒除的。

　　在洛特曼的结构诗学研究中，作者问题是进入文本的一个先决条件。他有关结构诗学的许多文章，都以探讨作者问题为主旨，例如：《谁是"往昔"这首诗的作者?》、《谁是"卡·帕·契尔诺夫之死"一诗的作者?》、《作为诗人的阿·费·梅尔兹里亚科夫》、《勃洛克与城市里的民间文化》、《丘特切夫与但丁·问题的提出》、《莱蒙托夫·"哈姆雷特"中的两个场景》等等。在《论罗蒙诺索夫的"从约伯记选摘的颂歌"》一文中，洛特曼在文章开篇便开门见山地指出，对这首诗的研究还存在许多没有解决的问题，不但此诗中所署的创作日期不清楚，而且，更重要的是，促使作家写作这首诗的原因（动机）也不甚了了。因此，作家创作此诗的意图也就无从索解。[①]

艺术文本的创作及其功能的发挥，是在一定的社会文化语境中进行的，因此，对文本的解读，无论是从艺术文本的生产（创作）还是艺术文本的接受（欣赏），都是不能脱离社会文化语境进行的。在这方面，不仅艺术文本的创作受作家特定的创作意图的支配，而且，艺术文本的接受也呈现出超越文本自身的语域，而产生语义无穷增殖的可能性。后者被洛特曼称之为"意识放大器"现象，即艺术文本的接受意义，在某种情况下，可以大于甚至超越文本自身内涵的本意。由此可见，洛特曼的结构诗学远不是像西方新批评那样，把研究者的视野，牢牢锁定在文本自身那么狭隘。

同样，在艺术（诗歌亦然）文本的内部研究方面，洛特曼同样也不是将自己的分析和解读，牢牢锁定在文本内部，作艺术文本的纯语言学解读。按照洛特曼结构诗学的视野，文本外要素通常也会经由某种方式，参与到文本的建构中来，从而成为文本自身的结构要素之一。艺术（诗歌）文本的建构过程，按照巴赫金的理论，是在一种对话式语境中产生的，因此，文本自身的构建，总是在与他文本等外文本的对话和应答中完成的。这样一来，文本要素和文本外或非文本要素就是这样，通过一种对话式的生存体验，参与到特定文本的建构和生成中来。因此，文本分析便须像巴赫金的话语分析那样，深入到对构成文本的各类要素的细致考察和"身份鉴别"层面。

和西方同类思潮代表人物（如英伽登等人）一样，文本在结构主义符号学学者的洛特曼眼中，也是可以分成各个不同的层次和等级的。在这方面，洛特曼和他们并无二致。但在这个问题上，俄国结构诗学的代表人物与西方同类思潮代表人物相比，有其独特的建树值得我们予以关注。使俄国结构主义者得以在某些方面比西方同类更高明的一点，在于对文本的建构方式的理论学说。众所周知，俄国结构主义符号学的前驱是活跃于20世纪20年代初期的俄国形式主义。实际上，早在20世纪初，带有结构主义印记的俄国形式主义者们，便把寻求"散文"（按即"小说"）的

---

① Ю. М. Лотман：*О поэтии*，Санкт-Петербург：Искусство-СПБ，1996，С. 266.

结构原则作为其理论活动所追求的目标。也就是说，吸引俄国形式主义者们的一个核心问题，不是构成特定艺术文本的构成要素究竟是什么，有哪些，而更多的是把这些构成要素统一起来的原则是什么。俄国形式主义者们在探索之初，之所以会把"散文"（即小说）与诗歌的区分性特征是什么，当作自己探索的目标，原因即在于此。也就是说，艺术文本或艺术话语，不仅作为特定的艺术文本而存在，而召唤人们去研究和解读，而且，作为艺术文本或艺术话语，它们自身还担负着"元语言"功能，而这，也就是我们今天所说的艺术文本建构的根本方式问题。

"散文"与诗歌的区别，更多地应在支配它们的不同原则中去寻找，也就是说，它们是按照不同的"元语言"建构和编码而成的。在这个问题上，雅各布逊在《语言的两极》中提出的"聚合轴"和"组合轴"两极学说，无疑给洛特曼以深刻的启发。这是他的分析理论由以出发的一个理论原创点。

洛特曼结构诗学诗学分析的要旨，和西方结构主义符号学一致之处在于，它们都以解析诗歌文本的潜在深层结构为对象，致力于揭示诗歌文本生产的内外在要素的整合和结构原则。任何特定的诗歌文本都是在文学创作的长河的某一个时段产生的，也就是说，诗歌文本的创作是在内外要素的结合域中，通过文学史发展的内外在规律共同作用下产生的。诗歌文本的纵聚合轴和横组合轴，既是诗歌文本内部构造的法则，也是诗歌文本的构造（互文、对话）的外部法则。这一分析原则常常能引导分析者在文本内外自由穿越和出入，从而深化对诗歌文本的解析深度。

诗歌构成了一个统一的整体，在这个整体结构中，所有语义系统都在同时发挥着功能，形成一个复杂的相互之间的"游戏"。艺术文本的这一特点是巴赫金富于洞察力地予以指出的。[①]

按照俄国结构诗学代表人物的观点，诗歌是一种具有自我组合能力的话语系统，或者也可以用特尼亚诺夫的说法，是个格式塔。这个格式塔或话语系统的性质取决于在其中占据主导地位的特征即主导特征。那么，诗歌的主导特征是什么呢？毫无疑问，诗的主导特征如果与散文比，似乎应该是"诗即语词的用法"了。但深入再想一想，语词的用法似乎也还不足以定义什么是诗，什么是散文。常有些特殊用法，是作为文学文本的诗歌散文共同使用的。从符号的分析来看，它的所指即内涵层面属于内容方面，而声音和图形是其表达形式。但在诗歌这种特殊文体中，

① Ю. М. Лотман：*Об искусстве*，Санкт-Петербург：Искусство-СПБ，2000，С. 237.

符号的形式层面往往恰好正是它的内容的一部分。换言之，即诗歌的形式同时也就是诗歌的内容，二者绝不可断然分开。这里，我们姑且先不讨论符号的图形层面，先就符号的音响作一个讨论。俄国结构诗学代表人物大都强调诗歌是一种语音组织化文本，语音织体在其中起着重大作用。根据最一般的见解和常识，诗歌的首要特征，似乎应该是韵律了。然而，古今中外都有一种不押韵的素体诗，那又当作何而论呢？那么，诗歌的特征在于分行排列形式了？仔细想想也不对。有些好的散文，即使不分行排列，也诗意盎然，如屠格涅夫《散文诗》、鲁迅的《野草》。马雅可夫斯基的"梯形诗"并非诗人刻意而为，而是诗人为了标志朗诵时的语气句读而写在笔记本上的草稿。后来的编辑无法酌定，只好依照原样排版。所以，正如钱钟书所言："散文虽不押韵脚，亦自有宫商清浊；后世论文愈精，遂注意及之，桐城家言所标'因声求气'者是。"[①]

　　语音是诗歌的表现形式和外在形式，但常常也与诗歌的内容密不可分，甚至在某些场合下，语音表现形式就是诗歌的内容本身。许多诗人讲述他们诗歌写作过程，说诗歌最初不是以逻辑和语义形式，而是以语音节奏模型的形式出现在大脑之中。诗从某种意义上说，对于语音模式具有很大的依赖性。音乐性因而成为诗歌赖以传达诗意并感人的重要媒介。中外诗歌大量优秀诗作，都是语音和内容紧密结合，内容与形式水乳交融的。正因为如此，翻译诗歌几乎被所有人视为畏途，因为再好的译文，充其量可以传达原诗的语义逻辑，但对构成原诗灵魂和意蕴必不可少的语音形式则徒唤奈何，望洋兴叹。所以，美国乡村诗人弗洛斯特才会发出如此浩叹："诗意就是在翻译中流失掉的东西"（The poetry is that lost in the translation）。凡此种种，都说明诗歌中的音乐性或旋律美，对于传达诗意具有何等重要的意义。正如古人所说："诗之本在声"。[②]

　　语音形式对于诗歌既然那么重要，可见，对于确定诗歌的主导特征来说，还是要在语音形式（其实也是内容）上找答案。对于这个问题，俄国结构诗学的前驱特尼亚诺夫以及后来的洛特曼都断言：诗歌这种文体或话语方式的根本奥秘，在于节奏。诗可以不押韵不分行，但没有节奏的诗还没过。任何诗歌文体都具有一定的节奏模型。节奏原本系音乐术语，指音响运动中，有规律的交替出现的长短、强弱现象。有节奏并

---

① 钱钟书：《管锥编》第 4 卷，北京，中华书局，1986，第 2 版，第 1278 页。
② 胡经之主编：《中国古典美学丛编》，北京，中华书局，1988，第 746 页。

不一定美，但美的东西必定有节奏。处于诗歌文本主导要素地位的节奏模型一旦形成，便会对诗歌内部各个语义单位辐射其影响力：一方面，它从节奏的需要出发，对嵌入的语词进行切割；另一方面，被强行嵌入的语词又竭力反抗这种节奏强制，从而使语义染上特殊色彩。诗歌由此变成一种语义发生器，语词在其中发生各种奇妙的语义偏转或语义升华，甚至还会带有其根本不具有的新的语义。例如，"贫居闹市无人问，富在深山有远亲"。这两句诗的妙处在于处处"使对"："贫"与"富"对；"居"与"在"对；"闹市"与"深山"对；"无人问"与"有远亲"对。这两句诗因而能传达出一种人生哲理，"穷人"和"富人"的两种境遇形成鲜明对照：意义相反相成，恰相对立。再如，"隔靴搔痒赞何益，入木三分骂亦精"。"赞"和"骂"意义相反。按照常识，人们普遍都喜欢"赞词"而厌恶"骂词"，但"赞"而至于"隔靴搔痒"之"赞"，反倒不如"骂"的透彻，"骂"的入木三分了。一"赞"一"骂"互换位置，反义词变成同义词。其实，汉语修辞学中所谓"互文"便也足以说明个中道理，如偏义复词"葵藿向太阳"中的"葵藿"二字，"葵"借"藿"字字音以充实音节；"藿"借"葵"之意以完成表意功能（按：葵有向日性而藿无之）。节奏是贯穿于文本中的一条力线，在它的投射之下，语词被重新切割：一方面，按照节奏的需要语词必须完成作为节奏单元之功能；另一方面，这种功能往往又和其语义功能不太协调，从而使其语义发生偏转。

按照俄国结构诗学代表人物的观点，把节奏当作构成诗歌文本主导要素这一观点，不仅对于区分何谓散文（狭义）与何谓诗歌有意义，而且，这一现象进一步启发他们思考何谓散文思维方式与何谓诗歌思维方式的问题。在这里，需要指出的是，俄文中的"散文"（проза）与汉语里的"散文"一词所涵盖的意项不尽一致：俄文中的"散文"多数情况下指"小说"，系与诗歌相对的一个文体；而汉语中"散文"一词则多数情况下指一种自由的文体，如特写、随笔、素描、小品等。在俄文语境下，说"散文"与"诗歌"的区别，实际上说的是"小说"与"诗歌"的区别。所以，什克洛夫斯基的《小说论》（*Теорияпрозе*）应当译为"小说论"，而不应译为"散文论"。

在对文体的研究中，俄国语言学大师罗曼·雅各布逊在继承索绪尔的基础上提出的横组合轴和纵聚合轴理论，具有划时代的开创性意义。按照雅各布逊的观点，这一对概念还是我们赖以划分诗歌散文之界限的根本标准之一。横组合轴（syntagmatique）和纵聚合轴（paradigmatique）是语言艺术作品中都具有的两个轴或两极，任何文本都内涵这样的两个轴。它们表明文本中语词力量投射的方向。横组合之系统各个成分之间按照邻接关系顺序排列，如话语语音的先后承继，书写的从左到右等。纵聚合关系系指这一横组合段中任何一个成分的存在于背景中的，可以取代其的成分。诗是纵聚合轴占主导地位的文体，而散文则是以横组合轴（即时间性）为主导特征的文体。以诗为例，横组合是指诗行在时间中的运行；而选字、炼字乃是纵聚合。[①] 按照这种理论，小说就是以横组合关系为主的一种文体，因为在小说中，人们最关心的是"接下来怎么了"，或"后来又发生了什么事"，情节是小说赖以展开的骨干架构。而在诗歌欣赏中，读者最关心的，不是"怎么"而是"什么"[②]；每个被以一定节奏模式组合在诗句中的语词本身，会引起读者的高度关注。诗句的运行其实是在不断采用选字、炼字方式来替换一定的语音等值词。例如"春风又绿江南岸"和"僧敲月下门"中的"绿"和"敲"，理论上就完全可以采用其他语音等值词如"到"、"吹"、"推"、"开"……来替换。可以设想，诗人或小说家一旦了解诗歌和散文的作为思维方式的根本差别，就可以自觉地运用这一理论来构思自己的作品，从而使作品在形式和内容的结合上尽量达到比较完美的境界。

　　诗歌语言是一种被高度密集地聚合在一起，以一定的音响组合模式为特征的语言。语词的选择更多地不是凭借其语义，而是根据其发声特点被组合在一起。这种密集组合方式使得语词的语义发生偏转。俄语中此类例证也多得不胜枚举。20 世纪 20 年代末期奥波亚兹和以马雅可夫斯基为代表的"列夫"派失和并最终分道扬镳。此时，什克洛夫斯基等人对马雅可夫斯基的创作已经开始略有微辞。当时的马雅可夫斯基有首长诗《好》。针对此诗，什克洛夫斯基对马雅可夫斯基说：金子可以涂上任何色彩，只有金色除外。关于好我们却实在难以说它好（Золото можно красить в любой цвет，кроме золотого. Про хорошо нельзя говорить，что оно хорошо）。无独有偶，雅各布逊针对马雅可夫斯基的最后一部长诗《好》也说过类似的俏皮话："好是好，只是不如马雅可夫斯基的"（Хорошо，но хуже Маяковского）[③]。前者"好"字凡两次出现，第一次是专指，指马雅可夫斯基的长诗《好》，而第二个却是形容词；在后一个例子里，专有人名马雅可夫斯基凡两次出现，第一次是专指，第二次则是普通名字，表示以

① 赵毅衡：《符号学文学论文集》，天津，百花文艺出版社，2004，前言第 18～19 页。

② Р. Якобсон："О художественном реализме"，*Мировая литература*，1997(4)，С. 251-263.

③ Юрий Тынянов：*Седьмые Тыняновские чтения，материалы для обсуждения*，Рига，Москва，1995-1996，С. 184.

马雅可夫斯基名字所标志的水平和境界。形式上无所差异，而内容上差异显著。凡此种种，都告诉我们：词的意义即等于词的用法——凭借字典来阅读文学作品是远远不够的，文学作品的语言之所以令人难忘，充满迷人的艺术魅力，其中一个很重要的原因，就在于它们常常超出词的字典用法，而生发出出乎意料的新意来，令人有意外之喜，言外之得。

这一切把我们引导到一个重大结论来，那就是辩证法是语言（思维亦然）最深刻的本质之一。辩证首先表现为语言的规律，然后则表现为思维的规律。这一思维的根本规律事实上在语言的细胞中就可以找到，这就是巴赫金所谓的"一语双声"。

什么是"一语双声"呢？在《拉伯雷的创作与中世纪文艺复兴时期的民间文化》的《拉伯雷小说中的广场语言》一章中，巴赫金指出："这样，在'tripes'（指牛、羊等的肚子——笔者注）这一形象上便汇集了一个不可分割的怪结——生命、死亡、分娩、排泄、食物；这是肉体地形的中心，上部与下部相汇于此。所以怪诞现实主义最爱用这一形象来表现既扼杀又分娩、既吞食又被吞食、具有正反同体性的作为物质-肉体的下部。怪诞现实主义的'秋千'，上部和下部之间的游戏在这一形象上悠荡得妙不可言；上部和下部、大地与天空浑然一体。"①"两个已经表现出来的意思，不会像两件东西一样各自单放着，两者一定会有内在的接触，也就是说会发生意义上的联系。"②

在《陀思妥耶夫斯基诗学问题》中，巴赫金明确指出：

……在自有所指的客体语言中，作者再添进一层新的意思，同时却仍保留其原来的指向。根据作者意图的要求，此时的客体语言，必须让人觉出是他人语言才行。其结果，一种语言竟含有两种不同的语义指向，含有两种声音。……仿格体使别人指物述事的意旨（即表现事物的艺术意图）服务于自己的目的，亦即服务于自己新的意图。仿格者把他人语言如实地当作他人语言加以利用，于是给他人语言罩上薄薄一层客体的色彩。固然，这别人的语言不会真变成客体语言。因为对于仿格者来说，重要的恰恰是让他人语言以其表现手法的总和，来代表某种独特的视点。仿格者是利用他人的视点做

① 〔苏〕巴赫金著，钱中文主编：《巴赫金全集》第6卷，李兆林、夏忠宪等译，石家庄，河北教育出版社，1998，第185页。
② 〔苏〕巴赫金著，钱中文主编：《巴赫金全集》第5卷，白春仁、顾亚玲译，石家庄，河北教育出版社，1998，第250页。

文章。所以，这视点就染上了轻微的客体的色彩，结果视点变成了一种借花献佛的虚拟的视点。人物语言作为客体语言，却从来没有成为虚拟的语言。主人公的讲话，向来是保持当真的本来面目。作者不把自己的态度，向人物语言内部渗透，作者是从外面观望人物语言的。这类虚拟性语言，任何时候都是双声语。①

这段论述极其精彩地表述了所谓双声语的本质特征。

在同一本著作中，巴赫金继而写道："与讽拟体属于同类的，有讽刺体以及一切含义双关的他人语言，因为在这类情况下，他人语言是被用来表现同它相反的意向。在实际的生活语言里，这样来利用他人语言是屡见不鲜的，特别是在对话中。这里，答话人常常逐字重复对方的某一论断，同时却加上了新的评价，强调出自己的语气侧重，如流露出怀疑、愤慨、讥刺、嘲笑、挖苦等等。"②"……只消把他人的论点用问题形式复述出来，就足以在一个人的语言中引起两种理解的冲突，因为这里我们已经不仅仅是提出问题，我们是对他人论点表示了怀疑。我们生活中的实际语言，充满了他人的话。有的话，我们把它完全同自己的语言融合在一起，已经忘记是出自谁口了。有的话，我们认为有权威性，拿来补充自己语言的不足。最后还有一种他人语言，我们要附加给它我们自己的意图——不同的或敌对的意图。"③

双声语在语言的"分子"——语词界面——也有其鲜明的体现。在果戈理《死魂灵》第 2 部中有一个巴赫金提到的例子："тьфуславль"（狗屁光荣）、"见你的鬼去吧，草原！你可真美！"④可以说是"一语双声"的典型范例。同样的一个字词，却含纳着相互对立甚至相反的两种含义，让人难以委决。即使是在确切含义可以确定的情况下，另外一重含义也隐隐约约，给人以朦胧含蓄之感。

如上所述，巴赫金是以话语为基点展开他的理论演化之路的。但如果我们再细分一下，则亦不妨说他是从"一语双声"现象开始其探索历程

---

① 〔苏〕巴赫金著，钱中文主编：《巴赫金全集》第 5 卷，白春仁，顾亚玲译，石家庄，河北教育出版社，1998，第 250～251 页。

② 〔苏〕巴赫金著，钱中文主编：《巴赫金全集》第 5 卷，白春仁、顾亚玲译，石家庄，河北教育出版社，1998，第 258 页。

③ 〔苏〕巴赫金著，钱中文主编：《巴赫金全集》第 5 卷，白春仁、顾亚玲译，石家庄，河北教育出版社，1998，第 259 页。

④ 〔苏〕巴赫金著，钱中文主编：《巴赫金全集》第 2 卷，李辉凡、张捷、张杰等译，石家庄，河北教育出版社，1998，第 11、12 页。

的。"一语双声"(двуголосие)经巴赫金指出以后,我们便会在日常生活话语中看到它的无处不在和比比皆是。最平常的便是所谓"一语双关"和"指桑骂槐"一类的话语现象。然而,这种"一语双声"现象在古代语言中有着更多适切的例子。比如说,古象形字中的"武",原义为"止","戈"为"武"。"政"即"正"加"反"等于无所谓对错。再比如现代汉语中的"授人以鱼"不如"授人以渔"。此外还有知足常乐(成语)和"知足常乐"(电视上有关足部按摩的专题片名),非常看法与"非常看法"(电视节目名),等等。

关于各原始民族语言的特点,巴赫金-沃洛希诺夫指出:"对各原始民族语言的研究和当代的古代意义研究,得出一个结论,即所谓原始思维的综合性。原始人使用任何一个词语,都是为了表示最多的现象,在我们看来,现象之间并没有任何联系。不但如此,同样一个词语可以表示迥然不同的概念,如往上和往下;大地和天空;善与恶;等等。……其实,这种词语几乎没有意义;它完全是话题。它的意义与其实现的具体环境是分不开的。这一意义每一次都不一样,就像环境每一次不一样那样。所以,在这里话题吞噬和融合了意义,不让它稳定,哪怕是一点的稳定。"①

巴赫金-沃洛希诺夫的话,的确为我们阐释这类现象指明了方向。中国古代汉语也具有类似特点;由于可用字少,每个字于是便凝结了过多的含义,以致古汉语字词的含义高度浓缩。犹如压缩饼干,更如蜂蜜之于花粉,只字片语,便可容纳万千江山,古今须臾。更有甚者,是一个字词往往可以表达相反语义。例如:

"险夷不变应尝胆,道义争担敢息肩。"(周恩来:《送蓬仙兄返里有感》。按:此处"敢"即"不敢"、"怎敢"之意)

俄语中也不乏此类例证。如俄国著名歌剧《为沙皇献身》原文为"Жизнь за царя"中"Жизнь"(生命,生活)在此实际语义为"умереть"(死)。"生"之极限即为"死",故此二者可以分训而不悖。一词而二意兼。

这可以说是语词的一体双生。根据巴赫金自述,人类身体最原始古老的形式是一体双生(двутелость):雌雄同体、阴阳互生等。巴赫金指出,他是从一个语词能把正反两个意思包含在内这件事上获得的启发。在拉伯雷笔下就有这样的例子:同一个语词既褒又贬,既是赞扬也是贬斥。"赞美和辱骂如此交融于一个词和一个形象"②这种现象揭示了一个

---

① 〔苏〕巴赫金著,钱中文主编:《巴赫金全集》第 2 卷,李辉凡、张捷、张杰等译,石家庄,河北教育出版社,1998,第 454~455 页。

② 〔苏〕巴赫金著,钱中文主编:《巴赫金全集》第 6 卷,李兆林,夏忠宪等译,石家庄,河北教育出版社,1998,第 188 页。

处于形成中（未完结）的世界，是形象化语词的一种古老的现象。巴赫金笔下的狂欢节和民间广场文化和广场语言，也都带有如此特征：出现在狂欢节广场上的事物，都带有含糊性（амбивалентны）、双重意义性（двузначны，двусмысленны），它们都同时表现生与死、创造与破坏、否定与肯定、赞扬与贬斥。正如狂欢节既表现除旧（旧年、旧世界），也表现迎新（新年、新世界）一样。①

各类自然语言中屡见不鲜的一个现象，就是同义词的反义词化（这充分证明了语言的意义等于语言的用法这一原则）。如"有许多心理学但没有心理学"（there are many psychologies but no psychology）（仿此的句式有："有许多马克思主义者但没有马克思主义者"）。"在某某的童年没有童年"（в его детстве не было детства）。

巴赫金-沃洛希诺夫指出："在话语中，在每一个表述中，无论它多么渺小，心理和意识形态、内部和外部的这一生动的辩证综合总是一次又一次地在实现着。在每一个言语活动中，主观感受就消失在所说话语-表述的客观事实之中，而所说话语在应答的理解中被主观化，以便或早或晚产生出回话。正如我们所知，每一个话语都是各种社会声音混杂和斗争的小舞台。个体口中说出的话语成了社会力量之间生动的相互影响的产物。"②

在这个问题上，巴赫金与中国文化思想可谓如响斯应，若合冥契。这是不是俄国文化的东方性在这位思想家身上的表现我们无法遽然断言，但巴赫金仰慕中国文化却是事实。如果从语言及意识中所包含的辩证思维入手，我们会发现，巴赫金与中国文化之间的共性特点实在大得出乎我们意料。钱钟书先生曾在《管锥编》中，对"欧洲中心论者"的始作俑者黑格尔略有微词：

> 黑格尔尝鄙薄吾国语文，以为不宜思辨；又自夸德语能冥契道妙，举"奥伏赫变"（Aufheben）为例，以相反两意融会于一字（ein und dasselbe Wort für zwei entgegengesetzte Bestimmungen），拉丁文中亦无意蕴深富尔许者。其不知汉语，不必责也；无知而掉以轻心，发为高论，又老师巨子之常态惯技，无足怪也；然而遂使东西

---

① М. М. Бахтин: *Pro etcontra. Личность и творчество М. М. Бахтина в оценке русской и мировой гуманитарной мысли*, Антология. Том 1, Санкт-Петербург: Издательство Русского Христианского гуманитарного института, 2001, С. 333.

② 〔苏〕巴赫金著，钱中文主编：《巴赫金全集》第 2 卷，李辉凡、张捷、张杰等译，石家庄，河北教育出版社，1998，第 386 页。

海之名理同者如南北海之马牛风，则不得不为承学之士惜之。①

钱先生对黑格尔的批评是切中肯綮的。黑格尔的要害就在于不懂中国文化而敢放言中国文化——出丑是必然的。中国文化的本质特点鲜明体现在她的语言机制中。文字是一种民族文化的身份证和基因。在我们优美而又丰富的古代汉语中，"以相反两义融会于一字"的现象，可谓比比皆是。

> 我们凭语言和概念弄懂世界。20 世纪最重要的语言学家之一索绪尔解释说，概念，正如他所说，只有在与它们的反面不同时，才有不同的意义。所以我们在第一瞬间很快通过在我们心里树立相反的另一极来弄懂事物——快乐与忧愁、富与穷、自然与文化……这一类东西无止无尽。我该加一句说我们并不是有意识地这样做，概念因与其他概念的关系而有意义……最重要的关系当然就是对立。②

从这一角度看，则汉语尤其是古汉语，可谓是说明这一点的丰富矿藏。姑再举数例：

"凡男女之阴讼，听之于胜国之社。"（《周礼·地官·媒氏》）（"胜"训为"战败而灭亡"）。

"其能而乱四方。"（《尚书·周书·顾命》）（"乱"训为"治"）。

"敢不唯命是听。"（《左传》宣公十二年）（"敢"训为"不敢"）

"老人七十仍沽酒，千壶万瓮花门口。道旁榆荚仍似钱，摘来沽酒君肯否？"（岑参：《戏问花门酒家翁》）（"沽"既作"买"也作"卖"解）

古汉语中的"反训"，说的都是这类现象。《左传》所谓"美恶不嫌同辞"，"贵贱不嫌同辞"。不仅"乱"可训为"治"，不仅"贾"可以训为"买"和"卖"，而且，就连"沽"、"售"、"市"也都如此。陈绂就指出，语言现象也是辩证的，因此，分析语言现象也必须本着辩证法的原则。例如，按照训诂学资料，《诗·小雅·巧言》中的"君子信盗，乱是用暴"中的"盗"，在此语境下须解作"逃"，这不是此字固有的语义，但却是在此具体语境下临时具备的活义。③ 这里所谓辩证的方法，则和中医诊断病情时的"望、闻、问、切"同义，都是指具体问题具体分析。

---

① 钱钟书：《管锥编》第 1 册，北京，中华书局，1979，第 1～2 页。

② 〔美〕阿瑟·A. 伯格：《一个后现代主义者的谋杀》，洪洁译，桂林，广西师范大学出版社，2002，第 118 页。

③ 陈绂：《训诂学基础》，北京，北京师范大学出版社，2005，第 17 页。

语词（文本的意义）等于语词的用法，这意味着语词的语义常常不是与其词典意义等同，而是与不同的语境结合而产生新义。"话语的含义完全是由它的上下文语境所决定的。其实，有多少个使用该话语的语境，它就有多少个意义。这里，话语可就不再是一个统一体，可以说，它用于多少个语境，就可以分成多少个话语……这一问题只有辩证地加以解决。"①语境的制约导致语词的本义发生变异，其极端情形在于它能从根本上扭曲语词的本义，使其具有其所根本不具有的意义。例如，汉语中我们常说"阴谋"，但根据"阴谋"一词而杜撰的"阳谋"一词，由于有"阴谋"的存在，似乎也具有了合法存在的权利（"一阴一阳谓之道"）。艺术（或诗歌）文本中词的用法就是这样根据特定的文本规律而发生变异的，甚至也根据同样的原理创造新词的。

钱钟书先生在《管锥编》《谈艺录》中，论"喻有二柄"也给人以丰富启发。语言表意的本质特征之一就在于其比喻性，离开比喻性语言将寸步难行。而比喻同样具有一定的模糊性、双重性等。比喻如此，而语言中的虚词也同样如此：

Я не стыжусь признаться, что я вам очень обязан. ②

类似的例子还有：

"我差点儿跌倒"和"我差点儿没跌倒"（在汉语中表达相近但语义程度略有差异的意思）。再如：

И вот просто ког-да он выходил, наружность его, чтение стихов, которое с точки зрения декламации было слабым, декламации не было б, но во всем этом чувствовалось, что то особое, нездешнее, так сказать. ③

巴赫金-梅德韦杰夫指出："在任何科学抽象中，否定总是与肯定辩证地结合在一起的。仅仅因为这一点，它才不会凝固和僵化。"④法兰克福学派的奠基人也指出："善与恶的力量，拯救与灾难也是无法完全分得清楚的，它们如存与亡，生与死，夏与冬一样不可分割"。"……一旦树

---

① 〔苏〕巴赫金著，钱中文主编：《巴赫金全集》第 2 卷，李辉凡、张捷、张杰等译，石家庄，河北教育出版社，1998，第 428 页。

② 童道明：《道明随笔》(6)，《俄罗斯文艺》2010 年第 4 期，第 103 页。

③ М. М. Бахтин: *Беседы с В. Д. Дувакиным*, Москва: Согласие, 2002, С. 190.

④ 〔苏〕巴赫金：《文艺学中的形式主义方法》，李辉凡、张捷译，桂林，漓江出版社，1989，第 123 页。

木不再只被当作树木，而被当作他者存在的证据，当作曼纳的栖居之地，那么语言所表达出来的便是这样一种矛盾，即某物是其自身，同时又不是其自身，某物自身既同一又不同一。通过这种神性，语言经过同义反复又转变成为语言。人们通常喜欢把概念说成是所把握之物的同一性特征，然而，概念由始以来都是辩证思维的产物。在辩证思维中，每一种事物都是其所是，同时又向非其所是转化。"①巴赫金自己似乎也早就论述过人的思维自身具有的辩证特征问题，在《陀思妥耶夫斯基诗学问题》中，巴赫金这样写道："辩证关系也好，二律背反关系也好，在陀思妥耶夫斯基笔下的世界中，的确都存在。他的主人公的思想，有时的确是辩证的或自相矛盾的。"②

巴赫金关于话语的观点，也与其有关狂欢化的观点有一定交集。按照巴赫金的观点，狂欢化话语观的核心要旨，在于语言秩序的被颠覆：上下易位，高低失序。诚如其所说："所有诸如骂人话、诅咒、指神赌咒、脏话这类现象都是言语的非官方成分。过去和现在它们都被认为是明显地践踏公认的言语交往准则，故意破坏言语规矩如礼节、礼貌、客套、谦恭、尊卑之别等等。因此所有这样的因素，如果它们达到了足够的数量，而且是故意为之的话，就会对整个语境、对整个言语产生巨大的影响：它们将言语转移到另一个层次，把整个言语置于各种言语规范的对立面。因此这样的言语便摆脱了规则与等级的束缚以及一般语言的种种清规戒律，而变成一种仿佛是特殊的语言，一种针对官方语言的黑话。与此相应，这样的言语还造就了一个特殊的群体，一个不拘形迹的进行交往的群体，一个在言语方面坦诚直率、无拘无束的群体。实际上，广场上的人群，尤其是节日、集市、狂欢节上的人群，就是这样的群体。"③

在这样的话语中，已经不再是双声，而是众多声音汇集在一起，形成一种气势恢宏的大合唱。而"沉默的大多数"也会在这样的声音里发出自己特有的声音的。

巴赫金对最初由索绪尔提出，后又经过雅各布逊补充的关于交际问题的传统图表进行了系统更正。这图表如下：

---

① 〔德〕马克斯·霍克海默、西奥多·阿道尔诺：《启蒙辩证法》，上海，上海世纪出版集团，2006，第10～11页。

② 〔苏〕巴赫金著，钱中文主编：《巴赫金全集》第5卷，白春仁、顾亚玲译，石家庄，河北教育出版社，1998，第8页。

③ 〔苏〕巴赫金著，钱中文主编：《巴赫金全集》第6卷，李兆林、夏忠宪等译，石家庄，河北教育出版社，1998，第214页。

$$\text{发信人} \quad \frac{\overline{\text{上下文(语境)}}}{\substack{\text{交往} \\ \text{代码}}} \quad \text{收信人}$$

按照巴赫金的观点，话语的性质、结构和类型，都和人类言语活动有着密不可分的关系，它们是在人类言语活动实践中逐渐形成并发挥作用的。随着言语或话语类型的探索，言语体裁问题也便渐渐浮出水面。实际上，在巴赫金学派之前，俄国形式主义者们也已经注意到这个问题了，当然，他们的探索与巴赫金学派差别还是相当显著的。总之，对于奥波亚兹来说，体裁问题的出发点是诗歌和散文的区别性特征何在的问题，而对于巴赫金学派来说，言语体裁问题的起点应该是话语及其类型问题。但在奥波亚兹成员中，对巴赫金学派有一定影响的，应该说很多，其中主要是艾亨鲍姆和什克洛夫斯基。

自叙体是奥波亚兹成员许多重要著作论述的主题，主要用来描述果戈理《外套》式的叙述话语方式。自叙体叙事方式有两个特点：一是与什克洛夫斯基所竭力推崇的《特里斯坦·香迪》一样，叙述者对叙事过程不进行有意识的操纵，让叙事自行展开；二是叙述话语是"讲述体"甚至很青睐方言体，而非书面语体。对此巴赫金进行了反驳。他认为奥波亚兹对待自叙体的态度太注重形式特征，即口语语体。而实际上有许多自叙体并非与《外套》一样。例如屠格涅夫的短篇小说所用的叙述方式，虽然也是自叙体，但却与果戈理的《外套》截然不同。屠格涅夫的自叙体虽然也是自叙体，但指向却非针对他人，而是针对叙事自身。而列斯科夫的自叙体则虽然使用方言体，但却是为了展现异己社会的话语和世界观而采用的。当然，自叙体按照巴赫金学派的观点，最主要看其是否是"一语双声"的。

在巴赫金学派内部，最先探讨体裁问题的，是梅德韦杰夫。"在巴赫金（与梅德韦杰夫）的早期论文中，对形式主义的批判和反驳听起来更像是在为自己对于审美活动的本质问题感兴趣而提出的一个借口或托词（更有力的证据是这个思想者'只有一个关键理念'）。而且，有一点很清楚，即他们都把体裁当作是一个包括了历史诗学理论问题的一个基础，而实际上有许多观点形式主义者们和巴赫金是一致的。例如，二者都认为文学文本是集体事件的产品，是一个可以被描述为只有理解其体裁才能接受其具有完结性的结局的事件。"①

---

① Carol Adlam，Rachel Falconer，Vitalij Makhlin and Alastair Renfrew：*Face to Face*：*Bakhtin in Russia and the West*，Sheffield，England：Sheffield Academic Press，1997，p. 37.

对艺术与生活之关系的认识左右着人们关于体裁问题的观点，而在巴赫金小组中，成员之间在对体裁问题的看法上也存在着很大差异。"为对作为思想家的梅德韦杰夫的独创性表示公正起见，我们就必须认真对待在体裁观上的这一重大差异问题。梅德韦杰夫的《文艺学中的形式主义方法》作为巴赫金小组中最早对体裁理论的系统阐述应当受到赞扬。在他看来，文学体裁在语言和现实之间实施着一种十分强大的社会和认识论调解功能，没有这种功能任何文艺都是不可能的。简单说来，艺术是透过体裁的光谱来与生活相关的，二者每个都有其严格确定的能力范围：'每种体裁都有其单单只为自身所具有的看待和知觉现实的方法和手段'。"①

梅德韦杰夫高度重视体裁问题，他认为"诗学恰恰应从体裁出发。因为体裁是整个作品，整个言谈的典型形式。作品只有在具有一定体裁形式时才实际存在。每个成分的结构意义只有与体裁联系起来才能理解。"……"体裁是艺术言谈的一个典型的整体，而且是一个重要的整体，是已完成和完备的整体。"体裁具有其现实的维度，这维度决定着作为一个整体的体裁的类型。"第一，作品面向听众和接受者，面向表演和接受的条件。第二，作品从内部向外，根据其主题的内容来把握生活。每一种体裁都各以其本身的方式，在主题上面向生活，面向生活中的事件、问题等等。"

梅德韦杰夫指出："每一种体裁都具有它所特有的观察和理解现实的方法和手段。……都是用来理解性地掌握和穷尽现实的手段和方法的复杂体系。""我们用内部统一的复合体——言谈——来思维和理解。……人了解现实时的这种完整的、物质上表现出来的内心活动以及它们的形式，是非常重要的。……文学以其经过锤炼的体裁，用认识和理解现实的新方法丰富我们的内心言语。"……"文学中的情况也是如此。艺术家应该学会用体裁的目光来看现实。现实的一定方面的理解，只有在具有一定表达方法的情况下才是可能的。另一方面，这些表达方法只能运用于现实的一定方面。艺术家完全不是把现成的材料堆到作品的现成平面上。作品的平面是它用来发现、观察、理解和选择材料的。"他郑重指出："体裁的现实性是它在艺术交际过程中得以实现的社会现实性。因此体裁是集体把握现实、旨在完成这一过程的方法的总和。通过这种把握能掌握现

---

① Craig Brandist, David Shepherd and Galin Tihanov(eds.)：*The Bakhtin Circle*：*In the Master's Absence*，Manchester and New York：Manchester University Press，2004，p. 61.

实的新的方面。对现实的理解，在思想的社会交际过程中不断发展和形成着。因此体裁的真正诗学只可能是体裁的社会学。"

巴赫金尤其注重体裁问题，他甚至专门为此写过《言语体裁问题》。在《答"新世界"编辑部问》里，巴赫金指出：

> 体裁具有特别重要的意义。在体裁（文学体裁和言语体裁中），在它们若干世纪的存在过程里，形成了观察和思考世界特定方面所用的形式。作家如果只是个工匠，体裁对他只是一种外在的固定样式；而大艺术家则能激活隐藏在体裁中的潜在含义。①

体裁有体裁自身的认识方式和叙事范式——这有点像是一种套路或模式。既然如此这种模式就既可以表达情感和思想，也可以反过来掩盖情感的缺席和思想的贫乏。形式主义公文之所以"屡禁不绝"，就是因为他是懒人最好的避难所。在俄罗斯当代影片《西伯利亚理发师》中，当安德列受军校校长、他的上司拉德罗夫的委托，受命代替校长本人当面向简小姐朗诵校长写给简的情诗时，就发生了与此十分类似的情形。剧情是大家都十分熟悉的：安德列在隐秘激情的驱使下，不由自主地把自己的感情代入情诗这种表达感情的"诗歌范式"里，竟然讲起了他在火车上与简邂逅相遇后萌生的朦胧的感情来。抒情主人公的悄然被置换引起的尴尬自然连最没有想象力的人也不难想象：校长拉德罗夫赧颜退场；简则大为震惊。此前，她根本不以为这个大男孩会对她有什么"非分之想"，实际上她也根本不可能往那上面去想。她只觉得来俄国后一切都"好玩儿"而已。如今却震惊地发现，原来这个她眼中的大男孩竟然会对她有那么认真。这还都不是我们想要讨论的重点。还有一个问题是：情诗这种固定的范式，可以为本没有任何感情可言的人作为"表达感情的"工具，而真有感情的人有时也不得不借助于老掉牙的"俗套"来"借花献佛"。这大概就牵涉到语言的一个本质特征，那就是它可以为表达真理而存在，也可以为推销谎言而张目。情诗写得分外动人的人未必有真感情，相反，不会写情诗的人未必就没有真情。关键看你是看重真情还是看重表达感情的套路和范式。

---

① 〔苏〕巴赫金著，钱中文主编：《巴赫金全集》第 4 卷，白春仁、晓河、周启超等译，石家庄，河北教育出版社，1998，第 368 页。

第七章　《马克思主义与语言哲学》与话语的
多元本体论文艺学

第一节　沃洛希诺夫论超语言学和"他人言语"

无论如何，《马克思主义与语言哲学》作为巴赫金学派的基本著作之一，不仅参与了巴赫金学派的形成和发展，而且，理论上也和与整个20世纪相始终的、由俄国形式主义开启的多元本体论文艺学运动，有着千丝万缕的联系。沃洛希诺夫和梅德韦杰夫在巴赫金学派的形成和发展过程中，并非是无足轻重、可有可无的，而是至关重要的和不可或缺的。两人的基本著作，奠定了巴赫金学派思想的基础，成为我们最终走进巴赫金学派的一把必不可少的钥匙。

如前所述，话语是巴赫金学派撬动世界的杠杆，也是其理论由以出发的最初的起点。而这个起点，如果按照时间顺序说，则并非直接导源于巴赫金，而是导源于巴赫金小组重要成员之一的沃洛希诺夫。这里引人注目的一个特点在于，巴赫金和沃洛希诺夫都采用混合而又微妙的非文学话语取代了此前俄国形式主义代表人物的诗歌语言和日常生活语言的无效的、非科学性的划分，但仍然把话语作为其研究的起点和主要对象。什克洛夫斯基曾经把诗歌语言界定为陌生化的和非自动化的，而把日常生活语言的特征，归纳为自动化的和熟悉的，这种划分难免有机械的嫌疑。

事实上，如果按照经典俄国形式主义代表人物什克洛夫斯基的表述（他的表述常常在逻辑上很不严密），风格其实是他们无力解决的问题。因为按照什克洛夫斯基的说法，作家的个人风格在文学中其实是并不存在的。因为作家所做的一切工作，无非就是"各种"现成的"手法"的组合，犹如厨师烹饪时需要用到的调料一样。给菜肴以味道的，无非是各种调料的不同组合而已。作家的任务不是创造自己的独特风格，而是如何把既有的风格和手法组合起来，以适应读者变化中的不同口味。所以，一部作品的产生，与其说是作家的创作劳动使然，倒不如说是传统这棵"老树"上结出的"新果"而已。因此，什克洛夫斯基才会断言：不是"他"在写书，而是时代借他的手在写书。我们一眼就可以看得出来，采用这样一种视角，则传统与个人才能的问题，对于绝大多数俄国形式主义者来说，注定会是一个无解的难题。

风格问题的复杂性在于其在构成上，既有客观因素，也有主观因素，而且，归根结底是作家主体精神的外现的产物。风格即个人才能的标记，或不怕重复老话：风格即人。但在风格构成中，客观因素和主观因素的关系究竟如何呢？

沃洛希诺夫的《马克思主义与语言哲学》与巴赫金的成名作《陀思妥耶夫斯基创作问题》问世于同一年(1929)，其第3编和最后一部分和巴赫金的著作探讨了相似的内容，但其入思的角度和理论意识的广度却比巴赫金更广。沃洛希诺夫的写作意图是把对待语言的对话方法与历史辩证法联系起来，在理论表述上与巴赫金可以说是如响斯应，琴瑟和谐。[①] 实际上，在最初阶段上，沃洛希诺夫和巴赫金的关系毋宁说是"双向的"(mutual)，而且，巴赫金写于20世纪30年代的著作部分即以沃洛希诺夫早期的贡献为基础而形成的——加里·索尔·莫森和加里尔·埃默森如是说。

值得注意的是，沃洛希诺夫对于超语言学现象的评价，不同于巴赫金。沃洛希诺夫同样也把自中世纪以来欧洲意识形态进行了简要的分期："专制主义的教条主义"、"唯理论教条主义"、"现实主义和批判个人主义"、"相对主义个人主义"。以上4个时期都与历史唯物主义范畴相关联，因此而暗示还有第5个时期，这就是由1917年俄国革命所开创的未予以命名的时期。而巴赫金肯定会对时期的这样一种划分表示异议的。其次，巴赫金肯定对各个时期和语言的均质化表示不满。沃洛希诺夫为采用社会学方法研究语言学所提供的论据，也是十分简陋的。但他的阐述不像巴赫金那么复杂深奥，而且还包含着许多富于创造性的见解。

一般说来，沃洛希诺夫认为任何时代语言的资源——即其模式——都视说话人使用该种语言的程度而存在。简言之，说话人从来都不是在对模式进行例示，而是在修正模式，更准确地说，说话人是在修正模式的社会形成的感觉，以此因应正在进行中的社会活动的压力。压力在不断变化，随着变化的是修正，压力持续时间越广泛越长久，修正也就越广泛越长久。被持续使用的修正会"结晶"成为特定风格，而风格反之又

---

① Gary Saul Morson, Caryl Emerson：*Mikhail Bakhtin*：*Creation of a Prosaics*，California：Stanford University Press，1990，p. 162.

会被当作是一种语法规则。语法不是别的，就是被牢固凝固了的风格。这种从个人说话秉性和气质连续不断地发展成为最无可置疑的语法规则的现象是屡屡发生的。笔者不由得想起当年曾经地令编辑老爷们十分头疼的果戈理的文风。在任何语言中都有一种语法化进程和解语法化进程在不断地进行。

修辞和语法规则之间的区别是程度而非类型的区别。因此，有关特殊规范和形式的归属问题会经常地引起争论：一种现象究竟是修辞还是语法现象？按照沃洛希诺夫的观点，诸如此类的争论是很难达到确定的结果的，因为在语法和修辞、在体系和体系的应用之间，并没有一条严格规定的界限。事实上二者之间的界限是流动不定的。

在巴赫金对话理论的形成过程中，沃洛希诺夫的"他人言语"（reported speech，another's speech，чужая речь）是沃洛希诺夫对于巴赫金学派最重要的贡献之一。沃洛希诺夫以"他人言语"为题展开的论述，事实上是从另外一个角度，对巴赫金的对话主义的一种富于学理依据的论证。沃洛希诺夫对于"他人言语"的定义是："言语中之言语，表述中之表述"，也是一种"关于言语之言语，表述之表述"。[①] 对"他人言语"的讨论适足以显示沃洛希诺夫研究语言的社会和历史的方法，并且揭示了语言的对话本质。

"他人言语"的另外一个向度是向我们揭示了如何理解的问题。巴赫金和沃洛希诺夫把思维描述为内在化的对话，是一种"内心（对话式）言语"。思维采用的是社会对话的形式，这种对话我们后来是通过我们的大脑默默进行的活动获知的。对于他人话语所做的修正对于研究心理学来说是十分重要的。他人话语的重要性在于任何理解活动都与他人话语有某种相似之处。理解就意味着一方面对特定话语的接受和针对其的特定回答，因而理解的结构有点像是引语和注释的关系，这导致话语中出现的报道和评价因素在语境中的在场和出现。但这两个过程并不一定是先后进行的，而更可能是同时混合进行的。在这个问题上，沃洛希诺夫的"他人言语"和列夫·维戈茨基的"内心话语"说正好可以互参互释。

沃洛希诺夫革新了人文科学历来对于何谓理解的观点。接受美学肯定理解取决于听话人，但对沃洛希诺夫来说，肯定这一点仍然不够，因为人文科学的理解既取决于说话人，也取决于听话人。理解从来不是被

---

① 〔苏〕巴赫金著，钱中文主编：《巴赫金全集》第 2 卷，李辉凡、张捷、张杰等译，石家庄，河北教育出版社，1998，第 466 页。

动消极的，而是积极主动的应答。出于同样的考虑，沃洛希诺夫也把话语比作"一座桥梁"——取决于两方面。沃洛希诺夫指出："实际上话语是一个两面性的行为。它在同等程度上由两面所决定，即无论它是谁的，还是它为了谁。它作为一个话语，正是说话者与听话者相互关系的产物。任何话语都是在对'他人'的关系中来表现一个意义的。……话语，是连结我和别人之间的桥梁。如果它一头系在我这里，那么另一头就系在对话者那里。话语是说话者与对话者之间共同的领地。"①沃洛希诺夫在其论文《生活话语与艺术话语》中进一步指出："'风格即人'，但是，我们可以说：这至少有两个人，更准确地说，是人和以其权威代表所体现的社会集团即听众，即人的内部言语和外部言语的经常参与者。"②巴赫金在《长篇小说的话语》中，用政治的比喻强调自己的论点。巴赫金和沃洛希诺夫都强调，句法形式是从对变化中的对话语境的反应中产生的。③

众所周知，奥波亚兹在其产生之初，曾经把语言划分为（日常）实用语言和诗歌语言两类。他们丝毫也感觉不到这种划分必须要有所依据的问题。但巴赫金和巴赫金小组成员并不认同这种划分。虽然奥波亚兹后来自动放弃了这种划分假说，但真正更正这种错误的，却非巴赫金小组莫属。巴赫金自己和沃洛希诺夫都曾探讨了非文学类话语的各种形式，后来巴赫金又在写作《言语体裁问题》时，重新回到这个问题上来。巴赫金小组认为，如果按照俄国形式主义的理论框架，则日常生活领域必然会受到轻视。巴赫金和沃洛希诺夫的许多著作都涉及非文学陈述的各类形式问题，而巴赫金自己后来还特意写作了《言语体裁问题》。按照巴赫金小组的观点，形式主义理论忽略了日常生活领域，如果说日常生活语言是自动化了的，那么，它也就很难成为活力的焦点和社会以及个人创造力的焦点。对于俄国形式主义者和他们的同道者未来派来说，日常生活世界（быт）是僵死的、自动化的，实质上是无意识的，因而也就是非创造性的。他们都为一种波西米亚浪漫主义气质所吸引，而喜欢"给社会趣味以一记耳光"，喜欢开头和结尾要有戏剧性的转折，喜欢攻击障碍，没有回应的爱和受伤的感情，启示录式的时代和历史的跳跃。而他们最不喜欢的就是世俗生活（быт）。马雅可夫斯基在其自杀诗中写道："爱的小

---

① 〔苏〕巴赫金著，钱中文主编：《巴赫金全集》第 2 卷，李辉凡、张捷、张杰等译，石家庄，河北教育出版社，1998，第 436 页。

② 〔苏〕巴赫金著，钱中文主编：《巴赫金全集》第 2 卷，李辉凡、张捷、张杰等译，石家庄，河北教育出版社，1998，第 104 页。

③ Ken Hirschkop, David Shepherd：*Bakhtin and Cultural Theory*，Manchester and New York：Manchester University Press，1980，p. 130.

舟撞碎在日常生活的磨石上了。"与之相反,巴赫金却是从那些最具有日常生活性的作家,从最普通的话语出发来研究这个问题的。对于巴赫金、沃洛希诺夫和梅德韦杰夫来说,日常生活是一个常在的生活领域,也是所有社会变革和个人创造性的来源。散文才是真正最有意思的,日常生活领域才是最值得关注的。

散文的创造性一般说来很慢,往往是从很小的范围内滋生的,有时甚至很难察觉。正因为此我们往往未能觉察到它,还以为创新应该来自别的方面。但实际上创新来自于无以数计的很小很小的变化,往往如"风起于青萍之末",而我们之所以难以察觉就因为它们太为我们所熟知了。

沃洛希诺夫在《马克思主义与语言哲学》中指出,迄今还没有一部涉及语言哲学的马克思主义论著,并声称此书系第一部,它将涉及语言哲学的基本问题,语言思维的基本倾向以及"这一思维在具体的语言学问题方面赖以依存的方法论的基本点"。作者指出语言是一种意识形态现象,是一种特殊的活动。语言既是一种意识现象,也是一种心理现象,而且,作为一种意识心理现象,它并非纯粹主观的活动,而是意识形态创作的特殊物质活动。在语言哲学发展史上,《马克思主义与语言哲学》是一个节点,在此之前,语言学领域还处在"前辩证机械唯物主义"阶段,是机械论的因果范畴占统治地位的阶段。在这个领域里,还充斥着经验论的实证主义和对"事实"的非辩证理解的崇拜,而马克思主义的哲学精神还几乎未渗入到这些领域。因此之故,马克思主义的哲学精神也就无法对文艺学领域施加其重大影响力。实际上,语言哲学问题涉及马克思主义宇宙观以及我们的舆论界广泛关心的一系列最重要方面"(即文艺学和心理学问题)。与此同时,"可以说,当代资产阶级哲学在话语的标志下,正在兴起,而且这一新的西方哲学思潮才刚刚开始。"[1]也正因为此,马克思主义就必须严肃回答在语言学领域里产生的迫切问题。

沃洛希诺夫指出:此书第1编的任务是"指明语言哲学问题在整个马克思主义宇宙观中的位置"。第2编"将努力解决语言哲学的基本问题",即"语言现象的现实性"问题。"这一问题是新时代一切最重要的语言哲学思想问题的中心。诸如语言的形成问题、言语的互相作用问题、理解问题、意义问题等都是以它为中心的。"最后一编具体研究众多的句法问题中的一个。"我们整个研究的基本思想是使表述(высказывание)的构词功

---

① 〔苏〕巴赫金著,钱中文主编:《巴赫金全集》第2卷,李辉凡、张捷、张杰等译,石家庄,河北教育出版社,1998,第346页。

能作用和社会本质具体化：必须指明其意义不仅仅在于一般世界观和语言哲学的原则问题方面，而且还在于一些具体的、最具体的语言学问题上。要知道，如果思想可靠且有效，那么这一有效性应该彻底反映出来。"①

　　沃洛希诺夫《马克思主义与语言哲学》第 1 编的主旨是论证语言的意识形态性或其现实指涉性。语言是符号，也是一种特殊的意识形态产品，而"任何一个意识形态产品不只是现实的一个部分（自然的和社会的）作为一个物体，一个生产工具或消费品，而且，除此之外，与上述现象不同，还反映和折射着另外一个，在它之外存在着的现实。一切意识形态的东西都有意义：它代表、表现、替代着在它之外存在着的某个东西，也就是说，它是一个符号（знак）。哪里没有符号，哪里就没有意识形态。"②

　　这是沃洛希诺夫所理解的马克思主义语言哲学的第一原则，而且，这个原则明显与整个 20 世纪十分盛行的索绪尔语言学思想正相对立。符号从其产生之初起就具有双重指向性：它既可以是一种生产工具（如镰刀和斧头），也可以转换成为一种意识形态符号。而索绪尔式的语言学在肯定语言自身的规律和法则，肯定语言的自律性系统性的同时，却竭力主张语言的非外指向性。沃洛希诺夫反对抹杀语言的外指向性。他指出："符号不只是作为现实的一部分存在着的，而且还反映和折射着另一个现实。所以，符号能够歪曲或证实这一现实，能够从一定的角度来接受它，等等。……哪里有符号，哪里就有意识形态。符号的意义属于整个意识形态。"③沃洛希诺夫进一步指出："每个意识形态创作领域都会以自己的方式来面向现实，以自己的方式来折射现实。每一个领域在整个社会生活中都有自己特殊的功能。"但这种意识形态现象并非一种纯粹心理或意识现象，而是具有"某种物质形式：声音、物理材料、颜色、身体运动等"。所以，人们一般以为理解可以是直接的，是错误的，"理解本身也只有在某种符号材料中才能够实现。"④

　　在肯定符号的意识形态意义的同时，沃洛希诺夫进一步指出符号即

①　〔苏〕巴赫金著，钱中文主编：《巴赫金全集》第 2 卷，李辉凡、张捷、张杰等译，石家庄，河北教育出版社，1998，第 347 页。

②　〔苏〕巴赫金著，钱中文主编：《巴赫金全集》第 2 卷，李辉凡、张捷、张杰等译，石家庄，河北教育出版社，1998，第 348～349 页。

③　〔苏〕巴赫金著，钱中文主编：《巴赫金全集》第 2 卷，李辉凡、张捷、张杰等译，石家庄，河北教育出版社，1998，第 350 页。

④　〔苏〕巴赫金著，钱中文主编：《巴赫金全集》第 2 卷，李辉凡、张捷、张杰等译，石家庄，河北教育出版社，1998，第 351 页。

语言的起源问题。众所周知，马克思主义对起源问题给予优势关注，因为语言的起源事实上同时也是语言的本质之所在。按照沃洛希诺夫的解释，意识形态创作的特点就在于"它存在于众多有组织的个体之中，它是一种环境，是它们交际的手段。""符号只能够产生在个体之间的境域内……必须使两个个体社会地组织起来，即组成集体：只有那时它们之间才会形成符号环境。"①语言产生于人际交往的需求。最早的语言大概就如鲁迅所说，是用来协调人们在劳动中的节奏的号子。其后，随着劳动内容的丰富，则语言也逐渐变得丰富起来。话语作为语言的表现形式之一，其"整个现实完全消融于它的符号功能之中。话语里没有任何东西与这一功能无关，没有任何东西不是由它产生出来的。话语——是最纯粹和最巧妙的社会交际 medium（手段）"②。"话语作为必不可少的成分，伴随着整个一般意识形态创作。话语伴随和评论着任何一种意识形态行为。没有内部言语的参加，无论哪一种意识形态现象（绘画、音乐、仪式、行为）的理解过程都不会实现。""话语存在于任何的理解活动和解释活动之中"。③ 话语是"意识形态科学的基本研究客体"。④

这里值得注意的是语词"意识"和"意识形态"的释义。受到过苏联哲学熏陶和洗礼的我们，对于意识形态这个词十分敏感，一听到它，就习惯性地把它和阶级、阶级斗争、和东西方长达多年的"冷战"和"两大阵营"联系起来。而在沃洛希诺夫和巴赫金笔下，"意识"和"意识形态"并不具有其后来才产生的单义性和固定的所指。语言是在社会交际的生活中产生的，并且也是为人们的社会交际服务的。语言的生存和发展处处都离不开交际这个语境。所以，"话语的纯符号性"固然重要，但更重要的是其"无所不在的社会性"。"要知道，话语只有在人们的一切相互影响、相互交往中真正起作用：劳动协作、意识形态的交流、偶尔的生活交往、相互的政治关系等等。在话语里实现着浸透了社会交际的所有方面的无数意识形态的联系。显而易见，话语将是最敏感的社会变化的标志，包括那些变化还只是在逐渐成熟起来，它们还尚未完全形成，还没有探寻

① 〔苏〕巴赫金著，钱中文主编：《巴赫金全集》第 2 卷，李辉凡、张捷、张杰等译，石家庄，河北教育出版社，1998，第 353 页。
② 〔苏〕巴赫金著，钱中文主编：《巴赫金全集》第 2 卷，李辉凡、张捷、张杰等译，石家庄，河北教育出版社，1998，第 354 页。
③ 〔苏〕巴赫金著，钱中文主编：《巴赫金全集》第 2 卷，李辉凡、张捷、张杰等译，石家庄，河北教育出版社，1998，第 356 页。
④ 〔苏〕巴赫金著，钱中文主编：《巴赫金全集》第 2 卷，李辉凡、张捷、张杰等译，石家庄，河北教育出版社，1998，第 357 页。

达到已形成的意识形态体系的领域。"①

沃洛希诺夫用一小节篇幅向我们介绍了语言学领域里（经济）基础和上层建筑的关系问题。这诚然如沃洛希诺夫所说，是马克思主义的基本问题之一。而要研究意识形态现象，就必须凭借词语的材料。普列汉诺夫等人所说的社会心理，"在现实和物质上都被作为是一种话语的相互作用"。"生产关系和由它直接决定的社会政治结构决定着人们一切可能的话语交往，他们话语交际的一切形式和方式：在工作中，在政治生活中，在意识形态的创作中。"而社会心理，"这首先是各种言语的现象，它从各个方面环绕着所有稳定的意识形态创作的形式和样子：场外交谈、在剧院、音乐会、各种社会集会中的意见交换、简单的偶尔交谈、对生活和平常行为的话语反应方式、自我意识的内部话语方式，自己的社会状况等等，等等。"②20世纪在西方开始流行起来的话语分析学派，其实就肇始于此。

沃洛希诺夫接下来的论述，令人想起巴赫金关于言语体裁问题的言论。的确，作为巴赫金小组成员之一，沃洛希诺夫的许多言论是与巴赫金吻合或相近的，可见，他们之间有着相同甚至近似的理论基础。沃洛希诺夫指出："每一个时代和每一个社会团体都有自己的生活意识形态交际的言语形式修养。每一组同类的形式，即每一种生活言语体裁相对应着自己的一组话题。"对于这种东西，沃洛希诺夫在此将其命名为"表述形式"，并认为对于表述形式的分类，应该依据言语交际形式分类。这后者的形式完全取决于生产关系和社会政治结构。在这里，显然沃洛希诺夫的解读是把言语形式（体裁）给极大地政治化了。事实上，话语在非政治领域里也拥有广大空间——政治只是人类生活的一隅——虽然是很重要的一隅。当然，在巴赫金本人的著作里，关于言语形式的政治内涵，就不是那么明显。下面我们将在适当时候对其进行梳理。

符号领域里的"阶级斗争"更多地表现为对于同一个语言外现象，在符号表现中会有截然不同的两种以上的评价。"任何一种詈骂都可以成为被赞扬的，任何一个真正的真理对于许多其他方面却不可避免地会听起来是一个最大的谎言"③（这里对译文稍作改动。原文中的 брань 是"詈骂"的意思，而非"战争"——笔者）。"不同的阶级却使用同样的语言。因此

① 〔苏〕巴赫金著，钱中文主编：《巴赫金全集》第2卷，李辉凡、张捷、张杰等译，石家庄，河北教育出版社，1998，第359~360页。
② 〔苏〕巴赫金著，钱中文主编：《巴赫金全集》第2卷，李辉凡、张捷、张杰等译，石家庄，河北教育出版社，1998，第360页。
③ 〔苏〕巴赫金著，钱中文主编：《巴赫金全集》第2卷，李辉凡、张捷、张杰等译，石家庄，河北教育出版社，1998，第366页。

在每一种意识形态符号中都交织着不同倾向的重音符号。符号是阶级斗争的舞台"。①"统治阶级总是力图赋予意识形态符号超阶级的永恒特征，扑灭它内部正在进行执着的社会评价的斗争，使它成为单一的重音符号。""其实，任何一个活生生的意识形态符号就像雅努斯具有两面性"。②

当今世界上，解构意识形态或所谓非意识形态化，在后现代主义盛行一时的时代，成为一种学术界的风尚。然而，意识形态观点并未过时，试看今日之天下，那些口口声声鼓吹非意识形态化的人，往往才是某种潜在意识形态的鼓手。帝国主义亡我之心不死，他们的所谓非意识形态化，其实是想要解除我们的意识形态武装的一个口实，掩盖在其下的，是颠覆我们社会主义国家的狼子野心。

沃洛希诺夫在总结时指出："在话语中，在每一个表述中，无论它多么渺小，心理和意识形态、内部和外部的这一生动的辩证综合总是一次又一次地在实现着。在每一个言语活动中，主观感受就消失在所说话语-表述的客观事实之中，而所说话语在应答的理解中被主观化，以便或早或晚产生出回话。正如我们所知，每一个话语都是各种社会声音混杂和斗争的小舞台。个体口中说出的话语成了社会力量之间生动的相互影响的产物。"③

该章探讨一个对于马克思主义来说很困难的问题（也许有人甚至会认为这个问题难到无法解决的地步）。在马克思主义的诸多任务中，沃洛希诺夫指出了"建立真正的"社会学的"客观心理学"，而非建立生理学的、生物学的"客观心理学"的必要性。生物学和生理学方法都是不适用的，因为意识的心理是社会意识形态的事实。问题的症结在于要寻找到一种客观但同时又细致又灵活的研究意识，研究人的主观心理的方法。

这种研究主观心理的客观方法，其价值和术语我们通过巴赫金的早期著作已经有所了解了。我们甚至可以把这种方法视为巴赫金小组成员共享的"意识形态视野"。沃洛希诺夫和巴赫金都特别重视他者在自我意识形成中所起的重要作用。对于巴赫金来说，他者即外位性，即"视觉剩余"，即来自每一个作为审美完结体和激进独特世界观引发的行为。而沃洛希诺夫作为一个马克思主义者，采用社会学术语对他者进行了再阐释："意识的心理是社会意识形态的事实……基本决定心理内容的过程，不是在

---

① 〔苏〕巴赫金著，钱中文主编：《巴赫金全集》第 2 卷，李辉凡、张捷、张杰等译，石家庄，河北教育出版社，1998，第 365 页。

② 〔苏〕巴赫金著，钱中文主编：《巴赫金全集》第 2 卷，李辉凡、张捷、张杰等译，石家庄，河北教育出版社，1998，第 365～366 页。

③ 〔苏〕巴赫金著，钱中文主编：《巴赫金全集》第 2 卷，李辉凡、张捷、张杰等译，石家庄，河北教育出版社，1998，第 386 页。

体内完成的，而是在它的外部，哪怕单个的机体也参加。"20 世纪 30 年代，巴赫金又在其心理学上增加了一个作为意图的社会学维度，从而得以借助于沃洛希诺夫的创见丰富自己的理论，但却规避了后者的马克思主义。

此外，这两位思想家的另外一个相似点，在于他们都反对索绪尔的交往模式论。按照沃洛希诺夫的观点，表述并非从说话人那里发出传到听话人那里，而是从交际外部作为一种双面行为而构成。因此表述"在同等程度上既取决于谁说也取决于对谁说"。当沃洛希诺夫和巴赫金把思想解释为内在言语时，他们假定他者——作为每个双面行为中的另外一面——必然参与我们哪怕是最私密的思想，而如果用索绪尔的精神来理解语言的话，则必不如此。

对于沃洛希诺夫来说，心理是社会地形成的这一事实，就意味着寻找纯粹孤立自在的心理学规律是错误的。当然，不同的人有不同的想法和心理，而心理学家必须注意到这样一个事实（即注意到心理的个体差异），但却没必要去寻求特殊的心理学规律来解释这些差异。的确，即使是这样的话，一般规律何以会允许不同的人们对于世界的想法和体验何以各个不同的问题，也依然会是无解的。

对于沃洛希诺夫来说，无论心理生活的材料还是心理生活赖以组织而成的基本原则，从社会和意识形态生活的更一般材料和原则的立场看，都是断断续续的。特殊的心理规律本身是没有的；至少在弗洛伊德等人所以为的那种意义上是没有的；相反，倒是有一些心理-意识形态生活的原则，这些原则允许众人所分享的体验因程度不同而相异。

如此众多的想要洞悉意识形态和心理学的企图遭到失败，沃洛希诺夫指出，其原因在于这是两个有着严格区分的领域，只是近来才发生了相互接触和交往。关于思考的内容和思想的心理学之间关系的论据的全部历史，都反映了这样一个错误。按照沃洛希诺夫的观点，关键问题来源于个体这个词的两种意义的混淆——即作为生物学样本的个体和作为个人的个体。作为生物学样本或自然客体，个体的概念与社会的概念有着重要的差异，但是，个人的范畴（或个性的范畴）事实上没必要与社会（个体）对立。"最令我们感到困难的是划清心理与意识形态界限问题的'个体的'概念。个体的对应概念往往被看成是'社会的'。由此得出心理是个体的，意识形态是社会的。这种理解从根本上是虚假的。"①

---

① 〔苏〕巴赫金著，钱中文主编：《巴赫金全集》第 2 卷，李辉凡、张捷、张杰等译，石家庄，河北教育出版社，1998，第 377 页。

　　一方面，个体的个性是"纯粹的社会意识形态现象"；另一方面，意识形态现象作为一种心理现象必然是个体的。"每一个意识形态产品都带有自己创造者或创造者们的印迹"，这一产品如果作为一种意识形态现象而被个别人以不同的方式加以运用的话，则其会一直作为意识形态现象而存在下去的。正如个别性是社会地构成的一样，意识形态现象要求个别的应用来取得存在。"意识形态符号应该深入到内部主观符号的领域中去，发出主观的声调，以便成为活的符号，而不致落入不被理解的珍品圣物的名义境地。"[①]

　　作为一种社会产品，心理在很大程度上并不位于一个完整的人的"内部"。我的头脑是在我身上，但我的心理却不。"根据自己的存在特征，主观心理仿佛被限制在机体和外部世界之间，仿佛位于这两个现实范围的边界线上"。在这个边界线上，出现了机体与外部世界的相遇，"但是相遇并不是物理的"，而毋宁说是符号的相遇。"心理感受是机体与外部环境接触的符号表现"。[②]

　　按照沃洛希诺夫的模式——对此模式，20 世纪 30 年代的巴赫金也许会以散文学[③]而非符号学精神予以大力阐发的——每个个体都被卷裹进两类交际活动中去。个人与其他个人通过特殊表述建立关系，与此同时，也在外部世界和自己的心理之间建立关系。这种经常发生的双重活动，使得心理生活成为一种边缘现象。沃洛希诺夫在此打了一个政治学的比方：这就像一个住在海外的人，祖国可以为他申请治外法权一样，心理在机体内部也享受着类似的"治外法权"（экстерриториально）。[④]

---

①　〔苏〕巴赫金著，钱中文主编：《巴赫金全集》第 2 卷，李辉凡、张捷、张杰等译，石家庄，河北教育出版社，1998，第 384 页。

②　〔苏〕巴赫金著，钱中文主编：《巴赫金全集》第 2 卷，李辉凡、张捷、张杰等译，石家庄，河北教育出版社，1998，第 367 页。

③　散文学（prosaics）是巴赫金研究者一书（Gary Saul Morson, Caryl Emerson: *Mikhail Bakhtin: Creation of a Prosaics*, California: Stanford University Press, 1990）中创造的一个概念，与诗歌形成对比。在"散文学"里，"散文"还具有散漫、零散、不成系统、没有统属……等义；而在这个意义上，与整饬、秩序、规矩、井然有序、纪律森严……相对。——笔者

④　按：中文版《巴赫金全集》第 2 卷中，此句译作"机体内的心理是超出机体范围的"，不确。按原文为："Психика в организме - экстерриториальна. Это - социальное, проникшее в организм особи. И всё идеологическое - экстерриториально в социально-экономической области, ибо идеологический знак, находящийся вне организма, должен войти во внутренний мир, чтобы осуществить свое знаковое значение."全文应为："这是一种渗入到个人机体内部的东西。在社会经济领域里，一切意识形态的东西都享有治外法权，因为处于机体之外的意识形态符号，应当进入内部世界，以便实现其符号意义。"——笔者

第二节　语言哲学中的个人主观主义和抽象客观主义

在《马克思主义与语言哲学》的第 2 编中，沃洛希诺夫把探讨语言哲学思想的两个派别作为主要宗旨。这两个派别是个人主观主义和抽象客观主义。

显然，这两大流派都需要事先锁定其研究的客体或对象才是。但区分出语言哲学（或话语哲学）的现实客体的任务——远非是轻松的任务。当我们把注意力锁定在客体的具体物质综合体时，又常常会丧失掉客体自身的本质及其符号和意识形态属性。同样，"如果我们把声音作为一种纯粹的声学现象，那么我们就不再有作为专门对象的语言"①。

那么，按照科学的要求，我们应当如何来确定语言哲学或话语哲学的客体即对象呢？

沃洛希诺夫指出：

> 首先必须把这个综合体归入更广泛的并且能包容它的综合体中——归入有组织的社会交际的统一范围中。为了观察燃烧的过程，必须把物体放到空气的环境中去。为了观察语言现象，需要把发音者和听话者这两个主体就像声音本身一样，放置在社会氛围中去。要知道，必须让说话者和听话者属于同一个语言集体，属于一定的有组织的社会。还必须，让我们的两个个体处在最近的社会环境的统一体中，也就是，让他们像人与人那样，在一定的基础上相互交往。只有在一定的基础上，话语交流才有可能。无论这一基础多么共同，可以说，该共同的基础是偶然的。②

而上文所提到的个人主观主义和抽象客观主义流派，其最主要的错误，就是未能找到语言哲学或话语哲学的客体。

第一个流派把言语的个人创作行为看成是语言的基础。其基本观点有 4 点：

（1）语言是一种活动，一个由个人的言语行为实现的不间断的创作构

---

① 〔苏〕巴赫金著，钱中文主编：《巴赫金全集》第 2 卷，李辉凡、张捷、张杰等译，石家庄，河北教育出版社，1998，第 388 页。
② 〔苏〕巴赫金著，钱中文主编：《巴赫金全集》第 2 卷，李辉凡、张捷、张杰等译，石家庄，河北教育出版社，1998，第 388 页。

造(energeia)活动过程。

(2)语言创作的规律是个人心理的规律。

(3)语言创作是一种类似于艺术的能被理解的创作。

(4)语言作为一个现成的产物(ergon)，作为一个稳定的语言体系(词汇、句法、语音)，是一个似乎死板的沉淀物，是凝结了的语言创作的激情，是一个抽象地构造而成的语言学，以便在实际中把语言作为现成的工具来学习。

该派最出色的代表人物和奠基人是洪堡特。当然，洪堡特思想的影响绝非仅仅以上列举的4条所能涵盖，事实上他对以上两大流派都有很大影响。但就其主流而言，洪堡特思想的基本内核体现了第一个流派的基本倾向。而在俄文文献中，第一个流派最重要的代表人物是 A. A. 波捷勃尼亚及其追随者。对于波捷勃尼亚来说，个人心理仍是语言的源泉。在冯特那里，所有的语言事实，都应从个人心理学角度加以解释。该流派在现代获得了极大的发展，涌现出福斯勒学派，成为"当代哲学-语言学思想的最有影响的流派之一"。其主要特点是彻底和根本地拒绝语言学的实证主义，把语言中的理解-意识形态因素提到了首位。语言创作的基本动力是"语言趣味"，语言以之为生存的根基，它是语言学家研究的对象。对福斯勒来说，语言现象的艺术意义才是最最重要的。这就是福斯勒的唯美学的语言观。"语言的思想本质上是一种诗的思想，语言的真实是艺术的真实，是一种能领会的美。"①总之，对于福斯勒来说，言语的个人创作行为(Sprache als Rede)，是基本的现象，是语言的基本现实。

沃洛希诺夫指出："只有在具体表述中，这种语言风格的个体化才是历史的和有创造性的富有成效的。正是在这里形成语言，然后以语法的形式分离开来：所有现在成为语法的事实，过去曾是修辞的事实。这就导致了福斯勒的修辞重于语法的思想。"

第一个流派在当代的代表人有维柯，还有意大利哲学家和文艺学家贝尼季托·克罗齐。克罗齐的思想在许多方面接近福斯勒的思想。他也认为语言是一种美学现象。"他的观点的主要关键术语是表现(表达力)，其基础是任何表现都是艺术的。"语言学既然是研究表现的科学，所以，它和美学是一致的。对克罗齐来说，言语的个人表现行为是语言的基本现象。总之，对于语言学第一个流派而言，语言就是永恒流动的言语行

---

① 〔苏〕巴赫金著，钱中文主编：《巴赫金全集》第2卷，李辉凡、张捷、张杰等译，石家庄，河北教育出版社，1998，第393～394页。

为流，没有任何东西是稳定和一致的。

对于语言学的第二个流派即抽象的客观主义而言，语言是悬在云幕之上的不动的彩虹。沃洛希诺夫指出："每个个人的创作行为，每一表述都是个人的和不可重复的、然而在每一表述中又存在着与该言语团体其他表述因素相一致的因素。正是这些对于所有表述都一致的，因而也是标准的因素，如语音的、语法的、词汇的因素才保证了该语言的统一以及该集体所有成员对语言的理解。"①

沃洛希诺夫举了"a"作为一个音素的例子，说明语言是一个可以客观描述的系统的道理。在"paдyra"（彩虹）这个词中，事实上在现实生活中，每个人读"a"这个音都是各个不同的。这个由发音者个人机体的生理器官发出的音，在每个说话者那里都是个人的和不可重复的。有多少人发"paдyra"这个词的音，就会发生多少个不同的"a"。归根结底，人的发音犹如人的指纹一样是独特和不可重复的。

那么，为什么这种情形并未使交际中断了呢？这是因为语言是一个客观系统，在说话者说话的同时，在说话人和听话人之间存在着一种代代相传的语言系统，因而，个别人发音的不纯正，丝毫也不会影响到交际的进行，因为系统可以自动纠正个别错误信息，而给整个话语以正确的解读。所以，使一个音素成为可理解的义素的，是系统和语境。

沃洛希诺夫提出了这样一个问题：是否存在着发"a"这个音的个人特点呢？……当然，完全不存在。"存在着的正是，在发'paдyra'一词的任何情况下，该音的标准的一致性。正是这种标准的一致性（要知道，事实上的一致性是不存在的）构造了语言集体所有成员对该词的理解。这一标准一致的音位'a'就是语言事实，语言科学的特殊对象。"②

总之，按照语言学中第二个流派抽象客观主义的观点，语言体系是完全独立于任何个人创作的行为、想法和动因的。语言对于个人而言，是一个只能予以接受的无法违背和置疑的规则体系。个人从说话者集体中获得的语言体系，是现成的，其内部所发生的任何变化，都是个人说话者意识之外的事情。个人发任何音的行为要成为语言行为只有其符合不可置疑的语言体系才有可能。语言体系内部有其专门的规律性。语言要想成为一个体系，就必须具备某种专门的语言规律性。个人只能按照

---

① 〔苏〕巴赫金著，钱中文主编：《巴赫金全集》第 2 卷，李辉凡、张捷、张杰等译，石家庄，河北教育出版社，1998，第 395 页。

② 〔苏〕巴赫金著，钱中文主编：《巴赫金全集》第 2 卷，李辉凡、张捷、张杰等译，石家庄，河北教育出版社，1998，第 396 页。

这个体系本来的样子去接受它和掌握它。对于语言的规律性而言，没有更好，美好或丑陋等，只有正确与不正确之分。语言的正确性即指特定形式与语言规则体系的一致性。语言体系不取决于任何个人，它是集体创作的产物，是具有社会性的一个统一而不变的共时性体系。约定俗成，法不责众。

正如沃洛希诺夫所指出的那样，在语言发展史上，不断出现在语言的共时与历时、逻辑与非逻辑之间的"断裂"。这就犹如使用牛顿二项式公式的学生弄错了公式一般。语言中的规则也是如此这般的处于不断变化中。沃洛希诺夫列举了德国 16 世纪语言中的变位现象。他总结道："现象大众化了，结果个人的错误就变成了语言规则。"①这就和我们通常喜欢说的一句成语——"叶公好龙"——中的"叶"，按照规则本应读为"shè"公一样，只是因为"从众"的人实在太多了，所以，也就只好将错就错，甚至认错为对一样。沃洛希诺夫就此解释道："如果破坏没有被感觉到，因而就不会被更正，如果存在着有利于这一破坏成为大量事实的基础，那么这种破坏就成为新的语言的规则，在我们这里这种有利的基础就是类比。""语言的现在和语言的历史相互不理解，也不能够理解。"②

沃洛希诺夫认为语言学两大流派——个人主义主观主义和抽象客观主义——之间的差异，就寓于此中。对于前者而言，语言的本质是在历史中得到呈现的。语言的逻辑是一种永恒更新的个人化的逻辑。语言的现实就是它的形成。语言的现时和语言的历史相互之间永远是理解的。语言的兴趣创造着现时范围内的语言统一。对于第一个流派即个人主观主义而言，语言是由不可重复的个人创作行为实现的；对于第二个流派即抽象客观主义而言，这一自身一致的形式体系正好是语言的本质。后者的基本观点可以归纳为以下几点：

（1）语言是一个稳定的、不变的体系。它由规则一致的语言形式构成，先于个人意识，并独立于它而存在。

（2）语言规则是特别的语言学联系规则，它存在于这一封闭的语言体系内部的语言符号之间。这些规则对于任何主观意识都是客观的。

（3）特别的语言联系与意识形态价值（艺术的、认识的及其他）没有任何共同之处。任何意识形态主题都不能决定语言现象。在词语与它的意

---

① 〔苏〕巴赫金著，钱中文主编：《巴赫金全集》第 2 卷，李辉凡、张捷、张杰等译，石家庄，河北教育出版社，1998，第 399 页。

② 〔苏〕巴赫金著，钱中文主编：《巴赫金全集》第 2 卷，李辉凡、张捷、张杰等译，石家庄，河北教育出版社，1998，第 400 页。

义之间，没有任何自然和概念的意识，没有任何艺术联系。

（4）说话的个人行为，从语言的角度来说，只是偶然的折射和变形，或者只是对规则一致的形式的歪曲；然而正是个人说话的这些行为说明了语言形式的历史变异性。从语言体系的角度来看，这种变异性本身是无理的和无意义的。在语言体系及其历史之间不存在任何联系，没有任何动因的一致性。它们相互是格格不入的。[①]

总之，第二个流派的主旨恰好与第一个流派相反。其起源要追溯到17～18世纪的唯理论，进而可以追溯到笛卡儿的基础。第二个流派的第一个重要代表人物是莱布尼茨的多功能语法说。整个唯理论的特征是在封闭体系内部符号与符号之间的关系，而并非符号与其所反映的现实活动的关系。换言之，他们感兴趣的只是符号系统本身的内部逻辑。其第二个普遍特征是重视理解者的观点而轻视说话者的观点。抽象客观主义产生于法兰西。但其最明显的表现，体现在索绪尔的"日内瓦学派"身上。索绪尔以极其惊人的方式表述了这个流派的一切思想。"他对语言学基本概念的表述可以被认为是经典的。除此之外，索绪尔还大胆地把自己的思想贯彻到底，特别清楚地说明了抽象客观主义的所有基本线索。"[②]俄国语言学思想的大多数代表人物都受到了索绪尔及其学派的影响。

索绪尔是从区分语言的3个基本概念——语言—言语（langage）、作为形式体系的语言（langue）和个人的言语行为表述（parole）——出发的。按照索绪尔的观点，言语（langage）不可能成为语言学的客体。言语是混合的和多相的，以之为基础，不可能清楚地确定语言事实，因此，不可能使之成为语言学分析的出发点。

索绪尔的观点很明确，即应该"从一开始就应该站在语言（langue）的基础上，并且把它看作是规定一切其他言语现象的一种规则。确实，在这样多的矛盾和两面性中，只有语言才显示出独立裁决的能力，并且只有它才为思维提供了足够的支撑点。"[③]在索绪尔看来，语言是规则一致的形式体系，必须从它出发来研究客体。而在语言与个人说话即表述（parole）的关系上，也固守了他的以语言为客体的立场。语言是社会的，而表述是个人的；语言是本质的，而表述是次要的和偶然的。因此表述

---

① 〔苏〕巴赫金著，钱中文主编：《巴赫金全集》第2卷，李辉凡、张捷、张杰等译，石家庄，河北教育出版社，1998，第401～402页。

② 〔苏〕巴赫金著，钱中文主编：《巴赫金全集》第2卷，李辉凡、张捷、张杰等译，石家庄，河北教育出版社，1998，第403～404页。

③ 〔苏〕巴赫金著，钱中文主编：《巴赫金全集》第2卷，李辉凡、张捷、张杰等译，石家庄，河北教育出版社，1998，第405页。

不可能成为语言学的客体。"语言与表述的对立，就如同社会与个人的对立。"①

其次，索绪尔把语言视为一个系统，在这个系统中，各种因素之间呈现出一种共时态的相互关系。这体现了索绪尔的唯理主义精神。对于这种精神而言，"历史是歪曲语言体系纯逻辑的、非理性的自发现象。"②语言学思想的第二个流派并非仅有索绪尔学派作为它发展的唯一顶峰，另外还有一个杜克赫姆的社会学派，当然，它远没有索绪尔学派那么影响广泛。

沃洛希诺夫指出，在语言学中，历来存在着两种基本方法：第一种方法是立即接受一切原则观点（科学的折中主义），第二种是不接受任何一个原则观点，并宣称"事实"是最终的基础和任何认识的标准（科学的实证主义）。这种分法隐隐对应着上文所说的个人主义主观主义方法和抽象客观主义的对立。正如物理学中的"光子"和"粒子"的争论一样，在语言学界，这两种对立的方法看来还会长期存在下去。当前，我们面临的问题依然是：究竟什么是语言活动的真正中心，是个人言语行为表述，还是语言体系呢？哪一种是语言活动存在的形式，是不断的创作形成还是自身规则一致的固定不变性？

沃洛希诺夫在接下来的第 2 章里，对语言是否客观的问题，作出了回答。如果说第一个流派是正题，而第二个是反题的话，那么，对抽象客观主义的批判，就应该是合题了。上文说过，此书的宗旨是试图为语言哲学的研究提出一种马克思主义的社会学方案的，因此，我们可以认为这里的观点，就是巴赫金小组心目中的马克思主义社会学语言学思想。

那么，在沃洛希诺夫和巴赫金看来，抽象客观主义的错误究竟何在呢？沃洛希诺夫写道："第二个流派的代表人物常常强调，语言体系对于任何一个个人意识来说，都是独立于该意识外部的客观事实。这是他们的基本公式之一。然而，要知道，作为自身一致的不变规则的体系，它仅仅是对于个人意识和从这一意识角度而言的。……如果我们真的客观地看待语言，也就是说，从旁边或者更准确些，站在语言之上，那么任何不变的自身规则一致的体系，我们都是找不到的。相反，我们面对的

---

① 〔苏〕巴赫金著，钱中文主编：《巴赫金全集》第 2 卷，李辉凡、张捷、张杰等译，石家庄，河北教育出版社，1998，第 407 页。

② 〔苏〕巴赫金著，钱中文主编：《巴赫金全集》第 2 卷，李辉凡、张捷、张杰等译，石家庄，河北教育出版社，1998，第 408 页。

是一个语言规则的不断形成过程。"①

　　但问题在于:一方面,历史上并没有适应于所有时代的一成不变的语言规则体系。语言是一个不断形成中的过程——并且难说这个过程有什么固定的终点。由此可见,共时性体系与历史形成过程的任何一个现实因素都不相符。只有从个人主观意识的角度来看,共时性语言体系才存在。语言体系存在的条件在于它的时代性,离开特定时代也就脱离了它的存在基础。所以,"如果我们说:语言在与个体意识的关系中,是一个无可争议和不变化的规则体系,对于该语言集体的每一个成员来说,这是语言存在的一种 modus(方式),那么我们这样表达的是完全客观的关系。"②语言体系既具有相对性,也具有历史变动性。沃洛希诺夫指出,语言体系压根就不是索绪尔等人所崇拜的规则体系。"语言体系是语言之上反射的产物,这种反射根本不是由使用该语言的说话者本人意识完成的,也根本不是以直接话语本身为目的的。"③

　　沃洛希诺夫在此谈及巴赫金理论中一个十分重要的问题,即什么是理解?什么是人文科学所说的理解?理解并不是指对于符号自身一致性的认识,而是指对于符号特殊变化性的认识。人文科学的理解的对象不是"同一",而是指符号在特定语境和情境中的定位。理解不是指主观符合客观,而是具有双主体性。在语言交际过程中,"说话者和听话者——理解者的语言意识实际上是存在于生动的言语活动中,与语言规则一致的抽象的形式体系根本没有关系,而是在使用该语言形式可能出现的语境的综合意义上,与语言—言语密切相关。"④说话者的言语意识,其实,与语言形式本身,与语言本身,根本没有关系。对于说话者而言,语言形式仅仅存在于一定表述的语境中,因此,只存在于一定的意识形态语境中。"实际上,我们任何时候都不是在说话和听话,而是在听真实或虚假,善良或丑恶,重要或不重要,接受或不接受等等。话语永远都充满着意识形态或生活的内容和意义。"⑤"一般情况下,语言的正确性标准是

---

① 〔苏〕巴赫金著,钱中文主编:《巴赫金全集》第 2 卷,李辉凡、张捷、张杰等译,石家庄,河北教育出版社,1998,第 410~411 页。
② 〔苏〕巴赫金著,钱中文主编:《巴赫金全集》第 2 卷,李辉凡、张捷、张杰等译,石家庄,河北教育出版社,1998,第 412 页。
③ 〔苏〕巴赫金著,钱中文主编:《巴赫金全集》第 2 卷,李辉凡、张捷、张杰等译,石家庄,河北教育出版社,1998,第 413 页。
④ 〔苏〕巴赫金著,钱中文主编:《巴赫金全集》第 2 卷,李辉凡、张捷、张杰等译,石家庄,河北教育出版社,1998,第 416 页。
⑤ 〔苏〕巴赫金著,钱中文主编:《巴赫金全集》第 2 卷,李辉凡、张捷、张杰等译,石家庄,河北教育出版社,1998,第 416 页。

由纯意识形态的标准所取代的；表述的正确性是由该表述的真实性或虚假性，它的高雅性或庸俗性等所取代的。"①这里值得注意的是，沃洛希诺夫否定了语言自身法则在其中可能起到任何作用。因此可以说，这里已经隐含着对于抽象客观主义即索绪尔学派的批判立场。接下来沃洛希诺夫更明确地指出，"语言与意识形态内容的分离，是抽象客观主义最大的错误之一"。② 原因在于：语言作为规则一致的形式体系，根本不是语言存在的真正方式。索绪尔学派的理论是通过抽象化途径得到的，它有合理的一面，也有不合理的一面。"任何一种抽象要成为合理的，就应该符合于任何一定的理论与实践的目的。"③其次，索绪尔等人的理论是"以研究书面记载的僵化的他人言语，作为实践和理论目的的"。而且，这种思维定向，还支配着欧洲世界和整个语言学思维。"这一思维在书面语的尸体上形成并且成熟；在复活这些尸体的过程中，产生出这一思维几乎全部的基本概念、基本立场和习惯。"④在此基础上产生的语文学主义，是在历史上各个时期的语言学家们的支持下产生的，他们包括亚历山大城的学者们，还包括古罗马希腊人和印度人。"我们可以直率地说：何时何地产生了语言的需求，何时何地就出现语言学。语文学的需求产生了语言学，是它的摇篮，并且把语文学的竖笛插入其中。这根竖笛应该唤醒死睡的。然而为了在活的言语不断形成之中掌握它，只有声音是不够的。"⑤在此，沃洛希诺夫还援引了马尔院士指斥语言学"仅仅依靠书面语形式"这种死语言，传统语言学不善于从人类语言学的角度来接受活的语言及其无限自由的创作变化的言论。语言学是语文学地道的孩子。

值得注意的还有，就是沃洛希诺夫也和后来的巴赫金一样，直接把传统语言学的对象——古代文献、书面语体——说成是"完成的独白型表述"，这在巴赫金学派理论著述中的意义，自然无需我在此絮叨。沃洛希诺夫指出："要知道，独白型表述是已经抽象化了的，确实，可以说，是一种自然的抽象化。"任何一个独白型表述，也包括书面文献，都是言语

---

① 〔苏〕巴赫金著，钱中文主编：《巴赫金全集》第 2 卷，李辉凡、张捷、张杰等译，石家庄，河北教育出版社，1998，第 417 页。

② 〔苏〕巴赫金著，钱中文主编：《巴赫金全集》第 2 卷，李辉凡、张捷、张杰等译，石家庄，河北教育出版社，1998，第 417 页。

③ 〔苏〕巴赫金著，钱中文主编：《巴赫金全集》第 2 卷，李辉凡、张捷、张杰等译，石家庄，河北教育出版社，1998，第 418 页。

④ 〔苏〕巴赫金著，钱中文主编：《巴赫金全集》第 2 卷，李辉凡、张捷、张杰等译，石家庄，河北教育出版社，1998，第 418 页。

⑤ 〔苏〕巴赫金著，钱中文主编：《巴赫金全集》第 2 卷，李辉凡、张捷、张杰等译，石家庄，河北教育出版社，1998，第 418 页。

交际不可分割的一个成分。任何表述和完成型的书面语，都在回答着什么，针对着某个回答。它只是整个言语活动链条中的一个环节。任何一种文献都在继续着前人的劳动，与他们争辩，等待着积极的回答，预料着回答等等。这显然已经渗透着巴赫金的对话思维的特征了。总之，语言学要想成为一门科学，就必须以人类语言活动的整体为对象，而不是仅仅在其某一部分的基础上建立其科学大厦。语文学家和语言学家把书面语看成仿佛是一个"有独立意义的孤立整体，而且与它对应的并不是积极的意识形态概念，而是完全消极的概念"。传统语文学家和语言学家们的语言学思维方法和范畴，就是在这种孤立的独白型表述的基础上形成的。总而言之，历来的语言学家所研究的，都是死语言，是和他格格不入的语言。死语言所反映的，压根就不是使用该语言的说话者的语言意识。在这个基础之上形成的概念，是虚假的概念。语言学思维中的语言，就是这种僵死的书面语体的他人语言。而这种僵死的语言成了语言思维的最终现实和出发点。以往的语言学不是以研究为目的，而是以教学为目的："不是思索语言，而是教授研究过的语言。"①这种语言学的第二个基本任务，是把教授研究过的语言编纂成符合学校教学目的的材料——按照语音、语法、词汇的系统。

　　无论语言学家的文化历史面貌在各国有多大差异，语文学家都是他人的"秘密"书面语和话语的破译者，是破译或继承传统的老师和翻译。最初的语文学家和语言学家都是祭司。任何一个民族的历史典籍和传说，对于外行而言，都不啻于一种外来语和不懂的东西。祭司的任务就是破译这些祭神的语言的秘密。最古老的语言哲学就是在这样的基础上产生的，吠陀的词语学、古代希腊思想家关于逻各斯的学说以及圣经的语言哲学等，都是这样。

　　把外来语拿来解释语言本身的奥秘，并且断言如果没有费解的外来言语、外来语言的词汇的话，如果任何一个民族都只知道其自己的母语的话，那么这样的民族任何时候也创造不出来如《圣经》那样的哲理诗句。外来语或他人话语在沃洛希诺夫的著作中占有相当重要的地位。这个概念对于巴赫金本人来说，有两点重要的启发：一是它启发了巴赫金关于复调的思想，至少这种思想是与复调理论相互呼应的；二是它也是巴赫金边缘认识论的理论原点之一。认识产生于边缘地带，产生于与他者交

---

① 〔苏〕巴赫金著，钱中文主编：《巴赫金全集》第 2 卷，李辉凡、张捷、张杰等译，石家庄，河北教育出版社，1998，第 421 页。

界之处，因为唯有在这样的地方，一个人才能站在他者的立场上反观自身，从而得出正确的认识来。他者的眼光是认识求真的充足必要条件。

让我们暂时还是回到沃洛希诺夫身上来。沃洛希诺夫指出："有一个惊人的特点：从远古时代至今，各种语言哲学和语言学思维均是以对外来词语和外来语的特殊感觉为基础的，立足于外来语给意识提出的那些任务——破译和讲授已经破译了的。"他进而指出："母语是'自家兄弟'，感觉起来就像是自己熟悉的一件衣服，或者还要更好些，就像我们生活和呼吸的那一熟悉的空气。"①沃洛希诺夫明确指出："语言学和语言哲学是针对他人的外来语而定位的，从语言学和哲学方面来说，这决不是偶然和随意的。不是的，这一定位是一种巨大历史作用的表现，表现了外来语在创造一切历史文献过程中所起的作用。"②外来语的这一作用涉及全部意识形态、社会政治体制和日常生活伦理。别族的外来语曾经带来过文明、文化、宗教、政治组织。在各民族的历史意识深处，外来语都是与政权思想、权力思想、宗教思想联系在一起的。因此语言思想主要针对外来语定位。但是，迄今为止的语言学和语言哲学，都忽视了外来语巨大的历史作用。语言学"仿佛是曾经生气蓬勃的外来语流最终滚到我们面前的一个浪花，是专制的文化创作作用的最终遗迹"③。

促使语言发展的基本因素之一，就是语言之间的相互杂交——沃洛希诺夫并没有因为此话出于马尔之口而因人废言——当然，在他写作的那个时代，马尔正如一轮红日冉冉升起在苏联语言学界的天空中。而我们之所以认为巴赫金的复调小说和对话理论也是其起源之一，原因就在于此。

沃洛希诺夫指出，外来语的一系列特点，使其成为抽象客观主义的基础。接下来他列举了外来语的 8 个特点。④ 概括起来，不外乎：理解母语要理解其新的语境意义。语境在言语解读上的重要性于此可见一斑。其次，完成型的独白表述其实是一种抽象化。只有把话语放在其最初实现的现实历史语境中，这一话语的具体化才有可能。由此可见，言语的

---

① 〔苏〕巴赫金著，钱中文主编：《巴赫金全集》第 2 卷，李辉凡、张捷、张杰等译，石家庄，河北教育出版社，1998，第 422 页。

② 〔苏〕巴赫金著，钱中文主编：《巴赫金全集》第 2 卷，李辉凡、张捷、张杰等译，石家庄，河北教育出版社，1998，第 423 页。

③ 〔苏〕巴赫金著，钱中文主编：《巴赫金全集》第 2 卷，李辉凡、张捷、张杰等译，石家庄，河北教育出版社，1998，第 423 页。

④ 〔苏〕巴赫金著，钱中文主编：《巴赫金全集》第 2 卷，李辉凡、张捷、张杰等译，石家庄，河北教育出版社，1998，第 425 页。

本义只有在语境还原的情况下才能得以显现，任何脱离具体语境都是对言语意义的抽象化。沃洛希诺夫对于传统语言学处理语言史的方法，显然不满意。他指出，"语言的形式系统化思维"与"语言的活生生的历史概念"是互不相容的。也就是说，传统语言学所把握的那些概念和范畴，并不能真实反映语言演变过程的实际情形。"从系统的角度看，历史永远表现为仅仅是一系列偶然性的破坏"。① 其次，正因为语言学是以孤立的独白型表述为客体的，所以，整个研究都在该表述的内部范围内进行。从而使得表述外在活动的一切问题，被留在了研究视野之外。这个问题，以抽象客观主义为依托的索绪尔结构主义语言学，是很难把文本的内外两者统一起来的。因为他们很早就割断了文本与文本以外世界的联系，即文本的外指涉性。此外，传统语言史实际上成了单个语言形式史，它的发展自成体系，而且与表述的内容无关。在此，沃洛希诺夫援引了福斯勒对传统语言学的批判："历史语法提供给我们的语言史，简单地说，就是服装的历史。"②

　　沃洛希诺夫接下来阐述的观点，对于巴赫金学派的对话理论而言，具有关键性的奠基意义。他指出："话语的含义完全是由它的上下文语境所决定的。其实，有多少个使用该话语的语境，它就有多少意义。"③在巴赫金学派里，语境说的首倡者，应当说非沃洛希诺夫莫属。当然了，事实上在俄国文艺学界，早在他之前和同时，俄国形式主义代表人物们就已经有了类似的主张了。语境说可以说也是 20 世纪语言学界的重大发现。总而言之，是话语的用法而非其字典意义，决定着话语和语词在具体语境即上下文中的意义。正如维特根斯坦所说的那样，词的意义就等于词的用法。沃洛希诺夫进一步指出，之所以发生这样的情形，是因为"语言学关注的倾向与该语流相关的说话者的活生生的理解倾向是直接对立的。"④语文学家和语言学家比较特定话语的各种语境是为了确定使用的一致性因素，因为对于他们来说，重要的是把特定话语从无论哪种相应的语境中解脱出来，并赋予其以语境以外的确定性，也就是说，从中

---

① 〔苏〕巴赫金著，钱中文主编：《巴赫金全集》第 2 卷，李辉凡、张捷、张杰等译，石家庄，河北教育出版社，1998，第 426 页。
② 〔苏〕巴赫金著，钱中文主编：《巴赫金全集》第 2 卷，李辉凡、张捷、张杰等译，石家庄，河北教育出版社，1998，第 428 页。
③ 〔苏〕巴赫金著，钱中文主编：《巴赫金全集》第 2 卷，李辉凡、张捷、张杰等译，石家庄，河北教育出版社，1998，第 428 页。
④ 〔苏〕巴赫金著，钱中文主编：《巴赫金全集》第 2 卷，李辉凡、张捷、张杰等译，石家庄，河北教育出版社，1998，第 428～429 页。

创造出词典意义。这是抽象客观主义学派的第一个错误。

此派的第二个错误在于把使用任何一个词语的不同语境视为同一的，似乎语境形成了一系列定向的封闭的自足表述。然而，实际上，"使用同一个话语的不同语境常常是相互对立的。同一话语的不同语境的这种对立的典型情况，是对话的应答。在这里，同一话语出现在两种相互冲突的语境之中。"①沃洛希诺夫指出，任何现实表述（及其各种语境）总是在赞成什么或反对什么。各种语境不是相互并置，而是处于一种紧张不断的相互作用和斗争状态。但话语意义在不同语境中所发生的所有变化，语言学根本不予考虑。但恰恰正是话语的多重音性赋予话语以活力，但"意义重音被语言学和统一性表述（parole）一起排斥在外了"。②

沃洛希诺夫认为抽象客观主义的语言观是有问题的。他们以为语言就像一件可以由人们代代相传的现成的作品。他们眼里语言是一种死的物体和外来的物体。语言犹如一颗球，由人们代代相传下去。"然而，语言是和言语流一起运动的，并且无法与它分开。其实，语言不是被传送，它在发展，就像不断的形成过程那样在发展。个人根本就得不到现成的语言，他们参加到言语交际的这一流动中来，更确切些，他们的意识只有在这一流动中才能首先得以实现。"按照沃洛希诺夫的见解，孩子掌握母语意味着他参与言语交际过程。③ 其次，"语言是地道的历史现象"。而抽象客观主义却把语言当作一种共时性存在，因而陷入了机械性的错误之中了。因此，抽象客观主义"这种世界观完全不能提出正确理解历史的根据"。④

以上，是沃洛希诺夫对语言学中第一个流派即个人主义主观主义和第二个流派抽象客观主义的利弊得失，做的深入剖析。究竟哪个对？是第一个流派对，还是沃洛希诺夫在此批评的抽象客观主义对呢？沃洛希诺夫就此写道："这里，也像到处一样，真理不存在于金色的中间地带，不是正题与反题之间的折中，而是在它们之外，超出它们，既是对正题，

---

① 〔苏〕巴赫金著，钱中文主编：《巴赫金全集》第 2 卷，李辉凡、张捷、张杰等译，石家庄，河北教育出版社，1998，第 429 页。
② 〔苏〕巴赫金著，钱中文主编：《巴赫金全集》第 2 卷，李辉凡、张捷、张杰等译，石家庄，河北教育出版社，1998，第 430 页。
③ 〔苏〕巴赫金著，钱中文主编：《巴赫金全集》第 2 卷，李辉凡、张捷、张杰等译，石家庄，河北教育出版社，1998，第 430 页。
④ 〔苏〕巴赫金著，钱中文主编：《巴赫金全集》第 2 卷，李辉凡、张捷、张杰等译，石家庄，河北教育出版社，1998，第 431 页。

也是对反题的同样否定，也就是一种辩证的综合。"①抽象客观主义对于语言现象而言，语言体系是唯一重要的，作为个体表述的言语行为是被排斥的。而个人主义主观主义则把个人表述当作唯一重要的言语行为，从而力求从个人生理生活环境出发对表述加以解释。其实，沃洛希诺夫认为，言语行为或表述，绝非个体现象，而是社会现象。

第三节　沃洛希诺夫论言语的相互作用

在第 3 编第 3 章里，沃洛希诺夫似乎要向我们提出一种与巴赫金对话理论关系最近的表述了。在本书中，作者认为构成巴赫金理论核心的，还不是对话理论或复调小说等，而是话语理论。而话语理论或我们这里所说的表述，首次得到正面充分论证的，正是在沃洛希诺夫的《马克思主义与语言哲学》的这一节里。沃洛希诺夫把有关表述的问题放在"言语的相互作用"一节中讨论，的确是别有深意。需要指出的一点是，在我们这部著作中，我们把巴赫金笔下采用的词汇——слово，высказывание——都当作同义词。

沃洛希诺夫认为语言学第二个流派与唯理主义和新古典主义联系紧密，而第一个流派则与浪漫主义联系紧密。而"浪漫主义在很大程度上是一种对外来语和受它制约的思维范畴的反映。浪漫主义最直接地反映了外来语文化权力的回归，反映了文艺复兴时代和新古典主义"②。第一批母语语文学家就是浪漫主义者，他们把母语当作意识和思想的 medium（媒介），致力于改造数百年来业已形成和稳定的语言思维。由于新范畴的被引进，语言学中开始有了第一个流派。但即便是个人主义主观主义，也把独白型表述作为其语言思维的出发点。他们把独白型表述视为一种纯粹的个人行为。表现的纯粹都是个人的意识、打算、意图、创作动机和兴趣等。由于"表现的整个情况在它们之间发生"，所以，"表现理论必须以内部和外部之间的二元论，以及内部的明显第一性为前提。因为任何一个客观化行为（表现）都是从内到外的。它的源泉来自内部。难怪个人主观主义理论和一般表现理论只有在唯心主义和唯灵论的土壤上才能生长起来。一切重要的在于内部，而外部可以成为重要的，但它只是内

① 〔苏〕巴赫金著，钱中文主编：《巴赫金全集》第 2 卷，李辉凡、张捷、张杰等译，石家庄，河北教育出版社，1998，第 431 页。

② 〔苏〕巴赫金著，钱中文主编：《巴赫金全集》第 2 卷，李辉凡、张捷、张杰等译，石家庄，河北教育出版社，1998，第 432 页。

在的容器，精神的表现"。① 因此，以第一个流派为基础的表现理论，在根本上是不正确的。

然而，表述"都是由该表述的现实环境所决定的，首先是由最直接的社会氛围所决定的"②。表述是在两个社会组织的人群之间构造起来的。话语是针对对话者的。沃洛希诺夫进而指出："话语对于对话者的定位意义，是特别重大的。"③这也就是说，如果说个人主义主观主义的弊病在于"主观"，而抽象客观主义的弊病在于"客观"的话，那么，沃洛希诺夫在此提出的表述，就是联系主观和客观、主体与客体之间的必要中介环节。表述或话语既非纯主观的，也非纯客观的，而是既主观又客观的，是一种介于二者之间的形态。话语仍然有整整的一半属于说话者，因而也有整整的另一半属于听话人。这样一种表述或话语即使在形式上也受到"社会关系"的影响并决定。"最直接的社会氛围和更广泛的社会环境从内部完全决定着表述的结构。"④同时也决定着表述的偶然形式与风格。因为感受的结构同样也是社会的"，因此，"感受的认识程度、清晰度、外形与它对社会的熟悉情况成正比关系。"⑤不但如此，任何感受和意识，也都需要相应的外部表现。"要知道，任何一个意识都需要内部言语、内部语气和萌芽状态的内部风格：可能由自己饥饿引起的乞求、懊恼、凶狠、愤恨。"

要想充分理解表述或话语与对话主义的关系，有必要跟着沃洛希诺夫先来探讨一下何谓"生活意识形态"的问题。值得注意的是，对于"意识形态"这个词的"软性"用法，我们也是在沃洛希诺夫此著中首次见到的。在同时代人的其他著作里，一说"意识形态"，则马上使人联想到当时社会上正处于主导地位的阶级意识形态。当然，此处这是题外话。在此，沃洛希诺夫所强调的，是"意识是有组织的物质表现（以话语、符号、图纸、色彩、音符等意识形态材料形式）。意识是一个客观事实和巨大的社

① 〔苏〕巴赫金著，钱中文主编：《巴赫金全集》第2卷，李辉凡、张捷、张杰等译，石家庄，河北教育出版社，1998，第434页。
② 〔苏〕巴赫金著，钱中文主编：《巴赫金全集》第2卷，李辉凡、张捷、张杰等译，石家庄，河北教育出版社，1998，第435页。
③ 〔苏〕巴赫金著，钱中文主编：《巴赫金全集》第2卷，李辉凡、张捷、张杰等译，石家庄，河北教育出版社，1998，第436页。
④ 〔苏〕巴赫金著，钱中文主编：《巴赫金全集》第2卷，李辉凡、张捷、张杰等译，石家庄，河北教育出版社，1998，第437页。
⑤ 〔苏〕巴赫金著，钱中文主编：《巴赫金全集》第2卷，李辉凡、张捷、张杰等译，石家庄，河北教育出版社，1998，第437页。

会力量"①。那么，什么是生活意识形态呢？沃洛希诺夫写道："生活感受以及与之直接相连的外部表现的一切总和，我们称之为生活意识形态，它不同于已经形成的意识形态体系——艺术、伦理、法律。"②据此可知，生活意识形态当与社会心理很接近。沃洛希诺夫进一步为我们解释道："生活意识形态是未经整理和未定形的内部和外部的言语原素，它说明每一个我们的行为、举动和每一个我们的'意识'状况。注意到表现和感受的结构的社会性，我们可以说，我们理解的生活意识形态主要与马克思主义文献中的'社会心理'概念相一致。"③

那么，社会伦理、科学、艺术及宗教等业已形成的意识形态体系，早已独立于生活意识形态了，但却无时不给予后者以积极的反作用，并且给其定调。同时，业已形成的意识形态与生活意识形态会一直保持着生动的有机联系。无论哪种意识形态作品的存在，都只是为了接受，所以，此类作品的完成（如果套用接受美学的语言说），有赖于生活意识形态的语言。"生活意识形态把作品引入一定的社会情境。作品与接受者的全部意识内容联系在一起，并且只有在这种当代意识的语境中才能够被理解。作品在意识的（接受者意识的）这一内容的精神中得到解释，由它给予新的说明。这里就是意识形态作品的生命。作品在自己历史存在的每一个时期，都应该与变化着的生活意识形态加强密切联系，深入到它之中去，从中汲取新的乳汁。只有这样，作品才能够与该时代生活意识形态保持那种不间断的有机联系，才能够在该时代获得生命（当然，是在该社会组织中）。在这种联系之外，它就不再存在，因为它不再作为意识形态意义的作品被感受了。"④

更高层次的生活意识形态，和意识形态体系直接相连，因而更重要，更具有本质性和创造性，同时也更敏感更活跃，更快传达社会经济基础的变化。在此，沃洛希诺夫还探讨了"创作个性"问题。沃洛希诺夫指出，"创作个性"是这个人社会定向的基本固定而通常的表现。而属于这种表现的，首先是内部言语（生活意识形态）外在的、更形式化的层次。这里

---

① 〔苏〕巴赫金著，钱中文主编：《巴赫金全集》第 2 卷，李辉凡、张捷、张杰等译，石家庄，河北教育出版社，1998，第 441 页。
② 〔苏〕巴赫金著，钱中文主编：《巴赫金全集》第 2 卷，李辉凡、张捷、张杰等译，石家庄，河北教育出版社，1998，第 442 页。
③ 〔苏〕巴赫金著，钱中文主编：《巴赫金全集》第 2 卷，李辉凡、张捷、张杰等译，石家庄，河北教育出版社，1998，第 442 页。
④ 〔苏〕巴赫金著，钱中文主编：《巴赫金全集》第 2 卷，李辉凡、张捷、张杰等译，石家庄，河北教育出版社，1998，第 443 页。

凝固着社会听众的反应和应答，回击或支持。在生活意识形态的低级层次中，生物的传记因素当然起着本质的作用。所以，客观社会学方法是这里真正的主人。沃洛希诺夫就此写道："这样，以个人客观主义为基础的表现理论，应该被我们推翻。任何表述、任何表现的组织中心，不是在内部，而是在外部：在围绕个体的社会环境之中。""个人主观主义正确的方面在于，单个的表述是语言真正具体的现实，并且语言中的创造意义是属于它们的。"①

个人主观主义错误的地方在于它忽视或是不理解表述的社会属性。而实际上，表述作为一种结构是社会的，作为一种风格形式也是社会的，作为一种言语流也是社会的，这个言语流中的"每一滴都是社会的"②。在此，显现出了巴赫金小组作为一个学术团体的共性：即沃洛希诺夫完全和巴赫金一样，采用独白和对话范畴，对个人主观主义和抽象客观主义这两种语言学研究流派，进行批判。沃洛希诺夫断言，个人主观主义和抽象客观主义一样，都是以独白型表述为出发点。虽然一种学说的前提与个人主观主义一致，但也同样有可能丧失社会学基础。沃洛希诺夫得出结论："语言-言语的真正现实不是语言形式的抽象体系，不是孤立的独白型表述，也不是它所实现的生物心理学行为，而是言语相互作用的社会事件，是由表述及表述群来实现的。"③因此，言语的相互作用是语言现实的基础。在此，沃洛希诺夫合乎逻辑地拎出了"对话"这个核心概念：对话，当然仅仅只是言语相互作用的形式之一。但我们还可以广义地理解对话这个概念，即把它看作无论什么样的任何一种言语交际。言语行为总是在回答着什么，反驳着什么，肯定着什么，预料着可能的回答和驳斥，寻求着支持等等。"语言是活生生的，并且正是在这里历史地形成的，在具体的言语交际中，而不是在抽象的语言学的语言形式体系和说话者的个人心理之中形成。"④在此，沃洛希诺夫还拟定了一个语言的现实形成的简略图："社会交际的形成（根据基础），在它之中形成言语交际和相互作用，在后者中形成言语行为的形式，并且这一形成，最

---

① 〔苏〕巴赫金著，钱中文主编：《巴赫金全集》第 2 卷，李辉凡、张捷、张杰等译，石家庄，河北教育出版社，1998，第 445 页。
② 〔苏〕巴赫金著，钱中文主编：《巴赫金全集》第 2 卷，李辉凡、张捷、张杰等译，石家庄，河北教育出版社，1998，第 446 页。
③ 〔苏〕巴赫金著，钱中文主编：《巴赫金全集》第 2 卷，李辉凡、张捷、张杰等译，石家庄，河北教育出版社，1998，第 447 页。
④ 〔苏〕巴赫金著，钱中文主编：《巴赫金全集》第 2 卷，李辉凡、张捷、张杰等译，石家庄，河北教育出版社，1998，第 448 页。

终反映在语言形式的变化之中。"①沃洛希诺夫在此指出，现代语言学缺乏对于表述本身的探讨。而他在此则提供了关于表述的定义："表述是言语流动的现实单位。"但研究这一现实单位，不能把它从表述的历史流动中孤立出来，因为表述只有在言语交际的流动中才能获得实现。表述的整体性是由界限划定，而界限则系该表述与话语之外环境的接触线。表述既是内部言语，也是一种外部言语过程。言语又可分为各类小型体裁，或"小生活体裁"，指的是日常生活体裁：包括节日的、闲暇时候的、在旅馆和工厂里的交际等等。表述体裁有的还来自于劳动生产过程和业务往来过程。表述概念的一个必不可少的前提是：单个表述也是纯社会现象。而"马克思主义的语言哲学应该以表述是一个言语的现实现象和社会意识形态结构为基础"②。

沃洛希诺夫即巴赫金小组的立场，是对否定的否定。如果说个人主观主义是正题，而抽象客观主义是反题的话，那么，沃洛希诺夫即合题：他既非前者，也非后者，而是在前二者正确的基础上进行提炼和升华的一种结果。在本节的结尾部分，沃洛希诺夫得出结论性的意见：语言被抽象为一种固定的规则一致的形式体系，这种做法是与语言的具体现实不相符的。语言是一个在社会上不断发展的过程。语言形成的规律是社会学的规律，尽管它也不可能脱离个人而存在。语言创作不应该脱离其意识形态思想和意义。表述结构是纯粹的社会结构。表述，就其本身而言，存在于说话者之间。

第 4 章"语言中的话题与意义"转入对语言的内部研究。沃洛希诺夫在此开宗明义地指出，意义问题，是语言学最难以解决的问题之一。而要解决意义问题，势必会与理解问题和语境问题相逢。每个话语或表述都有其完整的意思，用沃洛希诺夫的话就是："确定而统一的意义，统一的含义，属于任何一个作为整体的表述。我们称整个表述的这一思想为它的话题。"③由此可见，是语言学内部构成的形式，如词汇、词法、句法的形式，语音、语调，决定着话题。不仅如此，表述的外部环境因素，也统一制约着话题。"丧失了这些环境因素，我们同样也不能理解表述，就如同丧失了其中最重要的词语。""表述只有被放置在完全具体的氛围

---

① 〔苏〕巴赫金著，钱中文主编：《巴赫金全集》第 2 卷，李辉凡、张捷、张杰等译，石家庄，河北教育出版社，1998，第 448～449 页。

② 〔苏〕巴赫金著，钱中文主编：《巴赫金全集》第 2 卷，李辉凡、张捷、张杰等译，石家庄，河北教育出版社，1998，第 450 页。

③ 〔苏〕巴赫金著，钱中文主编：《巴赫金全集》第 2 卷，李辉凡、张捷、张杰等译，石家庄，河北教育出版社，1998，第 452 页。

中，就像一个历史现象，才能拥有话题。"①

　　在此，值得注意的是下列一句话："可是我们如果局限于每一具体表述及其话题的这一历史不可重复性和统一性，我们就是糟糕的辩证论者。"②众所周知，巴赫金曾不止一次声明：自己不是马克思主义者并且也不信奉辩证法。他所说的辩证法和对话同出一源，但巴赫金却终其一生都对辩证法很不感冒，而竭力推崇对话。在写作《马克思主义与语言哲学》时，由于此著的主要执笔人是沃洛希诺夫，所以，在对马克思主义以及辩证法的态度上，明显和巴赫金的固有观点有显著差异。此句即是一个显著的例子：说话人明显自认自己为辩证论者，而此话如出自巴赫金之口的话，按照其后来著作为我们勾勒的形象，是绝对不会与"辩证论者"自动认同的。

　　和话题同样重要的，对于表述来说，就是意义了。沃洛希诺夫指出："话题，是一个复杂的很活跃的符号体系，它试图等同于该形成因素。话题是形成意识对存在形成的反映。意识是实现话题的技术装置。当然，在话题与意义之间划上一条绝对机械的界线是不可能的。不存在没有意义的话题，也不存在没有话题的意义。"③

　　这里沃洛希诺夫又接触到一个很重要的语言学问题，即原始民族语言的原始思维的综合性。"原始人使用任何一个词语，都是为了表示最多的形象，在我们看来，现象之间并没有任何联系。不但如此，同样一个词语可以表示迥然不同的概念，如往上和往下；大地和天空；善与恶；等等。"沃洛希诺夫还援引马尔院士的话以为奥援："完全可以说，当时一个民族所使用的仅仅是一个词，用它来表示只有人类才意识到的所有意义，当代的古代语言学为我们研究这一时代，提供了可能性。"④

　　那么，如何区分话题和意义呢？"话题是语言含义的表层和现实的界定；实际上，只有话题说明着某个确定的东西。意义是语言含义的深层界定。意义，实际上，并不说明着什么，而只是拥有具体话题中的意义的一种潜能和可能性。研究这种或哪种语言成分的意义，根据我们所说

①　〔苏〕巴赫金著，钱中文主编：《巴赫金全集》第 2 卷，李辉凡、张捷、张杰等译，石家庄，河北教育出版社，1998，第 453 页。

②　〔苏〕巴赫金著，钱中文主编：《巴赫金全集》第 2 卷，李辉凡、张捷、张杰等译，石家庄，河北教育出版社，1998，第 453 页。

③　〔苏〕巴赫金著，钱中文主编：《巴赫金全集》第 2 卷，李辉凡、张捷、张杰等译，石家庄，河北教育出版社，1998，第 453～454 页。

④　〔苏〕巴赫金著，钱中文主编：《巴赫金全集》第 2 卷，李辉凡、张捷、张杰等译，石家庄，河北教育出版社，1998，第 454 页。

的定义，可以通过两条途径：或是通过表层界定，即话题途径；在这种情况下，这将是一种在具体表述环境中的对该词语的上下文意义的研究；或是可以努力作深层的界定，即意义界定。在这种情况下，这将是一种在语言系统中词语意义的研究，换句话说，是词语的词典意义研究。"①

沃洛希诺夫和巴赫金小组的雄心还表现在他们试图创造一种关于意义的科学。"区分话题与意义，正确理解它们之间的相互关系，对于建立真正的意义科学是非常重要的。"话题与意义的区别，在与理解问题的联系中，看得特别清楚。理解分为消极理解和积极理解。但"任何真正的理解都是积极的，并且是准备着回答的。只有积极理解才能够把握话题，只有借助于形成才能把握形成"。理解意味着确定对它的态度，找到其在相应语境中应有的位置。"任何一种理解都是对话的。理解与表述对立，就如同在对话中一个词语与另一个对语的对立，理解寻找着说话者词语的对立语"。意义"实际上，它是属于说话者之间的词语，即它只有在回答的、积极理解的过程中得以实现。意义不在词语之中，不在说话者的心中，也不在听话者的心中。意义是说话者与听话者凭借该语音综合体相互作用的结果。这是只有当两个不同极连在一起时出现的电光。……只有言语交流的电流，才能给予词语以意义之光"。②

应当公正地说，在巴赫金学派中，最早涉及人文科学关于理解的方法论问题的，是沃洛希诺夫。消极的理解不属于人文科学。人文科学的理解是积极的，也是真正的。理解不是消极被动的，而是积极主动的，是准备着回答的。凡此种种，都为 20 世纪人文科学的发展，开辟了广阔的前景。

"理解别人的表述就意味着要确定对它的态度，找到在相应的语境中它所应有的位置。就所理解的表述的每一个话语，我们都仿佛要分别找出一系列自己相对应的话语，它们越多，越涉及本质，理解就越深入，越触及本质。"③我们实际上是在把别人的表述引入自己的积极回答的语境中加以理解。"任何一种理解都是对话的。"和意义问题密切相关的，是理解和评价的关系问题。任何说出的词语都不仅具有话题和意义，而且还有评价。言语无一不是在与一定评价重音的联系中被说出来的。"没有

---

① 〔苏〕巴赫金著，钱中文主编：《巴赫金全集》第 2 卷，李辉凡、张捷、张杰等译，石家庄，河北教育出版社，1998，第 455 页。

② 〔苏〕巴赫金著，钱中文主编：《巴赫金全集》第 2 卷，李辉凡、张捷、张杰等译，石家庄，河北教育出版社，1998，第 456～457 页。

③ 〔苏〕巴赫金著，钱中文主编：《巴赫金全集》第 2 卷，李辉凡、张捷、张杰等译，石家庄，河北教育出版社，1998，第 456 页。

评价重音就没有词"。那么，什么是评价重音呢？

话语中所包含的社会评价，一般借助于表达声调传达出来。而声调与话语所处的直接情境直接相关。这里，沃洛希诺夫从陀思妥耶夫斯基《作家日记》中援引的一段话，如今已经成为人们探讨巴赫金思想时必然会引用到的经典范例。此例见于《作家日记》。① 这段话说的是陀思妥耶夫斯基怎样偶然听到 6 个小伙子的一段"对话"——在这次"对话"中，6 个人仅仅借助于一个暧昧的语词，就能表达他们各自不同的意思：最蔑视的否定，对其否定的正确性的怀疑，骂人，对骂人者的不满，太好了，"喊什么，住口"，诸种意思。最妙的是：6 个小伙子表达如许众多的意思仅仅只用了同一个十分暧昧的词而已。由此可见，对于表意而言，并非只有词语才能胜任，有时候，声调也可以成为传达语意的媒介和手段——甚至可以是更好的手段。同一个词可以表达丰富的含义，因而使得这个词事实上只是声调的支点。谈话在这里是由表现受话者评价的声调来进行的。评价和与其一致的声调在此全靠最直接的社会环境支撑。"在生活言语中，声调往往具有完全独立于言语含义构成的意义。"②"每一个表述所固有的话题……得以充分实现凭借的只是表达的声调，并不借助于词的意义和语法联系。"③评价在表述中具有重大意义。评价决定着对表述的所有主要意义成分进行选择和分配。没有评价就无法构造表述。每一表述首先是评价定位。

沃洛希诺夫在此书的第 3 编"语言结构中的表述形式史——运用社会学方法的经验来分析句法问题"中，对表述的形式问题进行了深入细致的探讨。第 1 章"话语理论和句法问题"把句法问题作为主要探讨对象。沃洛希诺夫之所以热衷于探讨句法问题，是因为在语言形式中，句法形式最为接近表述的具体形式，最为接近具体的言语行为形式。"在我们活生生的语言现象的思维中，对词法和语音形式来说，正是句法形式起着首要的作用。"④沃洛希诺夫指出："对句法形式的有效研究只能基于表述理

---

① 〔苏〕巴赫金著，钱中文主编：《巴赫金全集》第 2 卷，李辉凡、张捷、张杰等译，石家庄，河北教育出版社，1998，第 458 页。

② 〔苏〕巴赫金著，钱中文主编：《巴赫金全集》第 2 卷，李辉凡、张捷、张杰等译，石家庄，河北教育出版社，1998，第 458 页。

③ 〔苏〕巴赫金著，钱中文主编：《巴赫金全集》第 2 卷，李辉凡、张捷、张杰等译，石家庄，河北教育出版社，1998，第 459 页。

④ 〔苏〕巴赫金著，钱中文主编：《巴赫金全集》第 2 卷，李辉凡、张捷、张杰等译，石家庄，河北教育出版社，1998，第 462 页。

论的深入研究。……表述在整体上还是个 terra incognita（未知的领域）。"①在语言学中，表述的整体情况非常糟糕。语言思维已无望地丧失了言语整体感。语言学家缺乏处理整体问题的方法。"这样一来，由于我们处于现有的现代语法范畴的语言学范围内，就永远察觉不到难以察觉的言语整体。语言学的一些范畴经常把我们从表述及其具体结构中引入语言的抽象体系。"②从中可以看出，沃洛希诺夫在此开始采用个人主义主观主义和抽象客观主义范畴来解析表述及其形式问题。加里·索尔·莫森、加里尔·埃莫森在其《散文学的创造》中指出，沃洛希诺夫在其所著《马克思主义与语言哲学》中，有意不从对他人话语与句法形式的分类（直接、间接和准直接言语）的讨论开始，是别有深意。而且，他一开始讨论的，是形成此类形式的社会态度和社会价值。

接下来沃洛希诺夫指出，如果我们深入弄清段落的语言本质，就可以确信，段落在一些本质特征方面类似于对话中的一段对白。犹如包括在独白表述中的一段对话。在此，沃洛希诺夫把段落分为若干类型，计有：问答式、补充式、暗辩式、反讽式等。其中，问答式是指当问题被作者本人提出即由其自己作出回答。只有研究言语交际的形式及完整表述的相应形式，才能阐明段落的体系及所有类似的问题。

他人言语即句法模式（"直接言语"、"间接言语"、"准直接言语"），是具有很大作用的关键现象。顺便说说，这也可能是沃洛希诺夫对于巴赫金对话主义启发最大的一个概念。在语言中，为了转述他人的表述，将其引入相关的独白语境中，常常会用到诸如此类的句法模式。迄今为止，对此类现象的本质人们尚且缺乏认识。事实上，只有"从社会学角度对语言进行科学的考察，整个方法论的意义和这一现象的全部特征才能被揭示出来。"③沃洛希诺夫在此指出："从社会学方向提出转述他人言语现象的问题，这正是本书下面的任务。以这个问题为基础，我们将力图在语言学中探索出社会学方法的途径"，并证实社会学方法的必要性。

在接下来的第 2 章 "'他人言语'问题的展示"里，沃洛希诺夫对"他人言语"问题，进行了系统全面的阐述。那么，什么是"他人言语"呢？沃洛希诺夫写道：他人言语"就是言语中之言语，表述中之表述"，同时也是

① 〔苏〕巴赫金著，钱中文主编：《巴赫金全集》第 2 卷，李辉凡、张捷、张杰等译，石家庄，河北教育出版社，1998，第 462 页。

② 〔苏〕巴赫金著，钱中文主编：《巴赫金全集》第 2 卷，李辉凡、张捷、张杰等译，石家庄，河北教育出版社，1998，第 463 页。

③ 〔苏〕巴赫金著，钱中文主编：《巴赫金全集》第 2 卷，李辉凡、张捷、张杰等译，石家庄，河北教育出版社，1998，第 465～466 页。

一种"关于言语之言语，表述之表述"。① 他人言语不仅是一个话题，它还"亲自进入言语并且作为其特别的结构成分进入言语的句法结构之中。在这种情况下，他人言语保持着自己结构和意义的独立性，且也不破坏已被接受的语境的言语内容"。他人言语作为另一个人的表述为说话者所思考。他人言语由一种独立存在很快转入作者的语境中去，但与此同时，还保留着自己具体的内容和最初结构的独立性。把他人表述引入自己内容的作者表述，为了使其部分同化，产生出一些句法的、修辞的和结构的标准。在一些新的语言中，间接言语，非原来的准直接言语的几种变体，本质上具有把他人表述从言语结构范围转入主要结构和内容的倾向。这样，在转达他人言语的各种形式中，一种表述与另一种表述的积极关系被表现出来，而且不是在主体结构中，而是在语言本身的固定结构形式中表现出来。词与词对应现象，与对话迥异。如果对话发生在包含它在内的作者语境中，那我们见到的就是直接用直接引语的情况，也属于我们研究的形形色色现象中的一种。

在此，沃洛希诺夫的一句话实际上已经预示了巴赫金对话理论的前景。他说：对话问题"开始越来越引起语言学家们的关注，而有时简直就是语言学关注的中心"②。言语的语言实际单位（Sprache als Rede）不是孤立的个体的独白，而至少是两种话语的相互关系，即对话。而要深入研究对话，就必须深入探讨他人言语的表达形式。"因为在它们中间反映出基本不变的积极接受他人言语的倾向，而且要知道这种接受对于对话来说也是主要的。"接下来，沃洛希诺夫提出了一连串问题：

"的确，他人言语应该怎样接受呢？他人表述在接受者的具体的内心言语意识中是怎样生存的呢？它又如何在意识中积极地清楚地显现出来，接受者本人后来的言语与它的关系又怎样呢？"

这里需要区分积极接受他人言语和在相关语境中转述，有着本质的不同和差异。任何转述，都追求某种专门的目的：陈述、审判记录、科学辩论等。转述以第三者为对象，即把别人的话正要转述给的人为对象。"这种以第三者为对象特别重要：它强化了社会组织力量对语言接受的影响。"③诸如间接或直接言语形式这样的句法形式，正好直接表现着积极

---

① 〔苏〕巴赫金著，钱中文主编：《巴赫金全集》第 2 卷，李辉凡、张捷、张杰等译，石家庄，河北教育出版社，1998，第 466 页。

② 〔苏〕巴赫金著，钱中文主编：《巴赫金全集》第 2 卷，李辉凡、张捷、张杰等译，石家庄，河北教育出版社，1998，第 468 页。

③ 〔苏〕巴赫金著，钱中文主编：《巴赫金全集》第 2 卷，李辉凡、张捷、张杰等译，石家庄，河北教育出版社，1998，第 469 页。

评价他人表述的形式意向。对他人表述中的一切本质东西，都反映在内部言语的材料之中。因为接受他人表述的不是不会说话的哑巴，而是充满内部话语的人。他的所有感受，即所谓统觉作用的背景，都是由他的内部言语的语言来提供的，只是在某种程度上与被接受的外部言语相联系。话语与话语相联系。"在这种内部言语的语境中实现着对他人表述的接受、理解和评价：即积极地理解说话者。"①

这种积极的内部言语的接受分为：一是他人表述受制于现实评述语境、情景、可以感受到的情态等；二是暗辩（Gegenrede），就是内部反驳和现实评述。接受的两个方面都在寻找着自我表现，在围绕他人言语的"作者"语境中具体化。其中明显包含着这样两种趋向：现实评述式的及反驳式的。在他人言语与转述它的语境之间，主要是一些复杂的和非常活跃的关系。我们研究的真正对象，是以上这两种因素的"动态相互关系，即被转述的（'他人的'）和正转述的〔'作者的'〕言语）"②。在此，沃洛希诺夫对他人言语和作者语境之间的各种关系，进行了深入细致的剖析。为了说明问题，作者还援引了大量选自俄国经典作家的例子，以对二者之间关系的各种情况进行说明。作者在此章末尾总结道："语言不能自我存在，而只存在于与具体表述及具体的个体言语行为相结合之中。只有通过表述，语言才能交际，充满活力，成为现实。"③

在接下来的第 3 章"间接言语、直接言语及其变体"和第 4 章"法语、德语和俄语中的准直接言语"中，沃洛希诺夫循着作者言语与他人言语相互理解进程的梳理思路，从发展趋势的角度，提出了模式及其最重要的变体的特征的问题。而语法学与修辞学之间的界线问题，也是沃洛希诺夫重点加以探讨的问题。沃洛希诺夫指出："我们认为，划定语法学和修辞学之间、语法模式和修辞变体之间严格的界线，从方法论角度看是不相宜的，也是不可能的。……正是在这里可以捕捉到语言发展的趋势。"④

接下来沃洛希诺夫从俄语中的间接言语和直接言语模式入手，力求

---

① 〔苏〕巴赫金著，钱中文主编：《巴赫金全集》第 2 卷，李辉凡、张捷、张杰等译，石家庄，河北教育出版社，1998，第 470 页。

② 〔苏〕巴赫金著，钱中文主编：《巴赫金全集》第 2 卷，李辉凡、张捷、张杰等译，石家庄，河北教育出版社，1998，第 471 页。

③ 〔苏〕巴赫金著，钱中文主编：《巴赫金全集》第 2 卷，李辉凡、张捷、张杰等译，石家庄，河北教育出版社，1998，第 476 页。

④ 〔苏〕巴赫金著，钱中文主编：《巴赫金全集》第 2 卷，李辉凡、张捷、张杰等译，石家庄，河北教育出版社，1998，第 477 页。

对其方法论问题有所阐明。俄语中转述他人言语的模式发展异常缓慢。准直接言语在俄语中几乎绝迹，但存在着另外两种模式，即直接言语和间接言语。而直接言语对于俄语具有绝对首要意义。俄语的这一特点为转述他人言语的生动活泼风格提供了有益环境。作者言语和他人言语之间很容易发生相互作用和渗透。这是因为在俄语中，转述他人话语时总是伴随明确直接风格的演说体不太发达的缘故。俄语中使用最少的模式是间接言语。在此，沃洛希诺夫对佩什科夫斯基所犯的"语法学家"的典型错误作了批判。这种错误在于不采用相应的修辞措施就把他人的言语从一种转述模式直接地、纯语法地翻译成另外一种转述模式，指斥这是一种语法课堂教学练习的方法，是一种在教学上低劣的和不能容许的方法。佩什科夫斯基的尝试证明"他完全忽略了间接言语本身的语言意义"①。而这意义就在于有分析地转述他人言语。把他人表述无法从转述中分割开来的分析，就是间接言语所有变体的必然特征。间接言语的分析趋向在上述过程中能首先表现出来。"分析乃是间接言语的灵魂。""间接言语能按另一种方式'听到'别人的表述，它能比另一些模式更积极地领悟在这种表述的转述中别的因素和特色，并使它们具有现实意义。"②

间接言语（结构）的分析可以沿着两个方向进行。他人的表述可以作为说话人确定的思维立场被领悟，在这种场合下，它准确具体的内容（说话人讲了什么）可以借助于间接结构而有分析地被转述。而转述他人的话语，一般把它们当作一种说法来看待。这两种有分析的间接转述可以从原则上予以区分。我们把第一种变体称为直观分析变体，把第二种变体称为词语分析变体。

直观分析变体。组成其意思的、具体因素的意义可以被分解出来。它把他人表述理解成纯主题观点，但它却不具有任何主题意义，这种变体在他人话语里面简直听不到。这种变体为作者言语的回答和解释趋向提供了很大的可能性，同时还保持着作者的话和别人的话之间明确而又严格的距离。因此，这种变体是转述他人言语直接风格的最好手段。这种变体只能在一些纯理性主义和教条主义作者语境中获得或多或少迅速而又本质的发展，如果戈理、陀思妥耶夫斯基等。这种变体在俄语中不够发达，一般见之于科学作品、哲学和政论。在文学中，似乎仅可于屠

---

① 〔苏〕巴赫金著，钱中文主编：《巴赫金全集》第 2 卷，李辉凡、张捷、张杰等译，石家庄，河北教育出版社，1998，第 480 页。
② 〔苏〕巴赫金著，钱中文主编：《巴赫金全集》第 2 卷，李辉凡、张捷、张杰等译，石家庄，河北教育出版社，1998，第 482 页。

格涅夫、托尔斯泰笔下见到。

词语分析变体。这种变体把他人表述中的词和短语引入间接结构，这些词和短语表现了主观和修辞特征，因常常被引用，所以，它们的特殊性、主观性、典型性都可以明显被人们所感知。因而也常常被用引号括起来。

在此，值得注意的是，作者沃洛希诺夫居然违反巴赫金本人的意愿，顺手拈起一例，对之采用俄国形式主义的陌生化说进行解释。众所周知，巴赫金本人对什克洛夫斯基等人的陌生化说，实在是不以为然。而在这里，沃洛希诺夫却丝毫不顾忌巴赫金的意愿，公然采用了异端邪说来加以论证。由此可见，在巴赫金小组内部，尽管在总的原则上是一致的，但在个人之间，也还是允许有小的不同和差异存在的。这里，姑且让我们从沃洛希诺夫原著中照抄一段引文：

> 他找到她(即娜斯塔西·费里波芙娜)时，她已经处于好像是完全疯癫的状态：她大声呼喊着，颤抖着，尖叫着，嚷着说罗戈任被她藏到了花园里，藏在他们家的房子里，说她现在就看到了，说他夜里会揍她……要她的命！(陀思妥耶夫斯基：《白痴》)①

沃洛希诺夫的原话是这样的："进入间接言语的并感受自己特色的他人词语和表示法(特别当它们打上引号时)，用形式主义者的语言来说是一种'奇异化'，而且证实在作者要求的那种趋向里是一种奇异化表现；它们被物化了，它们的修辞色彩显得更鲜明，同时在它们上面体现了作者态度的语气——讽刺、幽默等。"②

总的来说，中文版《巴赫金全集》的翻译是很经得起推敲的。但在这里，"奇异化"一词，鄙意以为仍以译为陌生化为佳。仔细审查沃洛希诺夫在这里所举的例句，可以断定，他所说的陌生化，指的是这里表述所采用的角度，即叙事不是从行为主体，而是从男主人公(梅什金公爵)的角度入手，似乎经过梅什金意识的"洗礼"，从而似乎有了两个主体。与此同时，被转述的主体(娜斯塔西·费里波芙娜)的修辞色彩反而更加鲜明。这段叙述由此有了两个平行发展的趋向，即女主人公的心理癫狂状

---

① 〔苏〕巴赫金著，钱中文主编：《巴赫金全集》第 2 卷，李辉凡、张捷、张杰等译，石家庄，河北教育出版社，1998，第 485 页。

② 〔苏〕巴赫金著，钱中文主编：《巴赫金全集》第 2 卷，李辉凡、张捷、张杰等译，石家庄，河北教育出版社，1998，第 485 页。

态和男主人公略带讽刺和幽默的语气的平行交叉。

这种由间接言语好像是从它里面直接产生而形成直接言语的情况，是直接言语生动表现的无数变体中的一种。这就是间接结构词语分析变体。这种变体在转述他人言语时会产生生动特殊的效果。这种变体中的他人表述必须具备很高程度的个性化色彩。"作为常用的修辞方式，它只能在批判个人主义和现实主义个人主义的条件下在语言中扎下根来，同时，作为直观分析变体，它正是对于纯理性个人主义才特有。"①在俄语中，词语分析变体要远远优越于直观分析变体。这两种变体，虽然在模式的一般分析趋向方面是联合在一起的，但在表示他人话语和说话人个性的语言观点上有很大不同。对于前者而言，说话人个性像是拥有了固定的思维观点（认识的、伦理的、生命的、日常的），而在此观点之外，它对于转述者是并不存在的。后者相反，个性被赋予主观的风格（个体的和典型的），赋予了思维和说话的风格。

俄语中还有第三种间接结构变体，主要用于转述主人公内在的言语、思想和感受。这种变体在说出他人言语方面非常自由，非常简略，常常只抓住他人言语的主旨，因此又被称之为印象变体。如《青铜骑士》的例子。

直接言语模式。这种模式在俄语中得到了充分的研究。在俄语中从古代文献到现今，经历过一个漫长的道路。这种模式也有种类繁多的变体，但沃洛希诺夫在此限于篇幅，只愿意探讨那样一些变体，在这些变体中，语气能相互交换，犹如作者语境和他人言语能相互感染一样。当他人词语贯穿和分布于作者的所有语境中时，话语便具有了双重意义。而此类变体中的第一种，就是有准备的直接言语。它属于从间接言语产生直接言语那种情况。最有趣和普遍的现象，是从"准直接言语"产生直接言语的情况。这种"准直接言语"自己作为叙述的一半和他人言语的一半为它的统觉作用提供了准备。这里语境能预料到薇拉言语的基本主旨，作者语气也能渲染这种主旨，通过这种方法，他人表述的境界可以被极大地削弱。这种变体的经典范例，见之于陀思妥耶夫斯基《白痴》第 2 部第 5 章，即描写梅什金在癫痫发作前的形象那一章：

    ……他有时怀着莫大的兴趣打量行人；但是大部分时间他既不

---

① 〔苏〕巴赫金著，钱中文主编：《巴赫金全集》第 2 卷，李辉凡、张捷、张杰等译，石家庄，河北教育出版社，1998，第 486 页。

注意行人，也不关心自己正往何处走去。他的紧张和不安使他感到痛苦，同时他又觉得特别需要幽居独处。他想离群索居，完全被动地任凭这种非常痛苦的紧张把自己吞没，不想任何办法来摆脱它。他出于厌恶而不想去解决那些正涌向他灵魂和心头的重重问题。"怎么，难道这一切都是我的过错？"他喃喃自语，几乎没有意识到自己说出了这么一句话。①

这段话语，正如沃洛希诺夫所说的那样，梅什金公爵的直接言语在整个这一章中一直都在他自己的世界里回响，因为作者只在梅什金公爵自己的视野里展开故事。这里为他人说的话建立了一种半是他人的（主人公的）、半是作者的统觉背景。

而另一种具有同样意图的变体，被沃洛希诺夫称之为物化的直接言语。事先叙述出他人言语的主旨、评价和强调的内容等，可以把作者语境完全主观化，把他渲染成主人公的语气，以至连他也觉得并开始把它作为确实包含了作者所有语气的"他人言语"而发出声来。叙述只在主人公自己的视野里绝对地进行。这就能够说出一种事先预料到的和呈分散状态的他人言语的特殊变体，这种他人言语隐藏在作者语境里，并且仿佛在主人公真实直接的表述中被发掘出来。沃洛希诺夫指出，这种变体在现代散文，尤其是在安德列·别雷、陀思妥耶夫斯基早期和中期作品中十分多见。例如后者的《丑闻》整个叙述都可以标上引号。就像是"作者"的叙述，虽然在主题和结构上没有标志。而且在叙述内部，几乎每个修饰语、定语和评价，都可以标上引号似的。似乎它们都出自某个主人公的意识一样。这样两种语气、两种观点和两种言语的相互交错，为斗争提供了舞台。"这样一来，这篇故事中的每个单词……都不约而同地进入两种相互交叉的语境和两种言语中：一种是文章作者的言语（讽刺的、嘲弄的），另一种是主人公的言语（当然不具有讽刺色彩）。"②这种同时出现的两种言语在表现力方面有不同趋向的特点，说明了句子结构的独特之处，说明了"句法学的反常"和风格的独特之处。……我们面对的是典型的，几乎根本未研究过的语言学现象——言语干扰。

其次，是准直接言语问题。这是一种最具有句法模式化的重要的变体。这种变体的产生是由于两种语调有不同趋向的言语干扰混合的结果。

---

① 〔俄〕陀思妥耶夫斯基：《白痴》上册，南江译，北京，人民文学出版社，1989，第267页。
② 〔苏〕巴赫金著，钱中文主编：《巴赫金全集》第2卷，李辉凡、张捷、张杰等译，石家庄，河北教育出版社，1998，第492页。

准直接言语是"他人言语"的另外一种变体，是公开的言语，虽然它像雅努斯一样具有双重面孔。在这一章里，沃洛希诺夫在比较了法语和德语中准直接言语的例子之后指出，这种准直接言语方式"非常适合于寓言作家拉封丹。它完全克服抽象分析和直接感受的双重性，使它们处于和谐一致的状态。间接言语太需要分析，太僵化，直接言语虽然能重新塑造别人话语的戏剧性效果，却不能同时为别人表述提供舞台，不能为这种话语提供精神的和道德的环境"①。

在这一章里，引起我们高度注意的，不仅有作者对具体语言学问题的解析，而且，还有建基于深入解析之上的高度概括。应当指出的是，这些思考与巴赫金的对话主义直接如响斯应，相互呼应。沃洛希诺夫指出："话语作为意识形态现象，能够出色地表现出不间断的形成和变化，它能敏锐地反映着一切的社会进步和变革。在话语的命运里能够体现出说话人交际场合的命运。"话语理论应当说就是在沃洛希诺夫的这部著作中首次亮相并首次奠基的。按照沃洛希诺夫的解说，话语理论不仅是巴赫金理论的基础，而且也是我们研究语言学及其相关学科的根本支点。他指出，但是可以分成几种途径来研究话语的辩证的形成。可以研究含义的形成，也就是研究话语准确含义上的意识形态史，研究作为真理历史形成的认识的历史，因为真理的永恒只是指真理的永恒形成；研究作为文艺真实形成的文学史。这是一个途径。与这一途径密切相连、不断协作的另一个途径是：研究作为意识形态材料的语言本身的形成，要完全脱离语言中折射的社会存在，脱离社会经济条件的折射力，显然是不行的。脱离开真理的形成和词语里文学真实的形成，脱离人类社会和人类社会的存在，是不可能研究话语的形成的。这两个途径都是在不断相互作用中用来研究自然界的形成和话语形成历史的反映和折射。

"但是还有一个途径：话语本身社会形成的反映，研究这一途径的两种界限：话语哲学历史和话语在话语中的历史。"②

实际上，后来被冠之以巴赫金的全部话语理论，在这里已然显现其完整的轮廓了。巴赫金小组的话语理论在这里已经初现端倪。不但如此，巴赫金小组关于人文学科方法论的全部雏形，也已全然显现于此了。

---

① 〔苏〕巴赫金著，钱中文主编：《巴赫金全集》第 2 卷，李辉凡、张捷、张杰等译，石家庄，河北教育出版社，1998，第 515 页。
② 〔苏〕巴赫金著，钱中文主编：《巴赫金全集》第 2 卷，李辉凡、张捷、张杰等译，石家庄，河北教育出版社，1998，第 525 页。

第四节　沃洛希诺夫论内部言语和理解

　　沃洛希诺夫和巴赫金都采用例证分析法对表述的方程式进行了阐释，都主张语言实质上具有对话性，都抨击了语言或多或少是一个开放或封闭、动态或静态系统的观点。对他们而言，语言既非自主自足也非半自主自足的前来与超语言力量产生相互影响的整体。毋宁说相反，超语言学力量乃是语言及其历史的构成成分。因此，对于语言的理解，就必须立足于"超语言学"的立场（用沃洛希诺夫的话说，是"社会学前景"）。

　　与沃洛希诺夫不同，巴赫金并未试图采用其他系统的术语来对这种非系统性现象进行阐释，就算该系统是历史唯物主义也罢。按照索尔等人的说法，从"散文学"的角度看，世界本应就是一片混沌。

　　巴赫金在其有关语言、文化和心理的理论中，反对一些理论家们想要把人类活动降格成为产生此类活动的因果关系之上的法则的冲动。法则当然是固有的，但其统辖的范围却是有限的，因此我们不可以把法则理解为可以用来解释一切现象的法宝。如果这些法则可以解释一切的话，则便会没有了人类活动的余地，因为人就不得不创造他们自己和世界。为了强调这一点，巴赫金刻意强调在"given"（дан）和"created"（создан）之间的区别，这个区别是不容混淆的。

　　"现成"（给定）被所有理论家们当作是我们赖以说话或行动的"材料"或资源。它包括我们的语言、文化习俗、个人历史，总之，包括一切在我们之前业已完结的一切。但是，一个表述或一个行动却永远都不会是由给定而创造出的"产品"。

　　当然，研究给定比研究创造容易得多，犹如把一件作品降格为东西是可能的。我们永远都在创造着我们自己和世界。实话说，我们时时处处的行为都是重要的和有道德价值的。在此，我们可以洞悉巴赫金伦理学方法和其语言理论之间深刻有机的内在关联。正如一个表述是不可重复的一样，一个行为也只能由一个特定的人来完成一次。任何言语或伦理行为都不可能被当作规则的例证来加以解释。

　　心理生活中的一切都是符号化的，而且几乎所有的符号都是语言的。我们用内部言语进行思考，但当我们学着在我们的大脑中表现我们的思考时，内部言语就成了外部言语了。语言之所以必须被理解作社会的和对话的，是因为这样一个事实，即每个表述无论其为外部的还是内部的，都是一种双面行为。理解心理生活因而也就是理解内部言语的内容和模式，这种心理活动每个人头脑里时时都在进行。而这正是沃洛希诺夫心理学理论的基础信念。

这种理论把我们引向许多专门的问题，正是这些问题——对于沃洛希诺夫来说，构成了心理学这样一个独立的学科领域："话语作为内部符号是什么呢？内部言语是以何种形式实现的呢？它是如何与社会环境联系在一起的呢？它是如何对待外部表述的呢？揭示方法，比如说，捕捉内部言语的方法是怎样的呢？"这些问题要求进行经验的研究。与此同时，沃洛希诺夫对这些问题本身进行了一种试验性的分类。

尽管我们现在还无法假定内部言语的形式究竟是怎样的，但有一点从外面看显得很清楚，即我们不能把此类形式降低为纯粹的语言学范畴（在此词的狭义上）："从一开始就很清楚，所有的语音学研究的概念，无一例外是为了分析外部语言的形式——言语（词汇学的、语法学的、语音学的），并非运用于分析内部言语的形式，而如果要是被运用，那么要进行某种非常本质的根本改造。"而巴赫金也许会告诉我们，这些语言学范畴（引文中为语音学概念——笔者）涉及句子，而内部言语则和外部言语一样，是在表述中产生的。可以设想，沃洛希诺夫的观点有类于此。

正如沃洛希诺夫所阐释的那样，内部言语"更令人会想起对白。难怪古代的思想家把内部言语视为内部对话"。对话中的表述既非按照语法也非按照逻辑关联而联系，而是按照一种特殊的对话关联联系，此即"根据对话联系等整体的（激情的）一致规律，与社会环境和生活的整个实际进程的历史条件密切相连。只有说明完整的表述形式，特别是对话言语的形式，才能够弄明白内部言语的形式，它们在内部生活流动中的运动的独特逻辑"①。

由此可见，沃洛希诺夫之所以会把此书的 1/3 用来探讨他人言语问题，可见这个问题的重要性。这个话题不仅有助于他展开表述是一种双行道现象的理论，而且，这个话题也是心理学问题所探讨的中心。在报道他人话语的外部话语的每次活动中所发生的事情，其实和我们在内部言语中我们的理解行为极其相似。总而言之，沃洛希诺夫问道，什么是理解呢？难道理解不就是把别人的话语表述能够放在我们自己"明确的统觉背景中去"吗？而这种认识背景本身也是在我们身上所进行的对话的整合吗？这样一种程序难道不是在各种形式和功能方面与他人话语极其相

① 〔苏〕巴赫金著，钱中文主编：《巴赫金全集》第 2 卷，李辉凡、张捷、张杰等译，石家庄，河北教育出版社，1998，第 383 页。

似吗？"因为接受他人表述的不是不会说话的哑巴，而是充满内部话语的人。他的所有感受，即所谓统觉作用的背景，都是由他的内部言语的语言来提供的，只是在某种程度上与被接受的外部言语相联系。话语与话语相联系。"①

会被回忆到的他人话语的外部形式都是积极接受的材料，而在接受过程中，在他人表述和表述的内容之间，会发生复杂的相互作用。而在内在话语中，也会发生类似的相互作用。在内在话语中，也和在外部话语中一样，积极的接受会实施"现实评述"和"内部反驳"，而在对内在话语的理解中，我们同样也应该牢记这两个功能"有机地融合在积极接受的统一之中，并只被抽象地区分出来"。②

沃洛希诺夫认为内部话语，可以与外部表述处于不同的距离之外。当我们准备或是回忆一段需要传达的话语时，内部话语可以在形式上对外部话语进行处理。在另外一些场合下，常常会缺乏一条清晰而稳定的界线。这时内部话语可以距离有对话原则而与其他内部话语的统觉背景相连的统觉背景很近，因而距离任何可以被某个想象中的对于心理的窃听者所能分享和理解的相当遥远。我们甚至可以设想一个可以分享的内容系统，它们同样外在于我们自身，因为外部表述不同程度上也是可以分享的。有些表述要求说话人和听话人有着同样的知识视野，非常接近的态度，这实际上是同一性信息。相反，其他表述假定偶然的情形，因此是对于听众来说是开放的，至少在原则上是这样的。最为人们所分享的（但却并不一定是最广泛流行的）表述是由文化的意识形态系统完整地炮制出来的。

采取类似方式理解表述的特殊特征对于理解心理生活来说是必要的。沃洛希诺夫对其模式以一个令人震惊的明喻作了这样的表述："广义地理解言语过程，作为内部和外部的言语生活过程，一般是不间断的，它不知道，哪儿是开头，哪儿是结尾。外部现实的表述，是漂浮在内部言语的无际海洋上的一个个小岛；这个小岛的大小和形式取决于表述的这一环境及其听众。"③

沃洛希诺夫甚至比处于第三时期的巴赫金更显著地是一位在心理模

---

① 〔苏〕巴赫金著，钱中文主编：《巴赫金全集》第 2 卷，李辉凡、张捷、张杰等译，石家庄，河北教育出版社，1998，第 470 页。
② 〔苏〕巴赫金著，钱中文主编：《巴赫金全集》第 2 卷，李辉凡、张捷、张杰等译，石家庄，河北教育出版社，1998，第 470 页。
③ 〔苏〕巴赫金著，钱中文主编：《巴赫金全集》第 2 卷，李辉凡、张捷、张杰等译，石家庄，河北教育出版社，1998，第 449 页。

式方面的逻各斯中心主义者。虽然自我的表现材料和"反应动机"的范围很广泛，但沃洛希诺夫坚持认为，任何东西都无法与由话语所提供的灵活而又便利的符号学材料相媲美。只有话语"能够在体外的社会环境和外部表现的过程中形成、确定和分化。所以心理的符号材料主要是内部言语"。"话语却一直是内部生活的基础和骨干"。① 对于这一观点，巴赫金作为一个对于逻各斯中心主义并不陌生的理论家，毫无疑问是会同意的。因为在《文本问题》中，巴赫金也曾说过"语言、话语——这几乎是人类生活中的一切"的话，② 但他却止步于把意识完全归结于语言。

沃洛希诺夫坚持认为"在客观化之外，在以一定的物质形式（手势、内部话语、喊叫的物质形式）体现之外，意识是一种虚构。这是一种不好的意识形态结构"③。这话如果放大到极端地步，这也就是说野兽或婴幼儿都不具有类似于语言的能力，因此它们是无意识的。沃洛希诺夫的理论，虽然在许多方面令人印象深刻，但却表明他缺乏足够的技巧来对付语言的起源问题，而只是说明了个人最初是如何学习语言的。

我们需要强调指出的是，关于意识的这样一种思维方式并非必然来自内部言语的理念。活跃在20世纪20、30年代的苏联发展心理学家、颇有影响力的列夫·维戈茨基，严谨缜密地研究了发展问题。他探寻了思想与内部言语的关系问题，认为孩子们就是采用这种方法学习语言的，而当思想变成内部言语时，变化就开始发生了。

维戈茨基的问题并非为沃洛希诺夫所提，后者相信"意识的一切现象的深层含义"的思想。④ 按照维戈茨基的观点，如果感受不能表现的话，那么感受就从未发生过。"感受对于感受者本人来说仅仅存在于符号的材料之中。在这种材料之外，任何感受都不存在。在这个意义上，任何感受都有深意，即是一种潜在的表现。"⑤沃洛希诺夫和维戈茨基立场的差异也许在于这样一个事实，即维戈茨基的著作是为了那些经验心理学家们写的，而沃洛希诺夫则看样子是为马克思主义理论家构思了这部著作。

---

① 〔苏〕巴赫金著，钱中文主编：《巴赫金全集》第2卷，李辉凡、张捷、张杰等译，石家庄，河北教育出版社，1998，第371页。

② 〔苏〕巴赫金著，钱中文主编：《巴赫金全集》第4卷，白春仁、晓河、周启超等译，石家庄，河北教育出版社，1998，第322页。

③ 〔苏〕巴赫金著，钱中文主编：《巴赫金全集》第2卷，李辉凡、张捷、张杰等译，石家庄，河北教育出版社，1998，第441页。

④ 参见《巴赫金全集》第2卷第370页注（1）。按：按照原文，此处"深层含义"应译为"表现性"（выразительность，expressivity）。

⑤ 〔苏〕巴赫金著，钱中文主编：《巴赫金全集》第2卷，李辉凡、张捷、张杰等译，石家庄，河北教育出版社，1998，第370页。

意识的一切现象具有表现性的学说，使得沃洛希诺夫可以对其理论展开描述，而不是像他的对手那样，认为意识是彻底的一元论的。

这还使得他认为某些私密的、非诉诸于话语的、孤立的感受——比方说神秘的、幻想的，更别说聋哑人的世界了——实质上是不可能成为感受的(experience)。而且这种所谓感受也不存在或是没有声音声息全无，而是游移不定、迹近于一种病理现象。无论如何，沃洛希诺夫坚决认为"感受，这被表现的及其外部的客体化，正如我们知道的那样，是由同一材料创造出来的。要知道，不存在符号体现以外的感受。所以，从一开始，就谈不上内部和外部的本质差异"①。按照沃洛希诺夫的观点，感受如果缺乏社会根基和稳定(潜在)的听众，"就不能产生也无法获得分化了的和完全彻底的表现"。

对心理作出说明和阐释，坚持心理的表现性，揭示心理的意识形态内涵在于是与外部世界的一种(大型的、语词的)对话，沃洛希诺夫是在呼应着巴赫金在20世纪20年代许多关切的问题。尽管如此，沃洛希诺夫在其讨论过程中，对浸透语词的社会心理这一"边界"的阐释，与巴赫金在当时抑或以后所采取的方向都有所不同。今天从头往回看，对于沃洛希诺夫的某些说法，巴赫金是通过语言文学理论迎合他的，而对于心理，巴赫金则认为它既非社会的也非马克思主义的，更加不可能是精密的符号学的。沃洛希诺夫对于巴赫金早期著作中的心理所附加上去的以及他在理论上所做的一切，巴赫金后来全都接受了，并且还创造性地吸收了。

我们看见，沃洛希诺夫对于符号概念是有所增益的。有一点确信无疑，他对这个概念的使用远比后来各类结构主义者以及符号学家们的用法更加"灵活好用"。而对于巴赫金来说，符号依然与整个理论框架贴得很近。

对于沃洛希诺夫来说，内部感受和外部感受都是由这样一个事实提供保障的，即"内部心理的现实即符号的现实。在符号材料之外没有心理。……所以把内部心理作为一个物体来分析是不行的，而只能作为符号来理解和解释"②。正如他所说，语法和修辞规范形成一个完整的系列，因而他主张这个处于内部感受和外部感受之间的完整的系列，都是

---

① 〔苏〕巴赫金著，钱中文主编：《巴赫金全集》第2卷，李辉凡、张捷、张杰等译，石家庄，河北教育出版社，1998，第435页。

② 〔苏〕巴赫金著，钱中文主编：《巴赫金全集》第2卷，李辉凡、张捷、张杰等译，石家庄，河北教育出版社，1998，第367页。

符号化的，都使我们有可能对之采用同样方式进行客观分析。

伴随符号的出现，也一并出现了解码行为。但在这个问题上，沃洛希诺夫与巴赫金有着显著的差别。巴赫金很少表现出对符号有什么兴趣。并且几乎根本就对代码不感冒（除了诸如扁平化、归纳或"被杀死的上下文"这样负面的例证以外）。的确，巴赫金甚至从不使用符号这个词。而对于沃洛希诺夫来说，符号为社会对于个人的终极优先权提供了保障，使得他可以把个人变化与辩证的历史联系起来。而这同样也赋予他以一种完全适度翻译的工具，而"完美翻译"这又是巴赫金终其一生都小心翼翼避之唯恐不及的一个题目。

沃洛希诺夫认为符号是一个系统。而对于巴赫金来说，常例在心理中，也和在别的地方一样，最好是一个规划。对于巴赫金来说，完全和整合是一辈子的而且永不完结的任务。而对于沃洛希诺夫来说，此类观念多多少少是没有问题的。沃洛希诺夫把个性的形成过程描述为一个持续不断地针对渗透在意识中的"意识形态主题"的加工过程。在《生活话语与艺术话语》这篇纲领性论文中，沃洛希诺夫写道：诗人的风格是在内部言语中形成的。"诗人的风格不是在臣服于监督他的内部言语风格中产生，后者是他的全部社会生活的产物。"①而在《马克思主义与语言哲学》中，他同样写道："个人根本就得不到现成的语言，他们参加到言语交际的这一流动中来，更确切地说，他们的意识只有在这一流动中才能首先得以实现。"②反省的行为本身，是在外部社会话语的基础上建构起来的，这是一种自我观察，自己与自己的交流，是"一个人对内部符号的理解"。而巴赫金却把心理看作是一个人对于自我身份的伦理学追求和责任感，并且为那样一些自我实现的条件而感到惊讶，因为这些条件永远也无法具备。巴赫金以其自己的对于自我和世界的理解，持续不断地检验着自己的追求，这种追求引导着他采用各种临时的决断来进行试验。

巴赫金一直都未能消除对于自我表现的可能性的怀疑。这是他著作中一以贯之的主题之一，从早期对于 Я-для-меня（I-for-myself）到 Я-для-дpyroro（I-for-another），再到晚期有关知觉剩余和"纯自我表现"的理念，都可以看得很清楚。而对于沃洛希诺夫来说，"所有意识现象的表现性"似乎已使得这个问题变得透明无比，甚至可以认为这个问题已然不复存

---

① 〔苏〕巴赫金著，钱中文主编：《巴赫金全集》第 2 卷，李辉凡、张捷、张杰等译，石家庄，河北教育出版社，1998，第 104 页。

② 〔苏〕巴赫金著，钱中文主编：《巴赫金全集》第 2 卷，李辉凡、张捷、张杰等译，石家庄，河北教育出版社，1998，第 430 页。

在了。

巴赫金和沃洛希诺夫对待心理问题的态度的另外一个差别虽然很重要但却不值一提。沃洛希诺夫批评研究心理问题的因果方法，但他这么做只是为了采用机械论或生物学的术语来解释这一现象而已。而且他提出用更加复杂的马克思主义意识形态学说来解释心理现象。而巴赫金则相反，使他为难的是因果关系本身的问题，因为因果关系只包含特定事物，因而未能给创造性事物留下丁点空间。对于无论何事的详尽无遗的因果论解释最终会显现为对于未完结性和责任感的鄙视。陀思妥耶夫斯基不屑于做一个心理学家，而宁愿相信人的行为具有潜在的无远弗届的法则。在这个意义上，沃洛希诺夫是一个心理学家（甚至可以说是一个非常复杂的心理学家）。而巴赫金毫无疑问不是。

由于各种原因，关于内部言语的理念对于这两位思想家来说，都成了规避弗洛伊德无意识观的一种选择。求助于无意识领域也好，还是甘愿让内部审查机制欺骗自己也罢，因而他们二人都提出了一种足够复杂的、多层次的、各种意识杂存的意识观。

当巴赫金在20世纪30年代首次萌生这一理念时，他一开始继续了内部言语这种提法，但却摒弃了符号说。他这样做时根本不理会编码和解码问题，而是再次引进了一大堆关于不可译性、奇特性、非均等的离心力和凌乱的概念。内部言语因此成为了不是一种符号学机制，而是某种类似于托尔斯泰笔下的战场。

巴赫金在其创作生涯涉及小说诗学时，不仅把小说人物的话语放在声调的引号里，而且，就连他自己的表述也持续不断地凭借小说人物富于挑战性的话语来。巴赫金这么做不光是在发展他自己关于一语双声的概念，而且，还吸取了沃洛希诺夫的这样一个理念，即可以采用他人言语来解决他人语境的问题这个理念——而这成为《小说中的话语》的主要思想。由此可见，沃洛希诺夫对于巴赫金也有非常重大的影响。①

沃洛希诺夫用最大篇幅反驳"机械论方法"，最后，为了表示自己对于"相对主义个人主义"的不满，对其形式进行了概述。所以，他使用了大量例证进行证明。这些例证我们也可以在巴赫金在其论述陀思妥耶夫斯基的论著中讨论双声语的地方见到。在《小说的话语》中，巴赫金对他人话语的讨论更为详尽。巴赫金和沃洛希诺夫都争着以例证说明的方式

① Gary Saul Morson, Caryl Emerson：*Mikhail Bakhtin*：*Creation of a Prosaics*，California：Stanford University Press，1990，p. 329.

为话语定义，因为他们都认为语言本质上具有对话性，而反对语言是一个系统观——无论其为封闭还是开放，静态还是动态。对于他们来说，语言并非一个独立自主或半独立自主的整体，而与超语言力量发生关联。因此，对于语言，我们必须从超语言学立场上（沃洛希诺夫称之为社会学的）来理解。

与沃洛希诺夫相反，巴赫金并不尝试采用别的系统的术语来解释语言这种非系统现象。从巴赫金散文学立场看，世界的混沌是根本的。

巴赫金开始面对他的第一个分水岭。这一在他和其小组其他成员之间产生的对立颇有教益。学术界指出其小组内部的争论发展成为对立的两极：在整个 20 世纪 20 年代里，小组成员们就当时最具有争议的一系列问题（索绪尔语言学、弗洛伊德主义、形式主义、马克思主义）进行争论，确定相互对立的两派，表明每派何以不适当，然后勾勒一条适宜的中间路线。沃洛希诺夫在其专著《弗洛伊德主义：批判纲要》和《马克思主义与语言哲学》中，就遵循了这样一种模式。[①]

沃洛希诺夫把语言描述为一种对话，但他却未能将其描述纳入马克思主义辩证唯物主义体系中去。他启动了这一转变这个事实表明，巴赫金的特殊概念并非必然取决于他们所设定的理论框架。沃洛希诺夫和梅德韦杰夫采用巴赫金的理念撰写了出色的有关文学和语言的专著。但是，这些著作本身就其整体而言，我们认为，就其精神实质而言，是与巴赫金格格不入的。这是些出色的著作，但却非巴赫金的。这些著作是对巴赫金思想的高度精致的独白化。

最为奇特的是，作为对话反对者的辩护者，他们自己却把深刻的对话关系给独白化了。正如巴赫金经常指出的那样，想要实施把不同声音混合起来的综合的意图把真正的对话给毁掉了。我们深信在巴赫金和沃洛希诺夫、梅德韦杰夫之间的关系，是真正的对话式的。[②]

如果说巴赫金影响了沃洛希诺夫和梅德韦杰夫的话，那么，为什么他们就不能影响巴赫金呢？按照我们的观点，实际情形很可能就是这样。巴赫金早期的著作毫无疑问是非社会学的，除了在一些有关自我和他人的沉思细节上是社会学的以外。但他写于 20 世纪 30 年代和 40 年代的著作却是深刻的有关社会学的。这难道不是因为他自己的理念与强烈的马

---

① Gary Saul Morson，Caryl Emerson：*Mikhail Bakhtin*：*Creation of a Prosaics*，California：Stanford University Press，1990，p. 77.

② Gary Saul Morson，Caryl Emerson：*Mikhail Bakhtin*：*Creation of a Prosaics*，California：Stanford University Press，1990，pp. 118-119.

克思主义思想的相遇促使他发生了转变吗？面对复杂的、在一定程度上建基在巴赫金自己理念的基础上的社会学诗学的激烈挑战，巴赫金以其自己的语言和文学理论进行了反映，只是这是一种没有马克思主义的社会学而已。他以自己的社会学而非理论回答了自己朋友们的挑战。他相信马克思主义仍然无助于回答社会学问题。

巴赫金以杂语、一语双声的倡导者而著称于世。在这个问题上，沃洛希诺夫对他是有所呼应的。沃洛希诺夫在《马克思主义与语言哲学》中，也阐述了与此相近的话语理论，而且这一理论同样也是聚焦的中心，同样也可以被认为一语双声话语的另外一个变体，即他人话语。沃洛希诺夫保持了足够的谨慎，他的阐述可以与巴赫金的互补，但二者之间也有重要差别。

首先，当巴赫金不遗余力地鼓吹对话化和一语双声时，作为一个马克思主义者的沃洛希诺夫却以不赞成的态度描写了此类语言现象。沃洛希诺夫在其著作中写道："要研究语言的形成，要完全脱离语言中折射的社会存在，脱离社会经济条件的折射力，显然是不行的。脱离开真理的形成和词语里文学真实的形成，脱离人类社会，即这个真实和真理就是人类社会存在，是不可能研究话语的形成的。"[1]巴赫金有关未完结性的如此重要的核心理念，作为他研究文化世界的重要散文学方法，却被沃洛希诺夫视为颓废的"相对主义个人主义"[2]。沃洛希诺夫希望并呼唤废止这种言语形式，并深信工人阶级的凯旋也就是这些形式死亡的钟声。

其次，沃洛希诺夫通过接受巴赫金对于语言的特殊描写而改变了巴赫金的理论，继而又对语言以马克思主义历史唯物主义术语进行了描述。巴赫金所描述的语言是非系统的，这一点沃洛希诺夫也同意，但他认为这种非系统性仅仅只会引导我们期待能够解释语言的外部系统的出现。按照沃洛希诺夫的理解，这个系统就是马克思主义。的确在沃洛希诺夫的著作中，重新表述马克思主义是他的核心任务，而对于非马克思主义者的巴赫金来说，却非如此。[3]

是沃洛希诺夫而非巴赫金认为当风格化比直接风格更占据优势地位时，这样的时代是颓废的。他认为俄国在革命前就处于这样的时代，但

① 〔苏〕巴赫金著，钱中文主编：《巴赫金全集》第2卷，李辉凡、张捷、张杰等译，石家庄，河北教育出版社，1998，第524~525页。

② 〔苏〕巴赫金著，钱中文主编：《巴赫金全集》第2卷，李辉凡、张捷、张杰等译，石家庄，河北教育出版社，1998，第122页。

③ Gary Saul Morson, Caryl Emerson：*Mikhail Bakhtin*：*Creation of a Prosaics*，California：Stanford University Press，1990，pp. 124-125.

他对于无产阶级将要恢复直接的、"绝对的"、说明性话语的古老的权力充满信心。① 这是沃洛希诺夫和巴赫金之间最主要的区别所在。对于沃洛希诺夫来说,核心对立通常在于永恒之真和有害之假之间。而巴赫金却趋向于对话,更看重多样混杂的修辞特色。对他来说,最重要的对立在于未经检验的(或毫无问题的)和尚未检验的(或是尚未经过严峻的怀疑的)之间。

"他人言语"问题是巴赫金学派最大的理论贡献之一。加里·索尔·莫森和加里尔·埃莫森指出:"在 20 年代,形式主义是巴赫金最经常的对手,而且他们对巴赫金产生了重大影响。但还有一些同样重要的'友好的他者'巴赫金同样受惠于他们,这种说法专指巴赫金自己小组的那几个成员。带着和巴赫金同样的理念网络进行工作的瓦连京·沃洛希诺夫在马克思主义方向上发展了这些理念。下面我们将详尽地阐述沃洛希诺夫的结论,因为显而易见,他们之间的影响是相互的,而且巴赫金写于 30 年代的著作部分即以沃洛希诺夫早年的贡献为基础形成"。②

巴赫金在写作其《长篇小说的话语》时,显然既同时借鉴沃洛希诺夫,也借鉴他自己早年论述陀思妥耶夫斯基的著作。巴赫金剥离了沃洛希诺夫著作中他们共同的马克思主义理论框架,但保留了沃洛希诺夫在构思这个理论框架过程中产生的许多新思想。不但如此,沃洛希诺夫对于他人话语(俄文为 чужая речь,другая речь)的讨论是极其有趣的,值得将其作为巴赫金小组的重大贡献而予以详尽考察。

沃洛希诺夫在本书最后一节里,转入对于间接言语、直接言语与准直接言语这样一个更加广泛范畴的讨论。显然,在这些形式的使用和他人言语趋势的分类之间,是存在着某种关系的。例如,准直接言语(抑或"自由直接话语")为弱化引述者和所引述言语之间的界限提供了可能。因此,这种方式特别适合用于描述风格,尤其是描述风格的第二种变体,在这种变体中,所引述言语占上风。的确,准直接言语甚至可能在对这一需要的应对中产生。但是,在形式和态度范畴之间是不可能产生面对面的交流的。一个人可以尝试把直接话语和间接话语用于所有态度模式中。如果我们把全部注意力都凝聚在形式上的话,则可能会忽略其使用中的复杂性和可能性。

---

① 〔苏〕巴赫金著,钱中文主编:《巴赫金全集》第 2 卷,李辉凡、张捷、张杰等译,石家庄,河北教育出版社,1998,第 158~159 页。
② Gary Saul Morson, Caryl Emerson:*Mikhail Bakhtin*:*Creation of a Prosaics*,California:Stanford University Press,1990,p. 161.

　　需要牢记的还有，拥有不同的可以用来传达引语的资源。语法书上常常提供的两个语言中的等值形式，常常是用于不同的事物的。按照沃洛希诺夫的解说，在俄语中，"直接言语具有绝对首要的意义"①。其他语言可能含有更丰富发达的间接话语形式。沃洛希诺夫声称俄国特别适合于他人言语的描述风格，"俄语中所有的这些特点，为转述他人言语的生动或活泼风格的形成提供了非常有益的环境。这些风格确实有点薄弱和模糊，缺少对被克服的边缘和阻力的感受能力（就像在其他语言中一样）。作者与他人言语之间很容易相互作用和相互渗透。"②沃洛希诺夫不厌其烦地警告我们要警惕机械地看待他人言语的倾向，即仅仅将其视为一种形式。我们必须想到，在语言的相互影响中，话语是针对话语而发，因而会构成一种宏大的对话语境。

　　我们可以把他人话语的不同形式和风格视为倾听他人话语的不同方式。当我们使用间接话语时，我们其实不光在应用一种语法规则，而且我们还必须对他人话语做出分析和反应，表明我们与之进行对话的态度。

　　对于超语言学现象问题的讨论，沃洛希诺夫也不同于巴赫金，这我们从上文中已然知道。就这样，巴赫金和沃洛希诺夫对于人类思维的对话式形成的问题，坚决要求预先假定在人类存在中有一种本源性的、相互回应应对的性质。③ 巴赫金所宣言的方法论可以称之为"metalinguistics"，但"meta"却并不意味着语言学是这门新近设立的"话语学科"（science of utterance）的研究对象，而是这表明问题已经远远超出语言学的范围了。作者继而推断巴赫金的"超语言学"一语也许来自于本雅明（Benjamin L. Whorf）的《超语言学论文选》（1952）。④ 但这种解释显然不无附会之嫌：《马克思主义与语言哲学》问世于1929年，而本雅明的那本论文集出版于1952年，而且沃洛希诺夫逝世于1934年，谁借鉴谁岂不是昭然若揭了吗？

　　按照巴赫金的理解，根据阶级结构理论，言语体裁和风格是各个不同的。沃洛希诺夫对此的看法略有不同，正是阶级立场赋予语言以不同

---

① 〔苏〕巴赫金著，钱中文主编：《巴赫金全集》第 2 卷，李辉凡、张捷、张杰等译，石家庄，河北教育出版社，1998，第 478 页。

② 〔苏〕巴赫金著，钱中文主编：《巴赫金全集》第 2 卷，李辉凡、张捷、张杰等译，石家庄，河北教育出版社，1998，第 478 页。

③ Linda R. Waugh, Monigue Monville Burston: *On Language*, *Roman Jakobson*, Cambridge, Massachusetts, London, England: Harvard University Press, 1990, p. 43.

④ Michael Eskin: *Ethics and Dialogue in the Works of Levinas*, *Bakhtin*, *Mandelshtam*, *and Celan*, Oxford, NewYork: Oxford University Press, 2000, p. 97.

的重音，而他所理解的重音，不仅指不同的方言或表现的语调形式而已，而是表现不同的强调重点，有时甚至指不同的世界观。沃洛希诺夫批评索绪尔看不到语言与权力的关系，看不到语言、权力与社会体制之间的关系。① 语言本身在其走向意识形态时是中性的，但是当话语的作者从不同的阶级立场出发说话时，就赋予语言以意识形态重音。安东尼·吉登斯（Anthony Giddens）声称研究意识形态就是检验意义结构是如何被动员起来以使霸权集团的部门利益合法化的。在此，意义结构看起来显然是中性的，而将其动员起来并将其加以利用的方式却可以说是意识形态化的。这种观点与巴赫金小组的观点的区别在于意识形态并非是关于霸权利益被合法化问题的，而更多的是如何通过意义系统来表达不同的世界观问题的。

> 阶级并不是一个符号集体，即一个使用同一意识形态交际符号的集体。例如，不同的阶级却使用同样的语言。因此在每一种意识形态符号中都交织着不同倾向的重音符号。符号是阶级斗争的舞台。②

这样一来，沃洛希诺夫也就区分了两种不同类型的意识形态：制度意识形态和行为意识形态。制度意识形态倾向于属于执掌权力的社会集团和官僚机构，而行为意识形态则属于日常生活人们的世界，即绝大多数人民群众及其自己独特的文化。③

沃洛希诺夫和巴赫金都提出了"言语体裁"问题。巴赫金-梅德韦杰夫提出了两个任务。其一，探讨文学内容中所反映的意识形态环境问题；其二，对于所有意识形态全都一样的经济基础的反映。

要解决第一个任务，就要分析说话人在语言关系中所处的"情境"——每个人从其所站的立场出发可以接受到什么，每个人拥有何种语言可供使用并使得这一立场得以向他人显现，这些说话人中的每个人究竟是如何接受他人的并且如何预计他人的理解力呢？这就是巴赫金-沃洛希诺夫在《马克思主义与语言哲学》的第 3 编中所做工作的性质。在这编

---

① Michael Mayerfeld Bell，Michael Gardiner：*Bakhtin and the Human Sciences*：*No Last Words*，London，Thousand Oaks，New Delhi：Sage Publications，1998，p. 170.

② 〔苏〕巴赫金著，钱中文主编：《巴赫金全集》第 2 卷，李辉凡、张捷、张杰等译，石家庄，河北教育出版社，1998，第 365 页。

③ Michael Mayerfeld Bell，Michael Gardiner：*Bakhtin and the Human Sciences*：*No Last Words*，London，Thousand Oaks，New Delhi：Sage Publications，1998，p. 170.

里，作者细致地通过各种表述分析了"他人言语"(reported speech)问题。

任务二有点像是想要把这些不同的"定向"翻译成为有关历史情境的信息，同时考察他者的非美学语言构造，以便揭示它们是如何表现其不同的意识形态定向的。在巴赫金自己的全部著作中，任务二(即揭示反映在作品中的经济基础)始终未能完成。巴赫金和梅德韦杰夫把这称之为马克思主义文学科学之适宜的研究对象。①

巴赫金-沃洛希诺夫认为马克思主义文学理论的任务是特别困难的，因为在写作此书的当时，即1929年，"在马克思主义的文献中还没有最终的和公认的对各种意识形态现象的特殊活动的定义。"②在一条注释中，沃洛希诺夫继续写道："至于与意识形态创作材料有关的问题，以及与意识形态交际条件相关的问题，这些对于历史唯物主义一般理论来说是第二层次的问题，还尚未得出具体的和最终的解答。"③在此，意识形态是用语言加以描述的：确实所有人类的产品——包括社会产品、社会关系和人们之间所分享的客体——都是意识形态，因为都是"分享的理念"。然而，语言却是人类通过其来理解此类关系和客体的唯一媒介。巴赫金-沃洛希诺夫采用了一个锤子的比喻：

> 任何一个生产工具也都是这样。生产工具本身并没有意义。它只有一个确定的任务：为这种或那种生产目的服务。工具作为一个物体服务于这一目的，什么也不反映，也不替代。然而，生产工具也可能转换成意识形态符号。比如，我们国徽里的镰刀和斧头：这里它们有的已是纯意识形态意义。④

需要补充的是，镰刀和斧头——在建构了意义网络中的这样一种意义以后——从它开始拥有意识形态意义的那一时刻起，同时也仍然会还止于是生产工具。我可以使用镰刀和斧头，但当我想要与人交流有关镰刀的什么情况时，或是我理解(而用巴赫金的话说是完成)这把镰刀和斧

---

① Michael F. Bernard-Donals：*Mikhail Bakhtin between Phenomenology and Marxism*，Cambridge，New York：Cambridge University Press，1994，p. 94.

② 〔苏〕巴赫金著，钱中文主编：《巴赫金全集》第2卷，李辉凡、张捷、张杰等译，石家庄，河北教育出版社，1998，第345页。

③ 〔苏〕巴赫金著，钱中文主编：《巴赫金全集》第2卷，李辉凡、张捷、张杰等译，石家庄，河北教育出版社，1998，第344页脚注①。

④ 〔苏〕巴赫金著，钱中文主编：《巴赫金全集》第2卷，李辉凡、张捷、张杰等译，石家庄，河北教育出版社，1998，第349页。

头，因为我可以谈论有关这把镰刀的一切，或是以语词的方式或审美的方式对之加以再现，与此同时，镰刀和斧头的意识形态内容——包括其被用作苏联国徽——都是对其语境的这种理解的一部分。虽然工具终究无法变成符号，或符号变成工具，在人类理解中，二者是不可分割的。

在《马克思主义与语言哲学》的头几页里，符号被定义为一个"被接受的客体"的意象和形象（任何一个物体都可以作为某个东西的形象被接受）。每个物质物体都可以被接受，都必须被某个主体所接受。物体-作为-物体（如镰刀斧头）并不单独对于主体而存在，而毋宁说主体——由于他面对，或在其旁边，或开始拥有镰刀斧头——拥有一个特殊的优势，即他可以接受这个客体。从这一优势点出发，接受者创造出符号，而符号"并不中止其仍然作为物质现实中的一部分"——表明，所生产的符号对于主体而言是真实的，而符号所指向的任何对话者都在某种程度"上反映和折射着另外一个、在它之外存在着的现实"①。

沃洛希诺夫接着解释道：

> 理解本身也只有在某种符号材料中才能够实现（例如，在内部言语中）。符号与符号是相互对应的，意识本身可以实现自己，并且只有在符号体现的材料中成为现实的事实。这一点被忽视了。要知道，符号的理解是把这一要理解的符号归入已经熟悉的符号群中，换句话说，理解就是要用熟悉的符号来弄清新符号。这一连串由符号到符号再到新符号的理解和意识形态创作，是一个整体且连续不断：所以，我们一般不停顿地从一个熟悉的符号物质环节，到另一个也熟悉的符号环节。任何地方都没有间断，任何地方这根链条都没陷入非物质的和非符号体现的内部存在中去。②

人类只有通过符号的创造才能理解世界。语言并不单纯是意识形态"数据"成为话语被说出的方式之一：按照这种可以说尚且比较粗陋的科学观点，语言表述了意识形态关系，但经济、政治和历史数据也同样可以在意识形态数据的外部得到表述。在巴赫金看来，所有意识形态产品都是在语言中被接受的，其中也包括科学语言。我们所理解的并非由人

---

① 〔苏〕巴赫金著，钱中文主编：《巴赫金全集》第 2 卷，李辉凡、张捷、张杰等译，石家庄，河北教育出版社，1998，第 349 页。

② 〔苏〕巴赫金著，钱中文主编：《巴赫金全集》第 2 卷，李辉凡、张捷、张杰等译，石家庄，河北教育出版社，1998，第 351 页。

和客体组成的世界，而毋宁说我们是为了"物体"和"人"才来理解这个符号世界的。虽然我们有可能直接与未经媒介中介的物体接触，但却不可能不借助于形成有关物体的符号的方式来理解物体。

《马克思主义与语言哲学》的另一个变动，是把语言模式扩展到了建基于索绪尔教程中著名观点之上的两个说话人之间的关系上来。取代索绪尔观点的是任何交流都是在不同的说话人之间进行的。不但如此，在我们这边说话人之间进行的交流，取决于在他者的交流模式中，人们对于语言是如何理解的："每一个时代和每一个社会团体都有自己的生活意识形态交际的言语形式修养。每一组同类的形式，即每一种生活言语体裁相对应着自己的一组话题。在交际形式（例如直接的技术劳动联系）、表述形式（简短的事务上的对话）和话题之间存在着不可分割的有机的统一体。"①例如，假如我听到一段对话，在这段对话里，"蝙蝠"一词被理解为一种小型的、带翅膀的哺乳动物，于是我在另外一场与某人的对话中，使用了对这个符号的这样一种理解，而和我谈话的这个人，正在寻找一种关于挫伤的符号，在我和他谈话以后，另一天夜里，我在外出时脸部被蝙蝠撞伤了，这样看来，我们的谈话总有什么地方什么时候搞错了。巴赫金把这种"误解"解释为是"视觉剩余"（excess of seeing），也就是说，我们必须进行协商，以便我们两个人能够以某种方式对于有问题的这个符号能一致地建构。这表明一个人只能在其先前在特殊语境下所理解的那样来使用语言（或符号），表明语言的共时态模式是一种以规范为基础的模式，是一个人在特殊地点和时间下所理解的那样。这样一种趋向于无穷多样的潜能给语言说话者身上加载了沉重的负担：任何人都摆脱不了语言。一个人使用符号产品的个人方式，其实是在其周围的他人所理解的方式上建立起来的，说话人其实对于他人使用语言的各种方式都很熟悉，而且必须对他人的方式很熟悉才行。一个人在世界-作为-客体中的意识形态定向，是与每个其他人都不同的。因此，交谈者们之间关于世界的交流必然是不完整的，正如我们在《审美活动中的作者与主人公》里所看到的那样，而这种未完结性会产生一些语言上的变化。这一点沃洛希诺夫在其著作中也指出过："社会交际是形成中的（来自基础），在话语的社会交际和相互作用中形成的；而在后者之中，言语形式的表

---

① 〔苏〕巴赫金著，钱中文主编：《巴赫金全集》第 2 卷，李辉凡、张捷、张杰等译，石家庄，河北教育出版社，1998，第 361～362 页。

现也在形成中；最后，这一形成过程反映在语言形式的变化中。"①

第五节 此著作在巴赫金学派中的地位和意义

形式主义者们从把一种特殊功能归属于诗歌语言开始走向一种建基于新奇和后来被不断重复的对于特殊诗歌形式的重复的文学演变理论。既然一种诗歌形式或体裁的新奇性衰减了，那就必须发现一种新的陌生化效应，从而使诗歌语言重新焕发活力和生气。巴赫金和沃洛希诺夫则坚持认为，语言并没有什么"类型"上的差别，所有语言形式是在相互协商、协调，一切全取决于语言使用和产生的语境。语言自身包含着一种不断被更新的潜力，因为语言的同一用法只能有一次，更因为情境时刻刻都在不断流动中，绝不会重复第二次。不但如此，如果语言在连续不断的新的语境下始终都是"独白体的"的话，如果语言始终是"如何说也就如何听"的话，则巴赫金认为在此之后语言会变成"通称"，之后发生变化便是必不可免的了。巴赫金在《言语体裁问题》中指出，由于这个缘故，"第二类体裁程度不同地出现明显对话化，它们的独白结构随之削弱，对听众作为谈话伙伴产生了新的感觉，出现了完成整体的新形式，如此等等。哪里有风格（语体），哪里就有体裁。风格（语体）从一个体裁转入另一体裁，不仅要使风格（语体）在它所不习惯的体裁中表现异常，而且会破坏或改变这一体裁。"②这一论说最为接近形式主义的文学演变理论，但其间最重要的区别在于陌生化是会经常发生的，而且，会在语言的各个层级上发生。③

语言/符号生产中语境的不断变化导致的结果，是正如巴赫金和沃洛希诺夫所说的那样，是社会环境的不断变化。"每一个时代和每一个社会团体都有自己的生活意识形态交际的言语形式修养。每一组同类的形式，即每一种生活言语体裁相对应着自己的一组话题。"④社会环境的变化，相应地会导致符号生产的变化。一个人最为社会化的情境——这种处境

① 〔苏〕巴赫金著，钱中文主编：《巴赫金全集》第 2 卷，李辉凡、张捷、张杰等译，石家庄，河北教育出版社，1998，第 477 页。

② 〔苏〕巴赫金著，钱中文主编：《巴赫金全集》第 4 卷，白春仁、晓河、周启超等译，石家庄，河北教育出版社，1998，第 147 页。

③ Michael F. Bernard-Donals：*Mikhail Bakhtin between Phenomenology and Marxism*，Cambridge，New York：Cambridge University Press，1994，p. 98.

④ 〔苏〕巴赫金著，钱中文主编：《巴赫金全集》第 2 卷，李辉凡、张捷、张杰等译，石家庄，河北教育出版社，1998，第 361 页。

建基于其真实的社会地位的不同和差异上——自身也在变化，因为真正的社会条件只有在语言中或通过语言才有可能实现。在"协商"中变化话语本身（或符号的用法本身），其结果就是改变说话人与听话人的社会关系，从而也改变了产生符号的社会条件本身。不仅在符号生产中语言在不断地变化，而且包含语言的社会现实生活本身也在不断变化。

然而，这种把语言当作是社会变化之产品的观点却引起了许多问题。我们下文中将会更加清晰地根据历史唯物主义最新的发展情况来探讨这个问题，但此时此刻，我们可以面对这样一个问题，即按照巴赫金的理论作为语言产物的社会变化是多么难以被人们所想象呀！因为在《马克思主义与语言哲学》中，包含着一些矛盾。

在讨论可以被认为是巴赫金小组直接对立面的巴赫金的新康德主义前驱赫尔曼·柯亨时，巴赫金-沃洛希诺夫写道："唯心主义的文化哲学和心理文化学把意识形态归入意识。"①在同页注中，作者指出，作为新康德主义者的卡西尔提出的变体形式，认为意识的每一个成分都代表着某物，起着象征的作用。整体位于部分之中，而部分只有在整体中才能理解。这种说法与巴赫金自己在《审美活动中的作者与主人公》中的说法绝相吻合。巴赫金在后一部著作中指出，已完成作品的各个成分只有在与整体的关系中才能被理解，而在理解过程中，主体会把意识的各个在其他情况下根本不可能联结起来的成分联结成为一个统一的整体。不但如此，符号材料是严格意义上的物质的，而且并不单单只是具有意识功能而已。这一对于新康德主义的歪曲也渗透进了巴赫金-沃洛希诺夫的唯物主义变体中。他继而指出，唯心主义哲学忽视了这样一个事实，即"理解本身也只有在某种符号材料中才能够实现（例如，在内部言语中）。符号与符号是相互对应的，意识本身可以实现自己，并且只有在符号体现的材料中成为现实的事实"②。"要知道，符号的理解是把这一要理解的符号归入已经熟悉的符号群中，换句话说，理解就是要用熟悉的符号来弄清新符号。"③这一自然段的结论是，人类的任何理解活动都是通过符号的生产进行的，而符号身上永远都带有先前语言情境的语境（尽管永远都只是部分地被理解了的），而这就构成了一个必然的符号世界。人类最

---

① 〔苏〕巴赫金著，钱中文主编：《巴赫金全集》第2卷，李辉凡、张捷、张杰等译，石家庄，河北教育出版社，1998，第351页。

② 〔苏〕巴赫金著，钱中文主编：《巴赫金全集》第2卷，李辉凡、张捷、张杰等译，石家庄，河北教育出版社，1998，第351页。

③ 〔苏〕巴赫金著，钱中文主编：《巴赫金全集》第2卷，李辉凡、张捷、张杰等译，石家庄，河北教育出版社，1998，第351页。

先并且一直到永远都生活在意识形态之内，而且，按照这种说法，人类还没有任何办法走出意识形态的牢笼之外。但如果我们所谈论的全部仅仅只是主体如何解读和阐释文本的话，这就还不是真正的问题所在。认识-伦理活动把文本的语言当作一个审美上的整体（这就是阅读）：把主体及其主人公视为被体现于文本语言中的。与任何其他主体就文本的功能或意义所进行的任何协商，都或是不尽恰当，或是最终结果赌率很低。这里究竟谁对其实并不那么重要。但是要考虑到当前学术界的气候：保守主义右派左派认为文化研究和多元主义对于经典作品的规范而言乃是一种威胁，一把射向多元主义的弓必将超越认知而把文化打碎，而把英国和欧洲的文化遗产剥夺净尽。文学界左派则认为文化研究和多元主义很早以前就已经来了，而在一家长期忽视女性、同性恋和（在其他人种中）有色人种所取得的巨大成就的教育机构里，想要平息人们就这个主题所进行的争论的企图，不啻于鼓吹欧洲中心主义的种族主义。如果"理解就是符号对符号的反应"的话，如果我们可以认为在学术界经常发生的解读中的歧异和文化的意识形态体现物及其规范中的歧异一样的话，那么"从符号到符号再到新的符号"的运动（或是从意识形态体现物到另一种再到第三种的运动），按照定义，这是一个没有尽头的过程，而且任何地方也找不到足够的根据，可以使我们据以断定某种体现物比别的更有意义也更重要。在学术界人们为正在进行的争论所投入的赌注是很高的——谁在教谁什么，以及作为一种信息交流的结果，谁关于现实生活的方案摇摆不定，从而决定了其他方案等等——而在这方面，巴赫金-沃洛希诺夫的理论除了进行协商以外根本无法解决意识形态的分裂问题。如果我们采取巴赫金关于协商并不意味着面对面协商，或围绕着桌子进行的协商，而且也表明一种通过内景化和重新表述来进行的语言的口语的协商。而且，协商并不一定意味着很快就能得到结果，而且它也不保证语言协商会由于某个有权势人物的非语言势力而发生。

在某种意义上，这其实是一个非语言要素在语言哲学中的地位的问题。对于现象学的巴赫金而言，人类意识的任何方面——其中包括对超语言现象的反应——都是通过符号的生产来发生的。不但如此，在对话者中间所发生的各种生产活动——无论其是面对面的交谈还是临时处于天各一方，犹如一个主体在回忆她一个星期以前所读过的社论那样——都会发生相互影响，都能在某个人或两个交谈者的意识形态情境中产生变化。可是，问题在于这样一种语言交流是否能够影响物质条件（而且"促进"，如果可以的话，经济基础），而如果是这样的话，那么，这样的变化可以称之为好的。在此，迈克尔·F. 伯纳德-多纳尔斯援引了沃洛希诺夫著作中很长一段话：

> 必须首先确定这一意识形态在相应的意识形态环境中变化的意义。考虑到任何意识形态领域都是一个整体，这一整体的所有部分都反应着基础的变化。所以，解释应该保存各个相互作用领域的所有本质的差异，并且探寻一切产生变化的各个阶段。只有在这种条件下，通过分析得到的才不是偶然的和不同背景的现象的表面对应，而是社会的真正辩证形成过程，这一过程来自基础并完成于上层建筑。①

这一段推理中有一些偏向，它表明作者自己对于这些变化是如何发生的也并不十分清楚。这段话中的意识形态领域指的是一个广泛的社会集团，他们分享着在某种意义上是同样的陈述——作为一个完整的整体发挥作用，对发生在基础中的变化进行改变。更重要的是，正如文中第二句话所表明的那样，变化是在意识形态领域之间发生的，而历史唯物主义批评家的任务就是"探寻一切产生变化的各个阶段"。

有人可能认为这句话说的是不同意识形态表现之间的相互影响必须对于"一切产生变化的各个阶段"进行探寻。可是，另一个人也无妨把"一切产生变化的各个阶段"解读为意在意识形态变化反之也会对基础产生影响。大家都同意一点，即对于沃洛希诺夫的这一解读并未得到此书其余部分的明确支持。可是，如果你假定对文本的这样一种解读或阐释，抑或通过对这些语言潜台词和意识形态材料的分析而得到的协商性表述可以在协商它们的主体身上产生变化，而且，如果这些主体理解语言是意识形态材料，这些材料是在其与存在的物质条件的生动关系中进行协调的，这样一来，在这种关系中所发生的变化其结果可能会从阅读进而扩展到对于此类物质条件本身也产生影响。而由于没有一个基础是有着同样的物质条件的，所以，这也就表明，二者之间应该建立一种感情的关系。对于沃洛希诺夫而言，问题就在于我们究竟应该如何对这种关系加以理论化评说。这段话中最后一句话表明，沃洛希诺夫又退回到了以前关于经济基础与上层建筑的因果关系上去了，从而关闭了双通道关联的

---

① 〔苏〕巴赫金著，钱中文主编：《巴赫金全集》第 2 卷，李辉凡、张捷、张杰等译，石家庄，河北教育出版社，1998，第 358 页。

可能性。而且，接下来在对俄国文学中的"多余人"性格的讨论中，他推断"即使多余人在文学中的出现与贵族的瓦解和经济基础的解体有关"，这也不会是机械地发生的。他的观点是，既然经济基础并不能直接触及到体现于文本语言中的意识形态的变化，那么，这也就是说这是一种双通道的关系。除了意识形态变化以外，我们没有别的办法来促使改变的发生。

在历史唯物主义中，以上所说的这个问题，将会一而再地出现：我们如何能从自己对于物质条件的协调关系中所发生的变化转到在这些条件中实际发生的变化上来呢，而且，反之，归根结底，这会如何影响到经济基础呢？沃洛希诺夫是通过假设所有人类都最先并永远都生活在语言之中的方法，来开始阐述其关于这个问题的理论的。其次，语言是意识形态材料，所以，他想要进而去讨论由语言所表现的经济基础与各类上层建筑之间的关系问题。事实上，在刚才援引的那段具有爆炸性和开放性结尾的段落的两页之后，沃洛希诺夫又断言："这些形式的类型学（言语形式和语言交际本身是从说话人的社会情境中产生出来的——著者）是马克思主义最迫切的任务之一。"①但实际上马克思主义最迫切的任务是讨论经济基础与上层建筑的关系问题，而这里说的这个实在是不太重要。巴赫金并未去探讨经济基础-上层建筑关系的性质问题，而且，这种体现在文学及其他非审美语言艺术品中的关系，从机械方面说是具有因果性和复杂性的——远远超出了其规划的范围。巴赫金设计了语言哲学的语源学基础工作这一事实，表明他可以系统地借助于文学和非文学语言理论来进行工作，这从他有关陀思妥耶夫斯基、拉伯雷长篇小说以及早期关于审美活动中的作者与主人公的著作，就可以看得出来。证明这一点的，还有沃洛希诺夫《马克思主义与语言哲学》的最后一编，在这部分里，作者讨论了言语体裁的各种类型问题。但这里却并非巴赫金的确参与了此著的写作的确证。②

确切无疑的事实是，在纯粹的文学文本中，有着对于语言唯物主义的思考，但至少巴赫金一直都在坚持语言的社会构成性和语言潜在的"专制主义"的退化，他坚持认为语言是一种意识形态材料。巴赫金认为，生存的物质条件——如我们所知道的这个世界——只能通过其在符号的意

---

① 〔苏〕巴赫金著，钱中文主编：《巴赫金全集》第 2 卷，李辉凡、张捷、张杰等译，石家庄，河北教育出版社，1998，第 361 页。

② Michael F. Bernard-Donals：*Mikhail Bakhtin between Phenomenology and Marxism*，Cambridge，New York：Cambridge University Press，1994，p. 103.

识形态构造存在。虽然这并不意味着语言以外的物质世界并不存在——事实上，符号就是为这个世界和从这个世界中创造出来的——没有这些符号，物质世界就无法以有意识的方式生存：人类就无法从这个世界产生感觉资料。物质世界是时常不断地通过符号生产来进行协调的。一个人不可能离开语言去接受意识形态。因为人类永远都是被嵌入在语言世界中了，所以，关于文本的科学——是进行超意识形态理论演说的一个途径——因而它自身也在意识形态中。由此可见，超意识形态理论是不可能有的，因为你不可能超越语言。

阿尔帕托夫指出，自《马克思主义与语言哲学》问世以来，关于此著究竟是不是马克思主义的历来有争议：有些人认为此著是马克思主义的，而另一些人却认为此著潜含着拒绝马克思主义的意思。阿尔帕托夫认为后一种意见不可靠。沃洛希诺夫于 20 世纪 20 年代末加入了共产党。至于巴赫金，那么，被捕时他自称是一个"修正主义的马克思主义者"的说法，也要比说他从始至终都坚持反马克思主义者的立场更加可信。但是，《马克思主义与语言哲学》究竟在多大程度上是马克思主义的呢？此书的绝大多数内容与马克思主义毫无关系。而此书的核心章节第 2 编"马克思主义语言哲学的道路"，马克思主义仅存在于标题中而已。真正探讨马克思主义的是第 1 编，而这是最小的一编。此编从一般语言哲学问题出发讨论了语言学中的问题。书中大量采用了当时苏联著作中经常使用的术语和表达法：如"符号中反映的存在，不是简单的反映，而是符号的折射。意识形态符号对存在的这种折射是由什么决定的呢？它是由一个符号集体内不同倾向的社会意见的争论所决定的，也就是阶级斗争"①。这种说法，据阿尔帕托夫说，与洛姆杰夫通过阶级意识反映现实生活的视角来定义语体的做法如出一辙。这里似乎有些年代错误，即阿尔帕托夫所说的这位洛姆杰夫的著作，出版于 1949 年，而沃洛希诺夫的《马克思主义与语言哲学》则早在 1929 年就已问世，所以，即使说"师承"，也只能是洛姆杰夫"师承"沃洛希诺夫而不是相反。沃洛希诺夫在其著作中所强调的重点，是符号的中立性："而话语却是普遍适合于专门的意识形态功能的。它可以承担任何的意识形态功能：科学的、美学的、伦理的、宗教的。"②"不同的阶级却使用同样的语言。因此在每一种意识形态符号

---

① 〔苏〕巴赫金著，钱中文主编：《巴赫金全集》第 2 卷，李辉凡、张捷、张杰等译，石家庄，河北教育出版社，1998，第 365 页。

② 〔苏〕巴赫金著，钱中文主编：《巴赫金全集》第 2 卷，李辉凡、张捷、张杰等译，石家庄，河北教育出版社，1998，第 355 页。

中都交织着不同倾向的重音符号。"①根据阿尔帕托夫的转述，洛姆杰夫正是针对这一点向沃洛希诺夫发难的："沃洛希诺夫的资产阶级理论混淆了语言作为阶级斗争之武器的真实本质。"②

如果我们把本书第一编中作者直接关心的问题单独提取出来，则会是 3 个命题：(1)语言有其重要的特性；(2)语言是一种集体现象；(3)实证主义方法是建立在"对事实的崇拜"的基础上的。而把一切降低为个人意识的唯心主义的心理学同样也是不可接受的。这几乎并不与马克思主义矛盾，但也并没有什么马克思主义的气息。这 3 个命题都与索绪尔的理念有着紧密的联系，因为索绪尔在本书第 2 编里受到严厉的批评。这也许是因为索绪尔的背离实证主义还不像此书的作者那么坚决吧！甚至就连全书从始至终对于"意识形态"这个术语的活跃和频繁的使用，也与马克思主义没有任何有机联系。不妨让我们看看"哪里有符号，哪里就有意识形态。符号的意义属于整个意识形态"③(按此处英译为：Everything ideological has a sign-borne significance)。在此，术语"意识形态"或多或少与人们常用的意义(significance，значение)相吻合。一方面，这无论如何也无法与马克思、恩格斯在其著作中将意识形态当作"虚假意识"的做法吻合；另一方面，一些与马克思主义毫无关系的学者也在此书所用的意义上使用这个术语。

布莱恩·普尔虽然出之于判定"有争议文本"的著作权目的，但却涉及到有关《马克思主义与语言哲学》的重大问题，即在巴赫金小组中，对话思想的来源问题。布莱恩·普尔指出："语言学中的对话主义是我们可以判定和确定的巴赫金理论的哲学来源。"但他认为巴赫金小组有关对话的思想来源于卡西尔，而在这个小组中，第一个"剽窃"卡西尔的人，不是别人，就是沃洛希诺夫。④ 沃洛希诺夫也是第一个注意到要在关于陀思妥耶夫斯基研究中应用对话语言学的人。甚至就连"巴赫金自己对于资料来源的选择也受惠于沃洛希诺夫的研究"⑤。

---

① 〔苏〕巴赫金著，钱中文主编：《巴赫金全集》第 2 卷，李辉凡、张捷、张杰等译，石家庄，河北教育出版社，1998，第 365 页。

① 〔苏〕巴赫金著，钱中文主编：《巴赫金全集》第 2 卷，李辉凡、张捷、张杰等译，石家庄，河北教育出版社，1998，第 365 页。

② Michael F. Bernard-Donals：*Mikhail Bakhtin between Phenomenology and Marxism*，Cambridge，New York：Cambridge University Press，1994，p. 182.

③ 〔苏〕巴赫金著，钱中文主编：《巴赫金全集》第 2 卷，李辉凡、张捷、张杰等译，石家庄，河北教育出版社，1998，第 350 页。

④ Ken Hirschkop，David Shepherd：*Bakhtin and Cultural Theory*，Manchester and New York：Manchester University Press，1980，p. 126.

⑤ Ken Hirschkop，David Shepherd：*Bakhtin and Cultural Theory*，Manchester and New York：Manchester University Press，1980，p. 127.

巴赫金任何完结性的缺席会毁掉自由，会毁掉确实将作为彻底完结性的创造性。按照巴赫金的观点，一个伦理个体必须承担自己的承诺。沃洛希诺夫也说：一个人不仅需要反讽和换气孔，还"需要为话语真实的含义而承担起自己的责任来"①。按照巴枯宁著名名言："毁灭的激情也就是创造的激情。"按照巴赫金，创造是不可能完全由毁灭进行，如果这是真正的创造的话：他认为单纯的否定永远不会创造出一个有意义的话语来。

威廉姆斯对于沃洛希诺夫这本著作的兴趣，是开始密切关注沃洛希诺夫和巴赫金对于语言的研究，而且，他还十分注重这一研究中的沃洛希诺夫-维戈茨基-索绪尔模式，而不是俄国形式主义－巴赫金的关注文学的模式。

托尼·本内特指出，《马克思主义与语言哲学》是"首次系统发展通过语言学基础加以反映的马克思主义语言理论"的尝试。沃洛希诺夫"发展了一种研究语言的新的历史方法，为语言研究提供了必要的理论背景，而巴赫金和梅德韦杰夫的著作，亦应以之为背景来加以研究"②。

索绪尔首次把语言(langue)指定为语言学合适的对象，而沃洛希诺夫却激烈加以反对。这主要是因为按照沃洛希诺夫的观点，语言会混淆说话人的立场，说话人不应把语言当作一个不变的规则系统，而是必须将其当作一个他在特殊的社会情境下，在具体话语中使用的一个可能性领域。对于沃洛希诺夫来说，语言学的适当对象不是一个固定的语言系统(la lanque)，而是语言所包含的所有规则使用的方式方法是如何在具体话语中被使用、被修正和被采用的，而决定这一切的东西无一例外都具有特殊的社会性。就这样，把关心语言符号作为特殊和不同的社会语言学关系的产品变为关心一个封闭系统内部符号与符号的关系。

欲要发起这样一种理论变动，沃洛希诺夫认为有必要抛弃索绪尔的意义观，即认为在一个封闭的语言(la lanque)系统里，意义就是符号之间存在的相似相异关系的总和。他还认为我们必须认识和注意到这样一个事实，即在具体的话语、结构、意义和语言符号的用法中，话语内在地具有对话性。话语是指向话语的，或指向表述中话语的用法的，指向反映或在话语中寻求一种反映。沃洛希诺夫声称这一对话关系必须成为

---

① Gary Saul Morson，Caryl Emerson：*Mikhail Bakhtin*：*Creation of a Prosaics*，California：Stanford University Press，1990，p. 127.

② Tony Bennett：*Formalism and Marxism*，London and New York：Routledge，1989，p. 61.

分析的中心，如果我们对于语言产生意义的机制的理解是正确的话。

这一理论观点，部分地来源于沃洛希诺夫对于俄国形式主义者们对于自叙体(сказ)问题的反思。自叙体就是说话主体对于自己所选择和使用的语言的态度。但对于这个问题最适当全面的研究体现在巴赫金关于陀思妥耶夫斯基的著作中。

在分析陀思妥耶夫斯基作品中话语建构规则问题时，巴赫金认为陀思妥耶夫斯基的话语是一种内在"双重话语"。陀思妥耶夫斯基笔下的人物说话时，每每都要根据某个真实的(其他人物)或想象(读者)或交谈者可能会有的反应来即时修正或修改自己的表述：此类表述中的话语总是透过对方的肩膀在窥探，对于别人的话极度敏感，经受不断的修正和校正。语词的这样一种用法，反映并且影响说话人和听话人之间在语言本身中的特殊关系，因而只有将其放在这样的关系语境中才能得到适当的理解。

沃洛希诺夫对于索绪尔语言学拟议提出的第一个修正，是认为我们对于语词的理解不仅应该循着其与其他语词的关系这个轴进行，而且还要将其放在其在说话人和听话人相互关系的对话情境下发挥功能的语境下进行。为了避免混淆，这里说的并非是指真实的血肉丰满的说话人和同样物质充盈的听话人之间的客观关系，而是指的说话人角色与听话人角色在特殊的语言形式或表述中被构建的关系。他的第二个修正，或是更加激进的步骤，是认为这样的语言形式，或正如他所说的，"言语体裁"本身可以从其赖以为据的与社会语词关系条件的客观相关性来加以解释。

雷蒙德·威廉姆斯认为对于话语的这样一种阐释可以归咎于这样一个不正确的假设，即由于能指与所指之间的关系在惯用的意义上是任性任意的，那么，则其对于历史进程的必然或明显关系方面所产生的意义也同样是任性和任意的。他认为与之相反，形式和意义因素的融合……在言语的实际活动和语言的持续发展中，乃是真正的社会发展进程的结果。

在此，他呼吁建立语言理论，这种理论能够解释由符号系统所确立的形式和意义的统一体，而符号系统是参照社会地建立历史地变化中的系统建基于其上的语言实践而形成的。沃洛希诺夫所致力建立的，就是这样一种理论。但他所关心的，并非处于孤立状态的语言，他关心的部分问题，是在马克思主义范围内发展一种广泛的意识形态理论。

由于意识形态概念在马克思主义历史上有着繁复多样、明暗交替的履历，所以，我们必须对沃洛希诺夫采用这一术语的方式有所了解才对。简单地说，当他说意识形态时，他脑子里彻底充满了那样一种已经惯例化了的形式，通过这种形式，理性和意义得以与现实相联系。这个平面上的意识形态与符号学——符号的世界——是平等的，而符号世界本身本质上是有形可见的和物质的。沃洛希诺夫认为，意识形态并非同样抽象的意识的同样抽象的产品，而是有着一种有着自足的和客观存在的东西，无论其为特殊的、文化编码了的声浪（言语、音乐）的组织，还是由物质制作所引起的光线的协调配合（印刷、视觉意象）。与其他现实方面不同的地方在于，意识形态方面同样按照自己的组织原则"也反映和折射"着自身之外的现实。换言之，符号不仅存在着而已，它还在作为能指而存在。

　　符号概念的这样一种双边本质是必不可少的。对于索绪尔来说，所有问题在于在一个语言的封闭体系内部一符号与另一符号的关系问题，符号与其语言外的所指的问题就被彻底给"悬置起来了"。这就是说，正如我们所见，对这样一种语言的结构我们是没有办法参照语言以外的决定物来予以很好解释的。对于沃洛希诺夫来说，一切则相反，尽管语言在一般意义上，所有这些意识形态形式都被认为是拥有其自主的现实性的，它把一种意义强加在"现实"头上，而这种意义也反映着它们自己的系统组织性，自己的形式，尽管对于经济和社会关系而言它们是不可减少的，而部分地，也可以用它们解释。这是因为沃洛希诺夫感兴趣的，不是语言的抽象语法，而毋宁说是包含这些语法的规则的用法放在具体的社会语境下应当如何进行研究。他主要关心的问题，是确定言语形式的类型学或言语体裁的类型学，并参照以之为基础而产生的社会语言交际的条件对其加以阐释。

第八章　艺术与责任——巴赫金论第一哲学即道德哲学

第一节　对话：艺术与生活的关系问题

巴赫金学派与奥波亚兹是一种共生现象，这从他们各自宣扬的既对立又交叉的哲学命题就可窥见一二。奥波亚兹等人回避现成的哲学命题，一切以现象本身为出发点自许，但什克洛夫斯基的"城堡上空旗帜的颜色"一语，尽管诉诸于比喻的说法，但其哲理性自是不言自明不容抹杀的。恐怕正是针对什克洛夫斯基等人的类似说法和文坛的类似现象，巴赫金才写了《艺术与责任》这篇篇幅十分短小的文章。文章虽短小，意义却不可低估：可以说巴赫金有关第一哲学即道德哲学的核心命题，在这篇小文章里，便已初显端倪。可以说这篇小文是巴赫金道德哲学起飞的跳板和哲学之石。巴赫金在这篇文章一开头就开宗明义地写道：

> 艺术与生活不是一回事，但应在我身上统一起来，统一于我的统一的责任中。①

在巴赫金初出茅庐写的这篇短文中，这位未来的思想家旗帜鲜明地提出了与什克洛夫斯基等人截然相反的观点：艺术与生活固然不是一回事，但却并非相互无关，而是密切相关，而且它们彼此之间都应该通过话语和自我，通过行为的主体和话语的主体，而彼此为对方承担起责任来。奥波亚兹不是宣扬文艺学的主体性吗？宣扬什么艺术不必对生活承担什么许诺吗？而巴赫金刚一出场，就与之针锋相对，旗帜鲜明地亮出自己的观点，不稍假借。这一口号可以说是振聋发聩，犹如旷野呼告，令人有醍醐灌顶之慨。更有甚者的是，这句话俨然正是针对什克洛夫斯基的"旗帜之颜色"说而发，两者犹如出语与对句。按照巴赫金的观点，

---

① 〔苏〕巴赫金著，钱中文主编：《巴赫金全集》第 1 卷，晓河、贾泽林、张杰等译，石家庄，河北教育出版社，1998，第 2 页。

要克服生活世界与艺术世界这两重世界间的分离和分立，只有在个人负责任的行为中才有可能。你不是说艺术与生活无关吗？我偏偏要告诉你：非也，艺术与生活不但相关，而且可以说艺术也是生活的一部分。它们二者都是人的语言行为或言语活动，因此作为语言行为和言语活动之主体的人，应当为二者担负起应该担负的责任来。按照卡特琳娜·克拉克与迈克尔·霍奎斯特的说法，巴赫金"早期的著述最明白地表述了他为之鞠躬尽瘁的那桩事业，这就是把他的对话主义构造成为一个完整的世界观"①。巴赫金写道：

> 是什么保证个人身上诸因素间的内在联系呢？只能是统一的责任。对我从艺术中所体验所理解的东西，我必须以自己的生活承担起责任，使体验理解所得不至于在生活中无所作为。但与责任相联系的还有过失，生活与艺术，不仅应当相互承担责任，还要相互承担过失。诗人必须明白，生活庸俗而平淡，是他的诗之过失；而生活之人则应知道，艺术徒劳无功，过失在于他对生活课题缺乏严格的要求和认真的态度。个人应该全面承担起责任来：个人的一切因素不仅要纳入到他生活的时间系列里，而且要在过失与责任的统一中相互渗透。②

生活与艺术要相互承担起责任来，但其主体都是人。总之，作为人的活动，人必须为二者担负责任。不是艺术与生活无关，而是二者都必须在作为主体的人那里得到统一。这里需要指出的一点是，提出这样一个把生活与艺术、把认识论与伦理学连接起来的论断的巴赫金，在此将其表现为俄国固有哲学思想的继承者和发扬光大者。因为在以注重认识论为特点的西方哲学思想中，价值论和世界观注定难以成为哲学的主体理论。而唯有在俄国哲学中，出现了与西方截然不同的景观，那就是不重认识论而重价值观，不重理性而重视非理性，不重理性分析而重直觉顿悟……等显著特征。

俄国哲学从某种意义上可以说是一种人类中心主义的价值论哲学，由此产生出她的另外一个更为显著的特点，那就是始终想要把伦理学与

---

① 〔美〕卡特琳娜·克拉克、迈克尔·霍奎斯特：《米哈伊尔·巴赫金》，语冰译，北京，中国人民大学出版社，2000，第4页。

② 〔苏〕巴赫金著，钱中文主编：《巴赫金全集》第1卷，晓河、贾泽林、张杰等译，石家庄，河北教育出版社，1998，第1～2页。

美学、价值论与认识论紧密结合起来，而不是像西方那样，两者之间始终都泾渭分明，界限严格。俄国哲学史上的代表人物如陀思妥耶夫斯基、索洛维约夫、别尔嘉耶夫、舍斯托夫等人，都无不是这种特征的体现者。但也许在俄国哲学史上，将伦理学与美学真正完美有机地结合和统一在一起的，则非巴赫金莫属。

按照传统理论，艺术与生活是分立的两个各自独立的领域，二者之间除了前者反映后者这一种关系外，不可能有任何相互之间的渗透和交流。当然，艺术反过来也可以影响生活塑造生活，即为生活提供崇高的理想和理念。例如，19 世纪车尔尼雪夫斯基的《怎么办?》问世后，很快便有许多年轻人以书中人物的行为范式为榜样，过起了追求空想社会主义理想的生活。但即便是这种艺术不但反映生活，而且也会反过来影响生活并塑造生活的观点，实际上也是以两者各自的分立为前提的。而巴赫金却独辟蹊径，他倡言：艺术与生活虽然不是"一回事"，但因为它们都是人类的活动，因此应该能够在"我身上统一起来，统一于我的统一的责任中"。这也就是说，将相互分立的艺术与生活统一起来的，是人和人的存在。这样一来，巴赫金便以小小一篇短文，开宗明义地提出了一个哲学根本问题之一，那就是"自我"与"他者"(即社会)的核心问题。

在这里，我们可以认为巴赫金的观点，与马克思主义的社会学有所交集。马克思主义社会学认为人是社会的产物，同时也是历史的产物。人首先是社会的动物。我们生活中的每个人都同时也是社会历史发展的产物。试想，人从一生下来，假如就与社会和人群隔绝，那该会是个什么情形呢？我们从小学、中学到大学所学到的知识，是人类在数百万年的文明进化道路上所获得的群体记忆，学习这些成果就可以使我们少走许多弯路。我们的衣食住行处处都离不开人类迄今以来所创造出来的一切，抛开它们，我们就会重新回到穴居野处、刀耕火种的时代。因此，我们每个人都是社会的产物，这是毫无疑问的和不容置疑的。既然如此，研究人和社会的关系，研究自我与他人的关系问题，也就成为道德哲学必然不可能予以回避的问题了。

巴赫金关于道德哲学的论著，写作于 20 世纪 20 年代，发表却已是作者本人已驾鹤西行后的事了。20 世纪 20 年代中期在巴赫金一生的创作中，被称为"中期"。巴赫金此期的著作都带有哲学和社会理论的性质，涉及人文学科的广泛领域，其中包括美学、文化创造的本质、主体间生活的本体论、生活世界(围绕着人的事业和行为建构的现象学)、人际伦理学、社会文化生活中价值建构的过程、抽象形式化理性批判等。如果加上 20 世纪 20 年代末的创作，则巴赫金的著作为我们描绘出一个社会理论家的形象，他探讨了语言、文化和自我的对话本质及其永不完结和开放性质问题，以及伦理学与应答性在人类生活中的极端重要性问题等。巴赫金在人文学科领域里作出了极其重大的学术贡献。[①]

如果从主题入手设问，那么我们可以认为巴赫金属于终生专心致志研究同一主题的作家或思想家，而这贯穿一生的同一主题就是"我"（自我）与"他者"的关系问题。巴赫金一生都在以各种不同的方式在提出同一个问题，并在为同一个问题寻求着答案。巴赫金究竟寻找到答案没有这并不重要，重要的是在寻求答案的过程中，巴赫金的探索究竟给人类提供了哪些新的视角和成果。

1918~1924 年，巴赫金写了许多文本，但都未完成，考察这些文本，可以发现，它们与其说原本是一本书，倒不如说是同一本书的不同断片。总括而言，这些断片是关于日常生活经验世界的一种伦理学，或也可说是一种实用主义价值论。作者认为，行为——身体的动作，一种思绪、话语、或书面文本等——具有很高的伦理学价值。与此同时，作者关注的是作为一个事件的行为，非其终极结果或产品，而是行为的过程及其伦理意义。

巴赫金在其未完成的巨著《论行为哲学》（写于 20 世纪 20 年代，1986 年问世）中，首次提出了他具有高度独创性的道德哲学体系。按照巴赫金原来的设想，此书应该分为 4 个部分：第 1 部分关于应答性行为的建筑术；第 2 部分讨论作为表演行为和事情的审美行为（即艺术创造伦理学）；而第 3 部分和第 4 部分则分别讨论政治伦理学与宗教伦理学。

按照研究者奥古斯托·庞佐的说法，这部著作之所以重要"不仅因为其内在的理论价值，而且还因为它是全面理解巴赫金的研究和著作的一把钥匙"[②]。而卡特琳娜·克拉克和迈克尔·霍奎斯特更是认为，巴赫金关于"建筑术"的论文及 20 世纪 70 年代晚期完成的论文片段，共同组成了一个哲学框架，而在此一前一后中间时段所写的有关各类分题的著作则犹如"包子里的馅"。虽然关于"建筑术"的论文不是用以检验后期论文成色的试金石或评价其是否经典的标准，但其论文所提出的问题，就重

① Michael Mayerfeld Bell，Michael Gardiner：*Bakhtin and the Human Sciences*：*No Last Words*，London，Thousand Oaks，New Delhi：Sage Publications，1998，p. 4.

② Michael E. Gardiner：*Mikhail Bakhtin*，Vol. 2，London，Thousand Oaks，New Delhi：Sage Publications，2003，p. 244.

要性而言，则是一个人即使用尽一生也难以有所得的。① 还有人鉴于巴赫金早期论文中伦理主题是在这时才首次出现的，因此而把这一动向定义为巴赫金思想中的"伦理学转向"（ethical turn）。② 鲍恰罗夫认为，在《论行为哲学》中包含了巴赫金嗣后所有的理念。③ 卡伦·霍娜和海伦·沃舍指出，在《论行为哲学》中巴赫金显示出他总是十分严肃地对待文化问题，"告诉我们必须为我们自己的生活和艺术承担起责任来。他还指出艺术与生活的关系能够形成我们的存在方式。"④

　　第一部最权威的巴赫金评传作者卡特琳娜·克拉克与迈克尔·霍奎斯特，是揭示巴赫金《论行为哲学》伦理学意蕴的最早一批学者。这两位巴赫金在西方的第一批知音和发现者在其著名评传中这样写道：

　　　　"应答"和"建筑术"（按：此乃他们两位为巴赫金一本论文集题写的英文名称——笔者）这两个术语最恰当不过地概括了该书的主题，这就是：我们为自己独一无二的存在位置而具有的那种应答能力，以及那种使我们独一无二的存在与异己的世界相联系的方式。巴赫金承认，我们每个人"在存在当中都无可回避"。我们自己必须为自己作出应答。我们每人在生活中都占据独一无二的时间和方位，这一存在不应看作被动的状态，而应视为一种活动，一个事件。我凭借我的行为所体现的价值，在他人和自然世界的环境中调整自己的时间和方位——这二者总是变动不居的。我的自我从自己占据的独一无二的存在方位和时间出发，应对其他的自我和世界。⑤

　　"建筑术"与"责任"是概括巴赫金创作主题的一对很重要的关键词。我们每个人都必然会为自己在生活中所占据的一个特定的位置而担负责

①　М. М. Бахтин：*Pro etcontra. Личность и творчество М. М. Бахтина в оценке русской и мировой гуманитарной мысли*，*Антология*. Том 2，Санкт-Петербург：Издательство Русского Христианского гуманитарного института，2001，С. 38.

②　Don Bialostosky："Bakhtin's Rough Draft：Toward a Philosophy of the Act，Ethics，and Composition Studies"，*Rhetoric Review*，Vol. 18，1999-2000（Autumn），Philadelphia：University of Pennsylvanian Press，p. 6.

③　Akexander Mihailovic：*Corporeal Word*：*Mikhail Bakhtin's Theology of Discourse*，Evanston，Illinois：Northwestrn University Press，1997，p. 52.

④　Karen Hohne，Helen Wussow：*A Dialogue of Voices*：*Feminist Literary Theory and Bakhtin*，Minnepolis：University of Minnesota Press，1994，p. XⅢ.

⑤　〔美〕卡特琳娜·克拉克、迈克尔·霍奎斯特：《米哈伊尔·巴赫金》，语冰译，北京，中国人民大学出版社，2000，第89~90页。

任。责任也是把我们在存在中独一无二的位置与周围的世界——他者——联系起来的手段。在存在中，我们每个人都提不出"不在现场的证明"，也就是说我们"无所逃于天地之间也"。在生活中，我们每个人都有属于自己的时间和位置，因此我们每个人也都应该为自己承担起责任来。这也就是人的存在的位置原则。存在都是作为人或"我"的存在，因此，存在在巴赫金看来，不是消极无为的，而是积极的和有所为、有所待的。简言之，存在即事件。事件即有其主体，所以，存在就是有所为。"我"通过行为而展现的价值确定和肯定自我，通过自己与他人、与世界、与自然的关系来显示自我所站的独一无二的地位。伦理学不是一种抽象的原则，而是一种我在我的生活所是的存在中所实施的实际行为方式。"我"从我在存在中所占据的独一无二的时空点上出发，对于他人之"我"和世界做出应答（此即自我）。

巴赫金写道：

　　因为我是作为存在的唯一性的活动者参与存在的；存在中除我之外任何东西对我来说皆已非我。我作为我（包括全部情感意志内涵的我），在整个存在中只能体验这个唯一性的自我。所有其他的我（理论上的我），对我来说皆已非我；而我那个唯一之我（非理论之我），要参与到唯一的存在之中，我置身其中。……我是实际的、不可替代的，因而我理应实现自己的唯一性。从我在存在中所占据的唯一位置出发，面向整个现实，就产生了我的唯一的应分。唯一之我在任何时候都不能不参与到实际的、只可能是唯一性的生活之中，我应当有自己的应分之事；无论面对什么事（不管它是怎样的和在何种条件下），我都应从自己唯一的位置出发来完成行为，即使只是内心的行为。①

这里，巴赫金对其伦理学中的"位置原则"作了表述："应分"是每个人在生活中所占据的位置所决定的。应分是每个人在存在中的独一无二性所必须承担的责任。在我们看来，参与世界的整个存在即事件，不等于毫不承担责任地将自己交付给存在，不等于沉迷于存在；②"对于概括

① Анастасия Гачева，Ольга Кавнина，Светлана Семенова：*Философский контекст русской литературы* 1930-1930-*х годов*，Том 2，Москва：ИМЛИ РАН，2003，С. 42.
② 〔苏〕巴赫金著，钱中文主编：《巴赫金全集》第 1 卷，晓河、贾泽林、张杰等译，石家庄，河北教育出版社，1998，第 50 页。

体现的、非参与性的主体来说，所有的死都可能具有同等的意义。但是没有任何人生活在所有人的死价值都相同的世界里（须要记住：从自身、从自己的唯一位置出发去生活，完全不意味着生活只囿于自身；唯有从自己所处的唯一位置出发，也才能够作出牺牲——我以责任为重可以发展成为献身为重）"①"……只有观赏者复归于自我的这个意识，才能从自己所处位置出发，对通过移情捕捉到的个体赋予审美的形态，使之成为统一的、完整的、具有特质的个体。……审美反射的前提，是要有另一个外在的移情主体。"②

关于这一点，有学者评论说："巴赫金的自我所拥有的'我'总是处在具体语境下的特殊的'我'，他们只会在与为我之他人（other-for-myself）（而且不是通过与一般性的他人）的关联中发展。"③换句话说，即巴赫金所谓的"自我"（Self），是只有在与他者的关联中才得以确立和界定的概念。这样一来，巴赫金就从自我本身的界定开始，确立了他关于自我与他人之间对话交流关系的准则。但重要的是，巴赫金对话观的复杂性远非只是个别人声音的两两对应性；每个个别人自身总是早已就被对话化了的。对于巴赫金来说，自我是通过与他者和外部世界进行中的对话发展而来的，与此相应，自我的主体性观点作为不同意识之间的边缘现象，作为一种不但先于主体间变化产生而且作为一种进行中的交换过程的动态产物而存在。

巴赫金认为他性是整个存在的基础，而对话则是所有个体存在的原初结构，它意味着在已是和未是之间的一种交流。在自我身上，也就意味着是在"我"和"自身中的非我"（не-я-в-себе）之间。无论如何，我与他者的对立是最原初的基础性对立。按照巴赫金的观点，"我"是不存在的，同时也非意义的承载者，因为"我"只有在与"他者"的对话式交际中才会具备存在的资格。"我"只有在与其他"非我"的关系中才能得以确定。

据说巴赫金这种提出问题的方式，是受到了新康德主义和胡塞尔现象学的影响所致。读现象学曾有过一个强烈的印象，即现象学要求人们须首先清空大脑，在"原现实"的基础上直接面对问题本身，而不要让在历史的地平线上的障碍物遮蔽了人们的视野。值得注意的是，无论东方与西方，在解决伦理学问题上，大抵都是从至少由两个人组成的"社会"

① Анастасия Гачева，Ольга Кавнина，Светлана Семенова：*Философский контекст русской литературы 1930-1930-х годов*，Том 2，Москва：ИМЛИ РАН，2003，С. 48-49.

② Анастасия Гачева，Ольга Кавнина，Светлана Семенова：*Философский контекст русской литературы 1930-1930-х годов*，Том 2，Москва：ИМЛИ РАН，2003，С. 17-18.

③ Michael Mayerfeld Bell，Michael Gardiner：*Bakhtin and The Human Sciences：No Last Words*，London，Thousand Oaks，New Delhi：Sage Publications，1998，p. 193.

这种意义上来展开讨论，探讨"我"与"他者"的关系问题的。恩格斯说过大致这样意思的话，即即使是在只有两个人组成的社会里，则每个人也都必须为了社会的存在而放弃一部分自主的权利，否则，这个社会就无法存在下去。这和巴赫金关于"我"的存在靠与"他者"的关系来界定的思想何其相似乃尔。此外，我们还注意到，孔夫子所倡导的"仁学"，也是以"两人之间的关系"为基础的：所谓"仁"就是"二人"关系（"老吾老以及人之老，幼吾幼以及人之幼"；"君君臣臣父父子子"……），由此可见，人如何对待他者，何以竟然会成为鉴定此人品质的一个标准，由此延伸出一个古老而又有效的信条：己所不欲，勿施于人。而《圣经》和《古兰经》中，也都有与此类似的说法。人之视人如己，恰如照镜子。别人是你镜像：你想让别人怎样对你，那就请你先怎样对待别人。

巴赫金伦理学的另外一个特点，是不在抽象的意义上讨论伦理学或道德，而是把伦理学归结为行为：它是具体的、可见的、有其主体的和重在实践的。它是行为，是事件，不是用来宣传的口号或标语。总之，它是人的行为本身，而非指导行为的原则。这样一来巴赫金伦理学的特点便显现无遗了：

"……只有从实际的行为出发，从唯一的完整的承担统一责任的行为出发，才能够达到统一又唯一的存在，达到这一存在的具体现实；第一哲学只能以实际行为作为自己的目标。"……"这也就是说，行为具有统一的层面和统一的原则，把各因素总括在行为的责任之中。"①"……正是在这里，负责的行为接近了唯一性的存在即事件。以负责的精神进入存在即事件的已被承认的独有的唯一性之中——这就是事实的本质所在。"②

也就是说，巴赫金的伦理学不是具有普遍抽象性的理性原则，而是具体的和独特的，是可以化身为千千万万个的千手观音。在每一个具体情境下都能发现其身影的存在本身。

"存在即事件"（быть-событие）是作者通过比喻（存在犹如事件）而创立的一个术语，强调存在（现实中的自然界和社会的生活）是人的行为世界，事件世界。与此相近的提法还有"存在的事件"、"存在犹如事件"③。"在巴赫金的哲学术语学中，有这样一个概念——'событие бытия'（存在之事

① Анастасия Гачева，Ольга Кавнина，Светлана Семенова：*Философский контекст русской литературы 1930-1930-х годов*，Том 2，Москва：ИМЛИ РАН，2003，С. 30.
② Анастасия Гачева，Ольга Кавнина，Светлана Семенова：*Философский контекст русской литературы 1930-1930-х годов*，Том 2，Москва：ИМЛИ РАН，2003，С. 31.
③ 〔苏〕巴赫金著，钱中文主编：《巴赫金全集》第1卷，晓河、贾泽林、张杰等译，石家庄，河北教育出版社，1998，第3页。

件）。存在不是一个抽象范畴，而是我唯一的、被从内心深处加以体验的生命与他人组成的类似的存在世界之间相互影响的生动事件，是一个不仅我们个人的存在而且就连'我们相互关系的真理'也得以在其中实现的事件。""我在存在中犹如在事件中"（Я нахожусь в бытии, как в событии）①"……但是，只要我们把我们的这种思维行动负责地彻底地加以实现，签上我们的名字，那么我们便会成为实际的参与者，从我们的唯一位置出发，从内部参与到存在即事件中去。②

作为一个事件的存在（在某些场合下可以与"生活"一词互换而不妨碍意义的表达）势必要面对一个多主体（或作者）的世界。在这个意义上，文本的建构者与生活的建构者是相互平行对位而又相互关联的概念。存在的积极性由于"我"与"他者"之间的间隙而时常上演，因而使得此二者之间的交际开始具有了至高无上的意义。这种交际往往表现为二者之间的相互制约，而非相互融合为一。这样一来，在所有的"我"和"他者"之间通过言语话语而进行的对话，也就成为一个十分重要的问题。

在伦理学讨论中，前人曾经试图界定西方文化和中华文化在伦理观上的根本差异问题。一种观点认为西方文化是罪感文化，其在道德上是自律的；而中华文化是耻感文化，其在道德上是他律的。罪感文化是宗教文化，而耻感文化是非宗教文化。罪感文化下道德主体的行为之所以能做到自律，是因为有"罪感"（这是同义反复）和"上帝意识"。"这也就是说，我们的立场或观点基本上是可以转换的（即我可以站在他人的立场上），而我们的世界或我们的'意义系统'同样也是可以变换的。……总之，日常生活根本就不是什么道德领域：相反，倒是处于日常生活之外的宗教和其他'意义系统'才为日常生活提供意义。……由于这些领域在逻辑意义上十分明确，因此它们之间的任何交流都会告诉我们意义只不过是一种建构，而且这一事实只会巩固我们对其的信仰。"③这也就是说，在罪感文化即宗教文化中，意义是从外部给予的，亦即"上帝"所赋予的。

在这里，上帝不是什么别的，就是"我们心中的道德律令"即"良心"。上帝的有无在此并不重要，重要的是上帝（意识）的存在给人们心中植入了"良心"这个精神的"实体"。一个人在行为有所不端时，他可以不忌惮

---

①　М. М. Бахтин：*Беседы с В. Д. Дувакиным*，Москва：Согласие，2002，С. 7.

②　Анастасия Гачева，Ольга Кавнина，Светлана Семенова：*Философский контекст русской литературы* 1930-1930-*х годов*，Том 2，Москва：ИМЛИ РАН，2003，С. 42.

③　Michael Mayerfeld Bell，Michael Gardiner：*Bakhtin and the Human Sciences：No Last Words*，London，Thousand Oaks，New Delhi：Sage Publications，1998，pp. 183-184.

他人和社会，但却不能不认真反思一下上帝能否原谅他的问题。因为按照西方基督教（东正教亦然）信仰，人死之后是要被拉上"最后的法庭"受审的，其一生的功过是非，可以瞒得过别人和社会，但却瞒不过"上帝"，因为他"老人家"是"无所不知"，"无所不能"的。这就形成了西方社会人在道德上的一定程度上的自律。陀思妥耶夫斯基笔下的拉斯科尔尼科夫，认为世上有两种人，一种可以践踏法律凌驾于人类世俗法则之上为所欲为，他们是主人，是超人，是勇者；而另一种人却天生是为他人做垫背的和公分母的，他们非但不能也不敢凌驾于法律之上，反而法律就是为他们制定的，他们是奴隶，是仆从，是天生的弱者，是那种不但不能为所欲为，反而是别人可以对他们为所欲为的人。

　　拉斯科尔尼科夫终于杀了人，但他在此之后才发现，自己也以此杀死了自己的睡眠。经过痛苦的反思和挣扎，拉斯科尔尼科夫终于彻底明白了一个道理：最难战胜的，不是他人，而是良心！是良心让拉斯科尔尼科夫自此以后心无宁日，食不甘味，睡不暖席，从此以后凄凄惶惶如热锅上的蚂蚁，惶惶不可终日。杀死睡眠的拉斯科尔尼科夫等于已经杀死了自己。正如巴赫金所说"有一种内心的、宗教的法律，那就是良心，人们没有权利跨越它"①。但拉斯科尔尼科夫的故事只能发生在有宗教在场的文化中，而在中国是不存在的。

　　耻感文化则与之完全不同。耻感文化中人作为道德主体在行为上是他律的。因为中华文化自古以来就是以孔孟之道为主建构起来的，所以，道德上便呈现出与西方罪感文化截然不同的样态。中华文化中人际关系呈现为网络状：即人与人之间的相互制约构成了中国人的道德面貌。人的行为正当与否主要靠羞耻感来维系：你可以做不道德的事，但别人一旦知道会以你为耻的。所以，中国人在道德上是两两制约的：一个人往往是多重角色的合一体：他具有很多个面：在单位，他与周围同事是同事；在家里，他是父母的儿子，是儿子的父亲；是妻子的丈夫，是爷爷奶奶的孙子……诸如此类，不一而足。换句话说，一个人在中国会有很多人"管"他：单位的同事，家里的妻子儿子、父母、亲戚、朋友……一个人可以为所欲为，但不能不忌惮家族的声誉：家门之耻呀！耻感文化在道德上的他律性制约是软性的，因为它在逻辑上的起点是肯定"人之初，性本善"的，而西方罪感文化在道德上的自律却有着截然不同的另外

─────────

① 〔苏〕巴赫金著，钱中文主编：《巴赫金全集》第 7 卷，万海松、夏忠宪、周启超等译，石家庄，河北教育出版社，2009，第 2 版，第 99 页。

一个逻辑起点，那就是"人之初，性本恶"——每个人都是可能的或潜在的罪犯。西方文化中法律和监狱之所以那么发达，和他们的基础理念相关。软性文化在道德上的他律往往会严重失效：一个人既然敢于铤而走险，也就是因为他"什么都不顾也顾不上了呗"！所以，中国的腐败官员或官员腐败之所以层出不穷，原因之一是因为"廉耻"作为代价实在是太轻微了。他们又没有宗教信仰，不相信有来生有"最后的审判"什么的，也不会想到死后是下"地狱"还是上"天堂"的问题（或对他们来说这不是问题），那么，腐败也就会在某种程度上成为一种必然现象。

从罪感文化和耻感文化角度入手看，则巴赫金的道德学说可以说是一种介于东西方之间的伦理学说。从道德自律的角度看，它与康德主义或新康德主义相近；从人际关系中的两两制约角度看，它又很像东方式的耻感文化中的人际制约网络现象。巴赫金的确为 21 世纪的人们提出了很多值得认真反思的问题——是问题而非现成的答案——因为《论行为哲学》和《审美活动中的作者和主人公》都是未完成的巴赫金著作，作为一个第一哲学的大厦，它们还有待于最后完成。

巴赫金学说的最后一个显著特点，是它那种把伦理学与美学，把生活与艺术统一起来的宏大建构，在古今中外都是罕见的。这里的问题不在于以前是否有过类似的体系——体系是有过的，但真正能够付诸实践，并且只能在道德实践中予以践行的——则似乎只此一家，别无分店。从来的伦理学都是把生活与艺术分而论之的，因为他们认为这完全是"两回事"：一个是实有和实存，一个是虚构和想象，二者有着本质的区别。正如巴赫金所说：

> 这样一来，便出现了彼此对立相互绝对隔绝和不可逾越的两个世界：文化的世界和生活的世界，后者是我们在其中创造、认识、思考、生灭的唯一世界；一个是我们的活动行为得以客观化的世界，另一个则是这种行为独一无二地实际进行和完成的世界。我们活动和体验的行为，有如具有两副面孔的雅努斯神，面对着不同的方向：一面对着客观的统一的文化领域，另一面对着不可重复的唯一的实际生活；由于这两副面孔不具有统一和唯一的方向，这两副面孔因而也就不能面对一个唯一的统一的东西而彼此作出界定。①

① Анастасия Гачева，Ольга Кавнина，Светлана Семенова：*Философский контекст русской литературы* 1930-1930-*х годов*，Том 2，Москва：ИМЛИ РАН，2003，С. 5.

巴赫金认为美学是一个明确的领域，但却并非与伦理学分立。他认为美学是这样一种形式，主体间的伦理关系得以在其中完成或一个部分得以有意义地形成为一个整体。但这并不意味着他把艺术与文学与科学或政治放在同等地位。艺术表现是一种独特的美学体裁。政治、科学、宗教或日复一日的生活并非艺术体裁，但每个都有其审美向度，都有其形成完结或未完结意义的特殊方式。"而这则意味着认识与生活、文化与生活有着统一而且唯一的背景环境。"①

巴赫金又在集体意识层面继续他在《艺术与责任》中的思考："行为必须获得一种统一性，才能使自己体现于两个方面：在自己的含义中和在自己的存在中；行为应将两方面的责任统一起来，一是对自己的内容应负的责任（专门的责任），二是对自己的存在应负的责任（道义的责任）。而且专门的责任应当是统一而又唯一的道义责任的一个组成因素。只有通过这一途径，才能克服文化与生活之间恼人的互不融合、互不渗透的关系。"②总之，正如巴赫金所说："当个人置身于艺术之中时，生活里就没有了他，反之亦然。"③而把两者联系起来的，一是个人，二是话语（而这说到底是一回事，因为个人只有通过话语才能表征其存在，所以，在某种意义上，话语与个人是同一件事）。个人和话语把生活世界与艺术世界联系了起来。"因为语言是通过具体的表述（表述是语言的事实）进入生活，生活则是通过具体的表述进入语言。"④

《论行为哲学》是巴赫金差不多完整保留下来的著作中的第 1 部，是作者关于自己本体论——"存在与共在"（бытия-события）的重要言说。在这部著作中，巴赫金取代康德的主、客体说而提出了他的"参与思维说"（участное мышление），一个现代研究者自然不难看出《论行为哲学》所包含的前美学、前语文学内核。而如果巴赫金依然有权被称之为思辨型哲学家的话，那也正是因为他是这部论著的作者的缘故。俄国学者鲍涅茨卡娅认为巴赫金本体论思想的源头，不在"话语"，而在于"存在"。而加德纳更认为，未来第三千年的哲学必然是建基在话语力量之上的高级社

---

① Анастасия Гачева，Ольга Қавнина，Светлана Семенова：*Философский контекст русской литературы* 1930-1930-*х годов*，Том 2，Москва：ИМЛИ РАН，2003，С. 6.

② Анастасия Гачева，Ольга Қавнина，Светлана Семенова：*Философский контекст русской литературы* 1930-1930-*х годов*，Том 2，Москва：ИМЛИ РАН，2003，С. 4.

③ Анастасия Гачева，Ольга Қавнина，Светлана Семенова：*Философский контекст русской литературы* 1930-1930-*х годов*，Том 2，Москва：ИМЛИ РАН，2003，С. 1.

④ 〔苏〕巴赫金著，钱中文主编：《巴赫金全集》第 4 卷，白春仁、晓河、周启超等译，石家庄，河北教育出版社，1998，第 144 页。

会科学。①

尼·康·鲍涅茨卡娅还指出："巴赫金对于思想史的特点和意义恰恰在于哲学本质和语言学本质的统一，我们完全可以有权说在巴赫金的创作中，哲学与文艺学是统一在一起的——分裂仅只发生在抽象状态下。这一点不仅对于完整的巴赫金的观点体系是正确的，而且对于其思想的每一个微小细节也是正确的。巴赫金的哲学论述在其每一阶段上从目的论上都要求以'话语创造的美学'为前提：反过来巴赫金的每个文艺学观点，一方面丝毫也不失其文艺学固有的视点，同时又确实是在以某种方式展开着关于存在的学说。巴赫金对于范畴的选择自身已经颇能说明问题了：在把（早在《论行为哲学》这篇论文中就把）哲学的'主体'——行为、认识和创作的主体——称为'作者'时，巴赫金便实际上在以这样的称呼不仅指称'伦理'世界，'道德生存'，而且也指称艺术作品的美学现实。"

第二节　巴赫金的哲学人类学

国际学术界一致公认巴赫金是 20 世纪最深刻最独特的哲学家、思想家之一，而其哲学思想和伦理学思想的最初表述，就是写于 20 世纪 20 年代的《论行为哲学》和《审美活动中的作者和主人公》。霍奎斯特认为巴赫金最主要的思想都包含在其早期著作中了，而以后直到其一生的完结，都是在以不同方式继续深入思考同一个问题而已。而这"同一个问题"或许可以被称作"哲学人类学"。"巴赫金首先并不是以一名文学理论家自诩。他自己努力要做的工作最接近于哲学人类学。他……的目标，可以看作是同一种哲学探索。"②

学术界普遍认为从 1919 年到 1924 年，思想家巴赫金完成了从伦理学向美学的转向，换句话说，巴赫金完成了从《论行为哲学》走向《审美活动中的作者和主人公》的过程。凡行为都有其主体，而在审美活动中，这一主体即为作者。为了研究"我"与"他者"关系的产生和发展过程，巴赫金把其研究的焦点，集中在审美活动中作者和主人公以及主人公自身之间关系的探讨问题。

---

① М. М. Бахтин: *Pro etcontra. Личность и творчество М. М. Бахтина в оценке русской и мировой гуманитарной мысли*, Антология, Том 2, Санкт-Петербург: Издательство Русского Христианского гуманитарного института, 2001, С. 136-137.

② 〔美〕卡特琳娜·克拉克、迈克尔·霍奎斯特：《米哈伊尔·巴赫金》，语冰译，北京，中国人民大学出版社，2000，第 10 页。

　　巴赫金的"哲学人类学"是以对话为主要范畴的，这成为巴赫金的一个突出特点。巴赫金认为对话是解决人际冲突的潜在资源。行为是一种创造过程，是创造力的表现，这种观点可以说也是巴赫金哲学人类学的首要特点。巴赫金否认来自西方的抽象的伦理学教条。他认为行为对他者的指向性形成着对话，而在对话中则形成着人的个体存在。他者是个体意识成长中不可或缺的角色。内在于意识的他者概念是意识本身构成的条件。个体存在需要摆脱抽象道德的束缚。行为对他者的指向性形成了对话，而个体存在的最初结构就是在对话环境下形成的。对话使人得以从限定走向自觉，从无意识走向有意识。纵观人类活动，无论自我、文化还是历史，都是在对话语境中形成的：对话是自我、文化和历史生存的条件，没有对话，也就不会有人的生存。

　　巴赫金非常喜欢"事件性"这个几乎是他生造的语词，而强烈地反对"概念化"。他的反对抽象的伦理学，其基本立场便源出于此。抽象教条的伦理学忽略了行为中个体的独一无二性，因此它只能觊觎对认识的原则进行表述，觊觎对过去已完成的行为进行评价。而巴赫金却力求创立一种新的伦理学，它能够帮助人在行为方面确立自身，帮助人们在具体的生活环境中采取主动积极的生活姿态。他不是在树立新的教条，而是在建设一种注重实践功能的实用伦理学。他的根本观念是认为行为永远都处于未完结态，实践的伦理学必须以未完结的行为为出发点。只有那些抽象的伦理学才会把已完结的行为纳入彀中加以研究。但抽象的伦理学与实际生活可谓天差地远，相距甚远。总之，抽象的伦理学无补于实践。"……但是这个事件的世界，不只是存在的世界，即不只是实有世界；任何一个事物，任何一种关系，在这里都不单纯是实有之物、完全存在之物，而总是带有设定的因素，即事物和关系应该如何、希望如何。绝对无动于衷的事物、完全实有的事物，不可能实际地去意识、去体验，因为在体验一个事物时，我即对它已经有所施与，因之它便与设定性发生联系。"①

　　按照巴赫金的理论，存在就是应答。人都具有动物性，因为人是生物的一种，说得好听点是"万物的灵长"。作为生物之一种的人也会像巴甫洛夫的狗一样对外界刺激作出一定的套板反应的。这是毫无疑问的。但人对刺激的反应又远比动物复杂微妙得多。人可以任意延宕其直接反

---

①　〔苏〕巴赫金著，钱中文主编：《巴赫金全集》第 1 卷，晓河、贾泽林、张杰等译，石家庄，河北教育出版社，1998，第 33 页。

应。此外，人的反应(或按巴赫金的说法——应答)也不像化学中的化学反应：化学反应可以进行定性和定量的分析，可以预期其结果，可以复制重现反应的过程，而人的反应(或应答)却远比这复杂：这就构成了作为人的科学的巴赫金的"哲学人类学"的基本和特定内涵。

巴赫金关于"应答的建筑术"的全部理论，如前所述，从其小组成员科甘和非小组成员生物学家的乌赫托姆斯基那里得到了许多丰富而又宝贵的启示。"生命本身就是对环境的反应，就是对环境的应答能力。生命的核心促使有机体在具体境况下作出特定的反应，即使低级的水螅对光的缩避亦是如此。这个核心在复杂而高级的人类那里，就称作自我。依此说来，自我与其说是一种形而上学的抽象，倒不如说是生命的基本事实。"①

仅此一点，就足以昭示我们巴赫金伦理学说的根本特点。从来的伦理学都在一个根本问题上纠缠不休，那就是人性本善还是人性本恶的问题。这和先有鸡还是先有蛋的问题一样都是难解的哲学命题。我们不妨设身处地地代巴赫金预设一下，情形大概会是这样的：即无论人性本善说还是人性本恶说，都是一种与实践无补的形而上学抽象，在巴赫金眼里便是无意义命题。因为伦理学说到底按巴赫金的看法，不是形而上学问题，而是与实践密切关联的实践命题。这就是我们所说的"事件性"问题的缘由。所以，人性如果有何性质的话，那这性质也许最好界定为"非善非恶"的、"中性"的，事件性的，而非某种抽象的伦理学教条。从这个意义上说，巴赫金并不看重理论，而是关注实践，即使观照理论，也是专注于理论的实践品格。"理论世界所以能出现，就在于从原则上摆脱了我的唯一的存在这个事实，摆脱了这一事实的道德涵义，如同世上根本没有过我一样。"……"有我或是没有我，理论的存在在涵义上都是不会变化的。"②

从前的伦理学家大都寄希望于伦理学说的普遍必然之理，以为宣传和普及这些道理，就可以使堕落中的人们幡然悔悟，改过自新，洗心革面，弃旧图新。然而，几千年来，道理没少讲，人性的状况却每每不尽如人意。与古之圣贤所向往的太平盛世不是近了，而是似乎越来越远了。科技的进步并未带来人们道德水准的同步进化，二者反而呈现出一种剪刀差式的发展趋向：人在自然科学征服宇宙方面有多么成功，便在人伦

① 〔美〕卡特琳娜·克拉克、迈克尔·霍奎斯特：《米哈伊尔·巴赫金》，语冰译，北京，中国人民大学出版社，2000，第 92 页。

② Ф. М. Дстоевский: *Дневник писателя*, Санкт-Петербург: Лениздат, 1999, C. 11.

道德方面有多么失败。普遍的伦理道德标准或规范并未造成一个太平盛世，而是世界依旧分崩离析，沟壑纵横。从前人们以为人皆可成尧舜，如今才第 N 次地不得不认识：人无非善恶，人是环境的产物，他的一切所作所为，都以环境为依归。从前 19 世纪的人们曾经以为人性有其固定的本质：罪犯天生就是罪犯，如今人们对人性的认识却可能更加接近真相。权力是一把"双刃剑"，它可以造福人群，也可以凌虐百姓。权力必须加以制约。所有这一切归结起来可以给我们一个非常重要的启示：那就是从前人们固有的一个观念——知到行随——未必准确！从前人们大都以老子的箴言为训诫：天下皆知美之为美斯恶已，皆知善之为善斯不善已！然而，迄今以来的人类历史却为我们提供了诸多的反证：当年疯狂屠杀犹太人和各国人民的希特勒法西斯分子，有多少具有很高的文化教养，他们精通各门科学，在文化修养上也有很高的造诣；他们懂得伦勃朗、米开朗琪罗……他们喜欢音乐，在音乐上也有很深的造诣……他们熟知康德、黑格尔、谢林……如果问起道德哲学来，他们当中的许多人都能够侃侃而谈，如数家珍。你能说他们不懂得善恶是非吗？为什么古今中外人类历史上那么多古圣贤者的箴言古训，难以阻挡他们犯罪的脚步呢？

问题何在？问题在于那些高头讲章只是高高悬在人们头顶的豪言壮语，与人们的日常生活，与人们现实生活中的道德实践毫无关系，势如水火。从来没有人会按照那些道德箴言去指导自己的行动的，因为在具体语境下它们永远都显得是那么的"不切实际"。与现实生活日常生活实际相比，那些道德箴言俨然一副真理的面孔常常高悬天际，与人们的距离何止宵壤。

《散文学的创造》的这两位作者把赫尔岑、列夫·托尔斯泰和契诃夫当作一些"反意识形态"作家。其实，在俄国，如果她们的划分法成立的话，则可以被纳入所谓"反意识形态"作家之列的，正不知还有多少呢！因为从 19 世纪中叶以来，甚至更早于此，俄国宗教哲学家思想家们就不遗余力地致力于对西方哲学（其中也包括来自于西方的伦理学）的奋力批判。大家应该都能记得列夫·舍斯托夫对列夫·托尔斯泰慈善之举的微词：托尔斯泰曾经到莫斯科贫民窟慰问穷人并向孤苦无助的人们进行施舍。列夫·舍斯托夫这个曾经的托尔斯泰仰慕者，却对托翁此举颇为不屑。令其感到不满的原因之一，是托翁在做完此事后不但意识到自己的善举，而且还在日记里津津有味地加以回味：意识到自己做了善事令其感到心灵的愉悦。对此，舍斯托夫却有截然不同的行为解读：他认为托尔斯泰此举非但无助于改善穷人的境遇，反而会加重穷人的苦难，让他们在物质的苦难之上又加上了精神的苦难，从而使苦难加重，由一重苦难变成了二重。即实际经历一件惨事之外又在精神上重温这件惨事。此其一。其二，真正的做善事，应当不以善事为标榜，毫不宣扬。一句话，就是做好事而不事宣扬，雁过留痕而不留名。在社会上，慈善事业常常沦落成为一种欺人耳目的程序或固定的"形式"，久而久之，"形式"大于内容：往往是轰轰烈烈，而又蜻蜓点水，于事无补、名实分离，名存而实不至。当然，话说到此，则舍斯托夫的批判，所针对的，已经是制度问题，而与托翁本人无多大关系了。

在《论行为哲学》中，巴赫金对"物质伦理学"和"形式伦理学"都痛下针砭。他指出："物质伦理学的第二个缺点即它的共有性，认为应分这个因素可以适用于任何人。……形式伦理学的出发点是完全正确的一个看法，即应分乃是一个意识的范畴，是无法从某种特定的物质内容中引导出来的一种形式。"而对于巴赫金自己的行为伦理学来说，"……应分恰恰是一个针对个体行为的范畴，甚至乃是个体性本身的范畴，即指行为的唯一性、不可代替性、唯一的不可不为性、行为的历史性。命令祈使的坚决而绝对的性质，被偷换成具有普遍的意义，被理解成一种理论上的真理性。"[1]"形式伦理学的原则根本不是行为原则，而是对已实现的行为从理论上进行可能的分析概括的原则。"[2]"然而，在同自己打交道之处，在自己是行为发生的中心之处，即在现实的唯一的生活中，现代人反而感到信心不足，见识贫乏而思想模糊。……而现代哲学没有为这种沟通提供原则，这正是它的危机所在。行为被分裂成两半，一半是客观性的涵义内容，一半是主观性的进行过程。"[3]

在巴赫金心目中，康德以来的所有伦理学大都可以不是被归诸于前者，就是被纳入后者之列。现代危机从根本上说就是现代行为的危机。行为动机与行为产品之间形成了一条鸿沟。其结果，脱离了本体之根的产品也就凋萎了。金钱可能成为建构道德体系的行为的动机。……而这正是文明所处的状况。全部文化财富被用来为生物行为服务。理论把行为丢到了愚钝的存在之中，从中榨取所有的理想成分，纳入了自己的独

---

① 〔苏〕巴赫金著，钱中文主编：《巴赫金全集》第1卷，晓河、贾泽林、张杰等译，石家庄，河北教育出版社，1998，第27页。

② 〔苏〕巴赫金著，钱中文主编：《巴赫金全集》第1卷，晓河、贾泽林、张杰等译，石家庄，河北教育出版社，1998，第29页。

③ 〔苏〕巴赫金著，钱中文主编：《巴赫金全集》第1卷，晓河、贾泽林、张杰等译，石家庄，河北教育出版社，1998，第23页。

立而封闭的领域，导致了行为的贫乏。托尔斯泰主义和各种文化虚无主义就是由此而来。

这样一来，巴赫金便以自己独特的伦理学摒除了传统的、不与实践挂钩的"伪崇高"理论，而走向了真正实践的、知行合一的伦理学。它是理论，也是实践；它是伦理，也是美学，从而真正实现了俄国宗教哲学家早已向往的伦理学与美学融合的境界。

自然科学研究的对象是物，是无意识的物质即客体。作为研究对象的物体是被动的客体，这和人文学科有本质的不同：人文学科的研究对象是人，而人不是被动被研究对象，而是研究过程的积极参与者。人不但是研究者和研究对象，而且还是存在的参与者，这就大大增强了研究过程的复杂性。因此，巴赫金的"哲学人类学"从研究对象这一起点开始，就对其进行特殊的界定："这里我们只想指出，实践哲学就其主要流派而言，区别于理论哲学之处只是在对象上，而不在方法上、也不在充斥着空谈玄理思维方式上，即对于解决这一任务来说，学派与学派之间并无区别。"①

> 每种应对的独特性是个人应答能力的特有形式。一个生命有机体无从避免应答，因为界定一个对象有无生命的正是它有无应对环境的能力，这种应对能力是一种持续不断的应答，这种持续不断的应答便构成了个体生命。这就是巴赫金所谓"在存在中无可回避"的意思。我们的应对方式就是我们承担起自我的方式。自我从本性说永远不能独立自足，自我是一个有机体在其特定环境下的具体应对，这种应对从"脑"对简单刺激的反应，即反射，直到"心"与其自我的社会性的交流。②

在其生存环境里需要与外界不断进行交流的个体或自我，正是依赖这种内外交流才构成自身，形成自我意识的。儿童自我意识的建构就是从"人"与"我"的分别开始奠定基础的。不但如此，自我建构过程贯穿于人的整个意识，始终处于动态的进行中，而终点就意味着自我的死亡和消失。人的一生就是这样一种动态的交流过程，在此过程中，自我需要

---

① 〔苏〕巴赫金著，钱中文主编：《巴赫金全集》第1卷，晓河、贾泽林、张杰等译，石家庄，河北教育出版社，1998，第24页。

② 〔美〕卡特琳娜·克拉克、迈克尔·霍奎斯特：《米哈伊尔·巴赫金》，语冰译，北京，中国人民大学出版社，2000，第93页。

不断从外界汲取信息。巴赫金关于自我变动不居的表述，在在令人想起赫拉克里特一个古老的比喻：人不可能同时踏入同一条河流。河水是流动不居的，因而人不可能在同一时间踏入同一条河流。然而，不光河水流动不居，实际上，人的自我也是变动不居的：人身上的细胞每分每秒都在新陈代谢，旧的死去新的更生。所以，每时每刻人其实都在不断更新着自己。前一分钟的你已经大不同于后一分钟的你，所以，在不同时间中踏入同一条河的人本身，其实也已经不再是同一个人了！其次，人如何表征自己的存在？巴赫金告诉我们，人是通过话语行为表征其存在的。人通过与他人的话语交际行为产生自己的意识（我和他人的分界何在？），也是通过话语交际行为实现其存在的意义和价值的。

这就归结到巴赫金的下一个核心观点，即人的存在的独一无二性。从宇宙四方天地洪荒的角度看，人的确如巴赫金所言，是独一无二的存在体。每个人在生活中都有其特定的位置决不可能重合。每个人的天赋使命就是完成其在生活中的特定位置所赋予其的使命或功能。行文到此，我们似乎听出来了叔本华生命意志论的语调：让自己的生命放射出灿烂辉煌的光芒，就可以说对得起此生此世了。然而，又不尽其然：叔本华哲学总体而言是悲观主义的，而巴赫金却不然，是注重生命实践的，因而是现实的而非浪漫的。巴赫金的特点在于他把伦理学与美学以生命实践行为哲学为主体很好地结合在了一起，从而一举打破了知识分子只会坐而论道，却不善于起而践行的弊病和软肋。

格雷格·马克·尼尔森（Greg Marc Nielsen）在其所著《应答性的标准：巴赫金与哈贝马斯的社会理论》中指出，在巴赫金那里，实际上，第1部著作《论行为哲学》原本是《审美活动中的作者与主人公》的第1章，因而难怪这两篇文章会有如此密切的联系。《论行为哲学》原系为同一个提纲撰写的导论和原来题名为"作为'我'的作者"的一部分。他进而指出，在《论行为哲学》和《审美活动中的作者和主人公》（1979）中，巴赫金以其独特的方式表明，我们有必要把（在行动中产生意义）的美学和（在活动自身中的认识论要素）伦理学重新统一在作为一个统一事件的阐释行为中的问题。该文强调作为一种存在之事件的话语交际行为具有其独特性和唯一性。应答性命题被扩展到关于作者、自我与他者关系、理解的移情形式以及共同体验问题（《艺术与责任》）上来。①

---

① Greg Nielson, Bakhtin and Habermas: "Toward a Transcultural Ethics", *Theory and Society*, Vol. 24, No. 6. (Dec., 1995), pp. 803-835.

巴赫金指出："生命只有联系具体的责任才能够理解。生命哲学只能是一种道德哲学。要理解生命，必须把它视为事件，而不可视为实有的存在。摆脱责任的生命不可能有哲理，因为它从根本上就是偶然的和没有根基的。"①"我的这种得到确认的参与性，创造出具体的应分因素——即我应该实现全部的唯一性；这是在一切方面都无可替代的存在唯一性，对这一存在的任何因素我都应实现自己的唯一性；而这意味着参与性将我的每一表现：感情、愿望、心情、思想，都变成了我的能动而负责的行为。……要知道这个世界是由我发现的，因为我在自己的观照行为、思考行为、事业行为中都是从自身出发的。根据我在世界中所处的唯一位置——能动发源的位置，所有思考到的空间关系和时间关系，都找到了价值的中心，并围绕这个中心形成某种稳定的具体的建构整体；这样，可能的统一性就变成了实际的唯一性。"②

"这种富有效能的唯一的行为，正是存在中的应分因素。要产生应分的因素，首要的条件是：从个人内心承认确有唯一性个人的存在这一事实，这一存在的事实在心中变成为责任的中心，于是我对自己的唯一性、自己的存在，承担起责任。……负责行为也就是以承认唯一性应分为基础的行为。……因为实际置身于生活之中便意味着进行活动，对唯一的存在整体不持冷漠的态度。""一切的内容含义因素，如作为某种特定内容存在，如自有意义的价值，如真、善、美等——所有这些都只是一些可能性，它们只有在行为中，在承认我的唯一的参与的基础上，才能成为现实性。"③"……对含义来说，需要一种行为的主动性，而这种主动性又不能是偶然的。……唯有承认我从自己唯一位置出发而独一无二地参与存在，才能产生行为的真正中心，才能使起因不再是偶然的……只有通过实际承认我的实际参与而把这思考纳入到统一而又唯一的存在即事件中去，才能够从这思想中产生出我的负责行为。"④"……存在如果脱离了唯一性的情感意志的责任核心，只能是一个草案，是唯一性存在的一个未被承认的可能方案。只有通过唯一性行为的负责参与，才能够从无数

① 〔苏〕巴赫金著，钱中文主编：《巴赫金全集》第1卷，晓河、贾泽林、张杰等译，石家庄，河北教育出版社，1998，第56页。
② 〔苏〕巴赫金著，钱中文主编：《巴赫金全集》第1卷，晓河、贾泽林、张杰等译，石家庄，河北教育出版社，1998，第56~57页。
③ 〔苏〕巴赫金著，钱中文主编：《巴赫金全集》第1卷，晓河、贾泽林、张杰等译，石家庄，河北教育出版社，1998，第43页。
④ 〔苏〕巴赫金著，钱中文主编：《巴赫金全集》第1卷，晓河、贾泽林、张杰等译，石家庄，河北教育出版社，1998，第44页。

个草案中摆脱出来，一劳永逸地理顺自己的生活。""……一切概括和含义，同样只有与实际的唯一相结合，才能获得自己的价值，才能成为必不可少的东西。"①

精神文化的所有领域——科学、艺术、伦理、宗教等——只有在其与活生生的个人的关联中才会存在。各门学科自身并不具有存在性，因此，它们自身是非现实的和虚幻的。而且，就其对现实生活的关系而言，它们甚至可能成为一种破坏性力量。

"行为以自己对存在的唯一性参与为基础实现取向的那个世界，正是道德哲学的研究对象。"②"……正是现实的行为世界的这一建构方式，应当由道德哲学来描述。这指的不是抽象的图式，而是统一和唯一行为世界的具体格局，是行为构成中的基本而具体的诸要素，及其相互间的配置。这些要素有：自己眼中之我、我眼中之他人（другой-для-меня）、他人眼中之我（я-для-другого）；现实生活和文化的一切价值，全都是围绕着现实行为世界中这些基本的建构点配置的；这里说的是科学价值、审美价值、政治价值（包括伦理价值和社会价值），最后还有宗教价值。所有的时空价值和内容含义价值，以及种种关系，都聚拢到这些情感意志的中心因素上，即：我、他人和他人眼中之我。"③为使行为获得根基，首要的是使唯一性存在和唯一性事物以个人身份进行参与。因为即使你是一个大整体的代表，那首先也还是以单个的人来代表；而且这个大整体恰恰不是一个笼统的整体，而是一些具体个体的整体。

巴赫金这种从个人自我唯一的存在性、唯一的不可与他人分享的独特位置出发而来的应分的论述，究其实，在俄国思想史上也的确算不得空谷足音，前无古人。按照当代俄国后现代主义理论家爱泼斯坦的说法，在俄国，一系列思想家发展了这样一种不可以从个别上升到一般的伦理学原则。他们有别尔嘉耶夫、舍斯托夫、巴赫金等。巴赫金在其《论行为哲学》中建构了"应分的唯一性伦理学"："我所能完成的，任何别人任何时候都不可能予以完成。现实存在的唯一性是必然的和强制性的。构成我的行为应分的具体的唯一性基础本身的，是我的无不在现场证明这一事实。"（То, что мною может быть совершено, никем и иикогда

---

①　〔苏〕巴赫金著，钱中文主编：《巴赫金全集》第 1 卷，晓河、贾泽林、张杰等译，石家庄，河北教育出版社，1998，第 45 页。

②　〔苏〕巴赫金著，钱中文主编：《巴赫金全集》第 1 卷，晓河、贾泽林、张杰等译，石家庄，河北教育出版社，1998，第 53 页。

③　〔苏〕巴赫金著，钱中文主编：《巴赫金全集》第 1 卷，晓河、贾泽林、张杰等译，石家庄，河北教育出版社，1998，第 54 页。

совершено быть не может. Единственность наличного бытия-нудите-льно обязательна. Этот факт моего не-алиби в бытии, лежащий в основе самого конкретного и единственного должествования поступка...）为他人做那些只有你除了你别人都无法做到的事情，那就是善，就是道德的。为他人存在而非成为他人，就是道德的。一个小提琴手能够给人群带来最大益处的时候，不是当他被征召入伍在前线挖战壕的时候，而是当他手里拿着小提琴和琴弓的时候。① 这种伦理学虽然着眼于个体的人，但对社会的人和体制的人也同样有关。试想，如果一个社会无法做到让每个人人尽其才、物尽其用的话，那么，是否可以认为是这个社会或体制有问题呢？作为个体之人，一个人最大的痛苦莫过于不能从事适合自己的工作，从而有效率地服务于整个社会和全体人类。

　　从个体人在存在中所占据的位置出发来进行伦理学探讨，这大概是巴赫金迥异于前人的一个特点。巴赫金的伦理学因此可以被称为"应答的建筑术"。卡特琳娜·克拉克、迈克尔·霍奎斯特写道："巴赫金是从一个日常习见的生活入手的……谁都承认，两个人不能在同一时间占据同样的空间，这样，我的存在位置就是独一无二的——即使仅仅因为当我在这儿时，别人就无法占据这个位置。当我在此的时候，你就必须在彼；我可以在这一时刻与你同在，但从你我分别所在的位置看，情况是不一样的。我们既同在，又分离。我们可以调换位置，但当你站到我先前的位置，我站到你先前的位置上时，时间已稍纵即逝，那怕只是一刹那。由于以前的情况无法重复，因而我们永远不能看到或认知同样的事物。"②

　　正如国际学术界众多学者所指出的那样，巴赫金的哲学人类学或伦理学既是对康德主义和新康德主义的某种意义上的继承和发展，同时又是对其的批判和否定。例如，巴赫金写道："可以而且应该承认：在完成自己专门任务的领域中，现代哲学（特别是新康德主义）已经达到显而易见的高度，并终于制订出完全科学的方法（而各种类型的实证主义，包括实用主义在内，都还做不到这一点）。"③总之，巴赫金在其早期论著中，对康德主义和新康德主义，对胡塞尔现象学等等，都是既有继承又有批

---

① М. Н. Эпштейн: *Знак пробела*: *О будущем гуманитарных наук*, Москва: Новое литературное обозрение, 2004, С. 758.

② 〔美〕卡特琳娜·克拉克、迈克尔·霍奎斯特：《米哈伊尔·巴赫金》，语冰译，北京，中国人民大学出版社，2000，第94页。

③ 〔苏〕巴赫金著，钱中文主编：《巴赫金全集》第1卷，晓河、贾泽林、张杰等译，石家庄，河北教育出版社，1998，第22页。

判的。

在《论行为哲学》中巴赫金写道："从理论的认识内部出发来克服认识与生活的二元论，思想与唯一具体现实的二元论，就此所做的一切尝试都是徒劳无功的。"读者不难从此段文字中读到对以往伦理学知行脱节的"二元论"的针砭和挞伐。"当我们把认识的内容含义方面与实现这种认识的历史行为割裂开来之后，我们只有通过飞跃才能从认识达到应分，才能到脱离了实际认识行为的含义内容之中去寻找实际的认识行为，而这无疑于是想揪着自己的头发上天。"①"但是从具体行为出发，而非从行为的理论阐说出发，却可以把握住它的含义内容，这一内容整个地包含在这一行为之中，因为行为确实是在存在中实现的。"②"这是我在存在即事件中的意向所预设的计划，是必须由我的负责行为加以积极实现的建构；这建构是靠行为筑起的，也只有在行为是负责的条件下才能稳固坚实。"③

生活世界与艺术世界的另外一个差别之处在于前者是未完结的，而后者是完结的；前者是对话体的，而后者是独白体的；前者是开放的，而后者则是封闭的；前者是生气勃勃的，而后者则是死气沉沉的……诸如此类，不一而足。

"人是目的而非手段"只是人类始终在追求的终极目标，却非已经抵达的现实。人类尽管已经有了漫长的历史，但却仍然与理想中的目标保持着与以前相等的距离：目标依然是"虽不能至，心向望之"的遥远的彼岸。在历史现实里，人就是"手段"而非"目标"。当俄国革命先驱别林斯基、车尔尼雪夫斯基等鼓吹"为了让人类过上幸福的生活，哪怕让千百万人头落地也是值得的"时，谁能说那"人头落地"的"千百万人"不是使人类"达到幸福彼岸的"手段和代价呢？由此可见，抽象的道德伦理学说大抵总是空洞的，讨论伦理学问题似乎只能本着具体问题具体分析的原则来进行。伦理学原则一旦脱离具体事件（包括在不可复制的唯一的时间和空间中的事件），便成为无补于世也无补于时的"乌托邦"或"假象"。

巴赫金在伦理学中的另外一个重大贡献，是对"应分"的发现，这可谓是旷古未有。在他之前，康德曾经代表德国古典哲学伦理学的顶峰，

① 〔苏〕巴赫金著，钱中文主编：《巴赫金全集》第 1 卷，晓河、贾泽林、张杰等译，石家庄，河北教育出版社，1998，第 9 页。

② 〔苏〕巴赫金著，钱中文主编：《巴赫金全集》第 1 卷，晓河、贾泽林、张杰等译，石家庄，河北教育出版社，1998，第 15 页。

③ 〔苏〕巴赫金著，钱中文主编：《巴赫金全集》第 1 卷，晓河、贾泽林、张杰等译，石家庄，河北教育出版社，1998，第 74 页。

他的名言更是指导人们道德实践的金言：“我们头顶的灿烂星空，我们心中的道德律令！”但康德的道德律令就其来源而言，却并非是道德主体由内而外自发产生，而是由外而内强加于其身上的。正如列夫·舍斯托夫所批判的那样，在康德那里，自然律和道德律仍然是两张皮：当道德律无法自圆其说时，便会求助于自然律，而实际上，道德律是道德律，自然律是自然律，两者毫不相关。这成为康德哲学中的六大悖论之一，也是道德哲学留存至今的难题之一。哲学之所以难以把“知”与“行”统一和整合起来，原因正在于此。这就犹如荀子所言：“天行有常，不为尧存，不为桀亡。”德国古典哲学以抽象思辨的名义，扼杀了“我”在存在中的位置：任何人都无法左右道德律令的内涵发生变化。而在巴赫金那里，道德不是别的，就是每一个“我”在生活中所占位置要求他所做的，这就是巴赫金所谓“应分”的概念。

“要成为应分之事，仅仅具有真理性是不够的，还须有发自主体内心的主体的回应行为，即承认应分的正确。”“……一般说来，任何一个理论定义和原理自身，都不包含应分的因素，也不能从中推导出来。”“……应分因素可以施加于一切在内容上有价值的东西上，但是任何一个理论原理在自己的内容中都不包含应分因素，也不能用应分因素来证明。”①

巴赫金分享着新康德主义者们对康德先验学说的最一般的批判观点。……一方面，他明显受到过几位新康德主义者中不仅是维杰斯基、西门和柯亨批判康德批判主义的影响。他和康德一样同样怀疑人能认识物自体（thing-in-itself）。……另一方面，他又保留了康德的整体由部分所构成的假设，而把道德和实践责任至于优先于实用主义伦理学之上的地位。尽管他的他者道德优先论、他的人的偶然存在观、他的同情-移情说，以及他的行为的独一无二性质仍然不失为潜伏在他在语言转向中所发展了的概念后面的最重要的特征。

对于巴赫金来说，应答性的双面形式既要求独特的创造因素而且也要求普遍的道德因素。他的对话哲学把多数话语理解为属于他者的世界，但同时也理解做潜在地属于由独特的个人组成的集体或社团。更直截了当地说，巴赫金与赫尔曼·柯亨思想的关系将能确定在巴赫金思想中处于显著地位的“对话”或“对话主义”概念的创新胚胎所在。……这两个概念及其在巴赫金整个著述中的演变尽管也十分重要，但毕竟比不上“我”

---

① 〔苏〕巴赫金著，钱中文主编：《巴赫金全集》第 1 卷，晓河、贾泽林、张杰等译，石家庄，河北教育出版社，1998，第 7 页。

与"他者"的关系（这是对话观念的基础）那么重要，后者最能够显示出来自柯亨的新康德主义的重要性。对巴赫金来说，它不仅有助于说明美学思考的现象学，而且更广阔地说，还说明了人类审美活动的特点。这重关系是巴赫金在其著述中始终坚持的——尽管这重关系并未那么明确地予以指明而是浸没在他笔下的所有文本中间——但这重关系却是其语言哲学里一块重要的试金石，也是一块检验每个试图为了自己的目的而发挥巴赫金著作中的哲学或批评理论的人的试金石。

迈克尔·厄尔金指出："巴赫金最重大的步骤是移动康德哲学的超验主义大厦。……康德所谓'建筑术'是专指'体系的艺术'或'我们认识中的科学性的科学'而言。巴赫金接过康德关于这种体系的艺术的终极目标是伦理学的——'普遍幸福'——巴赫金通过突出康德学说中内含的亚里士多德主义来使康德自己反对自己。这种做法反过来又证实把康德抽象的建筑术转移到具体的人际之间的伦理方面的正确性。"①现代哲学里生活世界与艺术（哲学）世界的二元对立是导致现代人精神分裂症的主要原因之一，即理想与现实的脱节和分裂。恐怕堂吉诃德的"大战风车"就是此种精神分裂症的突出写照。在现代生活世界里生活与艺术的脱节是某种必然会出现的现象。堂吉诃德越是卖力，他距离目标就越遥远，因为手段在他那里是与目的脱节的，甚至是背反的。这就告诉我们伦理学法则要想不成为"空白支票"，就一定能用来指导我们的具体行为，而非悬在空中的楼阁。理论是灰色（晦涩亦然）的，而生活之树常青。在巴赫金的伦理学里，生活世界占有远比抽象的伦理教条更加重要的地位。针对生活与艺术的两重对立这样一种二元分立，有学者指出：

　　……巴赫金在《论行为哲学》中批评了类似的这种分离法（即把伦理因素从日常行为中分离出去），并且对这种在有意义思考和无意义行为之间摇摆不定的精神分裂似的自我提出了解决办法。巴赫金认为伦理、宗教和意义都是构成的，并且表现在每一个行为中。②

具有反讽意味的是，在这些日常生活理论中，从来就没有过一个真正的个人曾经存在过。任何人只要处在那样的地位也大都会那样做的。

①　Michael Eskin：*Ethics and Dialogue in the Works of Levinas*，*Bakhtin*，*Mandelshtam*，*and Celan*，Oxford，New York：Oxford University Press，2000，pp. 74-75.
②　Michael Mayerfeld Bell，Michael Gardiner：*Bakhtin and the Human Sciences*：*No Last Words*，London，Thousand Oaks，New Delhi：Sage Publications，1998，p. 184.

我们扮演着某种角色，在一个实用主义的世界里采用一些行动进行活动，并承受着一种假想的结果。最后，这些理论告诉我们的更多的是一种结构，而非对于一个生活在这种理论中的那个人这种理论究竟对他做了什么。……巴赫金的批评是针对新康德主义者和俄国形式主义者的，他们都在非道德和散漫的日常生活和道德的、文化的和理性领域之间划定了严格的界限，通过赋予理论思维和审美思维以比散漫的参与性思维更大的特权的方式实现。被赋予特权的抽象物实质上会引导人们远离责任和伦理行为而不是走向它们。于是巴赫金就想要在应答性行为的概念下对散漫生活（受制于我们的生理肉体）和认识的或理论的思考（自由行动随心所欲）进行协调，在这种应答性行为中，伦理责任会在重复的和独特的专门的社会事件的实现过程中浮现出来。……哲学利用美学直觉或理论思维将内容从行为（即其产品）中分化出来，即从行为本身（或其实际的历史表现中）分化出来。……因此巴赫金认为一种行为的内容之所以重要仅仅是因为有一个个人在为行为自身中的内容而负责，并"认可"这种行为。……巴赫金的伦理自我则相反，他是从他或她独有的一种特殊的立场出发来参与事件的，并且不可能被其他人的立场或任何人的道德律令所取代。

巴赫金的伦理学还把人的心与身联系起来纳入视野，这几乎也是旷古未闻的举动。与康德主义者和后康德超验主义相反，巴赫金刻意强调心与世界（我的身体据说即其一部分），自我与他者，无须将二者混合起来的持续性。任何事先约定的理论优先性都已表明一种独一无二的共同存在行为，这也就意味着它以我与他者的关系为先决条件。……而且，在对"价值"和"应分"给以特别关注的同时，巴赫金特别强调了认识论与伦理学之间的必然关联问题。按照巴赫金的观点，价值是人类创造的，因而，它与人类的具体法规，他们连绵不断地重申或人类生存在具体情境中的迁移密不可分。我的独一无二的"应分"必然会在我实际所处的特定时刻的具体情境中显示出来。

巴赫金在这种批判中所依据的论据是我们并不能和他人分享意义，而且，"伦理行为"是以对差异的应答性为依据建立起来的。……巴赫金既认为日常生活具有参与性，也认为在一种行为自身中行为的伦理因素是以独特方式发生的。行为的真理并非必然要外在于行为自身，独特的自我在行为中总是发挥着极其重要的作用。……参与性思维强调我只能从其对我的关系角度来理解一种在特别行动中的理论理念或他人。……在把行为定义为"应答性的"或"回答性"的时，巴赫金试图把一种行为的

"主观"方面与其"形式"的一面整合起来，同时又不致陷于相对主义。

巴赫金伦理学的第二个向度是其与胡塞尔现象学的关系。"巴赫金《艺术与责任》、《论行为哲学》的思想中有许多有关作者和行为的哲学问题属于胡塞尔的现象学的，另外一些问题则成为对康德伦理学律令的一般性挑战。"①在俄国学术界，在巴赫金小组之前或与之同时的俄国形式主义者们，也都程度不同的受到胡塞尔现象学的影响。胡塞尔现象学对于奥波亚兹的影响应当说是十分良好的，正如伯纳德-多纳尔斯所说："现象学医治了俄国形式主义者的又一个盲点。"②而关注中心向主体建构的广阔分析过程的移位使巴赫金的著作非常接近于传统历史唯物主义对文化与历史的分析。

按照当代俄国后现代理论家爱泼斯坦的说法，巴赫金的论文《论行为哲学》(1993 年奥斯丁、堪萨斯本；1986 年俄文本)在巴赫金思想与西方现象学尤其是胡塞尔之间建立起了联系。巴赫金行为哲学的基础源于这样一种生活即行为的观念。与其他话语一样，现象学思想在苏联时期也完全处于被压制状态。巴赫金的著作也仅在 1963 年短期得到允许出版，此后则直到改革时期才又一次得见天日。在距 20 世纪 60 年代相距 20 多年以后，他者话语对于苏联话语的再次介入标志着现象学理论向苏联理论思想界的回归。20 世纪 60 年代那次复出很快就被 20 世纪 70 年代接踵而至的停滞时期打消了。

伯纳德-多纳尔斯指出："爱德蒙·胡塞尔的哲学观是俄国形式主义者们所熟悉的(他的《理念》一书由古斯塔夫·施佩特翻译出版于 1913 年)，而巴赫金则熟知施佩特的著作即使他不认得他人也罢。胡塞尔的观点从根本上说与巴赫金是不同的：后者以康德及其学生们为出发点，即所谓无论对任何理解进行探求，都必须首先把认识论问题放在首位，而且，尤其是需要在科学探索开始之前先要勾画出研究对象的轮廓来。胡塞尔的出发点却截然相反，他是在作为一个专业哲学学科立场(即如巴赫金的立场)和教条主义的立场之间划定一个界限。"现象学把确定客体与人类思维(与主体)首次相遇的本质当作自己的首要问题，而新康德主义首先寻求的是要在这种对于相会的探索开始以前在思维和客体之间架设一道桥梁。

① Craig Brandist, Galin Tihanov: *Materializing Bakhtin: The Bakhtin Circle and Social Theory*, New York and Oxford: St. Martin's Press in Association with St. Antony's College, 2000, p. 9.

② Michael F. Bernard-Donals: *Mikhail Bakhtin between Phenomenology and Marxism*, Cambridge, New York: Cambridge University Press, 1994, p. 15.

　　巴赫金对于胡塞尔现象学的应用，主要体现在他关于认识或理解乃是客体与接受者共同建构的结果的观点。因此，巴赫金理论便与当代现象学美学理论的两大代表沃尔夫冈·伊瑟和汉斯·尧斯的理论发生了关联。沃尔夫冈·伊瑟的《阅读现象学》和汉斯·尧斯的《接受美学》都是崛起于 20 世纪 60 年代接受美学的代表作。前者产生于 20 世纪 60 年代，后者产生于 20 世纪 70 年代，它们都是对胡塞尔现象学的回应。具体而言，是对胡塞尔的学生罗曼·英迦登和汉斯-乔治·伽达默尔著作的回应。现象学在苏联语境下和遗传学一样，长期被作为资产阶级学问而遭到不应有的贬斥和批判，然而，它们却以其蓬勃旺盛的生命力，顽强地挺过了严冬季节，迎来了百花争艳的学术春天。事实说明，单纯从唯心唯物着眼看哲学，势必会严重束缚我们的视野，从而与许多创世纪的发现绝缘。在这个问题上，我认为现象学对于我们的最重要的启示，是研究意识这种"现象"的必要性，因为离开意识，"现实"和"历史"也会因为失去"他者"而难以自存。这显然又和巴赫金的对话意识发生了交集。

第三节　在存在这一事件中任何人都拿不出不在现场的证明

　　第 1 部巴赫金传记的作者们曾这样写道：

　　　　巴赫金突出了在场/不在场的对立关系及其重要价值，这同索绪尔以来语言学或文学理论中的结构主义方法遥相呼应。但二者之间仍有重大差别，结构主义本质上倾向于机械论或心灵论，巴赫金则偏爱有机的观点。他推崇行动、历史、现实以及开放的对话，与结构主义二元对立的、封闭的辩证法恰好相反。辩证的或分解的思维向来被当作普遍的准则，巴赫金完成了巨大的飞跃，从这种思维迈向对话的或相互联系的思维。①

　　这段话虽然是专门针对结构主义与巴赫金思想的差异来谈的，但对于我们理解巴赫金的思想同样具有十分重大的意义。如果说俄国形式主义美学可以称为差异论美学（陌生化即产生于对比和差异中）的话，而独对差异万分青睐的巴赫金则有权被看作是奥波亚兹思想的传人。奥波亚

---

　　① 〔美〕卡特琳娜·克拉克、迈克尔·霍奎斯特：《米哈伊尔·巴赫金》，语冰译，北京，中国人民大学出版社，2000，第 14 页。

兹从差异中见出陌生的所以然之故，而巴赫金则从差异中看出对话的必要性，因为"归根结蒂，对话指并存的差异之间的交流。"差异还是现代哲学思想的首要问题。[1]

> 巴赫金提出的难题之一是，既要避免从包罗万象的"一"出发进行思维，同时又要避免将一切事物划为一连串的二元对立。不要辩证法的"非此/即彼"，而要对话主义的"既/又"。巴赫金思想的灵魂是把存在看作永不休止的行动，看作巨大的活力，在自身所驱使的各种力量之下，永远处于创生过程中。这种活力可以被看作离心力与向心力彼此不断搏斗而形成的引力场。离心力使事物彼此相异、分离、区分，向心力则使事物相聚、统合，同一。离心力促发运动、变易和历史；这种力渴求变化和新生活。向心力导致静止，抵制变易，憎恶历史，企望绝对的死寂。[2]

这里需要加以密切关注的一点，是虽然结构主义和巴赫金学派都对事物的二元对立性质加以关注，但其出发点和初衷却截然不同。一般说结构主义关注事物的二元对立性质，目的是为了找出事物背后的本质特征和基础（因而是一种本质主义或基础主义）。巴赫金关注事物的二元对立性质，却是意在表明：一切在变化之中，一切在生灭之中。巴赫金在临终之际请人复述了《十日谈》里一个恶棍被封圣的故事。这个故事所能引出的道德教训，是一个"一直使形而上学困惑苦恼"的状态："一切都没有完结，没有终极的定论，没有所有人都无一例外都要接受的、穷尽了一切可能性的终极解释。"我们的无知乃是构成对话主义的前提。再完美的思想体系也会有裂隙和漏洞。"巴赫金对命定的不确定性感到欣喜，他称之为一条不断拓展的道路，永远没有死亡的终点。对话主义就是关于这种交流的形而上学（a metaphysics of the loophole）。"巴赫金的对话主义是开放性的，因为他坚持认为人们在对话中能够创造出意义来。

在下面这段话里，巴赫金揭示了对话语境视野里的情形：

> 从对话语境来说，既没有第一句话，也没有最后一句话，而且

① 〔美〕卡特琳娜·克拉克、迈克尔·霍奎斯特：《米哈伊尔·巴赫金》，语冰译，北京，中国人民大学出版社，2000，第16～17页。

② 〔美〕卡特琳娜·克拉克、迈克尔·霍奎斯特：《米哈伊尔·巴赫金》，语冰译，北京，中国人民大学出版社，2000，第14～15页。

没有边界(语境绵延到无限的过去和无限的未来)。即使是过去的含义,即已往世纪的对话中所产生的含义,也从来不是固定的(一劳永逸完成了的、终结了的),它们总是在随着对话进一步发展的过程中不断变化着(得到更新)。在对话发展的任何时刻,都存在着无穷数量的被遗忘的含义,但在对话进一步发展的特定时刻里,它们随着对话的发展会重新被人忆起,并以更新了的面貌(在新语境中)获得新生。不存在任何绝对死去的东西:每一含义都有自己复活的节日。①

语言的本质问题几乎是所有哲学家都会探讨的问题,而巴赫金也不例外。但和其他哲学家不同的是,"巴赫金……所构造的语言哲学,不仅可以直接应用于语言学和文体学,而且可以用来研究最切近的日常生活问题。实际上,这是存在主义的语文学。"②巴赫金的语言观是在与其他两种语言观的对比中表现出来的,一种是以克罗齐为代表的个体主义语言观,一种是以德里达为代表的结构主义语言观。前者主张"我占有意义"。"我的自我作为独一无二的存在者拥有意义,这一意义同我的语言的存在紧密相关。"后者认为"没有人占有意义",传统认识论所谓的"在场"是一种假设。上帝之死意味着意义的消亡。"巴赫金所持的立场是'我们占有意义',或者说,如果我们不占有,我们至少能够借用意义。"③这3种语言观各自以不同的语义空间为前提:在个体主义那里,这个空间在内心;对于解构主义来说,这个空间总在别处;而依照巴赫金,这个空间则在彼此之间。这个"彼此之间"不仅说明意义总需要分享,而且说明了多重性和斗争性是巴赫金杂语式的语言观的特征。

巴赫金这种青睐杂语性和斗争性的语言观,对于我们理解其对话观也具有十分重要的意义。对话或如1929年著作中所说之"对话体语词"(dialogic word)是巴赫金理论中一个十分重要的概念。巴赫金心目中的"对话"一词远比"谈话"(talk)意义深远。巴赫金感兴趣的不是几个人在屋里进行的那种亲密的交谈,而是关注这样一种理念,即一个语词(话语亦然)包含着相互分离、相互极不协调,甚至相互矛盾的成分这样一种话

---

① 〔苏〕巴赫金著,钱中文主编:《巴赫金全集》第4卷,白春仁、晓河、周启超等译,石家庄,河北教育出版社,1998,第391~392页。

② 〔美〕卡特琳娜·克拉克、迈克尔·霍奎斯特:《米哈伊尔·巴赫金》,语冰译,北京,中国人民大学出版社,2000,第16页。

③ 〔美〕卡特琳娜·克拉克、迈克尔·霍奎斯特:《米哈伊尔·巴赫金》,语冰译,北京,中国人民大学出版社,2000,第19页。

语现象，上文所说的"一语双声"现象即其著例。也许，要想说明巴赫金心目中的对话概念，最好的理论是沃洛希诺夫的"他人言语"概念。巴赫金在《陀思妥耶夫斯基诗学问题》中指出，所有这些"超语言学"现象（指仿格体、讽拟体、双声语等）……都有着一个共同的特点："这里的语言具有双重的指向——既针对言语的内容而发（这一点同一般的语言是一致的），又针对另一个语言（即他人的话语）而发。倘如我们不知道存在着这第二者——他人语言，竟然把仿格体或讽拟体当作普通的语言（即仅仅指向讲话内容的语言），那么我们便理解不了这些现象的实质。"①

　　一个话语语词越是被经常地使用，在言语行为中，其意义便越丰富丰盈和充实饱满。话语就其本质而言永远都在抵抗同一化和独白化，而此二者都导向死亡和僵化。这样理解的对话变成了一种创造过程的模式。意识的健康的发展和成长是伴随着与其他声音、个性或世界观的交往和交流过程进行的。到写作关于陀思妥耶夫斯基著作的时代，巴赫金已经确认最理想的说明对话本质的媒介，是话语。而对话恰好表征着共同存在和不同主体间不间断的关联，标志着一个具有跨主体间性的事件。

　　巴赫金的研究思路是从对话主义语言观入手，进而探索人类生存的对话本质问题的。"从 20 年代中期的'语言学转向'开始，巴赫金把散文学主要放在既在生活也在文学中的语言使用的对话特点下进行考察，他断言各种文化形式（尤其是长篇小说）对于日常生活言语体裁和习惯语的吸收，可以有助于把人类意识转化成为更开放、更具有自反性的和对话的方向。"②所以，在有关对话主义的专节里，从对话语言观出发也就顺理成章了。

　　巴赫金研究界也有把"对话主义"（dialogism）称为"超语言学"（translinguistics）的。"这些思考产生了一种语言哲学，巴赫金称为'元语言学'（metalinguistics），本书则称为'超语言学'（translinguistics）……它从对话的角度……全力关注差异、多样性和异己性……"③但是，实际上笔者认为在巴赫金笔下，"超语言学"具有特定内涵，有关它的讨论，上文我们已经略有叙述。下文中笔者仍会在适当场合予以申述。

　　毫无疑问，对话理论或曰对话主义（диалогизм）是巴赫金理论的核

----

①　〔苏〕巴赫金著，钱中文主编：《巴赫金全集》第 5 卷，白春仁、顾亚玲译，石家庄，河北教育出版社，1998，第 245 页。

②　Michael E. Gardiner：*Critiques of Everyday Life*，London and New York：Routledge，2000，p. 44.

③　〔美〕卡特琳娜·克拉克、迈克尔·霍奎斯特：《米哈伊尔·巴赫金》，语冰译，北京，中国人民大学出版社，2000，第 18 页。

心，讨论巴赫金不能不从这一理论的探讨起步。对对话理论或对话主义的最早表述，见于巴赫金于20世纪20年代末出版的学术处女著作《陀思妥耶夫斯基创作问题》和与沃洛希诺夫合作撰写的《马克思主义与语言哲学》。应当指出，尽管第1部著作后来作者亲自根据时势作了修订，但从对话理论角度看，则此书的20世纪60年代版（《陀思妥耶夫斯基诗学问题》）远不如初版好，因为作者在后者中更像是想要把自己限定在狭隘的诗学范畴里，而不像初版那样，流露出一种雄心勃勃建立对话主义理论的抱负。在哲理性上，此书的初版也远胜于后来的版本。由此可见，正如两次涉足于一条河这一悖论里，不但"河"已不是"同一条河"，而且，就连"人"也非复"旧我"。这部书出版与修订版的区别，恰好印证了它们所处的时代精神的不同。前者是一个思想飞扬、知识分子意气风发、创造力如火山迸发的时代，后者却产生于一个真正的文艺学处于被迫沉默和失语状态的时代。前者中作者可以大胆发挥自己的创造力，对一个伟大的经典作家作出骇世惊俗的阐释，为"白银时代"的时代精神张目，而后者却胆怯地匍匐在狭隘的"诗学"的专门字眼下，对于哲学的彼岸竟不敢投以一瞥。

在《陀思妥耶夫斯基诗学问题》中，巴赫金指出："如此看来，对话关系是超出语言学领域的关系。但同时，它又决不能脱离开言语这个领域，也就是不能脱离开作为某一具体整体的语言。语言只能存在于使用者之间的对话交际之中。对话交际才是语言的生命真正所在之处。语言的整个生命，不论是在哪一个运用领域里（日常生活、公事交往、科学、文艺等等），无不渗透着对话关系。不过语言学仅仅研究'语言'本身，研究语言普遍特有的逻辑：这里的语言，仅仅为对话交际提供了可能性。而对于对话关系本身，语言学却向来是抛开不问的。这种对话关系存在于话语领域之中，因为话语就其本质来说便具有对话的性质。所以，应该由超出语言学而另有自己独立对象和任务的超语言学，来研究对话关系。"①巴赫金继而列举了"超语言学"所应研究的现象：对话关系、仿格体（模仿风格体）、讽拟体（讽刺性模拟体）、故事体、对话体和双声话语等。

对话主义理论引出的第一个主角是差异，而第二个主角便是他者。在独白主义意识占据主导地位的社会里，社会体制呈现为一体化格局，

---

① 〔苏〕巴赫金著，钱中文主编：《巴赫金全集》第5卷，白春仁、顾亚玲译，石家庄，河北教育出版社，1998，第241～242页。

他者不仅得不到承认，反而受到刻意的压制和排挤。苏联时期的俄国文化更是独重集体的文化，个人在其中是没有什么地位的。按照巴赫金的理论，他者是自我形成个人意识的先决条件。在陀思妥耶夫斯基的《地下室手记》里，主人公的内心独白里充满了他者的意识，这充分说明个人意识是在以他者为价值参照系的条件下形成的。他者成为主体认识中一个必要而又充分的条件。我对我的认识，也离不开他人的视野：他人是对我进行界定的必要和充足的条件。这个道理说起来也简单，但奇怪的是，由此演化出来的哲学学说，却又是那么复杂繁难而又令人费解。但这也不值得惊奇，因为世上有许多事物，的确是从最简单的事物发展而来：多少美妙无比的音乐作品起源于那 12 个乐音；多少美妙的诗章却是由 26 个或 33 个字母组合而成！这也是一种辩证法：简单复杂就是如此纠缠在一起，令人难以遽然决断。

巴赫金的对话认识论，起源于一个最最简单的情境：即当两人面面相对时。"对于巴赫金来说对话最原始的形式就是面对面相会或'两两相对'……"①洛特曼也指出巴赫金理论的这一出发点具有非常重要的意义。他说：艺术交际在当代科学中真的占据着一个核心地位。"而米·米·巴赫金则早在 20 世纪 20～30 年代就已经认识到了这个问题。"（巴赫金谈到艺术交际活动至少要有两个人参加。所以，"视觉剩余"问题也就谈到了）②这一情形给我们的启示是：也许，具有革命性颠覆意义的宏大理论，也许并非总是从宏大叙事中产生，反而有可能从日常生活情境中获得深刻而重要的启示。"魔鬼藏身于细节之中"乎？

巴赫金指出："……我们指的是对行为的意识作出有效的具体的评价，指的是评价这种行为；这种评价行为的根据，不能到理论体系中去找，而要到唯一的具体的独一无二的现实中去找。……生活中存在原则上不同却又相互联系的两个价值中心，即自我的中心和他人的中心；一切具体的生活要素都围绕这两个中心配置和分布。内容不变的同一个事物，生活的同一个要素，视其同我或同他人相联系而获得不同的价值。生活统一的完整世界，视其同我或同他人相联系而获得完全不同的情感意志语调，在自己最积极最重要的含义中都表现出不同的价值。这并不

① Michael E. Gardiner：*Mikhail Bakhtin*，Vol. 2，London，Thousand Oaks，New Delhi：Sage Publications，2003，p. 113.

② Ю. М. Лотман：*История и типология русской культуры*，Санкт-Петербург：Искусство-СПБ，2002，С. 152.

破坏世界在含义上的统一性，却可使含义的统一性提高到事件的唯一性。"①"……他人是从自身出发而被我发现的，我则是从自我出发的独一无二的我，我原则上就置身于建构之外。我只是作为观照者参与其间，但这种观照是观照者置身于观照对象之外的有效而能动的观照。受到审美观照之人的唯一性，从原则上就不可能成为我的唯一性。审美活动是一种专门的客观化的参与，从审美建构的内部出发，不可能进入到行为主体的世界里去，这个世界处于客观化审美观照的视野之外。"②

　　洛特曼对于巴赫金关于对话的思想十分推崇。并且，他从这一理论出发，甚至得出了比巴赫金更加激进的结论：从母亲与婴儿的对话，洛特曼得出这样一个结论：对话先于语言，而非语言先于对话。"出现了一个情景，双方被卷入交际过程中，于是产生了语言。"

　　　　……这样一来有了一个惊人的发现：婴儿在模仿母亲的表情。他以自己的手段模仿着，也就是说，婴儿原来是个翻译者。他把别人的语言翻译成自己的语言，而母亲也从自己这方面在把婴儿的语言翻译成自己的语言。

　　　　于是，摆在我们面前的便是一个复杂的符号学情景，它有双重通道，有一个原则上重要的以他人话语为指归的定向，它力求把别人的话语纳入自己的语言中去，以此创造出一种对话。这样一来，我们可以说以这一实验证实了巴赫金的思想。③

　　巴赫金给我们的重要启示是：他人是我完成认识的必要条件。认识往往产生在边缘地带。认识是一种边际效应。实际上，这一道理我们古人早就明白："横看成岭侧成峰，远近高低各不同；不识庐山真面目，只缘身在此山中。"由此可见，人类交际的需要必然产生于当人意识到他者的存在时，也就是说，意识和巴赫金所说的其他现象一样，同样也产生于边缘地带。

　　社会的细胞——就起源于至少两个人之间的相互对待关系之中。孔子的以节制人际关系为主旨的"仁"，不就明白告诉我们这是一个教导人

① Анастасия Гачева, Ольга Кавнина, Светлана Семенова: *Философский контекст русской литературы 1930-1930-х годов*, Том 2, Москва: ИМЛИ РАН, 2003, С. 73.

② Анастасия Гачева, Ольга Кавнина, Светлана Семенова: *Философский контекст русской литературы 1930-1930-х годов*, Том 2, Москва: ИМЛИ РАН, 2003, С. 72.

③ Ю. М. Лотман: *История и типология русской культуры*, Санкт-Петербург: Искусство-СПБ, 2002, С. 154-155.

们应该如何处理任何个人之间关系的伦理学范畴吗？孔子学说中的"忠"、"孝"、"节"、"义"、"仁"、"义"、"礼"、"智"、"信"，什么"君君臣臣父父子子"等等，哪个不是以调节人与人的关系、创造和谐社会为宗旨的呢？"仁"的最基本含义就是"两个人面面相对"：人以人的方式对待他人就是"仁"。

什么是社会意识，社会意识的本质就在于意识到他者的存在，从而把如何处理与他者的关系纳入思考的范围。诚如巴赫金所告诫我们的：人只有进入"共在"（co-бытие），才会有个人意识的产生。如果说意识即存在的话，那么，存在就意味着一个事件（событие）。

巴赫金如此表述这一道理：

> 当我观察在我之外而与我相对的整个一个人的时候，我们两人实际上所感受到的具体视野是不相吻合的。因为每逢此刻，不管我所观察的这个他人取什么姿势，离我多么近，我总能看到并了解到某种他从在我之外而与我相对的位置上所看不见的东西：他身上自己目光所不能及的那些部分（头、脸和面部表情），他身后的世界，处于这种或那种相互关系中我能看到而他看不到的许多物体和方面。当我们彼此注视时，有两个不同的世界反映在我们的瞳仁里。①

> ……即使我看透了我面前的这个人，我也了解自己，可我还是应该掌握我们两人相互关系的实质，把我们联系在一起的统一而又唯一事件的实质；在这个唯一事件中，我们两个当事者，即我和我的审美观察的主体，都应当在存在的统一体中得到评定（?）。这个整体存在同等地包容着我们两人，我的审美观察活动就发生在其中，这已不可能是审美存在了。②

卡特琳娜·克拉克和迈克尔·霍奎斯特指出："与此相反，对话主义赞美异己性：它是关于他者的一种 frohliche Wissenchaft（快乐的科学）。世界需要我的异己性以使世界获得意义，我也需要根据他人来界定或创生我的自我。他人是我的最深刻意义上的朋友，因为只有从他人那里我

---

① 〔苏〕巴赫金著，钱中文主编：《巴赫金全集》第 1 卷，晓河、贾泽林、张杰等译，石家庄，河北教育出版社，1998，第 119 页。

② 〔苏〕巴赫金著，钱中文主编：《巴赫金全集》第 1 卷，晓河、贾泽林、张杰等译，石家庄，河北教育出版社，1998，第 20 页。

才能获得我的自我。"①这里需要补充的一点是,而在萨特那里,他人是地狱,是深渊,这和巴赫金的主旨可谓天差地远,不啻霄壤。

接下来,巴赫金进一步对此进行申述:

> 我所看到的了解到的、掌握到的,总有一部分是超过任何他人的,这是由我在世界上唯一而不可替代的位置所决定的:因为此时此刻在这个特定的环境中唯有我一个人处于这一位置上,所有他人全在我的身外。这个唯一之我的具体外位性,我眼中的无一例外之他人的具体外位性,以及由这一外位性所决定的我多于任何他人之超视(与超视相关联的是某种欠缺,因为我在他人身上优先看到的东西,正是只有他人才能在我身上看到的东西……。②

> 因为每逢此刻,不管我所观察的这个他人取什么姿势,离我多么近,我总能看到并了解到某种他从在我之外而与我相对的位置上所看不见的东西:他身上自己目光所不能及的那些部分(头、脸和面部表情),他身后的世界,处于这种或那种相互关系中我能看到而他看不到的许多物体和方面。当我们彼此注视时,有两个不同的世界反映在我们的瞳仁里。如果采取相应的姿态,可以把视野的这种差异缩小到最低限度,但要完全消灭这种差别,则须融为一体,变成一个人。③

巴赫金进而写道:

> 超视(又译"视觉剩余"(Избыток видения——笔者)犹如蓓蕾,其中酝酿着形式,从蓓蕾中定会绽开花朵,这就是形式。但为使这一蓓蕾真的绽开成为花朵,即起完成作用的形式,必须由我的超视去补足被观照他人的视野,同时又不失去其特殊性。④

---

① 〔美〕卡特林娜·克拉克、迈克尔·霍奎斯特:《米哈伊尔·巴赫金》,语冰译,北京,中国人民大学出版社,2000,第91页。
② 〔苏〕巴赫金著,钱中文主编:《巴赫金全集》第1卷,晓河、贾泽林、张杰等译,石家庄,河北教育出版社,1998,第119~120页。
③ 〔苏〕巴赫金著,钱中文主编:《巴赫金全集》第1卷,晓河、贾泽林、张杰等译,石家庄,河北教育出版社,1998,第119页。
④ 〔苏〕巴赫金著,钱中文主编:《巴赫金全集》第1卷,晓河、贾泽林、张杰等译,石家庄,河北教育出版社,1998,第121页。

　　巴赫金的话语理论同时也是其话语认识论的基础。人只有在与他人的交往中才能纠正自己的视觉误差，才能获得对于真相的真知。也许，西方接受美学代表人物之一的伽达默尔的"视域的融合"大概也是受到巴赫金学派的启发吧！如其不然，则我们只能说这是思想文化领域里的殊途同归现象，即不同民族背景下的思想家经由不同路径走到同一个共识上来。我们接下来将会看到，巴赫金其实也采用了同样的视角对审美活动中的作者和主人公关系、作品和读者的关系进行了考察。这些我们在适当时机会会回头再谈的。从前面的叙述可以看出，对于巴赫金的话语认识论而言，认识主体的外位性乃是取得认识的充足必要条件。这颇有点像 12 世纪中国诗人苏轼所描述的："不识庐山真面目，只缘身在此山中。"换言之，所谓"外"者，正是内的"镜像"而已。且看巴赫金的相关论述：

　　"外位性（空间上的、时间上的、民族的）具有的根本的优越性。不可把理解视为移情，视为把自己摆到他人的位置上（即丧失自己的位置）。这样做只能涉及理解的一些表面因素。不可把理解视为将他人语言译成自己的语言。"[1]"审美上起完成作用的全部因素，相对于主人公本人而言，具有价值上的外位性，它们在主人公自我意识中不是有机的成分，它们不参与内心的生活世界，即不参与在作者身外的主人公世界。"[2]"伦理和审美的客观化，需要在自身之外占据一个强有力的支点，需要某种真正实有的力量，靠它我才能把自己视为他人。"[3]"一个人在审美上绝对需要一个他人，需要他人的观照、记忆、集中和整合的能动性。唯有他人的这一能动性，才能创造出外形完整的个人；如果他人不去创造，这个人就不会存在，因为审美的记忆是能动的，它能在一个新的存在层面上首次塑造出一个外形之人。"[4]"这里有一个对我们十分重要的情况是毋庸置疑的：在我唯一生活的封闭整体中，在我生活的实际视野中，现实而具体地从价值上体验具体个人，会带有双重性；我和他人是在不同的观照和评价层面上活动的（实际而具体的评价，不是抽象的评价）。要想

---

① 〔苏〕巴赫金著，钱中文主编：《巴赫金全集》第 4 卷，白春仁、晓河、周启超等译，石家庄，河北教育出版社，1998，第 405 页。

② 〔苏〕巴赫金著，钱中文主编：《巴赫金全集》第 1 卷，晓河、贾泽林、张杰等译，石家庄，河北教育出版社，1998，第 118 页。

③ 〔苏〕巴赫金著，钱中文主编：《巴赫金全集》第 1 卷，晓河、贾泽林、张杰等译，石家庄，河北教育出版社，1998，第 128 页。

④ 〔苏〕巴赫金著，钱中文主编：《巴赫金全集》第 1 卷，晓河、贾泽林、张杰等译，石家庄，河北教育出版社，1998，第 133 页。

把我和他人纳入到一个统一的层面上去，我应该在价值上外位于自己的生活，并视自己为他人中之一员。"①"事件的效能不在于把所有人融成一体，而在于强化自身的外位性和不可融合性，在于利用自己外位于他人的唯一位置所提供的优势。"②"存在的全部实有性，请求、希望、要求我努力处于存在的外位立场，而这个外位积极性要实现自己，应该通过充分肯定存在，是在涵义之外来肯定，单为存在而肯定存在，就在这一肯定行为中，实有存在的柔弱的被动和天真都变成了美。"③

　　需要指出的是，外位性的原理，不但对于自我的界定是必要的条件，其实，也是指导我们一般认识的充足和必要的条件。这也就是说，外位性不仅适用于自我，也适用于历史和文化本体的建构。在《审美活动中的作者和主人公》这部未完成却与《论行为哲学》有着密切关系的著作中，巴赫金抽丝剥茧一般对这一认识论原理做了详尽无遗的阐释：

　　"现实中的感知就是如此：在我可见、可听、可感的统一的外部世界里，我看不到自己完整的外貌，我所见的不是一个完整的外在的事物，如同其他的事物那样。"④"主要人物在这幻想世界里也没有外在的表现，它与其他人物不处在同一个层面上；当这些次要人物得到外在的表现时，主要人物却是从内心加以感受的。"⑤"可以试着想象一下自己的外在形象，从外部体验一下自己，把自己从内心自我感受的语言转译成外在表现的语言，这远非轻而易举的事，需要付出某种颇不寻常的努力。"⑥"伦理和审美的客观化，需要在自身之外占据一个强有力的支点，需要某种真正实有的力量，靠它我才能把自己视为他人。"⑦

　　"……实际上，我们在镜前的地位总带有一些虚假性：因为我们没有从外部看自己的方法，所以在这里，我们就只好移情到某个可能的不确

① 〔苏〕巴赫金著，钱中文主编：《巴赫金全集》第1卷，晓河、贾泽林、张杰等译，石家庄，河北教育出版社，1998，第158页。
② 〔苏〕巴赫金著，钱中文主编：《巴赫金全集》第1卷，晓河、贾泽林、张杰等译，石家庄，河北教育出版社，1998，第187页。
③ 〔苏〕巴赫金著，钱中文主编：《巴赫金全集》第1卷，晓河、贾泽林、张杰等译，石家庄，河北教育出版社，1998，第234页。
④ 〔苏〕巴赫金著，钱中文主编：《巴赫金全集》第1卷，晓河、贾泽林、张杰等译，石家庄，河北教育出版社，1998，第124页。
⑤ 〔苏〕巴赫金著，钱中文主编：《巴赫金全集》第1卷，晓河、贾泽林、张杰等译，石家庄，河北教育出版社，1998，第125页。
⑥ 〔苏〕巴赫金著，钱中文主编：《巴赫金全集》第1卷，晓河、贾泽林、张杰等译，石家庄，河北教育出版社，1998，第126页。
⑦ 〔苏〕巴赫金著，钱中文主编：《巴赫金全集》第1卷，晓河、贾泽林、张杰等译，石家庄，河北教育出版社，1998，第128页。

定的他人手中，借助于这个他人我们试着找到对自身的价值立场，试着在这里从他人身上激活自己形成自己；正因此我们在镜中的表情就带有某种不自然，这在我们的生活里是没有的。"①"在这个意义上可以说，一个人在审美上绝对地需要一个他人，需要他人的观照、记忆、集中和整合的能动性。唯有他人的这一能动性，才能创造出外形完整的个人；如果他人不去创造，这个人就不会存在，因为审美的记忆是能动的，它能在一个新的存在层面上首次塑造出一个外形之人。"②"但要把整个世界和我自己全部纳入他人意识之中，从直觉上却是不可思议的，因为这个他人显而易见同样只是大世界里的一个微不足道的部分。"③"由此可知，只有他人在我的体验中才能与外部世界有机地联系在一起，才能在审美上令人信服地融入这一世界，并与这一世界相协调。作为自然的人，只有由他人而不是由我的感受才能从直觉上令人信服地加以体验。"④

"也就是说，人体对我来说完全处在另一种价值层面上，用内心的自我感觉和外部片断的观照是不可能感受到的。对我来说，只有他人才能具体体现出审美的价值。在这一点上，躯体并不是什么自足的东西，它需要他人，需要他人的认可和建构。"⑤"在前一种情况下，关于人（视人为一种价值）的见解是通过这样的过程形成的：人——就是我，是我的自我体验所得之我；他人也是像我一样的人。第二种情况是这样的：人，就是我周围的他人，是我所体验的他人；我，也像他人所体验的那样的人。"⑥"这里有一个对我们十分重要的情况是毋庸置疑的：在我唯一生活的封闭群体中，在我生活的实际视野中，现实而具体地从价值上体验具体个人，会带有双重性；我和他人是在不同的观照和评价层面上活动的（实际而具体的评价，不是抽象的评价）。要想把我和他人纳入到一个统一的层面上去，我应该在价值上外位于自己的生活，并视自己为他人中

---

① 〔苏〕巴赫金著，钱中文主编：《巴赫金全集》第 1 卷，晓河、贾泽林、张杰等译，石家庄，河北教育出版社，1998，第 129～130 页。

② 〔苏〕巴赫金著，钱中文主编：《巴赫金全集》第 1 卷，晓河、贾泽林、张杰等译，石家庄，河北教育出版社，1998，第 133 页。

③ 〔苏〕巴赫金著，钱中文主编：《巴赫金全集》第 1 卷，晓河、贾泽林、张杰等译，石家庄，河北教育出版社，1998，第 136 页。

④ 〔苏〕巴赫金著，钱中文主编：《巴赫金全集》第 1 卷，晓河、贾泽林、张杰等译，石家庄，河北教育出版社，1998，第 137 页。

⑤ 〔苏〕巴赫金著，钱中文主编：《巴赫金全集》第 1 卷，晓河、贾泽林、张杰等译，石家庄，河北教育出版社，1998，第 148 页。

⑥ 〔苏〕巴赫金著，钱中文主编：《巴赫金全集》第 1 卷，晓河、贾泽林、张杰等译，石家庄，河北教育出版社，1998，第 149 页。

之一员。"①

正是由于这一基础原理，我们看到，对话才成为人类生存的必需和根本原则。首先，我们从此之中所能导出的第一个结论，与人类对于生存、对于语言的根本性需求有关。

"由于有了对话原则，人因而成为人文主义氛围里社会关系的核心。人浑身上下充满了社会性。哪里没有社会性，哪里也就不会有现实性。巴赫金与马克思比邻而居，而与弗洛伊德相对而坐。……巴赫金关于社会（对话）优先的学说既反对了个人主义/心理主义，也反对了社会学主义/历史学主义：自我或社会由多种因素决定论是片面的因而是虚假的理念，因而对二者都是有害的。因为无论个人主义还是社会学主义都未能理解自我与他者的对话。"②

"人的存在本身（外部的和内部的存在）就是最深刻的交际。存在就意味着交际。绝对的死（不存在）意味着再听不到声音，得不到承认，被完全遗忘（希波吕托斯）。存在意味着为他人而存在，再通过他人为自己而存在。人并没有自己内部的主权领土，他整个地永远地处在边界上，在他注视自身内部时，他是在看着他人的眼睛，或者说他是在用他人的眼睛来观察。"③"我离不开他人，离开他人我不能成其为我；我应先在自己身上找到他人，再在他人身上发现自己（即在相互的反映中，在相互的接受中）。证明不可能是自我证明，承认不可能是自我承认。我的名字是我从别人那里获得的，它是为他人才存在的（自我命名是冒名欺世）"④

赫瓦·约尔·琼格进一步指出："对话的原型是组合或面对面的会合。""对话被建构为说者和听者（反应者）之间的相互影响和作用。光说而没有反应是独白。反应的优先性决定着对话的发生。对于巴赫金来说，'有针对性'问题是对话的灵魂和逻各斯（logosphere）的本质。对反应的预期的存在赋予对话和逻各斯以确定的实用感。""应答性或反应性的理念对于从费尔巴哈开始到布伯再到今日的巴赫金的对话原则的历史而言是完全特有的。""在巴赫金那里，对话原则必然会使主体分裂。""对于巴赫金

①　〔苏〕巴赫金著，钱中文主编：《巴赫金全集》第 1 卷，晓河、贾泽林、张杰等译，石家庄，河北教育出版社，1998，第 158 页。

②　Michael E. Gardiner: *Mikhail Bakhtin*, Vol. 2, London, Thousand Oaks, New Delhi: Sage Publications, 2003, p. 109.

③　〔苏〕巴赫金著，钱中文主编：《巴赫金全集》第 5 卷，白春仁、顾亚玲译，石家庄，河北教育出版社，1998，第 378 页。

④　〔苏〕巴赫金著，钱中文主编：《巴赫金全集》第 5 卷，白春仁、顾亚玲译，石家庄，河北教育出版社，1998，第 379 页。

来说，对话原则就其实质而言是一种语言学原则。人确实是一种语言动物：人是会说话、交谈、发音或言说的动物。巴赫金的'超语言学'(met-alinguistika)是他对身体政治学最重大贡献的核心。……超语言学主要关心引导到伦理学的相互作用效应(pragmata)。巴赫金的超语言学可以被定义为'表演性话语'或'表演性会谈'，即在他者在场的情况下刻意强调做念的表演。伽达默尔阐释学里的'效应史'也就是巴赫金对话哲学里的超语言学。"①

巴赫金的对话主义哲学是一种最符合时代需要的跨文化交际理论，甚至可以说它是 21 世纪的哲学人类学。这种哲学肯定他者存在的合理性和价值，倡导一种多元文化和民族间文化的交流及其价值。巴赫金这样写道："我爱他人，但却无法爱自己，他人爱我，却不能爱他自己；每个人在自己的位置上都是对的，而且不是主观上正确，而是负责精神上正确。"②"审美观照世界的统一性，不是含义即系统的统一性，而是具体的建构的统一性。这个世界是围绕着一个具体的价值中心而展开的。这是一个可以思考、可以观察、可以珍爱的中心。这个中心就是人，在这个世界中一切之所以具有意义和价值，只是由于它与人联系在一起，是属于人的。……在这里，人完全不是因为漂亮才有人爱，而是因为有人爱才漂亮。审美观照的全部特点就在于此。"③"……第一种情况，人是最高价值，而善是从属性的价值；第二种情况则相反，善是最高价值，而人则是从属性价值。"④

"……只有爱心才能在审美上成为能动的力量，只有与珍爱的东西相结合，才可能充分地表现多样性。……人既是观照的内容范畴，又是内容原则，二者是统一而又相互渗透的。"⑤"只是因为确有这些术语存在，有限生活的时间流程才获得了情感意志的色彩；永恒本身也只有与有限

① Michael E. Gardiner：*Mikhail Bakhtin*，Vol. 2，London，Thousand Oaks，New Delhi：Sage Publications，2003，p. 109，p. 110，p. 112.
② 〔苏〕巴赫金著，钱中文主编：《巴赫金全集》第 1 卷，晓河、贾泽林、张杰等译，石家庄，河北教育出版社，1998，第 47 页。
③ 〔苏〕巴赫金著，钱中文主编：《巴赫金全集》第 1 卷，晓河、贾泽林、张杰等译，石家庄，河北教育出版社，1998，第 61 页。
④ 〔苏〕巴赫金著，钱中文主编：《巴赫金全集》第 1 卷，晓河、贾泽林、张杰等译，石家庄，河北教育出版社，1998，第 63 页。
⑤ 〔苏〕巴赫金著，钱中文主编：《巴赫金全集》第 1 卷，晓河、贾泽林、张杰等译，石家庄，河北教育出版社，1998，第 64 页。

生活相联系，才会有价值含义。"①

　　巴里·桑迪韦尔指出："巴赫金的对话主义宣称了人类存在的多重复杂的短暂性，强调了过去、现在和未来的生活方式与不同言语体裁与文化传统关联中的偶然的相互影响。"②与此同时，巴里·桑迪韦尔也指出巴赫金的对话主义有其局限："巴赫金倾向于把对话关系从具体占据主导地位、权利和权威形式中抽象出来。虽然他本人是拒绝独白主义的，但却很少谈论交际形式中一方对另一方在物质和意识形态意义上的压制，相应的，也就几乎根本不谈由于经验形式的被边缘化而引起现行意义体制被颠覆的问题。我们怀疑迟迟不去的对于同一律逻辑的尊重也许导致巴赫金对其发现对于另外一种截然不同的更加比较一般的理论的重要性估计不足。"③

　　"对于巴赫金来说，主体间性或共在（co-being）是在他所称之为'超外位性'的基础上进行命题演算的，因为这样可以既吸收他者又保持自我。我们认为这一准则是至高无上的，因为它能把必要的团结一致扩大到'跨文化伦理学层面'。"④这里的意思是否与求同存异、己所不欲勿施于人等相近？也许吧。

　　巴赫金在流放萨拉托夫期间的同事孔金和孔金娜，其对巴赫金的研究自然也带有时代的特征，即按照时代的曲率来解说巴赫金。他们认为，巴赫金对话主义的核心要旨是反"文化统制"的。《巴赫金评传》的作者们写道：在这种情况下，巴赫金所坚持的文化对话和对话主义原则的思想在文化史上就不能不实质上是对于彼时意识形态的反抗，是对思想美学辩护的知性反对派形式。⑤ 把对话主义的实质阐释为"反社会"的，这种观点本身就带有强烈的强制性特征。实际上作为一个思想家，针对自己的时代发言恐怕还不是巴赫金在著述和言说中所追求的首要目标。而且，这种阐释的始作俑者恐怕还不是孔金和孔金娜，而是西方人。西方学者似乎更加青睐这种说法，即巴赫金所有关于对话主义原则、关于"狂欢

①　〔苏〕巴赫金著，钱中文主编：《巴赫金全集》第1卷，晓河、贾泽林、张杰等译，石家庄，河北教育出版社，1998，第65页。

②　Michael Mayerfeld Bell，Michael Gardiner：*Bakhtin and the Human Sciences*：*No Last Words*，London，Thousand Oaks，New Delhi：Sage Publications，1998，p. 208.

③　Michael Mayerfeld Bell，Michael Gardiner：*Bakhtin and the Human Sciences*：*No Last Words*，London，Thousand Oaks，New Delhi：Sage Publications，1998，p. 209.

④　Greg Marc Nielsen：*The Norms of Answerability*：*Social Theory between Bakhtin and Habermas*，Albany：State University of New York Press，2002，p. 209.

⑤　С. С. Конкин，Л. С. Конкина，*Михаил Бахтин*：*Страница жизни и творчества*，Саранск：Мордовское книжное издательство，1993，С. 336.

化"的学说，都是"意在言外"，或用一句惯用的中国话来说，是"项庄舞剑，意在沛公"。很多人断言，在巴赫金的著作里，有一个深藏不露的主题或潜在主题，它们像在契诃夫的戏剧中一样，构成了一个潜台词或潜流，它们非诉诸于言说，但又处处不离言说；言在此而意在彼，看似前言不搭后语，但却在潜意识层面向人们隐隐诉说着什么。最明显的，是按照巴赫金的阐释，作为民间诙谐文化的反面或他者的官方文化，在《拉伯雷的创作与中世纪与文艺复兴时期的民间诙谐文化》中，却可疑地"缺席了"。也许，是因为"官方文化"太容易令人联想到当时的文化政策了。

当代俄国著名文化学者、被誉为"俄罗斯的钱钟书"的利哈乔夫在《古罗斯的笑》中写道：他之所以给文本（按：指作者的论文《论古罗斯的笑》）拟了这样一个名称，也是为了强调自己实际上是在发挥巴赫金的某些思想。①

赫瓦·约尔·琼格指出："最好把巴赫金定义为一个由海德格尔、伽达默尔、谢勒、雅斯贝尔斯、布伯、梅洛-庞蒂、利科为代表组成的大陆传统的'哲学人类学家'，其对话原理支撑着他们的体系和建构。"……对话原理"是巴赫金对身体政治学最重大的贡献，也是解开人类存在之谜的最关键的钥匙"。②

巴赫金的对话主义在塔尔图学派代表人物洛特曼那里得到很高评价。但也许正如巴赫金所说：结构主义者从对象身上所能发现的，永远都是自己。在洛特曼眼里，巴赫金只是掌握了费·德·索绪尔基本命题的学者之一。洛特曼谆谆告诫我们一定要记住同时代与巴赫金在同一轨道上工作的，还有过特尼亚诺夫、罗·奥·雅各布逊等许多人。③

洛特曼认为巴赫金对话主义是"一个伟大的发现"，因为它"表述了关于语言对话本质的一般观点"。这样一种发现有助于让学术界把注意力从独白系统转移到对话本质方面。第二，是对话理论揭示了文化的统一性原理。第三个思想是揭示了人脑两半球的不同功能，其间存在着对话。交际过程不能简单归结为"从"、"到"的两极。……交际过程中存在着新信息的产生机制。维特根斯坦说过："在逻辑学领域里已经不再可能产生

---

① С. С. Конкин，Л. С. Конкина：*Михаил Бахтин. Страницы жизни и творчества*，Саранск：Мордовское книжное издательство，1993，С. 337.

② Michael E. Gardiner：*Mikhail Bakhtin*，Vol. 2，London，Thousand Oaks，New Delhi：Sage Publications，2003，p. 109.

③ Ю. М. Лотман：*История и типология русской культуры*，Санкт-Петербург：Искусство-СПБ，2002，С. 149.

任何新意。新文本的产生取决于创造性的思维。"①尤其值得注意的，是洛特曼采用符号学范畴来对巴赫金的对话理论加以阐释。这尽管未见得会得到巴赫金本人的认可，但却足以证明符号学也能在一定程度上表明其对对话理论阐释的有效性。洛特曼认为巴赫金的对话理论来源于费尔迪南·德·索绪尔。"第一，是他对语言代码动态性质的肯定。符号并非一种既定物，而是在所指与能指之间的动态关系，而且所指也非一种既定的概念，而是朝着概念的一种运动。巴赫金既在沃洛希诺夫的著作，也在署其本名的著作中都坚持了这一观点。第二，这是一种对话主义思想。应当当即予以指出的是，被巴赫金在其著作中引入的'对话'概念常常带有比喻而且往往还是模糊朦胧的性质。这一概念是在科学嗣后的发展进程中渐渐地变得明确起来的。"②

哈贝马斯的"商谈伦理学"也是一种与巴赫金的对话理论遥相呼应的学说："按照他的对话理论，真理只能是通过对话或商谈得到的，因而他提倡真理共识论，即认为真理只是人们通过对话所达成的共识，真理固然不是一种客观的事实，也不等同于纯粹的主观体验，但也不是主观与客观的符合。""在交往行动理论中，真理立足于主体间性。主体与主体间通过语言交往联系在一起，而各类社会行为的有效性要求均立足于这种语言交往。具体地说，无论是真实有效性要求，还是真诚有效性要求或正当有效性要求，都立足于交往合理性，都不能脱离对话或商谈。因此，真理只能通过对话达到。"③"交往行为的目的在于通过对话达成一致性协议，只有当真实性要求，正当性要求和真诚性要求同时得到满足时，才能达到一致性协议。"④

使用巴赫金与哈贝马斯的社会理论可以解决许多困惑当代人的后殖民主义民族、国籍和要求认同的新民族主义诉求问题。在跨文化领域里同样可以有在不同程度上的对话：这种对话可以在个人和社会两个层面上展开。"文化和文化的表征相互进入联系之中，每一方从另一方中吸取

① Ю. М. Лотман: *История и типология русской культуры*，Санкт-Петербург: Искусство-СПБ，2002，С. 154.

② Ю. М. Лотман: *История и типология русской культуры*，Санкт-Петербург: Искусство-СПБ，2002，С. 149.

③ 陈学明、马拥军：《走近马克思——苏东巨变后西方四大思想家的思想轨迹》，北京，东方出版社，2002，第 314 页。

④ 陈学明、马拥军：《走近马克思——苏东巨变后西方四大思想家的思想轨迹》，北京，东方出版社，2002，第 312 页。

一些因素，同时还在个人和社会两个层面上保持着自己固有的特色。"①
对巴赫金来说，规范是应答性的两面体，它既要求有独特的创造时机也
要求有普遍的道德规范。他的对话哲学把多数话语理解为属于"他者"的
生活世界的，同时也潜在地属于一个共同体，或一个社会体，属于一个
独一无二的个人。

第四节　理解——巴赫金对话理论的一个基本概念

弗·索·比勃列尔（俄国有关巴赫金的第 1 部研究著作《米·米·巴
赫金或文化诗学》的作者）指出："当然，如果从巴赫金那里只取'对话'这
一个词而您却未能察觉被连接为一体的概念的全部体系，也未能察觉巴
赫金这一对话概念在所有人文思维领域里所发挥的改造性作用的话，如
果我们对这一概念在上述每个领域里的变化视而不见（要知道每个这样的
领域在注入了巴赫金的概念以后都会焕然一新，生动活泼、整饬有
序）——如果所有这一切我们都未能察觉的话，那么'对话'概念就会是一
句空话，成为一个很容易就能被从该术语的任何词组中删除的空洞的
词。"比勃列尔认为研究者最重要的任务，是找出巴赫金思想"完整的核
心"和"不可再加以分割的核心"，或不如说是所有细节赖以从中发酵的酵
母。② 这段话启发我们启程去寻找巴赫金学派为人文学科研究提供了何
种钥匙。

在巴赫金笔下，"散文"（prosaics）具有"散漫"、"平凡的"、"平淡无
奇的"等含义。巴赫金用它来表示一种无法从中抽象出规律、法则的事实
和现象。俄文中用于此意的"散文"（проза）和中文并不对应，而它的上述
原文引申义常常被忽略。人文学科与自然科学不同之处就在于：它与自
然科学采用不同的方法研究现象或事实。人文学科必须有自己对待研究
对象的方法。"文本是任何人文学科的第一性实体（现实）和出发点。""对
人及其生活（劳动、斗争等等），除了通过他已创造或正创造的符号文本
之外，是否还能找到别的什么途径去接近和研究呢？是否可以把人当作
自然现象、当作物来观察和研究呢？"③这就是巴赫金在起步之际向我们

① Greg Marc Nielsen：*The Norms of Answerability*：*Social Theory between Bakhtin and Habermas*，Albany：State University of New York Press，2002，p. 145.

② С. С. Конкин，Л. С. Конкина：*Михаил Бахтин. Страницы жизни и творчества*，Саранск：Мордовское книжное издательство，1993，С. 334.

③ 〔苏〕巴赫金著，钱中文主编：《巴赫金全集》第 4 卷，白春仁、晓河、周启超等译，石家庄，河北教育出版社，1998，第 317 页。

提出的核心问题。

19世纪的别林斯基曾经以为人文学科与自然科学之间的区别在于思维方式不同：一采用逻辑和抽象思维，二则采用形象思维，但二者有着同一个研究对象（现实生活和自然）。

21世纪人文学科的核心问题究竟是什么呢？巴赫金答道：毫无疑问，是理解的问题。"自然界没有任何一个现象有'意义'，只有符号（其中包括语词）才有意义。所以研究任何符号，不管这种研究的取向如何，都必然始于理解。"①这无疑是古老的认识论的核心问题，但同时也是最令人困惑并且迄今没有确切解答的问题。巴赫金进而指出："无处不是实际的或可能的文本和对文本的理解。研究变成为询问和谈话，即变成对话。对自然界我们不会去询问，自然界也不会对我们应答；我们只能对自己提出问题，以一定方式组织观察或实现。以此获得回答。而在研究人的时候，我们是到处寻找和发现符号，力求理解它们的意义。"②

维克多·厄利希早在其名著中就曾指出："人们公认自然科学家寻求对所研究对象的因果解释，而人文科学家的目标却在于'理解'（comprehension），即对所研究对象的一种直觉性重建。"③我们人类习惯于向自然科学要求定理、法则和规律，因为它们都可以在自然现象里得到重复和印证。因此，法则和规律是超时代的"公器"，是放之四海而皆准的。规律和法则不可能是个性化的——说规律和法则是个性化的乃是一个荒唐的悖论。这就告诉我们我们的思维习惯是如何不适应对于文化的理解。因此，也许不是人文学科应该向自然科学学习和借鉴方法，倒是应该反过来：自然科学向人文学科借鉴和学习其方法论。

应该指出，巴赫金对于人文学科如何看待理解问题的观点，一定程度上大大颠覆了我们固有的有关主观和客观问题的观念。我们通常认为理解就是主观认识符合客观真实，是对客观真理的认识即理解。这样的认识是放之四海而皆准的，是客观的，同时也是可以经过实验而重复出现的自然现象。我们习惯于采用自然科学的方法和视角来看待人文科学，因为它们都享有"科学"的身份。我们习惯于把自然科学的规律视为普遍规律，并用它们来指导人文科学，因为我们认为它们都是科学，都是实

---

① 〔苏〕巴赫金著，钱中文主编：《巴赫金全集》第4卷，白春仁、晓河、周启超等译，石家庄，河北教育出版社，1998，第317页。

② 〔苏〕巴赫金著，钱中文主编：《巴赫金全集》第4卷，白春仁、晓河、周启超等译，石家庄，河北教育出版社，1998，第317页。

③ Victor Erlich：*Russian Formalism：History Doctrine*，Fourth edition，The Hague，Paris，New York：Mouton Publisher，1980，p. 25.

证主义的。"通常在哲学上所说的'主观性',往往指的是由于个人在观察上所发生的误差而造成的对现实事物的歪曲,因此'主观主义'也被理解为个人专门借助于自己的心灵或个性去观察事物的一种不正确的态度。人们一般认为,在科学地认识真理的过程中,真理是不依赖于个人而客观地存在的,而主观性和个人在观察上的误差则应尽可能加以避免。""在过去的哲学史上,真理一般被理解为概念、观念和对象的一致,主观和客观的一致。"①

应当指出,这种关于主、客观的认识对于人文学科却并不适合。在业已进入 21 世纪的今天,一个为学术界所公认的观点渐渐成为一种共识,即我们从现实生活中所能看到的,其实是"我们所想要看到的":我们的所见会朝着我们的愿望倾斜。某种程度上我们的愿望会"改写"我们的所见。这就说明,绝对的客观、纯客观是不存在的。正如雅各布逊在20 世纪初年所指出的那样,我们的时代一个最大的思维成果,就是"绝对"(在许多场合下可以当作是"上帝"的代名词)的被颠覆、被废黜。

从前,人们关于世界的观点主要受到以牛顿为代表的经典物理学理念的支配,那里为我们描述了一个实实在在的"实体"的世界:天下万物各就其位,各有其特点。这是一个被确定性所主宰的世界。然而,到20世纪初,这个世界忽然发生动摇,和通常一样,人文科学领域开始渐渐受到来自自然科学领域里的一系列前所未有的伟大发现的巨大影响,而悄悄发生了变化。爱因斯坦的狭义相对论改变了人们关于宇宙空间的认识:一切都是相对的,不仅光有曲率,而且时间也可以扭曲。从前人们曾经在数百年里始终在为"光"的性质而争论不休:光究竟是光子还是粒子? 在薛定谔的实验里,观察者的介入成为被观察对象被确定的最后一个砝码:实验对象本处于"生"与"死"之间,既无所谓"生",也无所谓"死",既"生"又"死","亦"生"亦"死"之间,观察者的介入,使中间状态立刻中止,而成为或"死"或"活"。主体的愿望可以改变事物的性状。

巴赫金的下述议论,显然正是针对薛定谔的实验而发:

> 量子理论中试验者和观照者的立场。这一积极立场之存在,改变着整个情境,因而也改变着实验之结果。具有观照者的事件,不管观照者离得多远,多么隐蔽和消极,都已完全是另一种事件了。

---

① 汝信:《克尔凯郭尔》,《西方著名哲学家评传》第 8 卷,济南,山东人民出版社,1985,第 48、51 页。

……人文科学中第二个意识的问题。……即理解者和应答者的意识，是不可穷尽的，因为这一意识中潜存着无可计数的回答、语言、代码。以无限对无限。①

可以想见，诸如此类的新思想难免不对俄国"白银时代"那些注重向他民族学习的俄国知识分子产生重大影响。当然，他们是按照自己的主体需求和主体条件对外来影响进行消化吸收的。这也应证了巴赫金一贯的思想，即理解的主体从来不是消极地适应客体对象，而是积极地与客体对象产生应答。当然，很难说巴赫金的这一思想不是直接或间接受到上述自然科学发现的影响所致。可以引为旁证的是马雅可夫斯基，按照雅各布逊的说法，此时的马雅可夫斯基对这些西方传来的新思想深信不疑。他因而产生了一个"糊涂"观念，即人生可以轮回，早死可以早托生。为此，他毅然选择了自觉的死亡。在促使其自杀的诸多现实生活因素中，在雅各布逊看来，这种糊涂观念是比其他原因更为根本和重要的原因。

按照人们的一般观念，科学具有客观的属性，说科学具有个性那如果不是笑话，就是一个悖论或矛盾修饰法。然而，理解文化却必须从个性立场出发，理解文化的主体必须个性化。人文学科必须能够对混乱无序的事实进行研究。那么，人文学科的理解又有那些不同呢？应当如何定义人文学科的理解概念呢？

理解作为一个理论术语，最初来源于德语"Verstehen"。"在德国历史哲学中，它常被用来表示社会科学特有的一种认识方式。它是通过想象将自己想象地置身于一个主体所处的位置而对这一主体的观点做强调性的或分享的理解。它是对主体的目的、价值和意图的一种重建。相比之下，寻求因果关系和求助普遍法则的解释（德文：Erklaren）则是自然科学特有的方法。……但对它做详尽阐述的是狄尔泰，其目的是为了论证人文科学有独特的方法。不过，海德格尔和伽达默尔把 Verstehen（德文：理解，明白，了悟，领悟）视为处在呈现无数可能性的世界中的人类的本质特征。"②

从此处文字可以看出，为人文学科思维方式进行合理性辩护的前驱

①　〔苏〕巴赫金著，钱中文主编：《巴赫金全集》第 4 卷，白春仁、晓河、周启超等译，石家庄，河北教育出版社，1998，第 398 页。

②　〔英〕尼古拉斯·布宁、余纪元编著：《西方哲学英汉对照辞典》，北京，人民出版社，2001，第 1055～1056 页。

人物，有维柯、冯·荷尔德，而最重要的是狄尔泰。巴赫金是这一历史中一个重要的环节。巴赫金的传统，是"精神科学"的传统，其代表人物有：施莱尔马赫、狄尔泰、海德格尔、伽达默尔等人。"巴赫金的思想属于人文知识这一路径，而人文科学的对象是在其社会和创作中的人"，是"精神的生活"。①

应当指出，巴赫金学派对于何谓"理解"，有其自己的独到之处，而且，他对于理解的"理解"很大程度上具有俄罗斯独有的特点。把握巴赫金的理解观点需要记住的一点，是他始终是在对话的意义上来讨论理解问题的。他之所以重视理解问题，是因为他认为"理解的深度是人文认识的最高标准之一"。② 理解理解的必要和先决条件是：任何理解都以应答为先导。"任何理解都孕育着回答，也必定以某种形式产生回答，即听者要成为说者（'交流思想'）。"③"总之，任何现实的整体的理解都是积极应答的理解，并且无不是应答的起始准备阶段（不管这应答以什么方式实现）。而说者本人也正是指望着这一积极的应答式理解：他期待的不是消极的理解，不是把他的思想简单地复现于他人头脑中，而是要求回答、赞成、共鸣、反对、实行等等。"④

理解不是单向度的，即从理解者向理解对象的思维运动，而是双向的。"理解不是重复说者，不是复制说者，理解要建立自己的想法、自己的内容；无论说话者还是理解者，各自都留在自己的世界中；话语仅仅表现出目标，显露锥体的顶尖。"⑤"理解不是复制被理解的东西，这样的消极复制于社会是毫无意义的。但是，从理解的积极程度和性质来看，独白和对话有很大区别。相互间对话式理解的这种特殊的积极性，决定着对话语特殊的效力，决定着对话语的戏剧性。"⑥"一切话语都具有的内

---

① К. Г. Исупов: *Бахтинология. Исследования. Переводы*, Санкт-Петербург: Публикации Алетейя, 1995, С. 32.

② 〔苏〕巴赫金著，钱中文主编：《巴赫金全集》第4卷，白春仁、晓河、周启超等译，石家庄，河北教育出版社，1998，第337页。

③ 〔苏〕巴赫金著，钱中文主编：《巴赫金全集》第4卷，白春仁、晓河、周启超等译，石家庄，河北教育出版社，1998，第151页。

④ 〔苏〕巴赫金著，钱中文主编：《巴赫金全集》第4卷，白春仁、晓河、周启超等译，石家庄，河北教育出版社，1998，第151页。

⑤ 〔苏〕巴赫金著，钱中文主编：《巴赫金全集》第4卷，白春仁、晓河、周启超等译，石家庄，河北教育出版社，1998，第190～191页。

⑥ 〔苏〕巴赫金著，钱中文主编：《巴赫金全集》第4卷，白春仁、晓河、周启超等译，石家庄，河北教育出版社，1998，第198页。

在对话性，和对话（指狭义的对话）的外在布局形式。"①"于是，理解能充实文本，因为理解是能动的，带有创造的性质。创造性理解再继续创造，从而丰富了人类的艺术瑰宝。理解者参与共同的创造。""不可能有无评价的理解。理解和评价不可分割：它们是同时的，构成一个完整统一的行为。"②

和巴赫金心目中的任何概念一样，理解的外延也可以扩大到任何领域里而无误。"对话以其单纯和鲜明而成为言语交际（'思想交流'）的经典形式。每一个对语，不管多么简短和不连贯，都具有特殊的完成性，都表现出说者的某种立场，针对这一立场可以作出回答，可以采取应答的立场。"③"作品也像对话中的对语一样，旨在得到他人（诸多他人）的应答，得到他人积极的应答式理解；这一理解可以表现为不同的形式：对读者起教育的作用，劝说读者，批评性反应，对追随者和后继者的影响，等等；这一理解决定着他人在该文化领域言语交际、思想交流的复杂条件中所持的应答立场。作品是言语交际链条中的一个环节；它也像对话中的对白一样，与其他作品即表述相联系：这既有它要回应的作品，又有对它作出回应的作品；同时又像对话中的对白一样，以言语主体更替的绝对边界与其他作品分离开来。"④"表述完成性的第一个也是最重要的标准，是可以对它作出回应，更准确更宽泛地说，是可以对它采取应答立场（例如执行命令）。"⑤

上文谈到，在巴赫金的观念里，不仅人的自我，而且就连历史和文化这样的人文学科里宏大的研究对象，也需要以外位性作为认识的先决条件。这大概从我们每个人的生活经验也可以印证。常常有人说：不出国不知道爱国为何意，出了国才更加知道自己"骨子里还是个中国人"。认识需要他者的视角为前提。认识并不能一次性地完结，永远不会完结——这就是认识的特点，所以，对真理而言，人类永远都在路上。真理是对真理的认识。真理永远都在遥远的地平线上与我们相望相守，不即不离。

---

① 〔苏〕巴赫金著，钱中文主编：《巴赫金全集》第 4 卷，白春仁、晓河、周启超等译，石家庄，河北教育出版社，1998，第 208 页。
② 〔苏〕巴赫金著，钱中文主编：《巴赫金全集》第 4 卷，白春仁、晓河、周启超等译，石家庄，河北教育出版社，1998，第 405 页。
③ 〔苏〕巴赫金著，钱中文主编：《巴赫金全集》第 4 卷，白春仁、晓河、周启超等译，石家庄，河北教育出版社，1998，第 154~155 页。
④ 〔苏〕巴赫金著，钱中文主编：《巴赫金全集》第 4 卷，白春仁、晓河、周启超等译，石家庄，河北教育出版社，1998，第 159 页。
⑤ 〔苏〕巴赫金著，钱中文主编：《巴赫金全集》第 4 卷，白春仁、晓河、周启超等译，石家庄，河北教育出版社，1998，第 159 页。

在巴赫金的语境下，话语具有几乎无限的外延，所以，这里的外位性也就相应地被拓展到了广大的领域。巴赫金的论著《审美活动中的作者与主人公》谈的，首先是审美活动，谈的是作者和主人公、读者和作品之间的关系。巴赫金在此文里所涉及的问题，可以说把审美活动的方方面面都含纳无遗。这里有创作论，有鉴赏论，有认识活动，有价值交流……可以说无所不包。但这正符合巴赫金的理论抱负，因为巴赫金最初以及晚年都不甘于只做一个目光狭隘的诗学研究者（像他心目中某些形式主义者们那样），而是做一位哲学家或思想家，深入思考文化哲学、历史哲学以及人文学科的方方面面问题。读了下面一段话，我们想必会对这一概括颔首认可的吧：

> 古希腊罗马文化本身并不知道我们今天所了解的那个古希腊罗马文化。中学里曾流传着这样一则笑话：古希腊人不知道自己的一个最主要的特点，即不知道他们是古代希腊人，从不这样称呼自己。实际上也的确如此，把希腊人变成了古希腊人的那个时间差，具有重大的构成作用：在这个时间差中，不断从古希腊罗马文化里发现新的涵义价值；古希腊人虽然自己创造了这些涵义价值，却真的不知道它们的存在。[1]

巴赫金指出，"然而在研究语言以及意识形态创作的各个不同领域时，人们通过抽象对此避而不谈，因为存在着一个抽象的第三者立场；人们把这个第三者立场等同于一般的'客观立场'，等同于一切'科学认知'的立场。第三者立场只是在下列条件下才能完全成立：一个人可以站到另一个人的位置上，一个人完全可以由另一个替代。这个条件只有在以下情境中，在解决以下问题时才可能也才有理由出现。这就是：不需要有人的不可重复的整体个性，人只须专门表现出自己的脱离整体的部分个性，他的出现不是作为自身之我，而是作为'工程师''物理学家'等等。"[2]"这类学科的对象，不是一个'精神'，而是两个'精神'（一个是被研究的精神，另一个是从事研究的精神，两者不应合为一个精神）。"[3]

---

① 〔苏〕巴赫金著，钱中文主编：《巴赫金全集》第 4 卷，白春仁、晓河、周启超等译，石家庄，河北教育出版社，1998，第 369 页。

② 〔苏〕巴赫金著，钱中文主编：《巴赫金全集》第 4 卷，白春仁、晓河、周启超等译，石家庄，河北教育出版社，1998，第 408 页。

③ 〔苏〕巴赫金著，钱中文主编：《巴赫金全集》第 4 卷，白春仁、晓河、周启超等译，石家庄，河北教育出版社，1998，第 409 页。

"对话关系的特殊本质。内部对话性问题。话语边缘的界线。双声语问题。作为对话的理解。我们在这里已经进入到语言哲学的前沿和一切人文思维的前沿,进入到处女地。"①

许多学者都不约而同地指出,巴赫金学派的思想没有一种不带有时代错位的特征,也就是说,巴赫金学派的思想产生影响和它们的创造时间是不相吻合的,但令人感到奇怪的是,每个时代的人都可以在巴赫金学派的思想里找到可以与该时代发生"共鸣"的因素或成分。

巴赫金的人文学科理解论与其对话观有着密不可分的联系。话语总是语境化了的和具体的。任何对话都取决于"五种成分":

> 话语或言语行为并非便于人们相互理解的空的交际工具。在对话中即使在非强制性的协议已经签定的情况下,对话的参与者之间也非必然能获得完全的理解。话语必然带有主体间性的印记因为每个说话人都会潜在地受到听话人可能有的误解和积极的反应的影响,这就像一个作家能猜得出一个想象中的读者的反应或一个恋人能猜出相恋的对方的反应一样。②

> 对话取决于五种成分:以他者(们)为定向的人的存在;对话者的个别情境;有中介或无中介(广义)的交际方式;(一种或更多)的交际媒介(亦即声音,身体,纸张);符号的动态。因此,正如巴赫金所指出的那样,对话可以——与任何话语(交际一样)——在各种层面上加以考察,甚至可以超出纯粹的言语分析范围。③

关于理解,巴赫金的思想倒是和许多20世纪大思想家相互呼应。如伽达默尔的"视域的融合"就认为:"任何真实的理解都涉及这样一种视域的融合。在其过程中传统获得新的生命。我们自己的偏见受到挑战。由于语言对于理解来说是关键性的,视域的融合本质上是一种语言的融合。"④而巴赫金关于理解的观念与狄尔泰契合则更无足为奇,因为后者

---

① 〔苏〕巴赫金著,钱中文主编:《巴赫金全集》第4卷,白春仁、晓河、周启超等译,石家庄,河北教育出版社,1998,第327页。

② Greg Marc Nielsen: *The Norms of Answerability*: *Social Theory between Bakhtin and Habermas*, Albany: State University of New York Press, 2002, p. 107.

③ Michael Eskin: *Ethics and Dialogue in the Works of Levinas*, *Bakhtin*, *Mandelshtam*, *and Celan*, Oxford, New York: Oxford University Press, 2000, p. 2.

④ 〔英〕尼古拉斯·布宁、余纪元编著:《西方哲学英汉对照辞典》,北京,人民出版社,2001,第400页。

原本就是人文科学理解论的前驱者。"按照狄尔泰的观点,解释学(或译'诠释学')能保证人文学科成为一个有自己方法和原则的众学科的整体,并以此而与自然科学的方法和原则对峙。它们(人文学科)依靠理解这种认知能力,由此而给予它们以知识源头的特殊身份。"①

按照巴赫金的观念,不仅人文学科的理解概念与自然科学不同,而且,后者还有一个概念也是自然科学所不具备的,那就是"应分"。巴赫金指出:"科学所触及的仅仅是实有的东西,而非应当要有的东西,科学谈论的仅仅是生存,而非应分,至于从生存中提升出应分,却是不可能的。托尔斯泰的结论是正确的:进步论无法解释生活,科学解释的是生存世界,而无法解释应分世界。"②显而易见,巴赫金心目中的人文学科应当不是排除主体性,相反,人文学科并不避讳其主体性,并以具有主体性为荣。话语的作者和行为的主体在巴赫金心目中,都是创造者,都是给世界带来新意的人,他们是如此尊严,以至于颇像"上帝"。

在"作者"问题上,巴赫金与奥波亚兹有很大差异:奥波亚兹是索绪尔"语言系统功能观"的信徒,他们的信条是"不是我说话,而是话说我"。什克洛夫斯基就说过类似这样的话:不是我在写书,而是时代在借我的手书写着自己。而巴赫金学派却不然,他们强调话语的作者和行为的主体都具有一定的主体性,他们在认识、理解和评价……等人类行为中,都非但不是被动的受者,反而是积极的参与者,而且他们的参与能够而且也实际改变着世界。巴里·桑迪韦尔指出:"一是巴赫金著作所采用的方式使我们得以重新推出作者观的问题,那个生产各种话语的人实际上既包含个人视角也包含集体体验的感觉。之所以会这样是因为作者们往往都是社会关系和交际网络里的一部分,而在生产话语的时候他们往往会从各种集体公认的言语体裁中汲取材料,而这些公认的言语体裁构成了一个相对标准的表达形式。无论如何,作者们在各种语境下都是十分活跃的,这些语境在独一无二性上所达到的程度为作者产生独特话语提供了保障。"③由此可见,巴赫金的话语语言观是主观主义和客观主义的结合:话语既是个人性的,也从属于特定的集体。

①　〔英〕尼古拉斯·布宁、余纪元编著:《西方哲学英汉对照辞典》,北京,人民出版社,2001,第 404 页。

②　〔苏〕巴赫金著,钱中文主编:《巴赫金全集》第 7 卷,万海松、夏忠宪、周启超等译,石家庄,河北教育出版社,2009,第 2 版,第 69 页。

③　Michael Mayerfeld Bell, Michael Gardiner: *Bakhtin and The Human Sciences*: *No Last Words*, London, Thousand Oaks, New Delhi: Sage Publications, 1998, p. 164.

第五节　巴赫金复调小说论在其对话理论中的地位

巴赫金出版于 1929 年的成名作《陀思妥耶夫斯基创作问题》在陀思妥耶夫斯基研究史上，是一部里程碑式的著作。诚如某些西方学人所说：在巴赫金之后若想规避巴赫金而研究陀思妥耶夫斯基，几乎是不可能的了。瓦·伊·萨杜罗指出："巴赫金……给陀思妥耶夫斯基研究带来了一种全新的观点……巴赫金使形式主义文艺学的陀思妥耶夫斯基研究得以大大地丰富了，并且极大地影响了一大批研究陀思妥耶夫斯基的作家。"[①]我们知道，在苏联时期，陀思妥耶夫斯基由于某种社会历史原因，曾经一度被戴上"反动作家"的帽子而成为研究中的禁区（原因在于他曾在《群魔》中对以车尔尼雪夫斯基为首的革命民主派的政治主张，进行了辛辣的嘲讽和鞭挞。此书和陀思妥耶夫斯基的其他著作一样，里面充满了那个时代社会思想斗争的痕迹）。但在如今才重新复现于历史的地平线上的"白银时代"，在 20 世纪 20 年代中，知识界在一定程度上还享有一定自由。这样，由于陀思妥耶夫斯基在思想上艺术上的重要性，研究他成为那个时代知识分子的一个自主选择，使得陀思妥耶夫斯基研究成为一时风尚。如上所说，"白银时代"俄国思想家围绕着陀思妥耶夫斯基的世纪之谜展开了密集的研究，使得陀思妥耶夫斯基研究一时之间成为俄国文学研究界的首要问题和讨论的核心。

20 世纪苏联大诗人安娜·阿赫玛托娃曾在与丽吉娅·丘科夫斯卡娅的谈话中指出，巴赫金关于复调小说那些理论，被时人热捧，而她却觉得一点儿也不稀奇，因为她早在"白银时代"就已从当时的大师维亚·伊万诺夫那里听说了。[②] 女诗人这里指的是维亚·伊万诺夫的博士学位论文，据说内容是论证酒神迪奥尼索斯现象与俄国的关系问题的。而从伊万诺夫的下述言论中，我们也依稀听得到后来在巴赫金著作中发出黄钟大吕之声的微妙动机："和交响乐的创作者一样，他（指陀思妥耶夫斯基——笔者）在长篇小说中应用了音乐中按照主题和对位法发展音乐的方法——作曲家采用变奏和转调引导我们把整部作品当作一个统一的整体

---

① Анастасия Гачева，Ольга Кавнина，Светлана Семенова：*Философский контекст русской литературы* 1930-1930-*х годов*，Том 2，Москва：ИМЛИ РАН，2003，С. 499.

② Konstantin Polivanov, Patricia Beriozkina (trans.)：*Anna Akhmatova and Her Circle*，Fayetteville：The University of Arkansas Press，1994，p. 251.

来从心理上予以体验和接受。"①卡特琳娜·克拉克、迈克尔·霍奎斯特也同样认为巴赫金的复调小说理论，有其灵感的来源，那就是曾在"白银时代"被尊为大师的维亚·伊万诺夫。据他们说，巴赫金自己也承认"自己受惠于维亚·伊万诺夫。特别是其论文集《犁与界》和论述陀思妥耶夫斯基的论文(1911)。伊万诺夫将认识论和宗教真理本质论问题转化为交往问题，于巴赫金是""心有戚戚"也。后来的巴赫金将交往和对话作为其认识论的核心问题。② 当代俄国文艺学界也同样认为巴赫金的复调小说理论，与维亚·伊万诺夫有关。卡扎尔金（А. П. Казаркин）就认为维亚·伊万诺夫的论文《陀思妥耶夫斯基与悲剧小说》的确影响了巴赫金的复调小说观。③

在复调小说理论的形成过程中，巴赫金一度曾受到影响的俄国固有的聚议性（соборность）理念，也同样发挥了一定的作用。聚议性意为"集体"和"真正意义上的共同体"。巴赫金所隶属于其中的"复活"团体"寻求一个理想的共同体，在那里，每个个体都将自由发展，没有绝对的权威，但所有人都感到彼此相连——这如同是把巴赫金式的复调或杂语转化成了社会形态。"④

卡特琳娜·克拉克、迈克尔·霍奎斯特指出："巴赫金是第一位察觉到陀思妥耶夫斯基使用复调的批评家，这是因为他是唯一的陀思妥耶夫斯基主义的批评家，他拥有一种完整的话语理论，其复杂性可同陀思妥耶夫斯基的思想相媲美。小说家陀思妥耶夫斯基和批评家巴赫金都不是首次构思这种理论的人；两人毋宁是携手建立了一种超语言学，以在世界中揭示创作过程的含义——在这个世界里，意义只能在对话中产生。陀思妥耶夫斯基是巴赫金为成就他的'自我'而最需要的那个'他人'：巴赫金将陀思妥耶夫斯基当作一位开天辟地式的人物，尽管巴赫金驳斥绝对的优先性，但陀思妥耶夫斯基仍具有这种优先性。这样，陀思妥耶夫斯基便成了巴赫金的又一副面具：在复调的'发现者'身后站立着杂语现

---

① М. М. Бахтин: *Pro etcontra. Личность и творчество М. М. Бахтина в оценке русской и мировой гуманитарной мысли, Антология*. Том 2, Санкт-Петербург: Издательство Русского Христианского гуманитарного института, 2001, С. 18.

② 〔美〕卡特琳娜·克拉克、迈克尔·霍奎斯特：《米哈伊尔·巴赫金》，语冰译，北京，中国人民大学出版社，2000，第36页。

③ А. П. Казаркин: *Русская литературная критика XX века*, Томск: Издательство Томского Университета, 2004, С. 67.

④ 〔美〕卡特琳娜·克拉克、迈克尔·霍奎斯特：《米哈伊尔·巴赫金》，语冰译，北京，中国人民大学出版社，2000，第172页。

象的发现者。"①

　　复调小说理论是巴赫金理论中最早知名最有趣同时也是引起争议和误解最多的一个概念。对于误解的产生巴赫金自己也难辞其咎。在 1929年版本里，巴赫金并未给复调以明确的概念，而是仅只讨论了复调小说应当如何表现主人公和思想，怎样构造情节和如何使用双声话语的问题。有一点很清楚：狂欢化未必与复调相关，但作为真理的对话却可以肯定是构成复调的一个成分。《散文学的创造》的作者指出，这本书里"无意识的创造更会成为导致误解的理由，因为巴赫金是按照对话的方式来讨论复调的，可他几乎并未告诉我们他心目中对话的概念又是什么。其他关键术语也同样用得极不严谨"②。此外，巴赫金所采用的这个词本身具有反直觉的意味，因而也容易导致误解的产生。

　　复调并非所有小说的特征，而陀思妥耶夫斯基是第一个复调小说家。除此之外，很少有小说家符合复调小说的概念（但还是有许多）。复调与杂语并非同义词关系。杂语指语言中语言风格的多样性和歧异性，而复调则指作者在文本中的立场而言。许多作品是杂语的，但只有很少一些是复调体。这两个概念的不同常常被人弄混。

　　常有人批评作者观点（或立场）在复调小说中的缺席。例如，托多罗夫即始作俑者。但巴赫金已经表明复调小说作者并非没有思想或无能力表达自己的思想或价值观。作者的立场不可能不出现在作品中。这立场可能发生急遽变化，但绝不可能彻底缺席。复调小说作者的立场会与独白体小说有所不同，仅此而已。复调小说也不会没有统一性。没有统一性的作品是有缺点的作品。复调小说的统一性与独白体略有不同而已。在巴赫金的观念里，复调天生优于独白，二者都不仅仅表现在小说中（作为一种小说体式），而且，更重要的，它们还是文化形态或思维方式的特征描述。

　　　　独白原则最大限度地否认在自身之外还存在着他人的平等的以及平等且有回应的意识，还存在着另一个平等的我（或你）。在独白方法中（极端的或纯粹的独白），他人只能完全地作为意识的客体，而不是另一个意识。不能期望他的应答会改变我的意识世界里的一

①　〔美〕卡特琳娜·克拉克、迈克尔·霍奎斯特：《米哈伊尔·巴赫金》，语冰译，北京，中国人民大学出版社，2000，第 318 页。

②　Gary Saul Morson，Caryl Emerson：*Mikhail Bakhtin：Creation of a Prosaics*，California：Stanford University Press，1990，p. 232.

切。独白是完篇之作，对他人的回答置若罔闻，它不期待他人的回答，也不承认有决定性的应答力量。独白可以在没有他人的情况下进行，所以它在某种程度上把整个现实都给物化了。独白觊觎成为最终的话语。它要把被描绘的世界和被描绘的人物盖棺定论。①

实际上，按照巴赫金的观念，独白等于（文化）的封闭、艺术的死亡，思维的停滞，过程的完结；而复调则不然，它生气勃勃，阳刚十足，它是未完结的、是动态的、有机的、活跃的、洋溢着旺盛的生命力的。虽然未曾明说，但独白在巴赫金心目里指代统治文化的意义是十分明显的，而复调则意味着狂欢、生命的活力，意味着飞扬蓬勃的生命力。

值得注意的是，巴赫金把最先出现在沃洛希诺夫著作的他人话语作为论述的话题，这表明他们在一些基础理念方面具有一定的分享性。此外，这同时也表明巴赫金理论生长表现出来的"过程性"，因为我们看到，后来被称为"对话主义"的那种概念，此期却被称为"复调"，而在更早些时候，在巴赫金小组活动期间，显而易见，曾经有过一个另外的名称，那就是"他人言语"。沃洛希诺夫写道：对话问题越来越引起语言学家们的关注，甚至已经成为语言学关注的中心。这是因为言语的语言实际单位……至少是两种话语的相互关系，即对话。"但是对对话进行有效的研究，还要求更深入地探讨他人言语的表达形式，因为在它们中间反映出基本不变的积极接受他人言语的倾向，而且要知道这种接受对于对话来说也是主要的。"②

我们可以看出，他人言语、双声话语、一语双声、复调、对话……是一个概念系列，它们在本质上是相同和相通的。试看巴赫金的表述："我们对别人讲的话，要表示自己的态度。在日常言语中，这可表现在轻微的嘲弄或讥讽的语调中（如列夫·托尔斯泰笔下的卡列宁），表现出惊异、困惑、疑问、忧虑、赞赏等语气。这在日常会话的言语交际中、在科学和其他思想话题的对话和论争中，是相当简单和十分寻常的双声现象。这是相当粗俗而少有概括力的双声性，往往是个人的直接的双声性：重复一个参与者的话语而改变其语调。"③

---

①　〔苏〕巴赫金著，钱中文主编：《巴赫金全集》第 5 卷，白春仁、顾亚玲译，石家庄，河北教育出版社，1998，第 386 页。

②　〔苏〕巴赫金著，钱中文主编：《巴赫金全集》第 2 卷，李辉凡、张捷、张杰等译，石家庄，河北教育出版社，1998，第 468 页。

③　〔苏〕巴赫金著，钱中文主编：《巴赫金全集》第 4 卷，白春仁、晓河、周启超等译，石家庄，河北教育出版社，1998，第 310 页。

　　巴赫金和沃洛希诺夫"通过他们对对话(一种尚有疑问的对话现象)的表述,帮助我们让我们对于在日常生活中往往被我们所忽略了的杂乱无章的离题散漫的话语现象加强了关注"①。《陀思妥耶夫斯基创作问题》的意义首先在于他首次表述了对话理论(主义)和复调小说理论。这在当时不啻为"旷野的呼告"。当然,这在某种意义上也是对白银时代思想家的陀思妥耶夫斯基研究或评论的一个总结和归纳。卡特琳娜•克拉克、迈克尔•霍奎斯特指出,在巴赫金那里,"所有价值都以两个不同的中心即我与他人为基础。我将一套价值用于自身,而将另一套价值用于与我相异的他人。反过来,他们也在他们自身与其他人之间做出同样的区分。在两套价值系统之间,对话在其最深的层次上展开。"②

　　对话体在陀思妥耶夫斯基作品中展开为一个波澜壮阔的"意识现象学"。巴赫金则在其著作中,将"所有这些意识彼此依存的结构转译成社会关系的语言,转译成日常生活的人际关系(即转译成广义的情节关系)"。而小说"作为一种体裁","实际上是另一种知觉器官"。③ 沃洛希诺夫-巴赫金写道:

　　　　复调的实质恰恰在于:不同声音在这里仍保持各自的独立,作为独立的声音结合在一个统一体中,这已是比单声结构高出一层的统一体。如果非说个人意志不可,那么复调结构中恰恰是几个人的意识结合起来,从原则上便超出了某一个意志的范围。可以这么说,复调结构的艺术意志,在于把众多意志结合起来,在于形成事件。④

　　这样一来,作为一种无所不包的世界观的独白系统便被摒弃,一个多元化的、众多意识进行狂欢化表演的艺术世界开始展现。"从独白的世界观到对话世界观的过度几乎像从地心说转为哥白尼宇宙观一样重大。""陀思妥耶夫斯基可以说引发了一个小小的哥白尼式的革命。"⑤

---

① Michael Mayerfeld Bell, Michael Gardiner: *Bakhtin and the Human Sciences*: *No Last Words*, London, Thousand Oaks, New Delhi: Sage Publications, 1998, p. 14.

② 〔美〕卡特琳娜•克拉克、迈克尔•霍奎斯特:《米哈伊尔•巴赫金》,语冰译,北京,中国人民大学出版社,2000,第319页。

③ 〔美〕卡特琳娜•克拉克、迈克尔•霍奎斯特:《米哈伊尔•巴赫金》,语冰译,北京,中国人民大学出版社,2000,第319页。

④ 〔苏〕巴赫金:《陀思妥耶夫斯基诗学问题》,刘虎译,北京,中央编译出版社,2010,第50页。

⑤ 〔美〕卡特琳娜•克拉克、迈克尔•霍奎斯特:《米哈伊尔•巴赫金》,语冰译,北京,中国人民大学出版社,2000,第321页。

值得一提的是，20 世纪最重要的作家之一米兰·昆德拉不但认同巴赫金的复调小说理论，而且，还有他自己的体会和理解。好像巴赫金本人并不喜欢用音乐术语来解释"复调"的含义，而昆德拉则不然，径直采用音乐术语来阐释复调的内涵。他说："音乐复调，指的是两个或多个声部（旋律）同时展开，虽然完美地结合在一起，却仍保留各自的独立性。""我借用了一个音乐学上的词来指这样一种结构：复调。您会看到将小说比作音乐并非毫无意义。实际上，伟大的复调音乐家的基本原则之一就是声部的平等：没有任何一个声部可以占主导地位，没有任何一个声部可以只起简单的陪衬作用。"他的解说符合一般人的理解，相信也会获得大多数人的认可的。巴赫金本人谈复调时，也许是时代环境使然，唯独绝少谈到陀思妥耶夫斯基的《群魔》，其中原因想必都能心领神会。昆德拉作为一个"局外人"，因而"无利害关系纠缠其间"，所以，能够畅所欲言。说到复调，他径直以《群魔》为例加以解说："《群魔》这部小说，如果您从纯粹技巧的角度分析，可以……说：一、关于年老的斯塔夫罗金娜和斯捷潘·韦尔霍文斯基之间爱情的讽刺小说；二、关于斯塔夫罗金跟他的那些恋人的浪漫小说；三、关于一群革命者的政治小说。由于所有的人物之间都相互认识，一种微妙的小说技巧很容易就能将这三条线索联成一个不可分的整体。"昆德拉接着把陀思妥耶夫斯基的复调与布洛赫的复调进行了比较。并且直言不讳地承认，他自己也在小说创作中有意识地采用了复调小说手法。①

《陀思妥耶夫斯基诗学问题》提出了一种全新的对话主义作者观，以与传统独白主义作者观（作者犹如上帝）相对立。作者与其人物之间是一种平等的对话关系。在巴赫金之后，罗兰·巴特也认为作者对于自己写下的文字，也不是"主人"，而是"客人"。文字的意义处于游移中，连作者也无从加以把握，所以，结论是：作者已死。巴赫金的复调小说理论恰好处于从传统作者观到后现代作者观的转折点上。②

"'最高级的建筑学原则'则是在关于复调话语的理论中被认识的。这一原则就其本意而言原是一种用来理解个性、意识和话语的对话策略，它不仅体现在复调小说概念里，而且也体现于巴赫金关于人文学科的整体构思中，这一构思还体现在有关罪恶问题的假设，体现于巴赫金早年关于应答性的思想，而且还反映在他晚年关于'人文科学方法论'以及'创

---

① 〔捷克〕米兰·昆德拉：《小说的艺术》，董强译，上海，上海译文出版社，2004，第92～94 页。
② 王治河主编：《后现代主义辞典》，北京，中央编译出版社，2004，第 1 版，第 599 页。

造性理解'问题的思考中。"①"正如加切夫所指出的那样，在巴赫金的宇宙里'没有现成的创造，因为世界每次都是被创造出来的——在交际中，在交流中，在我们相互聆听的努力之中……在这个意义上，巴赫金是个反希腊人和反柏拉图主义者。'"②因为陀思妥耶夫斯基作品中的每个人物，就其潜在的意义来说，也俨然是个作者。③

　　当代俄裔美国学者、后现代主义者爱泼斯坦则对巴赫金复调小说理论做出了带有"后现代"意味的解读，不失为一家之言。事实上，讨论巴赫金，我们首先需要抛开旧有的思维范式：似乎无论做什么，一定要有一个明确的结论，不如此，便谈不到什么研究。看来，我们必须要求自己首先跟上巴赫金的思路，那就是对话正未有穷期，所以，谁都无权说出"最后那句话"：

　　　　无论论述死亡还是上帝，无论论述恐惧还是爱情，无论论述什么问题时，我们都无法直接察觉巴赫金-作者及其与巴赫金-人的吻合，这样一来，我们因此也就无从认识这位神秘的思想家。他思想的"第一作者"和潜能仍然停留在一切现实化的界限之外，也就是说仍然"被沉默所包裹着"。巴赫金只不过在其为数众多的、有名或无名的同貌者们身上加以表达，与此同时却又从未和他们混为一谈。……

　　　　我认为巴赫金本人以存在-对话世界观为基础构建和发展的众声喧哗理论，并不能像其他许多思想家那样完全解释在巴赫金那里著作权分享和多人作者这种现象。巴赫金在其有关陀思妥耶夫斯基的著作中加以最完整表述的对话观，要求以具有两个或是若干个单独的个体意识为前提。我所能够知道的只有我自己的意识这一个点，而这个意识本身对自己却又一无所知，于是便对自己本身的、与其自己本身彻底格格不入的判断加以拒绝，因而便会以人物的名义进行思考，将此类思考像援引他人思考一样放在引号里。我对于巴赫金概念的古代-文艺复兴色彩有点反感，容易让人联想到一些相互交

①　Carol Adlam，Rachel Falconer，Vitalij Makhlin and Alastair Renfrew：*Face to Face*：*Bakhtin in Russia and the West*，Sheffield，England：Sheffield Academic Press，1997，p. 179.

②　Caryl Emerson：*The First Hundred Years of Mikhail Bakhtin*，New Jersey：Princeton University Press，1997，p. 159.

③　〔苏〕巴赫金：《陀思妥耶夫斯基诗学问题》，刘虎译，北京，中央编译出版社，2010，第 1 版，第 54 页脚注 2。

谈的个别人的种种意识的肉体体现。我看不出对别人的意识能有什么特殊需要，因为我自己的意识对我而言就是一个绝对的他者。与曾经说过"我知道我什么也不知道"的苏格拉底不同，我要说的却是："我不知道什么是我所知道的。"我知道的要比我仅仅从我个人意识的边缘出发所能知道的要多。不过柏拉图实际早就在他的认识论里指出过这一点了，他说这是 анамнесиса，即对尘世生活中已被忘记，但却在降生之前曾经体验过的一切的回忆。我们不知道什么是我们所知道的，不知道从前的某个时候，在有"我们之前"，我们的意识的那些体验。我的意识外在于我本身，我在我的意识中找不到我自己的"我"，而只能找到为数众多的会思考的人物 Я. А.，И. С.，Р. Г.，И. М.，М. И. 等等。这也就是为什么与巴赫金不同，对我而言"他者"意味着"我自己"，对之我一无所知，它只属于在我身上的某个他者——其属于他者的程度决定它不可能成为一个有着他者立场和声音的另外的一个单个个人。与此同时这个在我身上的会思考的他者又如此之异己，以至于他不可能成为他人的自我，或与某人的'我'和自我意识吻合。[①]

与此同时，在巴赫金《陀思妥耶夫斯基创作问题》的影响下，法国掀起了一场新小说变革，新小说和地下室人小说就是在这场变革中涌现出来的新东西。

---

① М. Н. Эпштейн：*Философия возможного*，Санкт-Петербург：Алетейя，2001，С. 96.

第九章 走向结构主义符号学的多元本体论文艺学

第一节 洛特曼眼中的奥波亚兹与布拉格学派

维克多·厄利希在其名著(《俄国形式主义：历史与学说》)中指出，俄国形式主义是彼得堡的奥波亚兹和莫斯科的莫斯科语言学小组"和谐共振"的产物，其中，什克洛夫斯基在奥波亚兹史上差不多是最重要的人物，而地位堪与之相比的，就是罗曼·雅各布逊了。1920 年，雅各布逊移居布拉格，此后一直生活在那里。雅各布逊与当地学术界的交往，极大地促进了捷克语言学和诗学研究中心的形成。在他的影响下，1926 年成立了布拉格语言学学派。参加该小组活动的具有俄国背景的学者，除雅各布逊本人外，还有特鲁别茨科依、托马舍夫斯基等，雅各布逊对该派学术倾向具有决定性的巨大影响。诚如该派代表人物之一的马太修斯所承认的那样，与雅各布逊的密切交往，促成了他在方法论上的重新定向。"在写于 1936 年的一篇文章中，马太修斯充满感激地承认，在此关头，他从雅各布逊那里得到了十分宝贵的帮助。马太修斯写道：'这位多才多艺、异常聪明的俄国年轻人把他生机勃勃的学术兴趣从莫斯科带给了我，而他感兴趣的那些语言学问题，也恰恰是最令我入迷的，这就为我提供了很大的帮助，为我提供了一个生动的证据，即这些问题处处都处于学术论争的中心位置'。"①

关于雅各布逊，洛特曼这样写道："……在回顾罗曼·奥·雅各布逊的创作生涯时，我想说的是这还是一种传染病：无论 20 世纪中叶多舛的命运把雅各布逊抛到哪里去，在他周围总是很快便形成一个科研小组，而这个小组很快又会成为世界学术的研究中心。这使得雅各布逊的科学履历与我们这个世纪的人文科学结下了不解之缘。"②"科学有其自己的风

---

① Victor Erlich: *Russian Formalism*: *History Doctrine*, Fourth edition, The Hague, Paris, New York: Mouton Publisher, 1980, p. 88.

② Ю. М. Лотман: *Воспитание души*, Санкт-Петербург: Искусство-СПБ, 2003, С. 77.

格。罗曼·奥·雅各布逊整个一生在科学中都是一个浪漫主义者。"①雅各布逊自己也说过类似的话，在回答他为什么不着手写作自己的自传这个问题时，他答道：他的生平经历已经全部被写进他的科研著作中去了。雅各布逊的科研工作，和他亲手创立的莫斯科语言学小组与当时风靡文坛的俄国现代派运动，有着十分密切的联系。作为一个严谨的学者的雅各布逊，甚至还"反串"未来派诗人的角色，在未来派激进的诗集里以化名露面。洛特曼指出："在 20 世纪初的青年未来主义者小组中弥漫着一种反抗和暴动的精神。对权威顶礼膜拜被认为是可耻的，推翻偶像则成为日常生活中的常事。这种反抗和暴动的精神也被一帮年轻的语文学家给从未来主义的核心带到科研中来了。"②洛特曼对雅各布逊的科研工作有很高评价，他说："……但重要的一点……在于，这数百本书和文章中的每一种书或文章，在任何一次学术研讨会上的每一次报告或每一次访谈，都会成为一个科研事件，都会产生轰动，都会打破既定的科学概念，而开辟出新的和出乎意料的科学前景。他从未做过继承者。甚至都不是他自己的继承者。"③关于由雅各布逊引领的整个流派在学术史上的地位和影响，洛特曼写道："但像米·米·巴赫金或穆卡洛夫斯基、特尼亚诺夫或英迦登的爱沙尼亚语著作的问世，成为轰动一时的事件，推动着共和国的年轻学者们从事科研，提高了他们从事文学批评的水平"。④

　　加林·蒂哈诺夫写道："俄国形式主义与（稍后诞生的）布拉格语言学学派有着内在联系，后者在很大程度上比前者更加直截了当。"⑤而托德·E. 戴维斯和肯尼思·沃马克则径直把俄国形式主义与捷克布拉格学派视为一回事，认为："和英美形式主义批评一样，俄国形式主义、莫斯科语言学学派以及布拉格结构主义者们在 20 世纪头 30 年中对于该世纪下半叶文学理论与文学批评的取向拥有着最为重大和深刻的影响。"⑥洛

① Ю. М. Лотман: *Воспитание души*, Санкт-Петербург: Искусство-СПБ, 2003, C. 75.
② Ю. М. Лотман: *Воспитание души*, Санкт-Петербург: Искусство-СПБ, 2003, C. 75.
③ Ю. М. Лотман: *Воспитание души*, Санкт-Петербург: Искусство-СПБ, 2003, C. 74.
④ Ю. М. Лотман: *Воспитание души*, Санкт-Петербург: Искусство-СПБ, 2003, C. 83.
⑤ Ю. М. Лотман: *Воспитание души*, Санкт-Петербург: Искусство-СПБ, 2003, C. 57.
⑥ Todd E Davis, Kenneth Womack: *Formalist Criticism and Reader: Response Theory*, London: Palgrave, 2002, p. 39.

特曼也指出，除了雅各布逊以外，雅各布逊自己也十分迷恋的未来派也对以穆卡洛夫斯基为代表的捷克学派产生过巨大影响。"……通过罗曼·雅各布逊——列夫派的'第九种力量'（Деветсила）和马雅可夫斯基——都对穆卡洛夫斯基美学思想的形成产生过巨大影响。"①在这个问题上，厄利希指出："如果有人断言俄国形式主义在其最好状态下也是或倾向于成为结构主义的话，那么，说在许多重要方面布拉格语言学小组只是在把形式主义的洞见加以扩展罢了，就也同样是正确的。"②

　　俄国形式主义及准俄国形式主义学者在布拉格学派的创立和发展过程中发挥了十分显著的作用。还是那位马太修斯，在纪念布拉格学派创建十周年的一篇文章中指出："我们和俄国人在思想上的契合对于我们双方来说都是一种激励和增强；今天只有由我来说出我们对他们的贡献是如何的高度赞赏这才算是公正的。……但我们也不光是学生而已。在我们的合作研究中，我们双方在知性上由于互补而受益已达到相当高的程度，而这正是任何集体性学术研究工作取得成功的先决条件。"③穆卡洛夫斯基本人的著作——《马哈的"五月"——审美研究》(1928)和20世纪20年代末期的著作……都曾明显受到奥波亚兹早期维·什克洛夫斯基和奥·勃里克的影响。后来，在特尼亚诺夫的影响之下，他进一步提出了结构主义中的"主导要素"（доминанты）这一概念。

　　在1915年、1916年到1926年的10年，布拉格学派取得了实质性的进步。"布拉格语言学小组在人文学科领域的发展史上是性质截然不同的一个新阶段，一个不仅具有国别意义，而且具有国际意义的新阶段。"④

　　此派与奥波亚兹和莫斯科语言学小组的共同之处在于：他们都主张用功能取代起源作为语言文学研究的基点，也就是说，用共时态研究取代传统的历时态研究即历史比较语言学。布拉格学派更加明确地表示把语言学研究与诗学研究结合起来是该派学术研究的宗旨。而把语言的审美功能与话语的其他功能结合起来加以研究更是语言研究领域里最富于挑战性的问题之一。所以说，虽然俄国形式主义很早就提出语言学与诗学的联姻这种导向，但真正把二者结合起来并且使"对话"的双方都能从中获益的，是布拉格学派，而非前者。

---

①　Ю. М. Лотман，*Об искусстве*，Санкт-Петербург：Искусство-СПБ，1997，C. 462.

②　Ю. М. Лотман，*Об искусстве*，Санкт-Петербург：Искусство-СПБ，1997，C. 462.

③　Victor Erlich：*Russian Formalism*：*History Doctrine*，Fourth edition，The Hague，Paris，New York：Mouton Publisher，1980，p. 89.

④　Ю. М. Лотман，*Об искусстве*，Санкт-Петербург：Искусство-СПБ，1997，C. 461.

　　布拉格符号学美学接过了雅各布逊"诗即在其审美功能中的语言"这一衣钵，但对其做了一番重大改动。布拉格学者们发现，把诗歌与"在其审美功能中的语言"等量齐观已经远远不够了，因为某些文学作品的语言在审美上是中性的，而另一方面，文学也要远远大于从而超越语言及其功能本身。虽然俄国形式主义从其诞生的第一天起，内部就潜在地存在着一重文学史一重语言学这两种倾向，但在其发展的鼎盛时期，符号学实际上在 20 世纪 30 年代前一直都是缺失的。20 世纪 30 年代，在卡西尔和逻辑实证主义研究的冲击之下，符号学研究开始逐渐走上正轨。语言理论归属于一个更大的符号哲学系统而成为其一个分支学科。这一最新发展趋势受到了布拉格学派的密切关注。在此情况下，诗学成为符号学下面的一个分支学科。

　　奥波亚兹在为自己的出生奋斗时，曾经以论证诗歌语言与日常生活语言的区别性特征著称。但这个命题尽管是他们首次提出，但却并未在他们手中给出一个确定的答案。从某种意义上说，这种划分本身就问题重重，或者不如说，这种划分法的非科学性表明它不但无助于问题的解决，反而更有可能把我们拖进一个逻辑的泥潭里无以自拔。这在今天看来似乎变得日益明显了。

　　解决这一问题的转机来自于捷克，来自于布拉格学派在文艺学领域里的代表人物穆卡洛夫斯基(1891～1975)。穆卡洛夫斯基在其名文《论诗歌语言》中，在归纳并驳斥了关于诗歌语言的若干种可能有的定义之后，开宗明义地指出："诗歌语言只能根据其功能来一劳永逸地予以描述。"①而所谓功能，并非指"某些特点，而是指利用特定现象之特点的方式本身。诗歌语言属于无以数计的其他功能性语言之一，其中每一种功能语言都把语言系统运用于某个特定的表达目的。而审美效应就是诗歌表现法的目的。而在诗歌语言中占据主导地位的审美功能则将关注重点集中在语言符号本身之上"②。从这段话我们不难看出，这实际上是在重述后期奥波亚兹代表人物(如特尼亚诺夫)的观点。

　　厄利希在其名著中指出，俄国形式主义运动在经历了早期的"狂飙突进"期以后，其代表人物自己也已意识到其纯形式化理论的先天不足和生理缺陷，但遗憾的是，他们已经没有时间来系统反思和全面纠正自己的

---

① Jan Mukarovsky：*On Poetic Language*，Lisse：The Peter De Ridder Press，1976，p. 3.

② Jan Mukarovsky：*On Poetic Language*，Lisse：The Peter De Ridder Press，1976，p. 4.

错误，从而向改过自新的路上迅跑了。而系统反思的历史任务，也就留给了继之而起的捷克的布拉格学派了。俄国形式主义在不得不偃旗息鼓之际，却在继之而起的 20 世纪 20 年代中期的捷克斯洛伐克语言文学研究中心，找到了避难所。布拉格学派的创造性思想是受到来自俄苏的刺激而产生的，而在这上立有卓越功勋的，是 1920 年移居布拉格、前莫斯科语言学小组主席的罗曼·雅各布逊。雅各布逊写于 1923 年的论文《论捷克诗》不啻于在历来以"重音诗派"为主导潮流的捷克语言文学界，引爆了一颗重磅炸弹，并且引起一场轩然大波、对权威发出挑战的同时，引起人们的一片赞扬之声。"如果有人断言俄国形式主义在其最好状态下也是或倾向于成为结构主义的话，那么，说在许多重要方面布拉格语言学小组只是在把形式主义的洞见加以扩展罢了，就也同样是正确的。"①简言之，以穆卡洛夫斯基为首的布拉格美学学派避免了俄国形式主义把文学降格为其语言基质和把文学等同于其文学性的根本性错误。"穆卡洛夫斯基在为什克洛夫斯基《小说论》(On the Theory of Prose)的捷克语译本写的前言中，对作者见解的敏锐极表赞赏，但对作者处心积虑想要把所谓文学外因素摒除在外的做法表示批评。穆卡洛夫斯基坚持认为什克洛夫斯基认为对于"编织技法"②苦心孤诣的迷恋，会使文学研究的领域被过分缩小化。

美学孤立主义因而被摒弃，文艺学的疆域扩大到了把文学作品整个都含纳进去的地步。而这实际上是俄苏的理念却放在捷克斯洛伐克进行的实验而已。这就意味着意识形态或情感内容也是批评分析的合法对象，可以将其作为一种审美结构来加以考察。于是，纯形式主义开始让位给结构主义，后者则围绕着一种或被叫作"结构"，或被叫作"系统"的、动态的全面整体观而旋转。

1945 年后，结构主义发现自己处于守势，其影响力显著有所减弱。这部分由于这样一个事实，即如雅各布逊和采车夫斯基这样的布拉格语言学小组的骨干成员于 1938 年年末离开捷克斯洛伐克后一直逗留在境外。而和 1929～1930 年的俄国形式主义一样，布拉格结构主义同期所遭遇到的困境也超乎个人的承受力之上。笼罩战后捷克斯洛伐克知识界的氛围也很难说就有利于一个虽说不是反马克思的，但也与马克思主义方法论的官方分支相距甚远的派别。如上文所述，1946 年，"形式主义"成

---

① Victor Erlich：*Russian Formalism*：*History Doctrine*，Fourth edition，The Hague，Paris，New York：Mouton Publisher，1980，p. 114.

② 参阅本书第 7 章第 119 页。——原注

了苏联文学官僚主义的替罪羊。由于布拉格的衣钵是从莫斯科继承而来，所以，奥波亚兹的捷克副本也就处于一种日益开始动摇的地位。留在捷克斯洛伐克的唯一一位杰出的结构主义者扬·穆卡洛夫斯基声明放弃原初的立场，转而以其相当雄厚的思辨能力来为官方信条服务。

扬·穆卡洛夫斯基著有大量有关艺术史、文学理论、电影诗学、戏剧、造型艺术的著作，其论著主要出现在 20 世纪 30 年代。他的理论遗产已被列入国际美学经典之作之列。20 世纪 20 年代作为一个左翼学者崛起于捷克学术界和批评界。他本人以及他的学术思想、还有他的学生都曾遭受过迫害和批判。他业已成为世界美学界公认的经典作家之一。穆卡洛夫斯基出身于捷克南部。1911 年进入布拉格大学比较语言学和捷克语文学专业学习。从 1929 年起，执掌布拉格卡尔洛大学美学教鞭，同时兼任勃拉基斯拉夫大学美学教授之职。第二次世界大战后，穆卡洛夫斯基担任卡尔洛大学校长，从 1952 年起成为新组建的捷克斯洛伐克科学院院士，1951～1962 年任捷克文学院院长。穆卡洛夫斯基的著作不仅具有学术价值，而且即使今天也不失其迫切意义和论战性质。晚年穆卡洛夫斯基在政治形势的左右下被迫摇摆不定，时而想把马克思主义与结构主义结合起来，时而又痛斥结构主义是"最为危险的唯心主义"。他是"一流的理论家和文本分析家"。①

穆卡洛夫斯基美学思想的形成受到过 3 方面的影响。一是德国古典哲学，尤其是黑格尔。和他一样，同样也是俄国形式主义学术传人的洛特曼指出："正是应当把穆卡洛夫斯基著作所固有的总是想要揭示看似相互对立的范畴的生动的相互转化，总是想要在相互对立的性质中看到统一性，而从统一性中看出不同倾向之间的斗争这些特点，与伟大的德国辩证法相互联系起来。"

对于苏联塔尔图学派代表人物洛特曼而言，捷克布拉格学派不愧为俄国形式主义的学术传人。他是这么说的："布拉格语言学小组的美学学说发展的第一个阶段，正如我们已经指出过的那样，是与奥波亚兹的思想相关联的。这种影响力，比方说，从《布拉格语言学小组命题》中就可以清晰地令人感觉得到。"②对于后发性主体论文艺学的研究中心之一的布拉格学派及其代表人物穆卡洛夫斯基来说，20 世纪 20 年代的俄国文艺学，首先是什克洛夫斯基、特尼亚诺夫、艾亨鲍姆、托马舍夫斯基，

---

①　〔美〕雷纳·韦勒克：《近代文学批评史》，杨自伍译，上海，上海译文出版社，2006，第 694、697 页。

②　Ю. М. Лотман: *Об искусстве*，Санкт-Петербург：Искусство-СПБ，1997，С. 466.

以及同时既与莫斯科语言学小组也与捷克学术界有联系的特鲁别茨科依、雅各布逊、博加特廖夫的著作，都对他们产生过巨大影响。例如，1928年2月7日，穆卡洛夫斯基在布拉格语言学小组的例会上朗读了托马舍夫斯基向大会提交的报告（用法语）《论历史文学研究中的俄国新学派》，后来用捷克语公开发表。同一时期（1927～1929）在捷克斯洛伐克出版了一系列苏联文艺学家的著作，其中多数与奥波亚兹有着良好的关系。他们对穆卡洛夫斯基早期创作的影响是显而易见的。

　　洛特曼还指出："重要的是要认识到俄国形式主义和（稍晚一些的）布拉格语言学小组两者有着内在的联系，后者在许多方面比前者更加直率地在一种新的政治体制下探索建设一个新国家的途径。""俄国形式主义和布拉格语言学小组二者都是作为活跃的演员出现在文化舞台上的，二者都是在第一次世界大战到十月革命后时期形成的新社会的积极参加者。"①这里值得注意的一点是，他把政治文化因素也作为重要的文化发展机制问题予以指出，这体现了这位符号学在苏联的代表人物的历史眼光。的确，从20世纪之交到目前这个世纪之交的历史告诉我们，文化的发展（文艺学是其中一个部门）处处离不开政治因素的制约。想要抛弃政治不啻于想要拔着自己的头发离开地球。当然，这两个流派所处的具体的政治环境，也有助于说明它们的特点是由何种原因制约的。

　　在洛特曼眼里，捷克布拉格学派并非仅仅只是奥波亚兹的传人，事实上他们也有自己的建树，也对世界文艺学的发展作出了自己独特的贡献，是文艺学在世界范围内发展的一个环节，是绝不可以予以忽略的。他指出："在其语言学家行列里不乏世界级名家的布拉格学派，在很大程度上处于十分优越的地位。正是布拉格学派才善于实施对形式主义的结构性批判，从而不自觉地证实了尤·尼·特尼亚诺夫关于在文化领域里没有比直接继承人更危险的批判者了这一论点。"②特尼亚诺夫的观点是：在文学的传承系列里，直线传承是没有的，有的只是曲线传承，即不是从父亲传给儿子，而是从爷爷传给孙子，或从叔父传给侄子。关于这一点我们下文还将讨论。

　　作为形式主义的学术传人，洛特曼对于穆卡洛夫斯基所隶属的捷克布拉格学派的优劣长短，对于俄国形式主义运动中的结构主义分支的状

①　Craig Brandist，David Shepherd and Galin Tihanov（eds.）：*The Bakhtin Circle*：*In the Master's Absence*，Manchester and New York：Manchester University Press，2004，p. 57.

②　Ю. М. Лотман：*Об искусстве*，Санкт-Петербург：Искусство-СПБ，1997，С. 466.

况、来源和特点，也有自己独特的评论和看法。洛特曼指出，奥波亚兹内部的这一分支的学术理念，来自于日内瓦。日内瓦语言学学派及其奠基人费尔迪南·德·索绪尔的思想构成了研究艺术的符号学方法的基础。事实上，早在莫斯科语言学小组期间，雅各布逊就开始通过与索绪尔的弟子薛施霭（当时索绪尔已经逝世，而薛施霭就是参与整理先师课堂笔记的主要弟子之一）通信的方式，开始接触这一在语言学史上具有革命性意义的学说。在 20 世纪 30、40 年代，日内瓦学派的思想在一系列苏联学者（其中首先是特尼亚诺夫、普罗普和巴赫金）以及布拉格语言学学派（雅各布逊、穆卡洛夫斯基等人）的著作中得到继续发展。布拉格语言学小组除了自己在艺术学领域里作出了重大贡献外，还完成了向世界学术界介绍迄今为止仍然几乎不为世界所知的苏联学术成就的使命。这一点时至今日，当来自普罗普、巴赫金及其他苏联学者们因为开始成为每一本无论其在哪儿出版的严肃著作必须具有的因素的时候，尤其不应忘记这一点。俄罗斯学派的影响在一系列著作中都可以令人感觉得到。

　　洛特曼在此指出的俄罗斯学派的影响的确是不容置疑的，而结构主义符号学嗣后的发展历程，则还将继续证实这一点：20 世纪 30 年代，雅各布逊的漂泊之旅从捷克转移到了整个欧洲，开始辗转在各个欧洲国家间漂流，但所到之处，都与当地语言学界建立密切联系，进行学术交流，这的确大大加速了结构主义符号学思想在各国的流行。而法国"结构人类学"的创始人列维·斯特劳斯，便是其主要受益人。在与雅各布逊接触以前，他已经在人类学领域有长期的学术积累，但却苦于找不到一块"哲学之石"，好把这些零星的材料全都"激活"并统一成为一个有机的整体。而结构主义却适时地给了他一把钥匙。但还是让我们回到历史的现场中来吧。

　　洛特曼是在承认俄国形式主义者们的著作对穆卡洛夫斯基，同样也对该小组其他成员都曾"具有很大的刺激性影响"的前提下开始其讨论的。但他同样也把形式主义放在其赖以产生的语境下加以考察。他指出："形式主义学派与那些只会模仿的学院派文艺学相比向前迈出了很大的一步，而且，后者虚假的历史主义在许多方面都令人想起青年语法学派的伪历史主义，而 19 世纪实证主义学术界的一般倾向是竭力想要把积累分子事实当作研究的对象。"洛特曼对于始自俄国形式主义的这场运动，从一个后来者的角度，作出了自己的概括和评论。他指出，20 世纪 20 年代文艺学中的形式主义倾向的命运与此十分相似。在提出从内部考察作为一个"sui generis"（以特有方式）组成的系统的艺术文本的任务以后，形式主义学派作出了重大发现：他们发现了作品的音义段结构并且提出了研究音义段结构的任务。但与此同时 20 世纪 20 年代的形式主义者们又把音义轴构造与艺术作品的结构本身等同视之，把非语义学提升为艺术原则。这样一来他们的观点引起了各方面的争议和反驳，如来自象征派的有勃留索夫、维亚·伊万诺夫和社会学家佩列维尔泽夫分子和马尔分子。也就是说，洛特曼是一个清醒的传人，他在宣扬奥波亚兹的优点和长处的同时，并没有忘记指出其缺陷和不足，那就是"把音义轴构造与艺术作品的结构本身等同视之"，而这也正是我们援引詹姆逊的"语言的牢笼"所概括的那种根本性缺陷。

　　洛特曼还指出，在对俄国形式主义的批判中，尤其值得指出的是米·米·巴赫金的著作，他是在推动采用另外一种原则上与形式主义者截然不同的途径来解决这一结构问题。除他之外，还有一些超然于个人个别观点之上的学者，如日尔蒙斯基和维诺库尔。如果说形式主义者们从分析结构的分子入手想要上升到对于完整结构的研究（而在特尼亚诺夫笔下在这一方面迈出了相当重要的步骤）的话，那么巴赫金所感兴趣的，则是艺术的完整性问题，也就是探讨艺术无法被分解为各个部分的那种特点。……把艺术结构的完整性与其音义段同一化当然会导致歪曲，而且奥波亚兹分子们很快就明白了这个问题。只有那些对形式主义者们的批判才是成效显著的，即用语义学方法补充音义段结构分析之不足的方法，而且把艺术作品的结构的全部完整性当作是这两个组织原则相互之间的张力的批评。而那些只是简单地把文本内部结构的语义分析问题本身抛在一边的批评，是一种倒退。

　　从这里我们看出，洛特曼对与俄国形式主义有关的历史的评述，是完全内行的和内在论的。这与那些披着马克思主义的外衣，而实际上是庸俗社会学批评的批判，绝不可同日而语。形式主义的结构批评曾经只有以在仔细研究材料的基础上制订的方法为依据才有可能进行，对于这种批评而言，句法学方法和语义学方法构成同一个整体的不可分割的各个方面。众所周知，这一材料就是语言。因此，对形式主义最有成效的批评，是那种并未抛弃其成果同时又对语言学家的职业技能有所要求的批评。如格·奥·维诺库尔的立场就是这样的。在这个意义上，布拉格语言学小组处于十分优越的地位。

　　洛特曼对于那些来自马尔学派学者的批评，也做过评论。他说："为了使我们的思想变得更加清晰，请允许我说一说对形式主义的那样一种批判，它来自于 20 世纪 30 年代，批判者们都是一些处于尼·马尔方法论影响下的文艺学家。这一集团的参加者们既不乏才华也不乏学识，而且更有科研热情。无论伊·格·弗兰克-卡缅涅茨基还是奥·米·弗莱登贝格，都是才华横溢、具有百科全书学识的学者。"

这些学者所提出来以与形式主义作对的方法，他们称其为语义学方法，它建构在语义生物学深层含义的重构基础上。在揭示对于现代人意识而言相互对立或干脆相互之间毫无关联的情节-语义单位的古老同一性时，确定情节中反映了古代社会的服饰礼仪和思维状况，马尔的门徒们宣布了许多深刻的科学思想。然而，在研究文本要素对非文本要素即实在的语义关系（通常指古代）时，马尔主义者们完全忽略了特定因素在与特定文本的整个结构发生关联时才获得的那个意义问题。

对于了解奥波亚兹、布拉格学派在两次世界大战期间的命运和沿革来说，后起的洛特曼也许真的是一个十分得宜的视角，而他关于这一点也真的有好多话要说。对于捷克学派的优点和长处，洛特曼也是有一说一，绝不隐人之善。洛特曼指出："结构张力这一概念的研制乃是捷克结构主义所取得的最大成果之一。它给结构观注入了动力因素。在《审美规范》一文中，穆卡洛夫斯基指出凡是谈论活动以规范为定向的地方，'组织这一活动的限制本身也同样带有能量性质。'应当指出的是，在苏联文艺学相似的方向上，也有过特尼亚诺夫的思想，对他来说，结构系列相互关联的动态性和主导因素概念同样也决定着对于文本能量指标的兴趣。"[1]在此，洛特曼把"结构张力"概念的发现归诸于穆卡洛夫斯基名下，恐怕不够妥当。当然，他也提到了特尼亚诺夫的名字，又没有明确说出后者与这个概念的关系。事实上，按照历史事实，"结构张力"最早见于特尼亚诺夫笔下（见其名著《诗歌语言问题》），可惜的是他英年早逝，没有来得及进一步发挥这一概念而已。但特尼亚诺夫生前，曾经在和雅各布逊、什克洛夫斯基等"三巨头"的私人通信中，嘲弄地提到一个捷克学者叫穆卡洛夫斯基的，只会"拾人牙慧"而已。

可以认为为奥波亚兹代表人物所热捧的陌生化说，也是穆卡洛夫斯基喜欢的一个具有扩张力的概念，只不过在他的阐释里，陌生化被起了一个稀有的名称——"前景化"。洛特曼指出，这一关键概念同样也是布拉格语言学小组所提出的语言理论中极其重要的一点。[2] 关于穆卡洛夫斯基的"前景化"，托德·E. 戴维斯和肯尼思·沃马克指出："在俄国形

---

[1] Ю. М. Лотман: *Об искусстве*, Санкт-Петербург: Искусство - СПБ, 1997, C. 470.

[2] Victor Erlich: *Russian Formalism*: *History Doctrine*, Fourth edition, The Hague, Paris, New York: Mouton Publisher, 1980, p. 91.

式主义最具有重大意义对于叙述学革新的例证之一中，穆卡洛夫斯基提出了'前景化'（foregrounding）或在特定艺术作品中将一个理念或因素放在与其他成分的强烈对比下加以表现的手法。显然，陌生化或解熟悉化（estrangement or defamiliarization）作为一种前景化技巧运用可以使读者更易于接受文学语言的结构特点。"①

众所周知，评论穆卡洛夫斯基的洛特曼自己，对陌生化说是信服并采纳的。在他自己的著作里，洛特曼也采用了这个非常具有生命力的概念，只不过是换用了"符号学"和"信息论"的术语予以阐释罢了。这一点和巴赫金不同。众所周知，巴赫金在自己的署名著作里，屡屡谴责俄国形式主义者及其学说，其中最不感冒的，就包括陌生化这个概念。如果可以把《文艺学中的形式主义》当作是梅德韦杰夫-巴赫金共同所作的话，那么，可以认为该书作者的立场，基本代表了巴赫金本人的观点。作者认为，奥波亚兹的陌生化说（或"可感性"）是一个"空洞"的字眼，是脱离了内容（内涵）的纯形式，因而莫知所云。总之，他们是"把一个个体一生范围内可能发生的过程变为一个公式，用来理解在一系列相互交替的个体和时代所发生的过程。"梅德韦杰夫-巴赫金进而指出：

> 实际上，自动化和使人脱离自动化，即具有可感觉性，应在一个个体内相互关联。只有觉得这个结构是自动化结构的人，才会在它的背景上感觉到另一个按照形式主义的形式更替规律应当取代它的结构。如果对我来说，年长一辈的人（如普希金）的创作没有达到自动化的话，那么在这个背景上我不会对晚一辈的人（如对别涅季克托夫）的创作有特别的感觉。完全有必要让自动化的普希金和可感觉到的别涅季克托夫在同一个意识、同一个心理物理个体的范围内会合，否则这整个机会就会失去任何意义。
>
> 如果普希金的作品对一个人是自动化的，而另一个却喜欢别涅季克托夫的作品，那么自动化和可感觉性就分属于两个在时间上相互交替的不同主体，它们之间绝对不可能有任何联系，如同一个人的呕吐与另一个人的饮食无度之间没有联系一样。②

---

① Michael Gardiner：*The Dialogics of Critique*：*M. M. Bakhtin and the Theory of Ideology*，London and New York：Routledge Press，1992，p. 44.

② 〔苏〕巴赫金著，钱中文主编：《巴赫金全集》第 2 卷，李辉凡、张捷、张杰等译，石家庄，河北教育出版社，1998，第 309～310 页。

　　梅德韦杰夫-巴赫金的论据乍看上去的确根据十足，但仔细想想却绝非那么回事。初看上去，这个理由很有说服力：在两个个体之间"经验"是无法传达的，也是无法复制的。同样一种东西，对一个人来说是药石，对另一个人来说便是毒药。按照中医的说法，即使治疗同一种病，采用同一味药也会有截然不同的效果，必须辩证予以施治。这一论据的缺点在于它仅仅只是在理论推演上是正确的，而在实践中却绝非那么回事。

　　一个人的呕吐固然与他者的饮食无度无关，但如果两人在同一个时空中的话，则前者的呕吐便会引起后者的反胃：感觉不能予以传递，但却可以在同一时空中传染。"望梅止渴"只是在想象中描绘了梅子的形状，便引起了众人相同的心生理反应。在一定的外在条件制约下，人们之间会有大致相同的感受或感觉是完全可能的。因此，梅德韦杰夫-巴赫金的反驳是软弱无力的，也是不值一驳的。作者们之所以"批判"俄国形式主义的这一"核心"理论，也许是因为"不得已"——正如他们在当时不得不披上"马克思主义社会学"的外衣一样，这也是一个批判者应该有的"规定动作"？

　　俄国形式主义研究专家维·厄利希针对这一点指出："在对什克洛夫斯基的'自动化'与'可感性'（automatization and perceptibility）二分法的讨论中，什克洛夫斯基的马克思主义对手之一的梅德韦杰夫，谴责这位形式主义代表人物偏离了客观分析之路，而泥足深陷于'审美接受的心理-生理条件'中了。[①] 此处我们对完全系一种误用的形容词'生理的'（physiological）不予讨论。梅德韦杰夫的批评看来是缺乏正当理由的。文学作品是一种只有经由个别人的体验方能被人感知和接受的物品。因此，审美反应的机制问题当然也是'客观主义'的艺术理论家的合法关注对象，其条件是，关注的重心不应放在个别读者所特有的联想身上，而应放在艺术作品所包含的、能够从中推导出特定的'主体间'（intersub jective）反应的性质身上"[②]。

　　这也就是说，所谓"陌生感"（相对于熟悉、熟稔而言）是由作品（文本）与作品（文本）间关系的性质所决定的。这和 20 世纪西方文艺学中被炒得沸沸扬扬的一个关键概念——文本间性——有着密切关系。L. 朱莉

---

①　Павел Медведев：*Формальный метод в литературоведении*，Л.：Прибой，1928，C. 52.
　　按：梅德韦杰夫的原话是这样说的："这是完全可以理解的。任何心理生理规律都不能作为解释和说明历史的基础。它正好不能解释和说明历史。"（巴赫金：《文艺学中的形式主义方法》，李辉凡、张捷译，桂林，漓江出版社，1989，第 217 页）——译注

②　Victor Erlich：*Russian Formalism：History Doctrine*，Fourth edition，The Hague，Paris，New York：Mouton Publisher，1980，p. 102.

安特和 M. 卡拉森斯在《作为对话的圣经神学：关于米哈伊尔·巴赫金与圣经神学的谈话》中指出："……巴赫金可以被称之为文本间性之父。他的思想被介绍到西方后在茱莉亚·克里斯蒂娃那里获得了运用，她创造了文本间性这一术语。该术语在理论中又被如罗兰·巴特和雅康·德里达这样的法国（后）结构主义者们，和像斯坦利·菲什以及哈罗尔德·布鲁姆这样一些美国的后现代主义者们进一步发展。"①

巴赫金指出："没有一个诗歌作品是诗人在生前就已经说尽了的，而在诗人的象征中却会永远保留着某些类似问题的东西，它们吸引着人类的思考。不光诗人、批评家或演员，甚至就连观众和读者，都在永久地创造着哈姆雷特。诗人创造的不是形象，而是向数世纪以后的人们抛出了一系列问题。"②"艺术作品只有在创作者和观赏者相互作用的过程中，作为这个相互作用事件的本质因素才具有艺术性。在艺术作品材料中所有不能被引入创作者和观赏者的交往，不能成为'媒介'和这种交往的介质的，都不可能获得艺术意义。"③

由此可知，作为一个符号学术语，文本间性的思想最初来自巴赫金，而后来留学巴黎的克里斯蒂娃则根据巴赫金的思想，创造了这一术语。看来，我们不能不相信这种说法，因为给巴黎人带来过去欧洲人一无所知的俄国形式主义的文学理论和米哈伊尔·巴赫金理论，并且将一股新鲜空气吹进巴特研究班的正是克里斯蒂娃。

然而，实情究竟如何？巴赫金真的是"文本间性"思想的首倡者吗？笔者对这一似乎已经成为定论的说法，深表怀疑。按照笔者的见识，"文本间性"思想的始作俑者，是什克洛夫斯基。不记得是什么人说过类似这样的话：形式主义者不是不能批——他们身上值得加以批判的所在多有，毋庸讳言——然而，要批奥波亚兹，首先你得像奥波亚兹那么博学才行。也就是说，你得在奥波亚兹的话语场里与之对话。而这意味着书山学海，博览群书。批判形式主义者首先自己得像形式主义者们一样渊博才可以。奥波亚兹那些看似随意抛洒的直觉式的见解，貌似随性而发，后面却有学识做底，非在一个领域里浸淫有年者，难以望其项背。而什克洛夫斯基就是此种文风的独创者之一。

---

① William R. Millar："Mikhail Bakhtin and Biblical Scholarship：An Introduction"，*The Catholic Biblical Quarterly*，Jul 2003，65，3，Academic Research Library，pp. 127-143.

② И. Ф. Анненский：*Избранное*，Москва：Правда，1987，С. 428.

③ 〔苏〕巴赫金著，钱中文主编：《巴赫金全集》第 2 卷，李辉凡、张捷、张杰等译，石家庄，河北教育出版社，1998，第 82 页。

　　所谓"文本间性"大约来源于什克洛夫斯基的下述言论："文学作品是一种纯形式，它是一种非物，也不是一种材料，而是材料之间的关系。而这种关系也和任何一种关系一样，这是一种零度关系。因此，作品的规模及其分子分母算术数值是无关紧要的，要紧的是它们之间的关系。作品是戏谑的、悲剧的、世界的和室内的都无所谓，把世界和世界对比或是把母猫与石头对比结果都一样。"①

　　什克洛夫斯基的此番话，道出了其同道者们的一个经验之谈或独得之秘：即作为一个高明的读者，他们实际上一直是在隐性的对比中接受文学作品的。在接触到任何一部作品之时，读者的前接受视野势必会参与进来，从而发生与前接受视野的隐性对比。这是每个读者都经验过的接受体验。毫无疑问，20世纪中叶在德国兴起的接受美学的基本假说，便也全部寓于此段话中了。不但兴起于德国的接受美学取源于此，而且，如前所述，"文本间性"也是从此之中获得创生的灵感的。然而，发明了在西方一度曾十分盛行的"文本间性"概念的克里斯蒂娃，却不是直接从俄国形式主义者那里，而是从曾经受到俄国形式主义影响的巴赫金那里，得到灵感的。使克里斯蒂娃福至心灵地归纳出"文本间性"这一概念的，大概是巴赫金的下述一类言论：

　　"相互比较的两部言语作品、两个表述，要进入一种特殊的含义关系，我们称之为对话关系。"②"伟大的文学作品都经过若干世纪的酝酿，到了创作它们的时代，只是收获经历了漫长而复杂的成熟过程的果实而已。如果我们试图只根据创作时的条件，只根据相近时代的条件去理解和阐释作品，那么我们永远也不能把握它的深刻含义。……文学作品要打破自己时代的界线而生活到世世代代之中，即生活在长远时间里（大时代里），而且往往是（伟大的作品则永远是）比在自己当代更活跃更充实。"③

　　"伟大的作品在远离它们的未来时代中的生活……它们在其身后的生存过程中，不断充实新的意义、新的含义；这些作品仿佛超越了它们问世时代的自己。我们可以说，无论是莎士比亚本人，还是他的同时代人，都不知道我们如今所熟悉的那个'伟大的莎士比亚'。无论如何不能把我

　　① И. Ф. Анненский：*Избранное*，Москва：Правда，1987，С. 120.
　　② 〔苏〕巴赫金著，钱中文主编：《巴赫金全集》第4卷，白春仁、晓河、周启超等译，石家庄，河北教育出版社，1998，第326页。
　　③ 〔苏〕巴赫金著，钱中文主编：《巴赫金全集》第4卷，白春仁、晓河、周启超等译，石家庄，河北教育出版社，1998，第366页。

们的这个莎士比亚塞到伊丽莎白时代中去。别林斯基在世时就曾谈到，每一时代总能在过去的伟大作品中发现某种新东西。……他之所以变得强大，是靠他作品中的过去和现在实际存在的东西，只是这些东西无论是他本人，或是他的同时代人，在他那一时代的文化语境中还不能自觉地感知和评价。"①

这里，巴赫金高屋建瓴地向我们揭示了文学经典赖以存在的基础：即其时代性和超时代性。文学作品的意义是可以随着时间的流逝而不断增值的。这些思想的确无比卓越，令人陡然心胸开阔，视野宽阔。但这一思想的始作俑者，其实还应该加上奥波亚兹那些成员，其中最重要的是什克洛夫斯基。什克洛夫斯基早就断言："文学作品的意义是会随着时代的迁移而增值的，每个时代人们都会把自己对作品的理解加入到对其的解读中来，因而，作品的意义会随着时代的变迁而不断增值，而越是伟大的作品越是这样。其实，在这个问题上，就连什克洛夫斯基也不是始作俑者。在其理论论述中，给予读者或观众以极大尊重，甚至认为创造出艺术形象的，不是作者，而是观众或读者，诸如此类的议论，在什克洛夫斯基之前，在俄国文坛，就已不乏其人了。如身后享誉诗坛的因诺肯季·安年斯基就指出，在作品符号中，总还是会有一些问题，会长久地留存下来，吸引人类去思考。创造出哈姆雷特的，不光有诗人，批评家或演员，甚至也包括观众和读者。"②显然，后来艾亨鲍姆以及什克洛夫斯基的类似说法，其启发性的灵感很难说不是从这里汲取的。什克洛夫斯基后来即兴写道："艺术是凭借其技术的理性发展的。长篇小说技术创造出了'典型'。哈姆雷特是舞台技术创造出来的产物。"③

洛特曼也是这一接受理论的拥护者。他认为一部作品在接受中的情形无非下列 3 种：一是作品的信息大，而被接受的信息小；二是作品的信息小，而被接受的信息大；三是作品的信息与所接受的信息大致相当。作品的信息小而被接受的信息大，这是所谓的"意识放大器"现象，在文学史上屡见不鲜。哪怕是一部平庸之作也会乘着时势而行其大运。但文学史又是最公正的智者，哪些欺世盗名之作可以欺骗于一时，却决不能欺骗一世。时移势易，最后能在历史上留下来的，必定是那些既属于特定时代（时代性）又开启了所有时代的（超时代性）的伟大作品。时间是最

①　〔苏〕巴赫金著，钱中文主编：《巴赫金全集》第 4 卷，白春仁、晓河、周启超等译，石家庄，河北教育出版社，1998，第 367 页。

②　И. Ф. Анненский：*Избранное*，Москва：Правда，1987，С. 428.

③　В. Шкловский：*Сентиментальное путешествие*，Москва：Новости，1990，С. 236.

公正的法官。

　　文本不是孤立自在的，而是永远都与文学史上既有的文本形成某种潜对话关系。诗歌文本的分析者犹如一个"理想的读者"，在对特定诗歌文本的分析中，他的文本会以潜在的方式进入读者的意识之中，并与之形成一种潜在的对话。

　　在西方语境下，"文本间性"常与"互文"对举。因为语言材料是历史积累的结果，所以，每个人在运思为文之际，都势必要采用已经被别人无数次使用过的文字来表达自己。文字有其自身的漫长历史，因而形成了自己的个性和历史，这些语境背景是不能不在每个新的语境下发挥其潜在作用的。因此文字充满了显在和潜在的矛盾。而在文本的内外潜显之间所存在的矛盾，其实也就是一种对话关系，在这种对话中同样贯穿着双主体甚至多主体之间的对话话语。这种现象其实并不非待巴赫金指出才存在，而是早已就是语言活动中人们耳熟能详的语言事实，只是在巴赫金指出后人们才又一次注意到它们罢了。

　　有一点值得注意：即在巴赫金小组成员之间，对陌生化的态度并非那么一致。在巴赫金文集里，屡屡有些文字令人隐隐感到作者实际上是把陌生化说的原理融化在了文字里了的，只不过未加以明说而已。而下列文字，更可以看作是对这一学说的认可（本段文字的上下文是在讨论"他人言语"问题时）：

　　　　进入间接言语的并感受自己特色的他人词语和表示法（特别当它们打上引号时），用形式主义者的语言来说是一种"奇异化"，而且正是在作者要求的那种倾向里是一种奇异化表现；它们被物化了，它们的修辞色彩显得更鲜明，同时在它们上面体现了作者态度的语气——讽刺、幽默等。①

　　从某种意义上说，穆卡洛夫斯基的美学理论是奥波亚兹后期理论的继续发展的结果，这的确是事实。只有联系在其之前或同时活动的奥波亚兹，穆卡洛夫斯基的美学理论才变得更加鲜明豁然。洛特曼评论穆卡洛夫斯基道：

---

　　①　〔苏〕巴赫金著，钱中文主编：《巴赫金全集》第 2 卷，李辉凡、张捷、张杰等译，石家庄，河北教育出版社，1998，第 485 页。按：这里的"奇异化"只是译法问题而已，完全可以换成陌生化这种表述。

　　人类活动的所有种类都具有美学功能，只不过是在艺术领域里美学功能起着主导作用罢了。一些众所周知的事实很好地解释了这种方法，比如说同一个文本在一些集体中会被当作是艺术，而在另外一些集体中，却不会被当作艺术，或是从艺术向非艺术领域迁移抑或反之。

　　显然，洛特曼转述的穆卡洛夫斯基的这一观点，是雅各布逊关于美学功能观的扩大化或外延化产物。洛特曼评述道：

　　布拉格语言学派的美学学说发展的最初阶段与奥波亚兹思想的影响有关。这一影响比方说从 1929 年公布的《布拉格语言学小组研究大纲》以及向第一届斯拉夫学大会提交的材料中可以明显地看出来。我们从中可以读到这样的话："使艺术有别于其他符号结构的最后一个有机特征是不是对于所指，而是对于符号本身的指向性。诗歌的有机特征恰恰在于对言语表达的指向性。"①

　　对于穆卡洛夫斯基的这一观点，只有联系奥波亚兹的陌生化说，才可获得真切的理解："众所周知，一般公认的语言法则的被违反会使得语言文本变得成为无意义的，因而会导致对文本的破坏。而在艺术文本里，规则的违反只不过是构成新的意义和扩大文本语义丰盈度的最常用的手法之一。"②

　　洛特曼通过援引雅各布逊的言论，来证实穆卡洛夫斯基美学在主要观点上，是对俄国形式主义符号学分支的一种继承和传承。

　　布拉格小组成员——这对穆卡洛夫斯基来说是非常重要的——强调指出，共时态并不意味着静止不动。内部关联可以具有紧张的动态性质。研究表明是罗曼·雅各布逊以艺术领域里的例子阐述了这一思想。他写道："断言'共时态'和'静态'是同义词这是一个绝大的错误。静态断片这只是一种记录，只是一种辅助科学手段，而非存在特有的方式。我们不仅可以以历时态方式，也可以以共时态方式来接受电影，但电影的共时态方面绝对不会与从这部电影里截取

---

①　Ю. М. Лотман: *Об искусстве*，Санкт-Петербург：Искусство-СПБ，1997，C. 466.

②　Ю. М. Лотман: *Об искусстве*，Санкт-Петербург：Искусство-СПБ，1997，C. 463.

出来的个别镜头等同。在对电影的共时态接受中动态性也始终存在。"①

众所周知，从特尼亚诺夫的《诗歌语言问题》以来，奥波亚兹的诗歌结构观已经被大大改写过了。诗歌被视为一种功能系统，其系统的突出特点是具有动态性。诗歌蕴含着一种内在动力，这就是特尼亚诺夫所谓的"能量"（энергия）。对此，洛特曼评述道：

> 艺术结构的能量这个概念读者永远都能感觉得到并且常常在批评中出现，但在文学理论中却对它只字不提。按照我们的观点，正如下文将要证实的那样，它与特尼亚诺夫和捷克穆卡洛夫斯基及其学生们所阐释的"功能"十分相近。②

维克多·厄利希指出，俄国形式主义在苏联不得不半途而废，因而未能来得及纠正自己的弱点，于是，不得不把其信条转移到当时同样信仰马列的邻国以为避难之所。于是乎捷克的布拉格便幸运地成为列宁格勒和莫斯科之后又一个语言文学研究中心。而这一切都与罗曼·雅各布逊的努力有着不可分割的联系。

布拉格语言学学派与俄国形式主义学派的出发点的确十分相近。这两个运动的方法论立场都同样具有以功能取代起源的特点，或用马太修斯的话说，即"用对待语言的水平研究法取代垂直研究法"。而且上述这两派的语言功能观都为语言学家或以语言学为定向的文学研究者提供了共同的基点。

雅各布逊在其1933年的论文中，以简洁清晰的方式提出了一种新的方法论取向，主张"审美功能的自主性而非艺术的分离主义"③。自主性而非分离主义，这才是问题的关键。这意味着艺术是一种十分明确的人类活动方式，是不可能按照其他与其有着紧密联系的经验领域的方式予以完整解释的。这也意味着"文学性观"既不仅仅是文学的一个恰当方面，也不仅只是文学的构造成分之一，而是整体赋予和渗透到整个作品中去

---

① Ю. М. Лотман：*Об искусстве*，Санкт-Петербург：Искусство-СПБ，1997，C. 463.

② Ю. М. Лотман：*Об искусстве*，Санкт-Петербург：Искусство-СПБ，1997，C. 188-189.

③ Roman Jakobson：*Language in Literature*，edited by Kryctyna Pomorska and Stephen Rudy，Cambridge，Massachusetts，London，England：The Belknap Press of Harvard University Press，1987，p. 378.

的战略性调整，是文学作品动态整合的一个原则，或用一个现代心理学的关键术语，是一个格式塔（Gestaltgualität）。因此，精神特质（ethos）就不仅作为"实事"（real thing）的一个伪现实主义的伪装，而且也是审美结构的一个"bona fide"（真正的）成分，并且作为一个真正的成分，它也就是一个文学研究的合法对象，可以对之从"文学性"立场出发，亦即在文学作品的语境下加以考察。最后，作品本身也被界定为不是手法的组合，而是一个复杂的由审美意图的整体性整合而成的多维结构。

第二节　奥波亚兹与塔尔图学派代表人物洛特曼

　　一直有人认为俄罗斯文学事实上总是在转圈，或说得文雅点儿，是在不断地循环。不但文学如此，文化亦然。俄国文学一直沿着一个封闭的圆圈运转，即从审美转向宗教，从宗教转向社会，而后又从社会转向审美，循环往复，连绵不断。

　　如前所述，20 世纪 20 年代至 30 年代，曾经有过许多悲壮而又英勇的尝试，试图把俄国形式主义的科学探索与马克思主义社会学结合起来。但由于各种原因，这种尝试鲜有成功的先例。但是，历史正如巴赫金所说，没有一种思想会真正死亡，时候一到，它们也都会迎来各自的复活节。果不其然，时间的转轮刚刚过了数十年，时代的风气便发生了悄然的变化。

　　要叙述这里所发生的重大历史变化，便不能不先介绍这样一位在俄罗斯学术发展史上与巴赫金一样彪炳史册的人物，他就是苏联塔尔图学派的代表人物尤里・米哈伊洛维奇・洛特曼。

　　和当年俄国形式主义运动所处的历史环境相仿，以洛特曼为代表的塔尔图－莫斯科学派崛起于 20 世纪 60 年代，它们都是在一定程度上非常相似的社会历史思潮的促动下生成的，都在一定程度上体现了某种时代精神，因而才能成为一种具有跨时代意义的文艺学美学思想。如果说促使俄国形式主义产生的文化动因是"白银时代"的话，那么，以洛特曼为代表的塔尔图-莫斯科学派则与苏联 20 世纪 50 年代中期到 60 年代初的"解冻"思潮有着密切关联。从某种意义上可以说，以洛特曼为代表的塔尔图-莫斯科学派整个就是"解冻"思潮在语境置换后的产物。"正是在'解冻'的时代背景下，苏联的文艺学才又一次出现了繁荣局面。以洛特曼为代表的塔尔图学派正是在'解冻'时代逐渐形成的。这一学派将此前英美学界的符号学理论观念与新的历史主义观相结合，形成了享誉世界的苏联符号学派。"①

　　关于洛特曼符号学美学文艺学的崛起，洛特曼传记的作者鲍·费·叶戈罗夫这样写道："在促使洛特曼转向掌握一门全新的科学领域的过程中，20 世纪 60 年代初期他与一些同样也转向混合领域里的莫斯科语言学家的相识，起着决定性的作用。那些没有受到马尔学说(冒充马克思主义)模式影响的本国的语言学家们，在 20 世纪 50 年代末到 60 年代初体验到一场真正的信息和创造力的爆炸性冲击。20 世纪 50 年代中期赫鲁晓夫的'解冻'把'铁幕'轻轻地撬开了一道缝，人们刚开始有可能与国外建立科研联系，参与国际会议，得到或交换有关科研信息的材料。控制论、信息论、符号学、结构主义、数理语言学的成功已经成为知识界的财富。正如在任何新道路得以展现的紧张激烈的开端时一样，人们对前人的兴趣也空前激增。"②20 世纪 50 年代末到 60 年代初，洛特曼也曾经历过一次方法论危机，他认真反思了过去的研究，感到彷徨无主。这时，他发现了俄国形式主义者们的著作，其中首先是特尼亚诺夫的。原来，洛特曼此前除了参加战争期间无法从事学术研究外，他一直都在致力于18 世纪俄国文化史的研究，并在这个领域里有很深的积累和很高的造诣。但他却苦于找不到一个创造的酵母，以便把自己的研究心得给整合起来。此时，他早年受到的学术积累和现实生活的刺激，促使他重新走向了俄国形式主义——一个被抛在断崖彼岸的学术遗产。

　　尽管"解冻"思潮持续到 20 世纪 60 年代初即已开始渐渐退潮，但由它开启的思想解放大潮却发生了位置的转移，即其在人文社科理论领域的中心，由苏联本土转移到了爱沙尼亚首府塔尔图。"解冻"思潮后期，赫鲁晓夫已经开始在文化领域实施收缩政策，但在此时，一个在整个 20 世纪后半叶俄罗斯人文社科领域具有世界级影响的文艺学流派，开始在主流苏联文化的边缘地带——爱沙尼亚的首府塔尔图——逐渐崛起。以洛特曼为代表的塔尔图学派从 1964 年到 1992 年，以塔尔图大学学报为依托，共出版《符号系统论丛》25 卷。该派举办的夏季学校(即不拘形式的学术讨论会，1964～1973 年，共 5 届)，所出《学术报告论题集》及其他论文集 7 部。该派的参加者几乎囊括当时人文社会学科及自然科学的各个领域，汇集了来自莫斯科、列宁格勒、塔尔图、爱沙尼亚、维尔纽斯等地从事各种专业的学者。该派每个代表人物都著作等身，其中又以

---

① 董晓：《乌托邦与反乌托邦：对峙与嬗变》，广州，花城出版社，2010，第183 页。

② Б. Ф. Егоров：*Жизнь и творчество Ю. М. Лотмана*，Москва：Новое литературное обозрение Серия，Новое литературное обозрение，1999，С. 93.

洛特曼为最。仅洛特曼个人发表的科研论文就达 1000 多篇[1]，重要论著
10 多部。圣彼得堡艺术出版社所出版的《洛特曼文集》(已出版 9 卷，共 9
卷)还在持续不断的编辑和陆续出版中。我国第一届"洛特曼学术讨论会"
(2005 年，北京)所出论文集《集思文丛：洛特曼学术思想研究》(黑龙江
人民出版社，2006 年版)汇集了国内学者学习介绍洛特曼学术思想的初
步成果。可以预期，若干年之后，我国必将兴起一个就其规模丝毫也不
亚于"巴赫金热"的洛特曼研究热。

　　和巴赫金学派一样，洛特曼非但不拒绝马克思主义，而且还宣称马
克思主义的立场、观点与方法，是其研究的根本方法和基础。那么，马
克思主义的立场、观点与方法，究竟是如何在洛特曼的理论著述中得到
体现的呢？ 马克思主义唯物辩证法和历史唯物主义与洛特曼的理论建树
之间，究竟有着什么样的关系呢？

　　虽然受到来自西方的影响，但苏联塔尔图-莫斯科学派作为一种苏联
本土的产物，当然无法摆脱本土性的根本制约。在苏联语境下任何人文
社科研究都不能不是马克思主义的，即便是伪马克思主义的也罢。但在
洛特曼，把马克思主义与文化符号学结合，与其说是时势使然，倒不如
说是这位理论家自觉的理性追求。

　　韦勒克和佛克马在其所著《二十世纪文学理论》中针对洛特曼想要把
文学的内部研究和文学的外部研究结合起来的探索意向评论道：如果这
一探索终究得以成功的话，便会弥补在这两个批评流派之间日趋明显的
鸿沟，从而成为一次其意义不亚于"哥白尼式革命"。而这里所说的两大
批评流派，即指马克思主义社会学与形式主义-结构主义流派。历史上人
们习惯于把马克思主义社会学称之为文学外部研究，而与之对立的形式
主义结构主义符号学，则划定为文学的内部研究范畴。

　　关于这两种方法，洛特曼自己也在《文艺学应当成为一门科学》中指
出："在文艺学研究的两种传统构架中实际上存在着两种不同的方法：一
是把作品放在其他社会思想的纪念碑之林中加以研究，二是细致考察作
品的节奏、节段、韵律、结构和风格。在这两种实质上是各自独立的研
究体系之间，不存在任何必然的联系。第一种文艺学家事实上成了社会
思想史家，而对所研究材料的艺术特点有所忽视。第二类文艺学家必然
会碰到这样一个问题：他们观察形式所得出的那些结果究竟有何意义

呢?"①众所周知，试图把二者结合起来的，在俄苏语境下，洛特曼并非始作俑者，在他之前，先有什克洛夫斯基，后有巴赫金、洛特曼作为前者的学术传人，继承这一既定传统自是题中应有之意。

　　结构主义是一种以研究文本的建构为核心的研究范式，它的哲学前提是本质主义的和形而上本体论的，洛特曼的文化符号学自然不可能例外。以洛特曼为代表的苏联文化符号学是在与西方同类思潮的学术应答中形成的，因而与之有同有异，其最根本的差异就在于，前者以共时态、结构为主，而后者在重视此类因素的同时，还给予历时态及过程以足够的关注。产生这一特点的原因固然很大程度上是俄罗斯学术传统的特点使然，另一方面，也是马克思主义社会学的必然要求所决定的。如果我们说历史唯物主义乃是洛特曼文化符号学的灵魂的话，那么，我们就必须不是在比喻的意义上来理解这句话。洛特曼在《作为日常生活空间的艺术结构》一文中指出："对于当代人来说，对待艺术的历史主义方法的意义远比仅仅作为科学思维的工具的意义要大得多，历史主义方法已经成为审美体验的条件。"②在《文化类型学论文集》的导言中，洛特曼进一步指出："符号学研究并不否定历史主义研究，而是与历史主义研究肩并肩而行，并以其资料为支撑，而从自己方面说，它也同时为自己开辟着前进的道路。"③

　　从研究范式而论，可以说洛特曼的文化历史符号学是一种科学主义和历史主义结合的视角，从而把科学主义的求真和历史主义的求善紧密结合起来。和西方同类思潮的发展趋向不同的一点在于：西方由于把文本当作一种纯粹结构范畴，因而似乎注定只能循着结构主义—后结构主义—解构主义的路径前行，而俄罗斯洛特曼的文化符号学和历史符号学，则由于始终注重把文本的共时结构和历时沿革结合起来，在与西方新历史主义等思潮的应答中走上更加广阔的发展路向。

　　当年，雅各布逊在讨论结构诗学如何处理共时态和历时态结合的问题时指出，和人们的一般见解相反，共时态研究其实是离不开历时态视角的。常人以为的共时态问题，往往只是某个问题在历史绵延过程中某个时段的特征，在一维的时间链中，它们只是构成一个统一过程中的一个环节而已。

①　Ю. М. Лотман: *О русской литературе*, Санкт-Петербург: Искусство-СПБ, 1997, С. 761.

②　Ю. М. Лотман: *Об искусстве*, Санкт-Петербург: Искусство-СПБ, 1997, С. 575.

③　Ю. М. Лотман: *Об искусстве*, Санкт-Петербург: Искусство-СПБ, 1997, С. 393.

　　洛特曼不但主张在包括结构诗学在内的文化和历史符号学研究中贯彻历史主义原则，而且，他甚至还是历史符号学的倡导者。在其晚年著作《符号域》的《历史规律与文本结构》一文中，洛特曼指出，我们有必要像"新历史主义"那样，把"心态"和"心性"当作历史研究的对象。因为"历史就是在思维主体的不断干预下进行的一种过程。在两歧交点之处产生作用的不光有偶然性机制，而且也有自觉选择的机制，后者成为历史进程中最重要的客观因素。这一观点从新的方面表明历史符号学的必要性，其宗旨是分析面临着选择的个体的人是如何表象这个世界的"。① 历史符号学和传统历史研究的显著不同在于：第一，它把以往不被当作历史研究合法对象的东西（如社会心理、语言、心性等）纳为对象，从而拓宽了历史研究的视野；第二，它摒除了以往历史研究中的这样一个悖论，即究竟是人民还是英雄人物是推动历史前进的主体，而认为任何人都同时既是历史的客体也是其主体，从而把历史的偶然性和规律性重新纳入理性的轨道。因此，文化历史符号学研究是富有前景的研究路向。

　　由于对于文本的共时态研究不可能脱离对其历时态的考察，所以，这种立足于共时态的研究范式，实际上并未彻底排除历史视角，相反，了解一系统的过去状态乃是认识的必要条件。所以，和一般人们的看法相反，"结构主义并不是历史主义的敌人"②。洛特曼因此而写道："因此，结构主义不是历史主义的敌人，不但如此，考量作为比较复杂的结构体要素——'文化'、'历史'以及个别艺术结构（作品），是一个十分迫切的任务。不是数学和语言学取代历史，而是数学和语言学与历史一起工作，这就是结构研究之路，也是文艺学家的同盟者阵营。"③

　　读洛特曼给人以最深印象的，是他那种广阔的历史感。这位杰出的研究者并未把自己的话语锁定在共时结构的神话中把一切问题文本化，而是深入历史的隧道探察历史后面深藏的理性。需要再次强调指出的是，洛特曼的这种研究旨趣不是个人兴趣使然，而是他属于俄罗斯文化传统的一个最醒目的证明。无论其话语中渗透多少新名词，历史主义都是洛特曼研究中不变的主题和灵魂。这是俄罗斯文化在洛特曼身上打下的烙印，也是洛特曼的身份属于俄罗斯的证明。

---

① Ю. М. Лотман：*Лотмантовский сборник*，Санкт-Петербург：Искусство-СПБ，1997，С. 350.

② Ю. М. Лотман：*Лотмантовский сборник*，Санкт-Петербург：Искусство-СПБ，1997，С. 759.

③ Ю. М. Лотман：*О русской литературе*，Санкт-Петербург：Искусство-СПБ，1997，С. 759-760.

　　洛特曼越到晚年学术越臻化境，思想越是活跃。进入古稀之年的他仍手不释卷，著作浩繁，不仅阅读人文社会科学著作，而且广泛涉猎自然科学，并且注重吸取新观念新方法新视野以充实自己的符号学体系。他所涉猎的领域多得令人咋舌：结构诗学、历史诗学、文化诗学、文化符号学、历史符号学、文化人类学、历史类型学、18 世纪俄国文化、卡拉姆津研究、《叶甫盖尼·奥涅金》研究等等，不胜枚举。然而，只要抓住构成其宏大体系的纲要，则解开这一理论迷宫的阿里阿德涅线也就不难为我们所掌握。我们认为这条主线就是马克思主义的历史唯物主义和辩证唯物主义精神。

　　洛特曼现象的宏大不仅表现在其理论体系自身的宏大，而且也体现在这一理论形成过程中与社会、与历史始终处于互动过程中所构成的现象本身的宏大。研究这个理论迷宫本身就是一件繁重的任务，而研究这一宏大现象所以产生的社会历史原因，同样也是马克思主义文艺社会学的合宜主题之一。

　　文学作品是一种发挥功能的体系和系统。研究者的任务是寻找到特定结构的结构关联模式。每种文本都有其固有的文本结构方式或原则。这种原则作为主导要素在很大程度上决定着一种文本的特质。但对于掌握洛特曼文本观的核心而言，更重要的是要把握其文本观中动态的和有机构成的特点，只有掌握了这一点才算真正跨进了洛特曼的堂奥，才算真正领悟了洛特曼结构、文化和历史符号学的精髓。"……作品的统一性不是一个封闭对称的整体，而是一个发展中的动态的整体，在其各个成分之间并没有画上静态的等号和乘号，但却永远都有相互关联和整合的动态符号。"（*Проблема стихотворного языка*）

　　辩证文本观要求把文本当作是各种要素组成的特定结构，该结构的功能取决于各种要素在这一特定结构中所占据的地位。这是一个动态的结构，它意味着组成文本的各个要素之间的地位并不是平等的，而是处于动态的平衡状态。文本犹如一个话语场，它把各类要素以对话的方式组合在一起，从而在动态中维持着一种特殊的平衡。文本和谐的秘密在于它时时需要不和谐以为和谐做铺垫。简言之，正因为文本一般都由两类及两类以上要素组合而成，所以，要素在文本中往往呈现为二元式对立状态。构成二元对立的要素可谓多多，诸凡语音的、语法的、表达的、文本内和文本外的、家园与异乡、此岸与彼岸……大千世界、鸟兽虫鱼，都可以成为构成文本的文本要素和超文本要素。

　　文本使得其各类要素处于动态的、辩证的关系之中。文本类型尽管多样而复杂，但动态和辩证关联是其不变的特征。正因为此，所有相关概念也具有相对性。文本中大多数构成因素都被组合在一种二元对立结构中。文本经由不和谐才能最终达到和谐。所以，文本犹如音乐一样，它运行的动力更多来自自身要素的对立、冲突和斗争。

洛特曼的结构诗学的另外一个特点是具有开放性，也就是说，在他那里，一个结构诗学问题往往能很轻易地转化为历史诗学或文化诗学、文化符号学问题：二者之间并没有把它们隔离开来的楚河汉界。这样一来，洛特曼如何处理文学内外立场转换的问题就成为我们关心的一个主要问题之一了。在这个问题上，同样需要具有一种辩证法的精神。李幼蒸先生在针对其所倡导的"历史符号学"方法论问题时指出，历史符号学需要采取多维比较研究，这是由这一学科辩证法特征所决定的："既须依据学科专业（利用其知识经验作为研究材料）又须摆脱其学科运作前提和方法的限制。"①

当今世界，全球化正在深刻地改变着世界的面貌。全球化正不以人的意志为转移地成为每个人眼前的现实，并使文化景观产生深刻的变化。在这一文化语境下，中国传统文论和诗论，也面临着现代化转型的时代难题。而在这个问题上，以罗曼·雅各布逊、洛特曼等人为代表的科学主义美学诗学思想，正是中国传统诗论文论可以向之借鉴的思想源泉。这一在俄国人文科学与自然科学合流的第二次浪潮中涌现出来的学术流派，提供了中国文论诗论可以从中借鉴的丰富的思想资源。

中国古代文论诗论渗透着中国艺术精神而重写意传神。犹如中医所谓"中焦阻塞，呼吸不畅"。何谓"中焦"？令人费解。中国文化中医学中之"经络"、精、气、神在西语中无对应之概念因而是不可翻译的。同样，俄国文化中一些体现了鲜明的俄国文化精髓的语词，也是"只此一家，别无分店"——在其他语言中绝无与之等值的概念。这类在跨文化交际中构成语障的语词和概念，恰恰正是体现了一民族文化精髓的"语言的化石"。它们的存在表明，在跨文化交际中，最重要的，不是相似之处，而恰恰在于差异部分。"和而不同"的要点在于"不同"二字。

中国传统文论诗论相当一部分是描述的、直觉的、体悟的、整体的、印象的、感悟的、混成的、象喻式的。中国传统文论诗论本身就是旨在传达美感的诗化文体，它们自身也需要阐释。传统中国诗论始终不脱离形象和感觉，对诗文所作的评述往往是描述感觉式的：寒、瘦、清、冷、

---

① 李幼蒸：《历史符号学》，桂林，广西师范大学出版社，2003，第6页。

气、骨、神、脉、韵、味……所谓"清水出芙蓉，天然去雕饰"，所谓"羚羊挂角，无迹可求"，等等，如司空图的《二十四诗品》。中国传统文学批评多为印象式批评，要求读者"自揣其身"，"读人"或是"感人"诗文，"须将自己眼光直射千百年上，与当日古人捉笔一刹那顷精神融成水乳，方能有得"。① 显然，今天，传统文论诗论如若仍然停留在以往的水平上是不行的。

要想矫正中国传统文论诗论和文艺批评主观主义和印象主义的误区，就必须放开眼界，向包括雅各布逊、洛特曼等人在内的域外科学主义美学思潮学习和借鉴方法论体系。在俄国语境下，诗学的科学主义诉求由来已久。19 世纪末的维谢洛夫斯基、"白银时代"的俄国形式主义，都贯穿着一种建立科学诗学的历史追求。20 世纪 60 年代，以洛特曼为代表的塔尔图-莫斯科学派，在人文科学与自然科学第二次合流的背景之下，借着老三论——系统论、控制论和信息论——的催生，凭借着深厚的俄国文化底蕴，勃然而兴，成为 20 世纪俄国科学主义美学的代表流派。

洛特曼美学思想体现了"语言学转向"后，人文科学界那种维特根斯坦式的科学只说"能说得清楚的事情"的诉求，摈弃了历来由俄国象征主义为代表的形而上学维度，和关注文本、解析文本，一切从文本出发的新实证主义研究倾向。洛特曼以其《结构诗学讲义》、《艺术文本的结构》以及论述 18 世纪俄国文化文学问题的多达 1000 篇文章，建立了一种科学的诗学体系。和英迦登等人一样，它重视文本，关注对于文本的多层次分析，并且和俄国的结构主义符号学大师如雅各布逊、尤·特尼亚诺夫、米·巴赫金一样，以大量的分析实例证实了这样一条真理：艺术中形式即内容。在艺术中内容形式化了，而形式则内容化了，要将二者像以前那样截然分开，已经是不可能的了。洛特曼在分析中所应用的一些概念、范畴和分析工具，是和某些西方符号学家相同的，但在整个发展过程中，俄国人包括洛特曼有其自己独特的建树，有其部分地超越于西方符号学之处。二者之间的差别，要而言之，不外乎两点：一是西方符号学更多的是静态的，而洛特曼等人则是动态的；二是西方符号学更多的是封闭的，而洛特曼等人则是开放的。也就是说，洛特曼等人在以文本为中心的同时，时刻不忘记文本与一切外文本因素的关联，认为后者即外文本要素实际上也是构成文本的要素。而多数西方论者则习惯于把文本封闭于自身，强调文本的自足完满性。

① 王先霈、胡亚敏：《文学批评原理》，武汉，华中师范大学出版社，2000，第 94 页。

总之，在洛特曼、特尼亚诺夫等人心目中，文本是一个动态的意义发生装置，它里面的一切，不是处于静态中，而是处于各类意义交叉投射辉映的状态中，从而形成一个文本的语义场。如果说古典主义的文本理念是"静穆的伟大"、"静态的和谐"的话，洛特曼等人的文本理念则充满了构成和谐之充足必要条件的不和谐（语音、语义、语法、篇章等），就中最活跃的组成因素大都被组合在一种二元对立结构中。只有经由不和谐，才能最终达到和谐。所以，文本犹如音乐一样，它运行的动力更多来自自身要素的对立、冲突和斗争。

其二，洛特曼等人的文本理念是开放的，而非像某些西方符号学家那样是封闭的。西方某些新批评代表人物在把文本纳入视野以后，把作者和读者通通摒弃在研究视域以外，为的是把注视的焦点集中在文本本身。而洛特曼等人则不然，在他们那里，不仅文本本身由内外两种因素构成，而且，文本还呈现出一种向他文本、历史文本和潜文本的开放性，由此而使文本呈现出一种动态的、发展的、历史的过程。文本不仅是共时态的，更多地呈现为历时态的。正因为此，在洛特曼等人笔下，以文本结构为探讨主旨的结构诗学，往往会在阐释过程中，经由某些通道，摇身一变而成为历史诗学或文化诗学问题。这样一来，诗学在洛特曼等人那里，就不再只是一个语言学问题，而是一个结合了文学史、文化史的宏大观念。所以，洛特曼等人的结构诗学，并非如一般人所以为的那样，是封闭于文本内部并只研究文本的一种学问。

把握了这两点，我们才可能真正理解俄国结构主义诗学的精髓。

第三节　文化符号学与历史主义

洛特曼晚年学术成果主要体现在他的文化符号学（семиотика культуры）的理论建树上。在这一领域里，洛特曼的历史主义原则和辩证法思维方式相得益彰，并得到了鲜明的体现。文化是整个塔尔图学派非常重要的研究对象，而考察语言（文化本身也同样以语言的方式运作——详见下文）在一般文化语境中如何发挥功能的问题，便成为文化符号学研究的主要对象。

符号学是研究方法（即把文化视为一种元语言机制），而文化则是研究对象。文化符号学研究不同文化中符号的起源和形成。文化的基础由一种符号学机制构成，它所具有的主要功能：一是保存符号和文本；二是调节和改造符号本身；三是促使新符号或新信息的产生。

　　"文化"是一个历来聚讼纷纭的语词，据说它的定义已达 600 种之多。定义多不见得是术语精细化的结果，而可能会导致语词的空洞化：一个"筐子"假如它什么都能装，也就意味着它的无意义化。

　　与"文化"一词的命运相似，世纪之交在俄罗斯兴起的一门新兴学科——文化学（культуралогия）——也开始具有被逐渐"空筐化"的危险。粗略浏览一下俄罗斯新近出版的各类文化学著作，就不难不令人获得这样一种印象：即人们是在各个不同的语义基础上理解文化学作为一门学科的任务和内涵的。

　　在把各类有关文化学的定义粗略梳理一番之后，我们比较倾向于把文化学理解为一种"文化哲学"，也就是说，与作为一种文化成果的文明（цивилизация）相比，我们更加注重文化作为一种创造机制的作用。在俄语中，"культура"本身兼具"作物"、"谷物"之意，而由其派生出来的动词"культивировать"便相应带有"培育"、"培植"、"教化"、"生成"等意义。因此，文化是一种创造和生成机制，而由文化一词延伸而来的"文化学"自然带有研究文化内外部因素相互作用机制问题的意义。也就是说，我们所理解的"文化学"，应当是探讨一民族文化的创造性机制及其相关问题的学问。

　　在这个意义上，洛特曼晚年独辟蹊径构建的文化符号学和历史符号学，可谓戛戛独造，能给我们的文化研究以丰富启示。在当今俄罗斯，洛特曼、巴赫金和利哈乔夫 3 人，被并称为俄罗斯文化界 3 位泰斗和大师[①]，洛特曼与其他两人相比，在俄罗斯文化学领域里同样有着精湛造诣和突出建树，他的文化学与后两人的体系相比，也有其独到之处，具有独步一时的深刻的解释力。

　　文化的创造主体是人，而人则是一种符号动物，人的生存离不开符号，离开符号便没有也不可能有人的生存。人既是意识的主体，也是行为的主体，而人的意识和行为都离不开符号化活动。人通过符号进行认识，通过符号进行交流，文化作为人的创造活动机制，它的每一步环节都离不开符号的机制。文化（认识亦然）的本质在于符号，符号学是方法，而文化才是它的研究对象。

---

　　①　一个说法已经被俄罗斯学术界经常引用并作为公论：利哈乔夫、洛特曼和巴赫金构成当今俄罗斯文化的 3 个顶峰。在一次有利哈乔夫、洛特曼出席的文艺学讨论会上，弗·亚·扎列茨基对邻座说："我国科学界顶尖人物已经有三分之二到场了。还差一个巴赫金就齐了。"Б. Ф. Егоров: *От Хомякова до Лотмана*, Москва: Языки славянской культуры, 2003, С. 216.

　　从文化符号学观点出发，文化的任何一种功能，都可以被当作文本。文本都建基于语言机制之上，它是文本可予以解释（解码）的主要理据。任何文本都大于语言，但任何文本都可以从语言的功能角度予以解释（解码、转换、生成等）。正如在语言中语词的意义大都等同于它的用法（语境）一样，语境和语用是判别文本之功能的充足必要条件。脱离语境和语用，文本（语词亦然）的意义便会无从索解。洛特曼指出：

　　"语境即共同文本（со-текст，即 контекст），它不可能先于文本而存在，同样，在相等程度上，文本取决于语境，而语境也取决于文本。交际活动就是一种翻译活动，也是一种转换活动：文本转换语言，转换信息发出者——它在信息发出者和信息接受者之间确立一种关系——还转换信息发出者本身。不但如此，文本自己本身也被转换，从而不再与其自身等同。"①从文化符号学视角看，世间一切事物都无不可以被当作文本，就连"生活也是一种自我展开的文本"②。

　　文化符号学的建立，势必要回答历史和历史学科向人文学科提出的挑战，不如此，文化符号学便是不完整的，也是难以成立的。晚年的洛特曼，思维更加清晰，视野更加开阔，他自觉应用马克思主义辩证法和历史主义立场、观点和方法，把它同自然科学与西方哲学在整个 20 世纪所取得的新成果结合起来，探讨俄国历史研究中的一系列问题。他关于历史学科的研究成果主要体现在《符号域》一书中。

　　对于历史是什么，从有历史学以来，就有各种各样的答案。历史科学的任务是什么？历史是否是一门科学？这是所有历史学家都首先会向自己提出并力求回答的问题。自有历史学以来，历史学家便把恢复过去的本来面目当作自己的对象，而恢复过去的本来面目，就必须首先确定什么是历史事实，此其一。其二，是要确定事实及事实之间的关联。以上两者恰好就是当代英国哲学家阿特金森所说之历史 1 和历史 2。③ 历史学家在从事研究之初首先必须做的事，就是收集和整理历史文献，并对历史文献作出科学的鉴别。历史学家首先要鉴定历史文献的真伪，理解其内涵，鉴别其价值，然后才能在此基础上对历史文献的意义进行评述和论断。"历史一词在很多中文字中大体上都包含两层意思，一是指过去

① Ю. М. Лотман：*История и типология русской культуры*，Санкт-Петербург：Искусство-СПБ，2002，С. 16.

② Ю. М. Лотман：*История и типология русской культуры*，Санкт-Петербург：Искусство-СПБ，2002，С. 19.

③ 王治河主编：《后现代主义辞典》，北京，中央编译出版社，2004，第 419 页。

所发生的事情，一是对过去所发生的事情的叙述和研究；前者是历史；后者是历史学。"①

因此，历史学家命中注定要与文本打交道。在世界语境下得出类似结论的，远非只有洛特曼一个人而已，当代法国著名哲学家保罗·利科则更是把历史本身当作文本来加以处理，因为历史和行为一样，都可以用文本理论来加以阐释和说明。② 历史首先是一门经验学科，它要求我们把事实放在第一位，事实先于阐释和说明。而在历史学家和"实际发生的事件"之间横亘着文本。所以，文本是历史学家从事历史著述时首先要面对的客体。而作为文本的事实自身也具有一种复杂的结构。洛特曼写道："事实却非一种观念和一种理念，而是一种文本，也就是说，事实永远都是一种观念-物质的体现物，是一个具有意义的事件，而这意义却与寓言中所述事件所具有的意义有所不同。作为信息发出者选择之结果的事实，其所具有的意义，远比发出者通过代码而赋予其的意义要宽泛，因此，它对于信息发出者而言是单义的，但对信息接受者（其中也包括历史学家）而言，却是需要加以阐释的。"③

文本总是某人出于某种目的而创造的，其所表现的事件，都处于编码状态。"历史学家自觉或不自觉地与之打交道的事实，永远都是文本创造者的一种建构。"④文本对于其创造者而言，不是出发点，而是一种艰辛努力的结果。文本（事实）创造者总是力求从非文本现实的文本中，创造事实；从有关事件的讲述中再现事件。⑤ 创造者常常只记录他认为重要的事实，而把他认为不重要的"非事实"摒除在文本之外。文本作为一种编码方式势必会有文本创造者的主观意识、时代精神等外在因素的渗透。对于历史研究来说，只有去除时代的偏见，事实才能真正呈现。历史符号学家必须善于判定文本创造者对于文本的"扭曲度"，找到文本编撰者的代码方式，并使之与研究者自己的解码代码相适配，才能找到理解历史的途径。因此解码和编码一样，永远都是一种重构行为。探讨历史真实是历史学的宗旨，但真实并不等于事实，而是"事实与一个观念构造的结合"，而历史话语中的"真实"则存在于那个观念构造之中。

历史科学从一开始就置身于一个奇特的语境下：对于别的学科来说

---

① 何兆武、陈启能主编：《当代西方史学理论》，北京，中国社会科学出版社，1996，第311页。

② 王治河主编：《后现代主义辞典》，北京，中央编译出版社，2004，第418页。

③ Ю. М. Лотман：*Семиофера*，Санкт-Петербург：Искусство-СПБ，2004，С. 337.

④ Ю. М. Лотман：*Семиофера*，Санкт-Петербург：Искусство-СПБ，2004，С. 337.

⑤ Ю. М. Лотман：*Семиофера*，Санкт-Петербург：Искусство-СПБ，2004，С. 336.

事实乃是出发点和基础本身，其他学科往往以之为基础判定事实之间的关联和规律。而在文化领域里，事实乃是事先分析而得出的一种结果。事实是在研究过程中由学科建构起来的，所以，事实在研究者眼中，并非某种绝对体。就其对文化某种整体的关系而言，事实是相对的。它是从符号学空间中浮现出来的，并且会随着文化代码的嬗变过程而融化在符号学空间中。与此同时，作为一种文本的事实并非彻底完全受这一符号学空间所决定，而系统外诸因素却会使这一系统（事实文本——笔者）发生革命性变化，推动对这一系统的重构。

科学的历史研究者必须具有清醒的头脑，才能在历史研究领域里找到真的问题（事实），从而判定事实之间的关联意义。历史文本是一种建构，历史的研究者则是对一种历史文本的再建构和再阐释。因此，在历史研究中，某种意义上可以说方法或视角决定着结果。"历史学家总是依据一定的理论、方法论的原则来选择事实材料并进行分析和概括的，因而理论体系是科学研究的决定性因素。正如有的历史学家形象地指出的：一套穿孔卡片在方法论上并不是独立自主的。一个问题是由某种理论假设所决定的。"①不但如此，21世纪的发现证明，一定的理论不仅有助于建构不同的"历史"，而且还支配着人们对于"事实"的发现：事实是一定理论揭示和展现在我们面前的。

按照洛特曼的历史观，俄罗斯文化与西方文化具有本质的不同。在长期的历史发展过程中，俄国与西方有过接近、融合，也有过分离和背反。一方面，俄罗斯文化起源于西方的"母腹"；另一方面，俄罗斯文化又经历了太多的历史的曲折发展，以至在它的发展过程中，东方因素也逐渐渗透进来，使其成为一个与西方截然有别的"他者"。俄罗斯历史上尽管颇有人一厢情愿地自认为自己属于西方，但西方从来不把她视作自己的一员，而是当作神秘的东方的文化的代表。俄罗斯文化有其特殊的发展道路和特殊的品质，而在后来的发展过程中，恰恰是当她表现出截然不同于西方的特点时，俄罗斯文化才受到西方的尊重；反之，每当俄罗斯跟在西方后面亦步亦趋之时，往往也是她备受西方歧视的历史关头。俄罗斯文化在其漫长的发展过程中，始终与西方和东方处于一种特殊的对话关系中，对她的任何一种解释，都不能孤立自在的进行，而必须把她与她的"他者"的对话关系，纳入视野，我们才能对俄罗斯文化发展的

---

① 何兆武、陈启能主编：《当代西方史学理论》，北京，中国社会科学出版社，1996，第437页。

道路和过程，有一个历史主义的真切了解。这大概也是巴赫金对话理论对于文化类型学研究的一个重大启示吧！

　　按照洛特曼结构（文化）类型学的观点，如果说西方文化是建立在契约（договор）和契约精神之上的话，那么，俄罗斯文化的核心精神（或理念）则是"自我献身"原则（вручения себя），这是由两种文化不同的历史发展道路所决定的。西方文化的原型是"契约"及其精神原则，而俄罗斯文化的原型则是"献身"及其精神原则。和西方文化一样，俄罗斯文化也是一种宗教文化，而宗教文化的一个共同特点在于，它们都强调无条件地把自己交付给某种权利。但在这里二者也表现出了不同：西方文化中契约精神无处不在，它甚至可以与狼签订契约，而俄罗斯文化则倡导个人为了集体、种族、上帝等名义而无偿地献身。在这方面，俄罗斯文化同样经历了一个漫长的发展过程。"契约文化"和"自我献身"文化其实也是东西方文化的根本区别之所在。前者以卢梭的《民约论》为代表，标志着统治者和人民之间的契约关系，即二者之间的承诺关系。后者则不然，它以人民对统治者或某种精神理念的忠诚和献身为宗旨，是单向的和不求回报的。从历史发展道路的角度看，前者后来发展成为民主共和制，而后者则变型为东方专制主义，并且在上千年里走不出这个怪圈。

　　在俄罗斯人的观念里，沙皇（代表国家）往往等同于上帝，为沙皇服务也就是服侍上帝。（见库尔巴托夫给彼得大帝的信："真诚地想要为你、君主，丝毫也不作假地说，像为上帝那样为你服务。"①）在古代罗斯，"为君主服务"（государева служба）即意味着把自己无条件地、完全彻底地献给君主（君即国家）。与之相关联的，在古代罗斯，对于封建主（феодаль）来说，"名誉"（честь）即意味着从宗主那里获得大部分军事战利品和封赐。荣誉（слава）是对有功之臣的奖赏，但要获得此类奖赏，受奖者必须是敢于并勇于为荣誉而献身的人。

　　但与"荣誉"和"名誉"（слава、честь）相关联的，古罗斯的行为符号学在继承传统的基础上也有过发展。到了彼得时代，由于沙皇的身体力行和大力倡导，在社会心理学和文化符号学领域里发生的一个显著变化，便是手工业劳动、手工作业和技艺等工作，也受到普遍尊重，并且成为彼得大帝改革和罗蒙诺索夫科研工作的内在激情，成为整个 18 世纪的一种时代精神。彼得大帝为全民树立的劳动者-沙皇的理想，使得国家理念

---

① Ю. М. Лотман：*История и типология русской культуры*，Санкт-Петербург：Искусство-СПБ，2002，С. 26.

成为一种至高无上和终极真理。在它之上再没有比它更高的审级，但它也和彼得改革前的中央集权制下的国家理念一样，要求臣民无条件地为之献身，并把自己融化在这一理念（绝对理念）之中。在俄国，贵族自古以来所享有的特权，实际上乃是一笔预付金，是一笔要求贵族及其后代以服务于国家（君主）来加以偿还的债务。到了 19 世纪，献身理念依然如故，但对象却相应变为自由、历史、人民和"共同事业"这样一些理念了。

俄国贵族价值观里关于"名誉"的理念，正是在这样一种价值体系里发挥其作用的。例如，在普希金时代的先进贵族青年中，"честь"（名誉）感非常强烈，这是一种相信人的尊严，充满自豪的感情。一个有名誉感的人往往会对自己提出更高的要求，它们远远高于法律、国务纪律或长官的要求等。名誉是一个人对自己所承担的道德义务或责任。所有撒谎者与出尔反尔者和胆怯者，都是丧失名誉者。普希金时代的先进贵族青年大都具有坚定的信仰，把名誉看得胜于生命。一个人如果失去名誉，那他就会失去生存权。在十二月党人社团（幸福同盟）的章程中写道："第四条。谁若是具有不名誉者的名誉而又完全不予辩白，谁就无法被幸福同盟所接纳。"

东西方也好，上下层也罢，都凸显出这种矛盾的二元对立性质。而俄罗斯文化作为一种特殊类型的文化，其一个非常重要的特征就在于：它是一种三元或二元系统，而更多地表现为一种二元系统。在俄国，不仅其信仰系统带有二重性，而且，这种二元对立模式充斥于俄罗斯文化的深层，构成其几乎不可克服的根本矛盾。俄罗斯文化始终摆不脱东方与西方、上层与下层构成的神秘引力场，并且始终徘徊于这个神秘的"十字路口"①。每逢历史的转折关头，这一文化深层次中的矛盾便会浮现出表面，暴露得更加明显、更加醒目。

这种深层次矛盾的存在及其结构，决定着俄罗斯文化的发展方式。当三重系统居主导地位时，文化的发展呈现出循序渐进式；而当二元系统居主导地位时，文化的发展便呈现出"爆炸"的形式。前者是有序的和渐进的，后者则是无序的和混沌的。但"爆炸"并非纯然是破坏性的，而是创造性与破坏性并存。前者是可预知的，有定向的；而后者却充满了变数、不可预知、充满意外，不可逆料。由于历史发展道路的特殊性决定，在整个俄罗斯文化发展史上，居主导地位的是二元系统，而非代表

---

① Ю. М. Лотман: *История и типология русской культуры*, Санкт-Петербург: Искусство-СПБ, 2002, С. 35.

和谐和渐进的三元系统。在俄国文化史上，代表和谐理念的普希金现象，多少是一种例外。① 的确，在俄罗斯文学史上，普希金既是俄罗斯文学的标志性人物，同时也是俄罗斯文化中的一个绝无仅有的特殊范例：在人格和文品两方面都表现出和谐理念的作家和诗人，在俄国文学史上是绝对找不到第二个的。

二元系统的特点在于它甚至都不承认构成矛盾统一体的二元具有相对平等地位。居于主导地位的一方，甚至都不承认与之对立的另一方在政治、宗教、科学、艺术等文化领域里也拥有存在权和真理权。二元对立主义最不能容忍的就是宽容理念，而把对方视为异端、无原则、非信仰或反对派。它只承认毫不妥协的绝对胜利的原则。"俄罗斯精神不知道中间道路：或拥有一切，或一无所有——这就是他的座右铭。"②这种最高纲领主义的来源也许与俄罗斯所处的历史环境和现实处境不无关系。在政治经济和文化的各个领域里远远落后于先进的西方，俄国必然会为自己提出一种超前的理论预设：或者把自己的道德精神上的优越地位无限夸大，或者无限伸张其对精神文化的价值关怀。俄罗斯既然久已落后于西方，那就应该充分利用落后者的特权：即不必重复西方式的弯路而绕过历史的拐点飞快前行。这种心理成为产生俄罗斯式的斯拉夫派的政治土壤。

这种二元结构是产生俄罗斯式的最高纲领主义的原因和土壤。二元对立的一个显著特征，是最高纲领主义。无论在哪儿发生的冲突，都开始带有善恶斗争的性质。此类系统基础存在的本质矛盾本身即在于此。一方面，"爆炸"被当作是从罪孽和失误王国走向真理王国的重要关头。确立人间天堂的理念成为二元结构最突出的特征，把世间权利神话为一种足以完成这一改造工程的力量这种典型做法，即源出于此。在这种情况下，这种权利究竟出之以宗教布道者、君主还是恐怖主义分子这一点，反倒显得无足轻重。对俄罗斯来说，重要的乃是终极化改造世间秩序这种理念本身。

由此派生出俄罗斯文化的第二个显著特征。俄罗斯人无时不在祈求把"恶的王国"改造成为"神在世间的千年王国"，但这一根本转折却不能依靠量变和渐进，而是必须采用具有拯救力量的"爆炸"的形式，以便在

---

① Ю. М. Лотман：*История и типология русской культуры*，Санкт-Петербург：Искусство-СПБ，2002，С. 36.

② В. Е. Александров：*Набоков и потусторонность*，Санкт-Петербург：Алетейя，1999，С. 30.

一个瞬间、一下子、毫不迟疑地、一劳永逸地、彻底完成这一改造整个
世界的巨大工程。按照马克思主义的观点，事物的发展无不遵循量变和
质变这两种方式，但只有在量变累计到一定程度之后，才能发生爆炸性
的革命和巨变。但俄罗斯人不然，它们只承认在"爆炸"发生之前，应该
有一个为起跳做准备的"预跑"阶段。犹如黎明前的黑暗一般，理想的彻
底实现乃是未来的远景和历史向前运行的遥远的目的地，但在这之前，
现实生活的状况反而会变得更糟糕。基督的人间王国必须先之以一个反
基督的王国。这也就是俄国的千禧年王国说及其相关形态——末世论
学说。

　　根植于二元结构中最高纲领主义的末世论学说，俄罗斯与其有着深
刻的内在联系，同时，这也是俄罗斯式的信仰不同于西方式信仰的一个
特点。《新约》末世论中关于"新地新天"的学说，在俄罗斯有着广泛的基
础。"通过恶走向善"（通向善的道路必然经由恶）成为俄罗斯一代又一代
革命者的基本信仰。社会革命党的口号是："从失败走向胜利。"革命者们
把恶的到来，当作取得终极胜利必须要付出的代价。在这一语境下，"斗
争"在俄罗斯具有特殊的语义色彩，也是在这一意义上，俄罗斯知识分子
普遍倡导为信念而牺牲、受难、献身的理念，并且颂扬牺牲所包含的无
穷诗意。十二月党人诗人亚历山大·奥陀耶夫斯基在走向参政院广场时
高喊道："弟兄们，让我们英勇就义吧！啊，为正义而死，死而无憾！"①
俄国第一代贵族革命家十二月党人，尽管由于缺乏人民的支持而惨遭失
败，但他们献身祖国解放运动的崇高精神，却鼓舞了一代又一代革命者
为祖国的未来而斗争。他们当中的许多人，早在举事以前，便对成功不
抱希望，但他们仍然怀着必死的决心，不惜以一己之陨灭来唤醒人民的
解放愿望。

　　但"爆炸"和革命也有区别。按照洛特曼的解释，革命以具有三元结
构为特点，而混乱的结构则是二元式的。人们之所以习惯于称革命是历
史的助产士，是因为在诞生之际婴儿实际上已经在母腹中成型了。三元
结构在"爆炸"之际往往会把已经酝酿成型的东西呈现在表面。而二元结
构却表明在"新"与"旧"之间不存在妥协或共存的可能，而只有一个结果，
即不是你死就是我活，决没有第三条道路可供选择。在整个罗斯帝国存
在期间，实际上混乱时期屡屡出现：16 世纪末至 17 世纪初，17 世纪末

---

① Ю. М. Лотман: *История и типология русской культуры*，Санкт-Петербург：
Искусство-СПБ，2002，С. 37.

至 18 世纪初，18 世纪末到 19 世纪初，19 世纪末到 20 世纪初，最后，如前所述，当然还有距我们最近的 20 世纪末和 21 世纪初这个世纪之交。所有这些时期人们的社会心理都具有一个共同的特点，那就是：人们普遍认为当前他们所经历的危机乃是"历史的终点"和"新时代的开端"，在此之后就该确立理想的社会制度了，而俄罗斯未来的道路会根本不同于一般欧洲的历史发展道路。所以，俄国政治史其实就是由一连串的"爆炸"所构成。

在俄国历史上，许多历史时期都属于洛特曼所说的"爆炸时期"，如"混乱时期"（从伊凡雷帝到阿列克塞·米哈伊洛维奇之间达到高潮），以及 20 世纪和 21 世纪之交苏联解体以来的俄罗斯。但实际上"混乱时期"在俄国非仅此而已，而是一种周期性出现的现象。

二元对立结构所固有的最高纲领主义在思辨模式（思维方式）、理论体系建构和艺术想象领域里有其孳生的土壤。和西方清教文化的崇拜常识、讲究适度和理性不同，在最高纲领主义支配下的俄罗斯，对"平庸的中庸之道"的否定，从艺术意识领域转移到了实际生活行为方面。洛特曼通过援引其笔下人物之一的方式表达了这样一种社会情绪：

> 我永远把自己投身于那新的感情。
> 于是我的心灵像婴儿一样清新，
> 于是我烧掉从前礼拜过的一切偶像，
> 把曾经崇拜过的偶像，全都付之灰烬。①

文化是非获得性集体记忆。就集体而言，文化永远都是一种价值体系。文化史当然也是一部文化的自我意识史。文化的实质在于过去在其中并不消失。文化是一种再生机制。俄罗斯文化根本上所具有的两极性特征导致其所具有的双重性本质。所以，在俄国史上，一个沙皇取代另一个沙皇，后者权利的转移，往往都是表现了后人对前人的绝对否定，而不会出现妥协或中庸。

按照洛特曼的解释，十月革命便是俄国历史上的一次"爆炸"。他认为："马克思主义理论家写到，从资本主义过渡到社会主义必然具有爆炸的性质。其理由和根据在于其他生产方式都是在先前那些阶段的框架内

---

① Ю. М. Лотман：*История и типология русской культуры*，Санкт-Петербург：Искусство-СПБ，2002，C. 46.

产生的，而社会主义却完全是一个新的历史时期，它的产生只能是在一个废墟上才有可能，而非在先前历史的怀抱里。"①

"二元结构与爆炸观念有着有机的关联。爆炸理应带有全球性以及无所不包的特点。过去的一切都应当予以消灭，而在过去的废墟之上所创造的东西，却并非过去的继续，而是对所有过往的一切的否定。这一过程的出乎意料性、不可预见性以及灾难的性质丝毫也不会令它们的参加者们恐惧：令他们感到恐惧的只有一点：破坏是否真的具有全球性特征。"②"爆炸"有点儿类似于革命，即彻底斩断与过去的关联。与此相关的末世论意识表明"爆炸"虽然是破坏，但也不乏建设之义。在终极目标实现之前的一切付出，都是历史为其潜在目的的实现所必须付出的代价。所以，为了使千百万人享受幸福的千禧年王国，哪怕让一部分人头落地也是值得的。"爆炸"往往会导致彻底破坏社会结构体系的结果。反映在社会心理学中的二元结构意识，是习惯于从政治上把所有政治势力划分为敌人和朋友、善与恶两个阵营。所以，人们往往会提出这样的口号："谁不和我们在一起，谁就是我们的敌人。""敌人不投降，就叫他灭亡。"即使是在没有敌人的情况下，这种思维模式也要求设定一个假想敌。俄罗斯思维方式不允许有中立存在。因为生活是非中性的，所以，在生活中几乎没有中性视角的存在。

从某种意义上说，俄国的历史道路和历史命运与其二元结构这样一种根本性矛盾有着十分密切的联系。一个值得注意的现象是，俄国历史上每一次世纪转折关头，都会免不了有一次空前的历史震荡。俄罗斯式的末日论之所以在历史上始终不绝如缕，恐怕也和这有些关系。俄国历史上每届沙皇都会彻底改掉前一位沙皇的政策，改弦更张，另谋新路。彻底与前人断绝关系好像成了俄罗斯文化的痼疾。而且，在俄罗斯人看来，一个人如果在割断与前人的联系上不彻底，也就意味此人对改革不热情，不上心，也就等于不真诚。俄国人判断一个人最主要的不是看其所信奉的真理的客观性质，而是看其对真理是否真诚，是否全心全意，忠心耿耿。而俄罗斯那种冬天长达半年之久，气候不是热就是冷，似乎也助长了这样一种民族性格的养成和保持。俄罗斯人喜欢的不是热就是冷，不冷不热在他们心目中也就等于不三不四，而不三不四本身就是一种罪过。在俄罗斯人的旗帜上书写的不是左就是右，他们的字典里没有

---

① Ю. М. Лотман：*Семиофера*，Санкт-Петербург：Искусство-СПБ，2004，С. 147.

② Ю. М. Лотман：*История и типология русской культуры*，Санкт-Петербург：Искусство-СПБ，2002，С. 39.

"中"这个词。所以，像中国古典文化中的"中庸"、"中和"、"中正"等等，在传统俄罗斯人心目中如果不是不存在，就是作为反面教材存在的。

和俄罗斯横跨欧亚大陆的地理位置相关，俄罗斯文化似乎自古以来就同时受到来自东方和西方的平行影响：作为起源于东欧的一个东斯拉夫人部落的俄罗斯人，其文化起源当然具有毫无疑问的欧洲属性，但在长期发展过程中，古罗斯也陆续直接或间接、被迫或主动地吸收和接受了许多来自东方的影响。尤其是金帐汗国长达 250 年的统治，给俄罗斯历史文化留下了不可磨灭的烙印。再加上对于俄罗斯文化成长和起源十分重要的东正教的东方属性，更使得俄国文化在文化身份认同方面每每发生严重的困窘和疑惑。俄国似乎始终在东西方之间徘徊和犹疑，这成为造成俄罗斯文化两重性的一个非常重要的远因。在长期的发展过程中，俄罗斯曾经分别先后处于西欧文化的决定性影响之下：俄国历史上曾经有过崇拜西班牙文化时期、德国文化时期和法国文化时期，尤其是法国文化在整个 18 世纪俄国文化中发挥了十分重大的作用。与此同时，具有东方正教属性的东正教和金帐汗国遗留下来的种种制度和治国理念，却长期伴随着俄罗斯文化发展和发育的每一步。俄罗斯文化的双重属性是导致其在文化方面的多元共存性的一个根本原因。而每逢文化面临剧烈转型期，这种多元文化共存的特点就愈加显得突出。

与巴赫金一样，洛特曼同样认为俄罗斯文化具有双重性特征。事实上，它的每个元素，都宿命式地带有此类特征。但对此类特征的由来，洛特曼的解释又不同于巴赫金。

俄罗斯文化的深层结构以具有一种二元对立系统为特征，俄罗斯文化中的所有范畴，无不具有一种深刻的二重性或两面性。二重性深深渗透在俄罗斯文化的历史基因里。我们常说俄罗斯文化中存在着一个隐秘的十字架，东方与西方、上层与下层，便是构成这一十字架纵横向的两个坐标和两极。俄罗斯文化中的一切，都无不渗透着这种深层的二元对立特征。从这个观点看俄罗斯文化发展史，我们会惊讶地发现，俄罗斯文化中几乎所有的代码，都具有这样一种深深包孕着的两重性特征，不仅彼得大帝改革是如此，就连"第三罗马"也无不如此。其他诸如"莫斯科"、"圣彼得堡"、18 世纪俄罗斯贵族精神、俄国农奴制、俄罗斯人的性格等，亦无不如是。

俄国所处的历史困境以及俄国文化中的深层矛盾，决定俄国人的文化纲领，必然是也只能是建立在双重结构基础之上的极端主义和最高纲领主义。在俄国中庸之道（золотая середина）是理所当然遭到摒除的。俄国人的信条直接取法于新约："谁不跟我们在一起，谁就是我们的敌人！"中间道路、亦此亦彼，在俄国是行不通的。正如陀思妥耶夫斯基笔下的地下室人所说："次要的角色我是不屑做的，正由于此我在现实中才甘当最末而且处之泰然。要么做英雄，要么做狗熊，中庸之道是没有的。"[①]

　　奥波亚兹和巴赫金学派所共同生存和发展的"白银时代"，就是一个俄国历史上罕见的全面对外开放、文化格局呈现多元共存形态的时期。作为敏于感应时代最强烈的召唤的知识分子中的佼佼者，奥波亚兹和巴赫金学派的学术追求都体现了时代的色彩。由于官方舆论钳制力量的放松，"白银时代"是俄国历史上罕见的外来影响和学术探索享有高度自由度的时期。

　　从某种意义上说，存在了长达 74 年的苏维埃社会主义联盟共和国在 1991 年的解体，于今看来，既有令人惊奇的一面，也有"意料之外，情理之中"的感觉。事实上，从 20 世纪的 70、80 年代起，否定社会主义道路，揭露社会主义"隐私"的浪潮，就已经开始波翻浪涌、风波险恶了。当时甚至有人提出："斯大林就是今天的列宁，列宁就是昨天的斯大林"的蛊惑人心的口号。这应证了这样一个历史经验：即舆论的颠覆必然先之于政权的更迭。

第四节　历史的回顾：特尼亚诺夫的文学史观

　　在这里，我们想以特尼亚诺夫为题，对奥波亚兹的文学史观进行一番介绍和回顾。而这将成为引入巴赫金学派的相应批评的一个契机。我们认为在奥波亚兹与巴赫金学派之间存在的显性和隐性对话，对于文艺学的生长和发育来说是大有教益的。

　　关于特尼亚诺夫，还是他的同道者什克洛夫斯基的评价最为精辟："他曾是一个伟大的学者。是一位尚未被人们彻底认识的伟大的理论家。……他懂得矛盾的丰沃多产性。"[②]的确，特尼亚诺夫尽管只活了 49 岁，但生前即以其丰厚的科研成果而荣任苏联科学院院士称号，他最重要的学术成果——《诗歌语言问题》及其他有关文学史演变问题的著作——超前于他那个时代整整达半个世纪之久，时至今日，仍然焕发着

①　〔俄〕陀思妥耶夫斯基：《双重人格　地下室手记》，臧仲伦译，上海，译林出版社，2004，第 228 页。

②　Ю. Тынянов：*История литературы. Критика*，Санкт-Петербург：Азбука-Классика，2001，С. 5.

不息的魅力。特尼亚诺夫是奥波亚兹中期最重要的代表人物之一，而国
际学术界历来只注重奥波亚兹早期的学术工作，对其中、后期的重大转
型或是不甚了了，或是语焉不详，或是讳莫如深，或是不置可否。众所
周知，20 世纪 20 年代中期奥波亚兹陷入深重的危机之中，而此时的特
尼亚诺夫却"一枝独放耐霜花"。在学派深陷危机之际，他的个人创作却
达到了一生的高峰状态，为从溺毙中拯救奥波亚兹这个婴儿作出了不可
磨灭的历史贡献。

　　维克多·厄利希在其名著中指出：托马舍夫斯基和特尼亚诺夫作为
新近(1918)加入奥波亚兹的成员，"在主要方面接受了由什克洛夫斯基和
雅各布逊所阐述的形式主义学说，而后来又在发展和修正这一学说方面
发挥了十分重大的作用"①。奥波亚兹反对 19 世纪典型的极端历史主义
的方法，把文学研究关注的重心不是放在传统的"起源学"方面，而是放
在作品的结构和布局方面。对于他们来说，文学研究的首要问题不是文
学事实是什么，而是作品是由什么以及怎样组构而成的。早期什克洛夫
斯基认为"文学作品是其所用所有手法的总和"，由于其机械和内容形式
二分法而常常遭人诟病，而特尼亚诺夫则采用"系统"及其"功能"说拯救
了这个行将溺毙的婴儿。审美系统观的出台导致孤立研究作品技巧的静
态研究方法的废止，而代之以风格是一种动态整合原则的创见。这也就
意味着，研究特定手法固然重要，但对于文学研究更加重要的，是研究
特定手法在特定系统中所行使的功能。特定手法并非只有一种固定的功
能，而是由于被组合进不同的系统而开始具有不同的系统功能。功能的
确定取决于审美整体，取决于其所处的语境。语境对于界定特定手法的
特定功能而言具有决定性意义。而正是语境观的出台，拯救了奥波亚兹
的理论学说。

　　尤里·尼古拉耶维奇·特尼亚诺夫或多或少可以说是奥波亚兹理论
著述活动的终结性人物之一。他是一个比较稳健的形式主义者，始终致
力于在不丧失艺术特点的条件下寻求一条从诗学走向文化学的途径。他
的主要著作有《陀思妥耶夫斯基与果戈理——兼论讽刺性模拟理论》
(1921)、《诗歌语言问题》(1924)、《论赫列勃尼科夫》、《拟古主义者与普
希金》(1926)等。

　　《陀思妥耶夫斯基与果戈理——兼论讽刺性模拟理论》篇幅虽小，但

---

① 　Victor Erlich：*Russian Formalism*：*History Doctrine*，Fourth edition，The Hague，
Paris，New York：Mouton Publisher，1980，p. 46.

却能给人以丰富的启发。文章提出了一个非常重要的观点，即讽刺性模拟、风格化插笔以及偶发性议论，是文学嬗变的催化剂。陀思妥耶夫斯基在其小型长篇小说《斯捷潘奇科沃村及其居民》(Село Степанчиково)中，对于果戈理《与友人书简选》相关段落既有风格化模拟，也有讽刺性模拟，而后一种模拟成为脱离模拟，走向独创的契机。厄利希指出："显而易见，由这些敏锐观察所能引导出的伦理原则是：文学史家在其对文学动力学的探索过程中很难对社会生活这一'邻接性'事实予以漠视。"①显然，这样一种观点是对什克洛夫斯基早期那些偏激地否认生活对于艺术的第一性意义的观点的一种重要修正。

关于文学与非文学的界定，特尼亚诺夫也对早期奥波亚兹的观点有所修正。早期奥波亚兹心目中的文学性，或多或少是一种固定不变的属性，而在特尼亚诺夫这里，文学性丧失了其固定不变性，它成为一种变动不居的属性，并非与某种特定实体相连。在《论文学事实》中，特尼亚诺夫指出，文学现象与先验和静态的定义无缘，文学概念本身永远都是与时俱变的。文学与日常生活的距离到处都是一样的，文学与日常生活是"相互交叠"和"交叉互补"的。非文学现象可以被文学吸纳而成为文学现象，反之亦然。而书信体和请愿诗的文学化就是一些显著的例证。由此可见，文学性是可以迁移的概念。彼得斯·斯坦纳在其所著《俄国形式主义：一种元诗学》(1984)中指出："如果说所有文学作品都具有文学性，但总有一些作品在特定时刻会比其他作品更具有文学性的话，那么，这不是说有一种永远不变的本质在，而是因为构成文学性的作品之间的关系总在变化。简言之，文学性的概念处于文本利用文学或诗歌语言的能力所确定的关系空间里。"②洛特曼也指出："把艺术文本与非艺术文本区别开来的边界移动的事实多得不胜枚举。此类对立的动态性质已经有许多学者都予以指出过，尤其更加明确的，是巴赫金、特尼亚诺夫和穆卡洛夫斯基。"③这可谓是真正理解了特尼亚诺夫的真正意义的。

厄利希认为特尼亚诺夫论批评的智力和艺术感受力并不亚于艾亨鲍姆，而"比艾亨鲍姆更缜密严谨，更善于把对文学价值的真知和对方法论

---

① Victor Erlich：*Russian Formalism*：*History Doctrine*，Fourth edition，The Hague，Paris，New York：Mouton Publisher，1980，p. 68.

② Todd E Davis and Kenneth Womack：*Formalist Criticism and Reader*：*Response Theory*，London：Palgrave，2002，p. 40.

③ Ю. М. Лотман：*О русской литературе*，Санкт-Петербург：Искусство-СПБ，1997，С. 774.

问题的牢固把握融为一体"①。20 世纪 20 年代末，在奥波亚兹遭遇理论困境之时，特尼亚诺夫和雅各布逊齐心协力，竭尽全力想要力挽狂澜。他俩联名在 1928 年的《新列夫》杂志上发表文章《文学和语言学的研究问题》。这篇文章其实是特尼亚诺夫和雅各布逊布拉格会面的产物：特尼亚诺夫出国治病，在捷克转道之际，两位天各一方的学者终于得以见面，详谈甚恰。他们都感到奥波亚兹的事业面临危机，必须另谋出路，拯救老奥波亚兹。他们还曾商定成立新奥波亚兹，仍以什克洛夫斯基为主席。这篇文章其实是作者原本想要提交给行将召开的国际语言学大会的论文提要，所以，作者在文中使用的语言简捷到近乎于所谓电报体。但文章的主旨却因此而更清新更醒目：他们既反对把审美系列从其他文化领域中剥离开来，也反对忽视或是蔑视个别文化领域的内在机制、法则和特殊性。雅各布逊和特尼亚诺夫的论纲为拟议中的新俄国形式主义（Russian Neo-Formalism）或新奥波亚兹奠定了更加宽广坚实的理论基础。

　　文学是一个系统，该系统的各个成分都具有一定的建构功能，而为系统的整体功能所整合。这种观点可以说是为布拉格学派在文艺学界的代表人物穆卡洛夫斯基的审美结构概念，开了先河。而布拉格学派是俄国形式主义在捷克演变而来的一个变体。国际学术界甚至有把布拉格学派当作俄国形式主义的又一个阶段的说法。研究系统内部规律和系统与系统之间相互关系的规律，这是任何科学的文艺学研究都必须具备的。

　　而在 20 世纪 20 年代初，历史要求俄国创造出怎样的形式呢？旧的虚构类小说已经表现出危机状态，长篇小说陷入了困境。什克洛夫斯基和特尼亚诺夫都在呼吁寻找一种具有新奇感的体裁。

　　艺术是人类的一种活动方式。这种活动方式和人类的其他活动方式一样，处于一种并列关系之中。艺术是文化系统中的子系统。处于文化系统中的艺术作为一种审美活动，具有一定的自主性，但却并非与其他人类活动方式全无关系，而是相反，有着紧密的联系。雅各布逊在其《什么是诗？》(1933)中，提出审美功能的自主性但却非分离主义的问题。也就是说，审美功能的自主性是相对的，文学与非文学之间并没有一个楚河汉界，泾渭分明。在这个意义上重新理解奥波亚兹早年提出的"文学性"概念，便会发现它也不是简单的手法的集合，而是一种系统的功能。文学是因而也是整体赋予和渗透到整个作品中去的战略性调整，是文学

---

① Victor Erlich：*Russian Formalism*：*History Doctrine*，Fourth edition，The Hague，Paris，New York：Mouton Publisher，1980，p. 76.

作品动态整合的一个原则，或用一个现代心理学的关键术语，是一个格式塔（Gestaltgualität）。因此，精神特质（ethos）就不仅作为"实事"（real thing）的一个伪现实主义的伪装，而且也是审美结构的一个真正的（bona fide）成分，并且作为一个真正的成分，它也就是一个文学研究的合法对象，可以对之从"文学性"立场出发，亦即在文学作品的语境下加以考察。最后，作品本身也被界定为不是手法的组合，而是一个复杂的由审美意图的整体性整合而成的多维结构。

使文学作品的整体性，以及其"可感性"即作品被公认为一种文学现象的整体性得到保障的，是"一个或一组显著成分"，即主导要素（dominanta）。换句话说，文学的"主导特征"同时也是其区别性特点及其"文学性"的内核。①

由于主导要素是决定文学作品被接受为被视为文学作品的特征，所以，从历史发展的眼光看，其在不同的历史时期有着不同的内涵。文学的演变使其自身，也使其与其他文化领域的关系发生相应变化。而唯一保持恒定不变的，就是文学与非文学之间的差距始终如一。

特尼亚诺夫及其他奥波亚兹成员，在诗体研究领域里作出了突出的贡献。他们对于诗体研究的最大贡献有两条：一是提出了诗歌语言是一个有机整体的观点；二是诗体的主导要素观。诗是话语整合的一种类型，与散文有本质的不同。诗是"整个语音结构组织化了的一种言语"（托马舍夫斯基语），有其固有的内在法则。诗的韵律模式，即"类似现象在时间中的周期性交替出现"的节律，成为诗歌的"建构要素"，这种建构要素既是诗歌语言的区别性特征，也是其组构原则。

格律具有格式塔性，它作为一种本质属性渗透和扩展到诗歌文本结构的所有层面当中。文学作品因此被特尼亚诺夫重新定义为审美系统之后，作品乃是各类成分并存的系统，其灵魂是一种动态整合原则的观点，便开始渐渐深入人心。但"形态描述者"所面对的，并非一个以共时态为唯一形态的系统，该系统的任何变化都是在时间中进行的。这就提出了一个在文学研究中，如何把握共时态和历时态的结合问题。奥波亚兹理论家告诫我们："形态描述者"切勿忘记"系统"无时不处于变化之中，而历史学家也应牢记他所考察的那些变化是在系统内部发生的。1927 年，特尼亚诺夫在《论文学演变》的论文中，提出先要研究文学系列（体裁、风

---

① Victor Erlich：*Russian Formalism*：*History Doctrine*，Fourth edition，The Hague，Paris，New York：Mouton Publisher，1980，p. 114.

格、话语、结构)的内在特点，然后将其与历史发展的规律性结合起来，从而形成文学研究的内部研究与外部研究相结合的方法。值得注意的是，这种把文学研究的内部和外部方法整合起来的主张，也得到了巴赫金学派的热烈响应。如今，人们往往把这种独创的研究方法归结为巴赫金首创的，而忽略了在他之前提出这一主张的特尼亚诺夫，这是不公平的。

　　研究特尼亚诺夫不能不涉及他的文学史观念，而这恰恰是他对俄国文艺学最大的贡献所在。特尼亚诺夫对于文学演变问题有浓厚的兴趣，他从弗兰克那里借用了理念然后将其概念化。对于弗兰克来说，AB 的组合是这样一种统一体，这种统一体既是多样的也是动态的，因此，"任何内容都包含着疏离和独立成分，由于这类成分的存在该统一体便会成为'异类'的，有其逻辑的边界。"弗兰克证实，AB 的动态多样性成为另外一种通过某种观念自我丰富手段丰富自身的统一体的来源。

　　特尼亚诺夫把这一原则应用在果戈理和陀思妥耶夫斯基的关系方面，从而使他得以在俄罗斯文学史上作出了一个重大的发现。在《陀思妥耶夫斯基与果戈理——兼论讽刺性模拟理论》中他写道："没有什么直线延续，不如说只有一个方向，有一个从某一点开始疏离的方向——即斗争。"[1]如果 A 指果戈理，B 指陀思妥耶夫斯基，那么，他们之间的关系便会采用一种疏离的方式，而陀思妥耶夫斯基便借助于这种疏离从而确立自己作为作家的地位。但这种疏离并不能把 AB 两者分开，因为在陀思妥耶夫斯基的文本中常常有果戈理的身影出现。因而我们可以说陀思妥耶夫斯基创造了一种 AB 的新的统一体，只是在 AB 之间的关系具有一些新的特点罢了。

　　我们认为特尼亚诺夫所提出的文学动力学观为观察文学全景观和文学风格流派的嬗变过程提供了一种动力学的解释机制。这种观点的大不同之处在于：平等地观察一时代所有的文学现象，尤其不放过二三流作家作品，因为文学史绝非杰作交相更替的历史，而平庸的二三流作品乃是观察文学杰作必不可少的背景，只有把它们也纳入视野，才能整体地搞清文学演变的机制。其次，在文学动力学中，文学创作上的失败，是丝毫也不亚于成功的艺术经验。失败是成功之母。

　　奥波亚兹的文学史研究大大地改变了俄国文学史的全景观，使之呈现出大不同于传统的风貌。这也就是后期奥波亚兹等人提出的文学的由

---

① Ю. Тынянов: *Архаисты и новаторы Литературы*，Лениград：Прибой，1929，C. 412，103.

中心和边缘构成的全景观。奥波亚兹文学史观与以往的文学史呈现出截然不同的样态。与19世纪以勃兰兑斯为代表的英雄史观不同，在奥波亚兹文学史家眼里，文学的边缘和中心受到同等程度的关注，而且，有的时候，边缘甚至比中心更受青睐，因为奥波亚兹认为文学是靠边缘发展的。在任何时代的文学生活中，都由中心和边缘组成。边缘就是文学与非文学的交界处，而文学风格和体裁演变的动力，就来源于一时代文学的边缘。那些在文学边缘的文体依靠混合和交叉，与其他非主流文体混合而演变成为新体，新的文体遂借助于文学演变的动态而成为主流。文学史由此成为一个不断发生动态变化的演变过程。

特尼亚诺夫正是在这个意义上来对俄国文学史的发展进程进行动态描述的。在俄国"黄金时代"文学中，普希金无疑是经典作家的代名词，研究普希金差不多成了俄国文学研究中永恒的主题。诚如一句名言所说："我们都来自普希金。"或如另一句名言所说："普希金是我们的一切。"作为俄罗斯诗坛的太阳，普希金的光辉普照文坛，历尽百年而仍然光辉万丈。20世纪20年代的现实主义者们主张对于普希金的成就及其在俄国文学史上的地位，必须历史主义地加以研究。而奥波亚兹则更是对俄国象征派主要代表人物所采用的"非历史主义"研究方法，对普希金等经典大师都是"永恒的伴侣"、"永久的丰碑"的说法，颇有微词。梅列日科夫斯基等人的此种做法，明显是承袭了19世纪英雄创造历史观和历史学中的英雄崇拜观的孑遗。对于俄国文学史研究中以普希金划界的做法，他们也深表不满。但奥波亚兹们并不否认诸如普希金是"伟大的分水岭"，普希金是19世纪俄国诗歌之父和奠基人一类的说法，而且也承认俄国文学中后来出现的所有的母题、体裁、题材和风格，几乎都可以溯源于普希金。

但普希金并没有直接意义上的继承人或所谓传人，在普希金之后，采用普希金风格和诗体进行创作的，几乎可以说寥寥无几、形单影只。个中原因在于普希金以前的文学传统在普希金笔下已经达到尽善尽美无与伦比的境界，诗歌在普希金笔下已经达到堪称叹为观止美轮美奂的地步。由于普希金之前文学所积累的资源已经被普希金最大限度地充分加以利用了，所以，在普希金之后，人们要想沿着同一方向进行创作，追求新奇和价值已经变得不可能了。文坛要想继续发展和前进，就必须为自己寻找新的起点。

生活于普希金时代的年轻的普希金的同时代人莱蒙托夫和丘特切夫，并非普希金的学生和传人，这也就是说，普希金之后的俄国文学并非是直接继承普希金的结果。总体而言，在文学史上，有的"不是合乎计划的演变，而是飞跃；不是发展，而是混合"。不同系统的混合，往往才是文学演变的契机。在特尼亚诺夫等人的心目中，文学中没有什么不是处于变动不居之中：文学的体裁是如此，文学的风格更其如是。"文体在混合。文体演变摆在我们面前的，是一条曲折的路，而非一条直线——这种演变恰好是由于文体的'基本'特征而发生的：如史诗作为叙事，抒情诗作为情感艺术等等。""文体作为一种系统可以是游移的。……某种手法的文体功能是变动不居的。""这里的全部问题在于新现象取代旧现象，占居其位置，但新现象却并非旧现象的'发展'，也就是说，新现象并非旧现象的替代者。什么时候没有这种'混合或融合'，文体也就消失了，分解了。"①

"谈论继承性联系只适用于学派和模仿现象，而不适合于文学演变现象，因为后者的原则是斗争和交替。由此可见，静态的文学演变是不可取的。确定射出的子弹落点只能根据其轨迹，而不能凭借其颜色、味道、气息等属性。而无意义语、19 世纪的书信体文学，就都是此类新现象。一个时代文学在形成中心后，会即刻走向衰落和凋谢。""常常有一些时代所有诗人都写得'很好'，而那时则'劣等诗人'才是天才。"（初唐时期的陈子昂是不是这样的例子）"'决不可能有的'，人们难以接受的涅克拉索夫的形式，以及他那些写得很'拙劣'的诗歌之所以好，是因为它们推动了已经被自动化了的诗句，因为它们是新颖的。……因为新结构的实质只有在旧手法的新应用中，在其新的结构意义中才能得以显现，而这种意义在'静态'考察中却是会从视野中失落的。"②

特尼亚诺夫的此类论述的确与典型的现象学观点——拒绝从抽象概括出发界定文学——十分相近。什克洛夫斯基在《罗赞诺夫》中的论述，则与特尼亚诺夫如响斯应，如出一辙。他写道：

> 文学史向前发展走的是一条若断若续、曲折蜿蜒的路。如果我们把，比方说，俄国从 17 世纪到 20 世纪所有已经被正典化了的文学经典排成一个行列的话，则我们无法得出一条我们可以依据其追溯文学形式发展的线索。普希金关于杰尔查文所写的一切既不尖锐

---

①　Roman Jakobson：*Fundamentals of Language*，The Hague，Paris，New York，Harvard University，Mouton Publishers，1980，pp. 169-170.

②　Roman Jakobson：*Fundamentals of Language*，The Hague，Paris，New York，Harvard University，Mouton Publishers，1980，p. 172，p. 173.

也不正确。涅克拉索夫显然也非来自于普希金传统。小说家里托尔斯泰同样也既非来自屠格涅夫也非来自果戈理，而契诃夫也非来自托尔斯泰。这些断裂之所以发生，并不是因为在上述名字之间有过编年史上的间隔的缘故。

　　不，问题在于在文学流派的交替过程中，遗传的遗产不是从父亲传给儿子，而是从叔父传给侄儿。①

后来被人们总结为特尼亚诺夫-什克洛夫斯基定律的文学史演变法则，就是从此中得来的。我们还记得奥波亚兹的这样一种文学史演变观最早的阐释者，是什克洛夫斯基。在著名论文《罗赞诺夫》里，什克洛夫斯基写道：

　　不，问题在于在文学流派的交替过程中，继承性不是从父亲到儿子，而是从叔伯到侄儿。……在每一个文学时代里，都存在着不止一种而是好几个文学流派。它们同时存在于文学中，而且其中之一是文学的正典化了的主干。其他流派则以非正典化的方式存在着，无声无息……

　　普希金的传统并未在其之后延续下来，而是发生了类似这样的事件，即在天才人物之后，才华卓著头脑敏锐的孩子却告阙如。

　　此时，在文学的下层则酝酿着一种足以代替其可感性连言语中的语法形式都不如的、从艺术定势成分成为辅助和不再能为人所感知的旧艺术的新形式。非主流开始占据旧主流的位置……每一个文学新流派都是一次革命……②

奥波亚兹的文学史观与传统比的确带有许多显著的特征。第一是这种文学史观带有活跃的动态性：不仅创作过程被放在"源"与"流"的文学史语境下加以考察，而且，以往多少被人们当作固定不变的作家个人（个性），也被还原为动态的和发展的过程中来。仅此两点，便足以见出它与传统文学史观有着本质的不同。这里已经隐隐然有把作家和作品进行纵、横向比较的意思在里面了。试看：

---

① Виктор Шкловский: *Гамбургский счет*：*Статьи － Воспоминания － Эссе*（1914-1933），Москва：Советский писатель，1990，С. 121.

② Виктор Шкловский: *Гамбургский счет*：*Статьи － Воспоминания － Эссе*（1914-1933），Москва：Советский писатель，1990，С. 120-121.

"把文学作品或作家孤立起来,我们就无法深入洞悉作家的个性。作家的个性不是一种静态的系统,文学个性和个性在其中活动的文学时代一样是动态的。"①"讨论创造者的个人心理学并将其看作是现象的独特性,并将这种独特性当作现象演变的意义所在——这犹如在确定俄国革命的起源和意义时说什么俄国革命是由于斗争双方领袖的个人特点而导致发生的一样幼稚。"②

"季杰洛说道:为什么一定要把作家和真人对上号呢? 在莱辛和阿达丽娅、在莫里哀和答尔丢夫之间究竟能有什么共同之处呢?"而他关于戏剧作家所说的话,用来针对所有作家都完全是合适的。主要特征不在于对对象的选择,而在于手法:"在于究竟怎样以及从那个角度观看事物因而什么看不见什么寻找不到,什么是别人所无从察觉到的一样。关于歌手的特点我们可以根据其歌唱的歌词加以判断……难道说巴丘什科夫真的就是诗中描写的那种人吗? 他身上绝对没有丝毫淫欲的特点。"③作家的人格并不等于其文体风格。正如钱钟书所言:"热中人做冰雪语"——文风与人格决不可等同视之。

不但文体体裁及其之间的关系,而且就连文学这个概念本身也都处于变动不居之中。在分化演变中我们唯一能够分析的就只有文学的"定义"。而且就中我们会发现表面看上去仿佛系文学基本的和最主要的性质,处于无穷的变动之中,这样的文学是无从予以定义的。……文学是一种正是被作为结构而被人所感受的话语结构,也就是说,文学是一种动态的话语构造。

在动态的文学宏大景观里,边缘体裁或文体风格可以经由混合的途径,从边缘进入中心:"对于我们来说各类字谜都是儿童游戏,而在卡拉姆津时代,各类字谜以其对语言细节的突出和手法的游戏,结果使之成为了文学文体。而且,在此变得变动不居的不光是文学、文学的'边缘'及其边界地区的边界变动不居,不,问题在于'中心'本身:在文学的中心,流动和演变的,不光有承前启后的旧有的主流,而新的现象只会从两边流过——非也,这些新现象恰好占居中心位置,而中心却迁移到了边缘。"

---

① Ю. Тынянов: *Литературная эволюция. Избранные труды*, Москва: АГРАФ, 2002, С. 173.

② Ю. Тынянов: *Литературная эволюция. Избранные труды*, Москва: АГРАФ, 2002, С. 174.

③ Ю. Тынянов: *Литературная эволюция. Избранные труды*, Москва: АГРАФ, 2002, С. 174.

"在某种问题解体的时代，文体会从中心移向边缘，而在原来中心所在的位置，文学中的新现象会从非主流，会从门后面，从底层浮上中心（而这也就是维克多·什克洛夫斯基所说的边缘文体的'正典化'）。""文学作品的特点在于它是把结构因素应用于材料，在材料的'形式化'（实质上亦即材料的变形）中应用结构因素的一种形式。每部作品都是一个偏心轮，其中的结构要素不是消化在材料中，也不是与材料'相适应'，而是以偏心的方式与之相关，在其中得以表现。……在此之中，'材料'当然根本非与'形式'对立，因为它同样也被'形式化了'，因为外构造材料是根本就不存在的。""然而当代人总是能够嗅出这种关系，这种相互联系以及这种动态过程，他可能分辨不清什么是'节律'和'词典'，可却总是能知道其关系中的新意所在。这种新意就是演变的意识。""可是，别以为新流派、新一代是一下子来到世间的，如同从宙斯脑袋里蹦出来的弥涅瓦一样。"

"而且，在演变的新一代出现这么重大的事实产生之前，还有一个复杂的过程。首先出现的是一种与之相反的建构原则。它是在'偶然'的结构和'偶然'的脱落和错误的基础上形成的。例如，比方说，在非主流形式占居统治地位（如抒情诗、十四行诗、四行诗等等）时，任何十四行诗、四行诗一类——结集为一本书。可是，当非主流形式被自动化，这一偶然的结果便得到了巩固——文集本身便会被当作结构被认识，也就是说，主流形式产生了。""……但这一'未完结性'（недоконченность），片段性（отрывочность），显然会被当作是错误，当作是从系统中脱落出来的，而只有当系统本身开始自动化了时，在其背景上才会呈现出作为新的建构原则的这一错误。"

"实在说，规范诗学的每一种丑陋，每一个'错误'，每一个'不规矩性'，都是——潜在的——新的结构原则。"①

边缘体裁或文体风格的正典化是每日每时都在进行的。例如书信：18 世纪（前半叶）通信距离我们这个时代不久以前还比较遥远，——只不过是一种特殊的日常生活现象。书信尚未纳入文学之中。它们从文学的散文风格中借鉴了许多东西，但离文学还距离很远，那时只不过是一些字条，书简，请求，朋友间的信托等等而已。

文学领域里最主要的文体是诗歌，而诗歌自身里占居主要位置的是

---

① Ю. Тынянов: *Литературная эволюция. Избранные труды*，Москва：АГРАФ，2002，С. 171-178.

崇高文体。当时不曾有过一道出口，一道裂缝，使书信可以通过那里而成为文学事实。但这一流派渐渐枯竭了，对散文的兴趣和非主流文体的兴趣把崇高的颂诗体排斥掉了。

"颂诗本来曾是主要文体，现在却下降成为一种请愿诗（шинельные стихи）。""……书信从日常生活文件上升成为文学的中心。""从前作为文件的书信成为文学的事实。就这样一度曾是个人的、非文学的书信现在成了具有重大意义的文学事实。这一文学事实把'文学通信'分化成为一种正典化的文体，而同时又以其纯粹的形式仍然不失为一种文学事实。""在某一领域里实施的结构原则力求扩大自身，扩大到尽可能更广大的领域里去。我们可以把这样的结构原则称之为'帝国主义'。"这种帝国主义，这种力求占有更广阔领域的追求在任何地方都可以看到，例如，维谢洛夫斯基所说的形容语的概括化就是这样的：如果今天诗人们说"金黄色的太阳"、"金黄色的美发"的话，那么明天便会有"金黄色天空"，"金黄色的土地"，"金黄色的血液"的说法。……结构原则力求跨越其自身通常的界限，因为一旦其停留在平常现象的范围内，它就会很快被自动化的。诗人身上的演变其源盖出于此。

评价特尼亚诺夫的文学史观，必须注意这样一个特点，那就是取代和谐宁静的世界观，特尼亚诺夫更注重的是斗争、冲突和分歧这样的字眼。这大概也就是维克多·厄利希将奥波亚兹美学界定为差异论美学的一个原因吧！特尼亚诺夫是本着其时代的革命精神而采用否定性范畴——疏离、斗争、沉默、破坏、混融——来思考文学的继承性问题的。看起来特尼亚诺夫在许多方面都是勃鲁姆"影响的焦虑"以及诗歌系统发展的动力在于"扭曲率"（пропорция искажения）思想的先驱者。艾亨鲍姆、什克洛夫斯基得出了许多有趣的结论。与此同时，尤·尼·特尼亚诺夫创造了一种非常严密的理论，在这种理论中，文学演变的机制取决于文学中"上""下"各个层面相互影响和功能发挥的相互交替。在被合法规范化了的文学范围之外的非规范化的语言文献中，文学在为解决未来时代的革新问题而汲取着创新的资源。

高雅文学与大众文学之间的相互影响问题，是俄国文学研究中的重大课题之一。俄苏许多学者都对这个问题进行了探讨。日尔蒙斯基的《拜伦与普希金》就是在高雅文学与大众文学交互影响的背景下探讨二位大诗人的创作的。艾亨鲍姆和什克洛夫斯基也有许多论述与此问题相关。什克洛夫斯基指出："在每个文学时代里，都存在着不止一种流派，而是数种流派共存于世。它们同时存在于文学之中，而且其中一种是文学已经被正典化了的主流。其他流派虽也存在，但却未被正典化，很孤僻，就像比方说普希金时代在丘赫尔别凯和格里鲍耶陀夫诗中存在着的杰尔查文传统一样……普希金的传统并未在其之后得到延续，而是发生了类似这样的事，即天才身后未能留下才华卓著、天资超群的儿孙一样。……而与此同时，在下层文化中却酝酿着一些能够取代人们在感受中最多将其当作语法形式一般的旧艺术的新形式。"

特尼亚诺夫则创造出了一种十分谐调的理论，认为文学演变的动力来源于文学内部高雅与低俗文学的相互影响机制。对文学历时演进机制进行研究的第一人的荣誉非特尼亚诺夫莫属。而把文学演变当作一种斗争，当作是高雅文化和低俗文化之间张力机制运行的结果的，则又非巴赫金莫属，而其代表作就是《弗朗索瓦·拉伯雷的创作与中世纪及文艺复兴时期民间文学》。在苏联，对大众文学的兴趣是随着奥波亚兹的倡导才兴盛起来的。原因在于，一是大众文学体现了特定时代文学的中等标准，二是文学正是从主流文学之外的非正典化的文学中汲取创新资源的。"直线延续是不存在的，有的毋宁说是一种从特定地点的出发和疏离，即斗争。"（特尼亚诺夫：《陀思妥耶夫斯基与果戈理——兼论讽刺性模拟理论》）。对非主流的关注，早在出版于 1929 年由艾亨鲍姆和特尼亚诺夫共同编辑的《19 世纪俄国诗歌》中即有所体现了。

针对特尼亚诺夫的文学发展模式说，洛特曼写道："奥波亚兹理论家们的文学史观念，尤其是尤·尼·特尼亚诺夫的文学史观，对于大众文学的意义和旨趣做了非常好的解释：文学具有'主流'和'非主流'发展线索。主流永远都是不结果实的。它一旦取胜，就会趋于灭亡，就会变得陈腐，并且退入特定时代的文化背景中去。什克洛夫斯基有一个漂亮的比喻，把这一机制比作消融的冰山，在整个漂流过程中冰山会不断地上下交替翻转。主流线索会下沉，丧失其审美意蕴，而取得胜利的非主流则会上升到主流位置上来。"[①]显而易见，洛特曼对奥波亚兹的文学史观基本持肯定立场。同时，在他眼里，与一般人的见解不同，奥波亚兹和巴赫金在这个问题上非处于对立状态，而是相互高度契合一致的。

不但如此，在洛特曼心目中，特尼亚诺夫模式和他的符号学，可谓如响斯应，若合符节。他继而写道：这样一种文学史运动模式与信息论的许多基本论点高度吻合。这些理论都有助于解释为什么艺术会具有无

---

① Ю. М. Лотман: *Воспитание души*，Санкт-Петербург：Искусство-СПБ，2003，С. 240.

穷的创新能力和自我更新能力。但洛特曼对此模式也有所保留，认为其虽然在一定程度上适于文学现象的解释，但却不宜将其作为普遍适用的规律性认识来加以推广。

洛特曼看来是全盘接受了特尼亚诺夫的文学史演变模式。试看他是如何评价这一学说的："在我们感兴趣的这个方向上，最先迈出第一步的，是尤·尼·特尼亚诺夫，他关注到一系统的中心与其边缘的结构差异法则以及自动化的核心结构被边缘结构所周期性取代及反之的机制。遗憾的是，这一思想却并未在以后获得应有的发展。"①而且，看来他对特尼亚诺夫-什克洛夫斯基的"自动化说"、"解自动化说"也是全盘接受了的。

特尼亚诺夫的观点与布拉格学派著作中不止一次特意强调的不要把共时描述与静态描述混淆起来的主张是一致的。在雅各布逊《布拉格语言学学派命题》中关于这个问题有专门的表述和细致的考察。他指出："断言共时态与静态是同义词的论点是极其错误的。静态的切片只是一个记录而已：这只是一种辅助科研手段，而非一种专门的存在方式。我们可以既以历时态也以共时态的方式来接受电影：然而，电影的共时态方面根本不能等同于一个从电影里剪辑出来的单独的镜头。对运动的接受在电影的共时态方面也同样存在着。"②

关于特尼亚诺夫，什克洛夫斯基有一个重要评价："特尼亚诺夫表现了艺术的无目的的合乎目的性（нецеленаправленность）以及历史在作品结构本身中的在场，他以此证实了艺术作品的永恒性。这种永恒性并非宁静的永恒性。作品需要的是一条仿佛在时间中铺展开来的道路，需要的是事件意义的位移。艺术作品的多层次性原则上是由特尼亚诺夫提出来的，但对这一点，即使现在也并非所有人都懂。"③

洛特曼在另外一处地方写道："难道说我们仅仅向我们听过其讲座或课程的人学习吗？我从未见到过尤里·尼古拉耶维奇·特尼亚诺夫，不曾有过如此幸运，但我却自认自己是他的学生（虽然从我这方面说来这似乎有些僭越之嫌）。"④

① Ю. М. Лотман: *История и типология русской культуры*, Санкт-Петербург: Искусство-СПБ, 2002, С. 71.

② Ю. М. Лотман: *История и типология русской культуры*, Санкт-Петербург: Искусство-СПБ, 2002, С. 191.

③ А. П. Казаркин: *Русская литературная критика XX века*, Томск: Издательство Томского университета, 2004, С. 241.

④ Ю. М. Лотман: *Воспитание души*, Санкт-Петербург: Искусство-СПБ, 2003, С. 239.

众所周知，20 世纪 40 年代的特尼亚诺夫又以著名儿童文学作家的头衔闻名于苏联文坛。他描写普希金周边诗人丘赫尔别凯的小说《屈赫里亚》(1925)和描写格里鲍耶陀夫的小说《瓦季尔·穆赫塔尔之死》(1929)，都是享誉苏联的名著。和什克洛夫斯基一样，他是那些独能把艺术家的感觉与文艺学家的睿智融为一炉的才子之一。如果天假以年，则他的造化当不可限量。

特尼亚诺夫对于奥波亚兹学术团体的解体，真诚地感到无比痛心。在普遍不理解和意识形态监控愈益严厉的条件下，集体进行学术研究已经变得不再可能了。1927 年特尼亚诺夫在给什克洛夫斯基的信中写道："我们这里已经开始在为智慧而痛苦了。关于我们，关于我们这三四个人，我敢于这么说。而且我这么说是不带引号的，问题的实质正在于此。我觉得没有引号我也能过得去，可以直接前往波斯了。"而在此一年后，在致什克洛夫斯基的另一封信中，他又写道："我们只不过有一次中断，却被人偶尔当作是终结了。"①

1941 年，战争刚开始时，特尼亚诺夫被疏散到彼尔姆后，仍在那里为写作《普希金》第 3 卷而勤奋工作。1943 年 12 月 20 日，尤里·尼古拉耶维奇·特尼亚诺夫去世于莫斯科。他的遗体被安葬于瓦甘科公墓。他的学术遗产和批评著作无疑属于俄国文化的珍宝。

第五节　洛特曼是奥波亚兹传统的复活者

在国际学术界，长期以来困扰着人们的一个问题是：我们究竟应当如何看待巴赫金及其学派那些散在的思想呢？它们是一个有机整体还是断简残编？它们是否具有一个理论之核或哲学之石呢？它们有没有一个共同的基础？由于巴赫金的著作大多未完成，且已出版的著作也多呈现为断片警句的形式，因而使得这个问题显得越发突出。这个问题到了 21世纪的今天，在后现代主义甚嚣尘上的今天，似乎显得越发尖锐而复杂了。

这个问题已经引起了不止一个西方学者的关注。莫森和埃莫森在其所著的《米哈伊尔·巴赫金：散文学的创造》一书中，分类列举了西方盛行的大致 4 种巴赫金研究方法：以茨维坦·托多罗夫为代表的结构主义

---

① Ю. Тынянов: *Литературная эволюция. Избранные труды*，Москва：АГРАФ，2002，С. 23.

和后结构主义方法。以卡·克拉克和迈·霍奎斯特的《米哈伊尔·巴赫金评传》为代表的胚胎学或起点研究法，即肯定巴赫金学派的理论是从某一原初思想或问题生发而来。其三是目的论方法，即与胚胎学方法相反，认为巴赫金学派的理论，不是从某一原初理念发展而来，而是奔向某一最终结果。此种方法以迈克尔·加德纳的《批评的对话：米·巴赫金与意识形态理论》为代表。第四种方法是移植法，即把巴赫金学派所创造的理论范畴、概念、观念和理论，平行地移植用以分析他种文化或意识形态现象，如西方有人把巴赫金与乔伊斯与通俗文学进行比较，就是此类著作的范例（《乔伊斯、巴赫金与通俗文学：杂乱无章地编年纪事》）。相信随着巴赫金研究的日益深入和广泛，还会有更多的研究方法涌现出来，因而可以预期：呈现在世人面前的米·巴赫金，还将会与日俱增，从而形成有多少人，就有多少个巴赫金的局面。

巴赫金研究的多元化格局能给予我们的巴赫金研究以何种启示呢？

我们认为，最重要的启示在于正如今天的后现代主义，其真正的含义是"面对……前现代、现代和后现代……"一样，作为一种新生理论的缔造者的巴赫金，是在面对历史的长河进行创造的，因而，他可以把"八面来风"装入自己的胸怀，他可以如辛勤的蜜蜂一样采集百花酿成蜂蜜。人文学科的创造性就在于他以前人的研究为基础和起点，在充分消化吸收别人的思想营养的基础上酿造和分泌出新知来。人文学科的生产方式就是采集旧知以酿造新知。其实自然科学也是如此。巴赫金学派和在他们之前或同时活动的俄国形式主义者们一样，如果说他们有什么哲学理念作为推动其进行不倦的科研探索的动力的话，那就是一种强烈的多元本体论价值诉求。

巴赫金和奥波亚兹一样，曾经接受过来自国内外的多种多样的影响：作为创造主体的人是不能在思想的真空里进行所谓创造的。但创造并不是把别人现成的东西拿来，换一个人称加以表述一番就改头换面成了自己的了。历史上这样的人尽管古今中外都所在皆有，但可以告慰读者的是这类人从来就不会拥有什么真正的创造性。每个思想家都有其所直接面对的语境和对象。当一个思想家以思想、以意识或以问题为先导进行思想的探险时，他会把他所有前人放在同一个平面上进行展示，因而会使人误会他是抛弃了问题的历史文化语境的，然而，这只是一种视觉误差而已。"相反，我们认为，每一理论问题均须作历史的考察。在文学作品研究的共时方法和历时方法之间，应有不可分割的联系和严格的彼此制约。"不过我们随时都考虑到了历时的角度；不仅如此，历时的角度成了我们感受所研究的每一现象的背景。

一句话，创造离不开传统，而且，创造——即使是最新奇的，也还是超不出传统的范围。正如当代哲学家 R. 斯克鲁顿所说："独创性……并非试图引起世人注意可能发生的东西，并非力图制造轰动效应，以便掩人耳目，自吹自擂。那些最具独创性的艺术品，可以运用众所周知的词汇产生令人快慰的作用……使艺术品具有独创性的，并非是其对历史的蔑视，对有待确证之物的恶意攻击，而是赋予传统的种种形式和内容的令人惊奇的要素。没有传统，独创性也就无从谈起，因为只有和传统相比照，独创性才变得可以理解。"①

由于巴赫金在国际学术界的被接受，每次都是一种时代错位的结果，所以，对于巴赫金思想赖以产生的语境和发挥作用的语境，人们普遍感到难以对准"焦点"。我们认为由于产生巴赫金学派的语境和产生奥波亚兹的语境是共同的，所以，两派之间的理论观点有许多别人意想不到的交合之处。总体而言，我们认为可以把这两派都定位于多元本体论文艺学范畴。如此一来，这一文艺学流派的历史起源、发展沿革和命运轨迹也就昭然若揭了："白银时代"——奥波亚兹（莫斯科语言学小组）——巴赫金小组——布拉格学派——洛特曼塔尔图学派——列维·斯特劳斯的结构人类学——爱泼斯坦的后现代主义。

这样一种发展脉络线路图——应了"当局者迷，旁观者清"这句老话——在后人眼里显得分外清晰，而在当事人看来，却如处迷雾。在洛特曼看来，俄国形式主义和巴赫金学派是一体的。他这样写道："既然我们说到巴赫金遗产，于是也就产生了巴赫金对俄国形式主义遗产的关系问题，后者在那个时代尚未成为历史，而还是一种生动的语文学实践。我们有充足的理由去关注米·米·巴赫金在论战中的发言。"这里，洛特曼既提到二者是"二位一体"，也指出二者之间存在着一种"论战"，可见，即便是一体也不乏冲突和分歧。

那么，人们为什么会关注巴赫金学派呢？洛特曼认为，第一，是他（巴赫金）肯定了语言符号的动态性质。符号并未把自己表现为一种给定物，而是一种介于所指和能指间的动态关系，而且其中的所指并非一种特定概念，而只是趋向于概念的一种运动（参见《马克思主义与语言哲学》和《陀思妥耶夫斯基创作问题》）。第二，是对话主义思想。需要立即加以

---

① 〔英〕彼得·沃森：《20 世纪思想史》，朱进东等译，上海，上海译文出版社，2001，第4 页。

指出的，是"对话"概念往往具有比喻性，甚而更多带有巴赫金引入论著中的不确定性。这一概念是随着科学的继续发展才逐渐获得确定性的。这里当然应当永远牢记的一点，是巴赫金远非掌握了费·索绪尔基本命题的唯一一个学者。在确定巴赫金在那个时代的地位时，我们不应忘记尤·特尼亚诺夫的研究工作也采取了同一路径，雅各布逊的许多著作也与这一研究方向毗邻，而后者的科研之路，就是在终身致力于修正索绪尔学说的。

洛特曼在回顾苏联文艺学时写道：……有多少从前被认为颇有前途的、获得过奖金的研究专著，如今却已沉沦于忘川，不复能被人所记起。还有多少人的著作却始终在翘首期盼出版，如期盼甘霖一般，如米·巴赫金。他指出，苏联时期出版了许多学术垃圾，浪费了许多纸张。我们知道，促使巴赫金"一夜之间"崛起于苏联文坛、挺立于世界学术界的一个很重要原因，就在于文艺学界的陈陈相因、假大空统治学术舞台，致使"黄钟毁弃，瓦釜齐鸣"的缘故啊！

当年，临终前的艾亨鲍姆也曾为文艺学界缺乏自己的"独特话语"，也为文艺学界术语混乱而痛心疾首。时隔多年以后，我们又从老先生的弟子洛特曼口中，听到了类似的回音。洛特曼是奥波亚兹代表人物的及门弟子，当年，在俄国形式主义理论学说风行俄罗斯各地之时，洛特曼也曾是积极拥戴奥波亚兹学说的众多弟子们之一。从列宁格勒大学语文系毕业后，只是由于自己的犹太人出身而找不到工作之故，才流落到立陶宛的塔尔图。从此以后，列宁格勒少了一个毕业大学生，而塔尔图却有了一个划时代的学术带头人。正是经由他长达半个世纪的努力，才把一个偏居外省的大学语文系带到了世界学术界的前列。洛特曼终生都对奥波亚兹代表人物万分崇敬。他的亲妹妹曾在艾亨鲍姆临终时陪伴在其病床前为老人送终。他本人也曾不止一次声言：所谓塔尔图学派，其实就是当年俄国形式主义学派的学术继承人。

无论西方人出于自己的理解对这笔学术遗产如何进行处理，在俄国当年以至今天，人们似乎从未在"学统"问题上有过丝毫动摇、犹豫或彷徨，从一开始就坚定地把俄国形式主义（奥波亚兹、莫斯科语言学小组）、巴赫金学派、罗曼·雅各布逊和布拉格学派当作是一脉相承的学术传承线索。当代俄罗斯后现代主义理论家爱泼斯坦也是这样梳理俄罗斯学术传承的"学统"的。他认为俄罗斯后现代主义思潮酝酿于"解冻"时期。这是一种出现于这一时期的不同于官方倡导的社会主义现实主义的文艺学。其代表人物有尤·洛特曼、维亚切斯拉夫·伊万诺夫、谢尔盖·阿维林采夫等人，主张采用内在规律和功能法则研究文学艺术和文化现象。俄国形式主义和米·巴赫金、结构主义符号学都是这一新思潮所依赖的思想资源。

　　契尔诺夫就此问题这样写道："洛特曼本人上过一所很好的学校，并创立了自己的教研室。当然，他不是在一片旷野中创立它的，而且也不是一下子就创立了的。塔尔图大学的俄罗斯文学教研室就是他的孩子，如今已经名闻整个斯拉夫世界。而他本人的导师则构成了我国学术界的骄傲和荣誉——尼·伊·莫尔多夫钦科、格·亚·古科夫斯基、米·马·阿扎多夫斯基、瓦·雅·普洛普、鲍·瓦·托马舍夫斯基、鲍·米·艾亨鲍姆。而他作为一个人和学者的杰出个性就正是在他们的研讨班的讲座课上形成的。如果在这个名单上再加上瓦·米·日尔蒙斯基、尤·尼·特尼亚诺夫、列·瓦·蓬皮扬斯基和奥·米·弗连伊登别格这些被洛特曼称为'未曾谋面'的导师的话，那么，这个学派就真的是一个豪华阵容了。"①对俄国形式主义有所了解的人，从这个人名单也就不难一下子认识到，如果再加上米·米·巴赫金，那么，这差不多就是整整一部俄国形式主义学术沿革史了。

　　关于巴赫金，洛特曼说过："有幸亲眼见过巴赫金的人都相信，他不只是个天才研究者，而且也是一个品格高尚的学者，在追寻真理上具有伟大的职业道德和伟大的情操，我希望我们在自己的学术奋斗中能够对得起他。"②而如今，"无论在国外还是在国内，没有一部著作会不引用巴赫金的。如今人们热衷于从巴赫金那里援引名言，就像往馅饼上撒糖粉一样，而就是这些人，约5年前对巴赫金一言不发，约10年前则骂骂咧咧。所有这一切都是科研工作的表层，如莎士比亚所说的那样："土地和水一样充满了毒气。这是大地的气泡。"③他还认为现在应该花大力气出版特尼亚诺夫、古科夫斯基、艾亨鲍姆、托马舍夫斯基等苏联学者的全集或选集。

　　关于巴赫金思想的多元性质问题，洛特曼也有过十分精彩的论断。他说："如果说我们今天说的这一切，严格地说，都已经超出了语文学的范畴的话，则我们应当记住一点，解决这些问题的道路首先是由米·米

　　①　Ю. М. Лотман: *О русской литературе*，Санкт-Петербург：Искусство-СПБ，1997，С. 6.

　　②　〔俄〕叶戈罗夫：《洛特曼的生平与创作》，第255页。转引自凌建侯：《巴赫金哲学思想与文本分析法》，北京，北京大学出版社，2007，第161～162页。

　　③　Ю. М. Лотман: *Воспитание души*，Санкт-Петербург：Искусство-СПБ，2003，С. 240.

· 巴赫金开辟出来的。

在结束之际我还想说下列一番话。我们在这里所说的一切完全是公正的，我们说巴赫金是非常多面的，站在不同的文化和地理视角上看，都会有不同的看法。但我仍想敬请大家关注一点：即凡是有幸亲自认识米·米·巴赫金的人都确信他不仅是一个天才的研究者，一个有着高度人的尊严的学者，一个具有职业道德的、在探索真理中诚实正直的学者。因此，我们不仅应当谈论我们究竟应该怎样接受巴赫金，而且也应该谈论一下，在他眼里我们又是些怎样的人。我十分希望我们在研究巴赫金的同时，自己也能配得上他所写的那些著作。"①

洛特曼高度评价巴赫金对当代艺术产生的影响：

> 谁若否定米·米·巴赫金对当代艺术（尤其是对戏剧与电影，而那些非直接改编自陀思妥耶夫斯基小说的戏剧演出就姑且不论罢）的深刻影响那就很奇怪了。但这一影响是通过我们当代人哲学意识的重构来实现的。②

他认为巴赫金是 20 世纪世界著名的文学理论家和哲学家，他对于塔尔图学派的观点是众所周知的。他说：

> 如果我们谈论巴赫金的遗产的话，那么就会产生一个他如何对待在他那个时代尚未成为历史，而是生动的语言学实践的俄国形式主义的遗产问题。我们有充足的理由关注米·米·巴赫金的充满论战性的出场。我想在这里讨论两个问题，而且我想谈的不是他如何与俄国形式主义论战的问题，而是讨论他如何探讨和明确费尔迪南·德·索绪尔的观点问题，后者的语言学理论不仅在这个时期的语言学中，而且也在整个人文学科中真地具有革命性的意义。③

由此可见，按照洛特曼的观点，考察巴赫金学派的观点，也不能脱离由俄国形式主义理论建树所构成的语境。它们是后来所有学派的"昨

---

① Ю. М. Лотман: *Воспитание души*, Санкт-Петербург: Искусство-СПБ, 2003, C. 156.

② Ю. М. Лотман: *Воспитание души*, Санкт-Петербург: Искусство-СПБ, 2003, C. 604.

③ Ю. М. Лотман: *Воспитание души*, Санкт-Петербург: Искусство-СПБ, 2003, C. 148.

天",没有昨天,今天也就无从谈起。严肃的文学理论研究者,是不能不回顾这一背景的。

众所周知,晚期奥波亚兹在 1928 年,已经提出了把文学和文化联系起来加以研究的规划方案,但却与"历史机遇期"无缘,而未能展开进一步研究。对于这一点,巴赫金也早有明确指示:

"首先,文艺学应与文化史建立更紧密的联系。文学是文化不可分割的一部分,脱离了那个时代整个文化的完整语境,是无法理解的。不应该把文学同其余的文化割裂开来,也不应像通常所做的那样,越过文化把文学直接与社会经济因素联系起来。这些因素作用于整个文化,只是通过文化并与文化一起作用于文学。"[①]"采取各种不同的方法就是理所当然的,甚至是完全必要的,只要这些方法是严肃认真的,并且能揭示出新研究的文学现象的某种新东西,有助于对它的更加深刻的理解。"[②]

巴赫金的可贵之处在于:他是在一个闭塞的时代,发出他的"旷野呼告"的。但他拥护采用多种方法解决文化问题的立场是毋庸置疑的。这显然也是洛特曼最为欣赏的一点。他告诫我们:"巴赫金临终前不久重复说:'绝对的死亡是没有的:每一种思想都有其复活的节日。'"[③]有一点大概是这位符号学家忽略了的,即他误以为"他者言语"这一概念是由巴赫金最早提出来的,显然有误。本书已经揭示,这个概念最早见之于沃洛希诺夫的名著。巴赫金本人显然是赞同的。但后来,在"他人言语"和"复调"等概念的基础上,形成了巴赫金的对话概念。"他人话语"问题作为长篇小说风格学的一个特殊范畴最早是在米·米·巴赫金的著作中提出来的。米·米·巴赫金在指出诗歌话语趋向于独白体以后,对话语在长篇小说中的本质界定为它具有一种以"他人"话语为定向的趋向。

与巴赫金本人不同,洛特曼对于奥波亚兹的陌生化说,以及建基于此学说之上的文学史演变范式——自动化——解自动化——无疑是赞同的,但却有附带条件。洛特曼把陌生化的效果不是界定为"差异",而是界定为"信息的集聚"。他写道:

---

① 〔苏〕巴赫金著,钱中文主编:《巴赫金全集》第 4 卷,白春仁、晓河、周启超等译,石家庄,河北教育出版社,1998,第 364 页。

② 〔苏〕巴赫金著,钱中文主编:《巴赫金全集》第 4 卷,白春仁、晓河、周启超等译,石家庄,河北教育出版社,1998,第 366 页。

③ Ю. М. Лотман: *Карамзин*, Санкт-Перербург: Искусство-СПБ, 1997（13）. В. М. Жирмунский: *Вопросы теории литературы, статьи* 1916-1926, Ленинград: Издательство Academia, 1928, С. 308.

　　这样一来，形式主义学派的论点毫无疑问是正确的，即在发挥艺术功能的文本中，人们的注意力往往凝聚在那样一些因素身上，这些因素在另外一些场合下却是被人们自动地予以接受而不被意识所记录。但他们对此类现象的解释却从根本上是错误的。艺术功能的发挥所产生的不是被排除了意义后的"高度净化了的"文本，而是相反，是充满了高度意义负荷的文本。①

　　洛特曼显然认为文本外因素会以某种方式进入文本，从而成为文本内因素而参与文本的构成。从这个意义上说，文学的内外关系便是可以转化的，而不是像早期奥波亚兹那样，对文学的内外关系的处理那么机械。在这个问题上，也许洛特曼倒是与巴赫金观点更为接近一些。他写道：

　　　　我总是认为以环境为借口不足以服人。环境可以毁坏并且毁掉一个大人物，但环境却无法决定其生活的逻辑。无论如何内在的悲剧才是最重要的，而非消极地从一个环境过渡到另外一种环境中去。年轻的舒伯特患了梅毒（偶然地！），因而死了。但不是梅毒，而是"未完成交响乐"才是灵魂对"环境"的悲剧性回答——最终成为其内心传记中的事实。②

　　奥波亚兹为了确立其多元本体论文艺学的地位，曾经针对心理学主义的滥觞而反对心理分析对文艺学的介入，这表明他们在方法论上的褊狭和片面。洛特曼则站在新时代的高度，对于心理学给予相当的尊重。一般说，洛特曼对于奥波亚兹的文学史观也是持赞同立场的：

　　"俄国形式主义者们，发现并且描述了这一过程，它反映在艾亨鲍姆和特尼亚诺夫的著作中。但对他们的观点做了重大修正。最重要的修正在于实际上存在着不是两种——高级和低级——倾向，而是一个复杂的结节，此外，还有从一种状态过渡到另一种状态是按照不可预言的爆炸发生的。在爆炸之后形成的文化时代则创造了自己的过去，其简化的形象被新文化所吸收。这一回源反溯式的自我评价果实在未来的历史思维

---

① Ю. М. Лотман：*О русской литературе*，Санкт-Петербург：Искусство-СПБ，1997，С. 775-776.

② Ю. М. Лотман：*Об искусстве*，Санкт-Петербург：Искусство -СПБ，1997，С. 348.

面前成为唯一的一种可能。"①也就是说，如果说奥波亚兹把文化发展的动力因归结为求新求变追求差异的创造意识创造意志的话，那么，洛特曼却认为文化发展是一个渐变累计从而导致大爆炸这么一种剧烈冲突的模式。

> 如果把文本在时间中的展开当作一种演变过程的话，那么，这一过程对于叙事学来说是无序的。由维克多·什克洛夫斯基和尤·尼·特尼亚诺夫所发明的文学演变模式被后者采用系统的"中心——边缘"概念予以描述。特尼亚诺夫写道："在某种文体解体的时代该文体会从中心转移到边缘，而在其原来所占据的位置上，从文学的细枝末节中，透过门缝和底层，新的现象会浮上中心（而这也就是维克多·什克洛夫斯基所说的'微末文体的规范化'）。"（特尼亚诺夫：《拟古主义者与革新家》）而这一过程也可以描述为系统外因素经常不断地转移到系统内或反之。这样一种提出问题的方式把接受者的积极性问题引入了进来：正是接受者在以特定方式阅读着交给他的特定文本，以便使其适应于一种特定的代码，从这种代码的立场看，偶然的会变成相关和切题的，而切题的则会变成失去意义的。这样一种提出问题的方式把文本与代码之间这场生成意义的游戏和发信人的积极作用给突出了出来（文本不再被某种消极的符号物质当作代码的自动化现实化而接受了）。②

在洛特曼看来，文学文化历史的演变过程更加复杂化了：这里有文本（系统亦然）内外因素的互渗和易位问题，也有接受意识参与作品意义的生成问题，显然，这是在当代美学发展的高度上对文学史演变问题的一种哲理反思，是比特尼亚诺夫当年更加深化了。

然而，偶然因素对于文本生产的干预不仅可能发生在文化空间的边缘。而且，不仅边缘地带，就连文化结构的中心在这方面也会成为文本区域。这里类似的结果是由直接对立原因引起的。如果说在文本的边缘地带由于结构限制和结构关联的简化而减弱的话，那么，我们就会在中心与超结构相遇：各种下属结构的相互交织的数目会如此急遽增加，以

---

① Ю. М. Лотман: *История и типология русской культуры*, Санкт-Петербург: Искусство-СПБ，2002，С. 365.

② Ю. М. Лотман: *История и типология русской культуры*, Санкт-Петербург: Искусство-СПБ，2002，С. 128.

至会由于其交点的不可预见性而产生某种二级自由。从特定结构的观点看，异结构系列的干预会被当作是偶然发生的。这部分地说明了特尼亚诺夫-什克洛夫斯基关于文学的微末和重大线索相互交替法则所描述的不是普遍规律，而只是文学演变过程中可能有的一部分罢了，竟然是一个事实。而"重大线索"并不像圣经里的无花果似的凝固不变：不光"底层的"、"被推翻了的"、"文学以外的"文学家们酝酿了伟大作家的创作，而且还对他们发生了影响。否定伟大典范的影响力是很令人感到奇怪的一件事。更多的时候它们会经历过一个更新过程和范式转换过程。这里的积极性是双向的。

　　除了一些专门采用的"新三论"、"后三论"术语外，洛特曼始自结构诗学的文化批评，简直可以说就是当年俄国形式主义的翻版。洛特曼自己并不避讳承认这一点，只是限于时势有时说得透明一点有时说得比较隐晦而已。当然，在继承奥波亚兹和莫斯科语言学学派学术遗产的同时，洛特曼也加进了一些自己的创造，但整体而言，这种创造的成分并不多，尤其是在哲学理念方面（这一点也酷似其借主——俄国形式主义）。洛特曼给人最突出的印象，是他是一个分析大师，他长于操作，善于不运用理念进行思辨，而是使用各种工具来解剖对象。他对于结构主义符号学的基础理念运用得十分娴熟，善于采用二元组合分析法分析文学作品。在此之中，往往能得出非常新颖的结论。

　　关于奥波亚兹的诗歌语言研究，洛特曼指出："孤立地书写某种语言的历史，比方说，诗歌语言的历史，将其历史脱离开它周围的语境来加以描写，这就近似于把一个孤零零的乐器从整个乐队总谱里抽出来，而开始孤立地对其进行考察一样。事实上特尼亚诺夫关于次要文学流派起主导作用以及主流和支流文学常常处于变换之中的观念即以这样的理念为基础。特尼亚诺夫的理念是：崇高的诗歌并不能产生崇高的诗歌，崇高的诗歌是从已经被推翻了的诗歌生发出来的（试比较安·阿赫马托娃的诗歌："Когда б вы знали, из какого сора // Растут стихи, не ведая стыда"）——或许可以将其改写为这样一种思想，即新的文学阶段，比方说，并不是从前此阶段在没有旁系支流的主导性作用的条件下产生出来的。"[①]

　　那么，洛特曼自己的理论且不论，他有关诗学研究在俄国的历史命运问题，又有何看法呢？洛特曼这样写道：（穆卡洛夫斯基的）"《文学语

---

① Ю. М. Лотман: *Семиофера*, Санкт-Петербург: Искусство-СПБ, 2004, C. 658.

言与语言》……为结构的概念补充了符号的概念。把结构主义方法与符号
学方法结合起来是穆卡洛夫斯基及其学派的专门的和决定性特征，同时
也是捷克结构主义的重要特征。正是从这一刻起，形式主义才成为昨天，
而艺术学方法论也得以形成，其科学的迫切性一直持续到今日。"①

　　历来同情并关注苏联符号学的加斯帕洛夫写道："俄罗斯文学科学中
有两部论述诗歌理论的著作，而常常想起这两本著作的，往往不是诗歌
理论家，而是广义上的文学理论家。这就是特尼亚诺夫的《诗歌语言问题》
(1924)和40年后洛特曼的《结构诗学讲义：导论、诗的理论》(1964)……特
尼亚诺夫和洛特曼远远超越于自己的时代。他们规划了诗歌理论应当纳
入其中的诗歌理论的轮廓。"②

　　实际上被纳入洛特曼视野里的，还有穆卡洛夫斯基。作为局外人和
犹太人后裔，洛特曼并未带有那么多的大俄罗斯沙文主义理念和大俄罗
斯帝国殖民意识，不自觉地贬低或是轻视非苏俄国家的斯拉夫人的学术
贡献："应当指出的是，在20世纪40年代初，虽然有雅库宾斯基、巴赫
金和波里瓦诺夫的创新性著作，而这个问题仍然很少有人研究，而且，
对此问题的重要性也远非被人认识得很全面。穆卡洛夫斯基对于科研问
题的敏感性就表现在，比方说，谈到独白与对话言语的区别，他在很大
程度上把沃洛希诺夫的著作作为自己的出发点。"③

　　当代俄罗斯后现代主义者爱泼斯坦指出："巴赫金有个思想尽人皆
知，即文化是在文化的边缘创造出来的，这一点已经被20世纪的经验所
证实，因为在整个20世纪，差不多主导地位都被在其创作中把不同的语
言和民族传统交融在一起的'异类'作家们所占去了。卡夫卡是哪国的：
捷克？奥地利？还是德国的？犹太的？纳博科夫是何许人：说俄语的美
国作家还是说英语的俄罗斯作家？"④巴赫金的有关思想我们可以试举一
例。"要合作。存在着边缘区(在这个区域里通常会出现新的流派和学
科)。"⑤

　　爱泼斯坦的思想颇有吸引力和深刻的哲理性，但有些地方未免粗疏，
因而显得似乎不够严谨。这里我们并不想讨论这段话的真值问题，而是
对爱泼斯坦把边缘创造性理论归诸于巴赫金这种定论表示质疑。实际上

————————

　　① Ю. М. Лотман：*Об искусстве*，Санкт-Петербург：Искусство-СПБ，1997，С. 467.

　　② Ю. М. Лотман：*Об искусстве*，Санкт-Петербург：Искусство-СПБ，1997，С. 676.

　　③ Ю. М. Лотман：*Об искусстве*，Санкт-Петербург：Искусство-СПБ，1997，С. 476.

　　④ Ю. М. Лотман：*Об искусстве*，Санкт-Петербург：Искусство-СПБ，1997，С. 353.

　　⑤ 〔苏〕巴赫金著，钱中文主编：《巴赫金全集》第4卷，白春仁、晓河、周启超等译，石
家庄，河北教育出版社，1998，第398页。

边缘创造性理论远非巴赫金所创，而是最先由奥波亚兹学派推出来的一个文学史概念。众所周知，在奥波亚兹那里，文学靠其边缘发展早已就成为奥波亚兹在 20 世纪 20 年代中期推出的一个很重要的文学史观念。与文学中心的趋向于保守、守成、稳定和正典化不同，文学的边缘则由于与他者相交而呈现出不稳定、非守成、更活跃同时也更富于变化的形态，因而，在与他者的交往中，边缘更容易成为产生新艺术的最活跃的温床。正如厄利希在其名著中所指出的那样："为使自我得以更新，文学常常需要从准文学文体（sub-literary genres，亚文学文体或半文学文体）中汲取母题和手法。"此前曾在文学的边缘过着朝不保夕生活的通俗文化产品，此时被恩准进入客厅，升格为 bona fide（拉丁语："真正的"）文学艺术，或如什克洛夫斯基所说，被"正典化了"。奥波亚兹扩大了文学研究的范围，把文学的边缘现象也纳入了文艺学家的视野。他们"……从而将一些边缘现象——无名或半被遗忘了的作家、批量生产以及准文学文体——也纳入彀中。形式主义者们争辩道，文学并非文学杰作的交替演变过程。一个人如果对二三流作品缺乏了解，他也就无法理解文学史的嬗变过程，或无法评价文学史上任何一个历史时期"。因为"文学杰作只有以平庸为背景才能被人真正认识"。① 因此，实际情形是：文学（文化亦然）边缘发展的概念源自奥波亚兹，但将其理论化和术语化的，却是巴赫金，从这个意义上说，作为奥波亚兹之他者的巴赫金，同样也是构成整个这一思潮的一部分。离开巴赫金学派，则我们对俄国形式主义的理解必然也是不完整的。

　　俄国形式主义的文学（文化亦然）靠其边缘发展的理论，事实上也得到了巴赫金学派的呼应和赞同。巴赫金认为文化的本质在于与其他文化交界的边缘地带，这一思想得到了当代一些文化学者的响应，如洛特曼、阿维林采夫等。② 巴赫金的自我与他者论，沃洛希诺夫的"他人言语说"等，都包含了边缘发展理论。

　　从今天的观点看，巴赫金那些零星片断的论点，只有把它们放在由俄国形式主义、穆卡洛夫斯基的布拉格学派以及洛特曼的塔尔图学派对话的大背景下，才得获得真正的理解。而对奥波亚兹陌生化说的争论，就是判别其相互关系的一个很好的切入点。厄利希指出：

---

① 　拙译本电子稿第 209～210 页、第 269 页。

② 　М. Н. Эпштейн：*Постмодерн в русской литературе*，Москва：Высшая Школа，2005，С. 136.

　　某些形式主义学派的同情者们认为，奥波亚兹文学史理论的片面性仅仅只是个例外。维克多·日尔蒙斯基就是这样的同情者之一……他承认什克洛夫斯基的“自动化”说很实用，但对解释文学流派的演替来说却不尽恰当。……日尔蒙斯基争论道，由于文学与其他人类活动密切相关，所以，文学的演变就不能被解释为一种纯粹的文学现象。他断言艺术形式发展和其他文化领域发展之间的关系，是我们根本不可能予以规避的问题。况且对比或审美多样性原则对于完整解释文学的发展而言乃是一个十分消极的因素。艺术形式逐渐凋萎论可以解释为是针对旧形式的一种反应，但却不是新形式的性质；它可以解释发生嬗变的必要性，却无法说明嬗变发生的方向。后者取决于一个时期的整体文化氛围和时代的特征，它们往往会在文学及其他文化领域里得到表现。例如，18世纪末反抗古典主义的暴动即可归因为古典主义风格的“日益僵化”。但这次暴动采取了浪漫主义形式这一事实，却应归咎于一种新的世界观的崛起，它在艺术及其他文化领域里涌动并且寻求着表现。①

　　恩格尔哈特(Engelhardt)在其所著有关形式主义方法论的慎思明辩的著作中，以类似方式提出了同一个问题：“自动化理论仅仅可以解释文学运动这一事实，以及文学嬗变的内在必要性，但却无法说明这些发展的本质或形式。”②

　　针对这个问题，厄利希写道：

　　或许要想处理如现代艺术这样的现象，我们最好是乞灵于在某种意义上与日尔蒙斯基公式正好相反的穆卡洛夫斯基公式。穆卡洛夫斯基这样写道：“艺术结构的每种变化都是从外部引起的。或直接引起，即在社会变化的直接影响之下引发；或间接引起，即在某一平行文化部门如科学、经济、政治、语言等发展的影响之下引发；无论如何，应对某一来自外部的挑战的具体方式及其所引发的形式，都取决于艺术结构所含的因素。”③

① В. М. Жирмунский：*Вопросы теории литературы，статьи 1916-1926*，Ленинград：Издательство Academia，1928.

② Б. М. Энгельгардт：*Формальный метод в истории литературы*，Лениград：Издательство Academia，1927.

③ Victor Erlich：*Russian Formalism：History Doctrine*，Fourth edition，The Hague，Paris，New York：Mouton Publisher，1980，p. 256.

　　但是，厄利希的辩护，仍然是站在文艺学本体论立场上作出的，他认为，诗歌语言之所以会对目标明确的语文学家们有如此大的吸引力，其主要原因就在于它的特殊性质。诗歌语言是一种 par excellence（典型的）"功能性"言语类型，其所有构成成分都从属于同一个构成原则——即话语完全是为了达到预期的审美效应而"组织"的。[①]　也就是说，诗歌语言首先必须服从其系统自身的内在规律而运行。"艾亨鲍姆在其富于启发性却又明显具有片面性的论文《果戈理的'外套'是如何写成的》[②]中，把注意的焦点集中在故事的语调上。这篇著名短篇小说被阐释为怪诞风格化的一篇杰作，是富于表现力的自叙体（сказ）的典范之作，[③]　这篇小说大量使用了语词游戏（word-play），同时也对'发音说话方式，语音模拟和语音姿势'给予了特殊的关注。[④]　'外套'的情节被整体地在语言层面上描述为在两种风格层次——喜剧性叙事和感伤性修辞——游戏的一个结果"。[⑤]

　　厄利希继而写道：

　　　　如果说布拉格形式主义者们得以避免把文学作品降格为其语言基质这一方法论错误的话，那么，他们同样也规避了早期奥波亚兹的另外一个谬误，即把文学等同于"文学性"这一倾向。[⑥]　穆卡洛夫斯基在为什克洛夫斯基《小说论》（*On the Theory of Prose*）的捷克语译本的前言中，对作者见解的敏锐极表赞赏，但对作者处心积虑想要把所谓文学外因素摒除在外的做法表示批评。穆卡洛夫斯基坚持认为什克洛夫斯基认为对于"编织技法"[⑦]苦心孤诣的迷恋，会使文

---

①　Victor Erlich：*Russian Formalism：History Doctrine*，Fourth edition，The Hague，Paris，New York：Mouton Publisher，1980，p.45.

②　〔苏〕鲍·艾亨鲍姆：《果戈理的"外套"是如何写成的》（Как сделана "Шинель" Гоголя，Поэтика），第 151～165 页。——原注

③　"自叙体"（сказ）很快就成了俄国形式主义风格学的关键术语之一（参阅本书下文第 13 章第 238 页。在英语与虚构类散文有关的术语体系中并无与之相当的等值词。我们可以尝试性地把它当作一种把重点放在虚拟叙事者个人"语调"上的叙事手法（narrative manner）。——原注

④　《诗学》（Поэтика），第 143 页。——原注

⑤　Victor Erlich：*Russian Formalism：History Doctrine*，Fourth edition，The Hague，Paris，New York：Mouton Publisher，1980，p.55.

⑥　欲了解有关这一问题的扩展论述可参阅该书第 11 章第 198～200 页。——原注

⑦　参阅该书第 7 章第 119 页。——原注

学研究的领域被过分缩小化。①

而梅德韦杰夫-巴赫金的下述言论，似乎正是针对这一争论而得出的结论：

> 再重复一下，每一种文学现象（如同任何意识形态现象一样）同时既是从外部也是从内部被决定的。从内部决定是由文学本身所决定；从外部决定是由社会生活的其他领域所决定。不过，文学作品被从内部决定的同时，也被从外部决定，因为决定它的文学本身整个地是由外部决定的。而从被外部决定的同时，它也被从内部决定，因为外在因素正是把它作为具有独特性和同整个文学情况发生联系（而不是在联系之外）的文学作品来决定的。这样，内在的东西原来是外在的，反之亦然。②

由于一系列社会历史原因，西方人在初次接触到巴赫金的思想时，第一个感觉是奇特和突兀：他们很难想象在苏联会有巴赫金这样的犹如"持不同政见者"一般的文化学者。他们从自己既有的偏见出发想当然地认为历史上不会出现这样的偶然和奇特。而在俄国文化的背景下理解巴赫金，便不会觉得他"突兀"、"涩勒"，相反，却会觉得似曾相识，如曾谋面。例如，当我们读下列文字时，我们肯定会觉得分外新鲜：

> 除了诗歌之外，没有一个文化领域需要整个的语言：……语言只有在诗歌中才显示出自己的全部潜能，因为对语言的要求在这里达到了极限：它的所有方面都被调动起来，趋于极致。诗歌仿佛要榨干语言的脂膏，而语言也就在这里大显身手。③

也许是因为苏联时期"形式主义"成了"过街老鼠，人人喊打"的"替罪羊"，所以，洛特曼在那时几乎在所有场合下都回避自己与俄国形式主义的牵连。但如前所说，其实如果没有奥波亚兹，也就不会有塔尔图学派，

---

① Victor Erlich: *Russian Formalism*: *History Doctrine*, Fourth edition, The Hague, Paris, New York: Mouton Publisher, 1980, p. 126.
② 〔苏〕巴赫金著，钱中文主编：《巴赫金全集》第2卷，李辉凡、张捷、张杰等译，石家庄，河北教育出版社，1998，第145页。
③ 〔苏〕巴赫金著，钱中文主编：《巴赫金全集》第1卷，晓河、贾泽林、张杰等译，石家庄，河北教育出版社，1998，第346页。

此二者的关系是不言而喻。实际上，某种意义上洛特曼可以说是奥波亚兹的"及门弟子"：他在彼得格勒大学求学期间，曾经亲耳聆听过艾亨鲍姆、特尼亚诺夫、什克洛夫斯基等人的讲座和课程。晚年艾亨鲍姆重病期间，在病床边陪护的，就是洛特曼的妹妹。而且，洛特曼和奥波亚兹"三巨头"一样，也是犹太人——这或许也是促使洛特曼处处避讳这一关系的原因之一吧！然而，在旁人眼中，洛特曼与俄国形式主义的关系，却是"秃子头上的虱子——明摆着呢"！季莫菲耶夫和科日诺夫都一口咬定洛特曼的符号学其实就是复活了的"形式主义"。而洛特曼自己也承认：

> ……正是在我国学术界，结构主义有着深厚的传统。我们只须回想一下当前业已成为国际学术界经典之作的 B. 普洛普的《故事形态学》，П. 博加特廖夫、米·巴赫金、A. 斯卡夫特莫夫等人就足够了。结构主义者与其论敌的区别，根本不在于所谓他们反对"传统文艺学"。只不过他们给"传统"概念注入了新的内容。我国的文艺学史尚未撰写，而将来一旦撰写，也许会如哈姆雷特说的那样，会向我们揭示许多"我们的智者也不曾梦过的"东西。如今仍然健在、闻名遐迩的一系列学者我们就不一一列举了，我们只想说说尤·特尼亚诺夫、鲍·托马舍夫斯基、鲍·艾亨鲍姆、格·古科夫斯基、B. 格里布、列·蓬皮扬斯基、格·维诺库尔、谢·巴卢哈特、在前线壮烈牺牲的青年学者 A. 库列维奇及其他许多人，将来一旦研究苏联文艺学史，上述学者的地位和意义便会昭然若揭，到那时，人们就会懂得根本不可能谈论什么结构主义不喜欢以前的学术"传统"一类的话。结构主义并不觊觎学术界的特殊地位，况且在真正的学术界里，如此地位也是不存在的。倒是结构主义的批判者们在追求独特性。[①]

从以上粗略的名单就可以看出，洛特曼心目中苏联文艺学真是群英荟萃，众星灿烂。但遗憾的是，他们当中的绝大多数人，不见载于苏联官方的名人录里。洛特曼所推重的，恰恰正是那些曾经被苏联官方排斥在主流之外的学者。他欣赏的也是当年奥波亚兹为主流的文艺批评。洛特曼称赞特尼亚诺夫的《论"叶甫盖尼·奥涅金"的结构》是对这一名作"文

---

① Ю. М. Лотман: *О русской литературе: Статьи и исследования. История русской прозы. Теория литературы*，Санкт-Петербург: Искусство-СПБ，1997，C. 760.

学性"分析最深刻的一篇论文。在同一本书中，洛特曼还赞成什克洛夫斯基的这样一种思想，即离开文学方能得到文学。（而巴赫金则断言："用歌德的话说，如果你想要巩固自己的个性，那你就要消灭个性。"①）在《当代英雄》的舞会一场中，莱蒙托夫以对话式而与普希金的《叶甫盖尼·奥涅金》遥相呼应。莱蒙托夫潜意识里与之呼应的内驱力是如此强烈，以至他竟在一处地方错误地称呼毕巧林为叶甫盖尼。而这一发现首先是由艾亨鲍姆作出的。特尼亚诺夫认为普希金对卡拉姆津的夫人有一种与母爱相纠结的爱情，临终前最想见其一面的，居然会是她！

洛特曼对于奥波亚兹的态度，还可以从他对待普罗普的态度中见出端倪来。后者一直被学术界认为是俄国形式主义的代表人物之一。加里尔·埃默森称普罗普是"一个伟大的苏联民间文学研究家和形式主义者"②。洛特曼则从其固有的符号学立场出发，把沃洛希诺夫-巴赫金的《马克思主义与语言哲学》与普罗普作了一番比较，得出如下结论：

> 如果说普罗普的方法是以从被他当作同一文本的各种变体组成的结节的各种文本中抽取出建基于其基础之上的唯一的文本-代码的话，那么，巴赫金的方法则从《马克思主义与语言哲学》起，就与之相反：在同一的文本中不仅划分出各种而且划分出特别重要的不可相互翻译的属文本。从文本中揭示其内在的冲突性。在普罗普的描述中文本倾向于泛时代均衡性：正是因为所考察的是叙事文本，才看得更清楚，运动实际上是没有的，有的只是围绕着某一几何稳态规范（均衡——均衡的被打破——均衡的恢复）。而在巴赫金的分析中，运动、变化和破坏的必然性甚至隐藏在文本的静态中。因此甚至在它那样一些场合下，即当似乎与情节问题相距十分遥远时它也是情节化了的。因此按照普罗普文本最自然的领域是童话，而对巴赫金来说，则是长篇小说和戏剧了。③

而普罗普对于当代叙事学的影响，也理应被汇入整个俄国形式主义-巴赫金学派的洪流和巨潮中来，诚如洛特曼所言："在进行反驳的同时，巴赫金和梅德韦杰夫心目中有一个伟大的形式主义情节研究的传统，该

---

①　Ю. М. Лотман：*Об искусстве*，Санкт-Петербург：Искусство-СПБ，1997，С. 427.

②　Caryl Emerson：*The First Hundred Years of Mikhail Bakhtin*，New Jersey：Princeton University Press，1997，p. 176.

③　Ю. М. Лотман：*Об искусстве*，Санкт-Петербург：Искусство-СПБ，1997，С. 427.

传统在什克洛夫斯基、鲍里斯·托马舍夫斯基、鲍里斯·艾亨鲍姆和弗拉基米尔·普罗普手中得到了发展。今天，这一传统则鼓舞了除其他人外，还有塞缪尔·查特曼(Seymour Chatman)、杰拉德·杰内特(Gerard Genette)、茨维坦·托多罗夫(Tzvetan Todorov)等人的'叙事学'。这一传统中的许多形式主义者的研究描述叙事如何通过'变形'日常生活叙事来'形成'，尤其是诗歌如何通过改造日常生活语言来'形成'的。他们发展了如今已经成为众所周知的技术和概念的武器库：本事、情节、重复、延宕、平行、变形、替换、动机、手法的暴露。"①

---

① Gary Saul Morson, Caryl Emerson：*Mikhail Bakhtin*：*Creation of a Prosaics*，California：Stanford University Press，1990，p. 19.

结　语：
21 世纪人文学科坐标系里的巴赫金学派

　　在科学发展史上，自然科学与社会科学屡屡碰撞，从而产生对立、冲突、相交和相融。在科学史上，自然科学曾经一再为人文和社会科学提供研究范式。保尔·拉法格记录下了卡尔·马克思关于科学认识论的意义极为深长的一段话：卡尔·马克思"在高等数学中找到辩证运动及其最合乎逻辑而又最简洁的形式。他还以为科学只有达到能够使用数学的境界，才算臻于完美"①。

　　但时代进入 21 世纪以后，自然科学与人文科学之间的关系，似乎比以前更加复杂多样了。也许，除自然科学对人文和社会科学的影响外，什么时候我们会发现人文科学也对自然科学产生了重大影响，制约了它的研究范式？

　　在曾经启发了"白银时代"俄国哲学家与思想家们的诸多因素中，来自国外的自然科学新发现的影响，无疑是非常重要的因素之一。

　　时间的转轮把巴赫金学派包括奥波亚兹等的学说送进了后现代主义的话语场，从而使得这两个学派的学说被再次"语境"化，而与后现代主义发生对话和交流。

　　那么，后现代主义究竟给国际思想界的舞台带来了哪些变化呢？奥波亚兹和巴赫金学派又有哪些思想与其发生呼应和契合了呢？为什么进入 21 世纪以来，巴赫金学不但没有稍稍降温，反而呈现出继续走高之势？这是为什么呢？

　　维克多·厄利希在其名著《俄国形式主义：历史与学说》中，针对 20 世纪初年俄国学术界的氛围曾经这样写道：

　　　　到 20 世纪初一种剧烈的方法论危机开始在各种学术领域里显现。在世纪初的数十年间，人们发现在欧洲理性舞台占据主导地位

---

① Ф. Энгельс: *Воспоминания о Марксе и Энгельсе*, Москва: Государственное издательство политической литературы, 1956, C. 66.

的世界观有严重缺陷，因而开始对其进行价值的重估。随着实证主义决定论的基本假设被动摇，急剧修正所有科学的逻辑基础开始被提上日程。①

　　而最深刻的变化则发生在各门学科的基础，即最根本的哲学方法论领域。而哲学方法论领域里的根本变化则更多地取决于自然科学领域里的新发现和新启示。19 世纪末到 20 世纪初，在世界范围内，学术界不仅人文与社会科学领域，即使是自然科学领域里，也在酝酿着空前伟大的、前所未有的巨大变革。正是它们，奠定了整个科学在 20 世纪的根本面貌。爱因斯坦的相对论对于牛顿的经典力学而言是一次不言而喻的伟大革命：统治人类思维方式达数百年之久的经典力学的建构轰然一声倒塌了。新的体系当然不会彻底取代旧有的体系，但它却大大革新了人类的意识，为创造性思维开辟了新的空间。自然科学又一次为人文和社会科学提供了研究范式。

　　就是在这样一种自然科学与人文科学合流和交融的时代，在俄国，还贯穿着东方与西方、过去与未来，新与旧、革新与保守、朝霞与落日……的斗争和冲突，轰轰烈烈地走上了历史舞台。一个如今已经名闻遐迩的时代——"白银时代"——就是这样被召唤到了历史的现场中来。这是一个政治文化领域发生剧烈变革的时代，如果用今人的说法，它应该是一次"大爆炸"——革命的精神不仅深入渗透到政治文化领域，而且也在审美文化及其他文化领域里全面渗透。一个伟人对正统马克思主义作出了勇敢的修正，领导着新生的布尔什维克党，打破了社会主义不可能在资本主义包围下首先在一国建成的禁律和教条，胜利地领导俄国人民跨越了"卡夫丁峡谷"，走上了社会主义道路。与政治领域里的领异标新相适应，文化的各个领域里也群星璀璨，星光熠熠。俄国文化在短短的几十年里向世界知识界贡献了许许多多的"一级星"，他们的名字足以彪炳史册，光耀全球。

　　亚·费·洛谢夫——俄苏享誉世界的古希腊罗马美学研究家，著作等身，独步一时。而科甘——当年的巴赫金小组成员、巴赫金本人的终生挚友——的女儿在其所著《那些不属于其时代的人们》(1991)中，记述了鲍·列·帕斯捷尔纳克逝世后，亚·费·洛谢夫的一次令人心肺俱裂、

---

① Victor Erlich：*Russian Formalism*：*History Doctrine*，Fourth edition，The Hague，Paris，New York：Mouton Publisher，1980，p. 25.

痛断肝肠的嚎啕痛哭……这位异性的隔代人用深感震惊和陌生的笔调写道：

> 这不光是在为帕斯捷尔纳克而哭，也是在为自己，为一切早已逝去了的、他心目中已经一去不复返的所有时代而哭。他涕泪滂沱地喋喋不休地嘀咕道："我们有过怎样的精神生活呀！我们的大地上有过多么辉煌的精神呀！所有的人都死掉了！"我徒劳地竭力想要安慰他，说不是的，还不是一切都完了，还有一些年轻人，他们……洛谢夫却说，我之所以会说出这种不痛不痒的话，那是因为我根本想象不到 1910 年代末和 1920 年代初年俄国曾经有过怎样一种精神生活！①

这位女作者最后也只得承认：有着如此级别知性的人，她的确平生不曾见识过！

本书中，笔者已经采用拙劣的笔对这个时代作了力所能及的描述。这里需要点到的一点是，如今人们普遍认为这个时代是一个"革命"的时代：各种革命迭相上演：哲学革命（首先在德国），人文科学-语文学革命（首先是在俄国）。而奥波亚兹和巴赫金学派，就是这两场波及人类思维领域里的最内在的革命的积极参与者。

这也就是为什么本书的作者首先不是从自己研究的直接对象——《马克思主义与语言哲学》——这部著作入手，而是将笔触陡然一转，转而去从 20 世纪之交涌现于俄国文坛的奥波亚兹、莫斯科语言学小组、捷克布拉格学派（小组），巴赫金小组（涅韦尔时期、维捷布斯克时期、列宁格勒时期）开始的原因。因为我依稀想起一位女散文家说过的类似的话：一个画家如果只能惟妙惟肖地画出一只苹果，那他只会一文不值，只有通过一只苹果画出一个世界来，才是真正的大师！

按照巴赫金的对话主义，他者是自我认识中一个必不可少的条件。而奥波亚兹、莫斯科语言学小组、布拉格学派、巴赫金学派，都是发端于 20 世纪初俄国和斯拉夫语境下的、由自下而上的美学取代自上而下的美学的一次波澜壮阔的运动的产物，都是人文科学与自然科学合流的宏大潮流的产物。把它们放在一起正是理所必至。记得当年笔者的拙著和同门的一本论述巴赫金的著作被送到出版社后，那位编辑竟然把我们两

---

① В. Л. Махлин: *Михаил Бахтин*, Москва: Росспэн, 2010, С. 9.

人的著作合为一本！一个相邻学科的人也想当然地认为"俄国形式主义"和"巴赫金"是一体的！在国际巴赫金研究界，将他们视为一体的观点至今仍不绝于耳。笔者信手拈来一个例子：巴赫金是个"后形式主义者"（постформалист），他"力求克服形式主义者们竭力想要把文学学带入贫乏干燥的解剖学范围以外的阐释学禁忌"①。

在本书中，作者把巴赫金放在其所隶属所主导下的巴赫金小组（学派）的学术视野下，对作为一个学派的巴赫金学说进行历史与逻辑统一的梳理。在这方面，那 3 部最初冠着沃洛希诺夫和梅德韦杰夫名字出版的著作，和最初冠着卡纳耶夫名字发表的论文，迄今仍被国际巴赫金学研究界称为"有争议文本"，而且，以笔者之见，这是一个注定不可能有确定结果的势必永久持续下去的争论。笔者以为把精力和时间耗费在无谓的争论中那简直不啻于谋人钱财。笔者虽然拙劣，但也仍然不屑为之，不肯为之。笔者以为真正符合实际的做法，是把这些著作当作是"合作之著"，而这是符合实际的，也是切实可行的。

这种解决办法首先符合巴赫金自己的对话主义。巴赫金自身的"理论自我"也当然是在与他者的互动互补中逐渐完善和形成起来的。事实上，在俄国，在知识界在一种俄国特有的"聚议性"支配下知识分子以群体方式探索新知，从中世纪起就成为一种传统。18、19 世纪都有一些著名的团体彪炳史册。而在"白银时代"这种由各类知识分子自发组织起来的组织和团体更是如雨后春笋。事实上，奥波亚兹、布拉格学派也都是这样的团体和学术群体。

但仅仅把巴赫金学派放在其小组内部加以探讨也是远远不够的。在我们的视野里，《马克思主义与语言哲学》始终是我们研究的焦点，关键在于如何把握和调整这个焦点，从而得以把其始终放在中心关注的位置。

这也就是我们为什么会把巴赫金学派的《马克思主义与语言哲学》放在整个俄国形式主义——洛特曼塔尔图学派——布拉格语言学学派——的大背景下从多方位的对话关系中，梳理它们各自的特点和理论建树的原因。而始自 19 世纪末的学院派文艺学三大流派、俄国形式主义的多元本体论文艺学，活跃在 20 世纪 20 年代包括巴赫金小组（前后有过 3 个）在内的文艺思想团体、捷克布拉格学派，发端于 20 世纪 50、60 年代的塔尔图的洛特曼符号学，发端于苏联 20 世纪 70、80 年代的爱泼斯坦的文化诗学，贯穿整个 20 世纪的苏俄，文艺学走过了一条从现代主义到后

---

① В. Л. Махлин：*Михаил Бахтин*，Москва：Росспэн，2010，C. 83.

现代主义的审美之路，见证了长达百年的风风雨雨。

当然，对于作为奥波亚兹批判者的巴赫金学派，我们也不能不予以重视。"巴赫金如果不对形式主义提出严厉批判，不在生活世界里设立一个创造性的维度的话，他是不会走进'语言学转向'中去的。他提出了一种语言和主体性理论，为话语、风格学以及话语与意识之间的关系的主体间性研究提供了基础。"①

此外，在巴赫金学派内部，除了那些众所周知的观点一致之处外，也还有些不和谐音，混杂其间，它们也需要梳理。

巴赫金预先提出了许多后来在后结构主义与后现代主义理论中才开始涉及的对西方科学公理和理性主义的批判这类主题。巴赫金是决定着20世纪社会思潮之特点的"语言学转向"的前沿和潮头人物，较早地把交际和符号实践确定为人类生活的核心主题。按照巴赫金的观点，"任何社会现象，都是通过在个人和团体之间进行中的对话关系建构而成的，这种对话关系含纳了多种多样的各种语言、话语和符号活动。"②巴赫金涉及人文学科的主题有：对话、狂欢、谈话、伦理学、日常生活等。巴赫金学派对心理学的最大启示是：心理过程是在与我们的社会实践交织在一起的语言中，在我们的语言活动中形成起来的。此其一。其二，由于语言活动就其主导倾向而言是一种对话，因此人类的思维同样也是一种对话，所以，语言或对话中隐隐包含着一种双主体性。

由此可见，在奥波亚兹和巴赫金学派之间，同样存在着一种深刻的对话关系。"巴赫金好像是在援引整整一系列被形式主义者们所确立的结构主义的模式，但他并非简单地重复这些模式而已。巴赫金知道所有这些模式都是同一化方法，借助于这种方法，文学可以走进文学现实生活以外的具体问题的情节，将其整合成为其所特有的统一体形式。"③

正如本书所展现的那样：奥波亚兹的历史遗产在经过了20世纪30、40年代的长期沉寂以后，在"解冻"时期，终于在以洛特曼为代表的塔尔图学派身上，结出了累累硕果。说洛特曼是奥波亚兹的学术传人我们有着充分的根据，而且洛特曼本人并不讳言这一点，反而以此为荣。"解冻"时期对苏联文艺学的一个历史成果，是重新发现了俄国形式主义学术

---

① Greg Marc Nielsen：*The Norms of Answerability*：*Social Theory between Bakhtin and Habermas*，Albany：State University of New York Press，2002，pp. 49-50.

② Michael Mayerfeld Bell，Michael Gardiner：*Bakhtin and the Human Sciences*：*No Last Words*，London，Thousand Oaks，New Delhi：Sage Publications，1998，p. 4.

③ В. Л. Махлин：*Михаил Бахтин*，Москва：Росспэн，2010，С. 87.

遗产的价值，而洛特曼在其中所起的作用，是绝对不可以低估的。她的第二个学术成果，是从"地下室"里发掘了"沉默寡言"的哲学家思想家米·米·巴赫金。如本书所言，此后，巴赫金及其学派在西方掀起了一轮又一轮热潮，每次热潮都揭示出身为多面体的巴赫金现象的某个侧面。这样的形势在时间跨入21世纪以后非但没有减弱，反而越来越强烈，以至巴赫金学已经成为国际学术界的显学，成为一种"工业"。今天谁如果言不称巴赫金一定会被视为"老土"，但可怜的巴赫金及其同道者们的知音又在哪里？真所谓："知音少，弦断有谁听？"

巴赫金"产业"的兴盛发达，应当说连带着把奥波亚兹也给"炒热了"：因为越来越多的学者发现：从历史发展脉络的角度看，把巴赫金学派与奥波亚兹学派截然分开，是根本不可能的。他们的"婚姻"尽管非出自自愿，但却是进过"教堂"的，所以，既然是上帝挽的"结"，就只有上帝才能解得开。

就这样，巴赫金热在西方（苏联从20世纪60年代以来在巴赫金学领域里似乎始终比西方慢半拍）迅速走过了20世纪60、70、80、90年代，而进入21世纪！在此期间，巴赫金经历了"3次被发现"，其理论学说的各个侧面变得越来越清晰的同时，他的断片警句式的行文方式，他的几乎都未完成的著作残篇，都给后人留下了无数疑问。正如理解一段文本必须将其放在特定语境下才可以获得真确的理解一样，巴赫金学派的学说如果脱离了其赖以产生、赖以发挥作用，赖以与其他流派进行对话的社会历史文化精神语境，也会像无根之木、无源之水一样无从索解。在这个问题上，研究巴赫金而不能不接受这位大师给予我们的宝贵启示，即对于解决问题而言，重要的不是抽象的理念（世界）及其价值，而是具体语境。后者才是辩证法的灵魂！巴赫金学派的第一哲学即伦理学可以说是在哲学史上，首次打破知行之间的壁垒，把知识和行为通过应分、责任和理解统一起来的实践哲学、伦理哲学和第一哲学。巴赫金的话语哲学同样具有伟大的革命性意义，它的意义首先在于首次锁定了"超语言学"的研究对象——在语言学史上历来不入大雅之堂的话语，从来就不被视为科学研究之对象的话语——首次冠冕堂皇地登堂入室，成为科学探讨的合法对象。话语理论在语言学研究与文化研究之间建立了密切的关联，使话语成为研究意识形态的基本材料和合法对象。

需要指出的一点，是巴赫金学派所谓的"意识形态"与正统马克思主义经典作家有所区别——巴赫金在被捕后自认自己是"修正主义的马克思主义者"，其根本原因恐怕也正在于此。但这和20世纪以来的西方马克思主义和新马克思主义的价值趋向却颇为一致或相近，二者之间也有对话的基础，也就是顺理成章的事了。

加尔吉涅尔指出，马克思认为意识形态是对于现实生活的认识的和认知的歪曲或曲解，其原因一是因为历史上的资本主义社会，二是因为启蒙主义的非历史主义诉求。但对于巴赫金小组来说，意识形态完全是另外一种东西，它更具有正面意义和生产性，对于个别人形成自我的能力给予极度尊重的东西。一旦涉足巴赫金学派研究你就会很快确信，巴赫金学派对于意识形态的理解，似乎更接近常识，更具有亲和力。当然，也许因此而导致与西方马克思主义和新马克思主义的诸多契合。

巴赫金的对话主义，一者不是凭空而来，二者有其发展的过程，并非一蹴而就。在抵达对话主义的途中，巴赫金和他的小组成员们至少还跨越了3个台阶，那就是梅德韦杰夫的"社会学诗学"、沃洛希诺夫的"他人言语"，最后还有巴赫金自己的"复调"……

1959年艾亨鲍姆也已到了耄耋之年。这位德高望重的老学者终生向往多元文化，可正当一个思想解放的时期来临之际，他却闭上了眼睛。

在俄苏文艺学史上，20世纪50年代初到60年代中期的"解冻"思潮，是一个重要的转折点。对于前"解冻"时期苏联文艺学的状况，不光当时僻处一隅的洛特曼啧有烦言，而且，就连复出以后的巴赫金也颇多不满。这种"万马齐喑"的局面直到戈尔巴乔夫时期才略有缓解。此时，经历了20世纪50、60年代地下时期的俄罗斯后现代主义，开始正式登场。它一露面就表现出一些与西方同类思潮不同的特点，而带有深刻的俄罗斯特性。

关于俄罗斯后现代主义的起源，俄罗斯当代后现代主义者爱泼斯坦写道：

> 也是在苏联共产主义结束其生命的1991年，一种新产生的后苏联文学流派也很快在新"主义"的圣水盘里接受了洗礼。1991年春文学所举办了一次有关后现代主义的大型学术讨论会，几乎是在这次会后，这一"主义"当即便开始其风行全国的胜利征程：一切被打上这一流派烙印的作品全都被公认为必要和有益的，而其他的一切则当即被束之高阁。早在1992年年初，维亚切斯拉夫·库里岑便在《新世界》著文指出，后现代主义业已成为文学进程唯一生动的事实。尽管在俄国，共产主义的离去和后现代主义的到来似乎极其偶然地在同一个历史时点上吻合了，二者之间从一开始便凸显出"相异的相

似性"，但在它们掌握社会意识的方式方法上，二者间还是有着一种
继承性关联。①

　　值得注意的是，俄罗斯后现代主义者（以爱泼斯坦为例）也和洛特曼
一样，同样把俄国形式主义的奥波亚兹，当作自己的合法鼻祖，尽管对
于成长中的他们来说，曾在巴赫金风靡全球时期上大学的他们，所受的
影响最大的，来自巴赫金学派。俄罗斯后现代主义与西方同类思潮相比
最大的突出特点，用爱泼斯坦的话说，在于对"后现代主义"中的"后"字，
有不同的理解。按照爱泼斯坦的解读，"后"（post，пост）来自于古希腊
语，原意为"面朝……"，因而，这里的意思原本不是在什么什么"后"之
意，而是"面对……"之意。爱泼斯坦形容俄罗斯人在 1991 年突然发现不
得不面对自己的尴尬：摆在自己面前的，有前现代、现代和后现代。文
化或曰后现代主义文化，犹如嵌入时代的一个时间装置，它的任务就是
为当前处于困惑中的文化提供解决问题的良方。

　　在这方面，巴赫金学派发现自己与后现代主义多所契合之处。事实
上，巴赫金成名以来之所以在西方能有那么大的影响力，其主要原因就
在于他的思想与西方的思想能够在许多方面产生共鸣。

　　对英美马克思主义而言，巴赫金的影响发生较晚。托尼·本内特写
道："'巴赫金学派'在 20 年代末的俄国以及阿尔都塞分子仍在持续进行
的工作，其结果导致一个新的研究传统的诞生，它把马克思主义批评最
终推到了一个非审美的地带。"②

　　罗伯特·杨指出，尽管巴赫金及其同道者们的著作，早在 20 世纪 60
年代末就已译为英文，但直到 20 世纪 80 年代以前，却始终不曾对英美
的马克思主义批评产生影响。詹姆逊的《语言的牢笼——马克思主义与形
式》(*The Prison-House of Language—A Critical Account of Structural-
ism and Russian Formalism*，1972)于巴赫金学派就只字未提。这位学者
进而在《回到巴赫金》中指出，20 世纪 70 年代，在英国的马克思主义批
评家中形成了两个阵营：分别是以 E. P. 汤姆森为代表的牛津历史研讨
会和刘易斯·阿尔都塞为代表的埃塞克斯文学社会学研究会。二者都是
在 1956 年苏共二十大以后由"新左派"和反人文主义的结构主义马克思主

---

① М. Н. Эпштейн：*Постмодерн в русской литературе*，Москва：Высшая Школа，
2005，C. 67.

② Tony Bennett：*Formalism and Marxism*，London and New York：Routledge，1989，
p. 14.

义在 20 世纪 60 年代末和 70 年代所形成的马克思主义人文科学。此时，马克思主义文艺理论遭到了来自后结构主义的批判，而此时巴赫金的理论提供了一个解放的可能性："摆脱这一困境的出路在于效法巴赫金学派的榜样重新研究社会学诗学，该学派……在 20 年代中曾经首次对俄国形式主义者提出了严肃的马克思主义的批评，从而为在理论和实践中为文学批评避免形式主义诗学和庸俗社会学的双重简化的文本策略铺平了道路。"①

在这里，巴赫金与马克思主义的关系，是一个十分复杂的问题。在巴赫金小组成员当中，除巴赫金本人外，沃洛希诺夫和梅德韦杰夫，都不止于对马克思主义仅只有些许好感而已，而是自称为坚定的马克思主义者。本书也牵涉到这个核心问题。在署巴赫金本名的著作中，唯有关于"狂欢化"的专著和关于列夫·托尔斯泰的词条，被国际学术界普遍公认为是"马克思主义的"。与此同时，否认巴赫金本人的马克思主义者身份的，所在多有，大有人在。

罗伯特·杨认为马克思主义在巴赫金那里只是一种权宜之计，是一种意识形态的伪装，而这种语言策略是可以复制和为人所效法的。他举了弗雷德里克·詹姆逊为例。詹姆逊就把巴赫金的对话主义在辩证唯物主义统一框架之下加以运用，用以解释阶级对立现象。而由于罗伯特·杨等人把巴赫金的著作严格限定在包括关于狂欢化在内的署名著作之内，所以，对话的规范形式实质上是一种截然对立的形式，即两种对立话语采用统一普遍共享的代码进行阶级斗争的一种对话。②

除本内特和福加克斯外，西方马克思主义者如弗雷德里克·詹姆逊、伊格尔顿、皮奇、怀特等人通常认为，巴赫金的贡献只以论述狂欢化的著作为限，但实际上狂欢化其实是对话主义普遍原则的又一个例证罢了。③

塞缪尔·M. 韦伯指出，今天，无论语言学还是语用学、还是社会语言学，也无论是哈贝马斯的交往行为和奥斯汀和瑟尔的言语行为理论，都是在沃洛希诺夫和巴赫金小组开辟的道路上继续前行而已，而且这部

---

① Robert Young："Back to Bakhtin"，*Cultural Critique*，No. 2（Winter，1985-1986），p. 71.

② Robert Young："Back to Bakhtin"，*Cultural Critique*，No. 2（Winter，1985-1986），p. 76.

③ Robert Young："Back to Bakhtin"，*Cultural Critique*，No. 2（Winter，1985-1986），p. 76.

著作还为苏联符号学拉开了大幕，成为其先声。① 也就是说，国际学术界对于署名沃洛希诺夫的《马克思主义与语言哲学》，以及署名为梅德韦杰夫的《文艺学中的形式主义》中所包含的马克思主义，都有比较高的评价。有人甚至认为前者是马克思主义关于语文问题的最好的著作。

雷蒙德·威廉姆斯、托尼·本内特等都承认巴赫金学派是葛兰西文化研究最有价值的思想资源，因为该学派在语言、意识形态和权利之间建立起联系。他们都利用沃洛希诺夫把语言描述为阶级斗争的战场的观点，分析带有各种可能具有的"重音"意义和音色的符号。他们也利用巴赫金的复调小说理论，杂语性、狂欢化和民众节庆等概念，研究符号的性质。英语世界从20世纪70年代到80年代，所有马克思主义和非马克思主义研究语言问题的学者，都对巴赫金学派的著作有着十分浓厚的兴趣。特里·伊格尔顿、大卫·福加克斯、托尼·本内特、雷蒙德·威廉姆斯、阿龙·怀特、格拉汉姆·皮奇、茱莉亚·克里斯蒂娃、迈克尔·加德纳及其他人都把巴赫金、沃洛希诺夫和梅德韦杰夫当作研究语言、文学和文化问题的马克思主义的代表。

进入后现代语境以来，西方思想界的格局发生了十分重大的变化。如果说结构主义语言学认为："说话的主体并非控制着语言，语言是一个独立的系统，'我'只是语言系统的一部分，是语言说我，而不是我说语言，这便是语言学上的'哥白尼革命'。……早在1870年，法国诗人兰波就在一首诗中谈到，当我们说话时自以为自己在控制着语言，实际上我们被语言控制，不是'我在说话'，而是'话在说我'。说话的主体是他人而不是我。"②那么，这里还是有些"实体性的"东西可供人们依靠的，如"话语"、"自我"和"他人"……诸如此类。可以说这是世界进入现代主义统治时期的典型特征。

而后现代主义则表现出远比现代主义更为激进的立场，并且一反现代主义的结构主义本质主义和基础主义，而以"解构一切"为号召。"'解构'利刃之锋芒所到之处，传统哲学以声音为中心的声音与书写的对立，以灵魂为中心的灵与肉的对立，以存在为中心的存在与非存在的对立，以理性为中心的理性与非理性的对立，以及以男性为中心的男性与女性

---

① V. N. Voloshinov, L. Matejka, I. R. Titunik, Samuel M. Weber, Chris Kubiak: "Reviews: The Intersection: Marxism and Philosophy of Language, Reviewd Work(s): Marxism and Philosophy of Language", *Diacritics*, Vol. 15, No. 4, Winter 1985, p. 94.

② 王治河主编：《后现代主义词典》，北京，中央编译出版社，2004，第136页。

的对立纷纷分崩瓦解，形而上学的等级制被推翻了，颠覆了。"①

但后现代主义在西方与其在俄国的表现有很大不同和显著差异。以否定一切为特征的解构一切必然行不通，这也是历史经验告诉我们的。在俄国文化史上，文化虚无主义历史上就一再有所表现，但终归还是会灰飞烟灭的。破坏诚然重要，但破坏并不等于一切。在俄国，尽管后现代主义也要表现现实的负面特征，但其所传达的是希望破灭后的失望，而非决绝的否定和决绝的排斥。

爱泼斯坦有一个观点尽人皆知，那就是："尽管在西方人们是从 70年代初开始谈论后现代主义的，而在俄罗斯，人们则是从 90 年代初开始谈论后现代主义的，俄国后现代主义和许多名义上来自西方的流派一样，就其实质而言乃是一种深刻的俄罗斯的现象。我们甚至可以说，俄罗斯是后现代主义的故乡，这不过是因为现在我们才可以公开认可这一令人惊异的事实罢了。"②爱泼斯坦甚至认为俄国"后现代主义性"可以一直追溯到彼得大帝改革前的古罗斯社会。这应该说是一个十分大胆的假设，历史应该不会给假设以地位。历史中没有假定式，但历史却只有在假定式里才会具有意义。

奥波亚兹及巴赫金学派等都对俄国后现代主义产生过重大的影响。对于像爱泼斯坦这样的后现代主义者来说，奥波亚兹对其的影响似乎情有可原，因为原本他们都属于文化的主脉络，都受到几乎是同样的外来影响，而巴赫金学派对其的影响，则显得多少比较复杂。其原因在于：一是巴赫金学派本身是错位的，它的产生和发生作用的语境是不同一的、是滞后的和后发性的；二是巴赫金思想本身的断简残编性，导致对其的解读歧异纷出。

但巴赫金及其学派的影响还是十分显著的。巴赫金思想的几个突出特征，如强调对话的永久未完结性，对话的普遍必然性，认识的不确定性和模糊性等等，都与后现代主义所强调的"解构"有呼应。巴赫金写道："只有像陀思妥耶夫斯基这样的复调作家，才善于在各种见解和思想(不同时代的)的斗争中，感觉出终极问题上(长远时间里)的不可完成的对话。其他人则热衷于能够在一个时代的范围内解决问题。"③

再比如说在研究文化现象问题时，巴赫金强调边缘是个极其重要的

---

①　王治河主编：《后现代主义词典》，北京，中央编译出版社，2004，第 134 页。

②　В. Л. Махлин：*Михаил Бахтин*，Москва：Росспэн，2010，С. 68.

③　〔苏〕巴赫金著，钱中文主编：《巴赫金全集》第 4 卷，白春仁、晓河、周启超等译，石家庄，河北教育出版社，1998，第 419 页。

范畴。在一个民族(个人亦然)的身份认同问题上，边缘是一个借以将其与他者区别开来的重要特点。爱泼斯坦同样强调把文化与其主导传统区分开来的内在边界，这些边界把文化分成各种年龄和族群(团体)、宗教、经济、阶级、政党以及无数形形色色的世界观。

限于篇幅，本文不能写得太长，就此打住。总之，从 20 世纪之交到 21 世纪之初，在俄国，发端于俄国形式主义的这场多元本体论文艺学运动，至今已经轰轰烈烈地走过百年历程了。而巴赫金和他所属的学派，就处于这个运动的核心，并且因此而受到可以理解的关注。

这就是本书所做研究所能得出的重大结论！

　　　　　　2011 年 3 月 10 日星期四初稿
　　　　　　2011 年 5 月 31 日于俄罗斯圣彼得堡多列士大街寓所重读
　　　　　　2013 年 6 月 30 日修改毕
　　　　　　2016 年 11 月 28 日四校
　　　　　　2017 年 3 月 27 日五校

附录 1　雅各布逊年谱

年份	事　　件
1896	旧历 9 月 28 日（新历 10 月 10 日）罗曼·雅各布逊出生于莫斯科。其父奥西普·阿勃拉莫维奇·雅各布逊，著名企业家，其母安娜·雅科芙列芙娜·雅各布逊。
1914	毕业于拉扎列夫东方语言学院；考入莫斯科大学。
1915	和历史语言学系的几位同学一起于 3 月组建了莫斯科语言学小组，并担任其主席直到 1920 年。1915 年至 1916 年夏季假期中曾就俄国方言学和民间文学进行紧张的田野调查。 因一部论述北部俄国叙事歌谣语言问题的专著获莫斯科大学布斯拉耶夫奖学金。
1918	毕业于莫斯科大学。
1918～1920	参加莫斯科语言学小组的活动。
1919	发表《论最新俄国诗歌》（5 月，莫斯科）；原本是为赫列勃尼科夫选集写的导论。
1920	担任莫斯科戏剧学校正音法教授。 7 月 10 日，抵达布拉格，为前往捷克斯洛伐克的第一个红十字会使团担任翻译。逗留捷克直到 1939 年德寇入侵。1937 年正式成为捷克公民。
1921	《论最新俄国诗歌》在布拉格出版。
1922	与索菲亚·尼古拉耶芙娜·菲尔德曼在布拉格结婚。
1923	《论捷克诗》出版（参见 1923a）。
1926	10 月 6 日，布拉格语言学小组成立，罗曼·雅各布逊担任副主席。
1928	4 月 10～15 日，参加在海牙举办的第一届国际语言学大会，与谢·卡尔谢夫斯基和尼·特鲁别茨科依一起出席有关语音学分会的工作（参见 1928b）。
1929	参加 10 月 6～13 日在布拉格举办的第一届国际斯拉夫语言学大会。与其他布拉格语言学小组成员一起出席了分题讨论（参见 1929f）。
1930	获布拉格德语大学博士学位；学位论文：《关于塞尔维亚克罗地亚语民间史诗的诗律》（参见 1933f）。 4 月 15 日，马雅可夫斯基自杀（参见 1930d）。

续表

年份	事　　件
1931	《对欧亚语言联盟的描述与评价》发表(参见 1931f)。 年底，从布拉格移居布尔诺。
1932	7 月 3～8 日参加在阿姆斯特丹举办的国际语音学大会(参见 1933c)。
1933	9 月 19～26 日参加在罗马举办的第三届国际语言学大会(参见 1935a)。
1933～1934	担任布尔诺马萨大学副教授。
1934～1937	马萨大学访问教授。
1935	4 月 29 日在布拉格语言学小组作报告：《论胡斯运动时期的诗歌》(参见 1936f)。 6 月 27 日与索菲亚·尼古拉耶芙娜·菲尔德曼离婚。7 月与斯瓦塔瓦·皮尔科瓦结婚。
1935～1936	在马萨大学作关于"形式主义学派"的报告。
1936	8 月 27～9 月 1 日参加在哥本哈根举办的第四届国际语言学大会。
1937～1939	担任布尔诺马萨大学俄语语言学与古捷克语文学教授。
1938	3 月 21 日在布拉格语言学小组做关于语音分析基础的讲座。 尼·谢·特鲁别茨科依去世。 7 月 18～22 日参加在根特大学召开的第三届国际语音学大会(参见 1939a)。
1939	3 月 15 日，由于纳粹入侵捷克斯洛伐克，罗曼·雅各布逊和夫人斯瓦塔瓦离开布尔诺。在等待出境签证期间躲藏在布拉格。 4 月 23 日抵达丹麦；在哥本哈根大学做讲座。9 月 3 日离开丹麦前往挪威；在奥斯陆大学做讲座。
1940	7 月 30 日成为挪威公民。 4 月 9 日由于纳粹入侵挪威，逃亡北部，在萨尔纳进入瑞典；担任乌普萨拉大学访问教授。
1941	罗曼·雅各布逊夫妇坐着只载着 18 位旅客的 3600 吨的货船"Rem-maren"号离开瑞典。船上的乘客中有恩斯特·卡西尔和他的夫人托尼。1941 年 6 月 4 日船抵纽约港。 1942～1946 年受聘担任纽约普通语言学教授和斯拉夫语言学教授。 4 月到 9 月，在纽约公共图书馆工作，负责采编该馆所收集的关于阿留申群岛语言及其民间文学材料(参阅 1944f)。
1943	受聘担任哥伦比亚大学比较语言学访问教授。
1943～1946	哥伦比亚大学语言学访问教授。
1944	成为纽约语言学协会及其会刊《语词》的创建者之一。
1946	受聘担任哥伦比亚大学捷克斯洛伐克研究所新设立的托马斯·G. 马萨里克教席，直到 1949 年。

年份	事　件
1947	荣获法国政府颁发的军团骑士勋章。
1948	与 H. 格雷古瓦、M. 什特尔合译的俄国古代叙事长诗《伊戈尔远征记》出版。
1949	受聘担任哈佛大学斯拉夫语言与文学以及一般语言学塞缪尔·哈泽德跨文化教授。 荣誉与提名： 丹麦皇家科学院院士。 8月3日：科学联合研究所理事会成员。
1950	荣誉与提名： 当选为美国艺术与科学学院院士。 语文学会成员（伦敦）。 现代语言学协会斯拉夫语文学分部主席。 哈佛语文学协会成员。
1951	讲座： 密歇根大学语言学研究所。 现代语言学协会年会。 荣誉与提名： 国际语音学会荣誉会员。 美国声学会会员。
1952	11月17日成为美国正式公民。 与 C. G. M. 凡特、M. 海勒合作的论文《言语分析的前提条件》发表（参阅1952h）。 讲座： 2月：约翰·霍普金斯大学。 4月：敦巴顿橡树园拜占庭斯拉夫研讨会。 6月：在麻省理工学院言语分析研讨会上作报告。 参加人类学国际研讨会。 荣誉与提名： 当选为国际现代斯拉夫语言文学研究会副主席（巴黎）。
1953	担任当代标准俄语描述及分析研究及系列出版物《当代标准俄语的结构》工程第三年的顾问。 讲座： 《俄语本土方言及民间文学的最早遗迹》（哈佛大学斯拉夫研讨会）。 《对于失语症的语言学评述》（卡拉克大学表达语言研讨会）。 6月：《当代斯拉夫研究的迫切问题》（密歇根大学美国与加拿大斯拉夫学学术研讨会）。 荣誉与提名： 敦巴顿橡树园学术理事会成员。 《斯拉夫语词》的编辑。

续表

年份	事　　件
1954	洛克菲勒基金会为罗曼·雅各布逊领导主持的当代标准俄语描述与分析研究项目(从 1955 年 6 月到 1957 年 8 月)的 3 年多资助 3 万美金。 讲座： 《圣西里尔和美特都斯著作中的传统与新意》(圣弗拉基米尔神学讲习班)。 《关于基辅建城的古罗斯传说及其在亚美尼亚的变体》(敦巴顿橡树园)。 《关于失语症的语言学评述》(耶鲁语言学俱乐部)。
1955	参加 9 月 15 日～9 月 21 日在贝尔格莱德举行的国际斯拉夫研讨会。 讲座： 　9 月 17 日：《战后十年美国的当代斯拉夫研究及斯拉夫语言学研究》[国际斯拉夫研讨会(贝尔格莱德)]。 　9 月 26 日：《斯拉夫语言文学中的美国研究》(扎格勒布大学)。 　9 月 28 日：《美国语言学》(卢布尔雅那大学)。 　10 月：《当代语言学的迫切问题》(阿姆斯特丹大学)。 《语言的两个方面和失语症障碍的两种类型》(莱登大学)。 荣誉与提名： 　6 月 29 日：塞尔维亚科学院院士。 　9 月 21 日：国际斯拉夫学委员会成员(贝尔格莱德)。
1956	与 M. 海勒合著的《语言的基础》出版。 5 月 17～25 日：接受苏联科学院邀请到苏联访问，这是从 1920 年以来的第一次。作为国际斯拉夫学委员会的美国成员参加了该会的第一届会议(5 月 17～25 日)，并为国际斯拉夫学第四届大会的召开做筹备工作。 6 月 15～16 日：参加在麻省理工学院召开的言语交际大会。 17～23 日：第二届国际声学大会(剑桥)。 讲座： 　5 月 21 日：《论美国的一般语言学与斯拉夫语言学》(莫斯科大学)。 　23 日：《美国音位学的发展》(莫斯科，苏联科学院语言研究所)。 　24 日：《论马雅可夫斯基》(莫斯科，世界文学研究所)。 　25 日：《论现代语言学的核心问题》(赫尔辛基大学) 　6 月 15 日：《语言是一种可以转换的代码》(麻省理工学院言语交际大会)。 　7 月：《历史语音学问题》(安·阿伯) 　11 月：《现代音位学的前驱》(哈佛大学语言学俱乐部)。 　12 月 27 日：《作为语言学问题的元语言》(美国语言学协会年度例会)。 荣誉与提名： 　美国语言学协会主席。 　5 月 17 日：国际学术期刊《语音学研究》编委。 　5 月 29 日：成为学院出版社由 L. 布里洛因、P. 伊莱亚斯、C. 彻里编辑的国际学术刊物《信息与控制》的编委。

年份	事　件
1957	受聘担任麻省理工学院教授，同时兼任哈佛教席直到 1965 年成为后者的荣誉退休教授。 当选为永久性的语音学国际学位委员会主席。 1～2 月：作为美国代表参加在布拉格举行的国际斯拉夫学委员会例会。 参加在奥洛穆茨和布拉格举办的捷克斯洛伐克斯拉夫语文学大会。 2 月 8 日：主持在奥斯陆举办的国际《语言行为》委员会例会。 2 月 30 日：参加在乌普萨拉举办的北欧斯拉夫学大会。 8 月 5～9 日：参加在奥斯陆举办的第八届国际语言学大会；作为美国语言学协会和美国声学协会的主席。 9 月 23～26 日：参加在布拉格举办的关于 J. A. 科梅纽斯著作与生平的国际学术研讨会。 11 月 25 日：在麻省理工学院与尼尔斯·波尔讨论语言学与物理学的关系问题，并在麻省理工学院做讲座：《语言学与物理学》。 讲座： 《结构分析的原则》（奥洛穆茨，捷克斯洛伐克斯拉夫语文学大会）。 《历时性与共时性语言学》（奥洛穆茨，捷克斯洛伐克斯拉夫语文学大会）。 《11 至 13 世纪希伯来文手稿中的捷克》（捷克斯洛伐克科学院）。 2 月： 《美国的斯拉夫研究以及战争间隙期间以来一般语言学的发展》（布拉迪斯拉发，斯洛伐克科学院）。 《中世纪早期捷克对俄国文学的影响》（布尔诺，马萨里克大学）。 《哈佛关于当代俄国的研究著作》（布拉格）。 《美国的语言科学》（布拉格，捷克斯洛伐克科学院捷克语言研究所）。
1958	受聘担任麻省理工学院访问教授，主持讨论班区别性特征及其动力、声学及神经病学的相关因素（1958 年 11 月至 1959 年 1 月）。 1 月 8～12 日：华沙国际第三届斯拉夫学委员会例会。 1 月 10 日：关于波兰旧词汇学的科学研讨会（华沙）。 1 月 20 日：关于一般语言学的波兰研讨会（波兹南）。 4 月 7～10 日：哥伦比亚大学意帝绪语研究大会。 17～19 日：印第安纳大学诗歌语言学术讨论会。 5 月 23～24 日：美国艺术与科学学院关于神话的研讨会。 7 月 24～25 日：芒斯特举办的国际语音学研讨会。 8 月 18～22 日：奥斯陆国际纸草学第四届研讨会。 9 月 1～10 日：莫斯科国际斯拉夫学第四届研讨会。 10 月 3～6 日：访问匈牙利并在布加勒斯特做系列讲座。 16～20 日：参加波兰克雷尼察召开的文学理论研讨会，并做关于《诗学的语言学问题》和《语言学与韵律学》的系列讲座。 11 月 20～23 日：华盛顿特区召开的美国人类学会第十七届例会。 12 月 27～30 日：纽约的现代语言协会年度例会。 28～31 日：纽约，美国语言学协会年度例会及其执行委员会的例会。

续表

年份	事　件
	30 日：斯拉夫研究推进委员会的年度例会(纽约)。 讲座： 　7 月 9 日：《研究语言的方法》(布兰代斯大学)。 　26 日：《特鲁别茨科依之前与之后语音学的发展问题》(芒斯特，国际语音学研讨会)。 　8 月 5 日：《类型学研究及其对于历史比较语言学的贡献》(第八届国际语言学大会)。 　9 月 2 日：《对斯拉夫语形态变化的观察》(莫斯科，斯拉夫语国家学术研讨会)。 　4~9 日：《美国对言语分析的研究》、《作为语言学问题的翻译》(莫斯科，师范研究学院)。 　9 月 16~17 日：《语言分析的基本问题》、《古俄叙事诗》(德国柏林科学院) 　18~19 日：讨论当代标准德语的词汇学和语法学问题(东柏林德语学院)。 　19 日：对美国斯拉夫研究的研讨(东柏林，德语斯拉夫学小组)。 　9 月 24~10 月 6 日：《语言结构的基本问题》、《古俄叙事诗文本》以及《历史语言学与描述语言学》(索非亚，匈牙利科学院)。 　10 月 2~4 日：《历史语言学与描述语言学》、《美国对言语语音的分析》、《数学语言学》(布达佩斯特，罗马尼亚科学院)。 　6 日：《语言分析的重大问题》(布达佩斯特大学)。 　16~20 日：《诗学的语言学问题》、《语言学与韵律学》(克雷尼察，波兰文学理论研讨会) 　11 月 21 日：《信息模式》(高等语言学院年度例会)。 研讨会：共时态语言学的运作模式。 　12 月 27 日：《语言学与诗学》(美国现代语言协会年度例会)。 荣誉与提名： 　9 月 10 日：莫斯科国际斯拉夫学委员会副主席。
1959	春季学期担任斯坦福大学行为科学高级研究中心研究员。 任《国际斯拉夫语言学与诗学研究期刊》的创刊编辑。 4 月 30 日~10 月 2 日：参加在敦巴顿橡树园举办的年度研讨会和学术会议。 9 月 30 日~10 月 2 日：《信号 系统 语言》国际学术研讨会(埃尔富特)。 讲座： 　1 月 12 日：《音位概念在波兰以及世界语言学中的产生过程》(华沙，波兰科学院)。 　15 日：《历史语言学的关键问题》(克拉科夫，波兰科学院)。 　17 日：《伊格尔·泰勒对文本批评的语言学贡献》(克拉科夫，加吉郎大学)。 　20 日：《元语言在语言功能中的地位》(波兹南，波兰一般语言学研讨会)。

年份	事　　件
	3月3日：《作为语言一部分的元语言》(斯坦福行为科学高级研究中心)。 4月20~21日：《语言学与诗学日》、《我这一代人的俄语诗歌》、《作为语言学问题的元语言》(华盛顿，西雅图)。 4月25日：《高中语言学》(伯克利，英语写作课教师在高中和加利福尼亚大学之间举办的研讨会)。 5月9日：《音位的史前史》(伯克利，加利福尼亚大学，语言学小组)。 13日：《语言统计学与动力学》(加利福尼亚大学)。 19日：《俄国形式主义与文学与民间文学的现代分析》(加利福尼亚大学洛杉矶分校)。 26日：《为什么叫妈妈爸爸?》(行为科学高级研究中心)。 荣誉与提名： 　当选为波兰科学院院士。
1960	成为1960~1961年度斯坦福行为科学高级研究中心研究员。 4月14~15日：参加关于语言结构以及语言的数学问题研讨会。 8月18~27日：国际诗学大会(华沙，波兰科学院)。 9月19~21日：由加利福尼亚跛足儿童协会和加利福尼亚大学——儿童失语症研究所——联合举办大会。 荣誉与提名： 　当选为荷兰皇家文学与科学院院士。
1961	4月13~15日：语言普适性大会(纽约)。 9月6~9日：第四届国际语音学科学大会(赫尔辛基)。 10~16日：第二十届国际拜占庭研究大会(奥驰里德)。 21~29日：国际诗学大会(雅布罗纳，波兰科学院)。 10月9~15日：国际斯拉夫学委员会(贝尔格莱德，高科技园区)。 讲座： 　4月7日：《诗歌的语法》(俄亥俄州大学)。 　6月13日：《对波德莱尔"猫"的剖析》(斯坦福高级行为科学研究所)。 　9月7日：《区别特征的音位概念》(第四届国际语音科学大会)(赫尔辛基，全体会议)。 　9日：总结性发言(同上)。 　14日：《斯拉夫语言对拜占庭诗歌的反应》(第二十届国际拜占庭研究大会，奥驰里德，全体会议)。 　20日：《古代教会斯拉夫语诗歌及其进一步发展》(华沙大学)。 　25日：《民间诗歌中的二元对立问题》(雅布罗纳，国际诗学研讨会)。 　29日：《古代教会斯拉夫语诗歌》(罗兹大学)。 荣誉与提名： 　当选为爱尔兰皇家优雅文学和古籍研究分院荣誉院士。 　6月8日：剑桥大学荣誉博士。 　5月4日：芝加哥大学人文文学博士。 　9月4日：奥斯陆哲学博士。

续表

年份	事　件
1962	9 月 13 日与斯瓦塔瓦·皮尔科瓦在内华达离婚；9 月 28 日与克丽斯蒂娜·帕莫尔斯卡(Krystyna Pomorska)在麻省波士顿结婚。 《罗·雅各布逊著作选集·第 1 卷·语音学研究》出版。 1 月 2 日：第九届国际语言学大会(麻省，坎布里奇)。 1～5 月：敦巴顿橡树园学术委员会例会。 10 月 1～10 日：因与国际斯拉夫学会议有关的事而访问莫斯科。 讲座： 　2 月 19 日：《俄国文学文化的一千年及其在世界的地位》(韦尔兹利学院)。 　3 月 5 日：《俄国文学文化的一千年》(布朗大学)。 　12 日：《语言科学中变量与不变量问题》(麻省理工学院高级研究院)。 　4 月 5 日：《早期捷克斯洛伐克人民共和国的学术与文学生活》(捷克斯洛伐克艺术与科学院芝加哥分院)。 　16 日：《诗歌的语法结构》(耶鲁语言学俱乐部)。 　5 月 14 日：《斯拉夫中世纪诗歌》(印第安纳大学)。 　15 日：《斯拉夫学大会及其意义》(同上)。 　16 日：《斯拉夫中世纪诗歌》(密歇根大学)。 　17 日：《对语言普适性的探索》(同上)。
1963	5 月 21～23 日：关于语言非协调性问题的圣杯基础研讨会。 9 月 17～23 日：第五届国际斯拉夫学大会(索非亚)。 11 月 10～13 日：参加在加利福尼亚大学洛杉矶分校的脑科学研究所和美国洛杉矶空气动力科研办公室共同赞助举办的关于言语、语言和交际问题的讨论会。 讲座： 　5 月 19 日：在牛津大学做关于俄语民间诗歌中的二元对立现象问题的讲座。 　6 月 12 日：《什么是形态学？》(斯坦福大学)。 　17 日：《对失语症的语言学观察》(加利福尼亚，圣芭芭拉，德福洛学院)。 　8 月 13 日：《语言学分析与语言技术》(旧金山州立学院)。 　9 月 19 日：《普通斯拉夫散文体模式的结构演变》(索非亚，第五届国际斯拉夫学大会)。 　26 日：《语音体系的研究》(布加勒斯特，语言研究所)以及《当代语音体系问题》(布加勒斯特大学)。 　27 日：《语言中的新潮流》(罗马尼亚科学院)。 　29 日：《斯拉夫语音学》(诺维萨德大学)。 　10 月 1～5 日：关于语音学前驱们、关于失语症以及一般语言学最重要的问题、关于斯拉夫语文学以及匈牙利科学院、布加勒斯特大学以及巴托克学院发掘出来的民间音乐的 6 次讲座。 　9 日：《失语症中的语言学问题》(波兰科学院)。 　11 日：《即将召开的符号学大会的纲领》(波兰科学院)。

续表

年份	事　　件
1963	14 日：《贝尔托·布莱希特诗歌的语法分析》(德国柏林科学院)。 荣誉与提名： 萨尔茨堡斯拉夫历史会议的荣誉常务委员。 芬兰-乌戈尔协会荣誉会员(赫尔辛基)。 5 月 31 日：乌普萨拉大学荣誉哲学学位。 6 月 7 日：密歇根大学荣誉文学博士。
1964	1 月 6 日：斯拉夫研究推动委员会年度例会(纽约)。 5 月 7～9 日：拜占庭对斯拉夫人的使命研讨会：圣西里尔与圣美多丢斯(在费·特沃尔尼克和罗·雅各布逊的指导下)(华盛顿特区，敦巴顿橡树园，拜占庭研究中心)。 6 月 10～12 日：亚美尼亚语言国际研讨会(麻省，坎布里奇)。 8 月 3～10 日：第七届国际人类学与人种学科学大会(莫斯科)。 24～31 日：国际斯拉夫与一般韵律学大会(华沙，波兰科学院)。 11 月 11～14 日：美国空军剑桥研究所关于言语与视觉形式接受模式问题的国际研讨会(波士顿)。 讲座： 1 月 10 日：《现代语言学思想的兴起》(约翰·霍普金斯大学，阿瑟·O. 拉维佐讲座课)。 28 日：《语言对失语症研究的贡献》(韦恩州立大学)。 29 日：《编写一部详尽无遗的俄英词典的大纲：讨论》(韦恩州立大学)。 30 日：《斯拉夫诗体学模式及其演变》(密歇根大学)。 31 日：《诗歌的语法结构》(克利夫兰，西部储备大学)。 4 月 17 日：《亚美尼亚与俄罗斯古典语文比较研究》(大波士顿地区，国家亚美尼亚学研究协会，J. 马克·科利奇纪念讲座)。 20 日：《早期斯拉夫诗歌》(耶鲁大学)。 21 日：《亚历山大·勃洛克诗歌的结构》(耶鲁大学)。 5 月 8 日：《古教会斯拉夫语诗歌》(拜占庭对斯拉夫人的使命研讨会，敦巴顿橡树园中心)。 9 日：《西里尔-美多丢研究中的关键问题》(同上研讨会)。 14 日：《对视觉与声音符号的语言学评论》(哈佛大学认识研究中心)。 6 月 29 日～7 月 1 日：《诗歌的语法结构》(印第安纳大学语言研究所)。 7 月 15 日：《语言规则的代码化》(索尔克生物学研究所)。 8 月 6 日：《比较神话学中的语言学证明》(第七届人类学与人种学国际大会(莫斯科)。 10 日：《视觉与声音符号》《莫斯科语言学小组》，《与其他诗体要素比较中的重音的特殊特点》(华沙，斯拉夫与普通韵律学国际大会)。 9 月 10 日：《比较神话学中的语言学证据》(哥本哈根大学)。 15 日：《论视觉与声音符号》(波士顿，关于言语及视觉形式接受模式的研讨会)。

续表

年份	事　　件
1964	荣誉与提名： 　联合国教科文组织社会科学部顾问。 　美国亚美尼亚学研究协会荣誉会员。 　世界精神病学会学术委员会委员。
1965	成为哈佛荣誉退休教授。 1月12日～2月2日：访问意大利，期间在学术界和各类大学做过无数讲座。 4月26～29日：联合国教科文组织专家顾问团对于人科学研究主要流派问题的国际研究(巴黎)。 8月24～28日：国际符号学研讨会(华沙)。 9月21～24日：国际斯拉夫学委员会例会(维也纳)。 12月17日：斯拉夫学研究推进会委员会年度例会(纽约)。 讲座： 　1月13日：《语言与其他交际系统的关系》(韦恩州立大学)。 　14日：《比较斯拉夫神话学》(密歇根大学)。 　15日：《早期语音学史》(密歇根大学)。 　2月10日：《对语言本质的探索》(华盛顿特区，天主教大学)。 　30日：《对语言本质的探索》(堪萨斯大学)。 　5月10日：《对语言本质的探索》(耶鲁大学语言学俱乐部)。 　11日：《一位语言学家眼中的比较斯拉夫神话学》(耶鲁大学)。 　28日：《心理语言学研究》(帕洛·阿尔托高级行为科学研究中心)。 　10月7日：《声音与意义》(南斯拉夫，诺维·萨德大学)。 　8日：《斯拉夫研究中的迫切问题》(南斯拉夫，贝尔格莱德大学)。
1966	《罗曼·雅各布逊著作选·第4卷·斯拉夫叙事诗研究》出版。6～7月，索尔克生物学研究所访问研究员。 8月4～11日：在访问苏联期间参加了第十二届国际心理学大会(莫斯科)。 13～16日：言语生产与言语接受国际研讨会(列宁格勒，巴甫洛夫学院)。 19～25日：塔尔图大学符号学研讨会(爱沙尼亚)。 9月5日：鲁斯塔维利纪念协会(格鲁吉亚，第比利斯)。 13～18日：国际符号学协会(波兰科学院)。 讲座： 　1月12日：《早期斯拉夫诗歌》(意大利，那波利，东方大学学院)。 　15日：《诗歌语法》(罗马第二大学，意大利)。 　18日：《20世纪早期的俄国诗歌》(罗马大学，斯拉夫学学院)。 　20日：《诗歌的语法》(佛罗伦萨，意大利但丁协会)。 　21日：《音位：该术语及概念的历史》(佛罗伦萨，菲奥伦蒂诺语言协会)。 　24日：《语言的诗歌功能》(博洛尼亚大学语音实验研究所)。

年份	事　件
1966	31 日：《音位发现的历史》（米兰大学）。 2 月 1 日：《诗歌的语法》（帕维亚大学）。 2 日：《音位发现的历史》、《语言与诗学》（都灵大学语言实验研究所）。 3 月 7 日：《比较斯拉夫神话学》，《共时态与历时态》（普林斯顿大学）。 8 日：《为科学诗学而斗争的一位老战士的回忆》（哥伦比亚大学）。 14 日：《诗歌的语法》（韦尔斯里学院）。 4 月 19 日：《诗歌的语法》（普罗维登斯，布朗大学）。 5 月 10 日：《意义的语言学问题》（韦恩州立大学）。 12 日：《诗歌的语法》（印第安纳大学）。 13 日：《作为语言学核心问题的意义》（芝加哥大学）。 17 日：《诗歌的语法》（布兰代斯大学）。 7 月 6 日：《词汇意义与语法意义》与《意义与关联》（洛杉矶语言学所）。 14 日：《言语接受问题》（索尔克学院）。 21 日：《意义在语言中的迫切问题》（索尔克学院）。 8 月 8 日：《言语接受中语音因素的作用》（莫斯科，国际心理学大会）。 10 日：《九世纪的斯拉夫诗歌》（莫斯科，科学院斯拉夫所）。 12 日：《语言中语义学的若干问题》（莫斯科，科学院俄语所）。 16 日：《言语模式及其确定特征》（列宁格勒，巴甫洛夫学院）。 22 日：《拉吉舍夫诗歌分析》与《莫斯科语言学小组及其后裔》（塔尔图，符号学讲习班）。 31 日：《比较语言学中悬而未决的问题》（莫斯科，亚洲人民学院）。 9 月 3 日：《今日语言学的问题及其展望》（第比利斯大学）。 5 日：《走向结构主义语言学与诗学》与《鲁斯塔韦利的独创性》（第比利斯大学）。 7 日：《与语言学家、心理学家和文学史家的讨论》（第比利斯大学）。 8 日：《古代及现代语言科学中的声音与意义》（第比利斯大学）。 13 日：《能指与所指》（波兰，卡齐米日，国际符号学研讨会）。 10 月 24 日：《语言语音的接受》（格勒诺布尔，语音研究所）。 25 日：《诗人的语言研究》（格勒诺布尔大学）。 8 日：《丹麦语文学中若干有争议的问题》（哥本哈根，语言音位学研究所）。 荣誉与提名： 6 月 9 日：新墨西哥大学荣誉科学博士。 10 月 22 日：格勒诺布尔大学荣誉博士。 11 月 6 日：尼斯大学荣誉博士。 9 月 3 日：当选在美国的捷克斯洛伐克艺术与科学院荣誉院士。 牛津斯拉夫学国际委员会副主席。 12 月：第二届索尔兹伯里斯拉夫史学术研讨会荣誉主席，委员。
1967	5 月 4～6 日：敦巴顿橡树园拜占庭研究中心东正教讨论会。 7 月：访问日本。 8 月 17～24 日：访问莫斯科。

续表

年份	事　　件
1967	24～28 日：访问华沙。 8 月 28 日～9 月 5 日：访问布加勒斯特。参加第十届国际语言学大会。 9 月 5～16 日：访问扎格勒布和杜勃洛夫尼克。 16～23 日：访问巴黎。 讲座： 　1 月 16 日：《印欧比较神话学中的若干问题》(哈佛语文学学派)。 　28 日：《通过语言进行的神话比较研究》(罗马研究大学)。 　2 月 1 日：《心理分析语言学》(巴黎实用科学高等学校)。 　26 日：《今日斯拉夫研究》(纽约，美国捷克斯洛伐克艺术与科学学院)。 　27 日：《论俄国文学的整体性》(哥伦比亚大学俄语学院)。 　4 月 3 日：《索绪尔的"过程"以及今日语言学的前景》(密歇根大学)。 　4 日：《论俄国文学的特殊特征》(密歇根大学)。 　5 日：《与言语接受有关的若干问题》(韦恩州立大学)。 　6 日：《俄国文学的特殊特征》(芝加哥大学)。 　7 日：《语言学在科学中的地位》与《诗歌的语法》(厄巴纳，伊利诺伊大学)。 　17 日：《语法的诗歌与诗歌的语法》(博尔德，科罗拉多大学)。 　5 月 6 日：《语言学在其他学科中的地位》(宾夕法尼亚大学)。 荣誉与提名： 　1 月 30 日：罗马大学荣誉博士。 　6 月 12 日：耶鲁大学荣誉博士。 　7 月：当选为东京高级语言研究所名誉主席。
1968	8 月 6～13 日：第六届斯拉夫国际大会布拉格再次当选为国际斯拉夫学术委员会副主席。 16 日：访问并研究位于摩尔达维亚米库尔西斯的摩尔达维亚大洞穴。 9 月 4～29 日：访问巴西，并在无数巴西大学做讲座。 10 月 2～4 日：参加联合国教科文组织在巴黎召开的特别社会科学委员会会议。并做讲座：《当代语言学在与其他科学的相互关系中的实质和目标》(10 月 3 日)。 14～17 日：参加奥利维蒂在米兰组织的《社会和一般世界里的语言》研讨会，罗曼·雅各布逊在会上就《语言与其他交际系统的关系》做了讲座(10 月 14 日)。 受聘担任普林斯顿大学斯拉夫语言与语言学访问教授，并支持 1968～1969 年冬季学期的 6 个有关《语言在声音与意义上产生的反响》讲习班。 整个冬季学期期间在麻省理工学院讲授一门叫作《语言学与诗学》的课程。 讲座： 　8 月 12 日：《斯拉夫语境下的印欧神话学比较》(布拉格第六届国际

年份	事　件
1968	斯拉夫学大会）。 14 日：《布拉格语言学派与今日世界语言学》（捷克斯洛伐克科学院捷克语研究所）；《战争间隙期间的捷克先锋派文学》（布拉格第六届国际斯拉夫学大会）。 19 日：《语言在其他科学中的地位》（斯洛伐克科学院语言研究所）。 20 日：《文学学科研究与美国诗学的发展》（斯洛伐克科学院语言研究所）。 9 月 9 日：《诗歌的语法》（巴西圣保罗大学）。 10 日：《佩索阿的诗学》（巴西圣保罗大学） 11 日：《语言学与其他学科之间的关系》（巴西圣保罗大学）。 13 日：《语言学理论最适时的问题》（里约热内卢联合大学）。 16 日：《为科学诗学奋斗的半个世纪》（里约热内卢国立大学）。 17 日：《通过佩索阿诗歌分析对诗歌语法的例示》（里约热内卢国立大学，联合国立大学）。 18 日：《语言代码分析》（里约热内卢国家博物馆）。 20 日：《语言学理论的重大问题》（塞尔瓦多大学）。 23 日：《今日语言学语境下的索绪尔学说》（圣保罗大学）。 24 日：《诗学与民间文学》（圣保罗艺术博物馆）。 26 日：《语言学与诗学的关联问题》（贝洛奥里藏特大学）。 28 日：《今日语言学的方法与目标》（巴西大学）。 10 月 14～17 日：《语言与其他交际系统的关联》（米兰）。 12 月 19 日：《语言的功能》（索尔克生物学研究所）。 荣誉与提名： 8 月 13 日：布拉格查尔斯大学名誉博士。 15 日：布尔诺大学名誉博士。 21 日：荣获斯洛伐克科学院金质奖章。 9 月 28 日：当选为失语症学院名誉院士。
1969	受聘担任布朗大学春季学期访问教授，并讲授《诗歌语言学分析导论》课程。 6～8 月：受聘担任加利福尼亚拉荷亚索尔克生物学研究所访问研究员，参加该所组办的《语言的生物学基础》学术研讨会（7 月 7～11日），并做讲座：《人类语言的基本与特殊特征》（7 月 8 日）。 1969～1970 年：担任巴西大学冬季学期访问教授，并开设关于现代诗学的课程。 1 月 21～22 日：参加在巴黎召开的国际符号学学术委员会会议并被选为副主席。 讲座： 3 月 6～7 日：《从婴幼儿到语言之路》（克拉克大学发展心理学研究所做海因兹·沃纳讲座）。 4 月 9 日：《早期和晚期中世纪斯拉夫世界里的民族运动》（俄勒冈大学）。

年份	事　　件
1969	10 日：《诗歌中下意识的语词模式化》(安·阿伯，密歇根大学)。 11 日：《论语言的获得》(安·阿伯，密歇根大学)。 23 日：《语言与其他符号系统》(哈弗福德学院)。 7 月 30 日：《诗歌中下意识的语词模式化》(加州大学洛杉矶分校)。 8 月 20～22 日：参加索尔克生物学研究所举办的"生物学走向人文学科的出口"学术研讨会并做讲座：《生活语言与语言的生活》(8 月 21 日)。 9 月 14～18 日：参加布拉格关于哲学家康斯坦丁的学术研讨会并做讲座：《论康斯坦丁及其流派的诗歌艺术》(9 月 17 日)。 19 日：《古老的捷克圣物》(布拉格查尔斯大学)。 29～30 日：《参加在波士顿举办的失语症研究院举办的第七届年度例会并在会上做讲座：《关于失语症的若干语言学评述》(9 月 30 日)。 10 月 22 日：《论俄国诗歌》(哈佛大学斯拉夫学研讨会)。 11 月 8 日：《研究话语模式及范围的语言学方法》(在印第安纳圣玛丽学院举办的关于语言、符号和现实的学术研讨会)。 10 日：《在斯拉夫语和一般诗学实验室里》(多伦多大学)。 名誉与提名： 12 月 18 日：荣获扎格勒布大学名誉博士学位。
1970	1970～1971 学年冬季学期布朗大学访问教授并讲授有关语言的创造力问题的课程。 讲座： 3 月 12 日：《语言与其他符号系统的各种功能》(芝加哥大学)。 13 日：《本世纪俄国的实验诗歌》(西北大学)。 4 月 20 日：《本世纪俄国的实验诗歌》(得克萨斯大学)。 23 日：《大摩尔达维亚拜占庭使团中的斯拉夫原文著作》(华盛顿特区敦巴顿橡树园)。 24 日：《俄国实验诗歌：其来源与果实》(华盛顿乔治大学)。 30 日：《斯拉夫中世纪的革命思想》(哈佛大学)。 8 月 4 日：《斯拉夫中世纪的革命思想》(加州大学洛杉矶分校)。 9 月 23 日：《对称性在语言结构中的作用和角色》(威尼斯，科索国际米兰文化宫)。 24 日：《反对诗意语言论据的失败》(帕多瓦大学，语言协会)。 26 日：《口头语言符码的结构与功能》(威尼斯大学)。 10 月 2 日：为印第安纳大学的语言学科学研究中心的学术委员会做访问顾问。《斯拉夫中世纪的革命思想》(威尼斯大学)。 26 日：《语言的创造力：斯拉夫中世纪的革命思想》(俄亥俄州立大学)。 11 月 12～13 日：《语言的结构》与《语言的动态方面》(蒙特利尔大学)。 荣誉与提名： 10 月 26 日：荣获俄亥俄州立大学名誉博士学位。

续表

年份	事　件
1970	3月：MAC 工程荣誉院士。 荣获美国斯拉夫研究推进协会奖励。 7月：当选为第三届国际语文学历史大会主席团荣誉成员。 9月：再次当选为国际斯拉夫学学术委员会副主席。 12月：被任命为奥萨博岛项目指导委员会顾问。
1971	《罗曼·雅各布逊选集·第 2 卷·语词与语言》以及《罗曼·雅各布逊选集·第 1 卷》第 2 版出版。 4月19~21日：参加罗马举办的国际语言学大会。 9月2~3日：参加国际斯拉夫学学术委员会：预备讨论会（华沙）的巴黎会议（9月4~8日）。 10月3~7日：国际符号学研究会筹备委员会会议（帕尔马）。 29日：华盛顿特区召开的应用语言学中心的美国符号学学术研讨会筹备会议。 讲座： 　2月12日：《俄国未来派诗人，回忆与评述》（杜克大学）。 　15日：《语言的创造力》（杜克大学）。 　22日：《诗人究竟用词做什么？》（卫斯理安学院）。 　3月11日：《语言学中的不变量》（得克萨斯大学）。 　4月7日：《语言的创造力和斯拉夫中世纪的革命思想》（卫斯理安学院）。 　10日：《波兰语言学流派》和《莫斯科语言学学派》（麻省理工学院）。 　20日：《约阿希姆·杜·贝莱诗歌结构研究》（罗马，国立艺术学院）。 　23日：《语言整体结构的语音与意义问题》（罗马，国立艺术学院）。 　27~28日：关于语言学理论的两次讲座（比萨高等师范学校）。 　30日：《符号学的首要目标》（博洛尼亚大学）。 　3月27日：《诗人用词来做什么？》（哈佛大学卡瑞尔楼）。 　11月：耶鲁大学访问教授，并做 3 次讲座：《语言和语言艺术中结构分析的当前和永久性问题》。 　11月7~11日：《对失语症的语言学观点》（墨西哥，瓦兹特佩克，第三届国际失语症学学术研讨会）。 　12日：《语言学与诗学问题》（墨西哥学院）。 　11月16日、22日、30日：《语言与语言艺术结构分析中当前及永久性问题》：第 1 部分：从语言学到符号学；第 2 部分：作为语词和作为艺术的语言符号；第 3 部分：结构主义及其批评（墨西哥学院）。 荣誉与提名： 博洛尼亚科学院荣誉成员。 2月14~19日：关于文学的 4 次讲座：Ⅰ.《语言学诗学导论》；Ⅱ.《W. B. 叶芝："这是我自己改造"的创作过程》；Ⅲ.《形式主义、结构主义及其批评者们》；Ⅳ.《杜佩雷的语言成分与结构》。

续表

年份	事　　件
1972	2 1～26 日：关于语言学的 5 次讲座：Ⅰ.《可变量、不变量、普适性》；Ⅱ.《作为语音学及其系统的基本组构成分的区别性特征》；Ⅲ.《语言的获得与分解》；Ⅳ.《语言史的传统与变革》；Ⅴ.《语言学与生物学》。 2 月 28～3 月 4 日：关于语言风格的 4 次讲座：Ⅰ.《语言的功能与风格》；Ⅱ.《动态共时性：代码、下属代码与解码》；Ⅲ.《言语与写作》；Ⅳ.《语言与其他符号系统的关系》。 关于语言学、文体学、诗学与符号学的 4 次课堂讨论会。 3 月 3～4 日：主持天主教大学跨学科研究国际学术研讨会，比利时鲁汶。 10 月 11～18 日：参加在罗马举办的第十四届国际斯拉夫学大会。 20～27 日：作为匈牙利科学院邀请的客人访问匈牙利。 10 月 27 日～11 月 5 日：作为保加利亚科学院邀请的贵客访问保加利亚。 11 月 6～18 日：在罗马从事研究工作。 20～30 日：作为高雅文化研究所邀请的贵客访问葡萄牙。23 日在科英布拉大学做讲座：《语言理论》。 12 月：法兰西学院访问教授：两个系列的讲座： 12 月 7～9 日：《语言科学研究的地位问题》（法兰西学院）。
1972	28 日：《诗歌语言问题》（法兰西学院）。 讲座： 　2 月 22 日：关于符号学、语言学与诗学而在电视上的讲座（布鲁塞尔）。 　28 日：为广播所做的关于俄国形式主义与布拉格结构主义的讲座（布鲁塞尔）。 　3 月 1 日：《波兰语言学学派》、《莫斯科语言学学派》（麻省理工学院）。 荣誉与提名： 　意大利符号学研究荣誉会员。 　德隆皇家学会荣誉会员。 　欧洲语言地图荣誉会议成员。
1973	《诗学问题》出版。 纽约大学秋季学期访问教授。 8 月 21～27 日：参加第七届国际斯拉夫学者大会（华沙）。 讲座： 　10 月 9 日：《诗人用词来做什么?》（纽约大学）。 　11 月 14 日：《批评家对诗做什么?》（纽约大学）。 　12 月 5 日：《诗学的语言学基础》（伊塔卡，康奈尔大学）。 　6 日：关于语言学与诗学的圆桌会议（同上）。 　12 月 12 日：《观察者、使用者与创造者之间的相互关系》（纽约大学）。

续表

年份	事　件
	荣誉与提名： 1 月：被任命为日本语音学会名誉委员会成员。 第二届国际语音研讨会荣誉会员，法国。 5 月 4 日：收到名誉委员证书(符号学协会荣誉会员。意大利，西西里，巴勒莫)。 12 月：被任命为设在东京的国际劳工交流基金会理事会成员。
1974	讲座： 4 月 13 日：《我上大学时代的莫斯科大学》(哈佛语文学俱乐部)。 18 日：《一个诗人在 35 年之后的爱的悲伤：一位语言学家眼中的叶芝》(纽约，雪城大学)。 22 日：《文体学与诗学的当前问题》(哈佛大学)。 5 月 18~31 日：作为研究与出版协会邀请的贵客访问马德里，并在那里做了两次讲座：《诗歌语言中的迫切问题》、《语言科学中的传统与创新》。 6 月 2~6 日：参加国际符号学研究协会大会(米兰)。 3 日：在意大利电视和比利时广播上做关于符号学的讲座。 9~15 日：苏黎世大学。在此做的讲座有： 12 日：《儿童语言的语法结构》。 13 日：语言会话。 8 月：为苏黎世广播做了 4 次讲座：《一个语言学家的生活历程》，在 10 月播出。 9 月 16~17 日：参加普希金研讨会(纽约大学)并做讲座：《关于普希金 20 年代末爱情诗的结构》。 12 月 27 日：参加美国语言学协会黄金纪念日研讨会，并做讲座：《欧洲及美国语言学的 20 世纪：运动与连续性》。 名誉与提名： 伦敦语文学协会名誉会员。 大不列颠与爱尔兰皇家人类学研究所名誉研究员。 不列颠学院通讯研究员。 特拉维夫大学名誉博士。 国际符号学研究协会副主席。
1975	《尼·谢·特鲁别茨科依的书信与札记》出版。 讲座： 3 月：对法国电视发表谈话：《抽象的艺术》(巴黎)。 3 月 11 日：《作为符号的语音》(印第安纳大学，印第安纳纪念联盟)。 23 日：以色列诗学与符号学研究所揭幕仪式(特拉维夫大学)并发表演讲《语言、符号、诗歌》。 4 月 5 日：《尼·特鲁别茨科依：从前与现在》(特拉维夫大学)。 15 日：《印欧比较神话学中的若干问题》(哈佛大学)。 5 月 16~17 日：在牛津大学沃尔夫森学院做讲座。 16 日：公众演讲《诗歌用语》。

续表

年份	事 件
	17 日：研讨会《婴幼儿如何学会语言》。 21～22 日：《罗曼·雅各布逊座谈会》。所做讲座有：《系统与格式塔》、《以语言的习得和损失为中心的跨学科研究》(比勒费尔德大学)。 26～27 日：科隆大学语文学系。 26 日：公众演讲《诗歌和语言艺术》(科隆大学语文学系)。 27 日：《罗曼·雅各布逊的语言学理论》(语言学院研讨会)。 28 日：《儿童语言的语法结构》(杜塞尔多夫，莱茵的明斯特大学科学院)。 9 月 4～5 日：《语言的终极成分》、《婴幼儿如何学会语言》(隆德大学)。 8 日：《语言的终极成分》(斯德哥尔摩大学)。 9 日：《区别性特征》(斯德哥尔摩皇家理工学院)。 11～12 日：《语言的终极成分(关于语言学与诗学的讨论)》。 25～26 日：参加在约翰·霍普金斯大学举办的《关于符号学与艺术的查尔斯·桑德尔·皮尔士研讨会》，并在会上做题名为《关于结构主义的若干评论》的讲座。 名誉与提名： 3 月 18 日：特拉维夫大学名誉哲学博士。 6 月 12 日：哈佛大学名誉文学博士。 9 月 26 日：约翰·霍普金斯大学百年庆典学者。 10 月 1 日：华盛顿特区橡树园拜占庭研究中心名誉联系人。
1976	讲座： 2 月 11 日：《我亲眼见证的语言学的 60 年》(波士顿，波士顿法律学校)。 3 月 11 日：《作为符号的语音科学》(印第安纳大学)。 4 月 5 日：《尼古拉·特鲁别茨科依：从前与现在》(耶鲁大学)。 13 日：《关于结构主义的若干评论》(纽约州立大学奥尔巴尼分校)。 14 日：《诗学与其他学科的关系》(纽约州立大学奥尔巴尼分校)。 22 日：《关于结构主义的若干评论》(美国天主教大学)。 9 月 4～5 日：访问斯堪的纳维亚，并在隆德大学做讲座。 8 日：斯德哥尔摩大学。 9 日：斯德哥尔摩皇家理工大学。 11～12 日：奥斯陆挪威语言学协会。 6～17 日：关于语言结构分析的 3 场客座讲座。研讨会则是关于：语言学与诗学；语言学与人类学；语言学与哲学；古诺夫哥罗德桦皮书与卑尔根的考古新发现(卑尔根大学)。 11 月 16 日：《人类学与语言学的联合问题》(哈佛大学人类学系)。 名誉与提名： 5 月 12 日：被授予哥伦比亚大学名誉文学博士学位。
1977	讲座： 《我记忆中的 T. G. M》(波士顿马萨里克俱乐部)。 4 月 9 日：《孩子们的语法习得》(哈佛语言学俱乐部)。

续表

年份	事　件
	5月10日：《语言科学目前的远景》(麻省理工学院)。 6月6～9日：哲学与语法研讨会(乌普萨拉大学)。 10月20～21日：《第一次世界大战以来语言学与诗学的发展》(衣阿华大学，语言学与诗学研讨会)。 名誉与提名： 3月9日：当选为芬兰社会科学院人文学部外籍院士。 7月14日：当选为马克·吐温学会名誉会员。
1978	11月8日：参加在巴黎美国大使馆举办的克劳德·列维·斯特劳斯纪念会》。 讲座： 3月7日：《诗人与语言学家》(卫斯理大学)。 8日：《言语语音的拼写》(耶鲁大学)。 3月3日：《言语及诗歌中语音的重要性》(密歇根大学，艺术符号学国际学术研讨会)。 7月17日：《今日语言学的前景》(慕尼黑大学语言学研究所)。 18日：《言语语音的特点》(巴伐利亚科学院维尔纳·海森堡科学讲座)。 名誉与提名： 2月21日：受邀担任《情感语言学家》编辑与顾问委员会成员。 3月29日：当选为现代语言协会的名誉委员。 12月：纽约科学院终身名誉院士。
1979	《罗曼·雅各布逊著作选·第5卷·论诗、诗歌大师及其探索者》以及《语言的声音模式》(与琳达·R.沃合著)出版。 11月18日：在华盛顿特区举办的"纪念谢尔盖·奥西波维奇·雅各布逊"会上发言。 讲座： 2月9日：《言语与大脑》(麻省理工学院心理学系学术报告会)。 3月14～23日：耶路撒冷爱因斯坦百年纪念学术报告会。 16日：《爱因斯坦与语言科学》。 3月30日：《区别性特征的四十年》(哥本哈根大学)。 9月29日：在莫斯科大学召开的"语言学十分迫切的若干问题"会上做讲座。 10月1～5日：参加在第比利斯格鲁吉亚科学院赞助下召开的无意识思想活动问题学术研讨会并做讲座： 1日：《引导性阐释》。 3日：《论研究意识与无意识的语言学方法》。 4日：《关于心理学家D.N.乌兹纳泽的纪念讲话》(第比利斯国家大学)。 《语言中意识与无意识的相互关系问题》(为莫斯科电视发表的讲话)。 名誉与提名： 6月1日：哥本哈根大学荣誉哲学博士学位(大学建校五百周年纪念

续表

年份	事　件
	日颁发）。 8 月 15 日：多伦多符号学学派名誉成员。 12 月 11 日：卫斯理学院凯瑟琳·W. 戴维斯教授。 14 日：烈日大学名誉学位。
1980	《对话》（与克里斯蒂娜·帕莫斯卡合著）出版。 讲座： 2 月 12~3 日：《俄语语言、文学与文化的不平凡道路》。 3 月 13 日：《大脑与语言》（明尼苏达大学）。 4 月 19 日：《神经语言学问题》（哈佛语言学协会）。 23 日：《大脑与语言》（耶鲁大学）。 24 日：《无意识语言的作用》（耶鲁大学，心理分析与心理学家年度例会）。 29 日：《电击疗法与语言的结构》（麻省理工学院神经科学研究计划）。 5 月 6 日：《大脑与语言》（纽约大学）。 名誉与提名： 1 月 23 日：德国波鸿鲁尔大学名誉博士学位。 3 月 15 日：施莱辛格基金会成员。 5 月 25 日：乔治敦大学名誉博士学位。
1981	《罗曼·雅各布逊著作选集·第 3 卷：语法的诗歌与诗歌的语法》出版。 讲座： 3 月 23 日：《大脑与语言》（图森，亚利桑那大学）。 名誉与提名： 1 月 16 日：费尔特里内利奖语言学奖（罗马，意大利科学院）。 费尔特里内利文献学和语言学国际奖（罗马，国立艺术学院语文学院）。 5 月 24 日：被授予布兰迪斯大学名誉博士学位。 6 月 24 日：被授予牛津大学荣誉文学博士学位。
1982	7 月 18 日逝世于麻省剑桥。安葬于奥本山墓地；墓碑上镌刻着一句话："罗曼·雅各布逊——一位俄裔语言学家。" 名誉与提名： 被授予国际黑格尔学会和斯图加特市的黑格尔奖。

Stephen Rudy："Roman Jakobson：A Chronology"，Henryk Baran，Sergej I. Gindin，Nikolai Grinzer，Tat'jana Nikolaeva，Stephen Rudy，and Elena Shumilova (eds.)：*Roman Jakobson：Texts，Documents，Studies*，Moscow：Russian State University for the Humanities，1999，pp. 83-103.

附录 2　奥波亚兹年表

年份	事　　件
1886	鲍里斯·米哈伊洛维奇·艾亨鲍姆出生于斯摩棱斯克一个父母都系医生的家庭。
1893	维克多·什克洛夫斯基出生。
1908	彼得堡大学语文系教授文格罗夫发现在他指导的研讨班上出现了一些对诗歌语言分外着迷的学生，这就是后来的奥波亚兹的前身。
1910	安德列·别雷：《绿草地》、《象征主义》。
1912	马雅可夫斯基等：《给社会趣味的一记耳光》。
1913	12 月 31 日夜，什克洛夫斯基在"浪狗"咖啡馆作《未来派在语言学史上的地位》的演讲，标志着一个批评运动的诞生。
1917	《诗歌语言理论研究Ⅱ》出版。 什克洛夫斯基：《艺术即手法》。
1919	《诗学》。 艾亨鲍姆：《果戈理的"外套"是如何写成的？》。
1921	特尼亚诺夫：《陀思妥耶夫斯基与果戈理——兼论讽刺性模拟理论》（彼得格勒）。 维克多·什克洛夫斯基：《特里斯坦·香迪与长篇小说理论》、《罗赞诺夫》。 维诺格拉多夫：《果戈理"鼻子"的情节与结构》。 维克多·日尔蒙斯基：《诗学的任务》。 维·日尔蒙斯基：《抒情诗的结构》。
1923	什克洛夫斯基：《马步》（莫斯科—柏林）。 什克洛夫斯基：《感伤的旅行》（莫斯科—柏林）。 奥西普·勃里克：《所谓"形式主义方法"》（列夫，第 1 期）。 鲍·艾亨鲍姆：《安娜·阿赫玛托娃》（列宁格勒）。 维·日尔蒙斯基：《关于形式方法问题》。
1924	艾亨鲍姆：《青年托尔斯泰》。 艾亨鲍姆：《透视文学》（列宁格勒）。 卢纳察尔斯基：《艺术中的形式主义》。 列夫·托洛茨基：《文学与革命》。
1925	什克洛夫斯基：《小说论》。

续表

年份	事　件
	托马舍夫斯基：《文学理论》（列宁格勒，1925）。 维克多·维诺格拉多夫：《论安娜·阿赫玛托娃的诗歌·风格解析》、《果戈理与自然派》。 尼·布哈林：《论艺术中的形式方法》（《红色处女地》第 3 期）。
1926	什克洛夫斯基：《第三工厂》（列宁格勒）。 维克多·维诺格拉多夫：《果戈理风格试论》。 弗·弗利契：《社会学诗学原理》（《共产主义通讯》第 17 期）。 费·佩列维尔佐夫：《果戈理的创作》。
1927	艾亨鲍姆出版《论文学与文学的日常生活》、《文学》。 鲍里斯·恩格哈特：《文学史中的形式主义方法》（列宁格勒）。
1929	艾亨鲍姆：《我的编年史与期刊》。 什克洛夫斯基：《小说论》、《情节的展开》。 鲍里斯·托马舍夫斯基：《论诗》。 尤里·特尼亚诺夫：《新词与旧词》（列宁格勒）。 瓦·弗里契：《艺术社会学》。 勒内·韦勒克、奥斯汀·沃伦：《文学理论》（纽约）。
1930	什克洛夫斯基：《一个科学错误的纪念碑》。
1953	什克洛夫斯基：《关于俄国经典作家的札记》。
1957	什克洛夫斯基：《赞成与反对：关于陀思妥耶夫斯基的札记》。

附录 3 巴赫金小组年表

年份	事　　件	著　　作
1889	11 月 17 日（5 日）：马特维·伊萨耶维奇·卡甘出生于皮雅特尼茨科村（普斯科夫省）；他的出生被在形式上登记在涅韦尔的居民定居点。	
1891	1891 年 2 月 5 日（1 月 24 日）：雷勃·梅耶罗维奇·蓬皮扬斯基出生于维尔纽斯。	
1892	1891 年 1 月 4 日（12 月 23 日）：巴维尔·尼古拉耶维奇·梅德韦杰夫出生于圣彼得堡。	
1893	10 月 28 日（16 日）：伊万·伊万诺维奇·卡纳耶夫出生于圣彼得堡。	
1894	4 月 1 日（3 月 20 日）：尼古拉·米哈伊洛维奇·巴赫金出生于奥廖尔。 4 月 19 日（7 日）：鲍里斯·米哈伊洛维奇·祖巴金出生于圣彼得堡。	
1895	11 月 16 日（4 日）：米哈伊尔·米哈伊洛维奇·巴赫金出生于奥廖尔一个银行职员家庭，是"商人之子"米哈伊尔·尼古拉耶维奇·巴赫金与其夫人瓦尔瓦拉·扎哈罗芙娜·巴赫金娜（娘家姓奥维奇金娜）的二儿子。全家共有 6 个孩子：尼古拉、米哈伊尔、玛丽亚、叶卡捷琳娜、娜塔丽娅、养女尼娜。 6 月 30 日（18 日）：瓦列金·尼古拉耶维奇·沃洛希诺夫出生于圣彼得堡。	
1899	9 月 9 日（8 月 28 日）：玛丽亚·维尼亚明诺夫娜·尤金娜出生于涅韦尔。	
1902	12 月 3 日（11 月 21 日）：伊万·伊万诺维奇·索列尔金斯基出生于维捷布斯克。	
1905	巴赫金全家移居维尔诺（现为立陶宛的维尔纽斯市），他和他哥哥进入同一所第一维尔诺古典中学一年级学习。与此同时，蓬皮扬·卡甘因参加社会民主革命党而被捕，旋即又于 10 月大赦而被释放。	

续表

年份	事　件	著　作
1906	卡甘移居斯摩棱斯克，在那里他作为社会民主革命党的宣传员进行研究和工作，直到1908年。 索列尔金斯基一家移居到圣彼得堡。	
1907	米哈伊尔结束维尔诺古典中学一年级的学业。	
1909	米哈伊尔结束其维尔诺古典中学二年级的学业。 卡甘彻底完成其中等教育，前往德国，起先到莱比锡大学（直到1911年）。 梅德韦杰夫在基希涅夫完成中学学业，进入圣彼得堡大学法律系，同时旁听历史与语言学系的课程。	
1910	蓬皮扬斯基在维尔纽斯完成其中学教育。	
1911	米哈伊尔结束其在维尔诺古典中学三年级的学业，除尼古拉仍留在维尔诺以完成其中学教育外，全家移居敖德萨。米哈伊尔继续在第四敖德萨古典中学四年级学习。 梅德韦杰夫开始其作为文学批评家的活动。 蓬皮扬斯基皈依俄国东正教，取教名列夫·瓦西里耶维奇·蓬皮扬斯基。	
1912	尼古拉·巴赫金在维尔纽斯完成其中学学业，进入新罗西斯克（敖德萨）大学。 米哈伊尔结束其在敖德萨第四古典中学四年级的学业，并荣获奖状和二级优秀证书，经教学委员会许可转入五年级。 在莱比锡大学6学期以后，卡甘转入柏林大学，在赫尔曼·柯亨和恩斯特·卡西尔指导下学习了两个学期。 蓬皮扬斯基考入圣彼得堡大学历史与语文系罗曼-德意志学部。 祖巴金组建了共济会的地方分会"星光"（свет звезд），他的密友沃洛希诺夫及其母亲也属于该分会。翌年，该分会成为1907年由亚历山大·卡斯帕罗维奇·科尔尼科组建的罗西克鲁克分会。	梅德韦杰夫：文章和书评出现在彼得堡杂志《新文章》上。
1913～1918	米哈伊尔·巴赫金先是在新罗西斯克（现为敖德萨大学），后在彼得格勒（现为圣彼得堡大学）旁听各类课程（没有文件证明他曾被正式注册为大学生）。	

年份	事　件	著　作
1913	尼古拉·巴赫金从圣彼得堡大学转入新罗西斯克。 卡甘从柏林转到马堡在保罗·纳托尔普指导下研究了一学期。 卡纳耶夫考人圣彼得堡大学物理学与数学系。 尤金娜考入圣彼得堡音乐学院。 沃洛希诺夫完成其中学教育,进入圣彼得堡大学法律系学习,除法定科目外,他还对音乐有着浓厚的兴趣。	
1914	第一次世界大战爆发后,卡甘作为来自敌对国的公民而在德国被捕,被关押了两个月。这促使他撰写了论文《对战争时期宗教问题的系统表述》,这也进一步加强了他对历史哲学的持久兴趣。 梅德韦杰夫从彼得格勒大学法律系毕业以一系列成功的辩护开始了法律实践,同时开始就文学问题作讲演。	梅德韦杰夫:论述米哈伊洛夫斯基的文章发表在基希涅夫报纸《比萨拉比亚生活》(1月26日第3~4页)。
1915	能干的卡甘经纳特罗普、柯亨和卡西尔说情,从马堡前往柏林,靠教授数学为生。他与柯亨的关系由于对战争的观点不同而变得紧张。 梅德韦杰夫积极参军服役。	卡甘:《对战争时期宗教问题的系统表述》(德文,发表于1916年《系统哲学论丛》(第31~53页)。
1916	巴赫金移居彼得格勒,在大学的古典语文和古典哲学系听课(这一次同样没有获得学生身份的证明文件)。和哥哥尼古拉以及蓬皮扬斯基一起参加中枢(Omphalos)小组的聚会。还参加彼得格勒宗教哲学学会的聚会。并与亚历山大·梅耶尔相识。 蓬皮扬斯基开始其在涅韦尔的两年兵役期,并在那里遇见了尤金娜。 祖巴金的分会转移到了"哲学学院",在涅韦尔服兵役前他曾在此做过短期教学工作。	
1916~ 1917		梅德韦杰夫:以《顶着腥风血雨》(*Под кровавой грозой*)为总标题的战事报道及大量有关文学与哲学题目的文章发表于《比萨拉比亚生活》及其他报刊。

续表

年份	事　件	著　作
1917	梅德韦杰夫加入社会革命党。成为维捷布斯科最后一任市长（городсвая голова）。沃洛希诺夫的物质生活状况迫使他不得不于第三学年末离开彼得格勒大学。	祖巴金的专著《论作为文化预期目标的宗教哲学》未能出版。
1918	夏季。米·米·巴赫金从彼得格勒移居涅维尔，这是维捷布斯克省（现为普斯科夫区）的一个县城。在涅维尔唯一的二级劳动中学担任教学工作（讲授历史、社会学和俄语）。由一些志同道合者组成了涅维尔"康德研讨班"小组，成员有诗人兼音乐学家瓦·尼·沃洛希诺夫（约 1894～1936），哲学家、文学家列·瓦·蓬皮扬斯基（1891～1940），钢琴家米·瓦·尤金娜（1899～1970），诗人、雕塑家、考古学家鲍·米·祖巴金（1894～1937），哲学家米·伊·卡甘（1889～1937）。 11 月。米·米·巴赫金参与在涅维尔卡·马克思人民之家举办的关于"上帝与社会主义"的争论。	
1918	同年尼古拉·巴赫金随溃退的白军离开俄国。 听从蓬皮扬斯基的建议，巴赫金从彼得格勒移居涅韦尔，在市联合劳动中学和教师培训班讲授历史、社会学和俄语。 手部风湿症迫使尤金娜中断其在彼得格勒音乐学院的学业，而回到家乡涅韦尔，在幼儿园工作。她对哲学的研究使她和蓬皮扬斯基和巴赫金建立了联系。年末她又重新回到彼得格勒。 根据布列斯特-里托夫斯克协议条款，卡甘从德国回到涅韦尔，他曾在此度过童年，现在又在此和巴赫金一起在同一所中学教学。他和巴赫金对新康德主义的共同兴趣促使他们组建了涅韦尔"康德研讨班"。 卡纳耶夫从彼得格勒大学毕业。 梅德韦杰夫登报发表声明宣布退出社会革命党。他在维捷布斯克创办了人民（无产阶级）大学，他在大学讲授 19 世纪俄国文学和社会；出版《无产阶级大学学报》；组建"自由美学学会"（后成为"真实自由协会"、"以托尔斯泰的精神"）；出版《艺术》杂志；在市剧	巴赫金与蓬皮扬斯基：关于"上帝与社会主义"的公开辩论（11 月 27 日）。 梅德韦杰夫（直到 1922 年）：《艺术创作理论（艺术创造心理学论文集）》；《文学史的方法论前提：20 世纪俄国文学》。这些论著无一得以保留至今，但所有这些论著中的素材都被写进梅德韦杰夫后来的出版物中。

年份	事　件	著　作
	院从事导演工作；成为"文学创作班"、编舞艺术课程及无数其他项目的主要推动者。 祖巴金回到涅韦尔并恢复了他罗西克鲁克分会的活动。	
1918～ 1919	巴赫金、尤金娜、卡甘、蓬皮扬斯基、沃洛希诺夫和祖巴金时常聚会讨论哲学问题。	卡甘：《论社会学中的人格问题》（未发表）
1919	4月：米·米·巴赫金参与"艺术与社会主义"论争。 5月：米·米·巴赫金参与关于宗教的论战。论战题目是《基督教与批评》，巴赫金所作报告的题目是《论弗里德里希·尼采与基督教的关系》；巴赫金在卡尔·马克思人民之家所做讲座的题目是《论生活的意义》；巴赫金还和蓬皮扬斯基共同指导了在露天演出的索福克勒斯悲剧《奥狄浦斯在科洛诺斯》。市里以及县里有500多名劳动中学的中学生被吸收来参与此剧的演出。米·尤金娜也参加了演出。 6月：米·米·巴赫金参与了以"关于爱情的意义"为题的争论；参加了莱昂纳多·达·芬奇的纪念晚会，并在晚会上作了报告，题目是《莱昂纳多的世界观》。 7月：在涅维尔科研协会开幕式上作报告。 8月：在伟大的俄国作家安·帕·契诃夫逝世15周年纪念日举办的契诃夫创作及个性研讨会上作报告；参与以"关于俄罗斯文化"问题为主题的研讨会上发言，题目是《论文学与哲学中的俄罗斯民族性格》。 9月：巴赫金被授权为艺术工作者们举办有关文学史的系列讲座；发表最早的一篇文章——《艺术与责任》（涅维尔，《艺术日》，1919年9月13日，第3～4页）。 11月：在多雷萨河口村举办了献给十月革命2周年音乐演讲会。音乐会开始前米·米·巴赫金做了《论艺术》的讲座。 12月：涅维尔《铁锤》报发表公告，称"很快便将在涅维尔城举办由米·米·巴赫金主讲的免费的关于文学艺术的课程，14岁以上的公民，不分男女，一律可以免费去听讲"。	

续表

年份	事　件	著　作
1919	尤金娜皈依俄国东正教。开始其作为音乐会钢琴家的生涯。 卡甘受梅德韦杰夫邀请到维捷布斯克的无产阶级大学演讲。 8月：蓬皮扬斯基受梅德韦杰夫邀请移居维捷布斯克到无产阶级大学讲课。 索列尔金斯基回到家乡维捷布斯克，成为蓬皮扬斯基的学生。 梅德韦杰夫被选为拟议中的维捷布斯克人文与艺术学院筹委会主席；他为学院草拟了大纲，并与当时的人民教育委员阿纳托利·卢纳察尔斯基成功地进行了协商，尽管如此，该学院还是胎死腹中。 沃洛希诺夫移居涅韦尔，与祖巴金合住。他担任市人民教育委员会音乐处处长，并在市音乐学校和联合劳动学校教钢琴。	巴赫金：关于戏剧与文学史的公众讲演；《艺术与责任》《艺术日》（*День искусства*）（9月13日），第3～4页。 卡甘：关于美学的公开演讲；《论赫尔曼·柯亨的哲学体系》演讲（9月3日，维捷布斯克，无产阶级大学）；《艺术、生活与爱》，《艺术日》（9月13日，第2～3页）；《历史如何可能?》，《奥尔罗夫国立大学学报（社会科学版）》（1921年第1期，第137～192页）。 巴赫金与卡甘："关于俄国文化"的公开辩论。巴赫金发言论《俄国哲学与文学中的民族性格》，卡甘发言论《俄国在文化中的地位》。 蓬皮扬斯基：为巴赫金小组作报告：《作为悲剧诗人的陀思妥耶夫斯基》、《对于关于陀思妥耶夫斯基的辩论的一个小小的贡献》、《以果戈理的〈钦差大臣〉为例构建相对主义现实模式的一次尝试》、《论哈姆雷特的时代》、《普希金诗歌的意义》、《论拉辛的〈费德拉〉》。 祖巴金：关于自我教育与艺术伦理学的公开演讲。
1920	6月：米·米·巴赫金为教育和社会文化工作者协会会员举办关于俄语的讲座。 秋天。巴赫金从涅维尔移居维捷布斯克。 10月：受聘担任维捷布斯克教育学院总体文学教师。 12月：被注册为维捷布斯克人民音乐学院教师。	

续表

年份	事　件	著　作
	围绕着米·米·巴赫金再次形成维捷布斯克知识分子小组。除列·瓦·蓬皮扬斯基、瓦·尼·沃洛希诺夫外，又增加了批评家和文艺学家帕·尼·梅德韦杰夫(1892～1938)和音乐学家伊·伊·索列尔金斯基(1902～1944)。 巴赫金移居维捷布斯克，并在那里遇见了梅德韦杰夫、索列尔金斯基，在沃洛希诺夫和梅德韦杰夫的帮助下，找到了在维捷布斯克国立师范大学教文学(从 8 月 1 日起)的工作，及在维捷布斯克音乐学院讲授音乐哲学和历史(从 12 月 1 日起)的工作。同时他还在其他各种学院作演讲。巴赫金、梅德韦杰夫、沃洛希诺夫在同一个文学讲习班教学。索列尔金斯基听过无数次巴赫金、梅德韦杰夫与蓬皮扬斯基的讲演。小组成员与夏加尔、多布任斯基、马列维奇、马尔科以及其他许多维捷布斯克文艺复兴的领军人物建立了联系。 卡甘移居奥廖尔在那里新建的大学教书。 蓬皮扬斯基于 10 月移居彼得格勒，在那里，他曾在短期内参加过亚历山大·梅耶尔小组的聚会。同时还参加自由哲学学会的聚会。 祖巴金由于其 1917 年的专著《论宗教哲学》而获得莫斯科考古学院的高级学位，并被聘为教授职称。继而前往斯摩棱斯克，然后又去明斯克(此外在那里他还发现一个短期存在的分会，其成员除其他人外还有谢尔盖·爱森斯坦)，随后又回到斯摩棱斯克，在那里他被莫斯科考古学院授权管理设在那里的分支机构。	巴赫金：6 月对涅韦尔教育与艺术工作者工会做关于俄语的讲座。 卡甘：《论历史进程：从问题到历史哲学》，《文化学年鉴》(*Культурологический ежегодник*)，1993 年第 1 期，第 325～365 页)。 蓬皮扬斯基：对自由哲学学会的讲座和座谈。 祖巴金：演讲《论笑与严肃》，见载于亚·伊·涅米洛夫斯基与瓦·伊·乌科洛娃《星光》(莫斯科：进步-文化出版社，1994，第96～98 页)。
1920～1921		巴赫金：除了别的以外，主要是关于《现代俄国诗歌》、《论维亚切斯拉夫·伊万诺夫的诗歌》、《论尼采哲学》、《论历史与前历史》、《论技术文化与基督教》的公开讲演。 卡甘：《德国人柯亨(1842 年 7 月 4 日～1918 年 4 月 4 日)》，载《科研动态·第

续表

年份	事　　件	著　　作
		二辑》(莫斯科：科学院教育人民委员会中心，1922，第 110~124 页)。梅德韦杰夫：关于 20 世纪俄国文学、关于莫斯科艺术剧院的演讲。蓬皮扬斯基：关于音乐哲学、古典哲学和英雄主义的公开演讲。
1921	冬季：在艺术工作者俱乐部做关于《艺术与现实生活》的讲座。 2 月：疾病恶化住进战地医院。 春天：写作关于道德哲学问题的书稿。 6 月 16 日：与叶莲娜·亚历山大洛芙娜·奥科洛维奇登记结婚。 夏—秋季：在波洛茨克的乡下休憩。 米·米·巴赫金在维捷布斯克时期写作了下列著作：《论行为哲学》、《审美活动中的作者和主人公》、《道德主体与法的主体》。	
1921	尤金娜从彼得格勒音乐学院毕业，并在那里担任讲师。同时在彼得格勒大学历史及语文学系学习。 卡甘想帮巴赫金在奥廖尔大学找工作的想法被证明是失败的，原因在于巴赫金的疾病，同时卡甘也认识到让巴赫金回到他的家乡在政治上是不明智的。卡甘从奥廖尔移居莫斯科。	巴赫金：根据梅德韦杰夫的报道正在写作一本关于道德哲学问题的著作(《艺术》，3 月 23 日)。梅德韦杰夫：《论陀思妥耶夫斯基的文学遗产》(《艺术》，第 4~6 页，第 49 页)。蓬皮扬斯基：10 月 2 日，提交给自由哲学学会的论文《论陀思妥耶夫斯基与古典文学》。沃洛希诺夫：《穆索尔斯基(1835~1881)去世 40 周年纪念》(《艺术》，第 2~3 页；第 9~11 页)；《论俄国和古典文学史、音乐及一般文化史》的公开讲演。
1921~1922	梅德韦杰夫在维捷布斯克师范学院领导着一个有关陀思妥耶夫斯基的研讨班。	

续表

年份	事　件	著　作
	索列尔金斯基回到彼得格勒，在彼得格勒大学罗曼-德意志语文学及古典西班牙文学系学习，同时在艺术史学院教授历史直到1929年。 沃洛希诺夫移居维捷布斯克，在那里（或许在梅德韦杰夫的指导下）担任地方人民教育部艺术分部代理主任，以及地方教育委员会音乐分会的主任。他同时还在维捷布斯克音乐学院讲授与戏剧与剧院史有关的课程。 此时巴赫金与沃洛希诺夫一段时间内曾住在同一层的一套房间内。	
1922	卡甘成为莫斯科新建立的俄国（后改为国立）艺术科学院的研究员；想在科学院为巴赫金找工作未果。 梅德韦杰夫回到彼得格勒。他与盖杰布罗夫与斯卡尔斯卡娅的具有革新精神的巡回剧院的密切关系使其成为《流动剧院杂志》的编辑，这是一份以捍卫彼得格勒文化的继承性为主旨的文学批评杂志，于1924年被审查机构查封。他还当选为全俄作家协会彼得格勒分会理事会成员，同时还是作家联谊会成员。 蓬皮扬斯基离开了自由哲学学会。 沃洛希诺夫回到他的出生地彼得格勒，在社会科学分部的人种学与语言学系继续其大学学业。 祖巴金于9月从斯摩棱斯克移居莫斯科，在那里受到卡甘的欢迎。12月他被捕，公开的原因是他未能为其罗西克鲁克分会办理正式注册手续。	巴赫金：根据梅德韦杰夫的报道业已完成关于陀思妥耶夫斯基的一本专著和一篇题名为《语言创作的美学》的论文（《剧院文学纪事，《艺术生活》，第33期，第4页）。 卡甘：《保罗·纳托尔普与文化的危机》（《对话·狂欢·时空体》，1995年第1期，第49～54页）；《艺术的两个意愿》（《哲学科学》，1995年第1期，第47～61页）。英语译本的节略本出自弗兰克·古德温。《艺术的两个意愿（形式与内容；无目的无主题问题）》（《实验》，1997年第3期，第254～266页）。 梅德韦杰夫：《亚历山大·勃洛克的创作道路》，载梅德韦杰夫主编之《纪念亚历山大·勃洛克（纪念文集）》第1卷（彼得格勒：北极星）。 蓬皮扬斯基：《陀思妥耶夫斯基与古典》（彼得堡：构思）；开始果戈理的研究

年份	事　件	著　作
		工作（一直持续到 1925 年），但却始终未能完成（发表时题名为《果戈理》，载《古典文学传统：俄国文学史论文集》(阿·帕·丘达科夫主编，叶·米·伊瑟尔林与尼·伊·尼古拉耶夫详解，尼古拉耶夫注释(莫斯科，俄罗斯文化语言，2000，第 257～342 页)。《论俄国今日的道德与知性状态》，4 月 2 日提交给自由哲学学会的论文，因此文而导致的冲突致使蓬皮扬斯基离开自由哲学学会。
1922～1923		巴赫金：《行为哲学》(最终写作日期无法确定，发表于 1986 年)。 沃洛希诺夫：《论巡回剧院杂志前几期中的诗歌》。
1923	祖巴金 2 月被释放。自己的诗歌无法发表，又被许多人怀疑是告密者，他开始靠在公众场合下即兴写作诗歌来为生。 尤金娜担任彼得格勒音乐学院教授。 索列尔金斯基从艺术史学院毕业。	卡甘：《文化危机期中的犹太教》、《过去的岁月》(1981 年第 6 期，第 229～236 页)。 梅德韦杰夫：提交给艺术史学院的 3 篇论文。
1923～1924		卡甘：《哲学与历史》(未发表)。
1924～1929	巴赫金夫妇移居列宁格勒。在隶属于列宁格勒出版社的俄罗斯国立艺术史学院担任编外工作。身边的朋友有：列·瓦·蓬皮扬斯基，米·瓦·尤金娜，瓦·尼·沃洛希诺夫，帕·尼·梅德韦杰夫，伊·伊·索列尔金斯基，生物学家伊·伊·卡纳耶夫(1893～1983)，东方学家尼·伊·康拉德(1891～1970)，诗人、小说家康·康·瓦吉诺夫(1899～1934)，印度学家米·伊·图比扬斯基(1893～1943)，工程师-地理学家瓦·瓦·扎列斯基。论文提要和报告	

年份	事　件	著　作
	的内容都是哲学性的，而有关俄国和苏联文学的课程也不限制听众的范围。	
1924	春天：为《文学现代人》杂志写作《语言艺术作品中的内容、材料与形式问题》一文。 夏—秋季：《艺术创作中的作者与主人公》系列讲座。 10～11 月：写作与发表《学术上的萨里耶利主义》一文，后以帕·尼·梅德韦杰夫的名义发表。	
1924	巴赫金 5 月从维捷布斯克回到列宁格勒，在那里遇见了卡纳耶夫并暂住在后者的那套房间里，直到 1927 年。 索列尔金斯基从彼得格勒大学毕业，并就职于舞蹈设计学校，在那里讲授芭蕾史、西欧文学史、音乐史及俄国与西方戏剧史直到 1941 年。 沃洛希诺夫从彼得格勒大学毕业。	巴赫金：《语言艺术创作中的内容、材料与形式问题》（发表于 1975 年）；《审美活动中的作者与主人公》（最终写作日期无法确定，发表于 1979 年）；6 月 28 日提交给艺术史学院的论文。 梅德韦杰夫：《形式主义（形态学）方法，或学术上的萨里耶利主义》（《真理报》，1925 年 9 月 3 日，第 264～276 页）；英文译本见《巴赫金学派论文选》（安·舒克曼主编，《译文中的俄国诗学》第 10 辑，牛津：RPT 出版公司，1983，第 51～65 页）。
1924～1925	巴赫金小组的讨论（此时还包括卡纳耶夫、诗人康斯坦丁·康斯坦丁诺维奇·瓦吉诺夫以及东方学家米哈伊尔·伊兹拉伊列维奇·图比扬斯基）焦点集中在宗教哲学和伦理学。弗洛伊德与心理分析同样也得到广泛深入的讨论，蓬皮扬斯基在讨论中起引导作用。 索列尔金斯基在艺术史学院开设了一门心理学课程。	
1925	写作与发表《在社会性的彼岸》一文，后以瓦·尼·沃洛希诺夫的名义发表。	

续表

年份	事　件	著　作
1925	卡甘放弃哲学，成为国家经济委员会的一名统计学家。 梅德韦杰夫被任命在著名的普希金之家的俄国文学所从事研究工作，他在那里撰写关于亚历山大·勃洛克戏剧和叙事体长诗的创作过程的专著，编辑象征派诗人的日记和笔记，并于1928~1930年出版。 索列尔金斯基与肖斯塔科维奇结识，并越来越关注音乐。 沃洛希诺夫受聘在东西方比较语言文学史研究所以副研究员身份从事研究，该所于1923年成立于彼得格勒大学。	卡纳耶夫：《遗传学：写给非专业人士的一个导论》（列宁格勒，拍岸浪出版社）。 沃洛希诺夫：《在社会性的彼岸：论弗洛伊德主义》（《星》第5期，第186~214页）。
1925~1926	巴赫金小组日益加强神学研究。	
1926	写作与发表《现代活力论》（以伊·伊·卡纳耶夫姓氏的名义）和《生活话语与诗的话语》（以瓦·尼·沃洛希诺夫的名义）。	
1926	卡纳耶夫正式成为彼得霍夫自然科学所遗传学与动物学实验室（由前沿遗传学家尤里·费里普切科领导）的研究生。 沃洛希诺夫于11月成为（列宁格勒大学文学史及西、东方语言比较研究所）研究生。	卡纳耶夫（巴赫金）：《当代活力论》（《人与自然》，第1期，第33~42页；第2期，第9~23页；英文译本由C.伯德翻译，载F.伯威克与P.道格拉斯主编之《现代主义的危机：柏格森与活力论者的对话》（剑桥，剑桥大学出版社，1992，第76~96页）。 梅德韦杰夫：《缺乏社会性的社会学（论帕·尼·萨库林著作中的方法论）》，（《星》第2期，第267~271页。英文译本见《巴赫金学派论文选》（安·舒克曼主编，牛津：RPT出版公司，1983，第67~74页）。《最近一年中的艺术创作心理学》（《星》第2期，第263~266页）。《论维克多·什克洛夫斯基的"散文论"》

续表

年份	事　　件	著　作
		（莫斯科：圆周出版社，1925）《星》第 1 期，第 265～266 页）。 沃洛希诺夫：《生活话语与艺术话语》《星》第 6 期，第 244～267 页；英文译本见《巴赫金学派论文选》（安·舒克曼主编，牛津：RPT 出版公司，1983，第 5～30 页）。
1927	《弗洛伊德主义：批判纲要》（莫斯科；列宁格勒：国家文学出版社，共 164 页）以瓦·尼·沃洛希诺夫的名义出版。	
1927	蓬皮扬斯基宣布自己转信马克思主义。 列宁格勒大学文学史及西、东方语言比较研究所成为俄国社会科学研究机构协会的一个部分，其文学分部改为由老布尔什维克马克思主义文艺批评家和历史学家瓦·阿·杰斯尼茨基领导。所内文件表明沃洛希诺夫的专业领域是"社会学诗学问题"，后来还追加了"俄国文学史研究"、"文学方法论"。沃洛希诺夫同时还在国家美院艺术与工业技术学院教书。 9、10 月间，祖巴金来到索伦托拜访作家马克西姆·高尔基，尽管他与作家有过长期友好的通信，但还是狠狠地跟作家吵了一架。	梅德韦杰夫：《谢尔盖·叶赛宁的道路与歧路》，见尼古拉·克留耶夫与帕·尼·梅德韦杰夫主编之《谢尔盖·叶赛宁》（列宁格勒：拍岸浪出版社，第 19～76 页）。 沃洛希诺夫：《弗洛伊德主义：批判纲要》（列宁格勒：拍岸浪出版社）；英文译本《弗洛伊德主义：马克思主义批评纲要》，I. R. 蒂特尼克（伦敦：学院出版社，1976）。
1928	《文艺学中的形式主义——社会学诗学批判导论》（列宁格勒：拍岸浪出版社，232 页）以帕·尼·梅德韦杰夫的名义出版。 12 月 24 日： 因参加所谓"反苏组织'复活'"的"反革命活动"罪名而被捕。	
1928	巴赫金与蓬皮扬斯基由于参加梅耶尔的"复活"团体的活动而被捕。蓬皮扬斯基很快被释放，而巴赫金则仍被扣押。 沃洛希诺夫向曾经出版其《形式主义方法》一书（4 月）的国家出版社列宁格勒分社呈交《关于话语传送中的问题（一个社会学的实验性研究）》手稿，该文可能后来成为其学位论文的基础。	梅德韦杰夫：《亚历山大·勃洛克的戏剧和叙事体长诗：从创作史角度出发》；《论亚历山大·勃洛克的日记（1911～1913）》（帕·尼·梅德韦杰夫主编，列宁格勒：作家出版社，第 7～14 页）；

续表

年份	事　　件	著　　作
	梅德韦杰夫开始在列宁格勒大学文学史及西、东方语言比较研究所担任研究职务。他同时还在国家出版社（госиздат）列宁格勒分社的文学部任职（到 1930 年）；眼见巴赫金被捕，他监督着《陀思妥耶夫斯基创作问题》出版。他还筹划了鲍里斯·帕斯捷尔纳克的诗体小说《斯别克托尔斯基》的出版事宜（1931），并授权安德烈·别雷写作其回忆录中的一卷《在两个世纪之交》（1930）。在遭受到瓦·瓦·叶尔米洛夫（一位非常臭名昭著的执行强硬路线的批评家）所谓"康德主义、形式主义及其他形式的最黑暗的蒙昧主义"的谴责，甚至被亚历山大·法捷耶夫［当时是好战的俄国无产阶级作家联盟（拉普，RAPP）的领导］打上"无产阶级艺术的毁灭者"的烙印，梅德韦杰夫不得不被迫急遽改变其学术研究的计划和方法。	《文艺学中的形式主义方法：社会学诗学批判导论》（列宁格勒：拍岸浪出版社）；英文版译者阿尔伯特·J. 韦尔利（剑桥，MA、伦敦：哈佛大学出版社，1985）；《当前文学史研究所面临的问题》，见《文学与马克思主义》第 3 期，第 65～87 页；英文译本见《巴赫金学派论文选》（安·舒克曼主编，牛津：RPT 出版公司，1983，第 75～91 页）。 蓬皮扬斯基：《普希金：一篇文学史概述》前言：《献给普希金》（莫斯科与列宁格勒：国家文学出版社，1929 年、1930 年重版）。 沃洛希诺夫：《西方最新语言学思潮》（《文学与马克思主义》，第 5 期，第 115～149 页）；英译本见《巴赫金学派论文选》（牛津：RPT 出版公司，1983，第 31～49 页）。
1929	1 月 5 日：在签署了不擅自外出的保证后巴赫金被从拘留所释放。 7 月 22 日：根据苏维埃社会主义共和国联盟刑法典的第 58-2 条款，陪审团判决米·米·巴赫金关押集中营 5 年。此时巴赫金本人则正因慢性骨病恶化（多发性骨髓炎）而住在医院里。 9 月 2 日：米·米·巴赫金向健康人民委员会递交了指定医学委员会的申请。 《陀思妥耶夫斯基创作问题》出版（列宁格勒：拍岸浪出版社）以瓦·尼·沃洛希诺夫的名义出版。此外还有为列·尼·托尔斯泰作品戏剧卷所写的《序》以及为列·尼·托尔斯泰长篇小说《复活》所写的《序》发表。	

续表

年份	事　　件	著　　作
1929	巴赫金1月5日被释放，等待对其案件的判决。6月22日，因病住院的巴赫金，在缺席情况下，被判处到索洛夫基劳改营服役5年。 沃洛希诺夫完成其研究生学业，成为列宁格勒大学文学史及西、东方语言比较研究所的一名研究人员。 祖巴金8月27日被捕，并被判处到北部俄国流放3年，罪名是反对反宗教宣传。他留在阿尔罕格尔斯克，靠给人做雕塑为生，直到1937年。	巴赫金：《陀思妥耶夫斯基创作问题》。 梅德韦杰夫：《社会学诗学》的手稿。第1卷第1部分：《主题学》(后被没收)。 蓬皮扬斯基：论述屠格涅夫的文章。 沃洛希诺夫：《马克思主义与语言哲学：语言学中的社会学方法问题》(列宁格勒：拍岸浪出版社)；英文译本由L.马捷卡和I.R.蒂特尼克翻译(剑桥，哈佛大学出版社，1973)。 祖巴金：《人行道上的熊》(莫斯科：全俄诗人协会出版社)。 梅德韦杰夫：《"前言"与"注释"》，见《亚历山大·勃洛克的笔记》(帕·尼·梅德韦杰夫主编，列宁格勒：拍岸浪出版社，第3～6页，第205～251页)。 蓬皮扬斯基：《西方及美国文学在今天(1920～1929)》(未出版)。 沃洛希诺夫：《马克思主义与语言哲学》(列宁格勒：拍岸浪出版社，第2版)；《在诗学与语言学的交界点上》，见《为文学学中的马克思主义而斗争(论文集)》(瓦·阿·杰斯尼茨基与尼·雅科夫列夫以及列·特里林主编，列宁格勒：拍岸浪出版社，第203～204页)；《评瓦·瓦·维诺格拉多夫的"论艺术散文"》(《星》第2期，第233～234页)；《文学文体学。第1部分：什

年份	事　　件	著　　作
		么是语言？》；《文学文体学·第 2 部分：话语的组织》；《文学文体学：第 3 部分：语词及其社会功能》（《文学学习》，第 2 期，第 48～66 页；第 3 期，第 65～87 页；第 5 期，第 43～59 页）。英文译本见《巴赫金学派论文选》（安·舒克曼主编，牛津：RPT 出版公司，1983，第 93～113 页，第 114～138 页；第 138～152 页）。
1930	2 月 23 日：国家政治保卫总局的陪审团将给米·米·巴赫金的集中营关押的判决改为流放哈萨克斯坦的库斯坦奈，刑期从被捕之日起算。叶·亚·巴赫金娜、米·瓦·尤金娜、伊·伊·卡纳耶夫、米·伊·卡甘和谢·伊·卡甘娜，甚至就连叶·帕·别什科夫和亚·尼·托尔斯泰，都对这一决定的作出做了斡旋工作。 3 月：米·米·巴赫金和叶·亚·巴赫金娜来到库斯坦奈流放地（哈萨克斯坦）。	
1931	4 月 23 日：米·米·巴赫金被吸收参加库斯坦奈区消费合作社经济师的工作。	
1931	巴赫金被作为营业员而在库斯坦奈被雇用。尤金娜因"意识形态"原因（遵守教规）而被从列宁格勒音乐学院除名。	祖巴金：《霍尔莫戈雷骨刻：生产历史与工艺》（阿尔罕格尔斯克：西部边区出版社）。
1932	列宁格勒大学文学史及西、东方语言比较研究所的文学分部被关闭，语言学分部成为列宁格勒语言学研究所的基地。 沃洛希诺夫在赫尔岑师范学院教书，同时保留其在艺术工作者职业培训学院的教授职称，他在那里讲授一门艺术社会学课程。	索列尔金斯基：《赫柯托尔·柏辽兹》（莫斯科：国家音乐出版社）；《古斯塔夫·马勒》（列宁格勒：国家音乐出版社）。详尽概述见《德米特里·肖斯塔科维奇交响乐、弦乐四重奏与大提琴协奏曲的风格、内容、主题展开及意识形态》（纽约：花环出版社，1989，第 508～539 页）。

续表

年份	事　件	著　作
1932～1933	尤金娜在格鲁吉亚给音乐研究生讲课。	
1933	尤金娜移居莫斯科，作为独奏者为国家电台工作到 1936 年。 梅德韦杰夫被遴选为列宁格勒历史、哲学、文学与语言学研究所正教授，此后不久便被合并到列宁格勒大学语文学部。	梅德韦杰夫：《在作家的创作实验室》（列宁格勒：作家出版社）；《帝国主义与无产阶级革命时代的俄国文学史简明方法论手册》（瓦·阿·杰斯尼茨基主编，列宁格勒：列宁格勒赫尔岑师范学院）。 索列尔金斯基：《雅克·奥芬巴赫》（列宁格勒：马林剧院）。
1934	《对集体农庄庄员需求问题的研究尝试》在《苏联商贸》杂志发表。 7 月份 5 年流放期结束了。但巴赫金夫妇在库斯坦奈又待了 2 年。	
1934	蓬皮扬斯基被聘任为列宁格勒音乐学院教授。 索列尔金斯基成为列宁格勒爱乐出版社编辑。他曾为肖斯塔科维奇的歌剧《姆岑斯克县的迈克白夫人》做编辑工作。 沃洛希诺夫由于肺结核病恶化（他从 1914 年起就罹患此病）而被迫离开教授岗位。	梅德韦杰夫：《形式主义与形式主义者》（列宁格勒：作家出版社）。 索列尔金斯基：《阿诺尔德·勋伯格》（列宁格勒：国家音乐出版社）。 祖巴金：《霍尔莫戈雷方言》（《北方之星》第 1 期，第 71～77 页）；《北部俄国丰富的语言宝藏》，（《北方之星》第 7 期，第 54～60 页）。 蓬皮扬斯基：《18 世纪上半叶文学论文集》，见《18世纪：论文与材料选集》（阿·谢·奥尔罗夫主编，莫斯科与列宁格勒：苏联科学院出版社，第 83～132 页）。 祖巴金：《阿尔罕格尔斯克的语言》《北方之星》第 5 期，第 115～119 页）。
1936	夏天：假期中走访了列宁格勒和莫斯科，与梅德韦杰夫、卡甘、扎列斯基、尤金娜等朋友们相会。	

年份	事　件	著　作
	9 月：由于帕·尼·梅德韦杰夫教授的举荐，巴赫金接到去位于萨拉托夫的摩尔达维亚师范学院任教的邀请函。 9 月 26 日：巴赫金辞去了他在库斯坦奈区消费合作社的工作，和叶莲娜·亚力山大洛芙娜一起前往萨兰斯克。 10 月：巴赫金夫妇在萨兰斯克。米·米·巴赫金被聘为摩尔达维亚师范学院文学教研室总体文学和文学教学法教师。 巴赫金从流放地回来，拜访了尤金娜、卡甘、梅德韦杰夫及其他住在莫斯科和列宁格勒的老友。多亏梅德韦杰夫的斡旋，9 月 9 日被聘任为位于萨兰斯克的摩尔达维亚师范学院文学讲师。 尤金娜就任莫斯科音乐学院教授。同时开始为期 3 年的绘画学习。蓬皮扬斯基被任命为国立列宁格勒大学俄国文学教授。 索列尔金斯基在 1934 年对肖斯塔科维奇的辩护引发了 1、2 月间臭名昭著的《真理报》编辑部对作曲家的攻击——"不是音乐，而是混乱不堪"（"是一堆芭蕾肉馅"），他被说成对作曲家堕入"形式主义"泥坑担负部分责任。 沃洛希诺夫在列宁格勒于 6 月 13 日死于肺结核病。	
1937	1～3 月：学院形势开始恶化：小报告、诽谤、谣言、莫名其妙被解雇等事件，层出不穷。米·米·巴赫金不由自主地被卷入事件的旋涡。在党委召开的各类会议上，他的名字被一再提起，作为指责学院院长亚·费·安东诺夫的口实，说他居然会把一个"刚刚因为反革命活动而在流放地过完五年流放生涯的人"请来工作。 3 月 10 日：巴赫金向学院院长递交申请，鉴于病情急剧恶化（慢性多发性骨髓炎），他已无法坚持学院的工作，请求免除他所担负的职位。 6 月 5 日：根据摩尔达维亚师范学院的命令："鉴于总体文学教师米·米·巴赫金在总体文学教学工作中散布资产阶级客观主义，无视一系列警告和指令而不改弦更	

年份	事　件	著　作
	张，兹令从1937年6月3日起从学院开除。" 7月1日：学院新院长帕·德·叶连明取消了因"资产阶级客观主义"而开除巴赫金的命令，而出台了另一条命令："根据其自己的请求兹免除文学教师巴赫金同志在学院的工作。命令所据：巴赫金的申请。" 7月4日：巴赫金夫妇重新回到莫斯科。暂住在鲍·瓦·扎列斯基家里。 8月14日：巴赫金夫妇回到库斯坦奈。 秋天：回到莫斯科，然后转往加里宁区的萨维洛沃。 巴赫金因在6月3日未能在讲课时刻意告警学生警惕"资产阶级客观主义"而被从摩尔达维亚师范学院开除；7月1日开除令又被撤销，改称巴赫金是自愿离开该学院的。巴赫金旋即去了莫斯科。 尤金娜在建筑学院博物馆工作，对18世纪和19世纪标志性建筑进行注解和分目。 索列尔金斯基成为列宁格勒爱乐乐团的艺术顾问。 卡甘12月26日于莫斯科死于心绞痛。 祖巴金因参加卡甘在莫斯科的葬礼因而违反了其在阿尔罕格尔斯克流放的禁令而被捕。	卡甘：《论普希金的叙事体长诗》（莫斯科：苏联作家出版社，1974，第85～119页）。 梅德韦杰夫：《屈赫尔柏凯及其长篇小说》（列宁格勒：国家文艺出版社，第98～119页）；《19世纪末20世纪初的俄国文学史》，梅德韦杰夫于1938年被捕后版型被毁。 蓬皮扬斯基：《特列季扬科夫与德国理性学派》，见瓦·米·日尔蒙斯基主编之《西方学术论文集》（莫斯科与列宁格勒：苏联科学院出版社，第157～186页）。
1937～ 1938	巴赫金移居萨维洛沃。 祖巴金死于他因反革命活动罪而被关押的监狱。	
1938	2月17日：因慢性骨病恶化而截肢。 向"苏联作家"出版社提交《教育小说及其在现实主义历史中的意义》一书的书稿（战争期间手稿在出版社大火时被烧毁）。	
1938	巴赫金右腿被截肢。 梅德韦杰夫3月13日在列宁格勒被捕；他的档案被没收。 梅德韦杰夫于7月17日被枪毙（执行死刑的地点不明）。	
1939	尤金娜开始在音乐教师培训学院教书（直到1941年），这是一个距离较远的教学机构。	

续表

年份	事　　件	著　　作
	卡纳耶夫因其在按照臭名昭著的遗传学家伊万·巴甫洛夫的反射学理论需要进行变异的双胞胎身上的高级神经系统研究而获得科学博士学位。	
1940	4 月：参与在莫斯科中央文学家之家召开的莎士比亚创作研讨会。 10 月 14 日：在苏联科学院世界文学研究所（莫斯科）文学理论分部做报告：《长篇小说的话语》。 10～12 月：关于拉伯雷的研究专著手稿杀青；开始誊抄打印稿。 完成为文学百科全书第 10 卷写作的词条《讽刺》。	
1940	蓬皮扬斯基 7 月 6 日因肝癌死于列宁格勒。	巴赫金：10 月 14 日提交给莫斯科世界文学研究所文学理论分部的论文：《长篇小说中的话语》；该文 1975 年发表时的版本题名为《长篇小说话语的史前史》；《讽刺》是受托为《文学百科全书》撰写的词条（1996 年出版）；《现实主义史上的拉伯雷》（学位论文的第 1 版于 1946 年通过答辩）。
1941	3 月 24 日：在世界文学所（ИМЛИ）作报告：《作为一种文学体裁的长篇小说》。 秋季：担任加里宁（现特维尔）州基姆尔区伊利英村中学教师。 12 月 15 日：担任基姆尔市雅罗斯拉夫铁路第 39 不完全中学的俄语、俄语文学与德语教师。	
1941	巴赫金被任命为基姆雷中学教师。 索列尔金斯基随列宁格勒爱乐乐团撤退疏散到新西伯利亚市。	巴赫金：3 月 24 日在莫斯科世界文学所论文《作为一种文学体裁的长篇小说》；1975 年出版的版本题名为《史诗与长篇小说》。 索列尔金斯基：《交响编剧艺术的历史类型》；其译文见埃里克·罗森伯里：《德米特里·肖斯塔科维

年份	事　件	著　作
		奇交响乐、弦乐四重奏、大提琴协奏曲的风格、内容、主题的变奏及意识形态》（纽约：花环出版社，1989，第 541～556 页）。
1942	1 月 18 日：被任命为基姆尔市第 14 中学教师。	
1942	卡纳耶夫被任命为列宁格勒第一医学院一般生物学系系主任。4 月随学院一起撤退，起先到基斯洛沃茨克，后改为克拉斯诺雅尔斯克。	
1944	尤金娜受聘担任莫斯科格涅辛学院教授。 卡纳耶夫回到列宁格勒，在医学科学院进化生理学和高级神经系统病理学所的庇护下开始着手研究。 索列尔金斯基 2 月 11 日在新西伯利亚市因心肌梗塞而去世。	
1945	6 月：到莫斯科。 8 月：为安排工作短期在莫斯科逗留。 8 月 18 日：苏联教育人民委员会命令任命米·米·巴赫金按规定从基姆尔第 14 中学调到摩尔达维亚师范学院担任总体文学副教授。 9 月：从基姆尔第 39 不完全中学离职到萨拉斯克亚·伊·波列扎耶夫摩尔达维亚师范学院任教。 10 月 1 日：根据摩尔达维亚师范学院院长米·尤·尤尔达舍夫的命令，米·米·巴赫金被任命为总体文学教研室主任。 在教研室 1945～1946 学年度工作计划里的"教研室学年工作"栏目里写道，巴赫金研究"长篇小说理论"，而且"工作已基本完成并已递交出版社待出版"。此外，米·米·巴赫金还研究"果戈理笑的来源"。	
1945	巴赫金被任命为摩尔达维亚师范学院代理副教授（这是一个大致相当于英国的高级讲师或北美的助理教授的岗位）；10 月 1 日又被任命为世界文学系主任。	

续表

年份	事　　件	著　　作
1946	4月10~11日：参加摩尔达维亚师范学院教师科研大会。米·米·巴赫金在全体大会上作报告：《中世纪与文艺复兴时期的民间文化问题》。 5月18~30日：米·米·巴赫金在莫斯科做科研调研，准备进行答辩，同时为写作关于果戈理的著作收集材料。 6月7日：摩尔达维亚师范学院学术委员会通过了任命米·米·巴赫金为总体文学副教授和学院学术文集编辑委员会成员的决议；并作出决议：向苏联最高学位评定委员会申请，对巴赫金免除其副博士学位考试。 6月10~14日：逗留莫斯科。 11月15日：在世界文学所（ИМЛИ）（莫斯科）进行副博论文答辩，题目是《现实主义历史中的拉伯雷》。亚·亚·斯米尔诺夫、伊·米·努辛诺夫、亚·康·吉韦列戈夫关于授予米·米·巴赫金语言科学博士学位的请求被否决。 巴赫金就其学位论文《现实主义史上的拉伯雷》进行答辩。答辩于11月20日在莫斯科世界文学所进行。	索列尔金斯基：《音乐论文选》（米·德鲁兹金主编，列宁格勒与莫斯科：国家音乐出版社）。
1947	1月15~16日：米·米·巴赫金参加摩尔达维亚师范学院教师科研大会。在会上作报告：《现实主义历史中的拉伯雷》。 2月21日：根据苏联教育部高等教育总管理委员会的命令，米·米·巴赫金的语言科学副博士学位得到确认，并担任摩尔达维亚师范学院总体文学教研室主任。 春天：短期到莫斯科出差。 6月：米·米·巴赫金为共和国青年作家代表大会的代表们讲授文学理论（6小时）。	
1948	2月11日：米·米·巴赫金参加摩尔达维亚师范学院教师科研大会。在会上作报告：《小说修辞学的基本问题》。 9月15日：米·米·巴赫金在教研室信息交流会上发言，做了《总体文学课上如何讲述俄国文学对西欧国家文学的影响问题》的发言。	

年份	事　件	著　作
	10 月 6 日：在教研室会议上米·米·巴赫金汇报了自己研究《资产阶级关于文艺复兴时代的观念》科研工作的进展情况。	
1948	卡纳耶夫被从第一医学院开除，其根据是列宁农业科学院采取的决定，罪名是采用了李森科主义——一种虚假的遗传学理论及其官方信条。生理学家列夫·奥尔贝利帮助他保住了在进化生理学所的岗位。	
1949	3 月 1 日：在总体文学、俄罗斯文学以及马克思列宁主义原理教研室关于《真理报》和《文化与生活报》编辑部举办的联席讨论会上发言，批判戏剧批评界一个反爱国主义集团。 10 月 11 日：米·米·巴赫金在教研室会议上主动提出要为《文学摩尔达维亚文集》撰写一篇关于亚·谢·普希金散文的文章。 12 月 28 日：米·米·巴赫金在教研室会议上汇报了 1949 年科研工作计划完成的情况。他还在继续研究《资产阶级关于文艺复兴时代的观念》这一题目——已经为论著的两个部分收集了资料，并拟定了这两个部分的写作纲要：(1)布尔克哈特之前的文艺复兴观；(2)布尔克哈特观批判纲要。此外，巴赫金还修订补充了其论述拉伯雷的著作，又写了将近有 5 个印张。	
1949	巴赫金被邀请对其学位论文进行修订并重新提交。	
1950	3 月 3 日：在教研室组织了一个研究当代中国文学的小组。指导该小组活动的任务交给了米·米·巴赫金。 在该小组的一次例会上(1950 年 3 月 31 日)上，米·米·巴赫金作了一次报告，题目是《中国文学的特点以及对她从古代到今天的一个概述》。 9 月 28 日：在共和国青年作家代表大会上，米·米·巴赫金被委托以《文艺的种类和形式》为题作演讲。 10 月 18 日：米·米·巴赫金参加了俄罗斯文学和外国文学教研室联席会议，讨论"约瑟夫·维·斯大林关于语言学的著作"。巴赫金在此次会议上作了以《约·	

续表

年份	事　　件	著　　作
	维·斯大林关于语言的学说在文艺学问题上的应用问题》为题的报告。	
1950	巴赫金于 4 月 19 日重新提交经过修订后的学位论文。	
1951	冬季：米·瓦·尤金娜在萨兰斯克举办音乐会。 3 月 21 日：米·米·巴赫金在摩尔达维亚师范学院学术委员会会议上作关于外国文学教研室工作问题的报告。 9 月 26 日：在俄罗斯和外国文学教研室联席会议上米·米·巴赫金作了以《关于苏联文艺学发展的基本道路问题》为题的报告。	
1952	2 月 6 日：在摩尔达维亚师范学院学术委员会会议上，米·米·巴赫金被指责在斯大林同志诞辰日举办的理论研讨会的发言中，说了许多"带有唯心主义色彩的话"，"提出了关于艺术的错误的定义"，"企图用传统的力量来解释社会的发展"等。 在 1951～1952 学年度米·米·巴赫金领导联合教研室——俄罗斯和外国文学教研室。 根据 1952 年科研工作规划米·米·巴赫金撰写了论文：《文学中的对话及其类型》。 6 月 2 日：苏联最高学位委员会授予米·米·巴赫金语文科学候补博士学位（МФЛ 第 01287）。 巴赫金在莫斯科。在格涅辛学院为米·瓦·尤金娜的学生做讲座：《抒情叙事诗及其特点》。 10 月 22 日：召开了扩大的教研室会议；巴赫金参与讨论教研室成员伊·德·沃洛宁的报告：《现阶段社会主义现实主义问题》。	
1952	巴赫金于 6 月 2 日被授予候补博士学位。	卡纳耶夫：《水螅：论鲜水珊瑚虫生物学》（莫斯科与列宁格勒：苏联科学院出版社）；英文由 E. 伯罗斯与 H. 伦霍夫合译。

续表

年份	事　件	著　作
1953	2月25日：米·米·巴赫金在马克思列宁主义原理、俄罗斯及外国文学、俄语、外语及摩尔达维亚语言与文学教研室联席会议上作报告：《苏联文学中的典型问题以及摩尔达维亚国立师范大学文学教学的任务》。 10月29日：米·米·巴赫金在俄罗斯与外国文学、俄语、摩尔达维亚语言与文学教研室关于提高语言与文学系大学生一般文化水平和识字水平问题的联席会议上发言。 11月18日：米·米·巴赫金在马克思列宁主义原理、苏联历史、总体历史与文学教研室联席会议上发言。此次会议的日程是讨论"苏联共产党中央委员会七月全会和苏联共产党中央委员会'苏联共产党的50年'决议照耀下社会科学教学的任务"。 按照1953年科研工作规划米·米·巴赫金撰写了《言语体裁问题》一文。篇幅为5个印张。	
1954	1月3日：在确定1954年科研工作规划的教研室会议上，米·米·巴赫金承担了准备方法论报告《文学课程上培养大学生审美趣味问题》及撰写《话语即形象》一文的任务。 12月12日：对摩尔达维亚剧院戏剧《玛利亚·都铎》的剧评。	
1955	米·米·巴赫金领导着两个大学生小组：文学理论小组和青年作家小组。 撰写方法论文章：《中学中的文学理论问题》。	
1956	米·米·巴赫金撰写方法论论文：《中学文学作品的体裁、结构和情节的分析》。 4月11日：米·米·巴赫金在教研室开幕会上作报告：《典型问题及其意义》。 4~5月：逗留莫斯科。	
1956		索列尔金斯基：《音乐史研究》（米·德鲁兹金主编，列宁格勒：国家音乐出版社）。

续表

年份	事　件	著　作
1957	写作《审美范畴问题》一文。	
1957	卡纳耶夫工作调动到科学院科学技术史研究所分所。	卡纳耶夫（主编及翻译）：《J. W. 歌德论自然科学著作选》（莫斯科与列宁格勒：苏联科学院出版社）。
1958	米·米·巴赫金领导摩尔达维亚国立师范大学历史语言学系俄罗斯及外国文学教研室（以师范学院为基础成立于 1957 年）。 11 月 18 日：发表在《摩尔达维亚大学学报》上的文章《几点意见》——是为大学生如何研究文学提供的一些实际建议。	
1958	巴赫金被任命为摩尔达维亚国立大学俄国及外国文学系主任，该校的前身即师范学院。	
1959	5 月 17 日：对根据格·雅·梅尔库什金的剧本《黎明前》由摩尔达维亚剧院上演的戏剧作剧评。	卡纳耶夫：《双胞胎：论双生问题》（莫斯科与列宁格勒：苏联科学院出版社）。
1960	11 月：米·米·巴赫金收到来自莫斯科一些青年文艺学家的来信，写信的有瓦·瓦·柯日诺夫、谢·格·鲍恰罗夫、格·德·加切夫等人。	
1960	尤金娜因"宣传斯特拉文斯基和亨德密特的反苏音乐"而被格涅辛学院开除。	
1961	6 月：米·米·巴赫金与专程前来萨兰斯克的瓦·瓦·柯日诺夫、谢·格·鲍恰罗夫和格·德·加切夫认识。 8 月 1 日：退休。 为新版修订 1929 年版论陀思妥耶夫斯基的论著(1961 年下半年至 1962 年上半年)。	
1961	2 月：巴赫金与位于都灵的艾诺蒂出版社签约重新修订《陀思妥耶夫斯基创作问题》以便在意大利再版。6 月，瓦基姆·科日诺夫、谢尔盖·鲍恰罗夫、格奥尔基·加切夫等一些来自莫斯科的研究生前来拜访巴赫金。8 月 1 日退休。	
1963	8 月：在马列耶夫创作之家休息。 9 月：《陀思妥耶夫斯基诗学问题》出版（补充修订第 2 版，莫斯科）。	巴赫金：《陀思妥耶夫斯基诗学问题》。 卡纳耶夫：《达尔文之前的

续表

年份	事　件	著　作
		比较解剖学史》（莫斯科与列宁格勒：苏联科学院出版社）。 索列尔金斯基：《批评论文集》（米·德鲁兹金主编，列宁格勒：国家音乐出版社）。
1964		卡纳耶夫：《约·沃·歌德：一个诗人兼自然科学家的生平》（莫斯科与列宁格勒：苏联科学院出版社）。
1965	《拉伯雷的创作与中世纪及文艺复兴时期的民间笑文化》（莫斯科）；《长篇小说的话语》（《文学问题》第8期，第84～90页）。	巴赫金：《弗朗索瓦·拉伯雷的创作与中世纪与文艺复兴时代的民间文化》。
1966	2月：巴赫金在共和国《苏维埃摩尔达维亚报》上发表访谈录，披露了写作话语体裁一书的工作情况。 5月12日：俄罗斯及外国文学教研室一致同意推选巴赫金以其全部科研成就竞选1966～1967年度列宁奖金。 夏季。在马列耶夫创作之家休息。	卡纳耶夫：《布封，1707～1788》（莫斯科与列宁格勒：苏联科学院出版社）。
1967	《长篇小说话语的史前史》发表于《摩尔达维亚大学学报》（第61期）。 5月31日：列宁格勒市法庭陪审团作出关于为巴赫金正式恢复名誉的决定。	
1968		卡纳耶夫：《双胞胎与遗传学》（列宁格勒：苏联科学院出版社）。
1969～ 1970	巴赫金与其夫人离开萨兰斯克并在坐落在莫斯科附近孔采沃的克里姆林医院过冬。	
1970	巴赫金携其夫人移居一家位于克里莫夫卡而又离波多尔斯克很近的老年公寓。在《新世界》（第11期，第237～240页）发表答编辑部问，是谈当前文艺学现状的；在《文学问题》杂志（第1期，第95～102页）发表论长篇小说研究方法论问题的文章《史诗与小说》。	

续表

年份	事　　件	著　　作
	11 月：巴赫金加入苏联作家协会。 11 月 19 日：尤金娜因糖尿病逝世于莫斯科。 12 月 8 日：摩尔达维亚大学举行庆祝学者米·米·巴赫金 75 周岁诞辰的活动。由于疾病原因巴赫金未能出席这一盛典。	卡纳耶夫：《作为一个自然科学家的歌德》（列宁格勒：科学出版社）。
1971	12 月 14 日：叶·亚·巴赫金娜去世。夫人去世后，彼列维尔金诺作家村的创作之家成为巴赫金的临时住地。	
1972	《陀思妥耶夫斯基诗学问题》出版（第 3 版，莫斯科：苏联作家出版社）。 巴赫金获得莫斯科的户口登记，移居作家之家的集体公寓（红军街 21-42 室）。	卡纳耶夫：《特伦布雷，1710～1784》（列宁格勒：科学出版社）； 高尔顿，1822～1911》（列宁格勒：科学出版社）。
1973	2～3 月，杜瓦金来采访了巴赫金。瓦·德·杜瓦金将米·米·巴赫金与自己的谈话在米·瓦·罗蒙诺索夫莫斯科国立大学科学图书馆作了录音。 纪念文集《诗学与文学史问题》（献给米·米·巴赫金诞辰 75 周年，从事教学科研 50 周年）出版（萨兰斯克）。 发表文章《艺术话语与民间诙谐文化：拉伯雷与果戈理》（《语境：文学理论研究》，1972 年，莫斯科：科学出版社，第 248～259 页）。	索列尔金斯基：《芭蕾论文选》（米·德鲁兹金主编，列宁格勒：音乐出版社）。
1974	发表文章《长篇小说中的时间与空间》（《文学问题》，第 3 期，第 133～179 页）；发表文章《论话语美学》（《语境：文学理论研究》，1973 年，莫斯科：科学出版社，第 258～280 页）。	卡纳耶夫：《基尔迈尔，1765～1844》（列宁格勒：科学出版社）。
1975	3 月 7 日：米·米·巴赫金逝世。3 月 19 日在莫斯科维杰公墓举行了葬礼。	巴赫金：《文学美学问题》。
1976		卡纳耶夫：《乔治·居维叶，1769～1832》（列宁格勒：科学出版社）。
1979		巴赫金：《语言创作的美学》。
1980		文摘（选自梅德韦杰夫《形式主义方法》、索列尔金斯基的《苏联音乐中的交

续表

年份	事　件	著　作
		响乐问题》、沃洛希诺夫《生活话语与艺术话语》，见《苏联美学思想史文选：1917 ～ 1932：材料选》（格·阿·别拉亚注释、亚·叶·格尔片科主编，莫斯科：艺术出版社，第418～424 页，第 441～445 页，第 383～395 页）。
1984	卡纳耶夫逝世。	
1996		《巴赫金全集》7 卷集第 5 卷。
1999		尤金娜：《神性之爱之光》（莫斯科与圣彼得堡：大学读物出版社）。
2000		《巴赫金全集》7 卷集第 2 卷。《卡纳耶夫科学史论著选》（康·瓦·马诺伊连科主编）（圣彼得堡：阿莱捷亚）。蓬皮扬斯基：《古典传统：俄国文学史论著全集》亚·帕·丘达科夫主编，叶·米·伊瑟林与尼·伊·尼古拉耶夫注释，莫斯科：俄罗斯文化语言出版社）。
2002		《巴赫金全集》7 卷集第 6 卷。

本表译自 Craig Brandist，David Shepherd and Galin Tikhanov (eds.)：*The Bakhtin Circle：In the Master's Absence*，Manchester and New York：Manchester University Press，2004，pp. 251-275.

本表又补充了 В. И. Лаптун：Хронограф жизни и деятельности М. М. Бахтина（опыт биографического указателя），М. М. Бахтин：*PRO ET CONTRA. Личность и творчества М. М. Бахтина в оценке русской и мировой гуманитарной мысли. Антология*，Том Ⅱ，Санкт-Петербург：Издательство Русского Христианского гуманитарного института，2001，С. 521-549.

主要参考文献

俄　文

〔1〕 Ф. М. Достоевский： *Дневник писателя*， Санкт-Петербург： Лениздат，1999.

〔2〕Лидия Яковлевна Гинзбург：*Записные книжки，страшная книга*， Москва：Захаров，1999.

〔3〕Виктор Шкловский：*Гамбургский счет：Статьи-Воспоминания-Эссе* (1914-1933)，Москва：Советский писатель，1990.

〔4〕Виктор Шкловский：*Ход коня. Сборник статей.* Москва，Берлин： Книгоиздательство Геликон，1923.

〔5〕Ю. Тынянов：*Литературная эволюция. Избранные труды*，Москва： АГРАФ，2002.

〔6〕Ю. Тынянов：*История литературы. Критика*，Санкт-Петербург： Издательство Азбука-Классика，2001.

〔7〕 Владимир Пропп： *Русский героический эпос*， Москва： Лабиринт，1999.

〔8〕В. Н. Волошинов：*Марксизм и философия языка-основные проблемы социологического метода в науке о языке*， второе издание， Ленинград：Прибой，1930.

〔9〕В. В. Зеньковский：*История русской философии*，Ростов на Дону： феникс，Том 1，2，2004.

〔10〕 М. М. Бахтин： *Беседы с В. Д. Дувакиным*， Москва： Согласие，2002.

〔11〕 М. . М. Бахтин： *Собрание сочинений*， Москва： Русские словари，2000.

〔12〕М. М. Бахтин（под маской）：*Фрейдизм. Формальный метод в литературоведении. Марксизм и философия языка. Статьи*， Москва：Лабиринт，2000.

〔13〕М. М. Бахтин：*Pro et contra. Личность и творчество М. М. Бахтина в оценке русской и мировой гуманитарной мысли*，

Антология，Том 1，2，Санкт-Петербург：Издательство Русского Христианского гуманитарного института，2001.

〔14〕Михаил Бахтин：*Эпос и Роман*，Санкт-Петербург：Азбука，2000.

〔15〕 Виктор Шкловский：*О теории прозы*，Москва：Советский писатель，1983.

〔16〕 Роман Якобсон：*Тексты，документы，исследования*，Москва：РГГУ，1999.

〔17〕Роман Якобсон：*Язык и бессознательное*，Москва：Гнозис，1996.

〔18〕 Юрий Тынянов：*Седьмые Тыняновские чтения，материалы для обсуждения*，Рига，Москва，1995-1996.

〔19〕 Борис Эйхенбаум：*Мой временник. Маршрут в бессмертие*，Москва：АГРАФ，2001.

〔20〕 Б. Эйхенбаум：*Литература：теория. критика. полемика*，Ленинград：Прибой，1927.

〔21〕 Оге А. Ханзен Леве：*Русский формализм：метадологическая реконструкция развития на основе принципа остранения*，Москва：Языки русской культуры，2001.

〔22〕Г. В. Карпунов，В. М. Бориский，В. Б. Естифеева：*Михаил Михайлович Бахтин в Саранске. Очерки жизни и деятельности*. 2-е издание，переработанное и дополненное，Мордова：Издательство мордовского университета，1995.

〔23〕Г. Л. Нефагина：*Русская проза. Второй половины 80-х начала 90-х годов XX века*. Минск：Издательство Экономпресс，1998.

〔24〕 Дж. Кертис：*Борис Эйхенбаум：его семья，страна и русская литература*，Санкт-Петербург：Академический проект，2004.

〔25〕В. М. Алпатов：*Волошинов，Бахтин и лингвистика*，Москва：Языки славянских культур，2005.

〔26〕А. П. Казаркин：*Русская литературная критика XX века*，Томск：Издательство Томского университета，2004.

〔27〕 Александр Садецкий：*Открытое слово. Высказывания М. М. Бахтина в свете его Металингвистической теории*，Москва：РГГУ，1997.

〔28〕 И. С. Скоропанова：*Русская постмодернистская литература：новая философия，новый язык*，Издание второе，дополнение，

Санкт-Петербург: Невский простор，2002.

〔29〕Л. А. Колобаева: *Русский символизм*，Москва: Издательство Московского университета，2000.

〔30〕Е. С. Легова: *Философия творческой активности М. М. Бахтина*，Москва: МАТИ-РГТУ им. К. Э. Циолковского，2000.

〔31〕О. В. Богданова: *Постмодернизм в контексте современной русской литературы*（60-90-е годы XX века-начало XXI века），Санкт-Петербург: Филологический факультет Санкт-Петербургского государственного университета，2004.

〔32〕Ю. М. Лотман: *Письма* 1940-1993，Москва: Школа Языки русской культуры，1997.

〔33〕Ю. М. Лотман: *Семиофера*，Санкт-Петербург: Искусство-СПБ，2004.

〔34〕Н. Б. Маньковская: *Эстетика постмодернизма*，Санкт-Петербург: Издательство АЛЕТЕЙЯ，2000.

〔35〕Н. Д. Тамарченко: *Эстетика словесного творчества Бахтина и русская религиозная философия*: пособие по спецкурсу，Москва: Изд-во Кулагиной，2001.

〔36〕Мария Заламбани: *Искусство в производстве авангард и революция 20-х годов*，Москва: Издательство ИМЛИ РАН，Наследие，2003.

〔37〕В. М. Алпатов: *История одного мифа*: Марр и марризм，Москва: Наука，1991.

〔38〕Ю. М. Лотман: *История и типология русской культуры*，Санкт-Петербург: Искусство СПБ，2002.

〔39〕Ю. М. Лотман: *Воспитание души*，Санкт-Петербург: Искусство-СПБ，2003.

〔40〕М. Н. Эпштейн: *Постмодерн в русской литературе*，Москва: Высшая Школа，2005.

〔41〕М. Н. Эпштейн: *Из Америки*，Екатеринбург: У-Фактория，2005.

〔42〕М. Н. Эпштейн: *Знак пробела*: О будущем гуманитарных наук，Москва: Новое литературное обозрение，2004.

〔43〕М. Н. Эпштейн: *Амероссия*，избранная эссеистика，Москва:

Серебрянные нити, 2007.

〔44〕 М. Н. Эпштейн： *Философия возможного*, Санкт-Петербург： Издательство Алетейя, 2001.

〔45〕 М. Н. Эпштейн： *Слово и молчание： метафизика русской литературы*, Москва： Высшая школа, 2006.

〔46〕 Вячеслав Курицын： *Русский литературный постмодернизм*, Москва： ОГИ, 2001.

〔47〕 С. Ю. Неклюдова(Составление и редакция)： *Московско-Тартуская семиотическая школа. История. Воспоминания. Размышления*, Москва： Школа,《Языки русской культуры》, 1998.

〔48〕 Аврил Пайман： *История русского символизма*, Москва： Руспублика, Лаккомкнига, 2002.

〔49〕 Анастасия Гачева, Ольга Кавнина, Светлана Семенова： *Философский контекст русской литературы* 1920-1930 *х годов*, Москва： ИМЛИ РАН, 2003.

〔50〕 В. Л. Махлин： *Михаил Бахтин*, Москва： Росспэн, 2010.

〔51〕 Б. Н. Бессонов, С. А. Протодьяконов： *Судьба России： взгляды российских мыслителей*, Москва： Русский национальный фонд, 2003.

〔52〕 Борис Кагарлицкий： *Марксизм： не рекомендовано для обучения*, Москва： АЛГОРИТМ, 2005.

〔53〕 К. Г. Исупов： *Бахтинология. Исследования. Переводы*, Санкт-Петербург： Публикации Алетейя, 1995.

〔54〕 *Труды по знаковым системам*, Тарту： Издательство Тартуского университета, 22, 23.

〔55〕 *М. М. Бахтин и гуманитарное мышление на пороге XXI века： тезисы III международных Бахтинских чтений*, Саранск： Издательство Мордовского Университета, 1995.

英　文

〔1〕Pau L E. Gray, Halle： *A Tribute to Roman Jakobson* (1896-1982), Berlin, New York, Amsterdam： Mouton Publishers, 1983.

〔2〕M. M. Bakhtin： *Speech Genres and Other Late Essays by M. M. Bakhtin*, edited by Caryl Emerson and Michael Holquist, Austin： University of Texas Press，1986.

〔3〕 Roman Jakobson，Linda R. Waugh：*The Sound Shape of Language*，Berlin，New York，Amsterdam：Mouton de Gruyter，1987.

〔4〕Roman Jakobson：*The Framework of Language*，Michigan：Michigan Studies in the Humanities，1980.

〔5〕 Roman Jakobson：*Fundamentals of Language*，New York，The Hague，Paris：Harvard University，Mouton Publishers，1980.

〔6〕Jan Mukarovsky：*The Word and Verbal Art*，New Haven and London：Yale University Press，1977.

〔7〕 Ewa M. Thomson：*Russian Formalism and Angloamerican New Criticism*，*A Comparative Study*，Bloomington：Indiana University，1971.

〔8〕Frank Farmer：*Saying and Silence：Listening to Composition with Bakhtin*，Logan Utah：Utah State University Press，2001.

〔9〕M. Keith Booker：*Joyce，Bakhtin，and Literary Tradition toward a Comparative Cultural Poetics*，Michigan：The University of Michigan Press，1995.

〔10〕Gary Saul Morson，Caryl Emerson：*Mikhail Bakhtin：Creation of a Prosaics*，California：Stanford University Press，1990.

〔11〕Gary Saul Morson：*Literature and History：Theoretical Problems and Russian Case Studies*，Stanford，California：Stanford University Press，1986.

〔12〕Caryl Emerson：*The First Hundred Years of Mikhail Bakhtin*，New Jersey：Princeton University Press，1997.

〔13〕Caryl Emerson：*Critical Essays on Mikhail Bakhtin*，New York：G. K. Hall and Co. ，1999.

〔14〕Carol Any：*Boris Eikhenbaum：Voices of a Russian Formalist*，Stanford，California：Stanford University Press，1994.

〔15〕Katerina Clark，Michael Holquist：*Mikhail Bakhtin*，Cambridge，Massachusetts and London，England：The Belknap Press of Harvard University Press，1984.

〔16〕Ken Hirschkop，David Shepherd：*Bakhtin and Cultural Theory*，Manchester and New York：Manchester University Press，1980.

〔17〕Victor Erlich：*Russian Formalism：History Doctrine*，Fourth edition, The Hague, Paris, New York: Mouton Publisher, 1980.

[18] Hilary L. Fink: *Bergson and Russian Modernism*, 1900-1930, Evanston, Illinois: Northwestern University Press, 1999.

[19] Mikhail N. Epstein: *Russian Postmodernism: New Perspectives on Post Soviet Culture*, New York, Oxford: Bergbabn Books, 1999.

[20] Mikhail N. Epstein: *After the Future*, Amherst: The University of Massachusetts Press, 1995.

[21] Deborah J. Haynes: *Bakhtin and the Visual Arts*, New York: Cambridge University Press, 1995.

[22] Graham Roberts: *The Last Soviet Avant-garde*, *OBERIU Fact*, *Fiction*, *Metafiction*, Cambridge: Cambridge University Press, 1997.

[23] Craig Brandist, David Shepherd and Galin Tihanov(eds.): *The Bakhtin Circle: In the Master's Absence*, Manchester and New York: Manchester University Press, 2004.

[24] Craig Brandist, Galin Tihanov: *Materializing Bakhtin: The Bakhtin Circle and Social Theory*, New York and Oxford: St. Martin's Press in Association with St. Antony's College, 2000.

[25] Michael F. Bernard-Donals: *Mikhail Bakhtin between Phenomenology and Marxism*, Cambridge, New York: Cambridge University Press, 1994.

[26] Michael Eskin: *Ethics and Dialogue in the Works of Levinas*, *Bakhtin*, *Mandelshtam*, *and Celan*, Oxford, NewYork: Oxford University Press, 2000.

[27] Ewa M. Thompson: *Russian Formalism and Anglo-American New Criticism*, Mouton, The Hague, Paris, 1971.

[28] Peter Ives: *Gramsci's Politics of Language: Engaging the Bakhtin Circle and the Frankfurt School*, Toronto, Buffalo, London: University of Toronto Press, 2004.

[29] Peter I. Barta: *Carnivalizing Difference Bakhtin and the Other*, London: Routledge, 2001.

[30] Peter Good: *Language for Those Who Have Nothing: Mikhail Bakhtin and the Landscape of Psychiatry*, New York, Boston, Dordrecht, London, Moscow: Kluwer Academic, Plenum

Publishers, 1990.

〔31〕Charles A. Moser: *Esthetics as Nightmare*: *Russian Literary Theory*, 1855-1870, Princeton, New Jersey: Princeton University Press, 1980.

〔32〕David K. Danow: *The Thought of Mikhail Bakhtin*: *From Word to Culture*, Houndmills, Basingstoke, Hampshire: Macmillan, 1991.

〔33〕Greg Marc Nielsen: *The Norms of Answerability*: *Social Theory between Bakhtin and Habermas*, Albany: State University of New York Press, 2002.

〔34〕Hazard Adams, Leroy Searle: *Critical Theory since Plato*, Beijing: Peking University Press, 2006.

〔35〕Herbert Eagle: *Russian Formalist Film Theory*, Michigan: University of Michigan, 1981.

〔36〕Carol Adlam, Rachel Falconer, Vitalij Makhlin and Alastair Renfrew: *Face to Face*: *Bakhtin in Russia and the West*, Sheffield, England: Sheffield Academic Press, 1997.

〔37〕Kay Halasek: *A Pedagogy of Possibility Bakhtinian Perspectives on Composition Studies*, Carbondale: Southern Illinois University Press, 1999.

〔38〕Clive Thomson: *Critical Studies*: *Mikhail Bakhtin and the Epistemology of Discourse*, Amsterdam: Atlanta, CA, 1990.

〔39〕Krystyna Pomorska, Stephen Rudy: *Roman Jakobson*: *Verbal Art*, *Verbal Sign*, *Verbal Time*, Oxford: Basil Blackwell, 1985.

〔40〕Krystyna Pomorska: *Russian Formalist Theary and Its Poetic Ambiance*, The Hague, Paris: Mouton, 1968.

〔41〕Ladislav Matejka, Irwin R. Titunik: *Semiotics of Art*: *Praque School Contributions*, Massachusetts, London, England: The MIT Press, 1976.

〔42〕Rajendra A. Chitnis, Routledge Curzon: *Literature in Post-Communist Russia and Eastern Europe*: *The Russian*, *Czech and Slovak Fiction of the Changes*, *1988-1998*, London and New York: Taylor and French Group, 2005.

〔43〕Linda R. Waugh, Monigue Monville Burston: *On Language*: *Roman Jakobson*, Cambridge, Massachusetts, London, England: Harvard University Press, 1990.

〔44〕Linda Hutcheon: *Formalism and the Freudian Aesthetic*: *The Example of Charles Mauron*, Cambridge, London, New York, New Rochelle, Melbourne, Sydney: Cambridge University Press, 1984.

〔45〕Ruth Coates: *Christianity in Bakhtin*: *God and the Exiled Author*, London: Cambridge University Press, 1998.

〔46〕Michael E. Gardiner: *Mikhail Bakhtin*, Vol. 1, 2, 3, 4, London, Thousand Oaks, New Delhi: Sage Publications, 2003.

〔47〕Michel Glynn: *Vladimir Nabokov*: *Bergsonian and Russian Formalist Influences in His Novels*, London: Palgrave, 2007.

〔48〕Michael Gardiner: *The Dialogics of Critique*: *M. M. Bakhtin and the Theory of Ideology*, London and New York: Routledge Press, 1992.

〔49〕Michael Mayerfeld Bell, Michael Gardiner: *Bakhtin and the Human Sciences*: *No Last Words*, London, Thousand Oaks, New Delhi: Sage Publications, 1998.

〔50〕Milton Ehre: *Isaac Babel*, Boston, Mass. : Twayne Pub. , 1986.

〔51〕Pam Morris(eds.): *The Bakhtin Reader*: *Selected Writings of Bakhtin*, *Medvedev and Voloshinov*, London, New York, Melbourne, Auckland: Edward Arnold, 1994.

〔52〕Tom Cohen: *Ideology and Inscription*: *Cultural Studies after Benjamin de Man*, *and Bakhtin*, London: Cambridge University Press, 1998.

〔53〕Todd E Davis, Kenneth Womack: *Formalist Criticism and Reader*: *Response Theory*, London: Palgrave, 2002.

〔54〕Tony Bennett: *Formalism and Marxism*, London and New York: Routledge, 1989.

〔55〕V. N. Volosinov: *Marxism and the Philosophy of Language*, Cambridge, Mass. : Harvard University Press, 1986.

〔56〕Theodore F. Sheckels: *When Congress Debates*: *A Bakhtinian Paradigm*, Westport, Conn. : Praeger, 2000.

〔57〕Alexander Mihailovic: *Corporeal Words*: *Mikhail Bakhtin's Theology of Discourse*, Evanston, Illinois: Northwestern University Press, 1997.

〔58〕Jan Mukarovsky：*On Poetic Language*，Lisse：Peter De Ridder Press，1976.

〔59〕E. Ann. Kaplan：*Postmodernism and Its Discontents*，London，New York：Verso，1988.

〔60〕John Burbank，Peter Steiner：*The Word and Verbal Art*，New Haven and London：Yale University Press，1977.

中 文

〔1〕〔爱沙尼亚〕扎娜·明茨、伊·切尔诺夫主编：《俄国形式主义文论选》，王薇生译，郑州，郑州大学出版社，2005。

〔2〕〔德〕恩格斯：《反杜林论》，中央编译局译，北京，人民出版社，1971。

〔3〕〔德〕胡塞尔：《纯粹现象学通论》，李幼蒸译，北京，商务印书馆，1995。

〔4〕〔德〕霍克海默、阿道尔诺：《启蒙辩证法——哲学断片》，渠敬东、曹卫东译，上海，上海世纪出版集团，2006。

〔5〕〔德〕卡西尔：《语言与神话》，于晓等译，北京，生活·读书·新知三联书店，1988。

〔6〕〔德〕康德：《判断力批判》，宗白华译，北京，商务印书馆，1987。

〔7〕〔德〕马克思：《马克思1844年经济学-哲学手稿》，刘丕坤译，北京，人民出版社，1979。

〔8〕〔德〕威廉·冯·洪堡特：《论人类语言结构的差异及其对人类精神发展的影响》，北京，商务印书馆，2011。

〔9〕〔德〕威廉·冯·洪堡特：《语言与人类精神》，钱敏汝译，北京，北京师范大学出版社，1997。

〔10〕〔俄〕别尔嘉耶夫等：《哲学船事件》，伍宇星编译，广州，花城出版社，2009。

〔11〕〔俄〕别尔嘉耶夫：《陀思妥耶夫斯基的世界观》，耿海英译，桂林，广西师范大学出版社，2008。

〔12〕〔俄〕别尔嘉耶夫：《末世论形而上学》，张百春译，北京，中国城市出版社，2003。

〔13〕〔俄〕车尔尼雪夫斯基：《艺术与现实的审美关系》，周扬译，北京，人民文学出版社，2009。

〔14〕〔俄〕普列汉诺夫：《普列汉诺夫美学论文集》，曹葆华、渠建明译，

北京，人民出版社，1983。

〔15〕〔俄〕普列汉诺夫：《普列汉诺夫哲学著作选集》，北京，生活·读书·新知三联书店，1962。

〔16〕〔俄〕陀思妥耶夫斯基：《罪与罚》，非琴译，上海，译林出版社，1994。

〔17〕〔俄〕陀思妥耶夫斯基：《地下室手记》，陈尘译，北京，解放军文艺出版社，1997。

〔18〕〔俄〕陀思妥耶夫斯基：《群魔》，臧仲伦译，上海，译林出版社，2002。

〔19〕〔俄〕陀思妥耶夫斯基：《双重人格　地下室手记》，臧仲伦译，上海，译林出版社，2004。

〔20〕〔苏〕巴别尔：《敖德萨故事》，戴骢译，北京，人民文学出版社，2007。

〔21〕〔苏〕巴赫金：《巴赫金全集》第 1、2、3、4、5、6、7 卷，石家庄，河北教育出版社，2009。

〔22〕〔苏〕巴赫金：《巴赫金全集》第 1、2、3、4、5、6 卷，石家庄，河北教育出版社，1998。

〔23〕〔苏〕巴赫金：《文艺学中的形式主义方法》，李辉凡、张捷译，桂林，漓江出版社，1989。

〔24〕〔俄苏〕弗拉基米尔·雅·普罗普：《神奇故事的历史起源》，贾放译，北京，中华书局，2006。

〔25〕〔俄苏〕格奥尔基·弗洛罗夫斯基：《俄罗斯宗教哲学之路》，吴安迪等译，上海，上海世纪出版集团，2006。

〔26〕〔俄苏〕基斯嘉柯夫斯基等：《路标集》，彭甄等译，昆明，云南人民出版社，1999。

〔27〕〔苏〕列夫·托洛茨基：《文学与革命》，刘文飞等译，北京，外国文学出版社，1992。

〔28〕中共中央马克思恩格斯列宁斯大林著作编译局编：《列宁短篇哲学著作》，北京，人民出版社，1993。

〔29〕〔苏〕列宁：《哲学笔记》，中共中央马克思恩格斯列宁斯大林著作编译局译，北京，人民出版社，1960。

〔30〕〔俄苏〕罗曼·雅柯布森：《雅柯布森文集》，钱军、王力译注，长沙，湖南教育出版社，2001。

〔31〕〔俄苏〕尼·奥·洛斯基：《俄国哲学史》，贾泽林译，杭州，浙江人

民出版社，1999。

〔32〕〔俄苏〕什克洛夫斯基等：《俄国形式主义文论选》，方珊等译，北京，
　　　生活·读书·新知三联书店，1986。

〔33〕〔俄苏〕什克洛夫斯基：《散文理论》，刘宗次译，南昌，百花洲文艺
　　　出版社，1994。

〔34〕〔苏〕斯大林：《马克思主义与语言学问题》，李立三等译，北京，人
　　　民出版社，1957。

〔35〕〔法〕弗朗索瓦·多斯：《从结构到解构——法国 20 世纪思想主潮》，
　　　季广茂译，北京，中央编译出版社，2004。

〔36〕〔法〕罗兰·巴尔特：《符号学原理——文学结构主义文学理论文选》，
　　　李幼蒸译，北京，生活·读书·新知三联书店，1988。

〔37〕〔法〕茨维坦·托多罗夫编选：《俄苏形式主义文论选》，蔡鸿滨译，
　　　北京，中国社会科学出版社，1989。

〔38〕〔荷〕佛克马、易布思：《二十世纪文学理论》，林书武等译，北京，
　　　生活·读书·新知三联书店，1988。

〔40〕〔加〕罗纳德·沃德华：《社会语言学引论》，雷红波译，上海，复旦
　　　大学出版社，2009。

〔41〕〔加〕诺斯洛普·弗莱：《批评的剖析》，陈慧等译，天津，百花文艺
　　　出版社，1998。

〔42〕〔捷克〕米兰·昆德拉：《小说的艺术》，董强译，上海，上海译文出
　　　版社，2004。

〔43〕〔美〕阿瑞提：《创造的秘密》，钱岗南译，沈阳，辽宁人民出版
　　　社，1987。

〔44〕〔美〕埃德蒙·威尔逊：《阿克瑟尔的城堡》，黄念欣译，南京，江苏
　　　教育出版社，2006。

〔45〕〔美〕埃娃·汤普逊：《帝国意识——俄国文学与殖民主义》，杨德友
　　　译，北京，北京大学出版社，2009。

〔46〕〔美〕爱德华·萨丕尔：《语言论》，陆卓元译，北京，商务印书
　　　馆，1985。

〔47〕〔美〕布龙菲尔德：《语言论》，袁家骅等译，北京，商务印书
　　　馆，2008。

〔48〕〔美〕杜娜叶夫斯卡娅：《哲学与革命》，傅小平译，沈阳，辽宁教育
　　　出版社，2000。

〔49〕〔美〕弗雷德里克·詹姆逊：《语言的牢笼——马克思主义与形式》，

　　钱佼汝、李自修译，南昌，百花洲文艺出版社，1995。

〔50〕〔美〕弗雷德里克·詹姆逊：《时间的种子》，王逢振译，南京，江苏
　　　教育出版社，2006。

〔51〕〔美〕哈罗德·布鲁姆：《影响的焦虑——一种诗歌理论》，徐文博译，
　　　南京，江苏教育出版社，2006。

〔52〕〔美〕霍埃：《批评的循环》，兰金仁译，沈阳，辽宁人民出版
　　　社，1987。

〔53〕〔美〕卡尔文·斯·霍尔等：《弗洛伊德心理学与西方文学》，包华富
　　　等编译，长沙，湖南文艺出版社，1986。

〔54〕〔美〕卡特琳娜·克拉克、迈克尔·霍奎斯特：《米哈伊尔·巴赫金》，
　　　语冰译，北京，中国人民大学出版社，1992。

〔55〕〔美〕勒内·韦勒克、奥斯汀·沃伦：《文学理论》，刘象愚、邢培明
　　　译，南京，江苏教育出版社，2005。

〔56〕〔美〕雷纳·韦勒克：《近代文学批评史》，杨自伍译，上海，上海译
　　　文出版社，2005。

〔57〕〔美〕亚当斯、瑟尔：《柏拉图以来的批评理论》，北京，北京大学出
　　　版社，2006年英文版。

〔58〕〔日〕北冈诚司：《巴赫金：对话与狂欢》，魏炫译，石家庄，河北教
　　　育出版社，2002。

〔59〕〔瑞士〕费尔迪南·德·索绪尔：《普通语言学教程》，高名凯译，北
　　　京，商务印书馆，1985。

〔60〕〔苏〕乔·采·弗里德连杰尔：《马克思恩格斯和文学问题》，郭值京
　　　等译，上海，上海译文出版社，1984。

〔61〕〔俄〕波利亚科夫编：《结构-符号学文艺学——方法论体系和论争》，
　　　佟景韩译，北京，文化艺术出版社，1994。

〔62〕〔苏俄〕哈利泽夫：《文学学导论》，周启超、王加兴、黄玫等译，北
　　　京，北京大学出版社，2006。

〔63〕〔苏俄〕孔金、孔金娜：《巴赫金传》，张杰、万海松译，北京，东方
　　　出版中心，2000。

〔64〕〔苏俄〕洛特曼：《艺术文本的结构》，王坤译，广州，中山大学出版
　　　社，2003。

〔65〕〔俄〕米·瓦·戈尔巴涅夫斯基：《世初有道——揭开前苏联尘封50
　　　年的往事》，杜桂枝、杨秀杰译，北京，民主与建设出版社，2002。

〔66〕〔苏俄〕斯·舍舒科夫：《苏联二十年代文学斗争史实》，冯玉律译，

上海，上海译文出版社，1994。

〔67〕〔匈〕卢卡奇：《历史与阶级意识——关于马克思主义辩证法的研究》，杜章智等译，北京，商务印书馆，1992。

〔68〕〔意〕贝内代托·克罗齐：《美学或艺术和语言哲学》，黄文捷译，天津，百花文艺出版社，2009。

〔69〕〔英〕艾略特：《艾略特诗学文集》，王恩衷译，北京，国际文化出版公司，1989。

〔70〕〔英〕安德鲁·本尼特、尼古拉·罗伊尔：《关键词：文学、批评与理论导论》，汪正龙、李永新译，桂林，广西师范大学出版社，2007。

〔71〕〔英〕保罗·科布利，莉莎·詹茨：《符号学》，许磊译，合肥，安徽文艺出版社，2009。

〔72〕〔英〕彼得·沃森：《20世纪思想史》，朱进东等译，上海，上海译文出版社，2005。

〔73〕〔英〕彼得·威德森：《现代西方文学观念简史》，钱竞、张欣译，北京，北京大学出版社，2006。

〔74〕〔英〕拉曼·塞尔登、彼得·威德森、彼得·布鲁克：《当代文学理论导读》，刘象愚译，北京，北京大学出版社，2002。

〔75〕〔英〕雷蒙德·威廉斯：《马克思主义与文学》，王尔勃、周莉译，开封，河南大学出版社，2008。

〔76〕〔英〕尼古拉斯·布宁、余纪元编著：《西方哲学英汉对照辞典》，北京，人民出版社，2001。

〔77〕〔英〕特里·伊格尔顿：《审美意识形态》，王杰等译，桂林，广西师范大学出版社，2001。

〔78〕〔英〕维特根斯坦：《哲学研究》，汤潮、范光棣译，北京，生活·读书·新知三联书店，1992。

〔79〕曹卫东：《交往理性与诗学话语》，天津，天津社会科学院出版社，2001。

〔80〕曾军：《接受的复调——中国巴赫金接受史研究》，桂林，广西师范大学出版社，2004。

〔81〕陈绂：《训诂学基础》，北京，北京师范大学出版社，2005。

〔82〕陈嘉映：《语言哲学》，北京，北京大学出版社，2003。

〔83〕陈学明、马拥军著：《走进马克思——苏东剧变后西方四大思想家的思想轨迹》，北京，东方出版社，2002。

〔84〕程正民：《巴赫金的文化诗学》，北京，北京师范大学出版社，2001。

〔85〕邓晓芒：《黑格尔辩证法讲演录》，北京，北京大学出版社，2005。

〔86〕刁绍华：《二十世纪俄罗斯文学辞典》，哈尔滨，北方文艺出版社，2000。

〔87〕董小英：《超语言学》，天津，百花文艺出版社，2008。

〔88〕董小英：《再登巴比伦塔——巴赫金与对话理论》，北京，生活·读书·新知三联书店，1994。

〔89〕董晓：《乌托邦与反乌托邦：对峙与嬗变——苏联文学发展历程论》，广州，花城出版社，2010。

〔90〕季明举：《艺术生命与根基——格里高里耶弗"有机批评"理论研究》，北京，中国文联出版社，2005。

〔91〕蒋广学、赵宪章主编：《二十世纪文史哲名著精义》，南京，江苏文艺出版社，1992。

〔92〕蒋孔阳、朱立元：《西方美学通史》第1、2、3、4、5、6、7、8卷，上海，上海文艺出版社，1999。

〔93〕康澄：《文化及其生存与发展的空间——洛特曼文化符号学理论研究》，南京，河海大学出版社，2006。

〔94〕李春林：《复调世界——陀思妥耶夫斯基其人其作》，合肥，安徽文艺出版社，1999。

〔95〕李辉凡：《二十世纪初俄苏文学思潮》，北京，社会科学文献出版社，1993。

〔96〕凌继尧：《苏联当代美学》，哈尔滨，黑龙江人民出版社，1986。

〔97〕凌建侯：《巴赫金哲学思想与文本分析法》，北京，北京大学出版社，2007。

〔98〕刘宁：《俄苏文学、文艺学与美学——刘宁论集》，北京，北京师范大学出版社，2007。

〔99〕刘宁主编：《俄国文学批评史》，上海，上海译文出版社，1999。

〔100〕刘象愚、杨恒达、曾艳兵主编：《从现代主义到后现代主义》，北京，高等教育出版社，2002。

〔101〕梅兰：《巴赫金哲学美学和文学思想研究》，北京，华中科技大学出版社，2005。

〔102〕倪梁康：《现象学及其效应——胡塞尔与当代德国哲学》，北京，生活·读书·新知三联书店，1994。

〔103〕钱军：《结构功能语言学——布拉格学派》，长春，吉林教育出版社，1998。

〔104〕钱中文：《走向交往对话的时代》，北京，北京大学出版社，1999。

〔105〕邱运华、林精华主编：《俄罗斯文化评论》（第2辑），北京，首都师范大学出版社，2010。

〔106〕汝信等主编：《西方著名哲学家评传》第8卷，济南，山东人民出版社，1985。

〔107〕申丹：《叙事、文体与潜文本——重读英美经典短篇小说》，北京，北京大学出版社，2009。

〔108〕沈华柱：《对话的妙悟——巴赫金语言哲学思想研究》，上海，上海三联书店，2005。

〔109〕索振羽编著：《语用学教程》，北京，北京大学出版社，2000。

〔110〕涂纪亮：《维特根斯坦后期哲学思想研究》，南京，江苏人民出版社，2005。

〔111〕汪正龙：《西方形式美学问题研究》，哈尔滨，黑龙江人民出版社，2007。

〔112〕王建刚：《狂欢诗学——巴赫金文学思想研究》，上海，学林出版社，2001。

〔113〕王立业主编：《洛特曼学术思想研究》，哈尔滨，黑龙江人民出版社，2006。

〔114〕王治河主编：《后现代主义辞典》，北京，中央编译出版社，2003。

〔115〕吴萍：《诗与歌》，沈阳，辽宁大学出版社，2010。

〔116〕夏忠宪：《巴赫金狂欢化诗学研究》，北京，北京师范大学出版社，2000。

〔117〕晓河：《巴赫金哲学思想研究》，石家庄，河北人民出版社，2006。

〔118〕邢福义：《文化语言学》，武汉，湖北教育出版社，2000。

〔119〕徐葆耕：《叩问生命的神性——俄罗斯文学启示录》，桂林，广西师范大学出版社，2009。

〔120〕徐葆耕：《瑞恰慈：科学与诗》，北京，清华大学出版社，2003。

〔121〕衣俊卿等著：《20世纪的新马克思主义》，北京，中央编译出版社，2001。

〔122〕余匡复：《布莱希特论》，上海，上海外语教育出版社，2002。

〔123〕袁贵仁、杨耕主编：《当代学者视野中的马克思主义哲学》，北京，北京师范大学出版社，2008。

〔124〕翟厚隆选编：《十月革命前后苏联文学流派》（上、下编），上海，上海译文出版社，1998。

〔125〕张建华：《俄国知识分子思想史导论》，北京，商务印书馆，2008。

〔126〕张杰、康澄：《结构文艺符号学》，北京，外语教学与研究出版社，2004。

〔127〕张杰：《复调小说理论研究》，桂林，漓江出版社，1992。

〔128〕张隆溪：《道与逻各斯》，成都，四川人民出版社，1998。

〔129〕赵晓彬：《普罗普民俗学思想研究》，哈尔滨，黑龙江人民出版社，2007。

〔130〕赵毅衡编选：《符号学》，天津，百花文艺出版社，2004。

〔131〕郑文东：《文化符号域理论研究》，武汉，武汉大学出版社，2007。

主 题 索 引

A

B

C

430，444，446，528，529，598，601

N

难题　139，203，304，326，412，417，474，602

内在话语　254，366，602

涅韦尔小组　207，227，602

扭曲率　499

虐犹事件　91

欧亚主义　171，172，213，602

P

片段性　498

平庸的中庸之道　485

普世性　182

Q

契约精神　481，602

千禧年王国说　484

迁移情节　163，602

前景化　67，71，73，74，459，460，602

全语体性　294

犬儒主义　99，153，602

R

人类学　165

人类中心主义　48，50，390，602

人民崇拜论　149

人种学现象"自生性"观　165

日内瓦学派　216，286，340，457，602

熔铁炉派　30

S

萨丕尔-沃尔夫假说（语言决定论）　261

散文　255

散文学　335，364，371，419，444，502，602

色情陌生化　88

人 名 索 引

A

阿尔都塞，刘易斯（Althusser，L.）527

阿尔帕托夫，瓦·米·（Алпатов，В. М.）203

阿赫玛托娃，安娜（Arkhmatova，Anna）22，58，442，553，554

阿克雪里罗得，列·列·（Аксельрод）11

阿特金森（Atkinson）478

阿维尔巴赫，列·列：（Авербах，Л. Л.）99

阿维林采夫，谢·谢·（Аверинцев，С. С.）182

阿扎多夫斯基，米·康·（Азадовский，К. М.）506

阿扎托夫斯基，马尔克（Азадовский，М.）111

埃默森，加里尔（Emerson，Caryl）16，17，28

艾夫斯，彼得（Ives，Peter）198，259

艾亨鲍姆，鲍·（Eichenbaum，Boris） 6，12，31，32，37，38，39，
 40，41，42，43，44，45，46，47，52，53，59，60，62，64，84，
 91，92，93，94，95，96，97，98，99，100，101，102，103，104，
 105，106，107，108，109，110，111，112，113，114，115，117，
 118，122，124，125，126，129，130，131，132，133，134，135，
 139，140，153，163，167，169，180，240，276，287，288，322，
 455，464，490，499，500，505，506，509，515，517，518，519，
 526，553，554，605

艾略特，托·斯·（Eliot，T. S.）107，133，596，605

爱德金德，亚力山大（Erkind，Aleksandr）112

爱伦堡，伊·格·（Эренбург，И. Г.）180

爱泼斯坦（Epstein，A）22，71，79，80，81，82，83，84，85，86，
 87，88，89，90，200，201，266，271，278，409，415，448，504，
 505，512，523，526，527，530，531，605

爱森斯坦，谢·米·（Eisenstein，S. M.）26，29，561

爱因斯坦，阿·（Einstein，A.）25，90，98，281，435，521，
 550，605